DOM W RIVERTON

KATE MORTON

DOM W RIVERTON

Z angielskiego przełożyła
ANNA GRALAK

ALBATROS

Tytuł oryginału:
THE HOUSE AT RIVERTON

Zdjęcie na okładce: Skitterphoto/Pexels

Projekt graficzny okładki: Katarzyna Meszka-Magdziarz

Skład: Laguna

ISBN 978-83-8125-114-3

Książka dostępna także jako e-book

Dystrybutor
Firma Księgarska Olesiejuk sp. z o.o.
Poznańska 91, 05-850 Ożarów Mazowiecki
tel. (22) 721 30 00, faks (22) 721 30 01
www.olesiejuk.pl

Wydawca
Wydawnictwo Albatros Sp. z o.o.
Hlonda 2A/25, 02-972 Warszawa
www.wydawnictwoalbatros.com
Facebook.com/WydawnictwoAlbatros | Instagram.com/wydawnictwoalbatros

2018. Wydanie II
Druk: Abedik S.A., Poznań

Książkę wydrukowano na papierze Ecco Book Cream 60 g, vol. 2.0
z oferty Antalis Poland

Just ask Antalis

Dla Davina,
który trzyma mnie za rękę
podczas jazdy rollercoasterem

CZĘŚĆ PIERWSZA

Duchy przeszłości

Zeszłego listopada przyśnił mi się koszmar.

Mieliśmy rok 1924 i znowu byłam w Riverton. Wszystkie drzwi prowadzące na taras zostały pootwierane, a jedwabne zasłony unosiły się w powiewach letniej bryzy. Wysoko na wzgórzu, pod starym klonem, stała orkiestra. Otulone ciepłem skrzypce leniwie grały jakąś melodię. Powietrze rozbrzmiewało donośnym śmiechem i brzękiem kryształowych kieliszków, a niebo miało ten odcień głębokiego błękitu, którego w czasach wojny nikt nie spodziewał się ujrzeć ponownie. Jeden z lokajów, odziany w elegancki czarno-biały frak, nalewał szampana do kieliszka ustawionego na szczycie szklanej wieży, a wszyscy wokół klaskali, urzeczeni tym wspaniałym marnotrawstwem.

Jak to bywa w snach, zobaczyłam również samą siebie. Przechadzałam się wśród gości. Szłam wolno, znacznie wolniej niż w prawdziwym życiu, a wszyscy wokół zlewali się w jedną niewyraźną gmatwaninę jedwabiu i cekinów.

Szukałam kogoś.

Wtedy otoczenie się zmieniło i znalazłam się w pobliżu letniego domku — tylko że to wcale nie był letni domek w Riverton, to byłoby niemożliwe. Nie był to wspaniały nowy budynek zaprojektowany przez Teddy'ego, lecz stara ruina porośnięta bluszczem, który wspinał się po murach, wpychał się przez okna i oplatał filary.

Ktoś mnie wołał. Jakaś kobieta o znajomym głosie; dobiegał zza budynku, znad brzegu jeziora. Zeszłam z pagórka, muskając dłońmi najwyższe źdźbła trzciny. Nad brzegiem kucała jakaś postać.

To była Hannah, ubrana w suknię ślubną upstrzoną plamami błota, które przywarło do haftowanych róż. Spojrzała na mnie, a kiedy jej twarz wynurzyła się z cienia, zobaczyłam, że jest przeraźliwie blada. Jej głos zmroził mi krew w żyłach.

— Spóźniłaś się. — Wskazała na moje dłonie. — Spóźniłaś się.

Spojrzałam na dłonie, moje młode dłonie pokryte ciemnym błotem, i ujrzałam spoczywające w nich sztywne i zimne ciało martwego psa.

⊛

Oczywiście wiem, co wywołało ten sen. Wywołał go list tej reżyserki. Ostatnio nie dostaję zbyt wielu listów: od czasu do czasu przychodzi jakaś pocztówka od sumiennej przyjaciółki przebywającej na wakacjach, zdawkowe pismo z banku, w którym lokuję oszczędności, zaproszenie na chrzciny jakiegoś maleństwa, którego rodzice — co zauważam z przerażeniem — już dawno przestali być dziećmi.

List od Ursuli przyszedł pod koniec listopada, we wtorek rano, i Sylvia przyniosła go, kiedy wpadła posłać łóżko. Uniosła pogrubione kredką brwi i pomachała kopertą.

— Oto dzisiejsza poczta. Sądząc po znaczku, to coś ze Stanów. Może od twojego wnuka? — Jej lewa brew wygięła się w znak zapytania, a głos zniżył się do ochrypłego szeptu. — Okropna sprawa. Po prostu okropna. A to taki miły młody człowiek.

Kiedy Sylvia cmokała z niezadowoleniem, podziękowałam jej za list. Lubię Sylvię. Jest jedną z niewielu osób, które pod zmarszczkami na mojej twarzy potrafią dojrzeć ukrytą w środku dwudziestolatkę. Mimo to nie daję się wciągnąć w rozmowę o Marcusie.

Poprosiłam ją, aby rozsunęła zasłony, a ona na chwilę zacisnęła usta, po czym przeszła do kolejnego ze swoich ulubionych tematów: pogody, szans na śnieg podczas świąt Bożego Narodzenia, spustoszenia, jakie wywoła wśród artretycznych podopiecznych. We właściwych chwilach udzielałam odpowiedzi, lecz moje myśli krążyły wokół koperty spoczywającej na kolanach. Zastanawiał mnie kanciasty charakter pisma, zagraniczne znaczki i sfatygowane krawędzie, które świadczyły o długiej podróży.

— A może ci go przeczytać? — zaproponowała Sylvia, z zapałem nadając poduszkom pożądany kształt. — Dam twoim oczom trochę odpocząć.

— Nie. Dziękuję. Ale mogłabyś podać mi okulary.

Kiedy wyszła, obiecując, że po skończeniu obchodu wróci i pomoże mi się ubrać, drżącymi dłońmi ostrożnie wyjęłam list z koperty, zastanawiając się, czy wnuk wreszcie postanowił wrócić do domu.

Jednak list wcale nie był od Marcusa. Napisała go jakaś młoda kobieta, która kręciła film o przeszłości. Chciała, żebym rzuciła okiem na scenografię, przypomniała sobie rzeczy i miejsca z dawnych czasów. Jak gdybym przez całe życie nie udawała, że wymazałam je z pamięci.

Zignorowałam ten list. Cicho i ostrożnie złożyłam go z powrotem i wsunęłam w książkę, którą już dawno przestałam czytać. A później odetchnęłam. Nie po raz pierwszy przypominano mi o tym, co zaszło w Riverton pomiędzy Robbiem a siostrami Hartford. Pewnego razu zobaczyłam końcówkę filmu dokumentalnego o poetach z okresu wojny, który Ruth oglądała w telewizji. Kiedy na ekranie pojawiła się twarz Robbiego w towarzystwie nazwiska wypisanego drobną czcionką u dołu ekranu, poczułam, jak przechodzą mnie ciarki. Lecz nic się nie stało. Oblicze Ruth nawet nie drgnęło, narrator mówił dalej, a ja wróciłam do wycierania talerzy po obiedzie.

Innym razem, kiedy czytałam gazetę, mój wzrok przykuło znajome nazwisko umieszczone pośród recenzji w programie telewizyjnym. Harmonogram obchodów siedemdziesięciolecia brytyjskiej kinematografii. Zapamiętałam godzinę projekcji i z łomoczącym sercem zastanawiałam się, czy odważę się to obejrzeć. Ostatecznie zasnęłam, zanim program dobiegł końca. Było tam bardzo niewiele na temat Emmeline. Kilka zdjęć z reklam, z których żadne nie oddawało jej prawdziwego piękna, i urywek jednego z jej niemych filmów, *Romans Wenus*, w którym wyglądała bardzo dziwnie: miała zapadnięte policzki i poruszała się sztywno jak marionetka. Nie wspomniano o innych filmach, o tych, które groziły wielkim skandalem. Chyba w dzisiejszych czasach swoboda seksualna i rozwiązłość nie wywołują już żadnego poruszenia. Jednak chociaż podobne wspomnienia nawiedzały mnie wcześniej, list Ursuli był inny. Po raz pierwszy od przeszło siedemdziesięciu lat ktoś skojarzył z tymi wydarzeniami mnie, przypomniał sobie, że tamtego lata w rezydencji Riverton przebywała młoda kobieta nazwiskiem Grace Reeves. Przez to w jakiś sposób poczułam się bezbronna, wyobcowana. Winna.

Nie. Byłam niewzruszona. Ten list miał pozostać bez odpowiedzi.

I rzeczywiście: nie odpisałam.

Zaczęły się jednak dziać różne rzeczy. Wspomnienia, dawno wepchnięte w najciemniejsze zakamarki mojego umysłu, zaczęły wydostawać się stamtąd przez szczeliny. Zaczęły pojawiać się wyraźne obrazy, niezwykle ostre, jak gdyby od czasu ich zaistnienia wcale nie upłynęło całe moje życie. A po tych pierwszych nieśmiałych kroplach nastąpił prawdziwy potop. Całe rozmowy, słowo w słowo, z każdym szczegółem. Kolejne sceny rozgrywały się jak w filmie.

Zaskoczyłam samą siebie. Chociaż mole wygryzły dziury w pamięci niedawnych zdarzeń, okazało się, że odległa przeszłość jest jasna i wyraźna. Ostatnio te duchy dawnych czasów odwiedzają mnie dosyć często i ze zdziwieniem spostrzegam, że niezbyt mi to przeszkadza. Na pewno nie tak bardzo, jak się obawiałam. Wręcz przeciwnie: zjawy, przed którymi uciekałam całe życie, stały się dla mnie niemal czymś w rodzaju pocieszenia, czymś godnym oczekiwania, jak jeden z seriali, o których bez przerwy mówi Sylvia, kiedy pospiesznie wykonuje swoje obowiązki, aby móc obejrzeć kolejny odcinek w głównym holu. Chyba zapomniałam, że pośród tego mroku były również jasne chwile.

Gdy w ubiegłym tygodniu przyszedł drugi list, w kopercie opatrzonej tym samym kanciastym pismem i napisany na takim samym delikatnym papierze, wiedziałam, że się zgodzę, że spojrzę na tę scenografię. Poczułam zainteresowanie, a to nie zdarzyło mi się już od dosyć dawna. Niewiele rzeczy jest w stanie wzbudzić ciekawość u dziewięćdziesięcioośmioletniej staruszki, lecz mimo to chciałam poznać tę Ursulę Ryan, która zamierzała wskrzesić ich wszystkich z martwych i z taką pasją traktowała historię ich życia.

Zatem napisałam do niej list, poprosiłam Sylvię, żeby go wysłała, i umówiłyśmy się na spotkanie.

Salon

Moje włosy, które zawsze były jasne, teraz są śnieżnobiałe i bardzo, bardzo długie. Poza tym są delikatne i z każdym mijającym dniem wydają się coraz cieńsze. To jedyny przejaw mojej próżności — Bóg wie, że poza tym nie mam do niej zbyt wielu okazji. Już nie. Noszę tę fryzurę od dawna, od tysiąc dziewięćset osiemdziesiątego dziewiątego roku. Mam prawdziwe szczęście, że Sylvia z radością szczotkuje mi włosy, bardzo delikatnie. Codziennie zaplata je w warkocz. Zdecydowanie wykracza to poza jej obowiązki służbowe i jestem za to bardzo wdzięczna. Muszę jej o tym powiedzieć.

Tego ranka miałam taką szansę, ale zapomniałam. Byłam bardzo podekscytowana. Kiedy Sylvia przyniosła mi sok, ledwie mogłam go wypić. Cienka nić energii włókien nerwowych, która oplatała mnie przez cały tydzień, w ciągu ostatniej nocy zmieniła się w supeł. Sylvia pomogła mi włożyć nową sukienkę koloru brzoskwini — tę, którą Ruth podarowała mi pod choinkę — i zmieniła mi kapcie na parę wyjściowych butów, które zazwyczaj marniały w szafie. Ich skóra zrobiła się sztywna i Sylvia musiała wcisnąć mi je na nogi siłą, lecz taka jest cena elegancji. Jestem za stara, żeby uczyć się nowych zwyczajów, i nie potrafię znieść skłonności młodszych pensjonariuszy do wychodzenia w kapciach.

Makijaż tchnął w moje policzki odrobinę życia, lecz pilnowałam, żeby Sylvia nie przesadziła. Nie chcę wyglądać jak manekin u grabarza. Nie trzeba dużo różu, aby zakłócić równowagę: reszta mojej postaci jest taka blada, taka mała.

Z pewnym wysiłkiem zawiesiłam na szyi złoty medalion. Jego dziewiętnastowieczna uroda wyróżniała się na tle mojego praktycznego ubrania. Poprawiłam go, zastanawiając się nad moją śmiałością, nad tym, co powie Ruth, kiedy go zobaczy. Moje spojrzenie powędrowało w dół. W kierunku małej srebrnej ramki na toaletce. Zdjęcie ślubne. Z radością bym je stamtąd usunęła — małżeństwo zostało zawarte tak dawno temu i trwało bardzo krótko (biedny John) — ale to moje ustępstwo na rzecz Ruth. Myśl, że usycham z tęsknoty za jej ojcem, chyba sprawia jej przyjemność.

Sylvia pomogła mi przejść do salonu — mimo wszystko nadal określa się go tym mianem — gdzie właśnie podawano śniadanie. Miałam zaczekać na Ruth, która zgodziła się (jak powiedziała, wbrew swojemu zdrowemu rozsądkowi) zawieźć mnie do Shepperton Studios. Poprosiłam Sylvię, żeby zostawiła mnie samą przy stoliku w rogu i przyniosła mi szklankę soku, po czym jeszcze raz przeczytałam list od Ursuli.

Ruth przyjechała punktualnie o ósmej trzydzieści. Może i miała złe przeczucia co do sensu tej wyprawy, lecz mimo to jest — i zawsze była — niepoprawnie punktualna. Słyszałam gdzieś, że dzieci urodzone w niepewnych czasach nigdy nie pozbywają się poczucia niedoli i Ruth, dziecko drugiej wojny światowej, potwierdza tę regułę. Tak bardzo różni się od Sylvii, młodszej jedynie o piętnaście lat, która paraduje w obcisłych spódniczkach, zbyt głośno się śmieje i zmienia kolor włosów równie często jak swoich chłopaków.

Tamtego ranka Ruth weszła do salonu dobrze ubrana i idealnie wypielęgnowana, lecz sztywna, jakby połknęła kij.

— Dzień dobry, mamo — powiedziała, muskając mój policzek zimnymi ustami. — Już po śniadaniu? — Zerknęła na stojącą przede mną, w połowie opróżnioną szklankę. — Mam nadzieję, że zjadłaś coś poza tym. Prawdopodobnie po drodze utkniemy w porannym korku i nie będziemy miały czasu na żadne postoje. — Zerknęła na zegarek. — Chcesz iść do toalety?

Pokręciłam głową, zastanawiając się, kiedy z powrotem stałam się dzieckiem.

— Włożyłaś medalion ojca. Nie widziałam go całe wieki. — Wyciągnęła rękę, aby go poprawić, i z uznaniem pokiwała głową. — Miał świetny gust, prawda?

Przyznałam jej rację, poruszona bezgraniczną wiarą, jaką potrafią budzić małe kłamstewka zasłyszane w dzieciństwie. Ogarnął mnie przypływ czułości wobec mojej drażliwej córki i szybko stłumiłam sfatygowane matczyne poczucie winy, które wypływa na wierzch po każdym spojrzeniu na jej zalęknioną twarz.

Wzięła mnie za rękę, wsadziła ją sobie pod ramię, a w drugą dłoń włożyła mi laskę. Inni wolą chodziki albo nawet te zmotoryzowane wózki, ale mnie nadal w zupełności wystarcza laska, ponieważ jestem wierna starym przyzwyczajeniom i nie widzę powodu, dla którego miałabym to zmieniać.

Moja Ruth to dobra dziewczyna — jest rozsądna i niezawodna. Dziś włożyła oficjalny strój — taki, jaki wybrałaby na wizytę u notariusza albo lekarza. Wiedziałam, że tak zrobi. Chciała wywrzeć dobre wrażenie. Pokazać tej reżyserce, że bez względu na przeszłość swojej matki, Ruth Bradley McCourt jest szanującą się przedstawicielką klasy średniej — ot co!

Przez jakiś czas jechałyśmy w milczeniu, po czym Ruth zaczęła stroić radio. Miała palce staruszki. Knykcie spuchły w miejscach, przez które dziś rano przeciskała pierścionki. Obserwowanie, jak starzeje się moja własna córka, wprawia mnie w zdumienie. Po chwili zerknęłam na własne dłonie, splecione na podołku. Dawniej były takie zajęte wykonywaniem niewdzięcznych i skomplikowanych zadań, a teraz leżały bezwładnie, szare i zwiotczałe. W końcu Ruth zdecydowała się na stację nadającą muzykę klasyczną. Przez chwilę spiker w nieco idiotyczny sposób opowiadał o swoim weekendzie, a potem puścił Chopina. To oczywiście zbieg okoliczności, że właśnie dzisiaj musiałam usłyszeć walc cis-moll.

Ruth zaparkowała przed kilkoma wielkimi białymi budynkami, kwadratowymi niczym hangary. Wyłączyła silnik i siedziała przez chwilę, patrząc prosto przed siebie.

— Nie wiem, po co to robisz — powiedziała cicho i zacisnęła usta. — Tyle w życiu osiągnęłaś. Podróżowałaś, studiowałaś, wychowałaś dziecko... Dlaczego chcesz, żeby przypominano ci, kim byłaś w przeszłości?

Nie oczekiwała odpowiedzi, a ja jej nie udzieliłam. Gwałtownie westchnęła, wyskoczyła z samochodu i wyciągnęła z bagażnika moją laskę. Bez słowa pomogła mi wysiąść.

Czekała na nas jakaś młoda kobieta. Filigranowa dziewczyna z bardzo długimi jasnymi włosami, które opadały jej na plecy, a z przodu tworzyły gęstą grzywkę. Należała do tego typu dziewcząt, które można by określić jako zwyczajne, gdyby nie została obdarzona wspaniałymi ciemnymi oczami. Wyglądały jak element olejnego obrazu: były okrągłe, głębokie i pełne ekspresji, miały intensywną barwę mokrej farby.

Z uśmiechem pospieszyła w naszą stronę i wyjęła moją dłoń spod ręki Ruth.

— Pani Bradley, bardzo się cieszę, że zechciała pani przyjechać. Mam na imię Ursula.

— Grace — powiedziałam, zanim Ruth zdążyła wtrącić: „doktor". — Jestem Grace.

— Grace — rozpromieniła się Ursula. — Nie masz pojęcia, jak bardzo ucieszył mnie twój list. — Mówiła z brytyjskim akcentem, co w zestawieniu z amerykańskim adresem, który widniał na jej korespondencji, było dosyć zaskakujące. Zwróciła się do Ruth: — Bardzo dziękuję, że zechciała pani przywieźć do nas mamę.

Poczułam, jak ciało Ruth się napina.

— Przecież nie mogłabym wsadzić jej do autobusu, prawda?

Ursula roześmiała się, a mnie ucieszyło to, że młodzi ludzie tak szybko interpretują nieuprzejmość jako ironię.

— Cóż, zapraszam do środka. Strasznie tu zimno. Proszę wybaczyć to dzikie zamieszanie. W przyszłym tygodniu zaczynamy zdjęcia i stajemy na głowie, żeby wszystko przygotować na czas. Miałam nadzieję, że spotka się pani ze scenografką, ale musiała pojechać do Londynu, żeby kupić jakiś materiał. Może zdąży wrócić, zanim panie wyjadą... Uwaga na próg, jest dosyć wysoki.

Wspólnie z Ruth wepchnęły mnie do holu i poprowadziły mrocznym korytarzem z mnóstwem drzwi po obydwu stronach. Niektóre z nich były uchylone, więc zerkałam do środka, dostrzegając niewyraźne postacie usadowione przed świecącymi ekranami komputerów. Zupełnie nie przypominało to planu filmowego, który wiele lat temu odwiedziłam w towarzystwie Emmeline.

— Jesteśmy na miejscu — powiedziała Ursula, kiedy dotarłyśmy do ostatnich drzwi. — Proszę wejść, a ja przyniosę herbatę. — Popchnęła drzwi i w chwili, w której przekroczyłam próg, cofnęłam się do czasów mojej młodości.

⊛

Znalazłam się w salonie rezydencji Riverton. Nawet tapeta była identyczna. Płomienne tulipany, bordowe *art nouveau* z Silver Studios*, świeże jak w dniu, w którym tapeciarze przywieźli je z Londynu. Pośrodku, przed kominkiem, stała skórzana kanapa ozdobiona drapowanymi indyjskimi jedwabiami, dokładnie takimi samymi jak te, które lord Ashbury, dziadek Hannah i Emmeline, przywiózł z zagranicznych podróży jako młody oficer marynarki. Okrętowy zegar stał tam gdzie zawsze, na kominku, tuż obok kandelabru Waterforda. Ktoś musiał zadać sobie wiele trudu, żeby go zdobyć, lecz każde tyknięcie odsłaniało oszustwo. Nawet teraz, jakieś osiemdziesiąt lat później, pamiętam dźwięk zegara stojącego w salonie. Cichy, lecz zdecydowany sposób, w jaki odmierzał upływ czasu: cierpliwy, pewny, chłodny — jak gdyby już wtedy wiedział, że dla mieszkańców tego domu czas nie jest sprzymierzeńcem.

Ruth poprowadziła mnie w stronę kanapy i posadziła na jej krańcu. Miałam świadomość panującego wokół poruszenia, ludzi, którzy taszczyli ogromne reflektory na owadzich nogach, wybuchów śmiechu.

Pomyślałam o moim ostatnim pobycie w salonie — nie w tym

---

* Jedna z najbardziej wpływowych pracowni projektów tekstylnych w Wielkiej Brytanii, powstała w 1880 roku i przeżywała okres rozkwitu aż do połowy XX wieku.

sztucznym, lecz w prawdziwym — w dniu, w którym już wiedziałam, że opuszczam Riverton i nigdy tam nie wrócę.

O tym, że odchodzę, powiedziałam Teddy'emu. Nie był zadowolony, lecz nie posiadał już wtedy dawnego autorytetu, odebrały
mu go ówczesne wydarzenia. Jego twarz pokryła się nieco zdu-
mioną bladością; tak blady jest kapitan, który wie, że jego statek
tonie, lecz nie jest w stanie temu zapobiec. Poprosił, żebym została,
błagał, mówiąc, żebym zrobiła to nie tyle dla niego, ile przez
lojalność wobec Hannah. I prawie się zgodziłam. Prawie.

Ruth lekko mnie szturchnęła.

— Mamo? Ursula do ciebie mówi.

— Przepraszam. Nie usłyszałam.

— Mama jest trochę głucha — powiedziała Ruth. — To normalne w jej wieku. Próbowałam namówić ją na badania, ale
potrafi być dosyć uparta.

Uparta, nie przeczę. Ale nie jestem głucha i nie lubię, kiedy
ludzie zakładają, że jest odwrotnie — bez okularów kiepsko widzę,
szybko się męczę, nie pozostał mi już ani jeden własny ząb i żyję
tylko dzięki koktajlowi z tabletek, lecz słuch mam dobry jak nigdy
wcześniej. Po prostu z wiekiem nauczyłam się słuchać tylko tego,
co chcę usłyszeć.

— Właśnie mówiłam, pani Bradley, Grace, że pewnie dziwnie
się czujesz, będąc z powrotem w Riverton. Jeśli można to tak
nazwać. Ta wizyta musi budzić mnóstwo wspomnień?

— Tak. — Odchrząknęłam. — Tak, rzeczywiście.

— Bardzo się cieszę — powiedziała Ursula z uśmiechem. —
To chyba świadczy o tym, że dobrze się spisaliśmy.

— O tak.

— Czy jest coś, co tu nie pasuje? O niczym nie zapomnieliśmy?

Znowu rozejrzałam się wokół. Plan filmowy dopracowano do
najdrobniejszego szczegółu. Nie zapomniano nawet o powieszeniu
przy drzwiach zestawu herbów, pośrodku których tkwił szkocki
oset pasujący do tego na moim medalionie.

A jednak czegoś brakowało. Pomimo precyzji wykonania plan
filmowy był dziwnie pozbawiony atmosfery. Przypominał eksponat
w muzeum: interesujący, lecz martwy.

Rzecz jasna, było to całkowicie zrozumiałe. Chociaż lata dwudzieste nadal pozostają żywe w mojej pamięci, dla scenografów filmowych to „dawne czasy". Historyczne tło, którego odtworzenie wymaga równie wielu badań i mrówczej pracy nad szczegółami, co rekonstrukcja średniowiecznego zamku.

Czułam na sobie wzrok Ursuli, która niecierpliwie czekała na moją opinię.

— Jest idealnie — stwierdziłam w końcu. — Wszystko na swoim miejscu.

Wtedy powiedziała coś, co sprawiło, że drgnęłam.

— Wszystko oprócz rodziny.

— Tak. Wszystko oprócz rodziny. — Zamrugałam i przez chwilę miałam ich przed oczami: Emmeline rozłożoną na kanapie, pokazującą piękne nogi i rzęsy, Hannah, która marszcząc brwi, czyta jedną z książek z biblioteki, Teddy'ego kroczącego po perskim dywanie...

— Zdaje się, że Emmeline była bardzo rozrywkową kobietą — powiedziała Ursula.

— Tak.

— Łatwo było zebrać informacje na jej temat: imię Emmeline figurowało chyba we wszystkich rubrykach towarzyskich. Nie wspominając o listach i pamiętnikach połowy kawalerów, którzy byli wówczas do wzięcia!

Przytaknęłam.

— Zawsze była popularna.

Ursula spojrzała na mnie zza swojej grzywki.

— Odtworzenie charakteru Hannah nie było takie łatwe.

Odchrząknęłam.

— Nie?

— Ona była bardziej tajemnicza. Nie chodzi o to, że nie wspominano o niej w prasie: owszem, wspominano. Ona również miała swoich wielbicieli. Po prostu mam wrażenie, że niewielu ludzi naprawdę ją znało. Podziwiali ją, czasami wręcz czcili, ale tak naprawdę jej nie znali.

Pomyślałam o Hannah. Pięknej, inteligentnej i owładniętej tęsknotą Hannah.

— Była skomplikowaną osobą.

— Tak — powiedziała Ursula. — Właśnie takie odniosłam wrażenie.

Ruth, która przysłuchiwała się naszej rozmowie, powiedziała:

— Jedna z nich wyszła za jakiegoś Amerykanina, prawda?

Spojrzałam na nią zaskoczona. Zawsze dokładała wszelkich starań, by o Hartfordach wiedzieć jak najmniej.

Zauważyła moje spojrzenie.

— Trochę na ten temat czytałam.

Cała Ruth: przygotowała się do tej wizyty, bez względu na to, jak wielką odrazę budził w niej jej temat.

Ruth z powrotem zwróciła się do Ursuli i ostrożnie, bacząc, by nie popełnić jakiegoś błędu, powiedziała:

— Zdaje się, że wyszła za mąż po wojnie. To była Hannah czy Emmeline?

— Hannah. — Udało się. Zrobiłam to. Wypowiedziałam jej imię na głos.

— A co stało się z drugą siostrą? — ciągnęła Ruth. — Czy Emmeline kiedykolwiek wyszła za mąż?

— Nie — powiedziałam. — Była zaręczona.

— Kilkakrotnie — wtrąciła Ursula z uśmiechem. — Chyba nie potrafiła zdecydować się na jednego mężczyznę.

Ależ zdecydowała się. W końcu się zdecydowała.

— Pewnie nigdy się nie dowiemy, co dokładnie zaszło tamtego wieczoru. — To były słowa Ursuli.

— Masz rację. — Moje zmęczone stopy zaczynały buntować się przeciwko uciskowi skórzanych butów. Dziś wieczorem będą opuchnięte, a na ich widok Sylvia wyda okrzyk i będzie nalegała, abym wymoczyła je w ciepłej wodzie. — Pewnie się nie dowiemy.

Ruth wyprostowała się na krześle.

— Ale pani musi wiedzieć, co się stało, panno Ryan. W końcu robi pani o tym film.

— Oczywiście — powiedziała Ursula. — Znam podstawowe informacje. Tamtego wieczoru w Riverton była moja prababka, spokrewniona z siostrami poprzez małżeństwo z ich wujem, a cała historia z czasem stała się rodzinną legendą. Prababka opowiedziała ją babce, babka mamie, a mama mnie. I to wiele razy. Zrobiło to na mnie ogromne wrażenie. Zawsze wiedziałam, że pewnego dnia nakręcę o tym film. — Uśmiechnęła się i wzruszyła ramionami. — Ale w każdej historii są jakieś luki, prawda? Zgromadziłam całe archiwum dokumentów: policyjne raporty i gazety są pełne faktów, lecz one wszystkie pochodzą z drugiej ręki. Podejrzewam, że podlegają dosyć ścisłej cenzurze. Niestety, obydwie osoby, które były świadkami samobójstwa, umarły wiele lat temu.

— Muszę przyznać, że to dosyć makabryczny materiał na film — rzekła Ruth.

— Ależ nie, jest fascynujący — zaprzeczyła Ursula. — Wschodząca gwiazda angielskiej sceny poetyckiej odbiera sobie życie nad ciemnym jeziorem w wieczór wielkiego przyjęcia. Jedynymi świadkami są dwie piękne siostry, które już nigdy nie zamienią ze sobą słowa. Jedna z nich jest jego narzeczoną, a druga rzekomą kochanką. To strasznie romantyczne.

Węzeł w moim żołądku odrobinę się rozluźnił. Zatem ich tajemnica nadal jest bezpieczna. Ursula nie zna prawdy. Zastanawiałam się, dlaczego w ogóle myślałam, że jest inaczej. Zastanawiałam się również, cóż za opacznie pojęta lojalność kazała mi starać się, by ta prawda nie wyszła na jaw. Dlaczego po tych wszystkich latach przejmowałam się tym, co pomyślą ludzie.

Jednak również na to pytanie znałam odpowiedź. Miałam tę lojalność we krwi. Pan Hamilton powiedział mi o tym w dniu mojego wyjazdu, kiedy stałam na najwyższym stopniu schodów dla służby, ze skórzaną torbą wypełnioną skąpym dobytkiem, a pani Townsend popłakiwała w kuchni. Powiedział, że mam tę lojalność we krwi, podobnie jak moja matka i jej rodzice, i że popełniam głupstwo, odchodząc, porzucając porządne miejsce pracy i dobrą rodzinę. Potępił brak lojalności i dumy powszechny wśród Anglików, i przysiągł, że zrobi wszystko, by nie skaził on Riverton. Nie po to wygraliśmy wojnę, żeby tracić nasze zasady.

Wtedy mu współczułam: był taki nieustępliwy, taki pewny, że odchodząc ze służby, skazuję się na finansowy i moralny upadek. Dopiero później zaczęłam rozumieć, jak bardzo musiał być przerażony, jak nieuniknione musiały mu się wydawać gwałtowne zmiany społeczne, które otaczały go ze wszystkich stron, i rzeczywistość, która deptała mu po piętach. Jak rozpaczliwie próbował trzymać się starych zasad i pewników.

Ale miał rację. Nie we wszystkim, nie wtedy, gdy mówił o upadku. Ani moje finanse, ani moralność nie ucierpiały po odejściu z Riverton, lecz jakaś część mnie nigdy nie opuściła tego domu. A raczej jakaś część Riverton nigdy nie opuściła mnie. Jeszcze wiele lat później wystarczył zapach pszczelego wosku firmy Stubbins & Co., chrzęst żwiru pod kołami samochodu, pewien szczególny dźwięk dzwonka do drzwi, i znowu czułam się jak czternastolatka zmęczona po długim dniu pracy, która sączy kakao przy kominku w suterenie, podczas gdy pan Hamilton donośnym głosem czyta wybrane fragmenty „The Times" (te, które uznał za odpowiednie dla naszych podatnych na wpływy uszu), Nancy marszczy brwi w odpowiedzi na jakiś zuchwały komentarz ze strony Alfreda, a pani Townsend cichutko pochrapuje w bujanym fotelu, trzymając w pulchnych dłoniach ręczną robótkę...

— Oto i herbata — powiedziała Ursula. — Dzięki, Tony.

Obok mnie wyrósł jakiś młody mężczyzna, który przyniósł prowizoryczną tacę z kolorowymi kubkami i wypełnionym cukrem starym słoikiem po dżemie. Postawił ją na stoliku do kawy i Ursula zaczęła rozdawać kubki. Ruth podała mi jeden z nich.

— Mamo, co się dzieje? — Wyciągnęła chusteczkę i sięgnęła w kierunku mojej twarzy. — Źle się czujesz?

Wtedy poczułam, że mam wilgotne policzki.

Sprawił to aromat herbaty. I fakt, że siedziałam tu, w tym pokoju, na tej kanapie. Ciężar dawnych wspomnień. Sekretów, które długo trzymano w tajemnicy. Zderzenie przeszłości z teraźniejszością.

— Grace? Podać ci coś? — To pytanie padło z ust Ursuli. — Może przykręcić ogrzewanie?

— Będę musiała odwieźć ją do domu. — Znowu odezwała się Ruth. — Wiedziałam, że to nie jest dobry pomysł. To dla niej zdecydowanie zbyt wiele wrażeń.

Tak, chciałam wracać do domu. Chciałam znaleźć się w domu.

Poczułam, jak czyjeś ręce dźwigają mnie w górę, wsadzają mi laskę w dłoń. Wokół wirowały jakieś głosy.

— Przepraszam — powiedziałam, nie bardzo wiedząc do kogo. — Po prostu jestem bardzo zmęczona. — Bardzo zmęczona. To wszystko było tak dawno temu.

Bolały mnie stopy: buntowały się przeciwko uciskowi butów. Ktoś — chyba Ursula — wyciągnęła rękę, żeby mnie podtrzymać. Zimny wiatr uderzył mnie w mokre policzki.

Potem znalazłam się w samochodzie Ruth, a obok przemykały domy, drzewa i znaki drogowe.

— Nie martw się, mamo, już po wszystkim — powiedziała Ruth. — To moja wina. Nigdy nie powinnam była się na to zgodzić.

Położyłam dłoń na jej ramieniu i poczułam, jaka jest spięta.

— Powinnam była zaufać instynktowi — wyrzucała sobie. — Głupio postąpiłam.

Zamknęłam oczy. Wsłuchałam się w szum chłodnicy, w rytm wycieraczek, warkot samochodu.

— Już po wszystkim, teraz będziesz mogła trochę odpocząć — powiedziała Ruth. — Jedziesz do domu. Już nigdy nie będziesz musiała tam wracać.

Uśmiechnęłam się i poczułam, że odpływam.

Za późno, już jestem w domu. Wróciłam.

Pokój dziecinny

Nastał pogodny ranek, przedsmak wiosny. Siedzę na żelaznej ławce w ogrodzie, pod wiązem. Świeże powietrze dobrze mi robi (tak twierdzi Sylvia), więc tkwię tu, wystawiając twarz w kierunku nieśmiałych promieni zimowego słońca. Moje policzki są zimne i zwiotczałe niczym para brzoskwiń, które zbyt długo leżały w lodówce.

Myślę o dniu, w którym zaczęłam pracować w Riverton. Pamiętam go dokładnie. Późniejsze lata składają się w harmonijkę i znowu nastaje czerwiec tysiąc dziewięćset czternastego roku. Znowu mam czternaście lat: jestem naiwna, nieobyta, wystraszona i podążam za Nancy w górę wiązowych schodów. Jej spódnica głośno szeleści wraz z każdym krokiem, a każdy szelest wytyka mi brak doświadczenia. Z wysiłkiem wdrapuję się za nią. Rączki walizki wrzynają mi się w palce. Tracę Nancy z oczu, kiedy skręca ku kolejnemu biegowi schodów, i podążam za szelestem jej spódnicy...

Kiedy Nancy dotarła na sam szczyt, przeszła ciemnym niskim korytarzem i w końcu zatrzymała się przed małymi drzwiami, delikatnie stukając obcasami. Odwróciła się i zmarszczyła brwi, widząc, jak kuśtykam. Oczy, które posłały mi surowe spojrzenie, wydały mi się równie czarne jak jej włosy.

— Co się z tobą dzieje? — zapytała. Jej urywane angielskie słowa nie były w stanie stłumić irlandzkiego brzmienia samogłosek. — Nie miałam pojęcia, że jesteś taka powolna. Jestem pewna, że pani Townsend nic o tym nie wspominała.

— Nie jestem powolna. To przez walizkę. Jest ciężka.

— Cóż, nigdy nie widziałam, żeby ktoś robił takie zamieszanie z powodu walizki. Nie wiem, jaka będzie z ciebie pokojówka, skoro zwykła walizka ubrań sprawia, że wleczesz się z tyłu. Lepiej nie pokazuj się panu Hamiltonowi, kiedy będziesz wlekła szczotkę do dywanów jak worek mąki.

Popchnęła drzwi. Pokój był mały i skąpo umeblowany. Nie wiedzieć czemu pachniał ziemniakami. Jednak połowa tego pokoju — żelazne łóżko, komoda i krzesło — miała należeć do mnie.

— Tamta strona jest twoja — powiedziała, kiwając w kierunku dalszego krańca łóżka. — Ja zajmuję tę stronę i będę wdzięczna, jeśli powstrzymasz się od dotykania moich rzeczy. — Przebiegła palcami po swojej komodzie, krucyfiksie, Biblii i szczotce do włosów. — Nie tolerujemy tu złodziejaszków. A teraz rozpakuj się, włóż fartuszek i zejdź na dół wypełniać swoje obowiązki. Pamiętaj, żadnego ociągania się i, na miłość boską, nie wychodź z sutereny. Dziś w południe jest uroczysty lunch z okazji przyjazdu wnucząt jaśnie pana, a nie zdążyliśmy jeszcze posprzątać pokojów. Nie mam czasu cię pilnować. Mam nadzieję, że nie jesteś guzdrałą?

— Nie, Nancy — odparłam, nadal urażona sugestią, że mogłabym być złodziejką.

— Cóż. To się jeszcze okaże. — Pokręciła głową. — Sama nie wiem. Mówię, że potrzebuję dziewczyny do pomocy, i kogo mi przysyłają? Żadnego doświadczenia, żadnych referencji i, sądząc po wyglądzie, guzdrałę.

— Nie jestem...

— Sza — powiedziała, tupiąc wąską stopą. — Pani Townsend mówi, że twoja matka była szybka i pojętna, a jabłko nie pada daleko od jabłoni. Lepiej, żeby tak było. Ani jaśnie pani, ani ja nie będziemy tolerować guzdralstwa u kogoś takiego jak ty. — Po tych słowach z dezaprobatą pokręciła głową, odwróciła się na pięcie i zostawiła mnie samą w małym mrocznym pokoiku na poddaszu. Szast... szast... szast...

Wstrzymałam oddech, nasłuchując.

Wreszcie, pozostawiona sam na sam z westchnieniami wielkiego domu, podeszłam na paluszkach do drzwi, zamknęłam je lekkim ruchem, i odwróciłam się, żeby nasycić wzrok moim nowym pokojem.

Nie było zbyt wiele do oglądania. Musnęłam dłonią krawędź łóżka i spojrzałam w stronę skośnego sufitu. Na skraju materaca leżał szary ręcznik zacerowany w rogu przez czyjąś sprytną dłoń. Na ścianie wisiał mały oprawiony w ramkę obrazek, jedyna dekoracja w całym pokoju: prymitywna scena myśliwska przedstawiająca upolowaną sarnę krwawiącą z rannego boku. Pospiesznie odwróciłam wzrok od konającego zwierzęcia.

Ostrożnie i cicho usiadłam, starając się nie pognieść gładkiej pościeli. Sprężyny łóżka zaskrzypiały w odpowiedzi, podskoczyłam jak oparzona, a moje policzki oblały się rumieńcem.

Wąskie okno wpuszczało do pokoju snop przyćmionego światła. Wstałam, uklękłam na krześle i wyjrzałam na zewnątrz.

Pokój znajdował się w tylnej części domu, a w dodatku bardzo wysoko. Ujrzałam całą dróżkę ciągnącą się przez różany ogród, pod treliażami, w kierunku południowej fontanny. Wiedziałam, że dalej znajduje się jezioro, a po drugiej stronie wioska i chatka, w której spędziłam pierwsze czternaście lat życia. Wyobraziłam sobie matkę siedzącą przy kuchennym oknie, gdzie było najlepsze światło, pochyloną nad cerowanym ubraniem.

Zastanawiałam się, jak sobie radzi pozostawiona w samotności. Ostatnio gorzej się czuła. W nocy słyszałam jęki dobiegające od strony łóżka, kiedy jej kości boleśnie przemieszczały się pod skórą. Bywały ranki, gdy miała tak zesztywniałe palce, że musiałam polewać je ciepłą wodą i pocierać, aby mogła przynajmniej wyciągnąć z koszyka szpulkę nici. Pani Rodgers z wioski zgodziła się zaglądać do niej codziennie, a dwa razy w tygodniu wpadał handlarz starzyzną, lecz mimo to czekało ją okropnie wiele samotnych chwil. Było mało prawdopodobne, aby bez mojej pomocy nadal zajmowała się cerowaniem. Skąd będzie brała pieniądze? Moje skąpe zarobki oczywiście trochę pomogą, ale chyba byłoby lepiej, gdybym przy niej została.

Jednak to właśnie ona nalegała, abym starała się o pracę. Nie chciała słuchać moich argumentów przeciwko temu pomysłowi. Pokręciła tylko głową i przypomniała mi, że ona wie lepiej.

Usłyszała gdzieś, że szukają nowej pracownicy, i była pewna, że potrzebują właśnie kogoś takiego jak ja. Nie mówiła, skąd to wie. Typowe: moja matka i jej tajemnice.

— To niedaleko — powiedziała. — W wolnych dniach będziesz mogła wracać do domu, żeby mi pomóc.

Musiała dostrzec moje wahanie, ponieważ wyciągnęła rękę w stronę mojego policzka. Był to obcy gest, którego wcale się nie spodziewałam. Zaskoczenie wywołane przez dotyk jej szorstkiej dłoni i palców pokłutych igłami, sprawiło, że się wzdrygnęłam.

— Już dobrze, dziecko. Wiedziałaś, że nadejdzie dzień, w którym będziesz musiała znaleźć sobie posadę. Tak będzie najlepiej: to dobra okazja. Zobaczysz. Niewielu pracodawców przyjęłoby tak młodą dziewczynę. Lord Ashbury i lady Violet nie są złymi ludźmi. Pan Hamilton może sprawiać wrażenie surowego, lecz z pewnością jest sprawiedliwy. Pani Townsend również. Pracuj ciężko, rób, co ci każą, a nie będziesz miała żadnych problemów. — Po tych słowach mocno ścisnęła moje policzki drżącymi palcami. — I jeszcze jedno, Gracie. Nie zapominaj, gdzie jest twoje miejsce. Bez tego zbyt wiele młodych dziewcząt wpada w tarapaty.

Obiecałam stosować się do jej rad i w następną sobotę, ubrana w niedzielną sukienkę, wdrapałam się na wzgórze i skierowałam kroki ku wielkiej rezydencji, aby odbyć rozmowę z lady Violet.

Powiedziała mi, że to mały i spokojny dom: tylko ona i jej mąż, lord Ashbury, którego przez większość czasu pochłania zarządzanie majątkiem i członkostwo w klubach. Ich obydwaj synowie, major Jonathan i pan Frederick, byli już dorośli i mieszkali we własnych domach wraz z rodzinami, lecz czasami wpadali z wizytą i z pewnością będę miała okazję ich zobaczyć, o ile oczywiście będę ciężko pracować i postanowią zatrudnić mnie na stałe. Powiedziała, że ponieważ mieszkają w Riverton tylko we dwoje, obywają się bez służącej, pozostawiając prowadzenie domu zręcznym dłoniom pana Hamiltona, a sprawy kulinarne kucharce, pani Townsend. Jeśli ci dwoje będą zadowoleni z mojej pracy, uzna to za wystarczającą rekomendację do zatrzymania mnie na służbie.

Następnie zamilkła i uważnie mi się przyjrzała, co sprawiło, że poczułam się jak schwytana w pułapkę, jak mysz w słoiku.

Natychmiast przypomniałam sobie o rąbku spódnicy oszpeconym ciągłymi próbami dopasowania jej długości do mojego rosnącego ciała, o małej łatce na pończosze, która ocierała się o buty i stawała się coraz cieńsza, o mojej zbyt długiej szyi i za dużych uszach. Wtedy zamrugała powiekami i uśmiechnęła się: był to powściągliwy uśmiech, który zmieniał jej oczy w lodowate półksiężyce.

— Cóż, wydajesz cię czysta, a pan Hamilton twierdzi, że potrafisz szyć. — Pokiwałam głową, a ona wstała i oddaliła się ode mnie w kierunku biurka, delikatnie muskając szezlong dłonią. — Jak się miewa twoja matka? — zapytała, nie odwracając się. — Wiesz, że ona również kiedyś u nas pracowała? — Odpowiedziałam, że owszem, wiem o tym, a matka miewa się dobrze, dziękuję, że pani pyta.

Chyba udzieliłam prawidłowej odpowiedzi, bo chwilę później zaproponowała mi piętnaście funtów rocznie. Powiedziała, że zaczynam pracę od następnego dnia, i zadzwoniła po Nancy, żeby wskazała mi drogę do wyjścia.

Odsunęłam twarz od okna, starłam z szyby ślad pozostawiony przez mój oddech i zeszłam z krzesła.

Moja walizka leżała tam, gdzie ją upuściłam — po stronie łóżka, która należała do Nancy — więc powlekłam ją w kierunku komody, która miała być moja. Starałam się nie patrzeć na krwawiącą sarnę, zastygłą w chwili ostatniego przerażenia, i zajęłam się wkładaniem do górnej szuflady ubrań: dwóch spódnic, dwóch bluzek i pary czarnych pończoch, które matka kazała mi zacerować, by wystarczyły na całą zbliżającą się zimę. Później, zerkając na drzwi, z łomoczącym sercem wydobyłam mój sekretny bagaż.

Były to trzy książki. Zielone okładki miały sfatygowane rogi i wyblakłe złote napisy. Schowałam je w głąb najniższej szuflady i przykryłam szalikiem, starając się osłonić je ze wszystkich stron, aby stały się zupełnie niewidoczne. Pan Hamilton wyraził się jasno. Święta Biblia była dopuszczalna, lecz wszelkie inne lektury były najprawdopodobniej szkodliwe i musiały uzyskać jego aprobatę, gdyż w przeciwnym razie groziła ich konfiskata. Nie byłam żadną buntowniczką — wręcz przeciwnie: w tamtych czasach miałam przemożne poczucie obowiązku — ale nie potrafiłam wyobrazić sobie życia bez Holmesa i Watsona.

Wepchnęłam walizkę pod łóżko.

Na haczyku za drzwiami wisiał mój strój — czarna spódnica, biały fartuszek i czepek z falbanką. Włożyłam go, czując się jak dziecko, które odkryło szafę swojej mamy. Spódnica była sztywna, a kołnierzyk drapał mnie w szyję w miejscu, w którym długie godziny użytkowania dopasowały go do czyichś bardziej obfitych kształtów. Kiedy zawiązywałam fartuszek, ze środka wyfrunął mały biały mól, który wyruszył na poszukiwania nowej kryjówki, ulatując w stronę wysokich krokwi, a ja marzyłam o tym, żeby móc do niego dołączyć.

Czepek został uszyty z białej bawełny i tak wykrochmalony, aby przód sterczał ku górze. Skorzystałam z lusterka wiszącego nad komodą Nancy, aby upewnić się, że włożyłam go jak trzeba, i przygładzić jasne włosy nad uszami, jak pokazywała mi matka. Dziewczyna w lustrze zerknęła na mnie, a ja pomyślałam o tym, jak bardzo poważną ma twarz. To dziwne uczucie, kiedy człowiek w chwili zamyślenia dostrzega swoje odbicie w lustrze. Moment nieuwagi, odarty z udawania, kiedy zapomina się nawet o oszukiwaniu siebie samego.

※

Sylvia przyniosła mi kubek parującej herbaty i kawałek ciasta cytrynowego. Siedzi obok mnie na żelaznej ławce i zerkając w stronę biura, wyciąga paczkę papierosów (to znamienne, że moja oczywista potrzeba zaczerpnięcia świeżego powietrza wydaje się zawsze współgrać z jej potrzebą potajemnej przerwy na papierosa). Proponuje mi jednego. Jak zwykle odmawiam, a ona jak zwykle mówi:

— W twoim wieku to pewnie lepiej. Wypalę za ciebie, dobrze?

Sylvia dobrze dzisiaj wygląda — zrobiła sobie inną fryzurę — i mówię jej o tym. Kiwa głową, wypuszcza chmurę dymu i odrzuca głowę w bok, a na jej ramieniu ląduje długi kucyk.

— Zrobiłam sobie treskę — mówi. — Marzyłam o niej od

wieków i po prostu pomyślałam: Dziewczyno, życie jest zbyt krótkie, żeby odmawiać sobie efektownego wyglądu. Włosy wyglądają jak prawdziwe, prawda?

Ociągam się z odpowiedzią, co uznaje za przytaknięcie.

— Bo takie są. Prawdziwe włosy, takie, które noszą gwiazdy. Masz. Dotknij.

— Mój Boże — mówię, gładząc szorstki kucyk. — Prawdziwe włosy.

— W dzisiejszych czasach wszystko jest możliwe. — Macha papierosem, a ja zauważam soczyście purpurowy ślad, który zostawiły na nim jej usta. — Oczywiście, trzeba za to zapłacić. Na szczęście wcześniej udało mi się odłożyć trochę grosza na ciężkie czasy.

Uśmiecha się rozpromieniona i wtedy pojmuję przyczynę tej innowacyjnej zmiany. I rzeczywiście, z kieszeni bluzki Sylvia wydobywa zdjęcie.

— To Anthony — mówi rozpromieniona.

Z namaszczeniem wkładam okulary i spoglądam na zdjęcie mężczyzny o siwych wąsach, który zbliża się do kresu wieku średniego.

— Wygląda uroczo.

— Och, Grace. — Sylvia wydaje z siebie radosne westchnienie. — On jest uroczy. Parę razy wybraliśmy się tylko na herbatę, ale mam co do niego bardzo dobre przeczucia. To prawdziwy dżentelmen, wiesz? Nie jak te obiboki, które trafiały mi się w przeszłości. Otwiera przede mną drzwi, przynosi kwiaty, odsuwa dla mnie krzesło, kiedy gdzieś razem wychodzimy. To prawdziwy staromodny dżentelmen.

Domyślam się, że ta ostatnia uwaga została dodana specjalnie z myślą o mnie. Wynika z założenia, że starszym ludziom z pewnością imponują staromodne cechy.

— Czym się zajmuje? — pytam.

— Uczy w miejscowej szkole średniej. Historii i angielskiego. Jest piekielnie inteligentny. Poza tym to społecznik. Pracuje jako wolontariusz na rzecz lokalnego towarzystwa historycznego. Mówi, że te wszystkie damy, lordowie, książęta i księżniczki to jego hobby. Wie dosłownie wszystko o tej twojej rodzinie: tej, która kiedyś mieszkała w tamtym wielkim domu na wzgórzu... — Urywa i zerka w stronę biura, po czym przewraca oczami. — O matko. To siostra Ratchet. Powinnam roznosić teraz herbatę. Na pewno znowu naskarżył na mnie Bertie Sinclair. Jeśli mam być szczera, to odmówienie sobie ciasteczka raz na jakiś czas dobrze by mu zrobiło. — Gasi papierosa i wrzuca niedopałek do pudełka z zapałkami. — No dobra, taki już mój los. Przynieść ci coś, zanim zacznę obsługiwać innych, kochana? Prawie nie tknęłaś herbaty.

Zapewniam ją, że niczego mi nie trzeba, i po chwili już pędzi trawnikiem, a jej biodra i kucyk kołyszą się w zgodnym rytmie.

To miłe, kiedy ktoś o ciebie dba, przynosi herbatę. Lubię myśleć, że zasłużyłam sobie na tę odrobinę luksusu. Bóg wie, że wystarczająco często to ja przynosiłam komuś herbatę. Czasami z rozbawieniem zastanawiam się, jak Sylvia poradziłaby sobie na służbie w Riverton. To nie dla niej: milczący, posłuszny los służącej. Ma w sobie zbyt wiele niefrasobliwości, nie zraziłyby jej częste uwagi na temat tego, gdzie jest jej „miejsce", dobroduszne zalecenia, aby nie oczekiwała zbyt wiele. Nie, w oczach Nancy Sylvia nie byłaby tak uległą uczennicą jak ja.

Wiem, to niesprawiedliwe porównanie. Ludzie za bardzo się zmienili. Ubiegły wiek pozostawił nam siniaki i rany. Dziś nawet młodzi i bogaci noszą swój cynizm jak jakąś odznakę, mają pusty wzrok, a ich umysły wypełniają sprawy, o których wcale nie chcieli wiedzieć.

To jedna z przyczyn, dla których nigdy nie mówiłam o siostrach Hartford i Robbiem Hunterze oraz o tym, co między nimi zaszło. Bo były czasy, kiedy chciałam o wszystkim powiedzieć, zrzucić z siebie ten ciężar. Chciałam powiedzieć Ruth. Albo raczej Marcusowi. Lecz w jakiś sposób jeszcze przed rozpoczęciem tej opowieści wiedziałam, że nie zrozumieją. Nie pojmą, jak doszło do tego, że wszystko skończyło się właśnie w ten sposób. Nie pojmą, dlaczego tak się stało. Nie będę w stanie wytłumaczyć im, jak bardzo zmienił się świat.

Oczywiście już wtedy widać było oznaki pewnych zmian. Pierwsza wojna światowa — Wielka Wojna — wszystko zmieniła, zarówno na społecznych wyżynach, jak i na nizinach. Jakże byliśmy wstrząśnięci, kiedy po wojnie zaczęli napływać nowi pracownicy — zazwyczaj z agencji pośrednictwa (i zazwyczaj nie zagrzewali miejsca) — pełni takich pomysłów, jak płace minimalne i urlopy. Wcześniej świat wydawał się pewnym absolutem, podziały były proste i oczywiste.

Podczas mojego pierwszego poranka w Riverton pan Hamilton wezwał mnie do swojego pokoju kredensowego, mieszczącego się w głębi części dla służby, gdzie pochylony prasował egzemplarze „The Times". Wyprostował się i poprawił na długim haczykowatym nosie okulary w delikatnej okrągłej oprawie. Zapoznanie mnie ze „zwyczajami" było tak ważne, że pani Townsend wyjątkowo przerwała przygotowanie galantyny na uroczysty lunch, aby uczestniczyć w tym wydarzeniu. Następnie pan Hamilton uważnie przyjrzał się mojemu strojowi i najwyraźniej zadowolony rozpoczął wykład na temat różnic pomiędzy nami a nimi.

— Nigdy nie zapominaj — powiedział z wielką powagą — że masz doprawdy wielkie szczęście, mogąc służyć w tak wspaniałym domu jak ten. A łaskawy los idzie w parze z odpowiedzialnością. Każde twoje zachowanie świadczy bezpośrednio o rodzinie i musi mieć ją na względzie: dotrzymuj jej tajemnic i zasłuż sobie na jej zaufanie. Pamiętaj, że jaśnie pan zawsze wie najlepiej. Bierz przykład z niego i jego rodziny. Służ jej w milczeniu... gorliwie... z wdzięcznością. Twoja praca będzie wykonana dobrze, jeśli pozostanie niezauważona, sprawdzisz się w niej, jeśli będziesz niezauważalna. — Po tych słowach skierował wzrok ku górze i wpatrzył się w przestrzeń ponad moją głową, a jego rumiana skóra dodatkowo oblała się rumieńcem. — I jeszcze jedno, Grace. Nigdy nie zapominaj o zaszczycie, jakiego dostąpiłaś, mogąc służyć w ich domu.

Wyobrażam sobie, co powiedziałaby na to Sylvia. Z pewnością nie przyjęłaby tego przemówienia tak jak ja, nie czułaby, jak twarz kurczy się jej z wdzięczności, i nie doświadczyłaby niejasnego, trudnego do nazwania wrażenia, że oto wkroczyła do lepszego świata.

Obracam się i zauważam, że zapomniała zabrać zdjęcie: podobiznę tego nowego mężczyzny, który zaleca się do niej, opowiadając o historii, i żywi hobbystyczną sympatię do arystokracji. Znam ten typ. Tacy jak on przechowują w domu albumy z wycinkami z prasy i zdjęciami, aby kreślić skomplikowane drzewa genealogiczne rodzin, do których nie mają wstępu.

Sprawiam wrażenie, jakbym nim gardziła, lecz wcale tak nie jest. Ciekawi mnie — wręcz intryguje — sposób, w jaki czas wymazuje prawdziwe życie, pozostawiając jedynie niejasne odciski. Krew i duch blakną, a pozostają jedynie nazwiska i daty.

Znowu zamykam oczy. Słońce powędrowało w górę i ogrzało mi policzki.

Ludzie z Riverton już dawno nie żyją. Podczas gdy mnie upływ czasu odebrał siły, oni pozostają wiecznie młodzi, wiecznie piękni.

No i proszę. Robię się ckliwa i romantyczna. Przecież oni wcale nie są młodzi ani piękni. Są martwi. Pogrzebani. Są niczym. To jedynie fragmenty, które przemykają pomiędzy wspomnieniami ludzi, których kiedyś znali.

Jednak ci, którzy żyją we wspomnieniach, tak naprawdę nigdy nie umierają.

❦

Kiedy po raz pierwszy ujrzałam Hannah, Emmeline i ich brata Davida, debatowali nad efektami, jakie na ludzkiej twarzy wywołuje trąd. Byli w Riverton już od tygodnia — składali doroczną letnią wizytę — lecz wcześniej udało mi się usłyszeć jedynie sporadyczny śmiech i tupot biegnących stóp pośród skrzypienia kości starego domu.

Nancy uparła się, że jestem zbyt mało doświadczona, by można mnie było dopuścić do kulturalnego towarzystwa — pomimo że owo towarzystwo było jeszcze młode — i powierzała mi jedynie te obowiązki, które trzymały mnie z dala od gości. Zatem podczas gdy reszta służby przygotowywała się na przyjazd dorosłych gości, który miał nastąpić za dwa tygodnie, mnie kazano zająć się pokojem dziecinnym.

— Są zdecydowanie zbyt starzy, żeby bawić się w pokoju dziecinnym — powiedziała Nancy. Pewnie w ogóle by z niego nie korzystali, ale tradycji musiało stać się zadość, a zatem ogromny pokój na drugim piętrze, który mieścił się w najdalszym krańcu wschodniego skrzydła, należało wywietrzyć i posprzątać, a kwiaty zmieniać codziennie.

Mogę opisać ten pokój, lecz obawiam się, że żaden opis nie uchwyci dziwnej fascynacji, którą we mnie budził. Pomieszczenie było ogromne, prostokątne i mroczne. Miało w sobie bladość wyrachowanego zaniedbania. Wydawało się opuszczone, jak gdyby za sprawą jakiegoś czaru z pradawnej baśni. Spało snem stuletniej klątwy. Powietrze było tam ciężkie, duszne, zimne i nieruchome, a w umieszczonym obok kominka domku dla lalek tkwił zastawiony stół, czekając na gości, choć nigdy nie mieli się zjawić.

Ściany pokrywała tapeta, którą niegdyś zdobiły niebiesko-białe pasy, lecz upływ czasu i wilgoć zmieniły jej barwę w ponurą szarość. Miejscami odklejała się i pokrywały ją plamy. Na jednej ze ścian wisiały wyblakłe obrazy przedstawiające sceny z baśni Hansa Christiana Andersena: dzielnego cynowego żołnierzyka nad płomieniem ognia, piękną dziewczynkę w czerwonych bucikach, małą syrenkę płaczącą za utraconą przeszłością. Pachniało stęchlizną, upiornymi dziećmi i dawno nieścieranym kurzem. Jakby w środku czaiło się coś żywego.

W jednym krańcu stał usmolony kominek i skórzany fotel, a w przyległych ścianach tkwiły ogromne okna zwieńczone łukami. Gdy wdrapywałam się na parapet z ciemnego drewna i spoglądałam w dół, mogłam dostrzec podwórze pilnowane przez stojące na sfatygowanych cokołach dwa lwy z brązu, które obserwowały przykościelny cmentarz położony w dolinie.

Zniszczony koń na biegunach odpoczywał przy oknie: dostojny jabłkowity o miłych czarnych oczach, który wydawał się wdzięczny, kiedy wycierałam go z kurzu. Jego milczącym towarzyszem był Raverley. Czarno-brązowy foxhound należał do lorda Ashbury'ego, gdy ten był jeszcze dzieckiem. Zdechł po tym, jak jego łapa utknęła w sidłach. Balsamista bardzo starał się ukryć tę skazę, lecz żadna ilość ślicznych opatrunków nie potrafiła ukryć tego, co czaiło się w głębi. Z czasem zaczęłam przykrywać Raverleya ścierką do kurzu. Gdy nie było go widać, mogłam niemal udawać, że go tam nie ma, że nie obserwuje mnie swoimi pozbawionymi życia szklistymi oczami, podczas gdy spod opatrunku wyziera jego rana.

Lecz pomimo tego wszystkiego — obecności Raverleya, woni powolnego rozkładu i schodzącej płatami tapety — pokój dziecinny stał się moim ulubionym pomieszczeniem. Zgodnie z przewidywaniami nikt do niego nie zaglądał, a dzieci zajmowały się czymś w innych częściach posiadłości. Nauczyłam się pospiesznie wykonywać codzienne obowiązki, aby później móc spędzić tam kilka samotnych chwil. Z dala od nieustannych pouczeń Nancy, od posępnej dezaprobaty pana Hamiltona, od hałaśliwego towarzystwa innych służących, które uświadamiało mi, jak wiele muszę się jeszcze nauczyć. Przestałam wstrzymywać oddech, zaczęłam traktować tę samotność jako pewnik. Myślałam, że ten pokój należy do mnie.

Poza tym były tam książki, wiele książek, więcej niż kiedykolwiek widziałam jednocześnie w tym samym miejscu: książki przygodowe, historyczne, bajki, upchnięte razem na ogromnych półkach po obu stronach kominka... Pewnego razu odważyłam się sięgnąć po jedną z nich. Z braku lepszego powodu wybrałam tę, która miała najładniejszy grzbiet. Przesunęłam dłonią po stęchłej okładce, otworzyłam i przeczytałam starannie wypisane nazwisko: TIMOTHY HARTFORD. Następnie przewróciłam grube strony, wciągnęłam woń zapleśniałego kurzu i przeniosłam się w inny czas i miejsce.

Nauczyłam się czytać w wiejskiej szkole i moja nauczycielka, panna Ruby, najwyraźniej uradowana tak nietypowym zainteresowaniem ze strony uczennicy, zaczęła pożyczać mi książki z własnej kolekcji: *Jane Eyre*, *Frankensteina*, *Zamek Otranto*. Kiedy je oddawałam, rozmawiałyśmy o naszych ulubionych fragmentach. To właśnie panna Ruby zasugerowała, że mogę zostać nauczycielką. Matka nie była zadowolona, kiedy jej o tym powiedziałam. Oznajmiła, że to bardzo miło ze strony panny Ruby, że wkłada mi do głowy te wspaniałe pomysły, ale wspaniałe pomysły nie zapewnią mi utrzymania. Niedługo potem wysłała mnie na wzgórze, do Riverton, do Nancy i pana Hamiltona, i do pokoju dziecinnego...

Przez jakiś czas pokój dziecinny był moim pokojem, książki moimi książkami.

Jednak pewnego dnia pojawiła się mgła i zaczął padać deszcz. Kiedy pędziłam korytarzem z zamiarem przejrzenia ilustrowanej encyklopedii dla dzieci, którą odkryłam poprzedniego dnia, nagle stanęłam jak wryta. Z pokoju dziecinnego dobiegały jakieś głosy. Wmawiałam sobie, że to wiatr przynosi je z jakiejś innej części domu, że to tylko złudzenie. Gdy jednak uchyliłam drzwi i zajrzałam do środka, przeżyłam szok. W pokoju byli ludzie. Młodzi ludzie, którzy doskonale pasowali do tego uroczego wnętrza.

I w tym momencie, bez żadnego uprzedzenia ani ceremonii, pokój przestał być mój. Stałam tam, zastygła w bezruchu we własnym niezdecydowaniu, niepewna, czy powinnam kontynuować wypełnianie obowiązków, czy może wrócić później. Jeszcze raz zajrzałam do środka, onieśmielona dziecięcym śmiechem. Ich pewnymi siebie dźwięcznymi głosami. Ich lśniącymi włosami i jeszcze bardziej lśniącymi kokardami.

Przekonały mnie kwiaty. Więdły w wazonie na gzymsie kominka. W nocy opadły płatki, które teraz leżały rozrzucone jak oskarżenia pod moim adresem. Nie mogłam ryzykować, że Nancy je zobaczy: jasno wyraziła się na temat moich obowiązków. Dopilnowała, abym wiedziała, że jeśli zadrę z przełożonymi, matka na pewno się o tym dowie.

Pamiętając instrukcje pana Hamiltona, przycisnęłam szczotkę i zmiotkę do piersi i na paluszkach zbliżyłam się do kominka, skupiając się na byciu niewidzialną. O to nie musiałam się martwić. Tamci ludzie przywykli do dzielenia domu z całą armią niewidocznych ludzi. Nie zwracali na mnie uwagi, a ja udawałam, że nie zwracam uwagi na nich.

Dwie dziewczynki i chłopiec: najmłodsze z nich miało około dziesięciu lat, a najstarsze nie skończyło jeszcze siedemnastu. Wszyscy troje mieli charakterystyczną karnację Ashburych — złote włosy i oczy barwy delikatnego czystego błękitu cejlońskich szafirów — spadek po matce lorda Ashbury'ego, Dunce, która (jak twierdziła Nancy) wyszła za mąż z miłości i została wydziedziczona, a także odebrano jej posag. (Ale to ona śmiała się ostatnia, powiedziała Nancy, kiedy zmarł brat jej męża i została lady Imperium Brytyjskiego).

Wyższa dziewczynka stała pośrodku pokoju i trzymając stos kartek, opisywała szczegóły infekcji trądem. Młodsza siedziała po turecku na podłodze i patrzyła na siostrę szeroko otwartymi błękitnymi oczami, bezwiednie obejmując szyję Raverleya. Byłam zaskoczona i odrobinę przerażona, widząc, że wywleczono go z jego miejsca w kącie i korzysta z rzadkiej chwili towarzystwa. Chłopiec klęczał na fotelu przy oknie, patrząc przez mgłę w kierunku cmentarza.

— I wtedy odwracasz się w kierunku publiczności, Emmeline, i odsłaniasz twarz pokrytą okropnym trądem — oznajmiła radośnie wyższa dziewczynka.

— Co to jest trąd?

— To choroba skóry — powiedziała starsza dziewczynka. — Ojej, śluz i takie tam.

— Może moglibyśmy sprawić, aby zgnił jej nos, Hannah? — zapytał chłopiec, odwracając się, żeby puścić do Emmeline oczko.

— Tak — stwierdziła Hannah poważnym tonem. — Doskonale.

— Nie — jęknęła Emmeline.

— Ależ, Emmeline, nie bądź dzieckiem. Przecież tak naprawdę nos wcale ci nie zgnije — powiedziała Hannah. — Zrobimy coś w rodzaju maski. Coś okropnego. Zobaczę, czy uda mi się znaleźć w bibliotece jakąś książkę medyczną. Miejmy nadzieję, że będą tam obrazki.

— Nie rozumiem, dlaczego to właśnie ja muszę mieć trąd — upierała się Emmeline.

— Miej żal do Boga — odparła Hannah. — On to napisał.

— Ale dlaczego to ja muszę grać Miriam? Czy nie mogę dostać jakiejś innej roli?

— Nie ma innych ról — powiedziała Hannah. — David musi być Aaronem, ponieważ jest najwyższy, a ja gram Boga.

— Czy ja nie mogę być Bogiem?

— Oczywiście, że nie. Myślałam, że chcesz zagrać główną rolę.

— Bo chciałam — przyznała Emmeline. — Nadal chcę.

— Cóż. Bóg nie wychodzi nawet na scenę — oznajmiła Hannah. — Muszę wygłaszać moje kwestie zza kurtyny.

— Mogłabym zagrać Mojżesza — zaproponowała Emmeline.

— Raverley może być Miriam.

— Nie zagrasz żadnego Mojżesza — powiedziała Hannah. — Potrzebujemy prawdziwej Miriam. Ona jest znacznie ważniejsza od Mojżesza. Mojżesz wygłasza tylko jedną kwestię. To dlatego zaangażowaliśmy w to Raverleya. Mogę wygłosić jego kwestię zza kurtyny albo w ogóle wyciąć Mojżesza z przedstawienia.

— Może moglibyśmy wybrać jakąś inną scenę? — zapytała Emmeline z nadzieją w głosie. — Na przykład tę z Marią i Dzieciątkiem Jezus?

Hannah wzgardliwie prychnęła.

Odbywali próby przed przedstawieniem. Wcześniej lokaj o imieniu Alfred powiedział mi, że w weekend odbędzie się rodzinny recital. To była tradycja: niektórzy członkowie rodziny śpiewali, inni recytowali poezję, a dzieci zawsze odgrywały scenę z ulubionej książki ich babki.

— Wybraliśmy tę scenę dlatego, że jest ważna — powiedziała Hannah.

— To ty ją wybrałaś dlatego, że jest ważna — odrzekła Emmeline.

— Właśnie — podsumowała Hannah. — To opowieść o ojcu, który ma dwa zestawy zasad: jeden dla synów i jeden dla córek.

— Jak dla mnie brzmi bardzo sensownie — oświadczył David z ironią w głosie.

Hannah zignorowała go.

— Miriam i Aaron dopuścili się tego samego przewinienia: rozmawiali na temat małżeństwa swojego brata...

— Co takiego mówili? — zapytała Emmeline.

— To nieistotne, po prostu...

— Czy mówili podłe rzeczy?

— Nie i nie o to chodzi. Liczy się to, że Bóg postanawia ukarać Miriam trądem, podczas gdy Aaron dostaje jedynie reprymendę. Czy coś takiego wydaje ci się w porządku, Emme?

— Czy Mojżesz nie poślubił przypadkiem Afrykanki? — dociekała Emmeline.

Hannah z rezygnacją pokręciła głową. Zauważyłam, że robi to bardzo często. Z każdego ruchu jej długich kończyn emanował jakiś nadmiar energii. Z kolei Emmeline przyjmowała rozważne pozy ożywionej lalki. Ich rysy, które osobno wydawały się podobne — dwa kształtne noski, dwie pary intensywnie błękitnych oczu, dwie śliczne buzie — na każdej z dwóch twarzy manifestowały się w wyjątkowy sposób. Podczas gdy Hannah sprawiała wrażenie królowej elfów — była pełna pasji, tajemnicza, fascynująca — piękno Emmeline wydawało się bardziej przyziemne. Choć była jeszcze dzieckiem, w sposobie, w jaki rozchylała usta, tkwiło coś, co przypominało mi piękne zdjęcie, które zobaczyłam pewnego dnia, gdy wypadło z kieszeni ulicznego handlarza.

— No więc? Poślubił Afrykankę, prawda? — nie ustępowała Emmeline.

— Tak, Emme — powiedział David ze śmiechem. — Mojżesz ożenił się z Etiopką. Hannah po prostu czuje się sfrustrowana, bo nie podzielamy jej zaangażowania w przyznanie kobietom praw wyborczych.

— Hannah! On nie mówi poważnie. Ty nie jesteś sufrażystką. Prawda?

— Oczywiście, że jestem — oświadczyła Hannah. — Zresztą podobnie jak ty.

Emmeline ściszyła głos.

— Czy tata o tym wie? Będzie wściekły.

— Phi — prychnęła Hannah. — Tata jest łagodny jak baranek.

— Raczej jak lew — powiedziała Emmeline drżącymi ustami. — Proszę, nie denerwuj go, Hannah.

— Na twoim miejscu wcale bym się tak nie martwił, Emme — wtrącił David. — Walka o prawo wyborcze jest teraz bardzo modna wśród kobiet z wyższych sfer.

Emmeline nie wyglądała na przekonaną.

— Fanny o niczym takim nie wspominała.

— Każda kobieta, która cokolwiek znaczy, włoży garnitur z okazji jej zbliżającego się debiutu w towarzystwie — powiedział David.

Emmeline szeroko otworzyła oczy.

Słuchałam tego, stojąc przy półkach z książkami, i zastanawiałam się, o czym oni rozmawiają. Nigdy wcześniej nie słyszałam o żadnych „sufrażystkach", lecz miałam niejasne poczucie, że może chodzić o jakąś chorobę, podobną do tej, którą złapała pani Nammersmith z wioski, kiedy podczas wielkanocnej parady zdjęła gorset, a potem jej mąż musiał ją umieścić w szpitalu w Londynie.

— Jesteś podły — orzekła Hannah. — Fakt, że tata jest zbyt niesprawiedliwy, aby pozwolić mnie i Emmeline iść do szkoły, nie oznacza, że przy każdej okazji musisz z nas robić idiotki.

— Nawet nie potrzebuję się starać — powiedział David i siedząc na pudełku z zabawkami, odsunął pukiel włosów, który zasłonił mu oczy. Wstrzymałam oddech: był piękny i równie złotowłosy jak jego siostry. — Zresztą niewiele tracicie. Szkoła jest przereklamowana.

— Doprawdy? — Hannah podejrzliwie uniosła brew. — Zazwyczaj bardzo się cieszysz, mogąc opowiadać mi o tym, co tracę. Skąd ta nagła zmiana zdania? — Szeroko otworzyła oczy: dwa lodowate księżyce. W jej głosie pobrzmiewało poruszenie. — Tylko mi nie mów, że zrobiłeś coś okropnego i zostałeś wyrzucony?

— Oczywiście że nie — zaprzeczył szybko David. — Po prostu uważam, że w życiu są ciekawsze rzeczy niż czytanie książek. Mój przyjaciel Hunter mówi, że życie jest najlepszym nauczycielem...

— Hunter?

— Rozpoczął naukę w Eton w tym roku. Jego ojciec jest kimś w rodzaju naukowca. Najwidoczniej odkrył coś, co okazało się bardzo ważne, i król mianował go markizem. Jest trochę szurnięty. Podobnie jak Robert, jeśli wierzyć innym chłopakom, ale moim zdaniem jest fajny.

— No cóż — powiedziała Hannah. — Twój szurnięty przyjaciel Robert Hunter ma szczęście, że może sobie pozwolić na luksus lekceważenia własnej edukacji, ale w jaki sposób mam zostać szanowaną scenarzystką, skoro tata nalega, bym była ignorantką? — Hannah wydała z siebie westchnienie frustracji. — Szkoda, że nie jestem chłopcem.

— Ja nie cierpiałabym szkoły — oświadczyła Emmeline. — I nie cierpiałabym bycia chłopcem. Żadnych sukienek, nudne kapelusze, a w dodatku przez cały dzień trzeba rozmawiać o sporcie i polityce.

— Uwielbiam rozmawiać o polityce — powiedziała Hannah. Poruszenie wytrząsnęło kosmyki włosów ze starannie ułożonych pukli. — Na początek nakłoniłabym Herberta Asquitha* do przyznania kobietom prawa głosu. Nawet tym młodym.

David się uśmiechnął.

— Mogłabyś zostać pierwszym premierem Wielkiej Brytanii, który zajmowałby się pisaniem sztuk.

— Właśnie — przytaknęła Hannah.

— Myślałam, że zamierzasz zostać archeologiem — powiedziała Emmeline. — Jak Gertrude Bell**.

— Polityk, archeolog. Mogę być jednym i drugim. Żyjemy w dwudziestym wieku. — Jęknęła. — Gdyby tylko tata pozwolił mi zdobyć odpowiednie wykształcenie.

— Wiesz, co mówi tata na temat kształcenia kobiet — wtrącił David.

— Prosta droga do wychowania sufrażystki — Emmeline zawtórowała mu oklepanym wyrażeniem i dodała: — Zresztą tata twierdzi, że panna Prince daje nam dokładnie takie wykształcenie, jakiego potrzebujemy.

— Oczywiście, że tatuś tak twierdzi. Ma nadzieję, że zrobi z nas nudne żony dla nudnych facetów, które nie najgorzej mówią po francusku, nie najgorzej grają na pianinie i z pokorą przegrywają w tego dziwnego brydża. W ten sposób będziemy stwarzać mniej problemów.

— Tatuś mówi, że nikt nie lubi kobiety, która za dużo myśli — przypomniała Emmeline.

David przewrócił oczami.

---

* Herbert Henry Asquith (1852—1928) — premier Wielkiej Brytanii w latach 1908—1916.

** Gertrude Margaret Lowthian Bell (1868—1926) — brytyjska pisarka, podróżniczka, komentatorka wydarzeń politycznych i administratorka na Półwyspie Arabskim.

— Jak ta Kanadyjka, która odwiozła go do domu z kopalni złota i cały czas mówiła o polityce. Wyświadczyła nam wszystkim niedźwiedzią przysługę.

— Nie chcę, żeby wszyscy mnie lubili — powiedziała Hannah, z uporem wysuwając brodę. — Gdyby tak było, miałabym o sobie kiepskie zdanie.

— W takim razie możesz się rozchmurzyć — uspokoił ją David. — Wiem z dobrego źródła, że kilkoro naszych przyjaciół za tobą nie przepada.

Hannah zmarszczyła brwi, lecz wymowę tej reakcji osłabił mimowolny cień uśmiechu.

— No cóż, nie zamierzam dzisiaj uczestniczyć w żadnej z jej śmierdzących lekcji. Męczy mnie recytowanie *Pani z Shalott*, podczas gdy panna Prince pochlipuje w chusteczkę.

— Płacze nad wspomnieniem utraconej miłości. — Emmeline westchnęła teatralnie.

Hannah przewróciła oczami.

— To prawda! — zapewniła ją Emmeline. — Słyszałam, jak babcia mówiła o tym lady Clem. Zanim panna Prince do nas trafiła, była zaręczona.

— Wygląda na to, że kandydat przejrzał na oczy — powiedziała Hannah.

— Zamiast tego poślubił jej siostrę — oznajmiła Emmeline.

To sprawiło, że Hannah zamilkła, lecz tylko na chwilę.

— Powinna była go pozwać za złamanie obietnicy.

— Dokładnie to samo powiedziała lady Clem, nawet jeszcze dosadniej, ale babcia stwierdziła, że panna Prince nie chciała mu stwarzać problemów.

— W takim razie jest idiotką — skwitowała Hannah. — Lepiej jej będzie bez niego.

— Jakie to romantyczne — powiedział David figlarnym tonem. — Biedna kobieta jest beznadziejnie zakochana w mężczyźnie, którego nie może poślubić, a ty nie chcesz przeczytać jej fragmentu smutnej poezji. O, okrutności, na imię ci Hannah...

Hannah wysunęła brodę.

— Nie jestem okrutna, lecz praktyczna. Przez romanse ludzie się zapominają, robią głupie rzeczy.

David się uśmiechał. Uśmiechał się jak rozbawiony starszy brat, który wierzy, że czas ją zmieni.

— To prawda — z uporem powiedziała Hannah. — Byłoby lepiej, gdyby panna Prince przestała usychać z tęsknoty i zaczęła wypełniać swój umysł, a przy okazji i nasze, interesującymi rzeczami. Na przykład historiami o budowie piramid, zaginionej Atlantydzie, przygodach wikingów...

Emmeline ziewnęła, a David uniósł ręce w obronnym geście.

— Mniejsza z tym. — Hannah, marszcząc brwi, podniosła swoje kartki. — Tracimy czas. Zaczniemy od miejsca, w którym Miriam dostaje trądu.

— Przerabialiśmy to ze sto razy — powiedziała Emmeline. — Nie moglibyśmy zająć się czymś innym?

— Na przykład czym?

Emmeline niepewnie wzruszyła ramionami.

— Nie wiem. — Przeniosła wzrok z Hannah na Davida. — Czy nie moglibyśmy zagrać w Grę?

Nie. Wtedy nie wiedziałam, że chodzi o Grę. Dla mnie mówiła o jakiejś zwyczajnej grze. Tamtego ranka nie miałam jeszcze pojęcia, że Emmeline może mieć na myśli coś innego niż rozbijanie kasztanów, grę w kości albo w kulki. Dopiero po jakimś czasie Gra wpisała się w mój umysł wielką literą. Zaczęłam kojarzyć to słowo z tajemnicami, fantazją i niesamowitymi przygodami. Tamtego mglistego mokrego poranka, kiedy deszcz bębnił o szyby w oknie pokoju dziecinnego, prawie nie zwróciłam na to uwagi.

Ukryta za fotelem, gdzie zamiatałam wysuszone porozrzucane płatki, zastanawiałam się, jak by to było mieć rodzeństwo. Zawsze o nim marzyłam. Pewnego razu powiedziałam o tym matce i zapytałam, czy mogłabym mieć siostrę. Kogoś, z kim można plotkować i spiskować, szeptać i marzyć. Matka roześmiała się, lecz nie był to śmiech radości, i powiedziała, że nie zamierza popełnić tego błędu po raz drugi.

Zastanawiałam się, jak to jest, kiedy się gdzieś przynależy, kiedy stawia się światu czoło jako członek jakiegoś plemienia, któremu od urodzenia sprzyjają sojusznicy. Rozmyślałam o tym, bezwiednie omiatając fotel ściereczką do kurzu, gdy nagle coś się na nim poruszyło. Koc opadł na ziemię i kobiecy głos zaskrzeczał:

— Co to? Co się dzieje? Hannah? Davidzie?

Była stara jak sama starość. Odpoczywała pośród poduszek, ukryta przed wzrokiem otoczenia. Domyśliłam się, że muszę mieć do czynienia z nianią Brown. Słyszałam, jak rozmawia się o niej ściszonym i nabożnym tonem, zarówno na piętrze, jak i w suterenie. Osobiście niańczyła lorda Ashbury'ego, gdy ten był jeszcze dzieckiem, i należała do rodziny w równym stopniu co sam dom.

Zamarłam w bezruchu ze ściereczką w dłoni, pod spojrzeniem trzech par jasnobłękitnych oczu.

Staruszka przemówiła ponownie:

— Hannah? Co się tu dzieje?

— Nic, nianiu Brown — powiedziała Hannah, odzyskując mowę. — Właśnie robimy próbę przed recitalem. Od tej pory będziemy ciszej.

— Uważajcie, żeby Raverley nie zaczął za bardzo wariować. Nie lubi siedzieć zamknięty w pokoju — ostrzegła niania Brown.

— Dobrze, nianiu Brown — odparła Hannah, a wrażliwość pobrzmiewająca w jej głosie dorównywała intensywnością wcześniejszej zawziętości. — Dopilnujemy, żeby był grzeczny i żeby siedział cicho. — Zbliżyła się i ponownie opatuliła kocem maleńką postać staruszki. — Już dobrze, kochana nianiu Brown, możesz sobie odpocząć.

— No cóż — powiedziała niania Brown zaspanym głosem — zdrzemnę się tylko chwilkę. — Powieki jej opadły, a oddech po chwili stał się głęboki i regularny.

Zamarłam, czekając na to, co powiedzą dzieci. Nadal patrzyły na mnie wytrzeszczonymi oczami. Minęła dłuższa chwila, podczas której wyobraziłam sobie, jak wleką mnie na skargę do Nancy lub, co gorsza, do pana Hamiltona, jak tłumaczę się z tego, że wycierałam z kurzu nianię Brown, i jak na twarzy matki maluje się niezadowolenie, gdy wracam do domu bez żadnych referencji...

Oni jednak wcale mnie nie zbesztali, nie zmarszczyli brwi ani mnie nie zganili. Zrobili coś znacznie bardziej nieoczekiwanego. Jak na komendę parsknęli śmiechem — donośnym, szczerym — i chwyciwszy się w objęcia, upodobnili się do jednego roześmianego ciała.

Stałam, patrząc na nich w oczekiwaniu. Ich reakcja była bardziej niepokojąca niż poprzedzająca ją cisza. Nie potrafiłam powstrzymać drżenia ust.

Wreszcie starsza dziewczynka zdołała przemówić:

— Jestem Hannah — powiedziała, ocierając oczy. — Czy już się znamy?

Wypuściłam powietrze, ukłoniłam się. Mówiłam cichutkim głosem.

— Nie, proszę pani. Jestem Grace.

Emmeline zachichotała.

— Ona nie jest żadną panią. Hannah jest tylko panienką.

Jeszcze raz się ukłoniłam. Unikałam jej wzroku.

— Jestem Grace, panienko.

— Wyglądasz znajomo — powiedziała Hannah. — Jesteś pewna, że nie byłaś tu w czasie Wielkanocy?

— Tak, panienko. Niedawno rozpoczęłam pracę. Jestem tu od miesiąca.

— Wyglądasz zbyt młodo jak na służącą — stwierdziła Emmeline.

— Mam czternaście lat, panienko.

— Niesamowite — powiedziała Hannah. — To zupełnie jak ja. Emmeline ma dziesięć lat, a David jest już praktycznie stary, ma szesnaście.

Wtedy odezwał się David:

— Czy zawsze wycierasz z kurzu śpiących ludzi, Grace? — Słysząc to, Emmeline znowu parsknęła śmiechem.

— Och, nie, proszę pana. Zdarzyło mi się to po raz pierwszy, proszę pana.

— Szkoda. Byłoby całkiem wygodnie nie musieć się więcej kąpać.

Byłam oszołomiona. Moje policzki płonęły rumieńcem. Nigdy wcześniej nie spotkałam prawdziwego dżentelmena. Nie takiego w moim wieku, który sprawiał, że serce łomotało mi w klatce piersiowej w odpowiedzi na uwagę na temat kąpieli. Dziwne. Jestem już starą kobietą, a jednak na myśl o Davidzie ponownie docierają do mnie echa tamtych dawnych uczuć. W takim razie chyba jeszcze nie umieram.

— Nie zwracaj na niego uwagi — powiedziała Hannah. — Myśli, że jest dowcipny.

— Dobrze, panienko.

Spojrzała na mnie z lekkim zdziwieniem, jak gdyby chciała powiedzieć coś jeszcze. Jednak zanim zdołała to zrobić, dobiegły do nas odgłosy szybkich lekkich kroków zmierzających po schodach, a następnie zaczęły rozbrzmiewać na korytarzu. Zbliżały się. Stuk, stuk, stuk, stuk, stuk...

Emmeline podbiegła do drzwi i zerknęła przez dziurkę od klucza.

— To panna Prince — rzuciła, spoglądając na Hannah. — Idzie tu.

— Szybko! — zarządziła Hannah zdecydowanym szeptem. — Albo uśmierci nas lord Tennyson*.

Rozległ się tupot stóp i szelest spódnic i zanim zdałam sobie sprawę, co się dzieje, cała trójka zniknęła. Drzwi gwałtownie się otworzyły i do środka wdarło się zimne wilgotne powietrze. Na progu stała jakaś wymuskana postać.

Zlustrowała pokój, a na końcu jej wzrok spoczął na mnie.

— Ej, ty — powiedziała. — Widziałaś gdzieś dzieci? Spóźniają się na lekcje. Od dziesięciu minut czekam w bibliotece.

Nie byłam kłamczuchą i nie potrafię powiedzieć, co mnie do tego skłoniło. Jednak w tamtej chwili, kiedy panna Prince stała w drzwiach i spoglądała na mnie zza okularów, nie zastanawiałam się dwa razy.

— Nie, panno Prince — odparłam. — Nie widziałam ich już od jakiegoś czasu.

---

* Autor *Pani z Shalott*.

— Jesteś pewna?

— Tak, panno Prince.

Spojrzała mi w oczy.

— Byłam przekonana, że słyszę tu jakieś głosy.

— Tylko mój własny, panno Prince. Śpiewałam.

— Śpiewałaś?

— Tak, panno Prince.

Milczenie, które nastąpiło, zdawało się trwać wiecznie i zostało przerwane dopiero wtedy, gdy panna Prince trzykrotnie stuknęła wskaźnikiem o otwartą dłoń i weszła do pokoju. Zaczęła przemierzać go wolnym krokiem. Stuk... Stuk... Stuk... Stuk...

Zbliżyła się do domku dla lalek, a ja zauważyłam, że zza jego podstawy wystaje końcówka wstążki Emmeline. Przełknęłam ślinę.

— Teraz sobie przypominam, że chyba widziałam je trochę wcześniej, panno Prince. Przez okno. Były w starym hangarze na łodzie. Nad jeziorem.

— Nad jeziorem — powtórzyła panna Prince. Podeszła do balkonowego okna i stała, wpatrując się w mgłę, a białe światło padało na jej bladą twarz. — „Gdzie bieleją wierzby, drży osika, lekka bryza mrok dotyka...".

Ponieważ nie czytałam wtedy Tennysona, pomyślałam jedynie, że przedstawiła dosyć ładny opis jeziora.

— Tak, panno Prince — powiedziałam.

Po chwili odwróciła się w moją stronę.

— Będę musiała powiedzieć ogrodnikowi, żeby ich zawołał. Jak on ma na imię?

— Dudley, panno Prince.

— Będę musiała powiedzieć Dudleyowi, żeby ich zawołał. Nie można zapominać, że punktualność to cnota, która nie ma sobie równych.

— Tak, panno Prince — powiedziałam, dygając.

A ona z pochmurną miną przemierzyła pokój i zamknęła za sobą drzwi.

Jak gdyby za sprawą czarów, dzieci wyłoniły się spod ścierek do kurzu, domku dla lalek i zza zasłony.

Hannah posłała mi uśmiech, lecz ja chciałam jak najszybciej opuścić tamten pokój. Nie potrafiłam zrozumieć, co właściwie zrobiłam. Dlaczego to zrobiłam. Byłam zdezorientowana, zawstydzona i oszołomiona.

Ukłoniłam się i pospiesznie wyszłam na korytarz. Gdy pędziłam korytarzem, płonęły mi policzki, pragnęłam jak najszybciej znaleźć się z powrotem w bezpiecznej suterenie, z dala od tych dziwnych, egzotycznych dorosłych dzieci i osobliwych uczuć, które we mnie budziły.

Czekanie na recital

Zbiegając po schodach w spowitej cieniem suterenie, słyszałam, jak Nancy woła moje imię. Na samym dole przystanęłam, pozwalając oczom przywyknąć do półmroku, a potem popędziłam do kuchni. Coś bulgotało na wolnym ogniu w miedzianym garnku ustawionym na ogromnej kuchni, a powietrze było słone od oparów gotowanej szynki. Katie, pomywaczka, stała przy zlewie, szorując garnki, i tępo wlepiała wzrok w zaparowaną szybę małego okienka. Domyśliłam się, że pani Townsend zażywa popołudniowej drzemki, czekając, aż jaśnie pani zadzwoni po herbatę. Zastałam Nancy przy stole w jadalni, otoczoną wazonami, kandelabrami, półmiskami i kielichami.

— O, jesteś wreszcie — powiedziała, marszcząc brwi, wskutek czego jej oczy zmieniły się w dwie ciemne szparki. — Już myślałam, że będę musiała cię szukać. — Wskazała miejsce naprzeciwko siebie. — No, nie stój tak, dziewczyno. Weź jakąś ścierkę i pomóż mi polerować.

Usiadłam i wybrałam pękaty dzbanek na mleko, który nie widział światła dziennego od zeszłego lata. Pocierałam plamiste miejsca, lecz myślami byłam w pokoju dziecinnym na górze. Wyobrażałam sobie dzieci, które śmieją się, przekomarzają i bawią. Czułam się tak, jak gdybym otworzyła piękną lśniącą książkę i zatraciła się w jej historii, a potem zostałam zmuszona do odłożenia jej na bok. Widzicie? Już wtedy podziałał na mnie czar małych Hartfordów.

— Spokojnie — powiedziała Nancy, wyrywając mi ścierkę z ręki. — To najlepsze srebra jaśnie pana. Lepiej módl się, żeby pan Hamilton nie zobaczył, jak je szorujesz. — Uniosła wazon, który właśnie czyściła, i zaczęła pocierać go starannymi kolistymi ruchami. — O, widzisz, jak ja to robię? Jak delikatnie? Cały czas w tym samym kierunku?

Pokiwałam głową i ponownie zajęłam się dzbankiem. Nurtowało mnie tyle pytań dotyczących Hartfordów: pytań, na które Nancy z pewnością znała odpowiedź. A jednak wahałam się zapytać. Wiedziałam, że zakres obowiązków i zapewne również charakter każą jej dopilnować, by przyszłe zadania trzymały mnie jak najdalej od pokoju dziecinnego, gdy tylko zacznie podejrzewać, że z przebywania w tym pomieszczeniu czerpię przyjemność przekraczającą satysfakcję z dobrze wykonanej pracy.

Jednak podobnie jak nowy kochanek, który nadaje zwykłym przedmiotom szczególne znaczenie, byłam spragniona choćby skrawka informacji na temat dzieci. Pomyślałam o moich książkach schowanych w kryjówce na poddaszu. O Sherlocku Holmesie, który potrafił sprawić, że dzięki przebiegłym pytaniom ludzie mówili to, czego najmniej się spodziewali. Wzięłam głęboki oddech.

— Nancy...?

— Mmm?

— Jaki jest syn lorda Ashbury'ego?

Jej ciemne oczy nagle rozbłysły.

— Major Jonathan? Och, to bardzo wspaniały...

— Nie — powiedziałam — nie major Jonathan. — O majorze Jonathanie już słyszałam. Nie było dnia w Riverton, żeby nie można się było czegoś dowiedzieć o najstarszym synu lorda Ashbury'ego, wówczas ostatnim z długiej linii Hartfordów, którzy ukończyli Eton, a następnie Sandhurst. Jego portret wisiał obok portretu ojca (oraz całego rzędu portretów innych ojców) u szczytu frontowych schodów, obserwując położony niżej hol: uniesiona głowa, lśniące medale, chłodne spojrzenie błękitnych oczu. Był dumą Riverton, zarówno na salonach, jak i w suterenie. Bohater wojny burskiej. Przyszły lord Ashbury.

Nie. Ja miałam na myśli Fredericka, „tatę" wspominanego przez dzieci, w których zdawał się budzić respekt pomieszany z oddaniem. Drugiego syna lorda Ashbury'ego. Najmniejsza wzmianka na jego temat skłaniała przyjaciół lady Violet do dobrodusznego kręcenia głową, a jaśnie pana do narzekań nad kieliszkiem sherry.

Nancy otworzyła usta i ponownie je zamknęła jak jedna z ryb wyrzuconych na brzeg jeziora podczas sztormu.

— Nie zadawaj pytań, a nie będę musiała ci kłamać — powiedziała w końcu, unosząc wazon w kierunku światła, aby poddać go inspekcji.

Skończyłam polerować dzbanek i zabrałam się do półmiska. To była cała Nancy. Kapryśna na swój własny sposób: czasami całkowicie otwarta, a czasami absurdalnie tajemnicza.

I rzeczywiście, kiedy zegar na ścianie odmierzył pięć minut, ustąpiła.

— Pewnie usłyszałaś coś od jednego z lokajów, prawda? Założę się, że od Alfreda. Lokaje to okropni plotkarze. — Zaczęła polerować następny wazon. Podejrzliwie mierzyła mnie wzrokiem. — Wygląda na to, że twoja matka nigdy nie opowiadała ci o rodzinie?

Pokręciłam głową, a Nancy z niedowierzaniem uniosła cienką brew, jak gdyby nie pojmowała, że ludzie mogą znajdować takie tematy do rozmowy, które nie dotyczą rodziny z Riverton.

Matka naprawdę konsekwentnie milczała na temat spraw dotyczących domu. Gdy byłam młodsza, zadawałam jej różne pytania, pragnąc usłyszeć historie o wielkiej starej rezydencji na wzgórzu. Po wiosce krążyło sporo opowieści o Riverton i bardzo chciałam zgromadzić własne ciekawostki, żeby móc wymieniać się nimi z innymi dziećmi. Jednak matka zawsze kręciła głową i przypominała mi, że ciekawość to pierwszy stopień do piekła.

Wreszcie Nancy zaczęła mówić:

— Pan Frederick... Od czego by tu zacząć. — Ponownie skupiła się na polerowaniu srebra i ciągnęła z westchnieniem. — To nie jest zły człowiek. Oczywiście nie przypomina brata, nie został bohaterem, ale nie jest zły. Prawdę mówiąc, większość z nas czuje do niego sympatię. Pani Townsend mówi, że zawsze był z niego kawał nicponia, opowiadał mnóstwo niezwykłych historii i miał pełno zabawnych pomysłów. Zawsze był bardzo uprzejmy wobec służby.

— Czy to prawda, że był poszukiwaczem złota? — Ta ekscytująca profesja zdawała się idealnie do niego pasować. Nie wiedzieć czemu zakładałam, że takie dzieci powinny mieć interesującego ojca. Mój zawsze budził rozczarowanie: postać bez twarzy, która rozpłynęła się w powietrzu, jeszcze zanim się urodziłam, i materializowała się ponownie tylko w szeptanych rozmowach matki z jej siostrą.

— Przez jakiś czas — powiedziała Nancy. — Zajmował się tyloma rzeczami, że zupełnie straciłam rachubę. Nasz pan Frederick nigdy nie potrafił usiedzieć w jednym miejscu. Nigdy nie przywiązywał się do ludzi. Najpierw była plantacja herbaty na Cejlonie, potem poszukiwanie złota w Kanadzie. Później postanowił zbić fortunę na drukowaniu gazet. Teraz zajął się samochodami. Boże, miej go w opiece.

— Sprzedaje samochody?

— On je produkuje, a raczej robią to ci, którzy dla niego pracują. Kupił fabrykę położoną na trasie do Ipswich.

— Ipswich. Czy to tam mieszka? On i jego rodzina? — zapytałam, kierując rozmowę w stronę dzieci.

Nancy nie połknęła przynęty: była skupiona na własnych myślach.

— Przy odrobinie szczęścia tym razem mu się uda. Bóg wie, że jaśnie pan bardzo by się ucieszył, gdyby jego inwestycja się zwróciła.

Zamrugałam, nie wiedząc, co ma na myśli. Jednak zanim zdążyłam zapytać, Nancy mówiła już dalej:

— W każdym razie niebawem go zobaczysz. Przyjeżdża w przyszły wtorek wraz z majorem i lady Jemimą. — Tym słowom towarzyszył rzadki uśmiech, raczej uznania aniżeli zadowolenia. — Nie przypominam sobie żadnego sierpnia, w którym nie spotkałaby się tu cała rodzina. Nikomu nawet nie przyszłoby do głowy opuścić ten letni obiad. To tutejsza tradycja.

— Podobnie jak recital — powiedziałam odważnie, unikając jej wzroku.

— No, no. — Nancy uniosła brew. — Ktoś naplótł ci już o recitalu, prawda?

Zignorowałam jej cierpki ton. Nancy nie przywykła do tego, że ktoś poznaje plotki z innego źródła.

— Alfred wspominał, że służba również została zaproszona — powiedziałam.

— Ach, ci lokaje! — Nancy wyniośle pokręciła głową. — Nigdy nie słuchaj lokaja, jeśli chcesz usłyszeć prawdę, moja droga. Zaproszona, też coś! Służba otrzymała pozwolenie na obejrzenie recitalu, a i to stanowi wielką uprzejmość ze strony jaśnie pana. On wie, jak wiele znaczy dla nas jego rodzina, jak wielką radość sprawia nam patrzenie na dorastające dzieci. — Na chwilę skupiła się na spoczywającym na jej kolanach wazonie, a ja wstrzymałam oddech w oczekiwaniu na dalszą część. Po chwili, która wydała mi się wiecznością, zaczęła znowu mówić: — Już po raz czwarty w programie będzie teatrzyk. Dodano ten punkt, kiedy panienka Hannah miała dziesięć lat i wbiła sobie do głowy, że zostanie reżyserem teatralnym. Tak, panienka Hannah ma charakterek. Ona i jej ojciec są do siebie podobni jak dwie krople wody.

— Jak to? — zapytałam.

Nancy zamilkła, zastanawiając się.

— W obydwojgu drzemie jakieś zamiłowanie do podróży — powiedziała w końcu. — Obydwoje mają ogromne poczucie humoru i nowomodne pomysły i obydwoje są równie uparci. — Starannie wymawiała słowa, akcentując każdy opis. Było to ostrzeżenie, które mówiło, że chociaż tam, na górze, takie dziwactwa są dopuszczalne, to nie będą tolerowane u osób mojego pokroju.

Przez całe życie wysłuchiwałam takich wykładów od matki. Z powagą pokiwałam głową, a Nancy ciągnęła:

— Przeważnie doskonale się rozumieją, ale gdy dochodzi do jakichś zgrzytów, wiedzą o tym dosłownie wszyscy. Nikt nie potrafi doprowadzić pana Fredericka do takiej furii jak panienka Hannah. Już jako małe dziecko wiedziała, jak wyprowadzić go z równowagi. Była bardzo wybuchową dziewczynką, miała temperamencik. Pamiętam, jak pewnego razu strasznie się na niego o coś obraziła i ubzdurała sobie, że musi mu napędzić stracha.

— Co takiego zrobiła?

— Niech pomyślę... Panicz David był akurat poza domem i pobierał lekcje jazdy konnej. Od tego się wszystko zaczęło. Panienka Hannah była niezbyt zadowolona, że musi siedzieć w domu, więc zabrała panienkę Emmeline i wymknęły się niani Brown. Znalazły drogę do odległej części posiadłości, prowadzącą dokładnie tam, gdzie chłopi zbierali jabłka. — Pokręciła głową. — Panienka Hannah namówiła panienkę Emmeline do schowania się w stodole. Chyba nie było to zbyt trudne. Panienka Hannah potrafi być niezwykle przekonująca, a poza tym panienka Emmeline była bardzo uszczęśliwiona, mogąc najeść się świeżych jabłek. Chwilę później panienka Hannah wpadła do domu, dysząc i sapiąc, jak gdyby gonił ją sam diabeł, i zaczęła wołać pana Fredericka. Właśnie nakrywałam do stołu w jadalni przed uroczystym lunchem i usłyszałam, jak panienka mówi mu, że spotkały w sadzie dwóch ciemnoskórych obcokrajowców. Zachwycali się urodą panienki Emmeline i obiecali zabrać ją w długą podróż po morzach i oceanach. Panienka Hannah powiedziała, że nie jest pewna, ale jej zdaniem byli to łowcy białych niewolników.

Słysząc o tak śmiałym postępku panienki Hannah, wydałam z siebie zduszony okrzyk.

— Co było później?

Nancy ciągnęła tajemniczym tonem, z coraz większym zapałem:

— Cóż, pan Frederick zawsze obawiał się łowców białych niewolników, więc jego twarz najpierw pobladła, a potem zrobiła się czerwona, i zanim zdołałam policzyć do trzech, chwycił panienkę Hannah w ramiona i pobiegł w stronę sadu. Bertie Timmins, który tamtego dnia zrywał jabłka, powiedział, że pan Frederick dotarł tam w okropnym stanie. Zaczął wykrzykiwać rozkazy, aby utworzono grupę poszukiwawczą, i twierdził, że panienka Emmeline została porwana przez dwóch ciemnoskórych mężczyzn. Szukali jej wszędzie, rozbiegłszy się w różnych kierunkach, lecz nikt nie widział dwóch ciemnoskórych mężczyzn ze złotowłosym dzieckiem.

— Jak ją znaleźli?

— Nie znaleźli jej. W końcu to ona ich znalazła. Po około godzinie panienka Emmeline znudzona ukrywaniem się i objedzona jabłkami wyszła wolnym krokiem ze stodoły, zastanawiając się, skąd to całe zamieszanie. I dlaczego panienka Hannah po nią nie wróciła...

— Czy pan Frederick bardzo się zezłościł?

— O tak — rzeczowo odpowiedziała Nancy, energicznie polerując srebro. — Ale nie na długo: nigdy nie potrafił gniewać się na nią przez długi czas. Między nimi jest jakaś więź. Musiałaby zrobić coś znacznie gorszego, żeby go do siebie zrazić. — Uniosła lśniący wazon, po czym postawiła go wśród innych wypolerowanych przedmiotów. Odłożyła ściereczkę na stół i przechyliła głowę, pocierając swój chudy kark. — W każdym razie ludzie mówią, że pan Frederick dostał za swoje.

— Dlaczego? — zapytałam. — Co takiego zrobił?

Nancy zerknęła w stronę kuchni i z zadowoleniem stwierdziła, że Katie znajduje się poza zasięgiem jej głosu. W suterenie Riverton panowała stara hierarchia, doskonalona i pielęgnowana przez całe wieki służby. Być może byłam najmłodszą służącą, obiektem sporadycznych nagan, zdatnym jedynie do wykonywania najgorszych zadań, lecz Katie, jako pomywaczka, zasługiwała na głęboką pogardę. Chciałabym móc powiedzieć, że ta bezpodstawna nierówność społeczna działała mi na nerwy, że jeśli nie byłam rozsierdzona, to przynajmniej czuła na tę niesprawiedliwość. Lecz robiąc to, przypisywałabym mojej młodej postaci empatię, której wówczas nie posiadałam. Delektowałam się raczej małą przewagą, którą dawała mi moja pozycja — Bóg wie, że wielu plasowało się wyżej ode mnie.

— Za młodu nasz pan Frederick dał rodzicom porządnie popalić — powiedziała ściszonym głosem. — Rozsadzała go taka energia, że lord Ashbury posłał go do Radley, by nie zaszkodził opinii brata w Eton. Kiedy nadeszła odpowiednia pora, nie chciał również, żeby Frederick starał się o przyjęcie do Sandhurst, pomimo że jego syn bardzo pragnął wstąpić do marynarki.

Trawiłam te informacje, podczas gdy Nancy mówiła dalej:

— Rzecz jasna było to zrozumiałe: majorowi Jonathanowi wspaniale szło w wojsku. Nie trzeba wiele, żeby splamić dobre nazwisko rodziny. Nie warto było ryzykować. — Przestała pocierać kark i sięgnęła po zaśniedziałą solniczkę. — Mniejsza o to. Wszystko dobre, co się dobrze kończy. Teraz pan Frederick ma swoje samochody i trójkę wspaniałych dzieci. Sama zobaczysz podczas przedstawienia.

— Czy dzieci majora Jonathana będą występowały z dziećmi pana Fredericka?

Nancy spochmurniała i ściszyła głos.

— Co ty sobie myślisz, dziewczyno?

Zapanowała ciężka atmosfera. Powiedziałam coś złego. Nancy posłała mi wściekłe spojrzenie, zmuszając do odwrócenia wzroku. Półmisek spoczywający w moich dłoniach został wypolerowany do połysku i spojrzawszy na jego powierzchnię, zobaczyłam, że moje policzki robią się czerwone.

Nancy syknęła.

— Major nie ma dzieci. Już nie. — Wyrwała mi ściereczkę, muskając mnie długimi chudymi palcami. — Zabieraj się stąd. Przez tę gadaninę niczego nie zdążę zrobić.

✦

Przez kilka kolejnych tygodni unikałam Nancy, o ile można unikać kogoś, z kim się mieszka i pracuje. Wieczorami, kiedy szykowała się do snu, leżałam nieruchomo zwrócona twarzą do ściany i udawałam, że śpię. Czułam ulgę, kiedy gasiła świecę i obraz z konającą sarną niknął w ciemności. Za dnia, kiedy mijałyśmy się na korytarzu, Nancy pogardliwie podnosiła głowę, a ja wbijałam wzrok w podłogę, okazując odpowiednią skruchę.

Na szczęście miałyśmy mnóstwo obowiązków, szykując się do przyjęcia dorosłych gości lorda Ashbury'ego. Pokoje gościnne we wschodnim skrzydle należało pootwierać i wywietrzyć, usunąć pokrowce i wypolerować meble. Z olbrzymich pudeł ustawionych na poddaszu trzeba było wyciągnąć najlepszą pościel, sprawdzić, czy nie ma jakichś wad, a następnie ją wyprać. Rozpadał się deszcz i sznury na bieliznę rozciągnięte za domem okazały się bezużyteczne, więc Nancy kazała mi rozwiesić prześcieradła na suszarkach w pokoju pościelowym na piętrze.

To właśnie tam dowiedziałam się czegoś więcej na temat Gry. Ponieważ nie przestawało padać, a panna Prince postanowiła nauczyć dzieci najwspanialszych fragmentów Tennysona, cała trójka szukała kryjówek położonych w coraz głębszych zakątkach domu. Szafa w pokoju pościelowym, umieszczona tuż za kominem, była najdalej odsuniętym od biblioteki miejscem, jakie mogli znaleźć. Dlatego dzieci urządziły sobie w niej kwaterę.

Pamiętajcie, że nigdy nie widziałam, jak w to grają. Zasada numer jeden: Gra jest trzymana w tajemnicy. Potrafiłam jednak patrzeć i słuchać, a raz czy dwa, kiedy nie umiałam oprzeć się pokusie i nikogo nie było w pobliżu, zajrzałam do pudełka. Oto czego się dowiedziałam.

Gra była stara. Grywali w nią od lat. Nie, nie grywali. To nie jest odpowiednie określenie. Oni żyli. Żyli tą Grą od lat. Ponieważ Gra była czymś więcej, niż sugerowała jej nazwa. Była złożoną fantazją, innym światem, który stwarzał im możliwość ucieczki.

Nie potrzebowali żadnych kostiumów, mieczy ani pióropuszy. Niczego, co wskazywałoby na to, że mają do czynienia z jakąś grą. Bo taka była jej natura. Gra była trzymana w tajemnicy. Jedynym rekwizytem było pudełko. Czarna lakierowana skrzynka przywieziona z Chin przez któregoś z przodków, jeden z łupów zdobytych podczas serii poszukiwań i grabieży. Było wielkości kwadratowego pudełka na kapelusze — niezbyt duże i niezbyt małe — a jego wieko inkrustowano półszlachetnymi kamieniami, które układały się w scenę przedstawiającą most nad rzeką, z małą świątynią po jednej stronie i płaczącą wierzbą pochyloną nad stromym brzegiem. Na moście stały trzy postacie, a ponad nimi krążył samotny ptak.

Dzieci zazdrośnie strzegły tego pudełka, wypełnionego wszystkimi materialnymi rekwizytami potrzebnymi do Gry. Bo chociaż Gra wymagała sporo biegania, ukrywania się i siłowania, prawdziwa przyjemność tkwiła gdzie indziej. Zasada numer dwa: wszystkie wyprawy, przygody, poszukiwania i obserwacje należało upamiętniać. Dzieci wpadały do pokoju czerwone z przejęcia i zapisywały najnowsze przygody: rysowały mapy i wykresy, uwieczniały kody i szkice, zabawy i książki.

Książeczki były miniaturowe, przewiązane nicią i zapisane tak małym i starannym pismem, że trzeba je było zbliżyć do oczu, żeby odczytać treść. Miały tytuły: *Ucieczka od nieśmiertelnego Kościeja, Spotkanie z Balamem i jego niedźwiedziem, Podróż do krainy łowców białych niewolników*. Niektóre pisane były szyfrem, którego nie rozumiałam, chociaż gdybym miała więcej czasu, bez wątpienia znalazłabym legendę spisaną na pergaminie i umieszczoną w pudełku.

Sama Gra była prosta. Tak naprawdę powstała dzięki Hannah i Davidowi, którzy jako najstarsi z rodzeństwa byli jej głównymi pomysłodawcami. To oni decydowali o tym, które miejsca warte są poszukiwań. Obydwoje powołali zespół dziewięciu doradców: mieszaną grupę złożoną z wybitnych postaci epoki wiktoriańskiej oraz egipskich królów. Doradców zawsze było dziewięciu, a kiedy historia podsunęła im jakąś nową postać, która okazywała się zbyt fascynująca, aby można jej było odmówić członkostwa, któryś z dotychczasowych członków umierał lub zostawał obalony (zawsze była to śmierć na polu chwały, sumiennie odnotowywana w jednej z małych książeczek przechowywanych w pudełku).

Oprócz doradców, każde z dzieci miało swoją postać. Hannah była Nefretete, a David Karolem Darwinem. Emmeline, która podczas ustalania zasad miała zaledwie cztery lata, wybrała sobie królową Wiktorię. Hannah i David byli zgodni co do tego, że to kiepski wybór — zrozumiały, zważywszy na młody wiek Emmeline, lecz zdecydowanie niekojarzący się z dobrą towarzyszką przygód. Mimo to Wiktorię przyjęto do Gry i przeważnie występowała w roli ofiary porwania, której pojmanie stwarzało okazję do odważnej akcji ratunkowej. Podczas gdy starsze rodzeństwo spisywało przeżyte historie, Emmeline mogła upiększać wykresy i kolorować mapy: oceany na niebiesko, głębiny na fioletowo, a ziemie na zielono i żółto.

Od czasu do czasu David był nieobecny — deszcz ustawał na jakąś godzinę, a on wymykał się, żeby zagrać w kulki z innymi chłopcami, albo zajmował się ćwiczeniem gry na pianinie. Wtedy Hannah zawierała ponowny sojusz z Emmeline. Obydwie chowały się w szafie na pościel zaopatrzone w górę kostek cukru ze spiżarni pani Townsend, i wymyślały dla zbiegłego zdrajcy specjalne imiona w tajemniczych językach. Jednak bez względu na to, jak wielką miały ochotę, nigdy nie grały bez niego. Coś takiego byłoby nie do pomyślenia.

Zasada numer trzy: mogą grać tylko trzy osoby. Nie mniej i nie więcej. Trzy. Liczba doceniana zarówno przez sztukę, jak i naukę: kolory podstawowe, kroki potrzebne, aby umieścić obiekt w przestrzeni, nuty tworzące akord muzyczny. Trzy wierzchołki trójkąta, pierwszej figury geometrycznej. Niezaprzeczalny fakt: dwie linie proste nie mogą stworzyć przestrzeni. Wierzchołki trójkąta mogą się przemieszczać, zbliżać się i oddalać, lecz razem zawsze tworzą trójkąt. Samodzielny, prawdziwy, pełny.

Poznałam zasady Gry, ponieważ je przeczytałam. Były zapisane starannym, chociaż dziecięcym pismem na pożółkłym papierze, wepchniętym pod wieko pudełka. Zapamiętam je na zawsze. Pod tymi zasadami podpisała się cała trójka. „Za porozumieniem wszystkich stron, trzeciego dnia kwietnia tysiąc dziewięćset ósmego roku. David Hartford, Hannah Hartford”, a na końcu większymi, bardziej koślawymi literami, inicjały: „E.H.”. Zasady to dla dzieci bardzo ważna sprawa, a Gra wymagała poczucia obowiązku, którego dorośli z pewnością by nie zrozumieli. Chyba że byliby służącymi, którzy na temat obowiązku, rzecz jasna, wiedzieli bardzo dużo.

Więc tak to było. Zwykła dziecinna gra. W dodatku niejedyna, w którą grali. W końcu z niej wyrośli, zapomnieli o niej, pozostawili za sobą. Przynajmniej tak im się zdawało. Kiedy poznałam dzieci, Gra odchodziła już w zapomnienie. Niedługo w ich życie miała wkroczyć historia: prawdziwa przygoda, prawdziwa ucieczka i dorosłość czaiły się za rogiem i śmiały im się w twarz.

Zwykła dziecięca gra, a jednak... Gdyby nie ona, koniec tej historii wyglądałby pewnie inaczej.

Nadszedł dzień przyjazdu gości i otrzymałam specjalne pozwolenie (oczywiście pod warunkiem, że wcześniej wypełnię wszystkie obowiązki) na wypatrywanie przyjezdnych z balkonu na pierwszym piętrze. Gdy na dworze zapadł mrok, przykucnęłam przy barierce z twarzą wciśniętą między dwa słupki i z niecierpliwością wyczekiwałam chrzęstu żwiru pod kołami samochodu.

Pierwsza przybyła lady Clementine de Welton, przyjaciółka rodziny, rozsiewająca aurę dostojeństwa i ponurości godną niedawno zmarłej królowej, wraz ze swoją podopieczną, panną Frances Dawkins (powszechnie znaną jako Fanny): kościstą, gadatliwą dziewczyną, której rodzice zginęli podczas katastrofy „Titanica" i która rzekomo już w wieku siedemnastu lat energicznie szukała męża. Zdaniem Nancy największym pragnieniem lady Violet było to, aby Fanny związała się z owdowiałym panem Frederickiem, choć on sam wcale nie był tym zainteresowany.

Pan Hamilton poprowadził je do salonu, gdzie czekali lord i lady Ashbury, i z emfazą obwieścił ich przybycie. Patrzyłam z oddali, jak znikają w pokoju — najpierw lady Clementine, a tuż za nią Fanny — i przypomniała mi się koktajlowa taca pana Hamiltona, na której tłoczyły się kieliszki do brandy i szampana.

Pan Hamilton wrócił do holu i zaczął przygładzać mankiety, co było jego stałym zwyczajem. Wtedy przyjechał major z żoną. Była to drobna, pulchna, brązowowłosa kobieta o twarzy noszącej lekkie, lecz okrutne ślady smutku. Rzecz jasna, opisuję ją w ten sposób z perspektywy czasu, chociaż już wtedy podejrzewałam, że jest ofiarą jakiegoś nieszczęścia. Być może Nancy nie była gotowa do odkrycia przede mną tajemnicy dzieci majora, lecz moja dziecięca wyobraźnia karmiona gotyckimi powieściami stanowiła bardzo żyzne podłoże. Poza tym niuanse związane z damsko-męskimi fascynacjami były mi wtedy obce i doszłam do wniosku, że tylko jakaś tragedia mogła sprawić, iż taki wysoki i przystojny mężczyzna jak major ożenił się z tak przeciętną kobietą. Zakładałam, że kiedyś musiała być urocza, aż w końcu spadły na nich jakieś potworne problemy, które odebrały jej całą młodość i piękno, jakie niegdyś posiadała.

Major, jeszcze bardziej poważny niż na portrecie, tradycyjnie zapytał pana Hamiltona o zdrowie, omiótł hol spojrzeniem znamionującym właściciela, a następnie poprowadził Jemimę do salonu. Kiedy znikali za drzwiami, zauważyłam, że jego dłoń czule spoczywa u podstawy jej pleców. Był to gest, który w jakiś sposób przeczył jego surowej powierzchowności i którego nigdy nie zapomniałam.

Zanim samochód pana Fredericka z chrzęstem wtoczył się na żwir podjazdu, od ciągłego siedzenia w kucki zdążyły mi ścierpnąć nogi. Pan Hamilton z dezaprobatą zerknął na zegar wiszący w holu i otworzył frontowe drzwi.

Pan Frederick był niższy, niż przypuszczałam, z pewnością nie tak wysoki jak jego brat; przyglądając się jego twarzy, zdołałam dostrzec jedynie okulary. Nawet po zdjęciu kapelusza nie podnosił głowy. Nieśmiało przygładził tylko jasne włosy.

Dopiero kiedy pan Hamilton otworzył drzwi salonu i obwieścił jego przybycie, pan Frederick nieco się ożywił. Przebiegł wzrokiem po pokoju, podziwiając marmury, portrety, dom swojej młodości, a na końcu spojrzał w stronę mojego balkonu. I przez krótką chwilę, zanim wciągnął go gwarny pokój, jego twarz pobladła, jakby zobaczył ducha.

⊛

Tydzień minął szybko. Przy tylu dodatkowych osobach w domu byłam zajęta sprzątaniem pokojów, noszeniem tac, nakrywaniem do stołu. Odpowiadało mi to, ponieważ nie bałam się ciężkiej pracy — zadbała o to moja matka. Poza tym niecierpliwie czekałam na weekend i zaplanowany recital. Bo podczas gdy reszta służby skupiała się na letniej kolacji, ja potrafiłam myśleć tylko o nim. Od chwili przyjazdu dorosłych prawie nie widywałam dzieci. Mgła ustąpiła równie szybko, jak się pojawiła, pozostawiając po sobie ciepłe czyste niebo, zbyt piękne, aby można było usiedzieć w domu. Codziennie, idąc korytarzem w kierunku pokoju dziecinnego, z nadzieją wstrzymywałam oddech, lecz ładna pogoda utrzymywała się nadal i dzieci przestały na razie tam przychodzić. Wyniosły swój gwar, figle i Grę na zewnątrz.

Wraz z ich zniknięciem prysł urok pokoju dziecinnego. Bezruch zamienił się w pustkę, a maleńki płomyk przyjemności, który we mnie płonął, również zgasł. Od tamtej pory wykonywałam moje obowiązki w pośpiechu, czyściłam półki, ledwie spoglądając na książki, nie patrzyłam w oczy konia na biegunach. Myślałam tylko o tym, co mogą robić dzieci. A kiedy skończyłam sprzątać, nie zostawałam w pokoju, lecz wychodziłam z niego czym prędzej, żeby wypełniać kolejne obowiązki. Od czasu do czasu, kiedy po śniadaniu zabierałam tacę z pokoju gościnnego na drugim piętrze lub wieczorem roznosiłam wodę, daleki pisk śmiechu przyciągał mój wzrok do okna i widziałam, jak dzieci idą nad jezioro, znikają za podjazdem albo toczą pojedynki na długie proste kije.

W suterenie pan Hamilton zagrzewał służbę do gorączkowych przygotowań. Obsługa całego domu gości była jego zdaniem sprawdzianem dla dobrej służby, a już z pewnością próbą charakteru kamerdynera. Żadne żądanie nie mogło być ponad nasze siły. Mieliśmy pracować jak dobrze naoliwiona maszyna, podołać każdemu wyzwaniu, przewyższać wszelkie oczekiwania jaśnie pana. Miał to być tydzień małych triumfów, z punktem kulminacyjnym w postaci uroczystej kolacji.

Zapał pana Hamiltona był zaraźliwy. Nawet Nancy uległa podniosłemu nastrojowi i zawarła ze mną coś w rodzaju rozejmu, proponując niechętnie, abym pomogła jej posprzątać salon. Przypomniała mi, że zazwyczaj sprzątanie najważniejszych pomieszczeń nie należy do moich obowiązków, lecz z powodu wizyty rodziny jaśnie pana pod jej czujnym okiem miałam dostąpić zaszczytu wykonywania tych zadań. Zatem dodałam tę wątpliwą nagrodę do mojego i tak już przeciążonego grafiku i codziennie towarzyszyłam Nancy w wyprawie do salonu, w którym dorośli sączyli herbatę i dyskutowali o niezbyt interesujących sprawach: o weekendowych przyjęciach, polityce europejskiej i jakimś nieszczęsnym Austriaku, którego zastrzelono w dalekim kraju.

Dzień recitalu (była to niedziela, drugi sierpnia tysiąc dziewięćset czternastego roku — pamiętam tę datę nie tyle ze względu na sam recital, ile na to, co wydarzyło się później) zbiegł się z moim wolnym popołudniem i pierwszą wizytą u matki od czasu rozpoczęcia służby w Riverton. Kiedy wypełniałam poranne obowiązki, zmieniłam fartuszek na normalne ubrania, które wydały mi się dziwnie sztywne i obce. Wyszczotkowałam włosy, jasne i poskręcane w miejscach, gdzie zaczynał się warkocz, a potem zaplotłam je ponownie, formując kok u nasady karku. Zastanawiałam się, czy się zmieniłam. Czy matka pomyśli, że wyglądam inaczej? Nie było mnie przy niej zaledwie pięć tygodni, a jednak czułam, że zaszły we mnie jakieś niewytłumaczalne zmiany.

Kiedy zeszłam do kuchni po schodach dla służby, zastałam tam panią Townsend, która wcisnęła mi w ręce jakieś zawiniątko.

— No, weź to. To mały podarunek dla twojej matki — powiedziała ściszonym głosem. — Kawałek mojego ciasta cytrynowego i kilka porcji biszkoptu.

Spojrzałam na nią zaskoczona tym nietypowym gestem. Pani Townsend była równie dumna z nienagannie zarządzanej kuchni co ze swojego puszystego sufletu.

Zerknęłam w stronę schodów i również ściszyłam głos do szeptu.

— Ale czy jest pani pewna, że jaśnie pani...

— Jaśnie panią się nie przejmuj. Ona i lady Clementine dostaną tyle ciasta, ile dusza zapragnie. — Wytarła dłonie w fartuszek i splotła krągłe ramiona tak, że jej pierś wydawała się jeszcze bardziej obfita niż zwykle. — Tylko nie zapomnij powiedzieć matce, że dobrze się tu tobą opiekuję. Twoja matka to dobra dziewczyna. Zawiniła równie niewiele jak tysiące osób przed nią.

Po tych słowach odwróciła się i zniknęła w kuchni równie szybko, jak się z niej wyłoniła. A ja zostałam sama w mrocznym korytarzu, zastanawiając się, co miała na myśli.

Rozmyślałam o tym przez całą drogę do wioski. Nie po raz pierwszy pani Townsend zaskoczyła mnie ciepłymi słowami pod adresem matki. To zdziwienie wzbudziło we mnie poczucie braku lojalności, lecz pogodna dziewczyna ze wspomnień pani Townsend zupełnie nie przypominała matki, którą znałam. Matki z jej humorami i milczeniem.

⊛

Czekała na mnie na progu. Gdy wypatrzyła mnie w oddali, wstała.

— Już zaczynałam myśleć, że o mnie zapomniałaś.

— Przepraszam, matko — powiedziałam. — Zatrzymały mnie obowiązki.

— Mam nadzieję, że rano znalazłaś trochę czasu na wizytę w kościele.

— Tak, matko. Służba chodzi na mszę do kościoła w Riverton.

— Wiem, moje dziecko. Chodziłam do tego kościoła na długo przed twoimi narodzinami. — Skinęła w stronę moich dłoni. — Co tam masz?

Podałam jej zawiniątko.

— To od pani Townsend. Pytała o ciebie.

Matka zajrzała do zawiniątka, przygryzła policzek.

— Dziś wieczorem na pewno będę miała zgagę. — Zawinęła ciasto z powrotem i niechętnie dodała: — Mimo wszystko to miło z jej strony. — Odsunęła się na bok i otworzyła drzwi. — Wejdź. Możesz zaparzyć dzbanek herbaty i opowiedzieć mi, co się działo.

Nie pamiętam, o czym dokładnie rozmawiałyśmy, gdyż tamtego popołudnia myślami byłam gdzie indziej. Nie przy matce w jej maleńkiej ponurej kuchni, lecz w sali balowej na wzgórzu, gdzie wcześniej pomagałam Nancy ustawiać krzesła w rzędy i rozwieszać złote zasłony wzdłuż łuku proscenium.

Kiedy matka dawała mi kolejne zadania do wykonania, zerkałam na kuchenny zegar świadoma tego, że sztywne wskazówki coraz bardziej zbliżają się do godziny piątej, o której miał się rozpocząć recital.

Kiedy się pożegnałyśmy, byłam już spóźniona. Zanim dotarłam pod bramy Riverton, słońce zawisło nisko na niebie. Szłam wąską drogą w stronę domu. Wspaniałe drzewa, spuścizna po dalekich przodkach lorda Ashbury'ego, otaczały ją z obydwu stron. Ich najwyższe konary chyliły się ku sobie, a najdłuższe gałęzie stykały się, tworząc ciemny, szepczący tunel.

Kiedy ujrzałam światła domu, słońce właśnie skryło się za linią dachu, otaczając budynek fioletowo-pomarańczową poświatą. Przecięłam podwórze, minęłam fontannę Erosa i Psyche, przeszłam przez ogród lady Violet pełen różowych róż i skierowałam się ku tylnemu wejściu. W suterenie dla służby było pusto i odgłosy moich kroków odbiły się echem, kiedy złamałam złotą zasadę pana Hamiltona i puściłam się biegiem przez kamienny korytarz. Przebiegłam przez kuchnię, mijając stanowisko pracy pani Townsend zastawione przeróżnymi ciastami i słodkościami, po czym popędziłam schodami na górę.

W domu panowała niepokojąca cisza. Wszyscy zgromadzili się już w oczekiwaniu na recital. Kiedy dotarłam do złoconych drzwi sali balowej, przygładziłam włosy, poprawiłam spódnicę i wślizgnęłam się do spowitego mrokiem pokoju. Zajęłam miejsce pod boczną ścianą, obok reszty służby.

Wszystko co dobre

Nie zdawałam sobie sprawy, że w pokoju będzie aż tak ciemno. Był to pierwszy recital, jaki kiedykolwiek widziałam, chociaż zdarzyło mi się kiedyś zobaczyć kawałek teatrzyku kukiełkowego, gdy matka zabrała mnie w odwiedziny do jej siostry Dee do Brighton. Okna pozasłaniano czarnymi kotarami i jedynymi źródłami światła były cztery lampy wydobyte ze strychu. Oświetlały przednią część sceny żółtymi snopami, rzucając światło w górę i otaczając aktorów upiorną poświatą.

Na scenie stała Fanny i śpiewając ostatnie słowa *The Wedding Glide**, trzepotała rzęsami i piskliwie przeciągała dźwięki. Ostatnie G odśpiewała ostrym F i publiczność uprzejmie obsypała ją oklaskami. Fanny uśmiechnęła się i dygnęła z fałszywą skromnością, a jej kokieterię przyćmiły dosyć gwałtowne ruchy kurtyny poszturchiwanej z drugiej strony przez czyjeś łokcie i rekwizyty należące do następnego aktu.

Kiedy Fanny zeszła ze sceny, kierując się w lewą stronę, z prawej wkroczyli Emmeline i David, odziani w togi. Przynieśli trzy długie tyczki i prześcieradło, z których szybko uformowali praktyczny, lecz nieco koślawy namiot. Uklękli przed nim i trwali w tej pozycji, dopóki na widowni nie zapadło milczenie.

W górze rozległ się jakiś głos.

— Panie i panowie. Oto scena z Księgi Liczb.

---

* Utwór Shirley Kellogg.

Rozległ się pomruk aprobaty.

Głos:

— Zechciejcie wyobrazić sobie dawne czasy i rodzinę koczującą na stoku wzgórza. Brat i siostra spotykają się na osobności, aby porozmawiać o niedawnym ślubie drugiego brata.

Ciche oklaski.

Wtedy Emmeline przemówiła przejętym głosem:

— Ależ bracie, cóż uczynił Mojżesz?

— Wziął sobie żonę — dosyć wesoło odparł David.

— Ale ona nie jest jedną z nas — powiedziała Emmeline, mierząc wzrokiem publiczność.

— Nie — przyznał David. — Masz rację, siostro. Ona jest Etiopką.

Emmeline pokręciła głową, a jej twarz przybrała wyraz nadmiernego zmartwienia.

— Ożenił się z kobietą spoza klanu. Cóż się z nim stanie?

Nagle zza kurtyny rozległ się donośny czysty głos — tak mocny, jakby pochodził z kosmosu (a prawdopodobnie był to kawał tektury zwinięty w rulon):

— Aaronie! Miriam!

Emmeline z wielkim zaangażowaniem odegrała bojaźliwe zaciekawienie.

— Tu mówi Bóg. Wasz Ojciec. Zbliżcie się do tabernakulum.

Emmeline i David postąpili zgodnie z nakazem, przemieszczając się spod koślawego wigwamu na skraj sceny. Migoczące lampy rzuciły ich cienie na rozwieszone w głębi prześcieradło.

Moje oczy przyzwyczaiły się do ciemności i mogłam rozpoznać niektórych członków publiczności, dostrzegając znajome sylwetki. W pierwszym rzędzie zajmowanym przez elegancko odziane panie dostrzegłam obwisłe policzki lady Clementine i kapelusz z piórami należący do lady Violet. Kilka rzędów za nimi siedzieli major i jego żona. Nieco bliżej mnie pan Frederick z podniesioną głową i nogą założoną na nogę oraz wzrokiem wbitym prosto przed siebie. Przyjrzałam się jego profilowi. Wyglądał jakoś inaczej. Migoczące w półmroku światła nadały jego kościom policzkowym trupi wygląd, a oczy wyglądały tak, jak gdyby były ze szkła. Oczy. Nie miał okularów. Nigdy wcześniej go bez nich nie widziałam.

Bóg zaczął obwieszczać swój wyrok i ponownie skupiłam się na scenie.

— Miriam i Aaronie. Czyż nie baliście się mówić przeciwko mojemu słudze Mojżeszowi?

— Przepraszamy, Ojcze — powiedziała Emmeline. — My tylko...

— Dosyć! Ściągnęliście na siebie mój gniew!

Rozległ się grzmot (chyba uderzenie w bęben) i widzowie podskoczyli ze strachu. Za kurtyną uniósł się kłąb dymu i rozproszył się nad sceną.

Lady Violet wydała z siebie okrzyk, a David uspokoił ją szeptem:

— Wszystko w porządku, babciu. To tylko część przedstawienia.

Kilka osób cicho zachichotało.

— Ściągnęliście na siebie mój gniew! — wściekle zawołała Hannah, uciszając publiczność. — Córko — powiedziała, a Emmeline odwróciła się od widowni i wbiła wzrok w rzednący kłąb dymu. — Niechaj twarz twoja pokryje się trądem!

Dłonie Emmeline powędrowały ku twarzy.

— Nie! — zawołała. Wytrwała chwilę w tej dramatycznej pozie, po czym odwróciła się do publiczności, aby ukazać swe oblicze.

Wszyscy wydali z siebie stłumiony okrzyk. Ostatecznie dzieci zrezygnowały z maski i zamiast tego zdecydowały się na garść truskawkowego dżemu ze śmietaną, który po rozsmarowaniu na twarzy dawał odpychający efekt.

— A to urwisy — rozległ się urażony szept pani Townsend. — Powiedziały mi, że potrzebują dżemu do ciepłych babeczek!

— Synu — oświadczyła Hannah po odpowiednio dramatycznej chwili milczenia. — Popełniłeś ten sam grzech, a jednak nie potrafię się na ciebie gniewać.

— Dziękuję, Ojcze — powiedział David.

— Czy będziesz pamiętał, aby nie rozmawiać już więcej o żonie brata twego?

— Tak, Panie.

— W takim razie możesz odejść.

— Ależ, Panie — powiedział David, ukrywając uśmiech, gdy wyciągał dłoń w stronę Emmeline. — Błagam, ulecz moją siostrę. Publiczność milczała w oczekiwaniu na odpowiedź Pana.

— Nie — odparł Bóg. — Raczej tego nie zrobię. Zostanie wygnana z obozu na siedem dni. Dopiero później będziecie mogli przyjąć ją ponownie.

Kiedy Emmeline osunęła się na kolana, a David położył dłoń na jej ramieniu, po lewej stronie sceny wyłoniła się Hannah. Cała publiczność wstrzymała oddech. Była nienagannie odziana w męski strój: miała garnitur, cylinder, laseczkę, kieszonkowy zegarek, a na czubku jej nosa spoczywały okulary pana Fredericka. Wyszła na środek sceny, wymachując laseczką jak prawdziwy dandys. Kiedy przemówiła, jej głos brzmiał jak doskonała imitacja głosu jej ojca.

— Moja córka nauczy się, że inne zasady obowiązują dziewczęta i inne chłopców. — Wzięła głęboki oddech i poprawiła cylinder. — Inaczej czeka nas prosta droga do wychowania sufrażystki.

Publiczność siedziała jak zaklęta, rozdziawiając usta ze zdziwienia.

Służba była równie wstrząśnięta. Nawet w ciemności widziałam, jak zbladła twarz pana Hamiltona. Wyjątkowo nie miał pojęcia, jak należy się zachować w takiej sytuacji, i realizował swoje niezłomne poczucie obowiązku, podtrzymując panią Townsend, która nie doszła jeszcze do siebie po zmarnowaniu dżemu, pochyliła się do przodu i osunęła na bok.

Mój wzrok odnalazł pana Fredericka. Nadal siedział na swoim miejscu, sztywny jakby kij połknął. Po chwili zauważyłam, że jego ramiona zaczynają dygotać i wystraszyłam się, że zaraz wpadnie w szał, o którym napomknęła mi Nancy. Dzieci stały na scenie zastygłe niczym żywy obraz i przypominając lalki zamknięte w małym domku, patrzyły na publiczność, która wlepiała w nie wzrok.

Hannah była ucieleśnieniem spokoju, a na jej twarzy malował się wyraz niewinności. Chyba przelotnie spojrzała mi w oczy i odniosłam wrażenie, że na jej ustach pojawił się cień uśmiechu. Nie mogłam się powstrzymać: ja również się uśmiechnęłam i spoważniałam dopiero wtedy, gdy Nancy spojrzała na mnie kątem oka i dała mi kuksańca w bok.

Rozpromieniona Hannah wzięła za ręce Emmeline i Davida, po czym wszyscy troje zrobili krok naprzód i wykonali ukłon. Kiedy to zrobili, odrobina dżemu zmieszanego ze śmietaną odkleiła się od twarzy Emmeline i wylądowała na najbliższej lampie.

— Proszę bardzo — rozległ się wysoki głos na widowni. Należał do lady Clementine. — Pewien mój znajomy poznał w Indiach trędowatego. Podczas golenia jego nos odpadł dokładnie w taki sam sposób.

Dla pana Fredericka tego już było za wiele. Spojrzał Hannah w oczy i parsknął śmiechem. Nigdy w życiu nie słyszałam takiego śmiechu: był zaraźliwy dzięki swej szczerości. Jeden gość po drugim zaczynał mu wtórować, choć zauważyłam, że lady Violet nie dołączyła do rozbawionych widzów.

Nie potrafiłam powstrzymać się od śmiechu, spontanicznego i przepełnionego poczuciem ulgi, aż w końcu Nancy syknęła mi do ucha:

— Dosyć, moja panno. Teraz możesz pomóc mi przy kolacji.

Żałowałam, że nie mogę obejrzeć pozostałej części recitalu, lecz zobaczyłam wszystko, co chciałam. Kiedy wyszłyśmy z pokoju i ruszyłyśmy korytarzem, słyszałam, jak milkną brawa i recital toczy się dalej. I poczułam, że wypełnia mnie dziwna energia.

⊛

Gdy zaniosłyśmy do salonu przygotowaną przez panią Townsend kolację i filiżanki kawy oraz jeszcze raz poprawiłyśmy poduszki na fotelach, recital dobiegł końca i zaczęli napływać goście w kolejności odpowiadającej ich randze: najpierw lady Violet i major Jonathan, następnie lord Ashbury i lady Clementine, a na końcu pan Frederick z Jemimą i Fanny. Domyśliłam się, że dzieci nadal są na górze.

Kiedy usiedli, Nancy ustawiła tacę z kawą tak, aby lady Violet mogła rozlać ją do filiżanek. Podczas gdy zgromadzeni wokół niej goście cicho rozmawiali, lady Violet pochyliła się w kierunku fotela pana Fredericka i uśmiechając się powściągliwie, powiedziała:

— Rozpuszczasz te dzieci, Fredericku.

Pan Frederick zacisnął usta. Domyśliłam się, że taka krytyka nie jest mu obca.

Skupiając wzrok na kawie, lady Violet powiedziała:

— Teraz ich wygłupy mogą ci się wydawać zabawne, ale pewnego dnia pożałujesz swojej pobłażliwości. Pozwoliłeś im zdziczeć. Zwłaszcza Hannah. Nic tak nie niszczy uroku młodej damy jak impertynencja intelektu.

Wyraziwszy swą dezaprobatę, lady Violet wyprostowała się, zrobiła minę wyrażającą serdeczną uprzejmość i podała kawę lady Clementine.

Jak można było przewidzieć, rozmowa skupiła się na konflikcie w Europie i prawdopodobieństwie przystąpienia Wielkiej Brytanii do wojny.

— Będzie wojna. Jak zawsze — rzeczowo stwierdziła lady Clementine, biorąc podawaną jej kawę, po czym głęboko wcisnęła pośladki w ulubiony fotel lady Violet. Mówiła coraz bardziej piskliwym głosem: — I wszyscy będziemy cierpieć. Mężczyźni, kobiety i dzieci. Niemcy nie są tak ucywilizowani jak my. Będą plądrować nasze wsie, mordować dzieci w łóżeczkach i zniewalać nasze kobiety, abyśmy mogły im rodzić małych szkopów. Zapamiętaj moje słowa, bo bardzo rzadko się mylę. Nim lato dobiegnie końca, będziemy prowadzić wojnę.

— Z pewnością przesadzasz, Clementine — zaprotestowała lady Violet. — Wojna, jeśli w ogóle wybuchnie, nie może być aż tak okropna. W końcu żyjemy w nowożytnych czasach.

— Masz rację — powiedział lord Ashbury. — To będzie wojna dwudziestego wieku, zupełnie nowa rozgrywka. Że nie wspomnę o tym, iż żaden szkop nie odważy się podnieść ręki na Anglika.

— Może nie powinnam tego mówić — wtrąciła Fanny, sadowiąc się na krańcu szezlonga i z przejęciem potrząsając lokami — ale mam nadzieję, że wojna wybuchnie. — Spojrzała z wahaniem na lady Clementine. — Oczywiście nie mam na myśli tego całego plądrowania i zabijania, ciociu, ani też rodzenia szkopom dzieci. To z pewnością by mi się nie spodobało. Ale tak bardzo uwielbiam patrzeć na mężczyzn w mundurach. — Rzuciła ukradkowe spojrzenie w stronę majora Jonathana, po czym ponownie skupiła się na rozmówcach. — Dziś dostałam list od mojej przyjaciółki Margery... Pamiętasz Margery, prawda, ciociu Clem?

Lady Clementine zatrzepotała ciężkimi powiekami.

— Niestety, tak. Niemądra dziewczyna o prowincjonalnych manierach. — Pochyliła się w kierunku lady Violet. — Wiesz, wychowana w Dublinie. Irlandzka katoliczka: nic dodać, nic ująć.

Zerknęłam na Nancy, która właśnie podawała kostki cukru, i zauważyłam, jak sztywnieją jej plecy. Zauważyła moje spojrzenie i zrobiła gniewną minę.

— Cóż — ciągnęła Fanny. — Margery spędza wraz z rodziną wakacje nad morzem i powiedziała, że kiedy spotkała się na dworcu z matką, pociągi były wypełnione po brzegi rezerwistami spieszącymi do kwater. To takie ekscytujące.

— Fanny, kochanie — powiedziała lady Violet, podnosząc wzrok znad dzbanka z kawą. — Uważam, że pragnienie wojny z powodu zwykłej ekscytacji jest raczej w złym guście. Zgodzisz się ze mną, mój drogi Jonathanie?

Major, który stał przy zgaszonym kominku, nagle się wyprostował.

— Chociaż nie popieram motywacji Fanny, muszę powiedzieć, że podzielam jej sentyment. Ja, na przykład, mam nadzieję, że przystąpimy do wojny. Na całym kontynencie zapanował paskudny bałagan, wybaczcie dosadne określenie, lecz tak właśnie jest. Europa potrzebuje dobrej starej Brytanii, która wkroczy do akcji i zaprowadzi porządek. Da tym szkopom porządnego łupnia.

W całym pokoju rozległ się aplauz. Jemima poklepała majora po ramieniu, a jej maleńkie oczka rozpromieniły się i spojrzały na niego z uwielbieniem.

Stary lord Ashbury energicznie pyknął fajkę.

— Trochę sportu — oznajmił, rozpierając się w fotelu. — Nic tak jak wojna nie robi z chłopców mężczyzn.

Pan Frederick poruszył się na krześle, przyjął filiżankę kawy od lady Violet i zaczął wpychać tytoń do fajki.

— A jakie jest twoje zdanie, Fredericku? — zapytała Fanny, udając nieśmiałość. — Co zrobisz, jeśli wybuchnie wojna? Chyba nie przestaniesz produkować samochodów, prawda? Byłoby strasznie szkoda, gdyby te urocze auta zniknęły przez jakąś głupią wojnę. Nie chciałabym znowu jeździć powozami.

Pan Frederick, zakłopotany flirciarskim tonem Fanny, podniósł zbłąkany okruch tytoniu z nogawki spodni.

— Nie mam powodu do zmartwień. Samochody to pojazdy przyszłości. — Nabił fajkę i mruknął pod nosem: — Boże, nie pozwól, aby wojna przysporzyła problemów głupim paniom, które nie mają zbyt wiele do roboty.

W tej chwili otworzyły się drzwi i do pokoju weszli Hannah, Emmeline oraz David. Na ich twarzach nadal malowało się radosne podniecenie. Dziewczynki pozbyły się już kostiumów i znowu były ubrane w identyczne białe sukienki z marynarskimi kołnierzykami.

— Diabelnie dobre przedstawienie — pochwalił lord Ashbury. — Nie słyszałem ani jednego słowa, ale było diabelnie dobre.

— Dobry występ, dzieci — dodała lady Violet. — Ale chyba będzie lepiej, jeśli w przyszłym roku poprosicie babcię o pomoc przy wyborze repertuaru.

— A tobie jak się podobało, tatusiu? — spytała Hannah z zaciekawieniem. — Dobrze się bawiłeś?

Pan Frederick unikał wzroku matki.

— O najbardziej kreatywnych fragmentach porozmawiamy później, dobrze?

— A ty, Davidzie? — śpiewny głos Fanny zagłuszył pozostałe. — Właśnie rozmawialiśmy o wojnie. Czy zaciągniesz się do wojska, jeśli Wielka Brytania przystąpi do wojny? Moim zdaniem byłby z ciebie wspaniały oficer.

David wziął kawę od lady Violet i usiadł.

— Nie zastanawiałem się nad tym. — Zmarszczył nos. — Chyba tak. Podobno to jedyna szansa na wielką przygodę. — Spojrzał na Hannah z iskierką w oku, dostrzegając okazję do dopieczenia jej. — Ale obawiam się, że wyłącznie dla mężczyzn, Hannah.

Fanny parsknęła piskliwym śmiechem, wywołując drżenie powiek u lady Clementine.

— Och, Davidzie, jakiś ty niemądry. Hannah wcale nie chciałaby iść na wojnę. Cóż na niedorzeczność.

— Oczywiście, że bym chciała — gwałtownie oświadczyła Hannah.

— Ależ kochanie — powiedziała zdezorientowana lady Violet. — Nie miałabyś odpowiednich ubrań do walki.

— Mogłaby włożyć bryczesy i buty do konnej jazdy — wtrąciła się Fanny.

— Albo kostium — dodała Emmeline. — Taki jak ten, który miałaś na sobie podczas przedstawienia. No, może z wyjątkiem kapelusza.

Pan Frederick dostrzegł karcące spojrzenie matki i odchrząknął.

— Choć ekscentryczny dylemat Hannah stwarza możliwość błyskotliwych spekulacji, muszę wam przypomnieć, że ta kwestia nie podlega dyskusji. Ani ona, ani David nie pójdą na żadną wojnę. Dziewczęta nie walczą, a David nie skończył jeszcze studiów. Znajdzie sobie inny sposób, aby służyć królowi i ojczyźnie. — Zwrócił się do Davida: — Porozmawiamy inaczej, kiedy już ukończysz Eton i Sandhurst.

David zacisnął zęby.

— Jeśli ukończę Eton i jeśli pójdę do Sandhurst.

W pokoju zapadła cisza i ktoś odchrząknął. Pan Frederick zastukał łyżeczką o filiżankę. Po dłuższej chwili milczenia powiedział:

— David tylko się z nami przekomarza, prawda, chłopcze? — Jego syn nadal milczał. — No?

David powoli zamrugał i zauważyłam, że leciutko zadrżała mu broda.

— Tak — powiedział w końcu. — Oczywiście, że się przekomarzam. Po prostu próbuję was rozweselić. Cała ta rozmowa o wojnie. To chyba nie było zbyt zabawne. Przepraszam, babciu. Dziadku. — Skinął głową w ich kierunku, a ja zauważyłam, że Hannah ściska jego dłoń.

Lady Violet się uśmiechnęła.

— Najzupełniej się z tobą zgadzam, Davidzie. Nie rozmawiajmy o wojnie, która może nigdy nie wybuchnąć. Spróbujmy trochę przepysznych ciasteczek pani Townsend. — Skinęła na Nancy, która ponownie okrążyła pomieszczenie z tacą w dłoni.

Siedzieli tak przez chwilę, skubiąc ciasteczka, a zanim ktoś zdołał wpaść na temat równie ekscytujący jak wojna, okrętowy zegar na kominku odmierzył sporo czasu. W końcu lady Clementine powiedziała:

— Mniejsza o walkę. Prawdziwymi zabójcami są w czasie wojny choroby. Na polach bitwy, rzecz jasna: to tam rodzą się najróżniejsze obce zarazy. Zobaczycie, wraz z wojną pojawi się ospa.

— O ile wojna wybuchnie — dodał David.

— Ale jak się o tym dowiemy? — zapytała Emmeline, szeroko otwierając niebieskie oczy. — Czy ktoś z rządu przyjdzie, żeby nam o tym powiedzieć?

Lord Ashbury włożył do ust całe ciasteczko.

— Pewien facet z mojego klubu twierdzi, że lada dzień będzie obwieszczenie.

— Czuję się jak dziecko w wigilijny wieczór — powiedziała Fanny, splatając palce. — Z niecierpliwością czeka na poranek, aby mogło się obudzić i rozpakować prezenty*.

— Nie emocjonowałbym się aż tak bardzo — zagaił ją major. — Jeśli Wielka Brytania w ogóle przystąpi do wojny, to pewnie dopiero za kilka miesięcy. W ostateczności dopiero w święta Bożego Narodzenia.

— Mimo wszystko — oświadczyła lady Clementine — jutro z samego rana napiszę do lorda Gifforda i wydam dyspozycje dotyczące mojego pogrzebu. Reszcie z was radzę postąpić tak samo. Zanim będzie za późno.

Nigdy wcześniej nie słyszałam, żeby ktokolwiek rozmawiał na temat własnego pogrzebu, a co dopiero go planował. Moja matka uznałaby, że to zwiastuje okropne nieszczęście, i kazałaby mi

---

* W Wielkiej Brytanii prezenty otwiera się pierwszego dnia świąt.

rzucić sól przez ramię, żeby odegnać pecha. Zaciekawiona zerknęłam na lady Clementine. Nancy wspominała o jej skłonności do pesymizmu. W suterenie mówiło się, że kiedyś, pochylona nad dziecinnym łóżeczkiem Emmeline, stwierdziła rzeczowo, iż tak śliczne dziecko z pewnością nie zabawi długo na tym świecie. Nawet jeśli miała rację, byłam wstrząśnięta.

Najwidoczniej Hartfordowie przywykli jednak do jej złowieszczych przepowiedni, gdyż żadne z nich nawet się nie wzdrygnęło. Hannah wytrzeszczyła oczy, udając, że poczuła się urażona.

— Chyba nie sugeruje pani, że nie jesteśmy godni zaufania potrzebnego, aby poczynić w pani imieniu najlepsze przygotowania, lady Clementine? — Uśmiechnęła się słodko i ujęła dłoń starszej damy. — Ja z pewnością byłabym zaszczycona, mogąc zadbać o to, aby pożegnano panią w zasłużony sposób.

— Też coś — prychnęła lady Clementine. — Jeśli człowiek nie zorganizuje takiego wydarzenia osobiście, nigdy nie będzie wiedział, w czyje ręce może być oddane to ważne zadanie. — Posłała Fanny wymowne spojrzenie i pociągnęła nosem, wprawiając w ruch swoje nozdrza. — Zresztą jestem bardzo drobiazgowa, jeśli chodzi o takie okazje. Planuję swój pogrzeb od lat.

— Naprawdę? — zapytała lady Violet z niekłamanym zainteresowaniem.

— O tak — odparła lady Clementine. — To jedno z najważniejszych wydarzeń publicznych w życiu człowieka i w moim przypadku będzie wręcz spektakularne.

— Nie mogę się doczekać — oznajmiła Hannah z przekąsem.

— I słusznie — rzekła lady Clementine. — W dzisiejszych czasach nie można sobie pozwolić na żaden blamaż. Ludzie nie są tak wyrozumiali jak kiedyś i człowiek nie chce, żeby wystawili mu złą recenzję.

— Nie wiedziałam, że pochwala pani prasowe recenzje, lady Clementine — powiedziała Hannah, ściągając na siebie ostrzegawcze spojrzenie ojca.

— Z reguły nie pochwalam — odparła lady Clementine. Wymierzyła ustrojony klejnotami palec w stronę Hannah, a potem Emmeline i Fanny. — Nie licząc małżeństwa, śmierć stanowi jedyną okazję w życiu kobiety, kiedy jej imię powinno się pojawić w gazecie. — Zwróciła oczy ku niebu. — I niech Bóg ma ją w swojej opiece, jeśli prasa zmiesza z błotem jej pogrzeb, bo nie dostanie już drugiej szansy.

⊛

Po triumfie teatrzyku od uznania wizyty za wielki sukces dzielił nas jedynie letni obiad. Miał być ukoronowaniem wysiłków trwających cały weekend. Ostatnim luksusem, zanim wszyscy wyjadą i w Riverton ponownie zapanuje spokój. Zaproszeni na obiad goście (pośród których, jak zdradziła pani Townsend, znajdował się lord Ponsonby, jeden z kuzynów króla) mieli zjechać nawet z Londynu. Pod czujnym okiem pana Hamiltona spędziłyśmy wraz z Nancy całe popołudnie, nakrywając do stołu w jadalni.

Nakrywałyśmy dla dwudziestu osób, a Nancy nazywała każdy przedmiot, który kładła na stole: łyżka do zupy, nóż i widelec do ryby, dwa noże, dwa duże widelce, cztery kryształowe kieliszki do wina, różnej wielkości. Pan Hamilton szedł za nami wokół stołu, trzymając w dłoni centymetr i ściereczkę, i upewniał się, że wszystkie nakrycia dzieli przepisowe trzydzieści centymetrów, a z każdej łyżki spogląda na niego jego zniekształcone odbicie. Środek białego lnianego obrusu udekorowałyśmy bluszczem, a wokół kryształowych półmisków z lśniącymi owocami ułożyłyśmy czerwone róże. Dekoracje bardzo mi się spodobały. Były prześliczne i doskonale pasowały do najlepszego serwisu jaśnie pani, który — jak powiedziała Nancy — był prezentem ślubnym, podarowanym przez samych państwa Churchillów.

Ustawiłyśmy karteczki z imionami starannie wypisanymi dłonią lady Violet, zgodnie z jej drobiazgowo opracowanym planem. Nancy zapewniła mnie, że nie można przecenić roli odpowiedniego rozmieszczenia gości. Jej zdaniem sukces lub porażka przyjęcia zależały wyłącznie od tego czynnika. Najwidoczniej opinia lady Violet, jako „doskonałej", a nie jedynie „dobrej" gospodyni, wynikała, po pierwsze, z umiejętności zapraszania odpowiednich osób, a po drugie, z ich starannego lokowania przy stole: umieszczała tych dowcipnych i zabawnych obok tych nudnych, lecz ważnych.

Z przykrością muszę powiedzieć, że nie uczestniczyłam w letnim obiedzie tysiąc dziewięćset czternastego roku. Sprzątanie w salonie było przywilejem, lecz usługiwanie przy stole stanowiło najwyższy zaszczyt, który znacznie wykraczał poza moje skromne uprawnienia. Z tej okazji, ku rozczarowaniu Nancy, nawet i jej odmówiono owej przyjemności, ponieważ lord Ponsonby słynął z niechęci do kobiet podających do stołu. Nancy udobruchało nieco zarządzenie pana Hamiltona, który mimo wszystko pozwolił jej usługiwać na piętrze, gdzie skryła się we wnęce jadalni i odbierała talerze, a następnie opróżniała je wraz z Alfredem i posyłała do sutereny. Tłumaczyła sobie, że dzięki temu zyska przynajmniej częściowy dostęp do plotek przekazywanych podczas kolacji. Choć nie będzie wiedziała, kto mówi, dowie się, o czym rozmawiano.

Pan Hamilton oznajmił, że moim obowiązkiem będzie czuwanie na dole przy windzie. Postąpiłam zgodnie z zaleceniem, próbując nie przejmować się przytykami Alfreda na temat takiej roli. Alfred nieustannie żartował: robił to w dobrzej wierze i reszta służby zawsze wiedziała, kiedy należy się śmiać, lecz ja nie byłam przyzwyczajona do takich przyjacielskich przekomarzanek i starałam się trzymać od niego z daleka. Kiedy skupiała się na mnie czyjaś uwaga, wpadałam w przerażenie.

Patrzyłam ze zdumieniem, jak w górę wędrują kolejne porcje wspaniałego jedzenia — imitacja zupy z żółwia, ryba, przepiórki, szparagi, ziemniaki, ciasta morelowe, pudding — a na ich miejscu pojawiają się brudne talerze i puste półmiski.

Podczas gdy na górze błyszczeli goście, głęboko pod jadalnią kuchnia pani Townsend parowała i gwizdała niczym jeden z tych lśniących nowych pojazdów, które zaczęły przejeżdżać przez wioskę. Pani Townsend lawirowała pomiędzy stołami, energicznie przenosiła pokaźny ciężar swojego ciała z miejsca na miejsce, podsycając ogień w piecu, dopóki jej ogorzałe policzki nie pokryły się kropelkami potu. Klaskała w dłonie i dając wystudiowany pokaz fałszywej skromności, narzekała na chrupką złotą skórkę, która pokrywała ciasta. Jedyną osobą, która wydawała się odporna na zaraźliwe podekscytowanie, była nieszczęsna Katie o twarzy naznaczonej cierpieniem: pierwszą połowę wieczoru spędziła na obieraniu niezliczonych ziemniaków, a drugą na szorowaniu niezliczonych garnków.

Wreszcie, kiedy dzbanki kawy i śmietanki oraz miseczki z karmelem powędrowały w górę na srebrnej tacy, pani Townsend odwiązała fartuch, dając reszcie z nas znak, że wieczorne zadanie dobiega końca. Powiesiła fartuch na haczyku obok pieca i wetknęła długie siwe włosy, które opadły jej na twarz, z powrotem w charakterystyczny kok na czubku głowy.

— Katie?! — zawołała, ocierając rozgrzane czoło. — Katie?! — Pokręciła głową. — Niepojęte! Ta dziewczyna jest zawsze w pobliżu, ale nigdy nie można jej znaleźć. — Chwiejnym krokiem podeszła do stołu dla służby, opadła na krzesło i westchnęła.

W drzwiach ukazała się Katie, ściskając w dłoni kapiącą szmatę.

— Słucham, pani Townsend?

— Och, Katie — ofuknęła ją pani Townsend, wskazując na podłogę. — O czym ty w ogóle myślisz, dziewczyno?

— O niczym, pani Townsend.

— Właśnie, o niczym. Zamoczysz wszystko dookoła. — Pani Townsend pokręciła głową i westchnęła. — Zabieraj się stąd natychmiast i poszukaj czegoś, czym można to sprzątnąć. Pan Hamilton natrze ci uszu, jeśli zobaczy ten bałagan.

— Tak, pani Townsend.

— A kiedy już skończysz, możesz nam przygotować duży dzbanek gorącego kakao.

Katie powlekła się w stronę kuchni i o mało nie zderzyła się z Alfredem, który zbiegał po schodach.

— Ooo, uważaj, Katie, masz szczęście, że cię nie przewróciłem. — Wyszedł zza rogu i szeroko się uśmiechnął. Jego twarz była otwarta i szczera jak buzia dziecka. — Dobry wieczór paniom.

Pani Townsend zdjęła okulary.

— No i? Alfredzie?

— No i co, pani Townsend? — powiedział, otwierając szeroko brązowe oczy.

— No i? — Machnęła dłonią. — Nie trzymaj nas wszystkich w niepewności.

Usiadłam na moim krześle, zdjęłam buty i rozprostowałam palce u stóp. Alfred miał dwadzieścia lat, piękne dłonie i ciepły głos. Służył u lorda i lady Ashbury od dnia, w którym w ogóle zaczął pracować. Myślę, że pani Townsend czuła do niego szczególną sympatię, chociaż oczywiście nigdy o tym nie wspominała, a ja nie śmiałam pytać.

— W niepewności? — zapytał Alfred. — Nie wiem, o czym pani mówi, pani Townsend.

— Nie wie, o czym mówię! A niech mnie! — Pokręciła głową. — Jak poszło? Czy mówili coś, co mogłoby mnie zainteresować?

— Och, pani Townsend — powiedział Alfred. — Nie powinienem niczego powtarzać, dopóki nie dołączy do nas pan Hamilton. W przeciwnym razie postąpiłbym nielojalnie, prawda?

— Posłuchaj, chłopcze — powiedziała pani Townsend. — Pytam tylko, jak gościom lorda i lady Ashbury smakowało jedzenie. Chyba pan Hamilton nie będzie miał nic przeciwko temu, prawda?

— Naprawdę nie mam pojęcia, pani Townsend — powiedział Alfred, puszczając do mnie oczko, co sprawiło, że moje policzki oblały się rumieńcem. — Przypadkiem zauważyłem jednak, że lord Ponsonby wziął dokładkę pani ziemniaków.

Pani Townsend uśmiechnęła się, zasłaniając usta splecionymi dłońmi i pokiwała głową.

— Słyszałam od pani Davis, która gotuje dla lorda i lady Bassingstoke, że lord Ponsonby szczególnie lubi ziemniaki *à la crème*.

— Lubi? Pozostali goście mieli szczęście, że cokolwiek dla nich zostało.

Pani Townsend wydała z siebie stłumiony okrzyk, lecz jej twarz promieniała.

— Alfred, to podłe, że mówisz takie rzeczy. Gdyby pan Hamilton to usłyszał...

— Co takiego miałby usłyszeć pan Hamilton? — W drzwiach ukazała się Nancy, usiadła na swoim miejscu i rozwiązała czepek.

— Właśnie opowiadałem pani Townsend, jak bardzo jaśnie paniom i panom smakowała jej kolacja — powiedział Alfred.

Nancy przewróciła oczami.

— Jeszcze nigdy nie widziałam, żeby goście tak dokładnie opróżniali talerze. Grace może to potwierdzić. — Przytaknęłam, a ona mówiła dalej: — Oczywiście ocena należy do pana Hamiltona, lecz moim zdaniem przeszła pani samą siebie, pani Townsend.

Pani Townsend przygładziła bluzkę na biuście.

— Cóż — powiedziała z zadowoleniem — każdy z nas robi to, co do niego należy. — Brzęk porcelany skierował naszą uwagę w stronę drzwi. Katie powolutku wychodziła zza rogu, ściskając tacę zastawioną filiżankami. Z każdym krokiem kakao wylewało się na zewnątrz i wypełniało spodeczki.

— Och, Katie — powiedziała Nancy, kiedy taca stanęła na stole. — Narobiłaś strasznego bałaganu. Proszę tylko spojrzeć, pani Townsend.

Pani Townsend skierowała wzrok ku górze.

— Czasami myślę, że szkolenie tej dziewczyny to zwykła strata czasu.

— Och, pani Townsend — jęknęła Katie. — Staram się najlepiej, jak mogę, naprawdę. Nie chciałam...

— Czego nie chciałaś, Katie? — zapytał pan Hamilton, schodząc po schodach. — Co takiego znowu zrobiłaś?

— Nic, panie Hamilton. Po prostu chciałam przynieść kakao.

— I rzeczywiście przyniosłaś, niemądra dziewczyno — powiedziała pani Townsend. — A teraz wracaj do kuchni i dokończ myć talerze. Pewnie woda zdążyła już wystygnąć.

Pokręciła głową, a gdy Katie zniknęła w korytarzu, zwróciła się rozpromieniona do pana Hamiltona.

— Czy wszyscy już poszli, panie Hamilton?

— Tak, pani Townsend. Właśnie odprowadziłem do samochodu ostatnich gości, lorda i lady Denys.

— A rodzina? — zapytała.

— Panie udały się na spoczynek. Jaśnie pan, major i pan Frederick dopijają sherry w salonie i zabawią tam jeszcze jakiś czas. — Pan Hamilton złożył dłonie na oparciu swojego krzesła i na chwilę zamilkł, wpatrując się w dal jak zawsze, kiedy zamierzał przekazać jakąś ważną informację. Reszta z nas zajęła miejsca i czekała.

Pan Hamilton odchrząknął.

— Powinniście być z siebie bardzo dumni. Obiad okazał się wielkim sukcesem i jaśnie państwo są bardzo zadowoleni. — Posłał nam powściągliwy uśmiech. — Jaśnie pan udzielił nam bardzo łaskawego pozwolenia na otwarcie butelki szampana. Powiedział, że to w dowód jego uznania.

Gdy pan Hamilton przyniósł butelkę z piwnicy, a Nancy przygotowała kieliszki, rozległy się radosne brawa. Siedziałam bardzo cicho, z nadzieją, że mnie również pozwolą skosztować szampana. To wszystko było dla mnie nowe: kiedy mieszkałam z matką, nie miewałyśmy zbyt wielu okazji do świętowania.

Po napełnieniu ostatniego kieliszka pan Hamilton spojrzał na mnie zza okularów spoczywających na jego długim nosie.

— Dobrze — powiedział w końcu. — Myślę, że ty również możesz dziś wypić trochę szampana, mała Grace. Nie każdego wieczoru jaśnie pan podejmuje gości w tak wielkim stylu.

Z wdzięcznością przyjęłam kieliszek, a pan Hamilton uniósł swój.

— Wznoszę toast — powiedział — za wszystkich, którzy mieszkają i służą w tym domu. Obyśmy żyli długo i szczęśliwie.

Stuknęliśmy się kieliszkami, rozsiadłam się na krześle, sączyłam szampana i delektowałam się cierpkością bąbelków na języku. Przez całe moje długie życie, za każdym razem, kiedy miałam okazję pić szampana, przypominał mi się tamten wieczór w suterenie rezydencji Riverton. Ta dziwna energia, która towarzyszy wspólnemu sukcesowi. Pochwała lorda Ashbury'ego w postaci bąbelków wzruszyła nas wszystkich, rozgrzewając policzki i radując serca. Alfred uśmiechnął się do mnie znad swojego kieliszka, a ja nieśmiało odpowiedziałam mu uśmiechem. Słuchałam, jak pozostali wspominają wieczór wraz z jego barwnymi szczegółami: diamentami lady Denys, nowoczesnymi poglądami lorda Harcourta na temat małżeństwa i słabością lorda Ponsonby'ego do ziemniaków *à la crème*.

Z błogiego nastroju wyrwał mnie donośny dźwięk dzwonka. Przy stole zapadło milczenie. Spoglądaliśmy na siebie zaskoczeni, aż w końcu pan Hamilton zerwał się z miejsca.

— Przecież to telefon — powiedział i pospiesznie opuścił jadalnię.

Lord Ashbury miał jeden z pierwszych prywatnych telefonów w Anglii i wszyscy, którzy służyli w jego domu, byli niezmiernie dumni z tego faktu. Główny aparat telefoniczny został umieszczony w korytarzu przed pokojem kredensowym pana Hamiltona, aby w tej podniosłej chwili, w której rozlegał się dzwonek, on sam mógł natychmiast podnieść słuchawkę i przekazać rozmowę do góry. Pomimo doskonale opracowanego systemu tego typu okazje zdarzały się raczej rzadko, ponieważ bardzo niewielu przyjaciół lorda i lady Ashbury posiadało własne telefony. Mimo to aparat traktowano z niemal nabożną czcią, a odwiedzająca nas służba z innych domów zawsze szukała powodu, aby znaleźć korytarz, w którym na własne oczy można było ujrzeć ten wspaniały przedmiot i siłą rzeczy uznać wyższość domu w Riverton.

Nie było zatem nic dziwnego w tym, że dźwięk dzwoniącego telefonu odebrał nam wszystkim mowę. Fakt, że wieczór był już tak późny, zmienił to zdumienie w lęk. Siedzieliśmy nieruchomo i zgodnie wstrzymując oddech, wytężaliśmy zmysły.

— Halo?! — zawołał pan Hamilton w słuchawkę. — Halo?!

W jadalni pojawiła się Katie.

— Właśnie słyszałam zabawny dźwięk. Oooch, pijecie szampana...

— Ciii — rozległa się wspólna odpowiedź. Katie usiadła i zaczęła obgryzać swoje zaniedbane paznokcie.

Usłyszeliśmy głos pana Hamiltona, dobiegający z pokoju kredensowego:

— Tak, tu dom lorda Ashbury'ego... Major Hartford? Cóż, tak, major Hartford właśnie bawi w odwiedzinach u rodziców... Tak jest, natychmiast. Kogo mam zapowiedzieć?... Chwileczkę, kapitanie Brown, już łączę.

Pani Townsend szepnęła głośno i z przekonaniem:

— Ktoś do majora. — I wszyscy ponownie nadstawiliśmy

uszu. Z miejsca, w którym siedziałam, mogłam dostrzec profil pana Hamiltona, widoczny za uchylonymi drzwiami: sztywna szyja, pochylona głowa.

— Dobry wieczór — powiedział pan Hamilton w słuchawkę. — Bardzo mi przykro, że przeszkadzam, ale pan major jest proszony do telefonu. Dzwoni do niego kapitan Brown z Londynu.

Pan Hamilton zamilkł, lecz pozostał przy telefonie. Miał w zwyczaju trzymać przez chwilę słuchawkę, aby upewnić się, że wzywany rozmówca podniósł swoją i połączenie nie zostanie przerwane.

Kiedy tak czekał, nasłuchując, zauważyłam, że jego palce kurczowo zaciskają się na słuchawce. Jego ciało napięło się, a oddech wydawał się nieco szybszy.

Rozłączył się w milczeniu, starannie odkładając słuchawkę, i przygładził marynarkę. Powoli wrócił na swoje miejsce u szczytu stołu, lecz nie usiadł, a jego dłonie zacisnęły się na oparciu krzesła. Rozejrzał się wokół, spoglądając na każde z nas z osobna. W końcu ponuro powiedział:

— Spełniły się nasze najgorsze obawy. Dziś wieczorem, o godzinie jedenastej, Wielka Brytania przystąpiła do wojny. Niech Bóg ma nas w swojej opiece.

※

Płaczę. Po tych wszystkich latach zaczęłam nad nimi płakać. Ciepłe łzy sączą się z oczu, biegnąc wzdłuż zmarszczek, a potem osusza je powietrze, więc pozostawiają lepkie i chłodne ślady.

Znowu jest przy mnie Sylvia. Przyniosła chusteczkę i radośnie ociera mi twarz. Dla niej moje łzy są po prostu wynikiem jakiejś hydraulicznej awarii. Kolejnym nieuchronnym, lecz nieszkodliwym przejawem mojego podeszłego wieku.

Nie wie, że płaczę nad zmieniającą się rzeczywistością. Że kiedy ponownie czytam moje ulubione książki, jakaś maleńka część mnie ma nadzieję na inne zakończenie, liczę na to, że wojna nigdy nie wybuchnie. Że tym razem, nie wiedzieć czemu, pozwoli nam żyć dalej.

Ulica Saffron High

Zanosi się na deszcz. Mój krzyż jest znacznie bardziej czuły niż jakikolwiek sprzęt meteorologiczny. Ubiegłej nocy leżałam całkiem rozbudzona, wsłuchując się w pojękiwania moich kości, które szeptały o dawno utraconej tężyźnie. Wyginałam zesztywniałe stare ciało we wszystkie strony: niewygoda zmieniła się we frustrację, frustracja w znudzenie, a znudzenie w bezgraniczny strach. Strach, że ta noc nigdy się nie skończy i na zawsze utknę w jej długim, pustym tunelu.

Ale dosyć tego. Nie chcę już dłużej rozmyślać o moich słabościach. Nudzę nawet samą siebie. Poza tym ostatecznie musiałam trochę pospać, gdyż dzisiejszego ranka się obudziłam, a o ile mi wiadomo, nie można się obudzić, jeśli się nie spało. Leżałam jeszcze w łóżku z koszulą nocną okręconą wokół talii, kiedy jakaś dziewczyna z zakasanymi rękawami i długim cienkim warkoczem (jednak nie aż tak długim jak mój), wpadła do pokoju i rozsunęła zasłony, pozwalając, aby do środka przeniknęło światło. Nie była to Sylvia i dzięki temu domyśliłam się, że musi być niedziela.

Dziewczyna — na plakietce miała wypisane imię Helen — wepchnęła mnie pod prysznic, trzymając za ramię, żebym nie upadła. Jej czerwone paznokcie wpiły się w moją zwiotczałą białą skórę. Zarzuciła warkocz na plecy i zabrała się do namydlania mi tułowia i kończyn, usuwając szorowaniem pozostałości nocy i nucąc przy tym jakąś nieznaną melodię. Kiedy byłam już wystarczająco czysta, posadziła mnie na plastikowym taborecie i zostawiła samą pod ciepłym strumieniem z prysznica. Obiema dłońmi chwyciłam poręcz i przesunęłam się do przodu, wzdychając, gdy woda przyniosła ulgę moim spiętym plecom.

Z pomocą Helen zostałam wytarta i ubrana, wyszykowana i usadowiona w salonie przed siódmą trzydzieści. Zanim przyjechała Ruth, żeby zabrać mnie do kościoła, zdołałam wmusić w siebie kawałek gumowatej grzanki i filiżankę herbaty.

Nie jestem przesadnie religijna. Były nawet czasy, kiedy opuściła mnie cała wiara i pomstowałam na łaskawego Ojca, który pozwolił, aby na jego dzieci spadły tak okropne nieszczęścia. Jednak już dawno temu zawarłam z Bogiem pokój. Z wiekiem człowiek bardzo pokornieje. Zresztą Ruth lubi chodzić do kościoła, a dla mnie nie jest to zbyt wielki wysiłek.

Jest Wielki Post, okres zadumy i żalu za grzechy, który zawsze poprzedza Wielkanoc, i tego ranka kościelny ołtarz jest okryty fioletowym obrusem. Kazanie jest dosyć przyjemne, mówi o winie i przebaczeniu (całkiem pasuje, zważywszy na wysiłek, który postanowiłam podjąć). Pastor rozpoczął od czternastego rozdziału Ewangelii według świętego Jana, błagając wiernych o zlekceważenie krzykaczy, którzy przepowiadają milenijną zagładę, i o odnalezienie zamiast tego wewnętrznego spokoju w Chrystusie. „Ja jestem drogą i prawdą, i życiem — czytał. — Nikt nie przychodzi do Ojca mego inaczej jak tylko przeze Mnie"*. A potem wezwał nas do wzięcia przykładu z wiary apostołów o poranku pierwszego tysiąclecia. Z wyjątkiem Judasza, rzecz jasna: nie bardzo jest z czego brać przykład w przypadku zdrajcy, który sprzedał Chrystusa za trzydzieści srebrników, a potem się powiesił.

Zazwyczaj po mszy idziemy piechotą na pobliską High Street, aby wypić poranną herbatę u Maggie. Zawsze chodzimy do Maggie, choć ona sama wiele lat temu opuściła to miasto z walizką i mężem najlepszej przyjaciółki. Tego ranka, kiedy idziemy lekko pochyłą Church Street i Ruth trzyma dłoń na moim ramieniu, zauważam

---

* Według Biblii Tysiąclecia.

pierwsze niecierpliwe pąki ukazujące się na żywopłotach z jeżyn, które ciągną się wzdłuż chodnika. Koło ponownie się obróciło i zbliża się wiosna.

Odpoczęłyśmy chwilę na drewnianej ławce pod stuletnim wiązem, którego ogromny pień łączy Church Street z Saffron High. Zimowe słońce migotało za koronką nagich gałęzi, rozgrzewając mi plecy. Dziwne są te pogodne jasne dni kończące zimę, kiedy człowiekowi może być gorąco i zimno jednocześnie.

Kiedy byłam małą dziewczynką, po tych ulicach toczyły się powozy i jednokonki. Po wojnie również samochody: austeny i tin lizzy z kierowcami w goglach i donośnymi klaksonami. W tamtych czasach ulice były zakurzone, pełne dziur i końskich odchodów. Starsze panie pchały dziecięce wózki ze szprychami w kółkach, a mali chłopcy o pustym spojrzeniu handlowali gazetami.

Sprzedawczyni soli zawsze lokowała się na rogu, na którym teraz stoi stacja benzynowa. Vera Pipp — żylasta postać w kaszkiecie, z cienką glinianą fajką wiecznie zwisającą u ust. Kiedyś chowałam się za maminą spódnicą i z wytrzeszczonymi oczami patrzyłam, jak pani Pipp spycha wielkim hakiem bryły soli na ręczny wózek, a potem piłą i nożem tnie je na mniejsze kawałki. Ukazywała się w wielu moich koszmarach, zaopatrzona w glinianą fajkę i błyszczący hak.

Po drugiej stronie ulicy mieścił się lombard z wejściem ozdobionym trzema charakterystycznymi kulami z brązu, które na początku stulecia można było spotkać w każdym miasteczku Wielkiej Brytanii. Zaglądałyśmy tam z matką co poniedziałek, aby wymienić nasze świąteczne ubrania na kilka szylingów. W piątek, kiedy ze sklepu odzieżowego przychodziły pieniądze za naprawę ubrań, matka posyłała mnie z powrotem do lombardu po odbiór zastawu, żebyśmy miały w czym pójść do kościoła.

Najbardziej lubiłam sklep spożywczy. Teraz mieści się tam zakład ksero, lecz za czasów mojej młodości prowadził go wysoki chudy mężczyzna o wyraźnym akcencie i jeszcze bardziej wyraźnych brwiach, wraz z okrąglutką żoną. Obydwoje stawiali sobie za cel spełnianie wszelkich życzeń klientów, również tych najbardziej niezwykłych. Nawet w czasie wojny pan Georgias potrafił znaleźć dodatkową paczkę herbaty za uczciwą cenę. Dla moich młodych oczu sklep spożywczy był jak kraina marzeń. Zaglądałam przez okno i pochłaniałam wzrokiem jaskrawe pudełka ekstraktu słodowego Horlicksa i imbirowych ciasteczek Huntley&Palmer. Luksusowe produkty, których nigdy nie miewałyśmy w domu. Na szerokich gładkich ladach spoczywały żółte bloki masła i sera, pudełka świeżych jajek — czasami jeszcze ciepłych — i suszonej fasoli, odważanej na szalach z brązu. W niektóre dni — te najlepsze — matka przynosiła z domu garnek, który pan Georgias napełniał syropem z melasy...

Ruth poklepała mnie po ramieniu i pomogła wstać, po czym ruszyłyśmy dalej wzdłuż Saffron High Street w stronę wypłowiałej czerwono-białej markizy Maggie. Zamówiłyśmy to, co zawsze — dwie filiżanki herbaty English Breakfast i ciepłą babeczkę na spółkę — po czym usiadłyśmy przy stoliku pod oknem.

Dziewczyna, która nas obsługiwała, była nowa zarówno w tej kawiarni, jak i, niestety, w zawodzie kelnerki, sądząc po niezdarności, z jaką ściskała w dłoniach spodeczki i niosła talerzyk z babeczką na drżącym przedramieniu.

Ruth patrzyła na nią z dezaprobatą, unosząc brwi na widok nieuniknionych kałuży herbaty na spodeczkach. Na szczęście okazała się jednak powściągliwa i bez słowa włożyła papierowe chusteczki pomiędzy filiżanki a spodeczki, aby usunąć rozlany płyn.

Jak zwykle sączyłyśmy herbatę w milczeniu, aż w końcu Ruth podsunęła mi swój talerzyk.

— Zjedz i moją połowę. Marnie wyglądasz.

Chciałam przypomnieć jej radę pani Simpson, zgodnie z którą kobieta nigdy nie może być zbyt bogata ani zbyt chuda, lecz ostatecznie się powstrzymałam. Poczucie humoru, którego nigdy nie miała w nadmiarze, ostatnio zupełnie ją opuściło.

Rzeczywiście, wyglądam marnie. Nie mam apetytu. Nie chodzi o to, że nie czuję głodu. Nie czuję smaku. A kiedy ostatni dzielny kubek smakowy kurczy się i umiera, wraz z nim znika wszelka motywacja do jedzenia. Co za ironia. W młodości bezskutecznie się głodziłam, aby zbliżyć się do modnego ideału — chude ramiona, małe piersi, bezkrwiste ciało — a teraz spotkał mnie taki los. Nie żywię jednak błędnego mniemania, że chudość służy mi równie dobrze, jak służyła Coco Chanel.

Ruth wytarła usta serwetką w pogoni za niewidzialnym okruszkiem, a potem odchrząknęła, złożyła serwetkę na pół i jeszcze raz na pół, wtykając ją w końcu pod nóż.

— Muszę zrealizować receptę w aptece — powiedziała. — Możesz tu chwilę posiedzieć?

— Receptę? — spytałam. — Na co? Co ci dolega? — Ruth jest już po sześćdziesiątce, ma dorosłego syna, a jednak na taką wieść nadal zamiera mi serce.

— Nic — powiedziała. — Nic poważnego. — Wstała sztywno, po czym ściszonym głosem dodała: — Po prostu potrzebuję czegoś, co pozwoli mi zasnąć.

Kiwam głową. Obydwie wiemy, dlaczego nie może spać. To pozostaje między nami: wspólny smutek elegancko przewiązany wstążką milczącego paktu, który zabrania nam o tym mówić. Albo raczej o nim.

Ruth ożywiła się, przerywając ciszę.

— Zostań tu, a ja szybko pobiegnę na drugą stronę. Włączyli ogrzewanie, jest ciepło. — Wzięła torebkę i płaszcz, a następnie wstała i chwilę mierzyła mnie wzrokiem. — Nigdzie nie pójdziesz, prawda?

Pokręciłam głową, a ona pospieszyła w stronę drzwi. Ruth nieustannie się boi, że zniknę, jeśli zostawi mnie samą. Ciekawe, dokąd według niej tak bardzo mnie ciągnie.

Patrzyłam przez okno, dopóki nie zniknęła pośród przemykających obok ludzi. Ludzi o różnych kształtach i rozmiarach. A te ubrania! Co powiedziałaby na to pani Townsend?

Obok przeszło zarumienione dziecko ciągnięte niczym balon przez spieszącego dokądś rodzica. Dziecko — trudno było stwierdzić, czy chłopiec, czy dziewczynka — patrzyło na mnie wielkimi okrągłymi oczami, nieobarczone społecznym obowiązkiem uśmiechania się, który wypełnia większość dorosłych. Pojawiło się wspomnienie. Dawno temu to ja byłam tym dzieckiem, plączącym się za własną matką, która pędziła ulicą. Wspomnienie zrobiło się jeszcze bardziej wyraźne. Przechodziłyśmy obok tego samego sklepu, choć wtedy nie mieściła się tu kawiarnia, lecz sklep mięsny. Za oknem, na białym marmurowym stole leżały kawały mięsa, a nad wysypaną trocinami podłogą kołysały się wołowe tusze. Rzeźnik, pan Hobbins, pomachał do mnie i pamiętam, że zapragnęłam, aby matka się zatrzymała i postanowiła zabrać do domu smakowitą golonkę, którą mogłybyśmy wrzucić do zupy.

Wpatrywałam się w okno z nadzieją, wyobrażając sobie tę zupę — z golonki, pora i ziemniaków — która bulgocze na naszym opalanym drewnem piecu i wypełnia małą kuchnię słonawą parą. Moje wyobrażenie było tak intensywne, że czułam zapach bulionu i prawie skręcałam się z bólu.

Ale matka się nie zatrzymała. Nawet nie zwolniła kroku. Stukot jej obcasów coraz bardziej się oddalał, a mnie ogarnęła przemożna chęć, żeby napędzić jej stracha, ukarać ją za naszą biedę i udać, że się zgubiłam.

Stałam w miejscu, pewna, że wkrótce zauważy moje zniknięcie i pospieszy z powrotem. Może istniała szansa, choćby maleńka, że odczuje ulgę i ze szczęścia postanowi kupić golonkę...

Nagle coś mną szarpnęło i pociągnęło w kierunku, z którego przyszłam. Minęła chwila, zanim zdałam sobie sprawę, co się dzieje. Guzik mojego płaszczyka zahaczył o siatkę na zakupy jakiejś eleganckiej pani, która energicznie ciągnęła mnie za sobą. Dokładnie pamiętam, jak wyciągnęłam maleńką dłoń, aby poklepać ją po szerokiej ruchliwej pupie, po czym cofnęłam ją zawstydzona i rozpaczliwie przebierałam stópkami, żeby dotrzymać jej kroku. Wtedy ta pani przeszła na drugą stronę ulicy, ciągnąc mnie za sobą, a ja zaczęłam płakać. Zgubiłam się i z każdym pospiesznym krokiem coraz bardziej oddalałam się od matki. Myślałam, że już nigdy jej nie zobaczę. Że zamiast tego będę zdana na łaskę tej dziwnej pani w eleganckim stroju.

Nagle, po drugiej stronie ulicy zauważyłam matkę kroczącą wśród innych osób robiących zakupy. Co za ulga! Chciałam ją zawołać, lecz tak mocno płakałam, że nie byłam w stanie złapać tchu. Zaczęłam machać rękami, wydając z siebie zduszone okrzyki. Po policzkach ciekły mi łzy.

Matka odwróciła się i zobaczyła mnie. Jej twarz zastygła, chuda dłoń podskoczyła do płaskiej piersi i już po chwili była przy mnie. Dama, która aż do tej chwili nie miała pojęcia, że ciągnie za sobą pasażera na gapę, teraz zainteresowała się nagłym poruszeniem. Odwróciła się i spojrzała na nas: na moją wysoką matkę o mizernym obliczu, odzianą w wypłowiałą spódnicę, i na zalanego łzami urwisa, którym musiałam jej się wydać. Szarpnęła torebką i z przerażeniem przycisnęła ją do piersi.

— Zostawcie mnie! Zostawcie mnie albo zawołam policję!

Kilka osób zwietrzyło zbliżającą się sensację i obstąpiło nas zwartym kołem. Matka przeprosiła kobietę, która patrzyła na nią tak, jak patrzy się na szczura w spiżarce. Matka próbowała wytłumaczyć jej, co się stało, lecz kobieta nadal cofała się z przerażeniem. Nie pozostało mi nic innego, jak tylko iść za nią, co jedynie skłoniło ją do głośniejszych wrzasków. W końcu pojawił się policjant, pytając, skąd to całe zamieszanie.

— Ona próbuje ukraść mi siatkę — powiedziała dama, wskazując mnie drżącym palcem.

— Czy to prawda? — zapytał policjant.

Pokręciłam głową, gdyż nadal nie mogłam wydusić z siebie słowa. Byłam pewna, że zostanę aresztowana.

Matka wyjaśniła, co się stało, opowiadając o guziku, który zaczepił się o siatkę na zakupy, na co policjant pokiwał głową, a dama podejrzliwie zmarszczyła brwi. Potem wszyscy spojrzeli na siatkę i zobaczyli, że mój guzik rzeczywiście w niej uwiązł. Policjant powiedział matce, żeby pomogła mi go wyplątać.

Matka wysupłała guzik, podziękowała policjantowi, ponownie przeprosiła tę panią i wbiła we mnie wzrok. Byłam ciekawa, czy zacznie się śmiać, czy może płakać. Jak się okazało, zrobiła jedno i drugie, ale nie od razu. Chwyciła rękaw mojego brązowego płaszcza i odciągnęła mnie od rzednącego tłumu. Zatrzymała się dopiero, kiedy skręciłyśmy w Railway Street. Gdy pociąg zmierzający do Londynu ruszył ze stacji, odwróciła się do mnie i syknęła:

— Ty niedobra dziewczyno. Myślałam, że się zgubiłaś. Wpędzisz mnie do grobu, słyszysz? Chcesz tego? Uśmiercić własną matkę? — Po tych słowach poprawiła mi płaszczyk, pokręciła głową i wzięła mnie za rękę, którą ścisnęła prawie do bólu. — Czasami żałuję, że ostatecznie nie zostawiłam cię w szpitalu jako podrzutka, przysięgam na Boga.

Kiedy byłam niegrzeczna, zawsze słyszałam ten refren i jej groźba bez wątpienia zawierała więcej niż tylko odrobinę prawdziwego żalu. Z pewnością niejeden by przyznał, że żyłoby się jej lepiej, gdyby zostawiła mnie u podrzutków. Nic nie gwarantowało kobiecie utraty posady tak niezawodnie jak ciąża, a od chwili mojego przyjścia na świat życie matki przypominało ciągłą litanię ciułania i nieustannych prób wiązania końca z końcem.

Tak wiele razy słyszałam historię o tym, jak uniknęłam sierocińca, że czasami myślałam, iż znałam ją już w chwili narodzin. Podróż matki pociągiem do Russell Square w Londynie, podczas której z powodu zimna trzymała mnie zawiniętą pod płaszczem, stała się dla nas czymś w rodzaju legendy. Droga wzdłuż Grenville Street prowadząca ku Guilford Street i ludzie kręcący głowami, którzy doskonale wiedzieli, dokąd zmierza z tym małym zawiniątkiem. Chwila, w której rozpoznała budynek sierocińca na drugim końcu ulicy, gdzie zgromadził się tłum podobnych do niej młodych kobiet, stłoczonych przed drzwiami i kołyszących nieprzytomnie rozwrzeszczane dzieci. I wreszcie najważniejsze: niespodziewany głos, zupełnie wyraźny (głos Boga — jak twierdziła matka; ciotka Dee była zdania, że raczej głos głupoty), który kazał jej zawrócić, mówiąc, że wychowanie tego wątłego dziecka jest jej obowiązkiem. Jak głosiła rodzinna legenda, powinnam być dozgonnie wdzięczna za tę chwilę.

Tamtego ranka, kiedy wydarzyła się historia z guzikiem i siatką na zakupy, wspomnienie o sierocińcu sprawiło, że zamilkłam. Jednak wbrew temu, co niewątpliwie myślała matka, nie zamilkłam dlatego, że rozmyślałam o moim łaskawym losie i o tym, że nadal mi sprzyja. Kroczyłam raczej wytartymi ścieżkami mojej ulubionej dziecięcej fantazji. Ogarniała mnie niewypowiedziana radość, kiedy wyobrażałam sobie siebie w sierocińcu, śpiewającą piosenki wraz z innymi dziećmi. Tam miałabym mnóstwo braci i sióstr, z którymi mogłabym się bawić, a nie tylko zmęczoną

93

i gderliwą matkę o twarzy naznaczonej rozczarowaniem, którego przyczyną byłam prawdopodobnie ja sama.

Jakaś osoba, która stanęła obok, przerwała moją długą podróż ścieżkami pamięci i przywołała mnie do rzeczywistości. Odwróciłam się i zobaczyłam młodą kobietę. Minęła chwila, zanim rozpoznałam w niej kelnerkę, która przyniosła nam herbatę. Patrzyła na mnie wyczekująco.

Zamrugałam, skupiając na niej wzrok.

— Myślę, że moja córka uregulowała już rachunek.

— O tak — powiedziała młoda dziewczyna miękkim irlandzkim głosem. — Uregulowała. Już przy złożeniu zamówienia. — Jednak nadal nie ruszała się z miejsca.

— Czym w takim razie mogę pani służyć? — zapytałam.

Przełknęła ślinę.

— Chodzi o to, że Sue z kuchni mówi, że jest pani babcią... To znaczy, jej zdaniem, pani wnuk to... to Marcus McCourt, a ja naprawdę jestem jego największą fanką. Wprost uwielbiam inspektora Adamsa. Czytałam wszystkie części.

Marcus. Maleńka ćma smutku w mojej piersi zatrzepotała skrzydełkami, jak zawsze kiedy ktoś wymawiał jego imię. Uśmiechnęłam się do kelnerki.

— Bardzo miło mi to słyszeć. Mój wnuk by się ucieszył.

— Było mi okropnie, kiedy przeczytałam o jego żonie.

Pokiwałam głową.

Zawahała się, a ja przygotowałam się na pytania, które z pewnością miały paść. Zawsze padały. Czy pisze kolejną część przygód inspektora Adamsa? Czy niebawem zostanie wydana? Zdziwiłam się, kiedy ciekawość ustąpiła miejsca przyzwoitości czy raczej nieśmiałości.

— No cóż... Miło było panią poznać — powiedziała. — Lepiej już wrócę do pracy, bo Sue wpadnie we wściekłość. — Zaczęła się oddalać, lecz po chwili zawróciła. — Powie mu pani, prawda? Powie mu pani, jak wiele znaczą jego książki dla mnie i jego wszystkich fanów?

Dałam jej słowo, chociaż nie wiem, kiedy będę miała szansę spełnić tę obietnicę. Podobnie jak większość osób z jego pokolenia, Marcus włóczy się po świecie. Jednak w przeciwieństwie do swoich rówieśników, nie łaknie podróży, lecz czegoś, co odwróci jego uwagę. Zniknął w chmurze własnego smutku i nie jestem w stanie zgadnąć, gdzie dokładnie się teraz znajduje. Ostatni raz kontaktował się ze mną wiele miesięcy temu. Przysłał mi pocztówkę przedstawiającą Statuę Wolności ze znaczkiem z Kalifornii i zeszłoroczną datą. Wiadomość była prosta: „Wszystkiego najlepszego z okazji urodzin, M.".

Nie, to coś bardziej skomplikowanego niż smutek. Jego ściga poczucie winy. Bezpodstawne poczucie winy z powodu śmierci Rebeki. Obwinia siebie, wierząc, że gdyby jej nie opuścił, wszystko mogłoby potoczyć się inaczej. Martwię się o niego. Doskonale rozumiem osobliwe poczucie winy gnębiące tych, którzy przeżyli tragedię.

Za oknem dostrzegłam Ruth przechodzącą przez ulicę. Wdała się w rozmowę z pastorem i jego żoną, przez co nie dotarła jeszcze do apteki. Z wielkim wysiłkiem przesunęłam się na krawędź krzesła, przewiesiłam torebkę przez ramię i zacisnęłam dłoń na lasce. Podźwignęłam się na dygoczących nogach. Miałam coś do załatwienia.

❀

Właściciel sklepu pasmanteryjnego, pan Butler, ma małą wystawkę na głównej ulicy. Kawałek pasiastej markizy wciśniętej pomiędzy piekarnię a sklep sprzedający świece i kadzidełka. Jednak za czerwonymi drewnianymi drzwiami z lśniącą kołatką z brązu i srebrnym dzwonkiem obfitość przeróżnych towarów zadaje kłam skromnemu wejściu. Męskie kapelusze i krawaty, szkolne torby i skórzane walizki, rondle i kije do hokeja tłoczą się w długim wąskim sklepiku.

Pan Butler to niski mężczyzna w wieku około czterdziestu pięciu lat, z przerzedzoną fryzurą i talią, która — co niedawno zauważyłam — znika równie szybko jak włosy. Pamiętam jego ojca i ojca jego ojca, choć nigdy o tym nie wspominam. Nauczyłam się, że młodych ludzi zawstydzają opowieści o dawnych czasach. Tego ranka uśmiechnął się zza okularów i powiedział, że świetnie wyglądam. Kiedy byłam młodsza i miałam osiemdziesiąt lat, próżność kazałaby mi w to uwierzyć. Teraz uznaję tego typu komentarze za uprzejmy sposób wyrażenia zdziwienia faktem, że jeszcze żyję. Mimo to podziękowałam mu — powiedział to w dobrej wierze — i zapytałam, czy można u niego kupić magnetofon.

— Żeby słuchać muzyki? — zapytał pan Butler.

— Chciałabym do niego mówić — oświadczyłam. — Nagrywać moje słowa.

Zawahał się, zastanawiając się pewnie, co takiego zamierzam mówić do magnetofonu, po czym zdjął z wystawy jakiś mały czarny przedmiot.

— Ten powinien się pani spodobać. Nazywają to walkmanem. W dzisiejszych czasach każde dziecko ma coś takiego.

— Tak — powiedziałam z nadzieją. — To chyba to, czego potrzebuję.

Musiał wyczuć mój brak doświadczenia, ponieważ przeszedł do objaśnień.

— To proste. Wciska pani ten przycisk, a potem mówi w stronę tego miejsca. — Pochylił się i wskazał kawałek dziurkowanego metalu z boku urządzenia. Prawie czułam zapach kamfory z jego garnituru. — To właśnie jest mikrofon.

Kiedy wróciłam do Maggie, nadal nie było widać Ruth. Wolałam nie ściągać na siebie dalszych pytań kelnerki, więc opatuliłam się płaszczem i opadłam na ławkę na pobliskim przystanku autobusowym. Z wysiłku ledwie mogłam oddychać.

Powiała zimna bryza, przynosząc ze sobą kilka zapomnianych przedmiotów: papierek od cukierka, parę suchych liści, brązowo--zielone pióro kaczki. Tańczyły wzdłuż chodnika, opadając i wirując na przemian z każdym kolejnym podmuchem. W pewnej chwili piórko wysunęło się na prowadzenie, podźwignięte przez bardziej żwawego partnera, który uniósł je i sprawił, że zaczęło kręcić piruety nad dachami sklepów, a potem zniknęło mi z oczu.

Pomyślałam o Marcusie, który tańczy po całym świecie, wiedziony jakąś niesforną melodią, od której nie potrafi się uwolnić. Ostatnio niewiele trzeba, żebym zaczęła myśleć o Marcusie. Od jakiegoś czasu regularnie pojawia się w moich myślach. Wciśnięty niczym umęczony letni kwiat pomiędzy wizerunki Hannah, Emmeline i Riverton: mój wnuk. Nie jego czas i nie jego miejsce.

W jednej chwili mały chłopiec o wielkich oczach i wilgotnej skórze, a w drugiej dorosły mężczyzna nękany miłością i jej utratą.

Chcę ponownie zobaczyć jego twarz. Dotknąć jej. Zobaczyć tę uroczą znajomą twarz, naznaczoną jak wszystkie inne pracowitymi dłońmi historii. Przeszłością, o której tak mało wie.

Jestem pewna, że pewnego dnia wróci, ponieważ dom jest magnesem, który przyciąga z powrotem nawet najbardziej oddalone dzieci. Nie wiem jednak, czy stanie się to jutro, czy może za kilka lat. Nie mogę czekać. Siedzę w zimnej poczekalni i drżę, patrząc, jak wracają do mnie duchy minionych dni i echa dawnych głosów.

Właśnie dlatego postanowiłam nagrać dla niego kasetę. Może więcej niż jedną. Zamierzam odkryć przed nim moją tajemnicę: starą i długo skrywaną.

✣

W powrotnej drodze do Heathview patrzyłam przez okno na przemykające obok kolejne ulice z szarymi domkami. Na jednej z nich, gdzieś w połowie drogi, stoi dom, w którym się urodziłam, milcząco usadowiony pomiędzy dwoma identycznymi budynkami. Zerknęłam na Ruth, lecz nawet jeśli go zauważyła, nie powiedziała ani słowa. Oczywiście, nie było powodu, dla którego miałaby cokolwiek mówić. Przejeżdżamy tędy co niedziela.

Kiedy sunęłyśmy wąską drogą i wioskę zastąpiły pola, jak zawsze odrobinę wstrzymałam oddech.

Skręciłyśmy tuż za Bridge Road i tam go zobaczyłyśmy. Wjazd do Riverton. Zdobiona brama wysoka jak uliczne latarnie, droga do szepczącego tunelu starych drzew. Brama została pomalowana na biało, tracąc srebrny połysk minionych lat. Na żelaznych zawiasach wisi teraz tablica z napisem „Riverton". U dołu dodano: „Otwarte dla zwiedzających w okresie od maja do października, w godzinach 10.00—16.00. Bilety w cenie: 4 funty (dorośli), 2 funty (dzieci). Przebywanie poza wyznaczonym terenem za-bronione".

✣

Magnetofon wymagał przejścia małego szkolenia. Na szczęście Sylvia była pod ręką i chętnie mi pomogła. Trzymała urządzenie przy moich ustach, a ja mówiłam, na jej życzenie, pierwszą rzecz, jaka przyszła mi na myśl:

— Halo... halo... Mówi Grace Bradley... Próba mikrofonu. Raz. Dwa. Trzy.

Sylvia cofnęła walkmana i szeroko się uśmiechnęła.

— Bardzo profesjonalnie. — Wcisnęła przycisk i rozległ się warkot. — Tylko przewijam do tyłu, żebyśmy mogły to od-słuchać.

Nastąpiło pstryknięcie i kaseta znowu ustawiła się na początku. Sylvia wcisnęła „start" i obydwie czekałyśmy.

Usłyszałam stary głos: słaby, zmęczony, prawie niedosłyszalny. Wyblakła wstążka, tak wystrzępiona, że zostały tylko wątłe nitki. Jedynie małe drobinki dawnej mnie, mojego prawdziwego głosu, którego słuchałam w myślach i w snach.

— Świetnie — powiedziała Sylvia. — Zostawię cię z tym samą. Zawołaj, jeśli będziesz mnie potrzebować.

Skierowała się ku wyjściu, a mnie nagle ogarnęło uczucie nerwowego oczekiwania.

— Sylvio...

Odwróciła się.

— O co chodzi, kochana?

— Co ja mam mówić?

— Nie mam pojęcia. — Roześmiała się. — Udawaj, że on siedzi obok ciebie. Po prostu powiedz mu to, o czym teraz myślisz.

I właśnie tak zrobiłam, Marcusie. Wyobraziłam sobie, że siedzisz na skraju mojego łóżka, usadowiony u moich stóp, tak jak wtedy, kiedy byłeś mały, i zaczęłam mówić. Opowiedziałam trochę o tym, co ostatnio robiłam, o filmie i o Ursuli. Ostrożnie wspomniałam o twojej matce, mówiąc jedynie, że za tobą tęskni. Że bardzo by chciała cię zobaczyć.

Potem opowiedziałam ci o moich wspomnieniach. Nie o wszyst-kich. Przyświeca mi pewien cel, który nie ma nic wspólnego z zanudzaniem cię historiami z mojej przeszłości. Podzieliłam się z tobą raczej dziwnym poczuciem, że te wspomnienia stają się dla mnie bardziej realne niż moje życie. Powiedziałam o tym, jak niespodziewanie cofam się do przeszłości, i o rozczarowaniu, które mnie ogarnia, kiedy otwieram oczy i widzę, że znowu jest tysiąc dziewięćset dziewięćdziesiąty dziewiąty. O tym, jak zmienia się struktura czasu i w przeszłości zaczynam się czuć jak w domu, podczas gdy to dziwne i wypłowiałe doznanie, które zgodnie nazywamy teraźniejszością, wydaje mi się obce.

Zabawnie się czuję, kiedy tak siedzę sama w pokoju i mówię do małego czarnego pudełka. Z początku szeptałam, bojąc się, że ktoś mnie usłyszy. Że mój głos i moje tajemnice podryfują korytarzem do salonu niczym syrena statku rozpaczliwie szukająca obcego portu. Kiedy jednak przełożona pielęgniarek przyniosła mi tabletki, wyraz zdziwienia na jej twarzy zupełnie mnie uspokoił.

Już sobie poszła. Położyłam tabletki tuż obok, na parapecie. Wezmę je później, bo teraz muszę mieć jasny umysł.

Patrzę na słońce, które zachodzi nad wrzosowiskiem. Lubię śledzić je wzrokiem, kiedy w milczeniu ześlizguje się za linię odległych drzew. Dzisiaj mrugnęłam i ominął mnie ostatni błysk. Kiedy otworzyłam oczy, ta ulotna chwila już minęła, a połyskujący półksiężyc zniknął, pozostawiając samotne niebo: czyste, spowite chłodnym błękitem, poranione smugami mroźnej bieli. Wrzosowisko drży okryte nagłym cieniem, a w oddali, przez mgłę spowijającą dolinę, przedziera się pociąg. Elektryczne hamulce wydają z siebie jęk, kiedy skręca w stronę wioski. Spoglądam na zegar na ścianie. To pociąg, który przyjeżdża o szóstej, wypełniony ludźmi wracającymi z pracy w Chelmsford i Brentwood, a nawet w Londynie.

Oczyma wyobraźni widzę dworzec. Prawdopodobnie nie widzę go takim, jaki jest, lecz takim, jaki był kiedyś. Duży okrągły dworcowy zegar wisi na peronie, a jego baczna tarcza i pracowite wskazówki surowo przypominają o tym, że czas i pociągi na nikogo nie czekają. Teraz zastąpiono go pewnie pozbawionym wyrazu migającym cyfrowym urządzeniem. Nie jestem pewna. Minęło sporo czasu, odkąd byłam tam po raz ostatni.

Widzę dworzec takim, jaki był wtedy, gdy żegnaliśmy Alfreda, który wyruszał na wojnę. Sznury papierowych trójkątów, czerwonych i niebieskich, flirtują z bryzą, dzieci biegają w tę i z powrotem, trzymają się za ręce, dmuchają w cynowe gwizdki i wymachują brytyjskimi flagami. Młodzi mężczyźni — tacy młodzi mężczyźni — przejęci w swoich wykrochmalonych mundurach i wypucowanych butach. A na torach lśniący pociąg, któremu spieszno ruszyć w drogę. Aby zabrać niczego niepodejrzewających pasażerów do piekła pełnego błota i śmierci.

Ale dosyć tego. Za bardzo wybiegam w przyszłość.

Na Zachodzie

Rok tysiąc dziewięćset czternasty niepostrzeżenie przechodził w tysiąc dziewięćset piętnasty i z każdym mijającym dniem malały szanse na zakończenie wojny przed świętami Bożego Narodzenia. Wystrzał z pistoletu w jakimś dalekim kraju wstrząsnął równinami Europy i zbudził uśpionego olbrzyma dawnych zatargów. Major Hartford, podobnie jak inni bohaterowie dawno zapomnianych kampanii, został ponownie wezwany do służby, a lord Ashbury przeniósł się do swojego londyńskiego mieszkania, dołączając do obrony terytorialnej Bloomsbury*. Pan Frederick, niezdolny do służby wojskowej wskutek przebycia ciężkiego zapalenia płuc zimą tysiąc dziewięćset dziesiątego roku, przerzucił się z samochodów na produkcję samolotów wojennych i otrzymał specjalną rządową odznakę potwierdzającą jego cenny wkład w jedną z podstawowych gałęzi przemysłu wojennego. Nancy, która orientowała się w tych sprawach, powiedziała, że było to marne pocieszenie, ponieważ pan Frederick zawsze marzył o służbie wojskowej.

Historia mówi, że na początku tysiąc dziewięćset piętnastego roku zaczęła się ukazywać prawdziwa natura tej wojny. Jednak historia to wiarołomna narratorka, która patrzy na wszystko z okrutnej perspektywy czasu i robi głupców ze swoich bohaterów. Bo podczas gdy we Francji młodzi mężczyźni toczyli boje z niewyobrażalnym strachem, w Riverton rok tysiąc dziewięćset pięt-

---

* Jedna z dzielnic centralnego Londynu.

nasty upływał tak samo jak poprzedzający go tysiąc dziewięćset czternasty. Wiedzieliśmy, rzecz jasna, że zachodni front utknął w martwym punkcie — pan Hamilton regularnie karmił nas żarliwie odczytywanymi makabrycznymi fragmentami prasy — i z pewnością zmagaliśmy się ze sporą liczbą drobnych niedogodności, które sprawiały, że ludzie kręcili głowami i cmokali z niezadowoleniem, rozmawiając o wojnie. To wszystko nikło jednak w starciu z ogromnym poczuciem misji dawanym przez konflikt tym, których znudziło codzienne życie. Z radością wkroczyli na nową scenę, aby dowieść własnej wartości.

Do wspólnego wysiłku przyłączyła się lady Violet, która powołała niezliczone komitety: począwszy od tych, które szukały odpowiednich kwater dla odpowiednich uchodźców z Belgii, a skończywszy na tych, które organizowały samochodowe wycieczki dla odbywających rekonwalescencję oficerów. W całej Wielkiej Brytanii młode kobiety (i czasami również młodsi chłopcy) wnosiły swój mały wkład do obrony narodowej, chwytając w obliczu morza problemów za druty do robótek, za pomocą których wywoływały potop szalików i skarpet dla walczących na froncie chłopców. Fanny, choć nie potrafiła robić na drutach, bardzo chciała zaimponować panu Frederickowi swoim patriotyzmem, zaangażowała się więc w koordynowanie takich przedsięwzięć, organizując pakowanie wydzierganych dóbr i ich wysyłkę do Francji. Nawet lady Clementine okazywała nietypowe dla siebie poczucie wspólnoty, udzielając zakwaterowania jednej z poleconych przez lady Violet Belgijek — starszej damie, która kiepsko władała angielskim, lecz potrafiła zamaskować ten fakt dobrymi manierami. Lady Clementine nieustannie wypytywała ją o najbardziej upiorne szczegóły inwazji.

Pod koniec listopada lady Jemima, Fanny i mali Hartfordowie zjechali do Riverton, gdzie lady Violet postanowiła uczcić tradycyjny okres świąteczny. Fanny wolałaby pewnie zostać w Londynie — tam było o wiele ciekawiej — lecz nie potrafiła odmówić kobiecie, którą upatrzyła sobie na teściową (bez względu na to, że mężczyzna, upatrzony przez nią na męża, uparcie przebywał gdzie indziej i uparcie nie wykazywał zainteresowania jej osobą). Nie miała innego wyjścia, jak tylko przygotować się na długie zimowe tygodnie w hrabstwie Essex. Na jej twarzy malował się wyraz bezgranicznego znudzenia, właściwy obliczom jedynie bardzo młodych ludzi; spędzała czas na snuciu się po pokojach i przyjmowaniu wdzięcznych póz na wypadek, gdyby pan Frederick niespodziewanie wrócił do domu.

W porównaniu z nią Jemima wypadała blado — wyraźnie okrąglejsza i jeszcze bardziej przeciętna niż rok wcześniej. W jednej dziedzinie przyćmiewała jednak swą towarzyszkę: nie tylko była mężatką, lecz w dodatku poślubiła bohatera. Gdy przychodziły listy od majora, podawane z namaszczeniem przez pana Hamiltona na wypolerowanej srebrnej tacy, uwaga całego domu skupiała się na Jemimie. Przyjąwszy list z uprzejmym skinieniem głowy, zamierała na chwilę w bezruchu z opuszczonymi z szacunkiem powiekami, wzdychała, jakby chciała dodać sobie sił, a potem rozcinała kopertę i wydobywała jej cenną zawartość. Następnie uroczystym tonem czytała list urzeczonej (i niemającej innego wyjścia) publiczności.

Tymczasem dla Emmeline i Hannah czas wlókł się niemiłosiernie. Były w Riverton już dwa tygodnie, a ponieważ koszmarna pogoda zmuszała je do siedzenia w domu i żadne lekcje nie pochłaniały ich uwagi (gdyż panna Prince również zaangażowała się w wojenną działalność), zaczynało im brakować zajęć. Grały w każdą grę, jaką znały — kocią kołyskę, kości i górnika (który, o ile zdołałam się domyślić, polegał na tym, aby jedna z osób drapała skrawek ramienia tej drugiej, sprawdzając, co pojawi się jako pierwsze: krew czy znudzenie) — pomagały pani Townsend w pieczeniu świątecznych łakoci, dopóki nie rozbolały ich brzuchy od podkradanego surowego ciasta, i zmusiły nianię Brown do otwarcia składziku na poddaszu, aby móc grzebać w zakurzonych i zapomnianych skarbach. Jednak najbardziej pragnęły zagrać w Grę (widziałam, jak Hannah przetrząsała zawartość chińskiego pudełka i ponownie czytała o dawnych przygodach, myśląc, że nikt nie patrzy). Ale do tego potrzebowały Davida, który miał przyjechać z Eton dopiero w następnym tygodniu.

Życie w suterenie jak zawsze było posępnym odbiciem życia na górze.

Pewnego wieczoru, kiedy jaśnie państwo udali się już na spoczynek, służba zgromadziła się przy buzującym ogniu w kominku w suterenie. Pan Hamilton i pani Townsend usadowili się po obydwu stronach, a Nancy, Katie i ja wcisnęłyśmy się między nich z krzesłami i w blasku migoczącego ognia wpatrywałyśmy się w wełniane szaliki, które sumiennie dziergałyśmy. Zimny wiatr uderzył w okienne szyby, a buntowniczy przeciąg zatrząsł słoikami suszonych ziół pani Townsend, które stały na kuchennej półce.

Pan Hamilton pokręcił głową i odłożył na bok „The Times" Zdjął okulary i pomasował powieki.

— Znowu złe wieści? — Pani Townsend podniosła wzrok znad świątecznego jadłospisu, który właśnie układała. Jej policzki były zarumienione od ognia.

— Najgorsze, pani Townsend. — Ponownie umieścił okulary na grzbiecie nosa. — Kolejne straty pod Ypres. — Wstał i podszedł do kredensu, gdzie wcześniej zawiesił mapę Europy upstrzoną miniaturowymi żołnierzykami (zapewne była to stara kolekcja Davida, którą przyniesiono ze strychu), symbolizującymi różne armie i kampanie wojenne. Usunął księcia Wellingtona z pewnego miejsca na terenie Francji i zastąpił go dwoma niemieckimi huzarami. — Wcale mi się to nie podoba — mruknął pod nosem.

Pani Townsend westchnęła.

— Mnie też wcale się to nie podoba. — Zastukała piórem w jadłospis. — Jak mam przygotować świąteczny obiad dla całej rodziny, kiedy nie ma masła, herbaty ani nawet indyka?

— Nie ma indyka, pani Townsend? — Katie rozdziawiła usta ze zdziwienia.

— Znajdzie się co najwyżej jakieś skrzydełko.

— Ale co pani w takim razie poda?

Pani Townsend pokręciła głową.

— Nie wpadaj w panikę. Śmiem twierdzić, że jakoś dam radę, moje dziecko. Zawsze jakoś sobie radzę, prawda?

— Tak, pani Townsend — ponuro przyznała Katie. — Muszę powiedzieć, że tak.

Pani Townsend spojrzała na nią z ukosa, upewniła się, że w słowach Katie nie kryła się ironia, i z powrotem skupiła się na jadłospisie.

Próbowałam skoncentrować się na robótce, lecz kiedy zgubiłam trzy oczka, przerobiwszy tyle samo rzędów, zrezygnowana odłożyłam ją na bok i wstałam z krzesła. Przez cały wieczór coś nie dawało mi spokoju. Coś, co widziałam we wsi i co nie bardzo potrafiłam zrozumieć.

Przygładziłam fartuszek i podeszłam do pana Hamiltona, który jak mi się wtedy zdawało, wiedział prawie wszystko.

— Panie Hamilton? — zaczęłam nieśmiało.

Odwrócił się w moją stronę i zerknął zza okularów, nadal trzymając księcia Wellingtona dwoma chudymi palcami.

— Co takiego, Grace?

Zerknęłam w stronę pozostałych, którzy prowadzili jakąś ożywioną dyskusję.

— O co chodzi, dziewczyno? — zapytał pan Hamilton. — Odebrało ci mowę?

Odchrząknęłam.

— Nie, panie Hamilton — powiedziałam. — Ja tylko... Chciałam pana o coś zapytać. O coś, co widziałam dziś w wiosce.

— Co takiego? Mów, moje dziecko.

Zerknęłam w stronę drzwi.

— Gdzie jest Alfred, panie Hamilton?

Zmarszczył brwi.

— Jest na górze. Podaje sherry. Dlaczego pytasz? Co Alfred ma z tym wszystkim wspólnego?

— Po prostu widziałam go dzisiaj w wiosce...

— Tak — powiedział pan Hamilton. — Załatwiał dla mnie pewną sprawę.

— Wiem, panie Hamilton. Widziałam go w sklepie pana McWhirtera. I widziałam, jak stamtąd wychodził. — Zacisnęłam usta. Jakaś niezrozumiała powściągliwość nie pozwalała mi powiedzieć tego do końca. — Dostał białe pióro*, panie Hamilton.

---

* Symbol tchórzostwa.

— Białe pióro? — Pan Hamilton otworzył oczy ze zdziwienia i książę Wellington bezceremonialnie wylądował na stole.

Pokiwałam głową, przypominając sobie nagłą zmianę nastroju Alfreda. To, jak niespodziewanie posmutniał. Stał oszołomiony z tym piórem w dłoni, a przechodnie zwalniali kroku i coś do siebie szeptali. Alfred wbił wzrok w ziemię i oddalił się pospiesznie ze spuszczoną głową.

— Białe pióro? — Ku mojej rozpaczy pan Hamilton powiedział to wystarczająco głośno, by zwrócić uwagę reszty służby.

— Co się stało, panie Hamilton? — Pani Townsend spojrzała na nas zza swoich okularów.

Pan Hamilton potarł dłonią policzek i usta, po czym z niedowierzaniem pokręcił głową.

— Alfred dostał białe pióro.

— Niemożliwe! — pani Townsend wydała z siebie stłumiony okrzyk, przyciskając pulchną dłoń do piersi. — Nie wierzę. To nie mogło być białe pióro. Nie nasz Alfred.

— Skąd pan o tym wie? — zapytała Nancy.

— Grace wszystko widziała — powiedział pan Hamilton. — Dziś rano w wiosce.

Przytaknęłam, a moje serce zaczęło bić jak szalone w niepokojącym poczuciu, że otworzyłam puszkę Pandory w postaci cudzego sekretu. I teraz nie potrafię jej zamknąć.

— To niedorzeczne! — powiedział pan Hamilton, poprawiając kamizelkę. Wrócił na swoje miejsce i włożył okulary. — Alfred nie jest żadnym tchórzem. Codziennie uczestniczy w wojennym wysiłku, pomagając prowadzić dom. Zajmuje ważne stanowisko u ważnej rodziny.

— Ale to nie to samo co walka na froncie, prawda, panie Hamilton? — zapytała Katie.

— Oczywiście, że to to samo — zagrzmiał pan Hamilton. — Każdy z nas pełni w tej wojnie jakąś rolę, Katie. Nawet ty. Naszym obowiązkiem jest zachowanie tradycji tego wspaniałego kraju, aby żołnierze, którzy powrócą tu w chwale, zastali takie społeczeństwo, jakie pamiętają.

106

— Więc nawet kiedy myję garnki, przyczyniam się do naszego zwycięstwa? — zapytała Katie ze zdumieniem.

— Na pewno nie wtedy, kiedy kiepsko się starasz — powiedziała pani Townsend.

— Owszem, Katie — potwierdził pan Hamilton. — Gdy wykonujesz swoje obowiązki i dziergasz szaliki, wypełniasz rolę, która została ci powierzona. — Spojrzał na mnie i na Nancy. — Podobnie jak my wszyscy.

— Moim zdaniem to trochę za mało — orzekła Nancy, przechylając głowę.

— Co takiego, Nancy? — zapytał pan Hamilton.

Nancy przestała robić na drutach i złożyła kościste dłonie na kolanach.

— No cóż — powiedziała ostrożnie — weźmy na przykład Alfreda. Jest młodym, sprawnym mężczyzną. Z pewnością byłby z niego większy pożytek, gdyby pomagał chłopcom, którzy walczą teraz we Francji. Każdy może nalewać sherry.

— Każdy może nalewać...? — Pan Hamilton pobladł. — Sama powinnaś wiedzieć najlepiej, że służenie w domu to umiejętność, którą nie wszyscy są w stanie opanować, Nancy.

Nancy zrobiła się czerwona.

— Oczywiście, panie Hamilton. Wcale nie chciałam zasugerować, że uważam inaczej. — Zaczęła skubać knykcie palców. — Chyba... Chyba po prostu sama czuję się ostatnio trochę bezużyteczna.

Pan Hamilton już zamierzał potępić takie odczucia, kiedy nagle Alfred zbiegł po schodach i wpadł do pokoju. Pan Hamilton zamknął usta i zapadło konspiracyjne milczenie.

— Alfredzie — powiedziała w końcu pani Townsend. — Co takiego się stało, że musisz pędzić po schodach jak szalony? — Rozejrzała się wokół i napotkała moje spojrzenie. — Wystraszyłeś biedną Grace na śmierć. Nieszczęsna dziewczyna omal nie wyskoczyła ze skóry.

Posłałam Alfredowi blady uśmiech, ponieważ wcale nie byłam wystraszona. Raczej zdziwiona, podobnie jak wszyscy pozostali. Poza tym było mi przykro. Nie powinnam była pytać pana Hamiltona o pióro. Zaczynałam lubić Alfreda. Miał dobre serce i często dokładał starań, aby wyciągnąć mnie z mojej skorupy nieśmiałości. Rozmawianie o hańbie Alfreda za jego plecami w jakiś sposób robiło z niego głupca.

— Przepraszam, Grace — powiedział Alfred. — Po prostu przyjechał panicz David.

— Tak — orzekł pan Hamilton, zerkając na zegarek. — Dokładnie o czasie. Dawkins miał go odebrać z dworca o godzinie dziesiątej. Pani Townsend przygotowała dla niego kolację. Czy mógłbyś zanieść ją na górę?

Alfred pokiwał głową, łapiąc oddech.

— Wiem, panie Hamilton... — Przełknął ślinę. — Tylko że panicz David przywiózł ze sobą kogoś jeszcze. Jakiegoś kolegę z Eton. Zdaje się, że to syn lorda Huntera.

⊛

Muszę zaczerpnąć tchu. Kiedyś powiedziałeś mi, że w każdej historii jest taki moment, po którym nie ma już odwrotu. Gdy wszystkie najważniejsze postacie wkraczają na scenę, przygotowując ją na dramat, który ma się rozegrać. Narrator traci kontrolę i bohaterowie zaczynają żyć własnym życiem.

Pojawienie się Robbiego Huntera symbolizuje właśnie ten Rubikon. Czy odważę się go przekroczyć? Może nie jest jeszcze za późno na odwrót. Może istnieje jeszcze szansa na delikatne zebranie tych wszystkich postaci i ułożenie ich pomiędzy bibułkami w przegródkach mojej pamięci?

Uśmiecham się, ponieważ nie potrafię zatrzymać biegu tej historii, podobnie jak nie umiem zatrzymać czasu. Jestem zbyt mało romantyczna, by mówić, że historia sama domaga się opowiedzenia, lecz wystarczająco szczera, aby przyznać, że chcę ją opowiedzieć.

⊛

Następnego ranka pan Hamilton wezwał mnie do swojego pokoju kredensowego, delikatnie zamknął za mną drzwi i dostąpiłam wątpliwego zaszczytu. Podczas każdej zimy należało zdjąć z półek, odkurzyć i ponownie odłożyć na miejsce wszystkie dziesięć tysięcy książek, czasopism i manuskryptów zgromadzonych w bibliotece Riverton. Ten doroczny rytuał został ustanowiony w tysiąc osiemset czterdziestym szóstym roku. Pierwotnie kultywowała go matka lorda Ashbury'ego. Nancy powiedziała, że nie znosiła ona kurzu i oczywiście miała ku temu powody. Pewnej nocy pod koniec jesieni, młodszy brat lorda Ashbury'ego, który miesiąc później miał skończyć trzy latka i budził zachwyt każdego, kto go zobaczył, zapadł w sen, z którego nigdy się nie obudził. Chociaż żaden lekarz nie podzielał podejrzeń jego matki, ona sama była przekonana, że przyczyną śmierci malca był stary kurz, który unosił się w powietrzu. Szczególnie obwiniała bibliotekę, ponieważ właśnie tam obaj chłopcy spędzili feralny dzień, bawiąc się pośród map i kart, które opisywały wojaże przodków.

Lady Gytha Ashbury nie należała do osób, z których można sobie stroić żarty. Odsunęła na bok smutek, by czerpać z tej samej studni odwagi i determinacji, dzięki której opuściła w imię miłości własną ojczyznę, rodzinę i majątek. Natychmiast wypowiedziała wojnę. Zebrała swoje oddziały i nakazała im wyplenić podstępnego wroga. Wielkie sprzątanie trwało dzień i noc przez cały tydzień, zanim w końcu wyraziła aprobatę, uznając, że pokonano ostatni pyłek kurzu. Dopiero wtedy zapłakała nad swoim zmarłym maleństwem.

Od tamtej pory co roku, gdy z drzew opadły ostatnie kolorowe liście, skrupulatnie powtarzano ten rytuał. Przetrwał nawet po jej śmierci. A w tysiąc dziewięćset piętnastym roku to ja miałam uczcić pamięć poprzedniej lady Ashbury (jestem pewna, że po części była to kara za to, co dzień wcześniej widziałam w wiosce — pan Hamilton bynajmniej nie podziękował mi za przyniesienie do Riverton widma hańby).

— W tym tygodniu będziesz wcześniej zwalniana ze zwykłych obowiązków, Grace — powiedział, uśmiechając się słabo zza swojego biurka. — Każdego ranka udasz się prosto do biblioteki i rozpoczynając od galerii, odkurzysz wszystkie książki, aż po najniższe półki.

Następnie wyposażył mnie w parę bawełnianych rękawic, wilgotną ściereczkę i błogosławieństwo stosowne do potwornej monotonii tego zadania.

— Pamiętaj, Grace — powiedział, przyciskając do blatu roz-
czapierzone palce. — Lord Ashbury bardzo poważnie traktuje
sprawę kurzu. Powierzam ci ogromną odpowiedzialność, za którą
powinnaś być mi wdzięczna...

Jego przemowę przerwało pukanie do drzwi.

— Proszę wejść! — zawołał, marszcząc długi nos.

Drzwi stanęły otworem i do środka wpadła zdenerwowana Nancy.

— Panie Hamilton — oznajmiła — szybko, na piętrze dzieje
się coś, co wymaga pana pilnej interwencji.

Pan Hamilton pospiesznie wstał, zdjął czarny płaszcz z wieszaka
za drzwiami i popędził po schodach. Nancy i ja podążyłyśmy tuż
za nim.

W głównym holu stał ogrodnik Dudley, miętosząc w wielkich
dłoniach wełnianą czapkę. U jego stóp leżał ogromny świeżo
ścięty świerk, który ociekał jeszcze żywicą.

— Panie Dudley — powiedział pan Hamilton. — Co pan
tutaj robi?

— Przyniosłem choinkę, panie Hamilton.

— To widzę. Ale co pan robi tutaj? — Wskazał wielki hol, po
czym spuścił wzrok, aby przyjrzeć się drzewku. — I, co ważniejsze,
co robi tutaj ta choinka? Jest ogromna.

— O tak, to prawdziwa ślicznotka — rzekł posępnie Dudley,
spoglądając na drzewko wzrokiem, którym ktoś inny mógłby
podziwiać kochankę. — Doglądałem jej od lat, czekając na chwilę,
w której osiągnie pełnię chwały. A teraz jest już wyrośnięta. —
Spojrzał z powagą na pana Hamiltona. — Może nawet trochę za
bardzo.

Pan Hamilton zwrócił się do Nancy.

— Co się tutaj dzieje, na miłość boską?

Nancy zacisnęła dłonie w pięści i ze złości wykrzywiła usta.

— Ona się nie zmieści, panie Hamilton. Próbował ją postawić
w salonie, tam gdzie zawsze, ale jest o trzydzieści centymetrów
za wysoka.

— Nie zmierzył jej pan? — zapytał pan Hamilton ogrodnika.

— Ależ zmierzyłem — powiedział Dudley. — Ale nigdy nie
byłem zbyt mocny z arytmetyki.

— W takim razie przynieś tu swoją piłę i skróć ją o te trzydzieści centymetrów, człowieku.

Pan Dudley ze smutkiem pokręcił głową.

— Zrobiłbym to, ale obawiam się, że to niemożliwe. Pień nie może być już krótszy, a przecież nie obetnę wierzchołka, prawda? — Spojrzał na nas z przekonaniem. — Gdzie usiadłby wtedy piękny aniołek?

Wszyscy staliśmy i dumaliśmy nad tą trudną sytuacją, a w marmurowym holu mijały kolejne leniwe sekundy. Doskonale wiedzieliśmy, że wkrótce cała rodzina zasiądzie do śniadania. W końcu pan Hamilton oznajmił:

— W takim razie chyba nic nie da się zrobić. Ponieważ nie możemy uciąć wierzchołka, pozostawiając aniołka bez oparcia i celu, będziemy musieli złamać tradycję... tylko ten jeden raz... i ustawić choinkę w bibliotece.

— W bibliotece, panie Hamilton? — zapytała Nancy.

— Tak, pod szklaną kopułą. — Spojrzał na Dudleya z miażdżącą pogardą. — Gdzie z pewnością będzie mogła zachować pełnię swej okazałości.

Tak też się stało. Rankiem pierwszego grudnia tysiąc dziewięćset piętnastego roku, kiedy wdrapałam się na biblioteczną galerię i zbliżyłam do najwyższej półki w jej najdalszym krańcu, szykując się na długi tydzień odkurzania, przerośnięta choinka stała w całej swej okazałości pośrodku biblioteki, a jej najwyższe gałęzie ekstatycznie celowały w niebo. Znajdowałam się dokładnie na wysokości wierzchołka, a leśny zapach choinki był intensywny i przenikał leniwą atmosferę biblioteki przesyconą wonią ciepłego kurzu.

Galeria biblioteki Riverton biegła wzdłuż górnej części pomieszczenia i trudno było się tam skupić. Niechęć do rozpoczęcia pracy szybko zmieniła się w ociąganie, a widok z góry zapierał dech w piersiach. To uniwersalna prawda, że bez względu na to, jak dobrze znamy jakieś otoczenie, obserwowanie go z góry przypomina objawienie. Stałam przy barierce i wpatrywałam się w pomieszczenie widoczne za gałęziami choinki.

Biblioteka — zazwyczaj przestronna i imponująca — przypominała stamtąd scenę teatralną. Zwykłe przedmioty — wielki fortepian Steinway & Sons, dębowe biurko, globus lorda Ashbury'ego — nagle stały się mniejszymi zastępczymi wersjami samych siebie i sprawiały wrażenie, jakby ktoś poustawiał je tam z myślą o teatralnej trupie, która za chwilę miała wkroczyć na scenę.

Szczególnie miejsca do siedzenia kojarzyły się z teatralną atmosferą wyczekiwania. Pośrodku stał szezlong w otoczeniu foteli ozdobionych narzutami Williama Morrisa, a zimowe słońce rzucało na fortepian i orientalny dywan prostokątną plamę światła. Wszystko przypominało rekwizyty czekające na chwilę, w której aktorzy zajmą pozycje. Zastanawiałam się, jaką sztukę będą grali w takiej scenografii? Komedię, tragedię czy może coś nowoczesnego?

Z powodzeniem mogłabym tak zwlekać cały dzień, gdyby nie pewien uparty głos w mojej głowie, który należał do pana Hamiltona i przypominał mi o skłonności lorda Ashbury'ego do sporadycznych kontroli czystości. Zatem z niechęcią porzuciłam myśli o teatrze i zdjęłam z półki pierwszą książkę. Wytarłam ją z kurzu — przód, grzbiet i tył — po czym odłożyłam na miejsce i sięgnęłam po następną.

Nim ranek dobiegł końca, zdążyłam odkurzyć pięć spośród dziesięciu półek galerii i szykowałam się do czyszczenia następnych. Dostąpiłam małej łaski: ponieważ zaczęłam od najwyższych półek, dotarłam wreszcie do niższych i pracując dalej, mogłam sobie usiąść. Po odkurzeniu setek książek, moje dłonie zdobyły wprawę i wykonywały to zadanie automatycznie, co bardzo mi odpowiadało, ponieważ mogłam się całkowicie wyłączyć.

Właśnie zdjęłam szóstą książkę z szóstej półki, gdy zimowy spokój biblioteki zakłócił bezczelny dźwięk fortepianu, wysoki i niespodziewany. Odruchowo odwróciłam się w jego stronę, zerkając pomiędzy gałęziami choinki.

Jakiś młody mężczyzna, którego nigdy wcześniej nie widziałam, stał przy fortepianie i w milczeniu muskał palcami klawisze z kości słoniowej. Wiedziałam jednak, kim jest. Nawet wtedy. Był to przyjaciel panicza Davida z Eton. Syn lorda Huntera, który przybył poprzedniego wieczoru.

Był przystojny. Lecz który młody człowiek nie jest? On miał

w sobie coś więcej, piękno spokoju. Kiedy samotnie stał w bibliotece, a jego ciemne oczy ponuro spoglądały spod równie ciemnej linii brwi, uosabiał jakiś dawny smutek: głęboko odczuty i nie do końca zapomniany. Był wysoki i szczupły, lecz nie tak bardzo, by wydawał się tyczkowaty, a jego brązowe włosy były dłuższe niż nakazywała ówczesna moda i niektóre kosmyki oddzielały się od pozostałych, muskając kołnierzyk i brodę.

Patrzyłam, jak bacznie przygląda się bibliotece: powoli, z rozmysłem, nie ruszając się z miejsca. Wreszcie jego wzrok spoczął na obrazie. Na niebieskim płótnie naznaczonym czernią, które ukazywało klęczącą kobietę, odwróconą tyłem do artysty. Obraz wisiał na przeciwległej ścianie, pomiędzy pękatymi chińskimi urnami pomalowanymi na błękitno i biało.

Ruszył, by przyjrzeć mu się z bliska, i stanął przed obrazem. Jego bezgraniczne zaabsorbowanie sprawiło, że wydał mi się fascynujący i dobre wychowanie ustąpiło miejsca ciekawości. Książki z szóstej półki leżały nietknięte, z grzbietami pokrytymi rocznym kurzem, a ja patrzyłam na Robbiego Huntera.

Odchylił się do tyłu, prawie niedostrzegalnie, po czym znowu zbliżył się do obrazu, w absolutnym skupieniu. Zauważyłam, że jego dłonie o długich palcach nieruchomo zwisają po obu stronach tułowia. Bezwładne.

Nadal tak stał z lekko przechyloną głową, kontemplując obraz, gdy drzwi za jego plecami otworzyły się z impetem i na progu pojawiła się Hannah, ściskająca w dłoniach chińskie pudełko.

— David! Nareszcie! Wpadłyśmy na świetny pomysł. Tym razem wybierzemy się...

Urwała zdumiona, kiedy Robbie odwrócił się i zaczął jej się przyglądać. Na jego ustach powoli pojawiał się uśmiech, a kiedy wreszcie zagościł na twarzy, wszelki cień melancholii zniknął bez śladu i nie byłam pewna, czy przypadkiem jej sobie nie wyobraziłam. Bez tej powagi jego twarz była chłopięca, gładka, niemal piękna.

— Wybacz mi — powiedziała Hannah z policzkami oblanymi różowym rumieńcem zaskoczenia. Kilka kosmyków jej jasnych włosów wymknęło się wstążce. — Wzięłam cię za kogoś inne-

113

go. — Postawiła pudełko na krawędzi szezlonga i jak gdyby po namyśle przygładziła białą sukienkę.

— Wybaczam. — Posłał jej uśmiech, nieco krótszy niż poprzedni, i ponownie skupił uwagę na obrazie.

Hannah wpatrywała się w jego plecy i z zakłopotaniem skubała palce. Podobnie jak ja czekała na chwilę, w której on się odwróci. W której ujmie jej dłoń i grzecznie się przedstawi.

— To fascynujące, że za pomocą tak niewielu środków można tak dużo wyrazić — powiedział wreszcie.

Hannah spojrzała w stronę obrazu, który jednak zasłaniały jego plecy, więc nie mogła sformułować własnej opinii. Wzięła głęboki oddech. Była zmieszana.

— To niesamowite — ciągnął. — Nie sądzisz?

Jego bezczelność nie pozostawiała jej innego wyboru, jak tylko podejść bliżej, więc podobnie jak on stanęła przed obrazem.

— Dziadek nigdy za nim nie przepadał. — Starała się nadać głosowi beztroski ton. — Twierdził, że jest przygnębiający i nieprzyzwoity. To dlatego ukrył go tutaj.

— Czy również twoim zdaniem jest przygnębiający i nieprzyzwoity?

Spojrzała na obraz, jak gdyby widziała go po raz pierwszy.

— Możliwe, że jest przygnębiający. Ale na pewno nie nieprzyzwoity.

Robbie pokiwał głową.

— Nic, co jest tak szczere, nie może być nieprzyzwoite.

Hannah zerknęła ukradkiem na jego profil, a ja zastanawiałam się, kiedy zamierza go zapytać, kim jest i jak to się stało, że podziwia obrazy w bibliotece jej dziadka. Otworzyła usta, lecz nie znalazła odpowiednich słów.

— Dlaczego twój dziadek go tu powiesił, skoro uważa, że jest nieprzyzwoity? — zapytał Robbie.

— Dostał go w prezencie — odparła Hannah, zadowolona, że zadał pytanie, na które zna odpowiedź. — Od jakiegoś ważnego hiszpańskiego hrabiego, który przyjechał tu na polowanie. Wiesz, to hiszpański obraz.

— Tak — powiedział. — Picasso. Widziałem jego prace już wcześniej.

Hannah uniosła brwi ze zdziwieniem, a Robbie się uśmiechnął.

— W książce, którą pokazała mi matka. Urodziła się w Hiszpanii. Miała tam rodzinę.

— W Hiszpanii — zachwyciła się. — Byłeś kiedyś w Cuence? W Sewilli? Widziałeś Alcázar?

— Nie — powiedział Robbie. — Ale po wysłuchaniu wszystkich opowieści mojej matki czuję się tak, jakbym znał ten kraj. Zawsze jej obiecywałem, że kiedyś się tam razem wybierzemy. Uciekniemy przed angielską zimą jak ptaki.

— Ale jeszcze nie przed tą zimą? — zapytała Hannah.

Spojrzał na nią speszony.

— Przepraszam, myślałem, że wiesz. Moja matka umarła.

Zaparło mi dech w piersiach, lecz wtedy otworzyły się drzwi i do środka wkroczył David.

— Widzę, że już się poznaliście — powiedział z leniwym uśmiechem.

Odniosłam wrażenie, że David urósł od czasu, gdy widziałam go po raz ostatni. A może chodziło o coś innego? Może sposób, w jaki chodził, w jaki się poruszał, sprawiał, że wydawał się bardziej dorosły, mniej znajomy.

Hannah przytaknęła i zmieszana odsunęła się na bok. Zerknęła na Robbiego, lecz nawet jeśli zamierzała coś powiedzieć, odpowiednio się przedstawić, szybko straciła okazję. Drzwi otworzyły się z impetem i do pokoju wpadła Emmeline.

— David! — powiedziała. — Nareszcie. Tak bardzo się bez ciebie nudziłyśmy. Miałyśmy straszną ochotę, żeby zagrać w Grę. Już postanowiłyśmy, dokąd... — Zauważyła Robbiego. — O, cześć. Kim jesteś?

— To Robbie Hunter — oznajmił David. — Hannah już poznałeś. To moja młodsza siostra, Emmeline. Robbie przyjechał tu ze mną z Eton.

— Zostaniesz na weekend? — zapytała Emmeline, zerkając w stronę Hannah.

— Trochę dłużej, jeśli mi pozwolicie — powiedział Robbie.

— Robbie nie miał żadnych planów na święta — wyjaśnił David. — Pomyślałem, że równie dobrze może je spędzić tutaj, z nami.

— Całą przerwę świąteczną? — zapytała Hannah.

David potwierdził skinieniem głowy.

— Dodatkowe towarzystwo dobrze nam zrobi na tym odludziu. W przeciwnym razie oszalelibyśmy z nudów.

Z mojego odległego miejsca czułam irytację Hannah. Oparła dłonie na chińskim pudełku. Myślała o Grze — o zasadzie numer trzy: mogą grać tylko trzy osoby. Wymyślone wydarzenia i długo oczekiwane przygody oddalały się z każdą chwilą. Hannah spojrzała na Davida z wyraźnym oskarżeniem w oczach, na które starał się nie zwracać uwagi.

— Spójrzcie na tę wielką choinkę — powiedział z wymuszoną wesołością. — Lepiej zacznijmy ją ubierać, jeśli chcemy zdążyć do świąt.

Jego siostry nie ruszały się z miejsc.

— Chodź, Emme — ciągnął, zestawiając pudło z ozdobami ze stołu na podłogę i unikając wzroku Hannah. — Pokaż Robbiemu, jak to się robi.

Emmeline spojrzała na Hannah. Czułam, że jest rozdarta. Podzielała rozczarowanie siostry, ona również z niecierpliwością czekała na możliwość zagrania w Grę. Jednak z drugiej strony była najmłodsza z całej trójki, przez cały czas pełniła rolę piątego koła u wozu. A teraz David ją wyróżnił. Wybrał ją na swoją pomocnicę. Pokusa stworzenia pary kosztem trzeciej osoby była nie do odparcia. Zainteresowanie ze strony Davida, jego towarzystwo, zbyt cenne, aby mogła odmówić.

Spojrzała ukradkiem na Hannah, po czym posłała Davidowi szeroki uśmiech, wzięła pudełko, które jej podawał, i zaczęła rozpakowywać szklane sople, demonstrując je Robbiemu.

Hannah uznała swoją porażkę. Podczas gdy Emmeline wydawała z siebie okrzyki zachwytu na widok zapomnianych ozdób, Hannah wyprostowała się — duma w obliczu klęski — i wyniosła chińskie pudełko z pokoju. David patrzył w ślad za nią i miał na tyle przyzwoitości, aby zrobić skruszoną minę. Kiedy wróciła z pustymi rękami, Emmeline spojrzała w jej stronę.

— Hannah — powiedziała. — Nie uwierzysz. Robbie mówi, że nigdy wcześniej nie widział porcelanowego cherubinka!

Hannah sztywnym krokiem podeszła do dywanu i uklękła. David siedział przy fortepianie, przebierając palcami dwa centymetry nad klawiszami. Powoli dotknął kości słoniowej i pobudził instrument do życia, wydobywając z niego ciche dźwięki. Dopiero kiedy uśpił czujność fortepianu i łatwowiernych słuchaczy, zaczął naprawdę grać. Była to melodia, która moim zdaniem należy do najpiękniejszych na świecie. Walc cis-moll Chopina.

Choć dziś wydaje mi się to niebywałe, tamtego dnia w bibliotece po raz pierwszy usłyszałam muzykę. To znaczy taką prawdziwą. Miałam kilka niewyraźnych wspomnień z wczesnego dzieciństwa, w których matka śpiewała mi do snu, zanim rozbolały ją plecy i piosenki ustały. Poza tym pan Connelly mieszkający naprzeciwko miał w zwyczaju grywać na flecie ckliwe irlandzkie melodie, kiedy wypił za dużo w karczmie w piątkowy wieczór. Ale nigdy nie słyszałam czegoś takiego jak to.

Oparłam policzek o barierkę i zamknęłam oczy, zatracając się we wspaniałych przejmujących dźwiękach. Nie jestem w stanie powiedzieć, jak dobrze grał David — bo i z czym miałabym to wtedy porównać? Jednak dla mnie jego gra była doskonała, jak wszystkie miłe wspomnienia.

Gdy w rozgrzanym słońcem powietrzu unosił się jeszcze ostatni dźwięk, usłyszałam słowa Emmeline:

— Pozwól, że ja coś zagram, David. To trudno nazwać bożonarodzeniową muzyką.

Otworzyłam oczy ze zdziwienia, kiedy zaczęła grać profesjonalną wersję *Pójdźmy wszyscy do stajenki*. Grała całkiem dobrze, melodia była ładna, lecz czar poprzedniej chwili prysnął.

— Ty też potrafisz grać? — zapytał Robbie, patrząc w stronę Hannah, która siedziała po turecku na dywanie, pogrążona w konspiracyjnym milczeniu.

David się roześmiał.

— Hannah ma wiele talentów, ale muzykalność nie jest jednym z nich. — Posłał jej szeroki uśmiech. — Chociaż kto wie? Po tych wszystkich tajemniczych lekcjach, które podobno pobierasz we wsi...

Hannah spojrzała na Emmeline, która ze skruchą wzruszyła ramionami.

— Po prostu mi się wymsknęło.

— Ja wolę słowa — oschle odparła Hannah. Otworzyła pudełeczko z cynowymi żołnierzykami i rozłożyła ich na kolanach. — Są bardziej skłonne robić to, czego od nich wymagam.

— Robbie również pisze — oświadczył David. — Jest poetą. Diabelnie dobrym. Kilka jego wierszy opublikowano w tegorocznej *Kronice uczelnianej*. — Podniósł szklaną kulę, rzucając na dywan snopy światła. — Jak nazywał się ten, który tak mi się podobał? Ten o niszczejącej świątyni?

W tym momencie otworzyły się drzwi, tłumiąc odpowiedź Robbiego, i na progu pojawił się Alfred, niosąc tacę wyładowaną piernikowymi ludzikami, cukierkami i papierowymi rożkami pełnymi orzechów.

— Przepraszam, panienko — powiedział Alfred, stawiając tacę na stoliku do kawy. — Pani Townsend przysyła choinkowe dekoracje.

— Ooo... Śliczne — zachwyciła się Emmeline, przerywając w połowie utworu, po czym przybiegła po cukierka.

Odwróciwszy się w kierunku drzwi, Alfred rzucił ukradkowe spojrzenie na galerię i napotkał mój ciekawski wzrok. Gdy Hartfordowie z powrotem skupili się na choince, odwrócił się i wszedł po spiralnych schodach, żeby ze mną porozmawiać.

— Jak ci idzie?

— W porządku — szepnęłam głosem, który z powodu długiego milczenia wydał się dziwny nawet mnie samej. Ze skruchą zerknęłam na książkę leżącą na moich kolanach i puste miejsce na półce.

Podążył za moim spojrzeniem i uniósł brwi.

— W takim razie dobrze się stało, że przyszedłem, żeby ci pomóc.

— Ale czy pan Hamilton...

— Na pewno nie będę mu potrzebny przez najbliższe pół godziny. — Uśmiechnął się do mnie i wskazał drugi koniec galerii. — Zacznę od tamtej strony i spotkamy się pośrodku.

Pokiwałam głową, czując jednocześnie wdzięczność i onieśmielenie.

Alfred wyjął ściereczkę z kieszeni marynarki, zdjął książkę z półki i usiadł na podłodze. Obserwowałam go, podczas gdy on, najwyraźniej pochłonięty zadaniem, miarowo obracał książkę, wycierał ją z kurzu, a następnie odkładał na miejsce i sięgał po następną. Wyglądał jak dziecko, które za sprawą jakiegoś zaklęcia zostało powiększone do rozmiarów dorosłego człowieka, po czym usiadło po turecku i zajęło się monotonnym zadaniem. Jego brązowe włosy, zazwyczaj tak starannie przygładzone, opadły do przodu i kołysały się w rytmie ruchów ramienia.

Rozejrzał się i napotkał mój wzrok dokładnie w chwili, kiedy odwracałam oczy. Wyraz jego twarzy sprawił, że pod skórą przebiegł mi zaskakujący dreszczyk. Zarumieniłam się mimo woli. Czy pomyśli, że mu się przyglądałam? Czy nadal na mnie patrzy? Nie śmiałam spojrzeć z obawy, że opacznie zrozumie moje zainteresowanie. A mimo to pod jego wyimaginowanym spojrzeniem czułam lekkie mrowienie.

To trwało od kilku dni. Działo się między nami coś, czego nie potrafiłam odpowiednio nazwać. Swoboda, której nauczyłam się oczekiwać w kontaktach z nim, gdzieś zniknęła, zastąpiona niezręcznością, peszącą tendencją do nieporozumień i fałszywych ruchów. Zastanawiałam się, czy przyczyna nie tkwi przypadkiem w historii z białym piórem. Może widział, jak gapiłam się na niego na ulicy, albo, co gorsza, dowiedział się, że to ja wypaplałam wszystko panu Hamiltonowi i reszcie służby.

Z zapałem polerowałam książkę leżącą na moich kolanach i uparcie patrzyłam w bok, na scenę rozgrywającą się za barierką. Może jeśli zignoruję Alfreda, to nieprzyjemne uczucie minie równie szybko jak czas spędzony w bibliotece?

Patrząc ponownie na Hartfordów, czułam się, jakbym zgubiła wątek: niczym widz, który zdrzemnął się podczas przedstawienia, a po przebudzeniu ujrzał inną scenę i spostrzegł, że dialog dotyczy czegoś zupełnie nowego. Skupiłam się na ich głosach, dryfujących w przezroczystym zimowym świetle, obcych i dalekich.

Emmeline pokazywała Robbiemu tacę ze słodkościami pani

119

Townsend, a starsze rodzeństwo dyskutowało o wojnie. Hannah ze zdumieniem oderwała wzrok od srebrnej gwiazdy, którą zawieszała na gałązce.

— Kiedy zamierzasz wyjechać?

— Na początku przyszłego roku — powiedział David, a jego policzki pokryły się rumieńcem podniecenia.

— Ale kiedy...? Od jak dawna...?

Wzruszył ramionami.

— Myślałem o tym od wieków. Znasz mnie, uwielbiam przygody.

Hannah spojrzała na brata. Rozczarowała ją niespodziewana obecność Robbiego, brak szans na zagranie w Grę, lecz tę nową zdradę odczuła znacznie głębiej. Mówiła oschłym tonem.

— Czy tata wie?

— Niezupełnie — odparł David.

— Nie pozwoli ci. — Z jaką ulgą to powiedziała, jakże była pewna.

— Nie pozostawię mu wyboru — oświadczył David. — Nie będzie wiedział o moim wyjeździe, dopóki nie dotrę bezpiecznie na francuską ziemię.

— Co będzie, jeśli się dowie? — zapytała Hannah.

— Nie dowie się — powtórzył David — ponieważ nikt mu o tym nie powie. — Zmierzył ją znaczącym spojrzeniem. — Zresztą może przedstawić wszystkie błahe argumenty, jakie tylko zechce, a i tak nie zdoła mnie powstrzymać. Nie pozwolę mu. Nie zamierzam stracić takiej okazji tylko dla tego, że on musi zostać w domu. Jestem panem swojego losu i już najwyższy czas, żeby zdał sobie z tego sprawę. Tylko dlatego, że on miał żałosne życie...

— Davidzie — ostro przerwała mu Hannah.

— Przecież to prawda — powiedział. — Nawet jeśli ty nie chcesz tego przyznać. Przez całe życie siedział pod pantoflem babci, poślubił kobietę, która nie mogła go znieść, każdy interes, do którego przyłoży rękę, ponosi klęskę...

— Davidzie! — krzyknęła Hannah, a ja poczułam jej oburzenie. Zerknęła na Emmeline i z zadowoleniem stwierdziła, że znajduje się poza zasięgiem ich słów. — Jesteś nielojalny. Powinieneś się wstydzić.

David spojrzał Hannah w oczy i ściszył głos.

— Nie pozwolę, żeby przelał na mnie swoją gorycz. To żałosne.

— O czym rozmawiacie? — To pytanie padło z ust Emmeline, która wróciła do nich z pełną garścią orzechów w cukrze. Zmarszczyła brwi. — Chyba się nie kłócicie, prawda?

— Oczywiście, że nie — powiedział David, zdobywając się na słaby uśmiech, podczas gdy Hannah spoglądała na niego ze złością. — Po prostu mówiłem Hannah, że jadę do Francji. Na wojnę.

— Jakie to ekscytujące! Ty też jedziesz, Robbie?

Robbie przytaknął.

— Powinnam była się domyślić — mruknęła Hannah.

David nie zwrócił na nią uwagi.

— Ktoś musi go pilnować. — Uśmiechnął się szeroko do Robbiego. — Nie mogę pozwolić, żeby sam korzystał z takiej zabawy. — Kiedy to mówił, dostrzegłam coś w jego oczach: może był to podziw? Może sympatia?

Hannah również to zauważyła. Zacisnęła usta. Już wiedziała, kogo winić za dezercję Davida.

— Robbie idzie na wojnę, żeby uciec od swojego staruszka — powiedział David.

— Dlaczego? — zapytała Emmeline z przejęciem. — Co takiego ci zrobił?

Robbie wzruszył ramionami.

— Lista jest długa i bardzo bolesna.

— Wymień cokolwiek — poprosiła Emmeline. — Proszę. — Szeroko otworzyła oczy. — Wiem! Zagroził, że cię wydziedziczy!

Robbie parsknął gorzkim, pozbawionym wesołości śmiechem.

— O nie. — Obrócił w palcach szklany sopel. — Wręcz przeciwnie.

Emmeline zmarszczyła brwi.

— Zagroził, że mianuje cię swoim spadkobiercą?

— Chciał, żebyśmy udawali szczęśliwą rodzinę — powiedział Robbie.

— Nie chcesz być szczęśliwy? — oschle zapytała Hannah.

— Nie chcę mieć rodziny — wyjaśnił Robbie. — Wolę być sam.

Emmeline wytrzeszczyła oczy ze zdziwienia.

— Ja nie wytrzymałabym w samotności, bez Hannah i Davida. I bez taty, oczywiście.

— W waszym przypadku to co innego — cicho powiedział Robbie. — Wasza rodzina nie zrobiła wam nic złego.

— A twoja zrobiła? — zapytała Hannah.

Nastąpiła cisza, w której oczy wszystkich zgromadzonych, w tym również moje, zwróciły się w stronę Robbiego.

Wstrzymałam oddech. Poznałam już historię o ojcu Robbiego. W wieczór niespodziewanego przyjazdu Robbiego Huntera do Riverton, kiedy pan Hamilton i pani Townsend w pośpiechu przygotowywali kolację i pokój gościnny, Nancy pochyliła się w moją stronę i zdradziła mi wszystko, co sama wiedziała.

Robbie był synem niedawno nobilitowanego lorda Hastinga Huntera, naukowca, który zdobył sławę i fortunę dzięki odkryciu nowego rodzaju szkła, które można było wsadzać do pieca. Kupił ogromną posiadłość pod Cambridge, zaniechał eksperymentów i wraz z żoną zaczął wieść szlacheckie życie. Ten chłopiec, jak zdradziła mi Nancy, był owocem romansu z pokojówką, Hiszpanką, która prawie wcale nie mówiła po angielsku. Kiedy urósł jej brzuch, znudziła się lordowi Hunterowi, lecz zgodził się ją zatrzymać i wykształcić chłopca w zamian za milczenie. To milczenie doprowadziło ją do szaleństwa i ostatecznie odebrała sobie życie.

— Co za wstyd — powiedziała Nancy, wzdychając i kręcąc głową. — Pokojówka została sponiewierana, a chłopiec dorastał bez ojca. Któż by im nie współczuł? Mimo to — spojrzała na mnie znacząco — jaśnie pani nie była skora do przyjęcia tego niespodziewanego gościa. Niedaleko pada jabłko od jabłoni.

Wyraziła się jasno: tytuły tytułom nierówne. Są takie, które zawdzięcza się więzom krwi, i takie, które błyszczą jak nowiutki samochód. Robbie Hunter, syn świeżo upieczonego lorda (bez względu na to, czy pochodził z prawego łoża, czy nie), nie był wystarczająco dobry dla rodziny Hartfordów, a zatem nie był wystarczająco dobry również dla takich jak my.

— No więc? — naciskała Emmeline. — Powiedz nam! Musisz nam powiedzieć! Co takiego zrobił ci ojciec?

— A cóż to ma być? — zapytał David z uśmiechem. — Inkwizycja? — Zwrócił się do Robbiego. — Wybacz, Hunter. To wścibska parka. Nieczęsto mają tu towarzystwo.

Emmeline uśmiechnęła się i rzuciła w niego zmiętym papierem. Pocisk nie dotarł do celu i opadł na stertę, która zgromadziła się pod choinką.

— Nic nie szkodzi — powiedział Robbie, prostując się. Odsunął kosmyk włosów, który opadł mu na oczy. — Po śmierci mojej matki ojciec uznał mnie za syna.

— Uznał cię za syna? — zdziwiła się Emmeline, marszcząc brwi.

— Po tym, jak z radością skazał mnie na życie w hańbie, doszedł do wniosku, że potrzebuje spadkobiercy. Wygląda na to, że żona nie potrafi mu go dać.

Emmeline spoglądała na przemian na Davida i Hannah w poszukiwaniu wyjaśnienia.

— Zatem Robbie idzie na wojnę — podsumował David — żeby się wyzwolić.

— Przykro mi z powodu twojej matki — niechętnie powiedziała Hannah.

— O tak — wtrąciła się Emmeline, a jej dziecinna twarz przybrała wyraz wystudiowanego współczucia. — Musisz za nią okropnie tęsknić. Ja strasznie tęsknię za naszą mamą, chociaż nawet jej nie znałam. Umarła, kiedy się urodziłam. — Westchnęła. — A teraz idziesz na wojnę, żeby uciec od okrutnego ojca. To brzmi jak jakaś powieść.

— Melodramat — mruknęła Hannah.

— Romans — powiedziała Emmeline z przejęciem. Otworzyła jedną z paczuszek i na kolana wypadły jej ręcznie robione świeczki, rozsiewając wokół woń cynamonu i migdałów. — Babcia mówi, że pójście na wojnę to obowiązek każdego mężczyzny. Mówi, że tylko tchórze pozostają w domach.

Przysłuchując się temu z galerii, poczułam, jak po skórze przebiegają mi ciarki. Zerknęłam na Alfreda, po czym szybko odwróciłam wzrok, kiedy napotkał moje spojrzenie. Płonęły mu policzki, a oczy wypełniły się poczuciem winy. Dokładnie tak samo jak tamtego dnia w wiosce. Gwałtownie wstał i upuścił ściereczkę do kurzu, lecz kiedy wyciągnęłam rękę, żeby mu ją podać, pokręcił głową, odwrócił wzrok i mruknął coś o tym, że pan Hamilton pewnie już go szuka. Bezradnie patrzyłam, jak zbiega po schodach i wymyka się z biblioteki, niezauważony przez małych Hartfordów. Potem przeklęłam mój brak przytomności umysłu.

Odwracając się od choinki, Emmeline spojrzała na Hannah.

— Babcia jest rozczarowana tatą. Uważa, że poszedł na łatwiznę.

— Nie ma powodów do rozczarowania — zawzięcie zaprzeczyła Hannah. — A tata z pewnością nie idzie na łatwiznę. Gdyby mógł, znalazłby się na froncie w mgnieniu oka.

W pokoju zapadła grobowa cisza, a ja, solidaryzując się z Hannah, wsłuchiwałam się we własny oddech, który stawał się coraz szybszy.

— Nie gniewaj się na mnie — powiedziała naburmuszona Emmeline. — To słowa babci, a nie moje.

— Stara wiedźma — rzuciła Hannah z wściekłością. — Tata robi dla wojny wszystko, co może. Nic więcej nie leży w naszej mocy.

— Hannah chciałaby pójść z nami na front — wyjaśnił David do Robbiego. — Podobnie jak tata nie pojmuje, że na wojnie nie ma miejsca dla kobiet i mężczyzn z popsutymi płucami.

— To bzdura, Davidzie — powiedziała Hannah.

— Co? — zapytał. — To, że wojna nie jest dla kobiet i starców, czy to, że chciałabyś uczestniczyć w walce?

— Doskonale wiesz, że byłoby ze mnie dokładnie tyle samo pożytku, ile z ciebie. Zawsze podejmowałam dobre decyzje strategiczne, sam tak mówiłeś...

— To dzieje się naprawdę, Hannah — przerwał jej gwałtownie. — To wojna: z prawdziwymi pistoletami, prawdziwymi pociskami i prawdziwymi wrogami. To nie jest zabawa w udawanie. To nie żadna dziecinna gra.

Wstrzymałam oddech. Hannah wyglądała tak, jakby wymierzył jej policzek.

— Nie możesz spędzić całego życia w świecie fantazji — ciągnął. — Nie możesz do końca życia wymyślać przygód, pisać o rzeczach, które tak naprawdę nigdy nie miały miejsca, nie możesz grać fikcyjnych ról...

— Davidzie! — wykrzyknęła Emmeline. Spojrzała na Robbiego, a potem znowu na Davida. Jej dolna warga drżała, kiedy mówiła: — Zasada numer jeden: Gra jest trzymana w tajemnicy.

David spojrzał na Emmeline i jego twarz złagodniała.

— Masz rację. Przepraszam, Emme.

— To tajemnica — szepnęła. — To ważne.

— Oczywiście, że tak — powiedział David. Zmierzwił jej włosy. — Daj spokój, nie smuć się. — Pochylił się i zajrzał do pudełka z ozdobami. — Hej! — zawołał. — Popatrz, kogo znalazłem. To Mabel! — Uniósł szklanego aniołka ze skrzydełkami z wykręcanego szkła, pomarszczoną złotą spódniczką i nabożną woskową twarzą. — Twój ulubiony, prawda? Powiesić go na samej górze?

— Czy w tym roku mogłabym to zrobić sama? — zapytała Emmeline, wycierając oczy. Może i była przygnębiona, ale wcale nie zamierzała przepuścić takiej okazji.

David spojrzał na Hannah, która udawała zaabsorbowanie oglądaniem własnej dłoni.

— Jak myślisz, Hannah? Są jakieś przeciwwskazania?

Hannah chłodno spojrzała mu w oczy.

— Proszę! — powiedziała Emmeline i podrywając się na nogi, wprawiła w ruch fałdy spódnicy i skrawki kolorowego papieru. — Zawsze to wy ją zawieszacie. Mnie nigdy nie pozwoliliście. Nie jestem już dzieckiem.

David udał, że głęboko się zamyśla.

— Ile masz lat?

— Jedenaście — odparła Emmeline.

— Jedenaście... — powtórzył David. — Praktycznie dwanaście.

Emmeline przytaknęła z przekonaniem.

— No dobrze — powiedział w końcu. Skinął w kierunku Robbiego, uśmiechnął się. — Pomożesz mi?

Razem przynieśli drabinkę i ustawili ją obok choinki, pośród porozrzucanych na podłodze kawałków pogniecionego papieru.

— Ooch — zachichotała Emmeline i zaczęła wspinać się po szczebelkach z aniołkiem w dłoni. — Całkiem jak Jack wspinający się po łodydze fasoli.

Wchodziła dalej, aż w końcu dotarła na przedostatni stopień. Wyciągnęła rączkę z aniołkiem w kierunku wierzchołka, który kusił ją z oddali.

— A to łobuz — mruknęła pod nosem. Zerknęła w dół na trzy uniesione twarze. — Prawie. Jeszcze tylko jedna próba.

— Uważaj — powiedział David. — Masz się czego złapać?

Wyciągnęła wolną rączkę i zacisnęła dłoń na cienkiej gałązce jodły, a potem to samo zrobiła z drugą. Bardzo powoli uniosła lewą stopę i ostrożnie postawiła ją na ostatnim szczebelku.

Wstrzymałam oddech, kiedy przechyliła się na prawo. Uśmiechała się zwycięsko, starając się posadzić Mabel na tronie, lecz nagle napotkała moje spojrzenie. Na jej twarzy, widocznej tuż obok wierzchołka, odmalował się wyraz zdziwienia, następnie paniki, a po chwili poślizgnęła się i zaczęła lecieć w dół.

Otworzyłam usta, żeby ich ostrzec, ale było już za późno. Z krzykiem, który zmroził mi krew w żyłach, Emmeline spadła na podłogę niczym szmaciana lalka i białe fałdy jej sukienki wylądowały pośród bibuły.

Odniosłam wrażenie, że pokój się rozrasta. Przez krótką chwilę wszystko i wszyscy stali bez ruchu, w milczeniu. Potem nastąpiło nieuchronne skurczenie. Hałas, poruszenie, panika, gorąco.

David złapał Emmeline w objęcia.

— Emme? Nic ci się nie stało? Emme? — Zerknął na podłogę, na której leżał aniołek ze szklanym skrzydłem umazanym krwią. — O Boże, zraniła się.

Hannah klęczała.

— Krwawi nadgarstek. — Rozejrzała się wokół, zobaczyła Robbiego. — Zawołaj pomoc.

Zbiegłam po schodach z łomoczącym sercem.

— Ja pójdę, panienko — powiedziałam, wymykając się za drzwi.

Pobiegłam korytarzem, nie mogąc pozbyć się widoku bezwładnego ciała Emmeline, a każdy płytki oddech był jak oskarżenie.

To przeze mnie upadła. Ostatnią rzeczą, jaką spodziewała się zobaczyć po wdrapaniu się na drabinkę, była moja twarz. Gdybym nie była taka wścibska, gdybym jej nie zaskoczyła...

Zbiegłam ze schodów i wpadłam na Nancy.

— Uważaj — nachmurzyła się.

— Nancy! — zawołałam, ledwie łapiąc oddech. — Pomocy. Ona krwawi.

— Nie mogę zrozumieć ani słowa z tego bełkotu — powiedziała rozgniewana Nancy. — Kto krwawi?

— Panienka Emmeline — odparłam. — Spadła... w bibliotece... z drabiny... Panicz David i Robert Hunter...

— Wiedziałam, że tak będzie! — Nancy obróciła się na pięcie i pobiegła w kierunku suteryny. — Ten chłopak! Miałam co do niego złe przeczucia. Przyjazd bez zapowiedzi. To po prostu nie przystoi.

Próbowałam wyjaśnić, że Robbie nie odegrał w tym wypadku żadnej roli, ale Nancy nie chciała mnie słuchać. Stukając obcasami, zbiegła po schodach, skręciła do kuchni i wyjęła z kredensu apteczkę.

— Wiem z doświadczenia, że faceci o jego wyglądzie mogą przynieść tylko kłopoty.

— Ale Nancy, to nie była jego wina...

— Nie jego wina? — oburzyła się. — Spędził tu zaledwie jedną noc i popatrz, co się stało.

Zrezygnowałam z dalszych wyjaśnień. Nadal brakowało mi tchu i nic, co mogłabym powiedzieć lub zrobić, nie było w stanie skłonić Nancy do zmiany zdania.

Nancy wydobyła z apteczki środek dezynfekujący i bandaż, po czym pospieszyła na górę. Podążałam w ślad za jej chudą zwinną postacią, starając się dotrzymać kroku czarnym butom, wystukującym swoje wyrzuty w mrocznym wąskim korytarzu. Nancy znajdzie jakieś rozwiązanie. Ona wie, jak wszystko naprawić.

Kiedy jednak dotarłyśmy do biblioteki, było już za późno.

Na środku szezlonga, z dziarskim uśmiechem na bladej twarzy, siedziała Emmeline. Brat i siostra siedzieli po jej obydwu stronach. David gładził jej zdrową rękę. Zraniony nadgarstek został szczelnie obwiązany skrawkiem białego materiału — który jak zauważyłam, został wyrwany z jej sukienki — i ręka spoczywała na jej kolanach. Obok, lecz w pewnej odległości, stał Robbie Hunter.

— Nic mi się nie stało — powiedziała Emmeline, patrząc na nas. — Pan Hunter wszystkim się zajął. — Spojrzała na Robbiego zaczerwienionymi oczami. — Jestem mu bardzo wdzięczna.

— Wszyscy jesteśmy mu wdzięczni — dodała Hannah, nie odrywając wzroku od Emmeline.

David pokiwał głową.

— Piekielnie imponujące, Hunter. Powinieneś zostać lekarzem.

— O, nie — zaprotestował Robbie. — Nie przepadam za widokiem krwi.

David przyjrzał się zaplamionym na czerwono kawałkom materiału, które leżały na podłodze.

— Dobrze się spisałeś, udając, że jest inaczej. — Spojrzał na Emmeline i pogładził ją po głowie. — Dobrze, że nie jesteś taka, jak nasi kuzyni, Emme. Paskudnie się zraniłaś.

Jednak nawet jeśli Emmeline to usłyszała, nie dała po sobie poznać. Patrzyła na Robbiego wzrokiem, który bardzo przypominał spojrzenie, jakim pan Dudley podziwiał swoją choinkę. U jej stóp leżał zapomniany bożonarodzeniowy aniołek: ze stoickim wyrazem twarzy, utrąconymi skrzydłami ze szkła i złotą spódniczką splamioną krwią.

Kiedy znowu się spotkamy

Tamtej nocy, wysoko na strychu, tuliłyśmy się do siebie z Nancy w rozpaczliwej próbie oszukania lodowatego powietrza. Zimowe słońce już dawno zaszło, a na podwórzu wiatr potrząsał kwiatonami na dachu i zawodząc, przedzierał się przez szczeliny w murze.

— Mówią, że przed końcem roku zacznie padać śnieg — szepnęła Nancy, podciągając koc pod brodę. — I muszę przyznać, że w to wierzę.

— Zawodzenie tego wiatru przypomina płacz dziecka — powiedziałam.

— Wcale nie — odparła Nancy. — Brzmi podobnie do wielu rzeczy, ale na pewno nie do tego.

Właśnie tamtej nocy opowiedziała mi historię dzieci majora i Jemimy. Dwóch chłopczyków, którym nie chciała krzepnąć krew, którzy odeszli z tego świata jeden po drugim, a teraz leżą obok siebie w zimnej twardej ziemi cmentarza Riverton.

Pierwszy, Timmy, spadł z konia podczas przejażdżki po posiadłości Riverton, na którą wybrał się wraz z majorem.

Nancy powiedziała, że wytrzymał cztery dni i cztery noce, zanim jego płacz w końcu ustał i maleńka duszyczka zaznała ukojenia. W chwili śmierci był biały jak ściana, gdyż cała krew popędziła do opuchniętego ramienia, szukając drogi ucieczki. Pomyślałam o książce medycznej z pięknym grzbietem, dedykowanej Timothy'emu Hartfordowi.

— Słuchanie jego płaczu było wystarczająco trudne — powiedziała Nancy, przesuwając nogę, aby wygnać spod koca zimne powietrze. — Ale było niczym w porównaniu z jej płaczem.

— Czyim? — szepnęłam.

— Jego matki, Jemimy. Zaczęła płakać, kiedy wynosili małego, i przestała dopiero tydzień później. Gdybyś mogła słyszeć ten dźwięk. Taki smutek sprawia, że człowiek zaczyna siwieć. Nie chciała jeść ani spać. Jej twarz straciła kolor i stała się prawie tak samo blada jak jego, niech spoczywa w pokoju.

Zadrżałam. Próbowałam dopasować ten obrazek do przeciętnej pulchnej kobiety, która wydawała się zdecydowanie zbyt zwyczajna, aby mogła tak spektakularnie cierpieć.

— Powiedziałaś „dzieci". Co stało się z pozostałymi?

— Było jeszcze jedno. Adam. Umarł w późniejszym wieku niż Timmy i wszyscy myśleliśmy, że zdołał uniknąć klątwy. Biedne dziecko, nie udało mu się. Po prostu chuchali na niego bardziej niż na brata. Najbardziej aktywnym zajęciem, na jakie pozwalała mu matka, było chyba czytanie w bibliotece. Nie zamierzała popełnić tego samego błędu po raz drugi. — Nancy westchnęła i podkurczyła nogi, żeby było jej cieplej. — Ach, ale żadna matka nie jest w stanie powstrzymać syna od psocenia, jeśli psoty mu w głowie.

— Co takiego napsocił? Co go zabiło, Nancy?

— W końcu wystarczyło zwykłe wejście po schodach — powiedziała Nancy. — To stało się w domu majora w Buckinghamshire. Nie było mnie tam, ale Sarah, tamtejsza pokojówka, widziała to na własne oczy, bo właśnie odkurzała w korytarzu. Powiedziała, że biegł zbyt szybko, stracił równowagę i poślizgnął się. Nic więcej. Nie mogło go bardzo boleć, bo szybko się podniósł i zdrów jak ryba pobiegł dalej. Sarah powiedziała, że dopiero wieczorem jego kolano spuchło jak balon... dokładnie jak wcześniej ręka Timmy'ego... a w nocy zaczął płakać.

— Czy płakał całymi dniami? — zapytałam. — Jak jego brat?

— Nie, z Adamem było inaczej. — Nancy ściszyła głos. — Sarah powiedziała, że biedak krzyczał w agonii przez większość nocy, wołając matkę i błagając, żeby zabrała od niego ten ból. W tę długą noc nikt nie zmrużył tam oka, nawet pan Barker, stajenny, który był kompletnie głuchy. Po prostu leżeli w łóżkach, słuchając odgłosów bólu tego chłopca. Major przez całą noc stał pod drzwiami, był bardzo dzielny, nie uronił ani jednej łzy.

Potem, tuż przed świtem, płacz nagle ustał i w całym domu zapadła martwa cisza. Rankiem, kiedy Sarah przyniosła chłopcu tacę ze śniadaniem, zastała Jemimę, która leżała na łóżku, trzymając w objęciach swojego synka o twarzy spokojnej jak aniołek, jak gdyby właśnie zasnął.

— Czy płakała, tak jak poprzednio?

— Tym razem nie — odrzekła Nancy. — Sarah powiedziała, że wydawała się prawie tak samo spokojna jak on. Chyba była szczęśliwa, że skończyły się jego cierpienia. Noc dobiegła końca i Jemima pożegnała syna, który udał się w lepsze miejsce, gdzie nie mogły go dosięgnąć problemy i smutki.

Zastanowiłam się. Pomyślałam o tym, jak nagle ustał płacz chłopca. O uldze jego matki.

— Nancy — powiedziałam powoli — chyba nie myślisz, że...

— Myślę, że fakt, iż tamten chłopiec odszedł szybciej niż jego brat, był prawdziwą łaską, ot co — ucięła Nancy.

Potem zapadła cisza i przez chwilę myślałam, że Nancy zasnęła, chociaż jej oddech nadal był płytki, co sugerowało, że jednak nie śpi, a jedynie udaje. Podciągnęłam koc pod brodę i zamknęłam oczy, próbując nie myśleć o krzyczących chłopcach i zrozpaczonych matkach.

Właśnie zasypiałam, kiedy zimne powietrze przeciął szept Nancy.

— Teraz znowu spodziewa się dziecka. Ma się urodzić w sierpniu. — Nagle zrobiła się pobożna. — Musisz się bardzo modlić, słyszysz? Zwłaszcza teraz... On słucha nas z większą uwagą w czasie świąt Bożego Narodzenia. Musisz się modlić, żeby tym razem urodziła zdrowe dziecko. — Przewróciła się na drugi bok, ciągnąc za sobą koc. — Takie, które przedwcześnie nie wykrwawi się na śmierć.

⊛

Święta Bożego Narodzenia nadeszły i minęły, bibliotekę lorda Ashbury uznano za odkurzoną, a w drugi dzień świąt rzuciłam wyzwanie zimnu i poszłam do Saffron Green, żeby załatwić pewną sprawę dla pani Townsend. Lady Violet planowała zorganizować noworoczny lunch z nadzieją uzyskania wsparcia dla jej komitetu na rzecz belgijskich uchodźców. Nancy słyszała, jak lady Violet mówiła, że bardzo spodobał jej się pomysł na rozszerzenie działalności na francuskich i portugalskich ekspatriantów, jeśli to będzie konieczne.

Zdaniem pani Townsend najpewniejszym sposobem na zrobienie wrażenia podczas lunchu było zaserwowanie prawdziwych greckich wypieków pana Georgiasa. Nie były one dostępne dla wszystkich bez wyjątku — dodała z wyższością — a zwłaszcza w tych ciężkich czasach. Rzeczywiście. Miałam podejść do sklepowej lady i poprosić o specjalne zamówienie dla pani Townsend z Riverton.

Pomimo mroźnej pogody cieszyłam się z tej wyprawy do miasteczka. Po całych tygodniach świętowania — z okazji Bożego Narodzenia, a teraz Nowego Roku — wyjście na zewnątrz stanowiło miłą odmianę, podobnie jak chwila samotności i spędzenie poranka poza zasięgiem krytycznego spojrzenia Nancy. Po miesiącach względnego spokoju zaczęła się bardzo interesować moimi obowiązkami: obserwowała, ganiła, poprawiała. Odnosiłam niepokojące wrażenie, że szykuje mnie na jakąś zbliżającą się zmianę.

Poza tym miałam ukryte powody, aby cieszyć się z wyprawy do wioski. Wydrukowano czwartą powieść Arthura Conana Doyle'a o Sherlocku Holmesie i umówiłam się z handlarzem na zakup jednego egzemplarza. Zaoszczędzenie tych pieniędzy wymagało sześciu miesięcy pracy i po raz pierwszy miałam kupić zupełnie nową książkę. *Dolina trwogi.* Już sam tytuł sprawiał, że drżałam z niecierpliwości.

Wiedziałam, że handlarz mieszka wraz z żoną i sześciorgiem dzieci w szeregowcu z szarego kamienia, który stał na baczność pomiędzy identycznymi domami. Ulica leżała w ponurej strefie mieszkalnej wciśniętej za dworzec kolejowy i w powietrzu unosiła się ciężka woń płonącego węgla. Bruk miał czarną barwę, a latarnie pokrywała warstwa sadzy. Ostrożnie zapukałam do zniszczonych drzwi i czekałam. Na stopniu obok siedziało dziecko w wieku około trzech lat, w zakurzonych bucikach i wytartym swetrze, które stukało kijem w rynnę. Jego gołe kolana pokrywały posiniałe z zimna strupy.

Zapukałam ponownie, tym razem mocniej. Wreszcie drzwi się otworzyły i moim oczom ukazała się chuda jak patyk kobieta w ciąży. Na jej brzuchu ciasno opinał się fartuch, a na biodrze podtrzymywała niemowlę o przekrwionych oczach. Nie powiedziała ani słowa i tylko przeszyła mnie martwym wzrokiem, gdy próbowałam coś z siebie wydusić.

— Dzień dobry — powiedziałam tonem, którego nauczyłam się od Nancy. — Grace Reeves. Szukam pana Jonesa.

Nadal nic nie mówiła.

— Jestem klientką. — Lekko zadrżał mi głos. Wkradła się niechciana nutka niepewności. — Przyszłam kupić książkę.

W jej oczach pojawił się jakiś błysk, niemal niedostrzegalny znak zrozumienia. Podrzuciła dziecko na kościstym biodrze i przechyliła głowę w kierunku pokoju znajdującego się za jej plecami.

— Jest z tyłu.

Odsunęła się odrobinę, a ja przecisnęłam się obok, zmierzając w jedynym kierunku, na jaki pozwalał maleńki domek. Za drzwiami była kuchnia wypełniona zapachem skwaśniałego mleka. Dwaj mali chłopcy, brudni z biedy, siedzieli przy stole i toczyli dwa kamienie po podrapanej sosnowej powierzchni.

Większy z nich potoczył swój kamień w stronę kamienia brata, a potem spojrzał na mnie oczami przypominającymi księżyce w pełni na zapadniętej twarzy.

— Szukasz mojego tatusia?

Przytaknęłam.

— Jest na zewnątrz, oliwi wózek.

Musiałam wyglądać na zagubioną, gdyż wymierzył krótki palec w stronę małych cynowych drzwi obok pieca.

Ponownie kiwnęłam głową i spróbowałam się uśmiechnąć.

— Niedługo zacznę z nim pracować — oznajmił i wrócił do zabawy kamieniami, szykując kolejny strzał. — Kiedy skończę osiem lat.

— Szczęściarz — powiedział zazdrośnie młodszy.

Starszy wzruszył ramionami.

— Ktoś musi się tu wszystkim zająć, kiedy jego nie będzie, a ty jesteś jeszcze za mały.

Podeszłam do drzwi i popchnęłam je.

Za sznurem na bieliznę obwieszonym pożółkłymi prześcieradłami i koszulami pochylał się handlarz, który sprawdzał koła ręcznego wózka.

— Cholerny złom — mruknął pod nosem.

Odchrząknęłam i gwałtownie się odwrócił, uderzając głową o metalową rączkę.

— Cholera. — Spojrzał na mnie, mrużąc oczy. Z jego dolnej wargi zwisała fajka.

Próbowałam ponownie przywołać ducha Nancy, lecz ponieważ się nie udało, skupiłam się na tym, żeby w ogóle coś powiedzieć.

— Jestem Grace. Przyszłam w sprawie książki. — Czekałam. — Arthura Conana Doyle'a.

Oparł się o wózek.

— Wiem, kim jesteś. — Wypuścił powietrze i poczułam słodki zapach palonego tytoniu. Wytarł usmarowane dłonie o spodnie i uważnie mi się przyjrzał. — Naprawiam wózek, żeby chłopiec dał sobie radę.

— Kiedy pan wyjeżdża? — zapytałam.

Spojrzał ponad sznurem uginającym się pod ciężarem zszarzałej bielizny i skierował wzrok ku niebu.

— W przyszłym miesiącu. Z brytyjską piechotą morską. — Wytarł czoło brudną dłonią. — Zawsze chciałem zobaczyć ocean, już jako mały chłopiec. — Znów spojrzał na mnie i coś w wyrazie jego twarzy, jakiś beznadziejny smutek, kazało mi odwrócić wzrok. Przez kuchenne okno widziałam kobietę, niemowlę i dwóch chłopców, którzy gapili się w naszą stronę. Plamista szyba okopcona sadzą upodabniała ich twarze do odbić na powierzchni brudnego jeziorka.

Handlarz podążył za moim spojrzeniem.

— W armii dobrze się żyje — powiedział. — Jeśli ma się szczęście. — Rzucił szmatę na ziemię i skierował się w stronę domu. — W takim razie chodź. Książka jest tutaj.

Dobiliśmy targu w małym frontowym pokoiku, a potem odprowadził mnie do drzwi. Starałam się nie patrzeć na boki, nie widzieć twarzyczek z wygłodniałymi oczami, które z pewnością mnie obserwowały. Kiedy szłam po schodkach, usłyszałam głos najstarszego chłopca:

— Co kupiła ta pani, tatusiu? Kupiła mydło? Ona pachniała mydłem. To miła pani, prawda, tatusiu?

Szłam najszybciej, jak tylko mogły nieść mnie nogi bez puszczania się biegiem. Pragnęłam znaleźć się daleko od tego domu i dzieci, które myślały, że ja — zwykła pokojówka — jestem prawdziwą panią.

Poczułam ulgę, kiedy w końcu skręciłam w Railway Street i zostawiłam za sobą przygnębiający zapach węgla i biedy. Życiowe trudności nie były mi obce — matka i ja często z trudem wiązałyśmy koniec z końcem — lecz zauważyłam, że Riverton mnie zmieniło. Nie zdając sobie sprawy, przywykłam do jego ciepła, wygód i obfitości. Zaczęłam uważać takie rzeczy za coś oczywistego. Kiedy pędziłam dalej, przechodząc na drugą stronę ulicy za furmanką mleczarza, a policzki szczypały mnie od potwornego zimna, postanowiłam, że nigdy tego nie stracę. Nigdy nie stracę posady i nie pójdę w ślady matki.

Tuż przed skrzyżowaniem z High Street dałam nura pod płócienną markizę i skrywszy się w mrocznej bramie, przycupnęłam pod lśniącymi czarnymi drzwiami z tabliczką z brązu. Mój biały zimny oddech zawisł w powietrzu, kiedy wyjęłam nabytek zza pazuchy płaszcza i ściągnęłam rękawiczki.

W domu handlarza prawie wcale nie przyjrzałam się książce, upewniając się jedynie, że ma odpowiedni tytuł. Teraz pozwoliłam sobie obejrzeć jej okładkę, przebiec palcami po skórzanej oprawie i prześledzić pochyłe wgłębienia liter układających się na grzbiecie w tytuł: *Dolina trwogi*. Powtórzyłam szeptem te poruszające słowa, po czym zbliżyłam książkę do nosa i wciągnęłam zapach farby drukarskiej z jej stron. Woń możliwości.

Wsadziłam ten cudowny zakazany przedmiot za pazuchę płaszcza i przycisnęłam do piersi. Moja pierwsza nowa książka. Moja pierwsza nowa rzecz. Teraz musiałam jedynie wsunąć ją niepostrzeżenie do szuflady na poddaszu, nie wzbudzając podejrzeń pana Hamiltona i nie potwierdzając przypuszczeń Nancy. Z trudem włożyłam rękawiczki z powrotem na odrętwiałe z zimna palce. Mrużąc oczy, zerknęłam na mroźną jasność ulicy i wyszłam z mojej kryjówki, wpadając prosto na jakąś młodą damę, która energicznym krokiem wchodziła w bramę.

— Och, proszę mi wybaczyć! — powiedziała zaskoczona. — Ale ze mnie niezdara.

Podniosłam wzrok i moje policzki oblały się rumieńcem. To była Hannah.

— Zaczekaj... — Przez chwilę wydawała się zmieszana. — Znam cię. Pracujesz u dziadka.

— Tak, panienko. Mam na imię Grace.

— Grace. — Moje imię zadźwięczało w jej ustach.

Przytaknęłam.

— Tak, panienko. — Pod płaszczem moje serce wybijało na książce rytm pełen poczucia winy.

Odchyliła lazurowy szal, odsłaniając skrawek śnieżnobiałej skóry.

— Kiedyś uratowałaś nas przed śmiercią w postaci poezji romantycznej.

— Tak, panienko.

Zerknęła na ulicę, gdzie lodowate wiatry zmieniały powietrze w deszcz ze śniegiem, i mimo woli zadrżała.

— Okropny poranek na spacery.

— Tak, panienko — potwierdziłam.

— Nigdzie bym się nie wybierała w taką pogodę — dodała, odwracając do mnie policzki ucałowane przez zimno — gdyby nie dodatkowa lekcja muzyki, którą zaplanowałam już wcześniej.

— Ja również, panienko — powiedziałam — gdyby nie sprawunki, które muszę załatwić dla pani Townsend. Wypieki. Na noworoczny lunch.

Spojrzała na moje puste dłonie, a potem na wnękę, z której właśnie wychodziłam.

— Dosyć niezwykłe miejsce na kupowanie wypieków.

Podążyłam za jej spojrzeniem. Na tabliczce z brązu zawieszonej na czarnych drzwiach widniał napis: „Szkoła sekretarek pani Dove". Zapragnęłam udzielić jakiejś odpowiedzi. Powiedzieć cokolwiek, co mogłoby wyjaśnić moją obecność w takim miejscu. Wszystko, tylko nie prawdę. Nie mogłam ryzykować, że mój zakup wyjdzie na jaw. Pan Hamilton jasno określił zasady dotyczące lektur. Ale cóż innego mogłam powiedzieć? Gdyby Hannah doniosła lady Violet, że bez pozwolenia uczęszczam na lekcje, straciłabym posadę.

Zanim zdołałam wymyślić jakąś wymówkę, Hannah odchrząknęła i ścisnęła w dłoniach brązową papierową torbę.

— Cóż — powiedziała i to słowo zawisło między nami w powietrzu.

Zrozpaczona czekałam na chwilę, w której padnie oskarżenie.

Hannah odrobinę się odsunęła, wyprostowała i spojrzała mi prosto w oczy. Stała tak przez chwilę, lecz w końcu się odezwała.

— Cóż, Grace — mówiła zdecydowanym tonem. — Wygląda na to, że obydwie mamy jakiś sekret.

Byłam tak zdumiona, że z początku nie odpowiedziałam. Z powodu własnego zdenerwowania nie zauważyłam, że ona również czuje się nieswojo. Przełknęłam ślinę i zacisnęłam dłonie na krawędzi mojego ukrytego bagażu.

— Słucham, panienko?

Pokiwała głową, a potem wprawiła mnie w jeszcze większe zakłopotanie, wyciągając rękę, żeby żarliwie uścisnąć mi dłoń.

— Gratuluję, Grace.

— Gratuluje mi panienka?

— Tak — powiedziała z przekonaniem. — Ponieważ wiem, co takiego chowasz pod płaszczem.

— Tak, panienko?

— Wiem, ponieważ robię to samo. — Wskazała swoją paczuszkę i z trudem powstrzymała entuzjastyczny uśmiech. — To nie są nuty, Grace.

— Nie, panienko?

— A już z pewnością nie chodzę na lekcje muzyki. — Szeroko otworzyła oczy. — Lekcje dla przyjemności w takich czasach! Wyobrażasz to sobie?

Pokręciłam głową, zupełnie zdumiona.

Konspiracyjnie pochyliła się w moją stronę.

— Co lubisz najbardziej? Pisanie na maszynie czy stenografię?

— Nie mam pojęcia, panienko.

Pokiwała głową.

— Oczywiście masz rację: głupio mówić o tym, która z tych czynności jest bardziej przyjemna. Obydwie są równie ważne. — Zamilkła i lekko się uśmiechnęła. — Chociaż muszę przyznać, że mam pewną słabość do stenografii. Ma w sobie coś ekscytującego. Coś, co przypomina...

— Sekretny kod? — podsunęłam, myśląc o chińskim pudełku.

— Tak. — Rozbłysły jej oczy. — Tak, właśnie. Sekretny kod. Tajemnicę.

— Tak, panienko.

Wtedy się wyprostowała i skinęła w stronę drzwi.

— Cóż, lepiej już pójdę. Pani Dove się mnie spodziewa, a nie odważę się kazać jej czekać. Jak wiesz, nie znosi spóźnialstwa.

Dygnęłam i wyszłam spod markizy.

— Grace?

Odwróciłam się i zamrugałam, patrząc na nią zza zasłony padającego śniegu.

— Tak, panienko?

Uniosła palec do ust.

— Teraz mamy wspólny sekret.

Pokiwałam głową i przez chwilę porozumiewawczo patrzyłyśmy sobie w oczy, aż w końcu, najwyraźniej zadowolona, uśmiechnęła się i zniknęła za czarnymi drzwiami szkoły pani Dove.

Trzydziestego pierwszego grudnia, w ostatnich chwilach tysiąc dziewięćset piętnastego roku, cała służba zgromadziła się przy stole w suterenie, aby powitać nowy rok. Lord Ashbury pozwolił nam wypić butelkę szampana i dwie butelki piwa, a pani Townsend wyczarowała coś w rodzaju uczty z ograniczonych zasobów spiżarni. Wszyscy zamilkliśmy, kiedy wskazówka zegara zbliżyła się do oczekiwanej chwili, a gdy wybił początek nowego roku, wydaliśmy z siebie radosne okrzyki. Pan Hamilton z entuzjazmem zaintonował początek *Auld Lang Syne*, a potem rozmowa jak zawsze zeszła na noworoczne plany i obietnice. Katie właśnie poinformowała nas o swoim postanowieniu, aby nigdy więcej nie podkradać ciastek ze spiżarni, gdy odezwał się Alfred.

— Zaciągnąłem się — oświadczył, patrząc prosto na pana Hamiltona. — Idę na wojnę.

Wstrzymałam oddech, a wszyscy pozostali zamilkli w oczekiwaniu na reakcję pana Hamiltona.

— Cóż — przemówił wreszcie, zaciskając usta w ponurym uśmiechu. — To bardzo chwalebny odruch, Alfredzie, i porozmawiam o nim w twoim imieniu z jaśnie panem, ale muszę powiedzieć, że nie sądzę, by przychylił się do tej decyzji.

Alfred przełknął ślinę.

— Dziękuję, panie Hamilton. Ale nie ma takiej potrzeby. — Zaczerpnął tchu. — Sam rozmawiałem z jaśnie panem. Kiedy przyjechał z Londynu. Powiedział, że postępuję właściwie, życzył mi szczęścia.

Pan Hamilton trawił te nowiny. Jego oczy zalśniły w odpowiedzi na to, co uważał za perfidię Alfreda.

— Oczywiście. Postępujesz właściwie.

— Wyjeżdżam w marcu — dodał niepewnie Alfred. — Najpierw poślą mnie na szkolenie.

— A co potem? — zapytała pani Townsend, która wreszcie odzyskała głos. Jej dłonie pewnie spoczywały na masywnych biodrach.

— Potem... — Alfred uśmiechnął się radośnie. — Potem chyba skierują mnie do Francji.

— Cóż — sztywno powiedział pan Hamilton, biorąc się w garść. — Taka wiadomość zasługuje na toast. — Wstał i uniósł kieliszek, a reszta z nas niepewnie poszła za jego przykładem. — Za Alfreda. Oby powrócił do nas równie szczęśliwy i zdrowy jak w chwili wyjazdu.

— Za Alfreda — dodała pani Townsend, nie potrafiąc ukryć dumy. — I oby wrócił jak najszybciej.

— Spokojnie, pani T. — Alfred uśmiechnął się szeroko. — Może nie aż tak szybko. Chcę przeżyć kilka przygód.

— Bylebyś tylko na siebie uważał, mój chłopcze — powiedziała pani Townsend z podziwem w oczach.

Kiedy pozostali ponownie napełniali kieliszki, Alfred zwrócił się do mnie.

— Chcę zrobić coś dla obrony kraju, Grace.

Pokiwałam głową, pragnąc pokazać mu, że nigdy nie był tchórzem. Że ja nigdy tak o nim nie myślałam.

— Pisz do mnie, dobrze, Gracie? Obiecujesz?

Jeszcze raz pokiwałam głową.

— Oczywiście, że będę do ciebie pisać.

Uśmiechnął się, a ja poczułam, jak płoną mi policzki.

— Skoro już świętujemy — odezwała się Nancy, stukając w kieliszek, żeby nas uciszyć. — Ja również mam pewną wiadomość.

Katie wydała z siebie zduszony okrzyk:

— Wychodzisz za mąż, Nancy?

— Oczywiście, że nie — zganiła ją.

— W takim razie co chcesz nam powiedzieć? — zapytała pani Townsend. — Tylko nie mów, że i ty nas opuszczasz. Chybabym tego nie zniosła.

— Niezupełnie — odparła Nancy. — Zgłosiłam się do pełnienia funkcji strażniczki na dworcu. W wiosce. Zobaczyłam ogłoszenie w zeszłym tygodniu, kiedy załatwiałam sprawunki. — Zwróciła się do pana Hamiltona. — Jaśnie pani była ze mnie bardzo zadowolona. Powiedziała, że zaangażowanie służby dobrze świadczy o domu, który ją zatrudnia.

— Istotnie. — Pan Hamilton westchnął głęboko. — O ile tylko służba zdoła utrzymać swoje zaangażowanie w domu. — Zdjął okulary i ze znużeniem pomasował grzbiet długiego nosa. Włożył je z powrotem i zmierzył mnie surowym spojrzeniem. — Szkoda mi ciebie, dziewczyno. Kiedy Alfred wyjedzie, a Nancy zacznie wykonywać dwie prace, na twoje młode barki spadnie mnóstwo obowiązków. Nie mam szans na znalezienie kogoś do pomocy. Nie teraz. Będziesz musiała przejąć wiele zadań na górze, dopóki wszystko nie wróci do normy. Rozumiesz?

Przytaknęłam z powagą.

— Tak, panie Hamilton. — Zrozumiałam, dlaczego ostatnio Nancy tak intensywnie mnie szkoliła. Przygotowywała mnie na swoje miejsce, aby z większą łatwością mogła uzyskać pozwolenie na pracę poza rezydencją.

Pan Hamilton pokręcił głową i pomasował skronie.

— Czeka cię usługiwanie przy stole, obowiązki w salonie, podawanie popołudniowej herbaty. Poza tym będziesz musiała pomagać młodym panienkom, Hannah i Emmeline, podczas ubierania, dopóki będą tu gościć...

Ta litania obowiązków ciągnęła się dalej, lecz ja wcale jej nie słuchałam. Byłam zbyt podekscytowana nowymi zadaniami związanymi z siostrami Hartford. Po przypadkowym spotkaniu z Hannah w wiosce moja fascynacja nimi — zwłaszcza Hannah — wzrosła. W moim umyśle, karmionym tanią szmirą i tajemniczymi historiami, była bohaterką: piękną, mądrą i odważną.

Chociaż wtedy nie przyszło mi do głowy, żeby myśleć takimi kategoriami, teraz dostrzegam istotę tej fascynacji. Byłyśmy dwiema dziewczynkami w tym samym wieku, które mieszkały w jednym domu i w jednym kraju. Dostrzegałam w Hannah cień fantastycznych możliwości, które nigdy nie mogły otworzyć się przede mną.

※

Ponieważ pierwszy dyżur Nancy na dworcu wypadał w najbliższy piątek, miała bardzo mało czasu na streszczenie mi wszystkich nowych obowiązków. Co noc mój sen przerywał bolesny kuksaniec w kostkę, uderzenie łokcia o żebra i przekaz wyuczonych na pamięć instrukcji, zbyt ważnych, aby ryzykować, że wylecą z głowy, nim nastanie ranek.

Przez znaczną część czwartkowej nocy leżałam rozbudzona, a mój umysł uciekał w popłochu przed snem. Około piątej, kiedy niepewnie postawiłam nagą stopę na zimnej drewnianej podłodze, po czym zapaliłam świecę i włożyłam pończochy, sukienkę i fartuszek, czułam ucisk w żołądku.

Wykonałam wszystkie zwykłe obowiązki jak we śnie, a następnie wróciłam do sutereny i czekałam. Usiadłam przy stole, a ponieważ drżały mi palce i nie byłam w stanie robić na drutach, wsłuchałam się w tykanie zegara, który odmierzał kolejne minuty.

O dziewiątej trzydzieści, kiedy pan Hamilton nastawił swój zegarek zgodnie z zegarem w suterenie i przypomniał mi, że najwyższy czas zebrać tace po śniadaniu i pomóc młodym panienkom przy ubieraniu, nareszcie odetchnęłam.

Ich pokoje mieściły się na górze i sąsiadowały z pokojem dziecinnym. Zapukałam raz, szybko i cicho — Nancy powiedziała, że to zwykła formalność — po czym popchnęłam drzwi do sypialni Hannah. Po raz pierwszy zobaczyłam pokój Szekspira. Nancy, która niechętnie przekazywała kontrolę w moje ręce, uparła się, że przed wyjściem na dworzec sama zaniesie tace ze śniadaniem.

W pokoju panowała ciemność, będąca zasługą wyblakłej tapety i ciężkich mebli. Zestaw sypialniany — łóżko, stolik nocny i ramę baldachimu — wykonano z rzeźbionego mahoniu, a cynobrowy dywan zajmował prawie całą podłogę. Nad łóżkiem wisiały trzy obrazy, od których wzięła się nazwa pokoju: Nancy powiedziała, że wszystkie przedstawiały bohaterki sztuk najwybitniejszego angielskiego dramaturga, jaki kiedykolwiek się narodził. Musiałam wierzyć jej na słowo, ponieważ żadna z nich nie wydawała mi się szczególna: pierwsza klęczała na podłodze, unosząc fiolkę z jakimś płynem, druga siedziała na krześle, a w oddali stało dwóch mężczyzn, jeden czarnoskóry i drugi biały. Trzecia brodziła po pas w wodzie, ciągnąc za sobą długie włosy poprzetykane dzikimi kwiatami.

Kiedy weszłam, Hannah nie leżała już w łóżku. Siedziała przed toaletką ubrana w białą bawełnianą koszulę nocną. Jej blade stopy stykały się na tle kolorowego dywanu jak w modlitwie, a głowa z powagą pochylała się nad jakimś listem. Nigdy nie widziałam jej tak spokojnej. Nancy zaciągnęła zasłony i słaby promyk słońca wśliznął się przez okno, po czym padł na plecy Hannah, żeby igrać z jej długimi lnianymi warkoczami. Nie zauważyła mojego wejścia.

Odchrząknęłam i wtedy podniosła wzrok.

— Grace — powiedziała rzeczowo. — Nancy mówiła, że będziesz ją zastępować podczas jej dyżurów na dworcu.

— Tak, panienko — potwierdziłam.

— Czy to nie za dużo? Obowiązki Nancy, a na dodatek twoje własne?

— Och nie, panienko — zaprotestowałam. — To wcale nie za dużo.

Hannah pochyliła się i ściszyła głos.

— Musisz być bardzo zajęta: oprócz tego wszystkiego masz jeszcze lekcje u pani Dove.

Przez chwilę czułam się kompletnie zagubiona. Kim była pani Dove i dlaczego miałaby udzielać mi lekcji? Wtedy sobie przypomniałam. Szkoła sekretarek w wiosce.

— Jakoś sobie radzę, panienko. — Przełknęłam ślinę, pragnąc zmienić temat. — Czy mogę zacząć układać włosy, panienko?

— Tak — powiedziała Hannah, porozumiewawczo kiwając głową. — Oczywiście. Słusznie postępujesz, milcząc na ten temat, Grace. Powinnam być bardziej ostrożna. — Próbowała powstrzymać uśmiech i prawie jej się udało. Jednak po chwili otwarcie się roześmiała. — Po prostu chodzi o to, że... Czuję taką ulgę, wiedząc, że jest ktoś, z kim mogę się tym podzielić.

Z powagą pokiwałam głową, choć wewnątrz cała zadrżałam.

— Tak, panienko.

Posyłając mi ostatni konspiracyjny uśmiech, zbliżyła palec do ust w geście nakazującym milczenie i z powrotem skupiła się na liście. Dostrzegłam adres w rogu i domyśliłam się, że to od jej ojca.

Sięgnęłam po leżącą na toaletce szczotkę z macicy perłowej i stanęłam tuż za Hannah. Zerknęłam w owalne lustro i widząc, że jej głowa nadal pochyla się nad listem, odważyłam się jej przyjrzeć. Światło wpadające przez okno odbijało się od twarzy Hannah, nadając jej eteryczny wygląd. Dostrzegłam siateczkę cienkich żyłek pod bladą skórą, widziałam oczy, które wędrowały pod delikatnymi powiekami, kiedy czytała.

Poruszyła się, a ja odwróciłam wzrok i zajęłam się wstążkami wieńczącymi warkocze. Rozwiązałam je, rozplotłam długie pukle i zaczęłam je czesać.

Hannah złożyła list na pół i wsunęła go pod kryształową bombonierę leżącą na toaletce. Spojrzała na swoje odbicie w lustrze, zacisnęła usta i odwróciła się w stronę okna.

— Mój brat jedzie do Francji — powiedziała zjadliwie. — Żeby walczyć na wojnie.

— Naprawdę, panienko? — zapytałam.

— On i jego przyjaciel Robert Hunter. — Nazwisko tego drugiego wypowiedziała z odrazą. Dotknęła krawędzi listu. — Biedny stary tata o niczym nie wie. Mamy mu nie mówić.

Czesałam rytmicznie, licząc kolejne pociągnięcia szczotki (Nancy powiedziała, że musi ich być sto i że dowie się, jeśli kilka opuszczę). Wtedy Hannah powiedziała:

— Szkoda, że i ja nie mogę tam jechać.

— Na wojnę, panienko?

— Tak. Świat się zmienia, Grace, a ja chcę to zobaczyć. — Spojrzała na mnie w lustrze błękitnymi oczami ożywionymi przez promienie słońca, a potem powiedziała, jak gdyby recytowała wers, którego nauczyła się na pamięć: — Chcę poczuć, jak to jest, kiedy życie cię zmienia.

— Zmienia, panienko? — Za nic nie potrafiłam zrozumieć, jak może pragnąć czegoś innego niż to, czym szczodrze obdarował ją Bóg.

— Przekształca, Grace. Nie chcę czytać, grać i udawać aż do śmierci. Chcę żyć. Zdobywać wspaniałe doświadczenia tak dalekie od mojego zwyczajnego życia. — Spojrzała na mnie jeszcze raz; jej oczy błyszczały. — Czy nigdy nie czujesz czegoś podobnego? Nigdy nie pragniesz czegoś więcej niż to, co daje ci życie?

Wpatrywałam się w nią przez chwilę. Z jednej strony pochlebiało mi niejasne poczucie, że obrała mnie sobie za obiekt zwierzeń, lecz z drugiej niepokoił fakt, że najwidoczniej wymagały one jakiegoś przejawu zrozumienia, którego w mojej beznadziejnej niewiedzy nie byłam w stanie zapewnić. Problem tkwił w tym, że zwyczajnie jej nie rozumiałam. Uczucia, o których mówiła, były dla mnie jak jakiś obcy język. Los mi sprzyjał. Jakże mogłam w to wątpić? Pan Hamilton zawsze przypominał mi o tym, jak wielkie mam szczęście, że trafiła mi się taka posada. A jeśli nawet nie mówił tego pan Hamilton, matka chętnie odwoływała się do identycznego argumentu. Nie miałam pojęcia, co powinnam odpowiedzieć, a jednak Hannah patrzyła na mnie z wyczekiwaniem.

Otworzyłam usta, mój język z obiecującym mlaśnięciem oderwał się od podniebienia, lecz nie padły żadne słowa.

Westchnęła i wzruszyła ramionami, a jej usta ułożyły się w lekki uśmiech rozczarowania.

— Nie, oczywiście, że niczego podobnego nie czujesz. Przepraszam, Grace. Wprawiłam cię w zakłopotanie.

Odwróciła wzrok i wtedy usłyszałam własne słowa:

— Czasami myślę sobie, że chciałabym zostać detektywem, panienko.

— Detektywem? — Nasze spojrzenia spotkały się na powierzchni lustra. — Takim jak pan Bucket w *Ponurym domu*?

— Nic mi nie wiadomo na temat pana Bucketa, panienko. Miałam na myśli Sherlocka Holmesa.

— Naprawdę? Chciałabyś zostać detektywem?

Przytaknęłam.

— Szukać poszlak i rozwikływać tajemnice zbrodni?

Pokiwałam głową.

— W takim razie — powiedziała, nieco zbyt zadowolona — pomyliłam się. Ty wiesz, co miałam na myśli. — I po tych słowach ponownie spojrzała za okno z lekkim uśmiechem.

Nie byłam pewna, jak do tego doszło, dlaczego moja impulsywna odpowiedź tak bardzo ją ucieszyła, i prawdę mówiąc, niewiele mnie to obchodziło. Wiedziałam tylko tyle, że wygrzewam się w ciepłym blasku nowo powstałego przymierza.

Odłożyłam szczotkę na toaletkę i wytarłam dłonie w fartuszek.

— Nancy powiedziała, że dzisiaj włoży panienka suknię spacerową.

Wyjęłam strój z szafy i podeszłam z nim do toaletki. Przytrzymałam spódnicę w taki sposób, żeby mogła w nią wejść.

Dokładnie w tej chwili otworzyły się oklejone tapetą drzwi, obok których znajdowało się wezgłowie łóżka, i ukazała się Emmeline. Z miejsca, w którym klęczałam, trzymając spódnicę Hannah, patrzyłam, jak przemierza pokój. Uroda Emmeline zadawała kłam jej młodemu wiekowi. Coś w jej dużych błękitnych oczach, pełnych ustach, a nawet w sposobie ziewania kojarzyło się z leniwą dojrzałością.

— Jak twoja ręka? — zapytała Hannah, kładąc mi dłoń na ramieniu, żeby utrzymać równowagę, po czym włożyła spódnicę. Nie podnosiłam głowy w nadziei, że ranna ręka nie sprawia Emmeline bólu i że panienka nie pamięta, jaką rolę odegrałam w historii jej upadku. Jednak nawet jeśli mnie rozpoznała, z niczym się nie zdradziła. Wzruszyła ramionami i bezwiednie pomasowała zabandażowany nadgarstek.

— Prawie nie boli. Noszę ten bandaż dla większego efektu.

Hannah odwróciła się do ściany, a ja zdjęłam jej koszulę nocną przez głowę, zastępując ją dopasowanym gorsetem kostiumu spacerowego.

— Pewnie będziesz miała bliznę — droczyła się z siostrą.

— Wiem. — Emmeline usiadła na skraju łóżka. — Z początku jej nie chciałam, ale Robbie powiedział, że to będzie rana wojenna. Doda mi charakteru.

— Tak powiedział? — zgryźliwie zapytała Hannah.

— Powiedział, że wszyscy wspaniali ludzie mają charakter.

Mocno ścisnęłam gorset Hannah, ciągnąc pierwszy guzik w kierunku dziurki.

— Dziś rano wybiera się z nami na przejażdżkę — oznajmiła Emmeline, stukając nogą w łóżko. — Zapytał Davida, czy nie moglibyśmy pokazać mu jeziora.

— Jestem pewna, że spędzicie tam cudowny czas.

— Jak to? Nie jedziesz z nami? To pierwszy ładny dzień od wielu tygodni. Mówiłaś, że oszalejesz, jeśli nadal będzie trzeba siedzieć w domu.

— Zmieniłam zdanie — beztrosko rzuciła Hannah.

Emmeline przez chwilę milczała, po czym oświadczyła:

— David miał rację.

Nadal zapinałam guziki gorsetu i poczułam, jak napina się ciało Hannah.

— Co masz na myśli?

— Powiedział Robbiemu, że jesteś uparta i że jeśli tak postanowisz, będziesz siedziała zamknięta w pokoju przez całą zimę, żeby unikać jego towarzystwa.

Hannah zacisnęła usta. Przez chwilę brakowało jej słów.

— Cóż... możesz przekazać Davidowi, że jest w błędzie. Wcale go nie unikam. Mam tu swoje sprawy. Ważne sprawy. Sprawy, o których żadne z was nie ma pojęcia.

— Takie jak przesiadywanie w dusznym pokoju dziecinnym i ponowne przeglądanie zawartości pudełka?

— Ty mały szpiegu! — wykrzyknęła Hannah z oburzeniem. — Czy to takie dziwne, że potrzebuję odrobiny prywatności? — Naburmuszyła się. — Ale jesteś w błędzie. Nie przeglądam zawartości pudełka. Pudełka już tu nie ma.

— Jak to?

— Ukryłam je — zakomunikowała Hannah.

— Gdzie?

— Powiem ci, kiedy znowu zaczniemy grać.

— Ale prawdopodobnie nie zagramy przez całą zimę — zaprotestowała Emmeline. — Nie możemy. Chyba że powiedzielibyśmy o wszystkim Robbiemu.

— W takim razie zobaczysz pudełko latem — powiedziała Hannah. — Nie będziesz za nim tęsknić. Od czasu przyjazdu Roberta Huntera macie z Davidem mnóstwo innych zajęć.

— Dlaczego go nie lubisz? — zapytała Emmeline.

Wtedy nastąpiła dziwna cisza, nienaturalna przerwa w rozmowie, podczas której nie wiedzieć czemu odniosłam wrażenie, że nagle cała uwaga zwróciła się w moją stronę. Czułam bicie własnego serca, kolejne oddechy.

— Nie wiem — powiedziała wreszcie Hannah. — Od kiedy tu przyjechał, wszystko się zmieniło. Mam wrażenie, że sprawy wymykają się spod kontroli. Znikają, zanim zdążę pojąć, o co w ogóle chodzi. — Uniosła rękę, a ja wyprostowałam koronkowy rękaw. — A dlaczego ty go lubisz?

Emmeline wzruszyła ramionami.

— Bo jest zabawny i mądry. Bo David bardzo go lubi. Bo uratował mi życie.

— To lekka przesada — prychnęła Hannah, podczas gdy ja zapinałam ostatni guzik jej gorsetu. — Podarł ci sukienkę i jednym kawałkiem obwiązał twój nadgarstek. — Odwróciła się w stronę Emmeline.

Dłoń Emmeline powędrowała w kierunku ust i dziewczynka wytrzeszczyła oczy ze zdziwienia. Parsknęła śmiechem.

— Co takiego? — zapytała Hannah. — Co cię tak śmieszy? — Pochyliła się, żeby przyjrzeć się swojemu odbiciu. — Och — mruknęła, marszcząc brwi.

Emmeline, która nadal się śmiała, opadła na poduszki.

— Wyglądasz jak prostaczek ze wsi — stwierdziła. — Ten, któremu mama każe nosić za małe ubrania.

— Jesteś okrutna, Emme — oburzyła się Hannah, lecz mimo woli się roześmiała. Wpatrywała się w swoje odbicie, poruszając ramionami, żeby rozciągnąć gorset. — Poza tym to nieprawda. Tamten chłopiec nigdy nie wyglądał aż tak śmiesznie. — Obróciła się, żeby przyjrzeć się sobie z boku. — Musiałam urosnąć od ostatniej zimy.

— Tak. — Emmeline zmierzyła wzrokiem gorset, który opinał się na piersiach jej siostry. — Urosnąć. Dobre sobie.

— No cóż — podsumowała Hannah. — W każdym razie z pewnością nie mogę tego nosić.

— Gdyby tata zainteresował się nami równie mocno, jak interesuje się fabryką — powiedziała Emmeline — zauważyłby, że raz na jakiś czas potrzebujemy nowych ubrań.

— Stara się, jak może.

— Nie chciałabym się przekonać, jak to jest, kiedy się nie stara — narzekała Emmeline. — Jeśli nie będziemy uważać, zadebiutujemy w towarzystwie ubrane w sukienki z marynarskimi kołnierzykami.

Hannah wzruszyła ramionami.

— Nic mnie to nie obchodzi. Głupie, przestarzałe widowisko. — Ponownie spojrzała na swoje odbicie i szarpnęła krawędź gorsetu. — Mimo wszystko będę musiała napisać do taty i zapytać, czy mogłybyśmy dostać nowe ubrania.

— Tak — potwierdziła Emmeline. — Byle nie fartuszki. Prawdziwe suknie, takie, jakie nosi Fanny.

— No cóż — mruknęła Hannah. — Dzisiaj będę musiała zadowolić się fartuszkiem. To jest nie do przyjęcia. — Spojrzała na mnie i uniosła brwi. — Ciekawe, co powie Nancy, kiedy się dowie, że jej zasady zostały złamane.

— Nie będzie zadowolona, panienko — stwierdziłam i rozpinając gorset, odważyłam się na uśmiech.

Emmeline podniosła wzrok, przechyliła głowę i spojrzała na mnie ze zdziwieniem.

— Kto to jest?

— To Grace — oznajmiła Hannah. — Pamiętasz? Ubiegłego lata uratowała nas przed panną Prince.

— Czy Nancy źle się czuje?

— Nie, panienko — powiedziałam. — Jest w wiosce, pracuje na dworcu. Z powodu wojny.

Hannah uniosła brew.

— Współczuję niczego nieświadomym pasażerom, którym zawieruszy się bilet.

— Tak, panienko — przytaknęłam.

— Pod nieobecność Nancy będzie nas ubierała Grace — powiedziała Hannah do Emmeline. — Czyż nie będzie miło ubierać się dla odmiany w towarzystwie kogoś w naszym wieku?

Dygnęłam i wyszłam z pokoju z rozradowanym sercem. I jakaś część mnie miała nadzieję, że wojna nigdy się nie skończy.

❀

Tamtego marcowego ranka, kiedy odprowadzałyśmy Alfreda na stację, powietrze było rześkie. Na niebie nie wisiały chmury, a wszystko wokół przesycała obietnica wspaniałej przygody. Miałam dziwne poczucie misji, kiedy szliśmy z Riverton do miasteczka. Podczas gdy pan Hamilton i pani Townsend zostali na straży domowego ogniska, Nancy, Katie i ja otrzymałyśmy specjalne pozwolenie — pod warunkiem wcześniejszego wypełnienia obowiązków — na odprowadzenie Alfreda na dworzec. Pan Hamilton oznajmił, że to nasza patriotyczna powinność wspierać morale wspaniałych młodych mężczyzn, którzy poświęcają się dla dobra ojczyzny.

Jednak wspieranie morale miało swoje granice: pod żadnym pozorem nie wolno nam było wdawać się w rozmowy z żołnierzami, dla których takie młode damy jak my mogły stanowić łatwą ofiarę.

Jakże ważna się czułam, krocząc wzdłuż High Street odziana w najlepszą sukienkę w towarzystwie żołnierza armii królewskiej. Jestem pewna, że nie byłam jedyną osobą, która doświadczała tego dreszczyku podniecenia. Zauważyłam, że Nancy ze szczególną starannością ułożyła długie włosy, upinając tradycyjny czarny kucyk w misterny kok, przypominający fryzurę jaśnie pani. Nawet Katie spróbowała okiełznać swoje niesforne loki.

Kiedy dotarliśmy na miejsce, na dworcu roiło się od żołnierzy i osób, które przyszły ich żegnać. Zakochane pary trzymały się w objęciach, matki przygładzały nowiuteńkie mundury synów, a zadowoleni ojcowie pękali z dumy. Punkt rekrutacyjny z Saffron Green, nie chcąc zostawać w tyle, zorganizował werbunek już miesiąc wcześniej i nadal na każdej ulicznej latarni można było zobaczyć plakat przedstawiający lorda Kitchenera*, który wskazywał palcem każdego przechodnia. Alfred powiedział, że ci żołnierze mają stworzyć specjalny batalion — Szafranowych Chłopaków — i pójdą na wojnę razem. Tak jest lepiej, bo już na samym początku poznał i lubi kolegów, z którymi przyjdzie mu żyć i walczyć.

Czekający pociąg lśnił czernią i brązem, akcentując od czasu do czasu wagę wydarzenia wielkim niecierpliwym kłębem pary. Alfred wniósł swój ekwipunek na środek peronu, po czym przystanął.

— Cóż, dziewczyny — powiedział, stawiając plecak na ziemi i rozglądając się wokół. — To chyba dobre miejsce.

Przytaknęłyśmy, chłonąc atmosferę karnawału. Gdzieś na drugim końcu peronu, w miejscu zbiórki oficerów, grał zespół muzyków. Nancy pozdrowiła surowego konduktora oficjalnym gestem, a on w odpowiedzi oschle kiwnął głową.

— Alfredzie — nieśmiało odezwała się Katie. — Mam coś dla ciebie.

— Naprawdę, Katie? — zapytał. — To strasznie miło z twojej strony. — Nadstawił policzek.

---

* Horatio Herbert Kitchener (1850—1916) — brytyjski marszałek polny i polityk; po wybuchu pierwszej wojny światowej został sekretarzem stanu do spraw prowadzenia wojny i zorganizował szybką rozbudowę armii.

— Och, Alfredzie — zawstydziła się Katie, rumieniąc się jak dojrzały pomidor. — Nie miałam na myśli całusa.

Alfred mrugnął do mnie i do Nancy.

— Cóż, wielka szkoda, Katie. Już myślałem, że podarujesz mi coś, co będę mógł wspominać za morzem, kiedy pomyślę o domu.

— Bo tak będzie. — Katie wyciągnęła pogniecioną ścierkę do naczyń. — Proszę.

Alfred uniósł brew.

— Ścierka do naczyń? No cóż, dziękuję ci, Katie. To z pewnością będzie mi przypominało o domu.

— To nie jest ścierka do naczyń — oznajmiła Katie. — W sumie tak, ale to tylko opakowanie. Zajrzyj do środka.

Alfred otworzył zawiniątko i wydobył ze środka trzy kawałki biszkopta pani Townsend.

— Nie ma masła ani śmietany z powodu reglamentacji — powiedziała Katie. — Ale nie jest zły.

— A skąd o tym wiesz, Katie? — warknęła Nancy. — Pani Townsend nie będzie zadowolona, kiedy się dowie, że znowu byłaś w jej spiżarni.

Katie wydęła dolną wargę.

— Po prostu chciałam coś dać Alfredowi.

— Tak. — Twarz Nancy złagodniała. — Cóż, myślę, że w takim razie nic się nie stało. Ale tylko ten jeden raz: na rzecz wysiłku wojennego. — Zwróciła się do Alfreda. — Ja i Grace też coś dla ciebie mamy, Alfredzie. Prawda, Grace? Grace?

Na końcu peronu dostrzegłam znajome twarze: Emmeline stała obok Dawkinsa, szofera lorda Ashbury, w tłumie młodych oficerów w nowych mundurach.

— Grace? — Nancy szarpnęła mnie za ramię. — Właśnie mówię Alfredowi o naszym podarunku.

— Och. Tak. — Sięgnęłam do torby i wręczyłam Alfredowi małą paczuszkę zawiniętą w brązowy papier.

Odwinął go ostrożnie i uśmiechnął się na widok zawartości.

— Ja zrobiłam skarpetki, a Nancy szalik — wyjaśniłam.

— Cóż — powiedział Alfred, przyglądając się prezentom. — Wyglądają bardzo ładnie. — Dotknął skarpetek i spojrzał na mnie. — Na pewno będę o tobie myślał, o was wszystkich, kiedy będzie mi cieplutko, a inni chłopcy będą marzli. Pozazdroszczą mi trzech dziewczyn, najlepszych w całej Anglii.

Wsadził podarunki do plecaka, a potem starannie złożył papier i oddał go mnie.

— Trzymaj, Gracie. Pani T. i tak wpadnie w złość, kiedy zobaczy, że brakuje jej ciasta. Nie pozwólmy, żeby zabrakło jej też papieru do pieczenia.

Pokiwałam głową i wcisnęłam papier do torby. Czułam na sobie jego wzrok.

— Nie zapomnisz do mnie pisać, prawda, Gracie?

Pokręciłam głową i spojrzałam mu w oczy.

— Nie, Alfredzie. Nie zapomnę o tobie.

— I lepiej, żeby tak było — odparł, uśmiechając się do mnie. — Bo inaczej po moim powrocie będziesz miała kłopoty. — Spoważniał. — Będę za tobą tęsknił. — Następnie spojrzał na Nancy i Katie. — Będę tęsknił za wami wszystkimi.

— Och, Alfredzie — powiedziała podekscytowana Katie. — Spójrz na tych wszystkich chłopców. Tak elegancko wyglądają w mundurach. Czy każdy z nich należy do Szafranowych Chłopaków?

Kiedy Alfred wskazywał młodych mężczyzn, których poznał w punkcie rekrutacyjnym, jeszcze raz spojrzałam na drugi koniec peronu. Zobaczyłam, jak Emmeline macha innej grupce żołnierzy i oddala się biegiem. Dwóch młodych mężczyzn odprowadziło ją wzrokiem i wtedy zobaczyłam ich twarze. Byli to David i Robert Hunter. Gdzie podziała się Hannah? Wyciągnęłam szyję, żeby ją zobaczyć. Uparcie unikała Davida i Robbiego przez całą zimę, lecz chyba nie zapomniałaby o odprowadzeniu brata, który wyruszał na wojnę?

— ...a to Rufus — Alfred wskazał na kościstego żołnierza o długich zębach. — Jego ojciec handluje starzyzną. Kiedyś Rufus mu pomagał, ale doszedł do wniosku, że w wojsku ma większe szanse na regularne posiłki.

— Możliwe — powiedziała Nancy. — Jeśli ktoś jest handlarzem starzyzną. Ale ty nie możesz powiedzieć, że w Riverton było ci źle.

— O, nie — odparł Alfred. — Pod tym względem nie mam powodu do narzekań. Pani T. i jaśnie państwo dobrze nas karmią. — Uśmiechnął się, po czym dodał: — Muszę jednak wyznać, że źle się czuję w zamknięciu. Nie mogę się doczekać chwili, w której będę mógł spędzić trochę czasu na świeżym powietrzu.

Nad naszymi głowami rozległ się warkot samolotu. Alfred powiedział, że to blériot XI-2, a tłum zaczął wiwatować. Po peronie przetoczyła się fala podekscytowania, ogarniając również nas. Konduktor, który z daleka wyglądał jak czarno-biała plamka, dmuchnął w gwizdek i przez megafon nakazał żołnierzom wsiadać do pociągu.

— No cóż — powiedział Alfred z lekkim uśmiechem — czas na mnie.

Na końcu peronu ukazała się jakaś postać i na widok Davida nieśmiało pomachała. Przecisnęła się przez tłum i zatrzymała dopiero, gdy dotarła do brata. Stała przez chwilę bez słowa, a potem wyciągnęła coś z torebki i dała mu. Już wiedziałam co to takiego. Tamtego ranka widziałam to na jej toalecie. *Przeprawa przez Rubikon*. Była to jedna z maleńkich książeczek należących do Gry, jedna z ich ulubionych przygód, starannie opisana, zilustrowana i zszyta nitką. Włożyła ją do koperty i przewiązała sznurkiem.

David spojrzał na nią, a potem na Hannah. Włożył książeczkę do kieszeni na piersi, pogładził ją, a potem wyciągnął rękę i uścisnął siostrze obie dłonie. Wyglądał tak, jak gdyby chciał pocałować ją w policzki, przytulić, ale nigdy wcześniej tego nie robili. Więc i tym razem się powstrzymał. Podszedł do niej i coś powiedział. Obydwoje spojrzeli w stronę Emmeline i Hannah pokiwała głową.

Wtedy David odwrócił się i rzekł coś do Robbiego. Ponownie spojrzał na Hannah, a ona jeszcze raz zaczęła przetrząsać zawartość torebki. Zrozumiałam, że szuka czegoś, co mogłaby mu dać. David musiał zasugerować, że Robbie również potrzebuje czegoś na szczęście.

Rozlegający się tuż obok mojego ucha głos Alfreda zwrócił te wędrujące myśli z powrotem w jego stronę.

— Do widzenia, Gracie — powiedział, muskając ustami moje włosy. — Wielkie dzięki za skarpetki.

Moja dłoń powędrowała w kierunku ucha, które ogrzał oddechem, a on zarzucił plecak na ramię i zwrócił się w stronę pociągu. Kiedy dotarł do drzwi, wszedł na stopień i odwrócił się, posyłając nam szeroki uśmiech ponad głowami innych żołnierzy.

— Życzcie mi szczęścia — poprosił, a potem zniknął, wepchnięty do środka przez mężczyzn, którzy również chcieli wejść do wagonu.

Pomachałam mu.

— Powodzenia! — zawołałam w kierunku pleców obcych żołnierzy i nagle poczułam pustkę, jaka zapanuje w Riverton po wyjeździe Alfreda.

David i Robbie wsiadali do wagonu pierwszej klasy wraz z innymi oficerami. Dawkins szedł za nimi, niosąc bagaż Davida. Oficerów było mniej niż piechoty, więc z łatwością znaleźli miejsce i obaj usiedli przy oknie, podczas gdy Alfred stał ściśnięty na korytarzu.

Pociąg ponownie zagwizdał i spod kół buchnęła para, wypełniając cały peron. Długie osie zaczęły się kołysać, nabierając rozpędu, i pociąg powoli potoczył się naprzód.

Hannah szła obok wagonu i nadal przetrząsała torebkę, lecz najwyraźniej jej poszukiwania były bezowocne. W końcu, gdy pociąg nabrał rozpędu, podniosła wzrok, wyjęła z włosów białą satynową wstążkę i włożyła ją w wyciągniętą dłoń Robbiego.

CZĘŚĆ DRUGA

Dwunasty lipca

Wystąpię w filmie. To znaczy nie ja, ale jakaś młoda dziewczyna, która będzie mnie udawać. Zdaje się, że bez względu na to, jak marginalną rolę odegrało się w tragedii, dzięki długiemu życiu człowiek staje się obiektem zainteresowania. Dwa dni temu zadzwonił do mnie telefon: Ursula, młoda reżyserka o szczupłej figurze i długich jasnych włosach, zapytała, czy zechcę się spotkać z aktorką, która dostąpiła wątpliwego zaszczytu zagrania roli „Pokojówki", niedawno przemianowanej na „Grace".

Przyjeżdżają tu, do Heathview. To niezbyt nastrojowe miejsce na spotkania, ale moje serce i nogi nie nadają się na długie podróże i nawet gdybym twierdziła inaczej, nikt by mi nie uwierzył. Zatem siedzę w fotelu i czekam.

Rozlega się pukanie do drzwi. Spoglądam na zegarek — jest wpół do dziesiątej. Są punktualnie. Zdaję sobie sprawę, że wstrzymuję oddech i zastanawiam się dlaczego.

Potem wchodzą do pokoju. Do mojego pokoju. Sylvia, Ursula i jakaś młoda dziewczyna, którą obarczono zadaniem zagrania mnie.

— Dzień dobry, Grace — mówi Ursula, uśmiechając się do mnie spod swojej ufarbowanej na pszeniczny kolor grzywki. Pochyla się i niespodziewanie lekko całuje mnie w policzek.

Odbiera mi mowę.

Siada na kocu na skraju mojego łóżka — zupełna nowość, która o dziwo wcale mi nie przeszkadza — i bierze mnie za rękę.

157

— Grace — mówi — to Keira Parker. — Odwraca się i posyła uśmiech stojącej za mną dziewczynie. — Będzie cię grała w filmie. Dziewczyna, Keira, wyłania się z cienia. Wygląda na jakieś siedemnaście lat i uderza mnie jej symetryczne piękno. Jasne włosy sięgające łopatek ściągnęła w kucyk. Ma okrągłą twarz, pełne usta pokryte grubą warstwą lśniącego błyszczyku, błękitne oczy i gładkie czoło. Twarz stworzona do reklamowania czekoladek.

Odchrząkam i przypominam sobie o zasadach dobrego wychowania.

— Może usiądziesz? — Wskazuję brązowe winylowe krzesło, które nieco wcześniej Sylvia przyniosła ze świetlicy.

Keira siada z gracją, zakłada jedną nogę w dżinsowej nogawce na drugą i ukradkiem spogląda w lewo, w stronę mojej toaletki. Ma znoszone dżinsy, z kieszeni zwisają pojedyncze nici. Łachmany przestały już świadczyć o ubóstwie, jak poinformowała mnie Sylvia. Są oznaką stylu. Keira uśmiecha się beznamiętnie, ogarniając spojrzeniem moje rzeczy. W końcu o czymś sobie przypomina i mówi:

— Dzięki, że zgodziłaś się ze mną spotkać, Grace.

Nie podoba mi się, że mówi mi po imieniu. Z drugiej strony to niemądre z mojej strony, więc daję sobie spokój. Gdyby zwróciła się do mnie, używając tytułu lub nazwiska, nalegałabym na pominięcie takich formalności.

Zdaję sobie sprawę, że Sylvia nadal tkwi w drzwiach, ścierając kurz z ościeżnicy pod pozorem wypełniania obowiązków, co ma odwrócić uwagę od jej wścibstwa. Ma bzika na punkcie aktorów i gwiazd futbolu.

— Sylvia, kochanie — mówię. — Czy mogłybyśmy napić się herbaty?

Sylvia podnosi wzrok, a jej wystudiowana mina wyraża bezgraniczne oddanie.

— Herbaty?

— A do tego może jeszcze kilka biszkoptów — mówię.

— Oczywiście. — Niechętnie chowa ściereczkę do kieszeni.

Kiwam głową w stronę Ursuli.

— Tak, poproszę — odpowiada. — Z mlekiem i łyżeczką cukru.

— A pani, pani Parker? — Sylvia mówi drżącym głosem, jej policzki pokrywają się ognistym rumieńcem i domyślam się, że ta młoda aktorka nie jest jej obca.

Keira ziewa.

— Zieloną z cytryną.

— Zielona herbata — powoli powtarza Sylvia, jak gdyby właśnie odkryła tajemnicę powstania wszechświata. — Z cytryną. — Nadal nieruchomo tkwi w drzwiach.

— Dziękuję, Sylvio — mówię. — Dla mnie to co zwykle.

— Tak. — Sylvia szybko mruga, czar prysł, i ostatecznie powoli wychodzi na korytarz. Drzwi zamykają się za jej plecami i zostaję sama z moimi gośćmi.

Natychmiast żałuję, że odesłałam Sylvię. Ogarnia mnie nagłe i irracjonalne poczucie, że jej obecność odganiała wspomnienia z przeszłości.

Ale już jej nie ma, a w pokoju zapada chwila ciszy. Rzucam kolejne ukradkowe spojrzenie na Keirę, przyglądam się jej twarzy i w tych ślicznych rysach próbuję dostrzec moją młodość. Nagle ciszę przerywa jakaś melodia, przytłumiona i brzękliwa.

— Przepraszam — mówi Ursula, grzebiąc w torebce. — Myślałam, że wyłączyłam dźwięk. — Wyciąga małą czarną komórkę i melodia staje się głośniejsza, lecz milknie w pół tonu, kiedy wciska klawisz. Uśmiecha się z zakłopotaniem. — Bardzo przepraszam. — Zerka na ekran i na jej twarzy pojawia się cień zmartwienia. — Wybaczycie mi na chwilę?

Kiwamy głowami, a Ursula wychodzi z pokoju ze słuchawką przy uchu. Drzwi zamykają się z cichym skrzypnięciem, a ja odwracam się w stronę mojego młodego gościa.

— No cóż — mówię — chyba powinnyśmy zaczynać.

Prawie niedostrzegalnie kiwa głową i wyciąga z reklamówki jakąś teczkę. Otwiera ją, po czym wyjmuje ze środka plik kartek spiętych spinaczem. Domyślam się, że to scenariusz — pogrubione słowa wypisane drukowanymi literami, a za nimi dłuższe fragmenty zwykłą czcionką.

Przerzuca kilka stron, zatrzymuje się i zaciska lśniące usta.

— Zastanawiam się — zaczyna — jak wyglądały twoje relacje z rodziną Hartfordów. Z dziewczynkami.

Kiwam głową. Tego się spodziewałam.

— Moja rola nie należy do tych najważniejszych — mówi. — Nie wypowiadam zbyt wielu kwestii, ale często pojawiam się w początkowych ujęciach. — Spogląda na mnie. — Wiesz, podaję napoje i tego typu sprawy.

Ponownie kiwam głową.

— W każdym razie Ursula uważa, że powinnam porozmawiać z tobą o dziewczętach: o tym, co o nich myślałaś. W ten sposób łatwiej mi będzie określić twoją motywację. — Ostatnie słowo wymawia z naciskiem, jak jakiś obcy termin, którego mogłabym nie znać. Prostuje się i na jej twarzy pojawia się wyraz determinacji. — Nie gram głównej roli, ale mimo to powinnam dobrze wypaść. Nigdy nie wiadomo, kto będzie mnie oglądał.

Kiwam głową, a ona kontynuuje:

— Właśnie dlatego chcę, żebyś opowiedziała mi, co wtedy czułaś. Co myślałaś o swojej pracy i o dziewczętach. — Pochyla się, jej niebieskie oczy mają chłodną barwę weneckiego szkła. — Rozumiesz, mam tę przewagę, że nadal jesteś... Chodzi mi o to, że nadal...

— Żyję — podpowiadam. — Tak, rozumiem. — Prawie podziwiam jej szczerość. — Co dokładnie chciałabyś wiedzieć?

Uśmiecha się. Chyba czuje ulgę, że jej faux pas zostało szybko zmiecione przez prąd naszej rozmowy.

— W takim razie — mówi, wodząc wzrokiem po stronie, która leży na jej kolanach — zacznę od nudnych pytań.

Moje serce zaczyna bić nieco szybciej. Zastanawiam się, o co zamierza zapytać.

— Podobała ci się praca służącej? — pyta.

Wypuszczam powietrze. Bardziej przypomina to oddech, który wyrwał się na wolność, niż westchnienie.

— Tak — odpowiadam. — Przez jakiś czas.

Patrzy na mnie z powątpiewaniem.

— Naprawdę? Nie wyobrażam sobie usługiwania ludziom całymi dniami. Co takiego ci się w tym podobało?

— Ci ludzie byli dla mnie jak rodzina. Lubiłam ich towarzystwo.

— Ci ludzie? — Łapczywie wytrzeszcza oczy. — Masz na myśli Hannah i Emmeline?

— Nie, mówię o reszcie służby.

— Aha. — Jest rozczarowana. Niewątpliwie marzyła o większej roli, o nowym scenariuszu, w którym pokojówka Grace przestaje być jedynie obserwatorem i pełni rolę tajemniczej członkini koterii sióstr Hartford. Oczywiście jest młoda i pochodzi z innego świata. Nie przychodzi jej do głowy, że pewnych granic nie można przekroczyć. — To miło — mówi. — Ale nie gram żadnych scen z resztą służby, więc nie bardzo mi się to przyda. — Przesuwa długopis na koniec listy pytań. — Czy było coś, czego nie lubiłaś w zawodzie służącej?

Codziennego budzenia się bladym świtem. Poddasza, które latem nagrzewało się jak piekarnik, a zimą przypominało lodówkę. Dłoni czerwonych od prania. Bólu pleców od sprzątania. Zmęczenia, które przenikało do szpiku kości.

— To było męczące. Dni wydawały się długie i pełne pracy. Nie miałam zbyt dużo czasu dla siebie.

— Tak — oświadcza. — Gram to dokładnie w taki sposób. Przeważnie nie muszę nawet udawać. Po całym dniu prób mam na dłoniach odciski od noszenia tej przeklętej tacy.

— Najbardziej bolały mnie stopy — mówię. — Ale tylko na początku i raz, kiedy skończyłam szesnaście lat i kupiłam sobie nowe buty.

Zapisuje coś na ostatniej stronie scenariusza okrągłymi literami, kiwa głową.

— Dobrze. To mi się przyda. — Pisze dalej, kończąc notatkę zamaszystym zawijasem. — Teraz przejdźmy do bardziej interesujących spraw. Chcę się czegoś dowiedzieć o Emmeline. Co o niej myślałaś?

Waham się, nie wiedząc, od czego zacząć.

— Chodzi o to, że gramy kilka wspólnych scen i nie wiem, jak powinnam do tego podejść. Co mam przekazać.

— Jakie to sceny? — pytam z zaciekawieniem.

— No cóż, jedna z nich pokazuje na przykład jej pierwsze

spotkanie z RS Hunterem, nad jeziorem. Emmeline się potyka i omal się nie topi, a ja muszę...

— Nad jeziorem? — Jestem zdezorientowana. — Przecież oni wcale się tam nie poznali. To było w bibliotece, zimą, podczas gdy...

— W bibliotece? — Marszczy swój idealny nos. — Nic dziwnego, że scenarzysta to zmienił. Pokój pełen starych książek nie ma w sobie ani krztyny dynamiki. Obecna wersja jest znacznie lepsza. Nad tym samym jeziorem popełnił samobójstwo i w ogóle. W ten sposób koniec historii jest jakby ukryty na samym początku. To romantyczne.

Pozostaje mi wierzyć jej na słowo.

— W każdym razie muszę biec do domu po pomoc, a kiedy do nich wracam, widzę, że już ją uratował i ocucił. Aktorka gra to tak, jakby patrząc na swojego wybawcę, nie dostrzegała, że wszyscy przybiegamy jej na pomoc. — Milknie i wpatruje się we mnie szeroko otwartymi oczami, jak gdyby wyraziła się wystarczająco jasno. — Nie uważasz, że powinnam, że Grace powinna jakoś zareagować?

Spóźniam się z odpowiedzią, więc kontynuuje sama.

— Och, oczywiście niezbyt energicznie. Mówię tylko o jakiejś subtelnej reakcji. Wiesz, o czymś w tym rodzaju. — Lekko pociąga nosem, przechyla głowę, zwracając twarz ku górze, i wzdycha. Nie zdaję sobie sprawy, że jest to improwizacja gry aktorskiej wykonana na mój użytek, dopóki nie zastępuje tej miny wyczekującym wytrzeszczeniem oczu. — Rozumiesz?

— Rozumiem. — Waham się i starannie dobieram słowa. — Oczywiście to od ciebie zależy, jak grasz swoją rolę. Jak grasz Grace. Ale gdybym to była ja i gdyby znowu był tysiąc dziewięćset piętnasty, to nie wyobrażam sobie, bym mogła zareagować tak... — Wykonuję jakiś gest dłonią, nie potrafiąc określić jego przekazu słowami.

Patrzy na mnie, jak gdybym nie dostrzegała jakiegoś istotnego szczegółu.

— Ale nie sądzisz, że postąpiłaby trochę samolubnie, nie dziękując Grace, która pobiegła po pomoc? Głupio mi, kiedy tak biegnę do domu, a potem wracam i stoję bez ruchu jak jakieś zombie.

Wzdycham.

— Być może masz rację, ale w tamtych czasach właśnie na tym polegała praca służby. Dziwnie by wyglądało, gdyby zachowała się inaczej. Rozumiesz?

Nie wydaje się przekonana.

— Nie spodziewałam się po niej żadnej innej reakcji.

— Ale chyba musiałaś coś czuć?

— Oczywiście. — Nagle ta rozmowa o zmarłych wywołuje u mnie niespodziewany niesmak. — Po prostu tego nie okazywałam.

— Nigdy? — Nie chce usłyszeć odpowiedzi i wcale na nią nie czeka, a mnie to cieszy, ponieważ nie mam ochoty jej udzielić. Robi nadąsaną minę. — Te wszystkie historie o służących i jaśnie panach wydają się bardzo śmieszne. Jedna osoba rozkazuje drugiej.

— To były inne czasy — mówię po prostu.

— Podobnie twierdzi Ursula. — Wzdycha. — Ale mnie niewiele to pomaga, prawda? Przecież gra aktorska opiera się na reakcjach. Trochę trudno stworzyć ciekawą postać, kiedy najważniejsza wskazówka brzmi: „nie reagować". Czuję się jak kartonowa makieta, gdy tak ciągle powtarzam: „Tak, proszę pani", „Nie, proszę pani", „Gotowe, proszę pani".

Kiwam głową.

— To musi być trudne.

— Na początku starałam się o rolę Emmeline — zwierza mi się. — To dopiero wymarzona rola. Taka ciekawa postać. I jaka błyskotliwa: aktorka, która zginęła w wypadku samochodowym.

Czuję jej rozczarowanie i wcale jej za to nie winię. Śmiem twierdzić, że wiele razy sama wolałabym być Emmeline niż pokojówką.

— W każdym razie — mówi z niezadowoleniem — gram Grace i muszę to zrobić najlepiej, jak potrafię. Poza tym Ursula obiecała, że przeprowadzą ze mną specjalny wywiad do wersji DVD, ponieważ tylko ja mam szansę spotkać się z moją postacią w prawdziwym życiu.

— Cieszę się, że mogę się na coś przydać.

— Tak — mówi, nie dostrzegając ironii w moim głosie.

— Masz jeszcze jakieś pytania?

— Sprawdzę. — Przewraca stronę i coś wypada spomiędzy kartek scenariusza, lądując na ziemi lekko niczym gigantyczna szara ćma. Kiedy po to sięga, rozpoznaję zdjęcie: mnóstwo czarno- -białych postaci o poważnych obliczach. Nawet z tej odległości rozpoznaję ujęcie. Przypominam je sobie natychmiast, jak obejrzany dawno film, sen lub obraz, który pojawia się w pamięci w odpowiedzi na najmniejszą wskazówkę.

— Mogę zobaczyć? — pytam, wyciągając rękę.

Podaje mi zdjęcie, kładzie je na moich powykręcanych palcach. Nasze dłonie spotykają się na chwilę i szybko cofa rękę w obawie, że mogłaby się czymś zarazić. Może starością.

Zdjęcie jest kopią oryginału. Ma gładką, zimną i matową powierzchnię. Obracam je w stronę okna, żeby padły na nie promienie słońca wiszącego nad wrzosowiskiem. Mrużę oczy i spoglądam przez okulary.

To my. Mieszkańcy Riverton latem tysiąc dziewięćset szesnastego roku.

⊛

Robiono nam takie zdjęcie co roku. Nalegała na to lady Violet. Raz w roku zamawiano fotografa, który przyjeżdżał z londyńskiego studia, a ten szczególny dzień obchodzony był z należną pompą.

Następnie powstałe w tych okolicznościach zdjęcie, przedstawiające dwa rzędy poważnych twarzy wpatrzonych w aparat z czarną peleryną, było osobiście dostarczane przez fotografa, przez jakiś czas stało na kominku w salonie, a potem lądowało na odpowiedniej stronie rodzinnego albumu Hartfordów, obok zaproszeń, jadłospisów i wycinków z gazet.

Może gdyby zdjęcie pochodziło z innego roku, nie odgadłabym dokładnej daty. Lecz ta fotografia wryła mi się w pamięć ze względu na wydarzenia, które nastąpiły niedługo później.

Pośrodku pierwszego rzędu siedzi pan Frederick, pomiędzy swoją matką i Jemimą. Jego bratowa jest nieco skulona, a czarny

164

szal owinięty wokół ramion skrywa zaawansowaną ciążę. Hannah i Emmeline siedzą na przeciwległych krańcach jak nawiasy — jeden większy od drugiego — w jednakowych czarnych sukienkach. Sukienki były nowe, ale na pewno nie takie, o jakich marzyła Emmeline.

Za panem Frederickiem stoi pan Hamilton, a u jego boku widać panią Townsend i Nancy. Ja i Katie stoimy za dziewczynkami, tuż obok pana Dawkinsa, szofera, i pana Dudleya. Obydwa rzędy są wyraźnie oddzielone. Tylko niania Brown zajmuje pośrednie miejsce, ni to z przodu, ni z tyłu, drzemiąc na wyplatanym krześle przyniesionym z oranżerii.

Patrzę na moją poważną twarz i poważną fryzurę, która upodabnia głowę do łebka od szpilki i podkreśla zbyt duże uszy. Stoję tuż za Hannah, a jej jasne włosy, ułożone w fale, wyraźnie odznaczają się na tle mojej czarnej sukienki.

Wszyscy mamy posępne miny, co w tamtych czasach było zwyczajem, lecz na tym zdjęciu wydawało się wyjątkowo odpowiednie do okoliczności. Służba jak zwykle ubrana jest na czarno, ale tym razem podobnie jest z całą rodziną. Tamtego lata dołączyła ona bowiem do żałoby, która zapanowała w Anglii i na całym świecie.

Zdjęcie zostało zrobione dwunastego lipca tysiąc dziewięćset szesnastego roku, dzień po wspólnym pogrzebie lorda Ashbury i majora. Tamtego dnia urodziło się dziecko Jemimy i wszyscy uzyskaliśmy odpowiedź na pytanie, które od dawna czaiło się na naszych ustach.

Tamto lato było strasznie upalne i w dniu, gdy zrobiono zdjęcie, obudziłam się wcześniej niż zwykle. Słońce unosiło się nad wierzchołkami drzew porastających brzeg jeziora i jego promienie wpadały przez okno na strychu. Snop gorącego światła gładził mnie po twarzy. Nie miałam nic przeciwko temu. Miło było dla odmiany budzić się w promieniach słońca, zamiast rozpoczynać pracę w zimnych ciemnościach uśpionego domu. Dla pokojówki letnie słońce było dobrym towarzyszem podczas wykonywania codziennych obowiązków.

Fotograf został zaproszony na dziewiątą trzydzieści i kiedy zebraliśmy się na trawniku przed domem, wokół unosiło się ciężkie połyskliwe powietrze. Rodzina jaskółek, która zadomowiła się w Riverton, szukała schronienia pod okapem dachu, przyglądając się nam ciekawie i w milczeniu, pozbawiona ochoty do świergotania. Nie szeleściły nawet drzewa rosnące wzdłuż drogi. Ich liściaste wierzchołki trwały bez ruchu, jak gdyby chciały zebrać siły, zanim poruszy je jakaś lekka bryza i będą musiały zaszumieć z niezadowolenia.

Fotograf o twarzy pokrytej kropelkami potu ustawiał nas po kolei: rodzina siedziała, a służba stała z tyłu. Zastygliśmy tak, cali w czerni, ze wzrokiem utkwionym w pudle aparatu i myślami błądzącymi po cmentarzu na wzgórzu.

Potem, we względnym chłodzie kamiennej sutereny, pan Hamilton i Katie nalewali lemoniadę, a reszta z nas apatycznie opadła na krzesła ustawione wokół stołu.

— Kończy się pewna epoka, to fakt — oświadczyła pani Townsend, ocierając podkrążone oczy chusteczką. Płakała przez większą część lipca, począwszy od dnia, w którym przyszła wieść o śmierci majora we Francji, i przestając tylko na chwilę, aby zapłakać jeszcze bardziej, kiedy tydzień później lord Ashbury zmarł na zawał serca. Nie wylewała już tak wielu łez, lecz jej oczy cały czas pozostawały wilgotne.

— Koniec epoki — powiedział pan Hamilton, siadając naprzeciwko niej. — Ma pani zupełną rację, pani Townsend.

— Kiedy pomyślę o jaśnie panu... — Urwała i pokręciła głową, oparła łokcie na stole i ukryła opuchniętą twarz w dłoniach.

— Zawał nastąpił nagle — rzekł pan Hamilton.

— Zawał! — krzyknęła pani Townsend, podnosząc głowę. — Może tak to się nazywa, ale jemu po prostu pękło serce. Zapamiętajcie moje słowa. Nie umiał znieść świadomości, że stracił syna w taki sposób.

— Odważę się przyznać pani rację, pani Townsend — wtrąciła się Nancy, zawiązując na szyi chustkę dworcowej strażniczki. — Jaśnie pan i major byli ze sobą blisko związani...

— Major! — Oczy pani Townsend ponownie napełniły się

łzami i zadrżała jej broda. — Ten cudowny chłopiec. I pomyśleć, że odszedł w taki sposób. Na jakiejś zapomnianej przez Boga błotnistej równinie we Francji.

— Nad Sommą — powiedziałam, smakując krągłość tego słowa, jego melodyjność przesyconą złymi przeczuciami. Pomyślałam o ostatnim liście Alfreda, o cienkich kartkach przybrudzonego papieru, które pachniały dalekim krajem. Przyszedł do mnie dwa dni wcześniej, wysłany z Francji przed tygodniem. List utrzymywał pozory beztroski, lecz w jego tonie, w tym, co nie zostało napisane, było coś niepokojącego. — Czy to właśnie tam jest Alfred, panie Hamilton? Nad Sommą?

— Na to wygląda, moje dziecko. Z tego, co słyszałem w wiosce, wynika, że właśnie tam posłali Szafranowych Chłopaków.

Katie, która przyniosła tacę z lemoniadą, wydała z siebie zduszony okrzyk.

— Panie Hamilton, a co będzie, jeśli Alfred...

— Katie! — ostro wtrąciła się Nancy, zerkając w moją stronę, podczas gdy dłoń pani Townsend podskoczyła do ust. — Uważaj, gdzie kładziesz tacę, i trzymaj gębę na kłódkę.

Pan Hamilton zacisnął usta.

— Nie martwcie się o Alfreda, dziewczęta. To wesoły chłopak i jest w dobrych rękach. Jego dowódcy zrobią wszystko, co w ich mocy. Nie poślą Alfreda i jego kolegów na bitwę, jeśli nie będą ufać w ich zdolności do obrony króla i ojczyzny.

— To jeszcze nie znaczy, że go nie zastrzelą — powiedziała Katie, dąsając się. — Majora zastrzelili, a przecież był bohaterem.

— Katie! — Twarz pana Hamiltona przybrała kolor gotowanego rabarbaru, a pani Townsend wydała z siebie zduszony okrzyk. — Okaż odrobinę szacunku. — Jego głos przeszedł w drżący szept. — I to po tym wszystkim, przez co musiała przejść rodzina w ciągu ostatnich tygodni. — Pokręcił głową i poprawił okulary. — Nie mogę na ciebie patrzeć, dziewczyno. Idź do swojej komórki i... — Spojrzał na panią Townsend w poszukiwaniu pomocy.

Pani Townsend podniosła opuchniętą twarz i szlochając, powiedziała:

— I wyszoruj wszystkie moje blachy do pieczenia i patelnie. Nawet te stare, które odłożyłam dla handlarza starzyzną.

Siedzieliśmy w milczeniu, a Katie wycofała się do komórki. Głupiutka Katie i jej wywody na temat śmierci. Alfred potrafił o siebie zadbać. Zawsze powtarzał w listach, żebym nie przyzwyczajała się za bardzo do jego obowiązków, bo zanim się obejrzę, wróci do domu i znowu je przejmie. Mówił, żebym trzymała dla niego miejsce. Wtedy pomyślałam o czymś innym. O czymś, co sprawiło, że zaczęłam martwić się o los całej służby.

— Panie Hamilton — zaczęłam cicho. — Nie chcę okazywać braku szacunku, ale zastanawiałam się nad tym, co to wszystko dla nas oznacza. Kto przejmie posiadłość, skoro lord Ashbury...?

— Pewnie pan Frederick? — podsunęła Nancy. — Jest jedynym pozostałym przy życiu synem lorda Ashbury.

— Nie — zaprzeczyła pani Townsend, patrząc na pana Hamiltona. — Wszystko odziedziczy syn majora, prawda? Kiedy się urodzi. Jest następny w kolejce po tytuł.

— To chyba zależy — ponuro powiedział pan Hamilton.

— Od czego? — zapytała Nancy.

Pan Hamilton uważnie nam się przyjrzał.

— Od tego, czy Jemima nosi chłopca, czy dziewczynkę.

Już samo wspomnienie jej imienia wystarczyło, żeby pani Townsend znowu zaczęła płakać.

— Biedactwo — powiedziała. — Straciła męża. A teraz urodzi maleństwo. To po prostu nie w porządku.

— Obawiam się, że w całej Anglii jest mnóstwo takich kobiet jak ona — oznajmiła Nancy, kręcąc głową.

— Ale to nie to samo, prawda? — zaproponowała pani Townsend. — Wszystko wygląda zupełnie inaczej, kiedy coś takiego spotyka jedno z nas.

Zabrzęczał trzeci dzwonek przy schodach i pani Townsend zerwała się z miejsca.

— Ojej — powiedziała, trzepocząc dłońmi przy obfitej piersi.

— Drzwi wejściowe. — Pan Hamilton wstał i zgrabnym ruchem przysunął krzesło do stołu. — To bez wątpienia lord Gifford. Przyjechał, żeby odczytać testament. — Włożył marynarkę i wyprostował kołnierzyk. Nim ruszył po schodach, spojrzał na mnie zza okularów. — Lada chwila lady Ashbury zadzwoni po herbatę, Grace. Gdy już ją podasz, zanieś karafkę z lemoniadą panienkom Hannah i Emmeline.

Kiedy zniknął nam z oczu, pani Townsend gwałtownie poklepała się po sercu.

— Moje nerwy nie są już takie mocne jak kiedyś — powiedziała posępnie.

— Ten upał wcale im nie pomaga. — Nancy zerknęła na zegar wiszący na ścianie. — Niech pani spojrzy, minęło dopiero wpół do dziesiątej. Lady Violet zadzwoni na lunch dopiero za dwie godziny. Może trochę pani odpocznie? Grace poradzi sobie z herbatą.

Przytaknęłam, ciesząc się, że będę mogła zrobić coś, co odciągnie moje myśli od smutku wypełniającego cały dom.

❀

Wniosłam tacę po mrocznych schodach prowadzących z sutereny i skierowałam się do głównego holu. Natychmiast otoczyło mnie światło i gorące powietrze. Chociaż zaciągnięto wszystkie zasłony zgodnie z nakazem lady Ashbury, która zarządziła surową wiktoriańską żałobę, nic nie przysłaniało eliptycznego okna nad wejściowymi drzwiami i promienie słoneczne wpadały przez nie bez przeszkód. Ten widok skojarzył mi się z aparatem fotograficznym. Hol był oazą światła i życia pośrodku skąpanego w mroku czarnego pudełka.

Skierowałam się w stronę salonu i popchnęłam drzwi. Pokój wypełniało ciepłe duszne powietrze, które przydryfowało tu na początku lata i zostało złapane w pułapkę rodzinnej żałoby. Ogromne drzwi balkonowe pozostawały zamknięte i zaciągnięto nie tylko obydwie ciężkie zasłony z wytłaczanym wzorem, lecz również jedwabne firany, które teraz wisiały pogrążone w letargu. Zawahałam się na progu. W pokoju było coś, co sprawiło, że brzydziłam się wejść do środka, zaszła jakaś zmiana, która nie miała nic wspólnego z ciemnością ani z gorącem.

Kiedy moje oczy ponownie przyzwyczaiły się do mroku, zaczął

169

się wyłaniać posępny żywy obrazek. Lord Gifford, mężczyzna w podeszłym wieku, z rumianą twarzą, siedział na fotelu niedawno zmarłego lorda Ashbury z czarną skórzaną teczką otwartą na masywnych kolanach. Czytał, delektując się brzmieniem swojego głosu, który rezonował w mrocznym pokoju. Stojąca na stoliku obok elegancka lampa z brązu z kwiecistym abażurem rzucała kształtną plamę lekkiego światła.

Naprzeciw niego, na skórzanym szezlongu siedziały Jemima i lady Violet. Dwie wdowy. Odniosłam wrażenie, że ta druga skurczyła się w sobie i wyglądała jeszcze marniej niż rano: maleńka postać w czarnej sukni z krepy, o twarzy przysłoniętej woalką z ciemnej koronki. Jemima również była ubrana na czarno, a jej blada twarz wyraźnie odznaczała się na ciemnym tle. Ręce, zwykle pulchne, wydawały się teraz małe i kruche, kiedy bezwiednie gładziły obrzmiały brzuch. Lady Clementine wycofała się do sypialni, lecz Fanny, która nadal zaciekle zabiegała o poślubienie pana Fredericka, uzyskała pozwolenie na obecność podczas tej ceremonii i dumnie siedziała po drugiej stronie lady Violet z wystudiowanym wyrazem smutku na twarzy.

Umieszczone na pobliskim stole kwiaty, które zerwałam w ogrodzie tego samego ranka — różowe pąki rododendronów, kremowe klematisy i młody jaśmin — smutno pochylały się w wazonie. Jaśmin wypełnił zamknięty pokój ostrą wonią, która groziła uduszeniem.

Przy drugim końcu stołu stał pan Frederick z dłonią opartą na gzymsie kominka. Tę wysoką postać okrywał sztywny frak. W półmroku jego twarz przypominała woskowy manekin. Nie mrugał, stał z kamiennym obliczem. Słabe światło lampy padało na jedno oko. Drugie było pogrążone w ciemności, nieruchome, skupione na ofierze. Kiedy tak na niego patrzyłam, zdałam sobie sprawę, że mnie obserwuje.

Poruszył palcami dłoni, która spoczywała na kominku: gest był tak subtelny, że pewnie bym go nie zauważyła, gdyby nie to, że reszta jego ciała pozostawała w kompletnym bezruchu. Chciał, żebym podeszła do niego z tacą. Zerknęłam w stronę lady Violet, zbita z tropu zarówno przez tę zmianę konwencji, jak i przez niepokojące zainteresowanie ze strony pana Fredericka. Lady Violet nie spojrzała w moją stronę, więc wypełniłam polecenie, starając się unikać jego wzroku. Gdy delikatnie postawiłam tacę na stole, skinął ponownie, tym razem w stronę dzbanka, polecając mi nalać herbatę do filiżanek. Potem ponownie skupił się na lordzie Giffordzie.

Nigdy wcześniej nie nalewałam herbaty: nie w salonie, nie dla jaśnie pani. Zawahałam się, nie wiedząc, jak powinnam postąpić, a po chwili uniosłam dzbanuszek z mlekiem, ciesząc się z panującej w salonie ciemności. Lord Gifford czytał dalej:

— ...zatem, pomijając wymienione odstępstwa, cały majątek lorda Ashbury wraz z jego tytułem miał odziedziczyć jego najstarszy syn i spadkobierca, major Jonathan Hartford...

Tu zamilkł. Jemima zdusiła łkanie, które przez to wydało się jeszcze bardziej rozpaczliwe.

Gdzieś nad moją głową rozległo się stłumione cmoknięcie pana Fredericka. Zerkając w jego stronę, gdy nalewałam mleko do ostatniej filiżanki, doszłam do wniosku, że to zniecierpliwienie. Jego broda była nieruchoma i celowała w przód w geście surowego władcy. Westchnął — był to długi głęboki oddech. Jego palce wybiły szybki rytm na gzymsie kominka i powiedział:

— Proszę czytać dalej, panie Gifford.

Lord Gifford poruszył się w fotelu lorda Ashbury i skórzane obicie wydało z siebie westchnienie tęsknoty za dawnym panem. Lord Gifford odchrząknął i przemówił donośnym głosem:.

— ...zważywszy, że po nadejściu wiadomości o śmierci majora Hartforda nie dokonano żadnych zmian, majątek, zgodnie ze starą zasadą primogenitury, przejdzie w ręce najstarszego męskiego potomka majora Hartforda. — Spojrzał zza okularów na krągły brzuch Jemimy i mówił dalej: — Jeśli major Hartford nie pozostawi męskiego potomka, majątek i tytuł odziedziczy drugi syn lorda Ashbury, pan Frederick Hartford.

Lord Gifford podniósł głowę i światło lampy odbiło się w szkłach jego okularów.

— Wygląda na to, że aby się o tym przekonać, będziemy musieli poczekać.

Zamilkł, a ja skorzystałam z okazji, żeby podać paniom herbatę. Jemima wzięła swoją automatycznie, nie patrząc w moją stronę, i oparła filiżankę na kolanach. Lady Violet odprawiła mnie machnięciem dłoni. Tylko Fanny przyjęła oferowaną filiżankę i spodeczek z niekłamanym apetytem.

— Lordzie Gifford — powiedział pan Frederick spokojnym tonem. — Jaką pije pan herbatę?

— Z mlekiem, ale bez cukru — powiedział lord Gifford, przebiegając palcami po kołnierzyku, aby odkleić go od lepkiej szyi.

Ostrożnie uniosłam dzbanek z herbatą i zaczęłam nalewać ją do filiżanki, uważając na parujący strumień. Podałam mu filiżankę na spodeczku, a on przyjął ją, nie zwracając na mnie uwagi.

— Jak idą interesy, Fredericku? — zapytał, zaciskając mięsiste usta, po czym skosztował herbaty.

Kątem oka dostrzegłam, że pan Frederick kiwa głową.

— Całkiem dobrze, lordzie Gifford — powiedział. — Moi ludzie przestawili się z produkcji samochodów na samoloty, a Ministerstwo Wojny właśnie ogłosiło kolejny przetarg.

Lord Gifford uniósł brew.

— Lepiej, żeby nie wzięła w nim udziału ta amerykańska firma. Słyszałem, że wyprodukowała już tyle samolotów, że starczyłoby dla wszystkich mężczyzn, kobiet i dzieci w Wielkiej Brytanii!

— Nie przeczę, że wyprodukowali mnóstwo samolotów, lordzie Gifford, ale nie chciałbym latać którymś z nich.

— Nie?

— Masowa produkcja — powiedział pan Frederick tytułem wyjaśnienia. — Ludzie pracują za szybko, próbują nadążyć za taśmociągiem, nie ma czasu sprawdzić, czy wszystko jest jak trzeba.

— Ministerstwu najwyraźniej to nie przeszkadza.

— Ministerstwo nie dostrzega zasadniczych kwestii — oznajmił pan Frederick. — Ale to się zmieni. Kiedy zobaczą jakość naszych produktów, nie zamówią już ani jednej z tych cynowych puszek. — Po tych słowach wybuchnął raczej zbyt głośnym śmiechem.

Wbrew sobie podniosłam wzrok. Miałam wrażenie, że jak na człowieka, który w ostatnich dniach stracił ojca i jedynego brata, radzi sobie wyjątkowo dobrze. Zbyt dobrze, pomyślałam i zaczęłam wątpić w pozytywny obraz tego człowieka, który przedstawiła mi Nancy, oraz w oddanie Hannah, a bardziej byłam skłonna zgodzić się z opinią Davida, dla którego ojciec był małostkowy i zgorzkniały.

— Są jakieś wieści od młodego Davida? — zapytał lord Gifford.

Nagły jęk Jemimy zwrócił w jej stronę oczy wszystkich zgromadzonych. Wyprostowała się, złapała za bok i zaczęła masować krągły brzuch.

— Co się dzieje? — zaniepokoiła się lady Violet zza koronkowej woalki.

Jemima nie odpowiedziała, najwyraźniej pochłonięta milczącą komunikacją z dzieckiem. Patrzyła prosto przed siebie nieobecnym wzrokiem, nie przestając masować brzucha.

— Jemima? — Lady Violet odezwała się ponownie, a niepokój zmroził jej głos, w którym i tak pobrzmiewał już chłód straty.

Jemima przechyliła głowę, jak gdyby czegoś nasłuchiwała. Wyszeptała ledwie dosłyszalnie:

— Przestało się ruszać. — Jej oddech przyspieszył. — Przez cały czas się poruszało, ale teraz przestało.

— Musisz odpocząć — powiedziała lady Violet. — Wszystko przez ten okropny upał. — Przełknęła ślinę. — To przez upał. — Rozejrzała się, szukając potwierdzenia wśród zgromadzonych. — Przez upał i... — Pokręciła głową i zacisnęła usta, nie chcąc, a może nie potrafiąc dokończyć zdania. — To nic złego. — Zebrała całą odwagę, wyprostowała się i oznajmiła zdecydowanym tonem: — Musisz odpocząć.

— Nie — zaoponowała Jemima drżącymi ustami. — Chcę tutaj być. Dla Jonathana. I dla ciebie.

Lady Violet ujęła dłonie Jemimy, delikatnie odsunęła je od brzucha i zamknęła w swoich.

— Wiem. — Wyciągnęła rękę i niepewnie pogładziła mysie włosy Jemimy. Był to prosty gest, lecz przypomniał mi o tym, że lady Violet również jest matką. Nie ruszając się z miejsca, powiedziała: — Grace, odprowadź Jemimę na górę, żeby mogła trochę odpocząć.

— Tak, jaśnie pani. — Dygnęłam i podeszłam do Jemimy. Schyliłam się i pomogłam jej wstać, ciesząc się, że mam szansę opuścić ten pokój i atmosferę nieszczęścia.

Wychodząc z salonu u boku Jemimy, zrozumiałam, na czym polega zmiana, która nie ograniczała się wyłącznie do ciemności i gorąca. Zamilkł zegar stojący na kominku. Zazwyczaj z obojętną niezłomnością odmierzał każdą upływającą sekundę. Jego smukłe wskazówki zamarły na arabesce, wypełniając polecenie lady Violet, aby zatrzymać wszystkie zegary na godzinie szesnastej pięćdziesiąt — chwili śmierci jej męża.

Upadek Ikara

Odprowadziwszy Jemimę do pokoju, wróciłam do sutereny, gdzie pan Hamilton oceniał garnki i patelnie wyszorowane przez Katie. Podniósł wzrok znad ulubionej patelni *sauté* pani Townsend, aby powiedzieć mi, że siostry Hartford są obok starego hangaru na łodzie i mam im tam zanieść lemoniadę i przekąski. Nie dowiedział się jeszcze o rozlanej herbacie i bardzo mnie to ucieszyło. Wyjęłam z chłodni dzbanek z lemoniadą, postawiłam go na tacy obok dwóch wysokich szklanek i talerza kanapek pani Townsend, po czym wyszłam na zewnątrz przez drzwi w suterenie.

Stałam na najwyższym stopniu i mrugając na widok jaskrawego światła, czekałam, aż moje oczy przyzwyczają się do zmiany. Po miesiącu bez deszczu cała posiadłość wypłowiała. Słońce wisiało pośrodku nieba i wszystko wokół rozmywało się w jasnych promieniach, upodabniając ogród do akwareli z buduaru lady Violet. Choć włożyłam czepek, przedziałek pośrodku głowy pozostawał odsłonięty i natychmiast zaczęło go palić słońce.

Przecięłam trawnik: świeżo skoszony i przepojony usypiającą wonią siana. Nieopodal przykucnął Dudley, który właśnie przycinał żywopłot. Ostrze nożyc pokrył zielony sok, a spod jego warstwy wyzierały skrawki gołego metalu.

Musiał wyczuć moją obecność, ponieważ odwrócił się i spojrzał spod przymrużonych powiek.

— Gorąco — rzekł, osłaniając oczy.

— Można by smażyć jajka na torach kolejowych — powiedziałam, cytując Nancy i zastanawiając się, czy w tych słowach rzeczywiście kryje się prawda.

Na końcu trawnika zaczynały się szerokie schody z szarego kamienia, które prowadziły do różanego ogrodu lady Ashbury. Różowe i białe kwiaty wiły się wokół treliaży, ożywiane ciepłym bzyczeniem pracowitych pszczół, które unosiły się nad ich żółtymi wnętrzami.

Przeszłam kwiecistym tunelem, odsunęłam zasuwę furtki i ruszyłam deptakiem. Pasmo szarego bruku wiodło pomiędzy żółtymi i białymi rozchodnikami. W połowie drogi wysoki żywopłot z grabu ustępował miejsca miniaturowym cisom, otaczającym ogród Egeskov. Zamrugałam zdziwiona widokiem poruszających się roślin, a potem uśmiechnęłam się do siebie, gdyż pomiędzy zaroślami dostrzegłam parę zaaferowanych kaczek, krzyżówek o zielonych piórkach, które przywędrowały tu znad jeziora i wpatrywały się we mnie lśniącymi czarnymi oczkami.

Na końcu ogrodu Egeskov znajdowała się druga furtka, zapomniana siostra tej pierwszej (bo zawsze jest jakaś zapomniana siostra), ofiara bujnych wąsów jaśminu. Po drugiej stronie widniała fontanna Ikara, a za nią, nad brzegiem jeziora, hangar na łodzie.

Zamek furtki zaczynał rdzewieć, więc żeby ją otworzyć, musiałam postawić tacę na ziemi. Umieściłam ją na płaskim skrawku pomiędzy kępkami truskawek i przesunęłam zasuwę palcami. Popchnęłam furtkę, podniosłam tacę i wchodząc w obłoczek jaśminowej woni, znowu ruszyłam w kierunku fontanny.

Choć okazała fontanna Erosa i Psyche wyglądała imponująco na frontowym trawniku, stanowiąc swoisty prolog dla wspaniałego domu, w mniejszej fontannie, ukrytej na słonecznej polanie na krańcu południowego ogrodu, było coś cudownego — jakaś tajemniczość i melancholia.

Okrągła kamienna sadzawka wystawała pół metra nad ziemię, a w najszerszym miejscu miała sześć metrów. Zdobiły ją maleńkie szklane płytki o błękitnej barwie, przywodzącej na myśl szafirowy naszyjnik, który lord Ashbury przywiózł lady Violet po odbyciu służby na Dalekim Wschodzie. Pośrodku wznosił się ogromny pobrużdżony blok rdzawego marmuru wysokości dwóch mężczyzn: szeroki u podstawy, lecz zwieńczony wierzchołkiem. W połowie, gdzie kremowy marmur przeplatał się z brązowym, wyrzeźbiono naturalnych rozmiarów postać Ikara w pozycji półleżącej. Jego skrzydła, wyżłobione w jasnym marmurze na podobieństwo piór, przyczepione były do rozpostartych ramion i opadały do tyłu, muskając skałę. Z sadzawki na pomoc spadającej postaci spieszyły trzy syreny o długich kręconych włosach okalających anielskie twarze: jedna trzymała małą harfę, druga miała na głowie diadem z wijących się liści bluszczu, a trzecia wyciągała ręce w stronę torsu Ikara i kładąc białe dłonie na jego kremowej skórze, szykowała się do wyciągnięcia go z głębiny.

Tamtego letniego dnia para modrych jaskółek, niepomna uroku posągu, nurkowała w powietrzu i przysiadała na marmurowej skale, by potem znowu ulecieć ku niebu, musnąć powierzchnię sadzawki i napełnić dzióbki wodą. Kiedy tak na nie patrzyłam, nagle zrobiło mi się gorąco i zapragnęłam zanurzyć ręce w chłodnej wodzie. Zerknęłam za siebie, w stronę widniejącego w oddali domu, który za bardzo skupił się na żałobie, aby zauważyć, że na krańcu południowego ogrodu jedna z pokojówek przystanęła, żeby się ochłodzić.

Postawiłam tacę na brzegu sadzawki i nieśmiało uklękłam na płytkach, czując ich ciepło przebijające przez czarne pończochy. Pochyliłam się, wyciągnęłam rękę i cofnęłam ją po pierwszym dotyku ogrzanej słońcem wody. Podwinęłam rękaw i sięgnęłam jeszcze raz, gotowa zanurzyć ją głębiej.

Rozległ się śmiech, dźwięczna muzyka pośród letniego spokoju.

Zamarłam bez ruchu, zaczęłam nasłuchiwać, przechyliłam głowę i wyjrzałam zza posągu.

Wtedy je dostrzegłam — Hannah i Emmeline — które ostatecznie wcale nie były obok hangaru na łodzie, lecz siedziały na drugim brzegu fontanny. Moje zdumienie było tym większe, że zdjęły czarne żałobne sukienki i miały na sobie jedynie halki, gorsety i obszyte koronką reformy. Ich buciki również leżały na białej kamiennej ścieżce, która otaczała fontannę. Długie włosy lśniły w zgodzie ze słońcem. Jeszcze raz zerknęłam w stronę domu, zdziwiona tak odważnym zachowaniem. Zastanawiałam się, czy moja obecność nie czyni ze mnie przypadkiem ich wspólniczki. Nie byłam pewna, czy ta myśl budzi we mnie strach, czy nadzieję.

Emmeline leżała na plecach: stopy złączone, kolana ugięte i równie białe jak halka, salutujące bezchmurnemu niebu. Na jednej ręce oparła głowę. Druga — pokryta miękką białą skórą, obcą promieniom słońca — wyciągała się w kierunku wody i leniwie kreśliła ósemki, muskając powierzchnię wszystkimi palcami po kolei. Jedna maleńka fala szybko goniła drugą.

Hannah siedziała obok. Podkurczywszy jedną nogę, drugą ugięła tak, aby móc oprzeć brodę na kolanie, a palce jej stóp beztrosko flirtowały z wodą. Zgiętą nogę oplotła rękami. W dłoni trzymała kartkę papieru — tak cienką, że w oślepiającym blasku słońca wydawała się niemal przezroczysta.

Cofnęłam rękę, opuściłam rękaw i wyprostowałam się. Rzucając ostatnie tęskne spojrzenie w stronę połyskującej sadzawki, podniosłam tacę.

Kiedy podeszłam bliżej, usłyszałam ich rozmowę.

— ...Moim zdaniem jest uparty jak osioł — powiedziała Emmeline. Między siostrami piętrzył się stos truskawek i wrzuciła jedną do ust, a szypułkę cisnęła w stronę ogrodu.

Hannah wzruszyła ramionami.

— Tata zawsze był uparty.

— Mimo wszystko — nie ustępowała Emmeline — taka odmowa jest po prostu niemądra. Skoro David może zadać sobie tyle trudu, żeby pisać do nas aż z Francji, tata mógłby to chociaż przeczytać.

Hannah spojrzała w stronę posągu i przechyliła głowę, tak że promienie, które załamywały się na falującej wodzie, odbiły się na jej twarzy.

— David zrobił z niego głupca. Wyjechał po kryjomu. Uczynił dokładnie to, czego tata mu zabronił.

— Phi. Minął już ponad rok.

— Tata nie potrafi tak łatwo wybaczać. David o tym wie.

178

— Ale to taki zabawny list. Przeczytaj jeszcze raz ten kawałek o kantynie, o puddingu.

— Nie mam zamiaru czytać go po raz kolejny. Nie powinnam była wcześniej robić tego trzy razy. To stanowczo zbyt ordynarne dla twoich młodych uszu. — Wyciągnęła dłoń z listem. Rzucił cień na twarz Emmeline. — Masz. Sama go sobie przeczytaj. Na drugiej stronie jest pouczająca ilustracja. — Wtedy ciepły powiew wiatru poruszył listem i w górnym rogu dostrzegłam czarne linie rysunku.

Białe kamyki na ścieżce zachrzęściły pod moimi stopami. Emmeline podniosła wzrok i zobaczyła, że stoję za Hannah.

— Ooo, lemoniada — ucieszyła się, wyjmując rękę z wody i zapominając o liście. — Dobrze. Umieram z pragnienia.

Hannah odwróciła się i włożyła list za pasek.

— Grace — powitała mnie z uśmiechem.

— Ukrywamy się przed Starym Obmacywaczem — powiedziała Emmeline i usiadła tyłem do fontanny. — Oooch, to słońce jest cudowne. Uderza mi prosto do głowy.

— I w policzki — dodała Hannah.

Emmeline zwróciła twarz ku słońcu, zamknęła oczy.

— Wcale mi to nie przeszkadza. Szkoda, że lato nie trwa przez cały rok.

— Czy lord Gifford już poszedł, Grace? — zapytała Hannah.

— Nie jestem pewna, panienko. — Postawiłam tacę na skraju fontanny. — Najprawdopodobniej tak. Był w salonie, kiedy podawałam poranną herbatę, a jaśnie pani nie wspominała o tym, żeby miał zostać dłużej.

— Mam nadzieję, że nie zostanie — powiedziała Hannah. — Mamy tu teraz wystarczająco dużo nieprzyjemności i nie potrzebuję kogoś, kto przez całe popołudnie szukałby okazji do obmacywania mnie wzrokiem.

Obok kępy różowych i żółtych wiciokrzewów stał mały ogrodowy stolik z kutego żelaza, więc przyniosłam go bliżej, żeby było na czym położyć przekąski. Ustawiłam jego wygięte nogi na kamiennej ścieżce i umieściłam na nim tacę. Zaczęłam nalewać lemoniadę.

Hannah bawiła się truskawką, trzymając jej szypułkę między kciukiem a palcem wskazującym.

— Nie słyszałaś przypadkiem, co mówił lord Gifford, Grace? Zawahałam się. Nie powinnam była podsłuchiwać podczas podawania herbaty.

— Na temat testamentu dziadka — dodała. — Na temat Riverton. — Nie patrzyła mi w oczy i domyśliłam się, że zadając te pytania, czuła się równie niezręcznie jak ja, odpowiadając na nie.

Przełknęłam ślinę i odstawiłam dzbanek.

— Ja... nie jestem pewna, panienko...

— Słyszała! — wykrzyknęła Emmeline. — Widzę to, czerwieni się. Słyszałaś, prawda? — Pochyliła się do przodu z szeroko otwartymi oczami. — No, w takim razie powiedz. Co teraz będzie? Czy wszystko dostanie tata? Zostaniemy tu?

— Nie wiem, panienko — powiedziałam, jak zawsze kurcząc się w obliczu niecierpliwych pytań Emmeline. — Nikt tego nie wie.

Emmeline wzięła szklankę z lemoniadą.

— Ktoś musi wiedzieć — stwierdziła wyniośle. — Myślałam, że lord Gifford wie. Po cóż miałby dzisiaj przyjeżdżać, jeśli nie po to, aby omówić testament dziadka?

— Chciałam powiedzieć, że to zależy, panienko.

— Od czego?

Wtedy odezwała się Hannah.

— Od dziecka cioci Jemimy. — Spojrzała mi w oczy. — Prawda, Grace?

— Tak, panienko — potwierdziłam cicho. — Tak mi się przynajmniej wydaje.

— Od dziecka cioci Jemimy? — zdziwiła się Emmeline.

— Jeśli to chłopiec — powiedziała Hannah z namysłem — w świetle prawa wszystko należy się jemu. Jeśli nie, lordem Ashbury zostanie tata.

Emmeline, która właśnie wrzuciła do ust truskawkę, zasłoniła buzię dłonią i roześmiała się.

— Wyobraź sobie: tata panem na włościach. To takie niemądre. — Brzoskwiniowa wstążka, która oplatała jej halkę na wysokości talii, zahaczyła o brzeg sadzawki i zaczęła się pruć.

Długa kręta nitka zwisała wzdłuż nogi. Zanotowałam w pamięci, żeby ją później zszyć. — Sądzisz, że chciałby tu z nami zamieszkać?

O tak, pomyślałam z nadzieją. Przez ostatni rok w Riverton było tak cicho. Żadnego zajęcia z wyjątkiem wycierania kurzu w pustych pokojach i opędzania się od myśli o tych, którzy nadal walczą na froncie.

— Nie wiem — powiedziała Hannah. — Mam wielką nadzieję, że nie. W zupełności wystarczy mi tkwienie tu przez całe lato. Na wsi dni są dwa razy dłuższe i jest o połowę mniej rzeczy, którymi można je wypełnić.

— Założę się, że by chciał.

— Nie — orzekła Hannah zdecydowanym tonem. — Tata nie mógłby znieść rozłąki z fabryką.

— Sama nie wiem — zawahała się Emmeline. — Jedyną rzeczą, którą kocha bardziej niż te głupie samochody, jest Riverton. To dla niego najlepsze miejsce na ziemi. — Zwróciła oczy ku niebu. — Chociaż nie mam pojęcia, jak komukolwiek może się podobać tkwienie pośrodku tego pustkowia, na którym nie ma z kim porozmawiać... — Urwała i wydała z siebie zduszony okrzyk. — Och, Hannah, wiesz, co właśnie przyszło mi na myśl? Jeśli tata zostanie lordem, my staniemy się prawdziwymi damami, prawda?

— Chyba tak — powiedziała Hannah. — Ale cóż to za zaszczyt? Emmeline poderwała się z miejsca i przewróciła oczami.

— To bardzo duży zaszczyt. — Odstawiła szklankę na stół i wdrapała się na murek otaczający sadzawkę. — Szanowna panna Emmeline Hartford z rezydencji Riverton. Całkiem ładnie brzmi, prawda? — Odwróciła się i ukłoniła swojemu odbiciu, zatrzepotała powiekami, po czym wyciągnęła dłoń do pocałowania. — Miło mi pana poznać, przystojny młodzieńcze. Jestem szanowną panną Emmeline Hartford. — Roześmiała się urzeczona własną parodią i zaczęła biec w podskokach po murku z rękami rozpostartymi dla utrzymania równowagi, powtarzając te słowa wśród kolejnych wybuchów śmiechu.

Hannah patrzyła na nią przez chwilę, bardzo speszona.

— Masz jakieś siostry, Grace?

— Nie, panienko — odparłam. — Nie mam też żadnych braci.

— Naprawdę? — zdziwiła się, jak gdyby istnienie bez rodzeństwa było możliwością, która nigdy wcześniej nie przyszła jej do głowy.

— Nie miałam aż tyle szczęścia, panienko. Jesteśmy tylko ja i matka.

Spojrzała na mnie, mrużąc oczy przed promieniami słońca.

— Twoja matka. Służyła tu.

Było to raczej stwierdzenie niż pytanie.

— Tak, panienko. Do czasu moich narodzin.

— Jesteś do niej bardzo podobna. Z wyglądu.

Zdumiałam się.

— Słucham, panienko?

— Widziałam ją na zdjęciu. W rodzinnym albumie babci. Na jednej z dorocznych fotografii z ubiegłego stulecia. — Musiała zauważyć moje zakłopotanie, gdyż pospiesznie dodała: — To wcale nie znaczy, że jej szukałam, nie myśl tak, Grace. Natrafiłam na to zdjęcie, kiedy próbowałam znaleźć jedną z fotografii mojej matki. Jesteś do niej uderzająco podobna. Ta sama ładna twarz, to samo łagodne spojrzenie.

Nigdy nie widziałam żadnego zdjęcia matki — na pewno nie z czasów jej młodości — i opis Hannah tak bardzo odbiegał od wizerunku, który znałam, że nagle ogarnęło mnie nieodparte pragnienie ujrzenia tego zdjęcia na własne oczy. Wiedziałam, gdzie lady Ashbury trzyma swój album: w lewej szufladzie biurka. Czasami, a pod nieobecność Nancy dosyć często, zostawałam sama i sprzątałam w salonie. Gdybym upewniła się, że pozostali są zajęci czymś innym, i działała bardzo szybko, bez większych problemów mogłabym odnaleźć to zdjęcie. Zastanawiałam się, czy nie zabraknie mi odwagi.

— Dlaczego nie wróciła do Riverton? — zapytała Hannah. — Po twoich narodzinach?

— To nie było możliwe, panienko. Nie z małym dzieckiem.

— Jestem pewna, że babcia zatrudniała już wcześniej pracowników z rodzinami. — Uśmiechnęła się. — Pomyśl tylko: gdyby twoja matka wróciła do pracy, znałybyśmy się od dzieciństwa. —

Hannah spojrzała na wodę i lekko zmarszczyła brwi. — Może było jej tu źle i nie chciała wracać?

— Nie wiem, panienko — powiedziałam. Rozmawiając z Hannah o matce, czułam się dziwnie niezręcznie. — Nie mówi na ten temat zbyt wiele.

— Służy gdzieś indziej?

— Teraz zajmuje się szyciem, panienko. W wiosce.

— Pracuje dla siebie?

— Tak, panienko. — Nigdy nie myślałam o tym w taki sposób.

Hannah pokiwała głową.

— Musi czerpać z tego satysfakcję.

Spojrzałam na nią, nie wiedząc, czy przypadkiem się ze mną nie droczy. Była jednak zupełnie poważna. Życzliwa.

— Nie wiem, panienko — powiedziałam, jąkając się. — Ja... Będę się z nią widziała dziś po południu. Mogę zapytać, jeśli panienka chce.

Patrzyła przed siebie nieobecnym wzrokiem, jak gdyby jej myśli błądziły gdzieś bardzo daleko. Spojrzała na mnie i otrząsnęła się z zamyślenia.

— Nie. To nieistotne. — Dotknęła krawędzi listu od Davida nadal wetkniętego za pasek halki. — Miałaś jakieś wieści od Alfreda?

— Tak, panienko — odparłam skwapliwie, ciesząc się ze zmiany tematu. Alfred stanowił bezpieczniejszy grunt. Należał do tego świata. — W ubiegłym tygodniu dostałam list. We wrześniu przyjedzie do domu na przepustkę. Przynajmniej taką mamy nadzieję.

— We wrześniu — powiedziała. — To już niedługo. Ucieszysz się z jego powrotu.

— O tak, panienko. Bardzo.

Hannah uśmiechnęła się znacząco, a moje policzki pokrył rumieniec.

— Chciałam powiedzieć, panienko, że cała służba ucieszy się z jego powrotu.

— Oczywiście, że tak, Grace. Alfred to uroczy chłopak.

Płonęły mi policzki, ponieważ Hannah odgadła moje uczucia. Choć listy od Alfreda nadal przychodziły do całej służby, coraz częściej były adresowane tylko do mnie. Zmieniała się również ich treść. Opisy walki ustąpiły miejsca opowieściom o domu i innych sekretnych sprawach. O tym, jak bardzo za mną tęskni, jak mu na mnie zależy. O przyszłości... Zamrugałam oczami.

— A panicz David, panienko? — spytałam. — Czy on też przyjedzie niebawem do domu?

— Przypuszcza, że przyjedzie w grudniu. — Przebiegła palcami po grawerowanej powierzchni swojego medalionu, zerknęła na Emmeline i ściszyła głos. — Wiesz, mam wyraźne przeczucie, że wtedy odwiedzi nas po raz ostatni.

— Słucham, panienko?

— Teraz, kiedy stąd uciekł, Grace, zobaczył trochę świata... Cóż, ma nowe życie, prawda? Prawdziwe życie. Wojna się skończy, on zamieszka w Londynie, będzie studiował grę na fortepianie i zostanie wielkim muzykiem. Jego losy będą pełne wspaniałych przygód, dokładnie jak gry, w które kiedyś graliśmy... — Spojrzała ponad moją głową w stronę domu i uśmiech zamarł jej na ustach. Westchnęła. Po długim, powolnym wydechu opadły jej ramiona. — Czasami...

To słowo zawisło między nami: leniwe, ciężkie, pełne. Czekałam na zakończenie, które jednak nie nastąpiło. Nie miałam pojęcia, co powinnam powiedzieć, więc zrobiłam to, co wychodziło mi najlepiej. Zamilkłam i wlałam do jej szklanki resztę lemoniady.

Wtedy spojrzała mi w oczy. Wyciągnęła szklankę.

— Proszę, Grace. Napij się.

— Och, nie, panienko. Dziękuję. Nie trzeba.

— Nonsens — oświadczyła Hannah. — Twoje policzki są prawie tak czerwone jak twarz Emmeline. — Podała mi szklankę zdecydowanym ruchem.

Zerknęłam na Emmeline, która stała po drugiej stronie sadzawki i puszczała na wodę różowe i żółte kwiaty.

— Naprawdę, panienko, ja...

— Grace — powiedziała, udając surowość. — Jest gorąco i nalegam.

Westchnęłam i wzięłam szklankę. Była chłodna, kusząco chłodna. Uniosłam ją do ust. Może tylko jeden maleńki łyczek...

Nagle uwagę Hannah zwrócił radosny okrzyk, który rozległ się za jej plecami. Podniosłam wzrok i mrużąc oczy, wpatrzyłam się w kierunku, z którego dobiegał. Słońce zaczęło się przesuwać ku zachodowi i powietrze wydawało się lekko zamglone.

Emmeline przykucnęła w połowie posągu, na skalnym występie w pobliżu Ikara. Jej jasne włosy były rozpuszczone i falujące, a za ucho zatknęła sobie pęczek białych klematisów. Mokry rąbek halki przykleił się do jej nóg.

W ciepłym białym świetle przypominała część posągu. Czwartą syrenę, która obudziła się do życia. Pomachała w naszą stronę. Do Hannah.

— Chodź do mnie. Widać stąd całą drogę do jeziora.

— Już ją widziałam! — zawołała Hannah w odpowiedzi. — Sama ci ją pokazałam, pamiętasz?

Wysoko w górze rozległ się warkot i nad naszymi głowami przeleciał samolot. Nie byłam pewna jaki. Alfred by wiedział.

Hannah odprowadziła go wzrokiem i przestała się w niego wpatrywać dopiero, gdy maleńka plamka zniknęła w blasku słońca. Potem nagle wstała i szybko podbiegła do ogrodowego krzesła, na którym leżały ich ubrania. Kiedy zaczęła wkładać czarną sukienkę, odstawiłam szklankę z lemoniadą i poszłam jej pomóc.

— Co robisz? — zapytała ją Emmeline.

— Ubieram się.

— Dlaczego?

— Mam coś do załatwienia w domu. — Hannah zamilkła, a ja poprawiłam jej gorset. — Muszę się nauczyć paru francuskich czasowników, które zadała mi panna Prince.

— Jak to? — Emmeline podejrzliwie zmarszczyła nos. — Przecież są wakacje.

— Poprosiłam ją o dodatkową pracę domową.

— Wcale nie.

— Tak.

— W takim razie idę z tobą — powiedziała Emmeline, nie ruszając się z miejsca.

— W porządku — oschle odparła Hannah. — A kiedy się znudzisz, być może lord Gifford nadal będzie w domu i zechce dotrzymać ci towarzystwa. — Usiadła na ogrodowym krześle i zaczęła zawiązywać buty.

— Daj spokój — jęknęła naburmuszona Emmeline. — Powiedz mi, co robisz. Wiesz, że potrafię dochować tajemnicy.

— Dzięki Bogu — powiedziała Hannah, robiąc wielkie oczy. — Nie chciałabym, żeby ktokolwiek dowiedział się o tych dodatkowych czasownikach.

Emmeline siedziała przez chwilę, obserwując Hannah, i stukała kolanami w marmurowe skrzydło. Przechyliła głowę.

— Przysięgasz, że nie robisz niczego więcej?

— Przysięgam — powiedziała Hannah. — Idę do domu, żeby trochę potłumaczyć. — Wtedy rzuciła mi ukradkowe spojrzenie i zrozumiałam naturę tej półprawdy. Zamierzała tłumaczyć, lecz nie chodziło o francuski, ale o stenografię. Spuściłam wzrok, niezmiernie uradowana powierzoną mi rolą wspólniczki.

Emmeline wolno pokręciła głową i zmrużyła oczy.

— Kłamstwo to grzech śmiertelny, wiesz? — Chwytała się ostatniej deski ratunku.

— Wiem, ty mała świętoszko — odparła Hannah ze śmiechem.

Emmeline splotła ręce na piersi.

— W porządku. Miej sobie swoje głupie tajemnice. Wcale mnie to nie obchodzi.

— I bardzo dobrze — powiedziała Hannah. — Wszyscy są szczęśliwi. — Uśmiechnęła się do mnie, a ja odwdzięczyłam się tym samym. — Dziękuję za lemoniadę, Grace. — Po tych słowach zniknęła, wychodząc przez bramę na długi deptak.

⊛

Wizyta, którą złożyłam matce tamtego popołudnia, była krótka i pewnie wcale bym jej nie zapamiętała, gdyby nie jedna rzecz.

Zazwyczaj, kiedy przychodziłam do domu, siadałyśmy w kuchni, gdzie oświetlenie było najlepsze do szycia i gdzie spędzałyśmy razem najwięcej czasu, zanim zaczęłam pracować w Riverton. Jednak tamtego dnia matka powitała mnie na progu i zaprowadziła do maleńkiego saloniku przylegającego do kuchni. Zdziwiona zaczęłam się zastanawiać, kogo jeszcze się spodziewa, gdyż rzadko korzystałyśmy z tego pomieszczenia, które rezerwowała dla ważnych osobistości, takich jak doktor Arthur lub pastor. Usiadłam na krześle przy oknie i czekałam, aż przyniesie herbatę.

Matka dołożyła starań, aby salonik wyglądał jak najlepiej. Rozpoznałam charakterystyczne oznaki: na stoliku do kawy stał jej ulubiony wazon z białej porcelany z tulipanami wymalowanymi z przodu, który niegdyś należał do babci, a teraz dumnie podtrzymywał pęczek sfatygowanych stokrotek. Poduszka, którą zazwyczaj zwijała i wsadzała za plecy podczas pracy, została wygładzona i ułożona pośrodku kanapy. Przebiegła oszustka tkwiła tam dumnie, obserwując świat, jak gdyby jej jedyną rolą było upiększanie wnętrz.

Matka przyniosła herbatę i usiadła naprzeciwko mnie. Patrzyłam, jak nalewa ją do filiżanek. Były tylko dwie. Ostatecznie okazało się, że to wszystko czekało tylko na nas. Pokój, kwiaty i poduszka były dla mnie.

Matka ujęła swoją filiżankę w obydwie dłonie i zobaczyłam jej powykręcane palce. W tym stanie z pewnością nie mogła szyć. Zastanawiałam się, od jak dawna jest aż tak źle i w jaki sposób zarabia na życie. Co tydzień przekazywałam jej część moich zarobków, ale to z pewnością nie wystarczało. Nieśmiało poruszyłam ten temat.

— To nie twoja sprawa — oświadczyła. — Jakoś sobie radzę.

— Ależ matko, powinnaś była mi powiedzieć. Przysyłałabym ci więcej pieniędzy. Nie mam na co ich wydawać.

Wyraz jej zmizerniałej twarzy zawahał się pomiędzy oburzeniem a rezygnacją. W końcu westchnęła.

— Dobra z ciebie dziewczyna, Grace. Rób, co do ciebie należy. Nie musisz przejmować się złym losem twojej matki.

— Oczywiście, że muszę, matko.

— Po prostu nie popełnij tych samych błędów.

Zebrałam się w sobie i delikatnie zapytałam:

— Jakich błędów, matko?

Odwróciła wzrok i czekałam z łomoczącym sercem, podczas gdy ona przygryzała suche usta. Zastanawiałam się, czy w końcu odsłoni przede mną tajemnice, które wisiały między nami, odkąd tylko pamiętam...

— Ech — westchnęła wreszcie i znowu odwróciła się w moją stronę. Tym sposobem definitywnie zakończyła temat. Uniosła głowę i jak zwykle zapytała o dom, o rodzinę.

I czegóż się spodziewałam? Nagłej cudownej i niespodziewanej zmiany nastawienia? Wylania dawnych żalów, które usprawiedliwiłyby zgryźliwość matki i umożliwiły nam osiągnięcie porozumienia, które do tej pory nie było nam dane?

Chyba tak właśnie myślałam. Byłam młoda i tylko w ten sposób mogę wytłumaczyć tę nadzieję.

To jednak historia, a nie fikcja, więc nie będziesz zdziwiony, jeśli powiem, że na nic podobnego się nie zanosiło. Przełknęłam cierpką grudkę rozczarowania i opowiedziałam jej o pogrzebach, nie potrafiąc stłumić wstydliwej nutki doniosłości, kiedy relacjonowałam niedawne nieszczęścia rodziny. Najpierw major — chwila, w której pan Hamilton ponuro odebrał telegram z czarną obwódką, i palce Jemimy, które trzęsły się tak bardzo, że z początku nie była w stanie otworzyć koperty — a potem lord Ashbury, zaledwie kilka dni później.

Powoli pokręciła głową, podkreślając tym ruchem długość chudej szyi, i odstawiła filiżankę z herbatą.

— Już o tym słyszałam. Nie wiedziałam, ile w tym wszystkim prawdy. Wiesz równie dobrze jak ja, że ta wioska uwielbia plotkować.

Przytaknęłam.

— Na co w takim razie umarł lord Ashbury? — zapytała.

— Pan Hamilton powiedział, że przyczyna była złożona. Po trosze był to zawał, a po trosze upał.

Matka nadal kiwała głową, przygryzając policzek.

— A co powiedziała pani Townsend?

— Jej zdaniem nie chodziło ani o jedno, ani o drugie. Powiedziała, że zabił go smutek, tak po prostu. — Ściszyłam głos, przyjmując ten sam nabożny ton, którego używała pani Townsend. — Powiedziała, że śmierć majora złamała jaśnie panu serce. Że kiedy zastrzelono majora, wraz z jego krwią we francuską ziemię wsiąkły wszystkie nadzieje i marzenia jego ojca.

Matka uśmiechnęła się, ale nie był to uśmiech radości. Powoli pokręciła głową i utkwiła wzrok w obrazach przedstawiających dalekie morza.

— Biedny, biedny Frederick — powiedziała. Zdziwiłam się i z początku pomyślałam, że musiałam się przesłyszeć albo matka się przejęzyczyła i omyłkowo wymieniła inne imię. Jej reakcja zupełnie nie miała dla mnie sensu. Biedny lord Ashbury. Biedna lady Violet. Biedna Jemima. Ale Frederick?

— Nie musisz się o niego martwić — odparłam. — Prawdopodobnie odziedziczy dom.

— Pieniądze szczęścia nie dają, dziewczyno.

Nie lubiłam, kiedy matka mówiła o szczęściu. W jej ustach to uczucie stawało się płytkie. Matka ze swoją wynędzniałą twarzą i pustym domem była ostatnią osobą, która mogła dawać takie rady. W pewnym sensie poczułam się skarcona. Upomniana za obrazę, której nie potrafiłam nazwać. Odpowiedziałam posępnie:

— Spróbuj powiedzieć o tym Fanny.

Matka zmarszczyła brwi i zdałam sobie sprawę, że nie kojarzy tego imienia.

— Och! — Z niewiadomych powodów ogarnęło mnie rozbawienie. — Zapomniałam. Pewnie jej nie znasz. To podopieczna lady Clementine. Ma nadzieję poślubić pana Fredericka.

Matka spojrzała na mnie z niedowierzaniem.

— Poślubić? Fredericka?

Przytaknęłam.

— Fanny pracuje nad tym już od roku.

— Ale on się nie oświadczył?

— Nie — powiedziałam. — Lecz to tylko kwestia czasu.

— Kto ci tak powiedział? Pani Townsend?

Pokręciłam głową.

— Nancy.

Matka nieco się otrząsnęła i zdobyła na słaby uśmiech.

— W takim razie ta twoja Nancy się myli. Frederick nie ożeni się po raz drugi. Nie po Penelope.

— Nancy nigdy się nie myli.

Matka splotła ręce na piersi.

— W tej sprawie owszem.

Drażniła mnie. Zachowywała się tak, jak gdyby lepiej orientowała się w sprawach domu niż ja.

— Nawet pani Townsend się z tym zgadza — powiedziałam. — Mówi, że lady Violet poparłaby takie małżeństwo i chociaż z pozoru mogłoby się wydawać, że pan Frederick nie przejmuje się zdaniem matki, w ważnych sprawach nigdy nie zdarzyło mu się postąpić wbrew jej woli.

— Rzeczywiście — przyznała matka. Na jej twarzy pojawił się cień uśmiechu, który szybko zniknął. — Chyba nie. — Odwróciła się i spojrzała przez otwarte okno. Na szarą ścianę domu po drugiej stronie ulicy. — Nigdy nie przypuszczałam, że ponownie się ożeni.

Jej głos stracił wszelką pewność i poczułam się paskudnie. Pragnienie pokazania matce, gdzie jest jej miejsce, wzbudziło we mnie wstyd. Matka lubiła tę Penelope, mamę Hannah i Emmeline. Musiała ją lubić. Cóż innego wyjaśniałoby jej opór wobec myśli o ponownym ożenku pana Fredericka? Jej zaprzeczanie, kiedy uparcie twierdziłam, że to prawda? Dotknęłam jej dłoni.

— Masz rację, matko. Mówię od rzeczy. Niczego nie wiemy na pewno.

Nie odpowiedziała.

Przysunęłam się do niej.

— A już z pewnością nikt nie może powiedzieć, że pan Frederick żywi do Fanny jakieś poważne uczucia. Z większą czułością spogląda na swoją szpicrutę.

Tym dowcipem próbowałam ją udobruchać i ucieszyłam się, kiedy znowu odwróciła twarz w moją stronę. Poza tym poczułam zdziwienie, ponieważ w tamtej chwili, kiedy popołudniowe słońce musnęło jej policzek i wydobyło zielony odcień z brązowych oczu, matka wydała mi się niemal ładna. Nigdy nie sądziłam, że takie określenie mogłoby do niej pasować. Czysta i porządna — zgoda — ale nigdy ładna.

Pomyślałam o tym, co powiedziała Hannah na temat zdjęcia matki, i jeszcze bardziej zapragnęłam zobaczyć je na własne oczy. Spojrzeć na osobę, którą mogła być kiedyś. Na dziewczynę, którą Hannah nazwała ładną, a pani Townsend tak ciepło wspominała.

— Zawsze uwielbiał jazdę konną — powiedziała, stawiając filiżankę na parapecie. Potem wprawiła mnie w zdziwienie, gdyż ujęła moją dłoń i pogładziła miejsca, które stały się szorstkie od pracy. — Opowiedz mi o twoich nowych obowiązkach. Wygląda na to, że masz tam mnóstwo zajęć.

— Nie jest tak źle — odparłam, poruszona tą nietypową czułością. — Trudno wychwalać sprzątanie i pranie, ale są jeszcze inne obowiązki, mniej uciążliwe.

— Naprawdę? — Przechyliła głowę.

— Odkąd Nancy pracuje na dworcu, mam znacznie więcej pracy na salonach.

— Lubisz to, prawda, moje dziecko? — Mówiła cichym głosem. — Przebywanie na salonach wspaniałego domu?

Przytaknęłam.

— A co takiego ci się tam podoba?

Przechadzanie się po eleganckich pokojach z delikatną porcelaną, obrazami i gobelinami. Słuchanie żartów, przekomarzanek i fantazji Hannah i Emmeline. Przypomniałam sobie dawne marzenie matki i już wiedziałam, jaka odpowiedź najbardziej ją zadowoli.

— Tam jestem szczęśliwa — powiedziałam. I wyznałam jej coś, o czym wcześniej nawet nie myślałam: — Mam nadzieję, że pewnego dnia zostanę prawdziwą osobistą pokojówką jaśnie pani.

Spojrzała na mnie, a jej brwi lekko zadrżały, jak gdyby zamierzała zmarszczyć je w zamyśleniu.

— Osobista pokojówka to dobre zajęcie, moje dziecko — stwierdziła słabym głosem. — Ale szczęście... Szczęście rośnie na naszych własnych poletkach — dodała — i nie zrywa się go w ogrodach obcych ludzi.

⁂

Nadal zastanawiałam się nad tym komentarzem, kiedy późnym popołudniem szłam z powrotem do Riverton. Matka oczywiście powtórzyła, żebym nie zapominała, gdzie jest moje miejsce.

191

Wysłuchałam już niejednego wykładu na ten temat. Chciała, żebym zapamiętała, że szczęście odnajdę tylko w suterenie dla służby, a nie pośród delikatnych pereł buduaru jakiejś damy. Ale siostry Hartford nie były dla mnie obcymi ludźmi. I cóż zdrożnego mogło być w tym, że czerpałam szczęście z pracy w ich pobliżu, ze słuchania ich rozmów i podziwiania pięknych sukienek?

Doszłam do wniosku, że matka była zazdrosna. Zazdrościła mi pracy we wspaniałym domu. Z pewnością lubiła Penelope, matkę dziewczynek: właśnie dlatego tak bardzo wytrąciła ją z równowagi wieść o ponownym ożenku pana Fredericka. A teraz, widząc mnie w sytuacji, która niegdyś była jej udziałem, przypomniała sobie o świecie, z jakiego zmuszona była zrezygnować. Ale czy rzeczywiście była zmuszona? Hannah powiedziała, że lady Violet zatrudniała w przeszłości pracowników z rodzinami. A skoro matka zazdrościła mi tego, że zajęłam jej miejsce, dlaczego tak bardzo nalegała, abym poszła na służbę w Riverton?

Wyszłam z otoczonego drzewami podjazdu i zatrzymałam się na chwilę, żeby spojrzeć na dom. Słońce zaszło i Riverton spowijał cień. Wielki czarny chrząszcz, przycupnięty na wzgórzu pod ciężarem gorąca i smutku. Mimo to na jego widok wypełniło mnie ciepłe poczucie pewności. Po raz pierwszy w życiu poczułam się silna. Gdzieś pomiędzy wioską a Riverton straciłam wrażenie, że jeśli nie będę się kurczowo trzymać, zostanę zmieciona z powierzchni ziemi.

Weszłam do mrocznej sutereny i ruszyłam spowitym mrokiem korytarzem. Moje kroki odbijały się echem od chłodnej kamiennej posadzki. Zajrzałam do kuchni, ale nikogo tam nie zastałam. Wokół unosił się zapach potrawki z wołowiny, ale nie dostrzegłam żywej duszy. Z tyłu, w jadalni, głośno tykał zegar. Zerknęłam do środka. Tam też było pusto. Samotna filiżanka stała na spodeczku, lecz nigdzie nie zauważyłam osoby, która z niej piła. Zdjęłam kapelusz, powiesiłam go na haczyku w drzwiach i przygładziłam spódnicę. Westchnęłam i ten dźwięk odbił się od milczących ścian. Uśmiechnęłam się lekko. Nigdy wcześniej nie miałam całej sutereny tylko dla siebie.

Spojrzałam na zegar. Spodziewano się mnie z powrotem dopiero za pół godziny. Postanowiłam napić się herbaty. Ta, którą wypiłam u matki, pozostawiła w moich ustach cierpki smak.

Stojący na stole dzbanek był jeszcze ciepły, opatulony materiałem, który zapobiegał utracie temperatury. Właśnie wyciągałam z szafki filiżankę, kiedy zza rogu wyskoczyła zaaferowana Nancy, nie ukrywając zdziwienia.

— Jemima — oznajmiła. — Jemima rodzi.

— Ale dziecko miało przyjść na świat dopiero we wrześniu — zdziwiłam się.

— Ono najwyraźniej o tym nie wie — powiedziała, rzucając mi mały kwadratowy ręcznik. — Trzymaj, zanieś to na górę razem z miską ciepłej wody. Nie mogę znaleźć pozostałych, a ktoś musi wezwać lekarza.

— Jeszcze się nie przebrałam...

— Nie sądzę, żeby matka i dziecko mieli coś przeciwko temu — ucięła Nancy, znikając w pokoju kredensowym pana Hamiltona, żeby skorzystać z telefonu.

— Ale co ja powiem? — To pytanie skierowałam do pustego pokoju, do siebie samej, do ręcznika w mojej dłoni. — Co ja zrobię?

Zza drzwi wyłoniła się głowa Nancy.

— A skąd mam wiedzieć? Wymyśl coś. — Machnęła ręką w powietrzu. — Po prostu powiedz jej, że wszystko jest w porządku. Niech się dzieje wola boska.

Zarzuciłam ręcznik na ramię, napełniłam miskę ciepłą wodą i ruszyłam na górę, jak kazała Nancy. Trochę trzęsły mi się ręce i kilka kropel wylało się na chodnik w korytarzu, pozostawiając ciemne plamy.

Kiedy dotarłam pod pokój Jemimy, zawahałam się. Zza ciężkich drzwi dobiegał stłumiony jęk. Wzięłam głęboki oddech, zapukałam i weszłam do środka.

W pomieszczeniu było ciemno, nie licząc pojedynczego snopa światła, które wpadało przez lekko rozchylone zasłony. W środku leniwie unosił się kurz. Klonowe łoże z baldachimem przypominało cienistą masę pośrodku pokoju. Jemima leżała bez ruchu i ciężko oddychała.

Ostrożnie podeszłam do łóżka i nieśmiało przykucnęłam. Postawiłam miskę na małym stoliku nocnym.

Jemima jęknęła, a ja przygryzłam usta, nie wiedząc, jak się zachować.

— Już dobrze — powiedziałam cicho, jak matka, kiedy chorowałam na szkarlatynę. — Już dobrze.

Zadrżała i zaczęła szybko dyszeć, próbując zaczerpnąć powietrza. Zacisnęła powieki.

— Wszystko w porządku — uspokajałam ją. Zmoczyłam ręcznik, zwinęłam go i położyłam jej na czole.

— Jonathan... — wyszeptała. — Jonathan... — Jak pięknie brzmiało to imię w jej ustach.

Nie wiedziałam, co powiedzieć, więc po prostu milczałam.

Rozległy się kolejne jęki i postękiwania. Skuliła się i jęknęła w poduszkę. Jej palce daremnie szukały pocieszenia na pustym prześcieradle.

Potem znowu nastąpiła cisza. Jej oddech zwolnił rytm.

Zdjęłam ręcznik z czoła Jemimy. Ogrzał się na jej skórze, więc ponownie zanurzyłam go w wodzie. Wykręciłam go, złożyłam i wyciągnęłam rękę w stronę jej czoła.

Otworzyła oczy, zamrugała i próbowała rozpoznać moją twarz w otaczającym mroku.

— Hannah — powiedziała z westchnieniem. Ta pomyłka wprawiła mnie w zdumienie. I niezmiernie uradowała. Otworzyłam usta, żeby ją poprawić, lecz zamilkłam, kiedy wyciągnęła rękę i złapała moją dłoń. — Tak bardzo się cieszę, że to ty. — Ścisnęła moje palce. — Strasznie się boję — szepnęła. — Nic nie czuję.

— Wszystko w porządku — stwierdziłam. — Dziecko odpoczywa.

To najwyraźniej nieco ją uspokoiło.

— Tak... Zawsze tak jest, zanim przyjdzie na świat. Ale ja... Jest za wcześnie. — Odwróciła głowę. Kiedy odezwała się ponownie, mówiła tak cicho, że musiałam wytężyć słuch. — Wszyscy chcą, żebym urodziła chłopca, ale ja nie mogę. Nie mogę stracić jeszcze jednego.

— Nie stracisz — powiedziałam i rzeczywiście miałam taką nadzieję.

— Nad moją rodziną wisi przekleństwo — ciągnęła, nadal odwrócona w drugą stronę. — Mówiła mi o tym matka, ale jej nie wierzyłam.

Straciła rozum, pomyślałam. Ogarnął ją smutek i stała się przesądna.

— Nie ma czegoś takiego jak przekleństwa — oznajmiłam łagodnie.

Wydała z siebie jakiś dźwięk, coś pomiędzy śmiechem i łkaniem.

— O tak. Ta sama klątwa pozbawiła syna naszą ukochaną królową. To przekleństwo hemofilii. — Zamilkła, po czym przebiegła dłonią po brzuchu i uniosła się, spoglądając mi w twarz. Jej głos był niemal szeptem. — Ale dziewczynki... Dziewczynki oszczędza.

Nagle otworzyły się drzwi i do środka weszła Nancy. Za nią podążał chudy mężczyzna w średnim wieku o surowym wyrazie twarzy, którego uznałam za lekarza, choć nie był to doktor Arthur z wioski. Poprawiono poduszki, ułożono Jemimę w wygodniejszej pozycji i zapalono lampę. Ocknęłam się z zamyślenia, odepchnięto mnie na bok i wypędzono z pokoju.

Popołudnie przeszło w wieczór, wieczór w noc, a ja wciąż czekałam, rozmyślałam i miałam nadzieję. Czas wlókł się niemiłosiernie, chociaż miałam mnóstwo obowiązków, którymi można go było wypełnić. Należało podać kolację, pościelić łóżka, zebrać brudną bieliznę i następnego dnia wrzucić ją do prania. A jednak cały czas moje myśli krążyły wokół Jemimy.

Wreszcie, kiedy przez okno w kuchni wpadły ostatnie promienie słońca, które właśnie znikało za zachodnim wrzosowiskiem, Nancy zbiegła po schodach, trzymając miskę i ręcznik.

Właśnie skończyliśmy jeść kolację i nadal siedzieliśmy przy stole.

— No i? — zapytała pani Townsend, z niepokojem przyciskając do piersi serwetkę.

— Cóż — oznajmiła Nancy, kładąc miskę i ręcznik na kuchennej ławie. Odwróciła się do nas, nie mogąc ukryć uśmiechu. — Matka urodziła maleństwo dwadzieścia sześć minut po
ósmej. Jest małe, ale zdrowe.

Czekałam z niecierpliwością.

— Mimo wszystko trochę mi jej żal — powiedziała Nancy,
unosząc brwi. — To dziewczynka.

⊛

Była dziesiąta, kiedy odebrałam od Jemimy tacę z kolacją.
Zasnęła z opatuloną Gythą w ramionach. Zanim zgasiłam nocną
lampkę, spojrzałam na małą dziewczynkę: wykrzywione usteczka,
kosmyk jasnych włosków i mocno zaciśnięte powieki. Nie dziedzic,
lecz dziecko, które będzie żyło, rosło i kochało. Być może pewnego
dnia samo zostanie mamą.

Wyszłam z pokoju na paluszkach, z tacą w dłoni. Moja lampka
była jedynym źródłem światła w ciemnym korytarzu. Rzucała mój
cień na rząd portretów zawieszonych na ścianie. Gdy najmłodszy
członek rodziny głęboko spał za zamkniętymi drzwiami, cała linia
Hartfordów stała na straży, patrząc w milczeniu na korytarz, który
niegdyś był ich własnością.

Kiedy doszłam do głównego holu, zauważyłam wąski pasek
światła pod drzwiami do salonu. Pan Hamilton, pochłonięty
dramatycznymi wydarzeniami wieczoru, zapomniał zgasić lampę.
Podziękowałam Bogu, że nikt inny tego nie zauważył. Pomimo
błogosławionych narodzin wnuczki lady Violet wpadłaby w furię,
widząc, że naruszono zasady żałoby.

Popchnęłam drzwi i zamarłam w bezruchu.

Na skórzanym fotelu siedział pan Frederick. Nowy lord Ashbury.

Jedną długą nogę założył na drugą, a głowę wsparł na dłoni,
ukrywając twarz.

W lewej ręce trzymał list od Davida, który poznałam po
charakterystycznym czarnym rysunku. Ten, który Hannah czytała
przy fontannie i z którego tak bardzo śmiała się Emmeline.

Plecy pana Fredericka drgały i w pierwszej chwili myślałam,
że on również się śmieje.

Wtedy rozległ się dźwięk, którego nigdy nie zapomniałam. I nie zapomnę. Stłumione łkanie. Gardłowe, niechciane, płytkie. Przepojone żalem.

Stałam tam jeszcze chwilę, nie mogąc ruszyć się z miejsca, a potem cicho wyszłam. Zamknęłam za sobą drzwi. Nie chciałam już dłużej obserwować z ukrycia tego smutku.

⊛

Rozlega się pukanie do drzwi i wracam do rzeczywistości. Jest rok tysiąc dziewięćset dziewięćdziesiąty dziewiąty i znowu siedzę w moim pokoju w Heathview, a zdjęcie z naszymi posępnymi i nieświadomymi przyszłych losów twarzami nadal spoczywa w mojej dłoni. Młoda aktorka siedzi na brązowym krześle, lustrując końcówki długich włosów. Jak długo mnie nie było? Zerkam na zegarek. Przed chwilą minęła dziesiąta. Czy to możliwe? Czy to możliwe, że otworzyły się bramy pamięci, ożyły dawne sceny i duchy przeszłości, a jednak upłynęło tak mało czasu?

Otwierają się drzwi i do pokoju wchodzi Ursula, a tuż za nią Sylvia, niosąc na srebrnej tacy trzy filiżanki herbaty. Wygląda to znacznie lepiej niż zwykła taca z plastiku.

— Bardzo przepraszam — mówi Ursula, ponownie zajmując miejsce na krawędzi łóżka. — Zazwyczaj tego nie robię. To była pilna sprawa.

W pierwszej chwili nie jestem pewna, co ma na myśli. Potem dostrzegam telefon w jej dłoni.

Sylvia podaje mi filiżankę i okrąża mój fotel, aby podać parującą herbatę Keirze.

— Mam nadzieję, że zaczęłyście beze mnie? — pyta Ursula.

Keira uśmiecha się, wzrusza ramionami.

— W sumie to już skończyłyśmy.

— Naprawdę? — dziwi się Ursula, szeroko otwierając oczy. — Nie mogę uwierzyć, że wszystko mnie ominęło. Tak bardzo chciałam posłuchać wspomnień Grace.

Sylvia kładzie dłoń na moim czole.

— Trochę kiepsko wyglądasz. Potrzebujesz jakiegoś środka przeciwbólowego?

— Czuję się doskonale — mówię chrapliwym głosem.

Sylvia unosi brew.

— Nic mi nie jest — dodaję z całym zdecydowaniem, na jakie mnie stać.

Sylvia wzdycha. Potem kręci głową i wiem, że umywa od tego ręce. Na razie. Niech ci będzie, myśli sobie. Teraz mogę sobie zaprzeczać do woli, ale bez wątpienia uważa, że zadzwonię po proszki, jeszcze zanim moi goście dotrą do parkingu. Pewnie ma rację.

Keira upija łyk zielonej herbaty, po czym stawia spodeczek z filiżanką na mojej toaletce.

— Czy jest tu łazienka?

Czuję na sobie palące spojrzenie Sylvii.

— Sylvio — mówię. — Czy mogłabyś pokazać Keirze łazienkę w korytarzu?

Sylvia ledwie może wydusić z siebie słowo.

— Oczywiście — odpowiada, i chociaż nie widzę jej twarzy, wiem, że jest wniebowzięta. — Proszę tędy, panno Parker.

Ursula uśmiecha się do mnie, kiedy zamykają się drzwi.

— Dziękuję, że zgodziłaś się spotkać z Keirą — mówi. — To córka przyjaciół jednego z producentów, więc mam obowiązek okazywać jej szczególne zainteresowanie. — Zerka na drzwi i ścisza głos, starannie dobierając słowa. — Nie jest złą dziewczyną, ale potrafi być trochę... mało taktowna.

— Nie zauważyłam.

Ursula śmieje się.

— Tak to jest, kiedy ma się rodziców w tej branży — mówi. — Dzieciaki widzą, jakie zaszczyty spotykają bogatych, sławnych i pięknych. Któż może ich winić za to, że pragną tego samego?

— To całkiem zrozumiałe.

— Mimo wszystko — ciągnie Ursula. — Chciałam przy tym być. Pełnić rolę przyzwoitki...

— Jeśli nie przestaniesz przepraszać, przekonasz mnie, że rzeczywiście zrobiłaś coś złego — przerywam jej. — Przypominasz mi mojego wnuka. — Wygląda na zmieszaną i zauważam, że w jej ciemnych oczach pojawił się jakiś cień. Niepokój, którego wcześniej nie dostrzegłam. — Czy rozwiązałaś ten problem? — pytam. — Przez telefon?

Wzdycha i kiwa głową.

— Tak.

Milknie, więc ja również się nie odzywam, czekając, aż coś powie. Już dawno temu nauczyłam się, że milczenie budzi zaufanie.

— Mam syna — mówi. — Ma na imię Finn. — Te słowa pozostawiają na jej ustach uśmiech zaprawiony nutą goryczy. — W ubiegłą sobotę skończył trzy lata. — Jej wzrok na chwilę odrywa się od mojej twarzy i pada na brzeg filiżanki, którą obraca w dłoniach. — Jego ojciec... My nigdy nie byliśmy... — Dwukrotnie stuka paznokciem w filiżankę i znowu patrzy mi w twarz. — Jesteśmy tylko we dwoje: Finn i ja. Dzwoniła moja matka. Opiekuje się Finnem, podczas gdy ja kręcę film. Finn miał wypadek.

— Nic mu się nie stało?

— Nie, upadł i skręcił nadgarstek. Opatrzył go lekarz. Nic mu nie jest. — Mimo uśmiechu jej oczy wypełniają się łzami. — Przepraszam... nie chciałam... nic mu nie jest. Nie mam pojęcia, dlaczego płaczę.

— Martwisz się — mówię, przyglądając się jej. — I czujesz ulgę.

— Tak — odpowiada i nagle wydaje mi się bardzo młoda i krucha. — A poza tym mam poczucie winy.

— Poczucie winy?

— Tak — potwierdza, ale nie rozwija tej myśli. Wyjmuje z torebki chusteczkę i wyciera oczy. — Tak dobrze się z tobą rozmawia. Przypominasz mi moją babcię.

— Musi być uroczą kobietą.

Ursula się śmieje.

— Tak. — Wydmuchuje nos. — Boże, spójrz na mnie. Przepraszam, że wylewam przed tobą moje żale, Grace.

— Znowu przepraszasz. Nalegam, żebyś przestała.

Z korytarza dobiega odgłos kroków. Ursula zerka w stronę drzwi, jeszcze raz dmucha w chusteczkę.

— W takim razie pozwól mi przynajmniej podziękować. Za

to, że się z nami spotkałaś. Że porozmawiałaś z Keirą. Że mnie wysłuchałaś.

— Było mi bardzo miło — mówię i z zaskoczeniem stwierdzam, że to prawda. — Ostatnio nie miewam wielu gości.

Drzwi się otwierają i Ursula wstaje. Pochyla się, całuje mnie w policzek.

— Niedługo znowu cię odwiedzę — szepcze i delikatnie ściska moją dłoń.

Niezmiernie się z tego cieszę.

Zdjęcie

Jest piękny marcowy poranek. Pod moim oknem kwitną różowe lewkonie, wypełniając pokój słodkim, odurzającym zapachem. Kiedy pochylam się nad parapetem i spoglądam na klomby, widzę najdalej wysunięte płatki, rozświetlone promieniami słońca. W następnej kolejności zakwitną brzoskwinie, potem jaśmin. Co roku jest tak samo. I będzie tak samo w kolejnych latach. Te rośliny będą kwitły jeszcze długo po tym, jak przestanę je podziwiać. Wiecznie świeże, wiecznie wypełnione nadzieją, zawsze prostoduszne.

Myślałam o matce. O zdjęciu w albumie lady Violet. Bo wiesz, w końcu je zobaczyłam. Kilka miesięcy po tym, jak Hannah wspomniała o nim tamtego letniego dnia przy fontannie.

Był wrzesień tysiąc dziewięćset szesnastego roku. Pan Frederick odziedziczył posiadłość ojca, lady Violet (we wzorowej zgodzie z zasadami etykiety, jak powiedziała Nancy) opuściła Riverton i zamieszkała w domu w Londynie, a siostry Hartford zostały oddelegowane, aby pomóc jej się tam urządzić.

W tamtych czasach służba nie była zbyt liczna. Nancy miała wyjątkowo dużo obowiązków w wiosce, a Alfred, na którego przepustkę tak bardzo czekałam, ostatecznie nie mógł przyjechać. Nie wiedzieliśmy, co o tym myśleć: na pewno był w Wielkiej Brytanii, w listach zapewniał nas, że nie jest ranny, a jednak całą przepustkę musiał spędzić w szpitalu wojskowym. Nawet pan Hamilton nie był pewien, jak to rozumieć. Myślał długo i inten-

201

sywnie, siedział w pokoju kredensowym pochylony nad listem od Alfreda, aż w końcu wyszedł, pomasował powieki, nie zdejmując okularów, i obwieścił nam swoje wnioski. Jedynym wyjaśnieniem mogło być zaangażowanie Alfreda w jakąś tajną misję wojenną, o której nie mógł mówić. Ta sugestia wydawała się całkiem sensowna. Cóż innego mogłoby tłumaczyć pobyt w szpitalu człowieka, który nie odniósł żadnych ran?

I tak sprawa została zamknięta. Nie rozmawialiśmy o tym już więcej i na początku jesieni tysiąc dziewięćset szesnastego roku, kiedy opadły liście, a ziemia zaczęła twardnieć, szykując się na nadchodzący mróz, znalazłam się zupełnie sama w salonie Riverton.

Posprzątałam, dołożyłam do ognia i właśnie kończyłam wycierać kurze. Przetarłam blat biurka, jego krawędź, i zabrałam się do uchwytów szuflad, polerując brąz do połysku. Wykonywałam te czynności regularnie, co drugi ranek, bez żadnych wyjątków, i nie mam pojęcia, co odróżniło ten dzień od pozostałych. Dlaczego tamtego ranka, kiedy moje palce dotknęły lewej szuflady, nagle zamarły, znieruchomiały, nie chcąc sprzątać dalej. Jak gdyby wcześniej niż ja sama dostrzegły nieśmiały cel, który czaił się na skraju moich myśli.

Usiadłam na chwilę zakłopotana i nie byłam w stanie się poruszyć. Zaczęłam nasłuchiwać otaczających mnie dźwięków. Wiatru, który dmuchał za oknem, liści uderzających o okienne szyby. Uporczywego tykania zegara na kominku, który odliczał kolejne sekundy. Mojego oddechu, który wyczekująco przyspieszył swój rytm.

Drżącymi palcami zaczęłam otwierać szufladę. Powoli, ostrożnie, działając i obserwując się w równym stopniu. Szuflada wysunęła się do połowy i przechyliła, a jej zawartość przesunęła się do przodu.

Znieruchomiałam. Nastawiłam uszu. Z zadowoleniem spostrzegłam, że nadal jestem sama. Potem zajrzałam do środka.

Pod zestawem piór i parą rękawiczek leżał rodzinny album lady Violet.

Nie było czasu na myślenie. Zakazana szuflada została otwarta, w moich uszach rozlegało się donośne bicie serca. Wyciągnęłam album z szuflady i położyłam go na podłodze.

Przerzuciłam kilka stron — zdjęcia, zaproszenia, jadłospisy, wpisy pamiątkowe — mijałam kolejne daty: tysiąc osiemset dziewięćdziesiąty szósty, tysiąc osiemset dziewięćdziesiąty siódmy, tysiąc osiemset dziewięćdziesiąty ósmy...

Znalazłam je: rodzinne zdjęcie z tysiąc osiemset dziewięćdziesiątego dziewiątego roku, w znajomym kształcie, lecz innych proporcjach. Dwa długie rzędy poważnych służących za plecami członków rodziny. Lord i lady Ashbury, major w mundurze, pan Frederick — wszyscy o wiele młodsi i pogodniejsi. Jemima i jakaś obca kobieta, którą uznałam za Penelope, nieżyjącą żonę pana Fredericka, obydwie z zaokrąglonymi brzuchami. Zrozumiałam, że jeden z nich skrywał Hannah, a drugi nieszczęsnego chłopca, którego pewnego dnia miała zawieść jego własna krew. Na końcu rzędu, obok niani Brown (która już wtedy wydawała się bardzo stara), stał samotnie mały jasnowłosy chłopczyk: David. Pełen światła i życia. W błogiej nieświadomości tego, co los trzyma dla niego w zanadrzu.

Oderwałam wzrok od jego twarzy i spojrzałam na rzędy stojącej z tyłu służby. Pan Hamilton, pani Townsend, Dudley...

Nagle oddech uwiązł mi w gardle. Wpatrywałam się w oczy młodej służącej. Nie mogłam pomylić jej z nikim innym. Nie dlatego, że była podobna do matki — bynajmniej. Przypominała raczej mnie. Miała ciemniejsze włosy i oczy, lecz podobieństwo było niesamowite. Ta sama długa szyja, dołeczek w brodzie i brwi nadające twarzy wyraz nieustannego zastanowienia.

Jednak najbardziej zaskoczyło mnie coś więcej niż to podobieństwo: matka się uśmiechała. Och, dla kogoś, kto dobrze ją znał, nie był to zwykły uśmiech: uśmiech radości czy uprzejmego pozdrowienia. Był delikatny, prawie przypominał drżenie mięśni i obcy człowiek z łatwością mógłby go uznać za produkt światła, które padało jej na twarz. Ale ja to widziałam. Matka uśmiechała się do siebie. Uśmiechała się jak ktoś, kto skrywa jakąś tajemnicę...

...Przepraszam cię, Marcusie, za tę przerwę, ale miałam niespodziewanego gościa. Siedziałam tu sobie, podziwiałam lewkonie i opowiadałam ci o matce, kiedy ktoś zapukał do drzwi. Spodziewałam się Sylvii, która przyszła, żeby opowiedzieć mi o swoim chłopaku albo ponarzekać na któregoś z pensjonariuszy, ale się pomyliłam. To była Ursula, ta reżyserka. Chyba już ci o niej wspominałam, prawda?

— Mam nadzieję, że nie przeszkadzam — powiedziała.

— Nie — odrzekłam, odkładając walkmana.

— Nie zajmę ci dużo czasu. Byłam akurat w okolicy i pomyślałam, że zamiast od razu wracać do Londynu, mogłabym do ciebie zajrzeć.

— Byłaś w rezydencji?

Przytaknęła.

— Kręciliśmy scenę w ogrodach. Światło było wprost idealne.

Zapytałam ją o tę scenę, ciekawa, którą część historii dziś rekonstruowali.

— To była scena zalotów — odparła. — Bardzo romantyczna. Tak naprawdę jedna z moich ulubionych. — Zarumieniła się i potrząsnęła głową, a jej grzywka zakołysała się jak kurtyna. — To niemądre. Przecież to ja napisałam scenariusz i znałam te kwestie jeszcze jako czarne znaczki na białym papierze. Bazgrałam je i przepisywałam setki razy. A mimo to, kiedy dzisiaj usłyszałam, jak aktorzy wypowiadają je na głos, byłam bardzo wzruszona.

— Jesteś romantyczką — powiedziałam.

— Chyba tak. — Przechyliła głowę na bok. — To śmieszne, prawda? Wcale nie znałam prawdziwego Robbiego Huntera. Stworzyłam go z jego poezji, z opisów innych ludzi. A jednak mam wrażenie... — Urwała i z rezygnacją uniosła brwi. — Obawiam się, że zakochałam się w postaci, którą sama stworzyłam.

— A jaki jest ten twój Robbie?

— Pełen pasji. Twórczy. Zaangażowany. — Oparła brodę na dłoni i zamyśliła się. — Ale chyba najbardziej podziwiam w nim nadzieję. Tę kruchą nadzieję. Mówi się, że był piewcą rozczarowania, ale ja nie jestem tego taka pewna. W jego wierszach zawsze znajdowałam coś pozytywnego. Sposób, w jaki dostrzegał możliwości pośród otaczających go okropieństw. — Pokręciła głową, a jej oczy zaszły mgłą współczucia. — To musiało być niesamowicie trudne. Młody wrażliwy mężczyzna rzucony w sam środek tak destrukcyjnego konfliktu. Zastanawiam się, jak oni wszyscy mogli potem wrócić do dawnego życia i kontynuować je od miejsca, w którym zostało przerwane. Ponownie kochać.

— Kiedyś kochał mnie jeden z takich mężczyzn — powiedziałam. — Wyruszył na wojnę i pisaliśmy do siebie listy. To właśnie dzięki nim zrozumiałam, co do niego czuję. I co on czuje do mnie.

— Czy po powrocie był odmieniony?

— O tak — przyznałam cicho. — Stamtąd nikt nie wracał taki jak dawniej.

— Kiedy go straciłaś? Twojego męża? — zapytała łagodnym głosem.

Minęła chwila, zanim zrozumiałam, co ma na myśli.

— Och nie — powiedziałam. — On nie był moim mężem. Alfred i ja nigdy nie wzięliśmy ślubu.

— Och, przepraszam, myślałam... — Wykonała gest w kierunku ślubnego zdjęcia stojącego na mojej toaletce.

Pokręciłam głową.

— To nie Alfred, to jest John: ojciec Ruth. Wzięliśmy ślub, a jakże. Bóg wie, że nie powinniśmy byli tego robić.

Pytająco uniosła brwi.

— John wspaniale tańczył walca i był cudownym kochankiem, ale kiepskim mężem. Śmiem twierdzić, że ja również nie spisałam się w roli żony. Widzisz, nigdy nie zamierzałam brać ślubu. Zupełnie nie byłam na to przygotowana.

Ursula wstała i podniosła zdjęcie. Bezwiednie przesunęła palcem po górnej części.

— Był przystojny.

— Tak — powiedziałam. — I chyba właśnie to mnie do niego przyciągnęło.

— Czy on też był archeologiem?

— Uchowaj Boże. John był urzędnikiem.

— Aha. — Odłożyła zdjęcie z powrotem na miejsce. Spojrzała

w moją stronę. — Pomyślałam, że mogliście się poznać w pracy. Albo na uniwersytecie.

Pokręciłam głową. W tysiąc dziewięćset trzydziestym ósmym, kiedy się poznaliśmy, wezwałabym lekarza do każdego, kto odważyłby się zasugerować, że pewnego dnia pójdę na uniwersytet. I zostanę archeologiem. Pracowałam w restauracji — w Lyons' Corner House w Strand — podając niezliczone smażone ryby niezliczonym konsumentom. Pani Havers, właścicielce lokalu, spodobało się to, że kiedyś byłam na służbie. Lubiła mówić każdemu, kto zechciał jej słuchać, że nikt tak nie poleruje sztućców jak dziewczyny ze służby.

— Poznałam Johna przez przypadek — powiedziałam. — W klubie, na tańcach.

Niechętnie zgodziłam się tam pójść z koleżanką z pracy. Inną kelnerką, Patty Everidge — cały czas pamiętam jej nazwisko. Dziwne. Nie była dla mnie nikim szczególnym. Była kimś, z kim pracowałam i kogo unikałam, jak mogłam, chociaż to wcale nie było takie proste. Należała do tych kobiet, które nie potrafią być same. Poza tym chyba była wścibska. Musiała wiedzieć wszystko i o wszystkich. Zawsze chętnie wtrącała się w cudze sprawy. Patty zapewne ubzdurała sobie, że stronię od ludzi, bo nie przyłączałam się do pozostałych dziewczyn, kiedy w poniedziałek rano trajkotały o weekendzie. Zaczęła namawiać mnie na tańce i tak długo wierciła mi dziurę w brzuchu, że w piątkowy wieczór umówiłam się z nią w Marshall's Club.

Westchnęłam.

— Koleżanka, z którą miałam się spotkać, nie przyszła.

— Ale John przyszedł? — zapytała Ursula.

— Tak. — Przypomniałam sobie zadymione powietrze i taboret w kącie, na którym nieśmiało usiadłam, patrząc na tłum w poszukiwaniu Patty. Och, kiedy później ją zobaczyłam, strasznie mnie przepraszała i miała mnóstwo usprawiedliwień, ale wtedy było już za późno. Stało się to, co miało się stać. — Zamiast niej spotkałam jego.

— I zakochałaś się?

— Zaszłam w ciążę.

Usta Ursuli ułożyły się na kształt pełnej zrozumienia litery „o".

— Zdałam sobie sprawę cztery miesiące po naszym spotkaniu. Miesiąc później wzięliśmy ślub. Taka była wtedy kolej rzeczy. — Poruszyłam się, żeby oprzeć plecy o poduszkę. — Na szczęście wybuchła wojna i los oszczędził nam tej farsy.

— Poszedł na wojnę.

— Obydwoje poszliśmy. John się zaciągnął, a ja zaczęłam pracować we francuskim szpitalu polowym.

Wyglądała na zdezorientowaną.

— A co z Ruth?

— Oddaliśmy ją pod opiekę starszego anglikańskiego pastora i jego żony. Lata wojny spędziła u nich.

— Wszystkie? — zapytała wstrząśnięta Ursula. — Jak to zniosłaś?

— Och, odwiedzałam ją podczas urlopów i regularnie dostawałam listy: plotki z wioski i brednie z ambony. Dosyć ponure opisy miejscowych dzieci.

Kręciła głową, marszcząc brwi z przerażenia.

— Nie wyobrażam sobie... Cztery lata z dala od dziecka.

Nie wiedziałam, jak powinnam odpowiedzieć, jak wytłumaczyć. Jak zacząć wyznanie, że macierzyństwo nie przychodzi naturalnie? Że na początku Ruth wydawała mi się kimś obcym? Że miłe uczucie nieuniknionej więzi, o której opowiadają książki i mity, nigdy nie było moim udziałem?

Chyba wyczerpała się moja zdolność do współodczuwania. Za sprawą Hannah i innych ludzi w Riverton. Och, doskonale radziłam sobie z obcymi, potrafiłam ich uspokoić, pocieszyć, a nawet wyprawić w podróż na tamten świat. Po prostu nie umiałam ponownie zbliżyć się do drugiego człowieka. Wolałam powierzchowne znajomości. Byłam beznadziejnie nieprzygotowana na emocjonalne wymogi macierzyństwa.

Ursula uratowała mnie przed koniecznością udzielenia odpowiedzi.

— Chyba po prostu była wojna — powiedziała smutnym głosem. — Trzeba było ponosić ofiary. — Wyciągnęła rękę, żeby uścisnąć mi dłoń.

Uśmiechnęłam się i próbowałam nie czuć się jak oszustka. Zastanawiałam się, co by o mnie pomyślała, dowiadując się, że nie tylko byłam daleka od żałowania decyzji o odesłaniu Ruth, lecz nawet cieszyłam się z tej ucieczki. Że po całej dekadzie nużących prac i płytkich związków, nie mogąc zapomnieć o wydarzeniach z Riverton, odnalazłam w wojnie sens życia.

— Zatem dopiero po wojnie postanowiłaś zostać archeologiem?

— Tak — potwierdziłam ochrypłym głosem. — Po wojnie.

— Dlaczego akurat archeologia?

Odpowiedź na to pytanie jest tak skomplikowana, że mogłam jedynie powiedzieć:

— Doznałam objawienia.

Była zachwycona.

— Naprawdę? Podczas wojny?

— Było tam tyle śmierci. Tyle zniszczenia. W jakiś sposób wszystko stało się bardziej jasne.

— Tak — powiedziała. — Wyobrażam sobie.

— Zaczęłam rozmyślać o ulotności rzeczy. Doszłam do wniosku, że pewnego dnia ludzie zapomną o tym, co tu się działo. O tej wojnie, tych zabitych, o tym rozpadzie. Och, przez jakiś czas będą pamiętać, ale potem, po kilkuset, a może kilku tysiącach lat, te wspomnienia wyblakną. Zajmą miejsce pośród kolejnych warstw przeszłości. W kolektywnej wyobraźni brutalność i okropieństwa tej wojny zostaną zastąpione przez późniejsze tragedie.

Ursula pokręciła głową.

— Trudno to sobie wyobrazić.

— Ale z pewnością tak będzie. Wojny punickie w Kartaginie, wojny peloponeskie, bitwa pod Artemizjum. Wszystkie je zredukowano do rozdziałów w książkach historycznych. — Zamilkłam. Gwałtowność tych zdań zmęczyła mnie, pozbawiła tchu. Nie przywykłam do mówienia tylu słów w tak szybkim tempie. Kiedy odezwałam się ponownie, mój głos przypominał pisk. — Odkrywanie przeszłości, mierzenie się z nią, stało się moją obsesją.

Ursula uśmiechnęła się, a jej ciemne oczy rozbłysły.

— Doskonale wiem, co masz na myśli. Właśnie dlatego kręcę filmy historyczne. Odkrywasz przeszłość i próbujesz ją odtworzyć.

— Tak — powiedziałam. Nigdy wcześniej nie myślałam o tym w ten sposób.

Ursula pokręciła głową.

— Podziwiam cię, Grace. Tyle w życiu osiągnęłaś.

— To tylko złudzenie — rzekłam, wzruszając ramionami. — Daj ludziom tyle czasu, a okaże się, że osiągną jeszcze więcej.

Roześmiała się.

— Jesteś bardzo skromna. Pewnie nie było ci łatwo. Kobieta w latach pięćdziesiątych: matka, starająca się o wyższe wykształcenie. Czy mąż wspierał cię w tych dążeniach?

— Wtedy byłam już sama.

Szeroko otworzyła oczy.

— Jak dałaś sobie radę?

— Długo studiowałam wieczorowo. W dzień Ruth chodziła do szkoły, a ja miałam bardzo dobrą sąsiadkę, panią Finbar, która opiekowała się nią w te wieczory, gdy ja pracowałam. — Zawahałam się. — Miałam szczęście, że przynajmniej nie musiałam się martwić o pieniądze na studia.

— Dostałaś stypendium?

— W pewnym sensie. Nieoczekiwanie weszłam w posiadanie pewnej sumy pieniędzy.

— Twój mąż — powiedziała Ursula, marszcząc brwi w geście współczucia. — Zginął na wojnie?

— Nie — zaprzeczyłam. — Nie zginął na wojnie. Ale tam umarło nasze małżeństwo.

Jej wzrok jeszcze raz powędrował w kierunku mojego ślubnego zdjęcia.

— Po powrocie do Londynu wzięliśmy rozwód. Wtedy czasy były już trochę inne. Wszyscy dużo widzieli i robili różne rzeczy. Pozostawanie przy małżonku, na którym w ogóle ci nie zależało, wydawało się bezcelowe. On wyjechał do Ameryki i poślubił pielęgniarkę z armii amerykańskiej, którą poznał we Francji. Biedaczysko. Wkrótce potem zginął w wypadku samochodowym.

Pokręciła głową.

— Przykro mi...

— Niepotrzebnie. Przynajmniej jeśli chodzi o mnie. To było

tak dawno. Prawie go nie pamiętam, wiesz? Zostały mi tylko jakieś strzępy wspomnień, które bardziej przypominają sen. To Ruth za nim tęskni. Nigdy mi nie wybaczyła.

— Chciała, żebyście byli razem.

Przytaknęłam. Bóg wie, że moja nieumiejętność zapewnienia jej ojca stanowi jeden ze starych żalów, które zabarwiają nasze relacje.

Ursula westchnęła.

— Ciekawe, czy pewnego dnia Finn również będzie myślał w ten sposób.

— Ty i jego ojciec...?

Pokręciła głową.

— Nic by z tego nie wyszło. — Powiedziała to tak zdecydowanie, że uznałam, że lepiej o nic więcej nie pytać. — Tak jest lepiej dla Finna i dla mnie.

— Gdzie on dzisiaj jest? — zapytałam. — Finn?

— Opiekuje się nim moja matka. Z tego, co słyszałam, byli w parku na lodach. — Obróciła zegarek wokół nadgarstka i spojrzała na godzinę. — Mój Boże! Nie wiedziałam, że zrobiło się tak późno. Lepiej już pojadę i pozwolę jej trochę odetchnąć.

— Jestem pewna, że nie potrzebuje odpoczynku. Dziadków i wnuczęta łączy szczególna więź. O wiele prostsza.

Zastanawiam się, czy tak jest zawsze. Chyba tak. Dziecko zabiera ci kawałek serca i robi z nim, co tylko zechce, ale z wnuczętami jest inaczej. Nie ma poczucia winy i odpowiedzialności, które ciąży na macierzyństwie. Droga do miłości jest wolna.

Kiedy się urodziłeś, Marcusie, zupełnie straciłam głowę. Jakże cudowną niespodzianką były te uczucia. Te części mnie, które zamknęły się dziesiątki lat wcześniej, bez których nauczyłam się obchodzić, nagle obudziły się do życia. Zachwyciłam się tobą. Uznałam cię. Kochałam z siłą, która niemal sprawiała mi ból.

Kiedy urosłeś, zostałeś moim małym przyjacielem. Nie odstępowałeś mnie na krok, znalazłeś sobie miejsce w moim gabinecie i zabrałeś się do odkrywania map i rysunków, które zgromadziłam podczas różnych podróży. Pytania: zadawałeś całe mnóstwo pytań, a mnie nigdy nie męczyło udzielanie odpowiedzi. Jestem nawet na tyle zarozumiała, że po części uważam się za osobę, która pomogła ukształtować cudownego i znakomitego mężczyznę, na którego wyrosłeś...

— Muszą gdzieś tutaj być... — Ursula przetrząsała torebkę w poszukiwaniu kluczyków. Szykowała się do wyjścia.

Nagle zapragnęłam, żeby została.

— Wiesz, mam wnuka. Ma na imię Marcus. Jest autorem kryminałów.

— Wiem — oświadczyła, wyjmując dłoń z torebki. — Czytałam jego książki.

— Naprawdę? — Jak zawsze jestem dumna.

— Tak. Są bardzo dobre.

— Potrafisz dochować tajemnicy?

Z zainteresowaniem pokiwała głową. Podchodzi bliżej.

— Ja ich nie czytałam — wyszeptałam. — Nie do końca.

Roześmiała się.

— Obiecuję, że nikomu nie powiem.

— Jestem z niego taka dumna i strasznie się starałam. Naprawdę. Każdą otwieram z silnym postanowieniem, ale bez względu na to, jak bardzo mi się podoba, docieram tylko do połowy. Uwielbiam dobre powieści detektywistyczne... Agathę Christie i tym podobne... ale obawiam się, że mam za słabe nerwy. Nie przepadam za tymi wszystkimi krwawymi opisami, które królują w dzisiejszych czasach.

— I pomyśleć, że pracowałaś w szpitalu polowym!

— Tak, ale wojna to jedno, a morderstwo to coś zupełnie innego.

— Może w następnej książce...

— Może — powtórzyłam. — Chociaż nie wiem, kiedy ją napisze.

— Przestał pracować?

— Niedawno przeżył wielką stratę.

— Czytałam o jego żonie — powiedziała Ursula. — Bardzo mi przykro. To był tętniak, prawda?

— Tak. Zabił ją strasznie szybko.

Ursula pokiwała głową.

— Mój ojciec też na to zmarł. Miałam wtedy czternaście lat.

Byłam na szkolnym biwaku. — Westchnęła. — Powiedzieli mi dopiero po powrocie do szkoły.

— Okropne — szepnęłam, kręcąc głową.

— Pokłóciłam się z nim przed wyjazdem. O jakieś głupstwo. Nawet nie pamiętam, o co dokładnie chodziło. Trzasnęłam drzwiczkami samochodu i nawet się nie obejrzałam.

— Byłaś młoda. Wszyscy młodzi ludzie są tacy.

— Nadal myślę o nim każdego dnia. — Zamknęła oczy i ponownie je otworzyła. Otrząsnęła się ze wspomnień. — A jak czuje się Marcus? Co u niego?

— Strasznie to przeżył — powiedziałam. — Obwinia się.

Pokiwała głową. Nie wyglądała na zaskoczoną. Odniosłam wrażenie, że rozumie poczucie winy i związane z nim osobliwości.

— Nie wiem, gdzie on jest — dodałam wtedy.

Ursula spojrzała na mnie.

— Jak to?

— Zaginął. Ani Ruth, ani ja nie wiemy, gdzie jest. Nie ma go już ponad pół roku.

Była zdumiona.

— Ale... nic mu nie jest? Macie od niego jakieś wieści? — Próbowała coś wyczytać z mojej twarzy. — Dzwoni? Pisze?

— Przysyła pocztówki — powiedziałam. — Dostałam kilka. Ale nie ma adresu zwrotnego. Obawiam się, że nie chce, żebyśmy go znalazły.

— Och, Grace — westchnęła, patrząc na mnie łagodnym wzrokiem. — Tak bardzo mi przykro.

— Mnie też — przyznałam. I właśnie wtedy opowiedziałam jej o kasetach. O tym, jak bardzo pragnę cię znaleźć. Że tylko o tym jestem w stanie myśleć.

— To doskonały pomysł — oznajmiła z przekonaniem. — Dokąd je wysyłasz?

— Mam jakiś adres w Kalifornii. Jego przyjaciela z dawnych czasów. Wysyłam je tam, ale czy do niego docierają...

— Założę się, że tak — powiedziała.

To były tylko słowa, zapewnienia wypowiedziane w dobrej wierze, a jednak chciałam usłyszeć więcej.

— Tak myślisz? — zapytałam.

— Tak — odrzekła zdecydowanie, pełna młodzieńczej pewności. — Tak myślę. I wiem, że wróci. Po prostu potrzebuje przestrzeni i czasu, żeby zrozumieć, że to nie była jego wina. Że nie mógł nic zrobić, aby to zmienić. — Wstała i pochyliła się nad moim łóżkiem. Podniosła walkmana i delikatnie położyła mi go na kolanach. — Mów do niego, Grace — dodała, po czym zbliżyła się i pocałowała mnie w policzek. — Wróci do domu. Zobaczysz.

⊛

O, zapomniałam się. Opowiadam ci o rzeczach, które już wiesz. To czysty brak umiaru z mojej strony: Bóg wie, że nie mam czasu na takie marnotrawstwo. Wojna pochłaniała pola Flandrii, lord Ashbury i major leżeli w jeszcze świeżych grobach, a nas czekały kolejne dwa lata rzezi. Tyle zniszczenia. Młodzi mężczyźni z najdalszych zakątków ziemi ustawieni do krwawego walca śmierci. Major, a później, w październiku tysiąc dziewięćset siedemnastego roku, pod Passchendaele, David...

⊛

Nie. Nie mam ochoty ani zamiaru znowu przeżywać ich śmierci. Wystarczy powiedzieć, że nastąpiła. Zamiast tego powrócimy do Riverton. Jest styczeń tysiąc dziewięćset dziewiętnastego roku. Wojna dobiegła końca, a Hannah i Emmeline, które ostatnie dwa lata spędziły w londyńskim domu lady Violet, właśnie przyjechały, by zamieszkać z ojcem. Jednak zmieniły się: od czasu naszej ostatniej rozmowy urosły. Hannah ma osiemnaście lat i szykuje się do zadebiutowania w towarzystwie. Czternastoletnia Emmeline stoi u progu dorosłego świata i nie może się doczekać chwili, w której pochwyci go w objęcia. Dawne zabawy odeszły w niepamięć. Po śmierci Davida zapomniały również o Grze (zasada numer trzy: mogą grać tylko trzy osoby. Nie mniej, nie więcej).

Jedną z pierwszych rzeczy, jakie robi Hannah po powrocie do Riverton, jest ściągnięcie ze strychu chińskiego pudełka. Widzę, jak to robi, chociaż ona nie wie, że jest obserwowana. Idę za nią, kiedy ostrożnie wkłada je do płóciennej torby i zanosi nad jezioro.

Chowam się w miejscu, gdzie zwęża się ścieżka pomiędzy fontanną Ikara a jeziorem, i patrzę, jak niesie torbę wzdłuż brzegu jeziora, do starego hangaru na łodzie. Przystaje na chwilę, rozgląda się, a ja przykucam za zaroślami, żeby mnie nie dostrzegła.

Idzie na skraj skarpy, staje tyłem do jeziora, a następnie ustawia stopy tak, aby pięta jednej zetknęła się z palcami drugiej. Odmierza trzy kroki i zatrzymuje się.

Powtarza to trzykrotnie, po czym klęka na ziemi i otwiera torbę. Wyciąga z niej małą łopatę (musiała ją zabrać, kiedy Dudley nie patrzył).

Hannah kopie. Z początku jest to trudne ze względu na kamienie, które wyściełają brzeg jeziora, lecz z czasem dociera do miękkiej gliny i może wykopywać większe porcje ziemi. Przestaje dopiero w chwili, kiedy kopiec ziemi obok jej stóp osiąga prawie pół metra wysokości.

Wtedy wyciąga z torby chińskie pudełko i wkłada je do dziury. Już ma zasypać je ziemią, lecz nagle się waha. Wyciąga pudełko, otwiera i wydobywa ze środka jedną z maleńkich książeczek. Otwiera medalion, który wisi na jej szyi i chowa ją do środka, po czym z powrotem wkłada pudełko do dołu i zaczyna je zasypywać.

Zostawiam ją samą nad brzegiem jeziora. Pan Hamilton będzie mnie szukał, jeśli zabawię tu dłużej, a jest w takim nastroju, że lepiej z nim nie zadzierać. Kuchnię w suterenie Riverton wypełnia radosne podniecenie. Trwają przygotowania do pierwszego przyjęcia od wybuchu wojny, a pan Hamilton wyraźnie nam oznajmił, że zaproszeni goście są bardzo ważni dla przyszłości rodziny.

I rzeczywiście. Nikt z nas nie przypuszczał, że odegrają tak wielką rolę.

Bankierzy

— Bankierzy — mruknęła porozumiewawczo pani Townsend, przenosząc wzrok z Nancy na pana Hamiltona, a potem na mnie. Pochylała się nad sosnowym stołem, używając marmurowego wałka do przełamania oporu potniejącego ciasta. Przerwała na chwilę i otarła czoło, pozostawiając na brwiach ślady mąki. — W dodatku Amerykanie — dodała, nie bardzo wiadomo, do kogo.

— Pani Townsend — powiedział pan Hamilton, przyglądając się srebrnej solniczce i pieprzniczce w poszukiwaniu patyny. — Chociaż pani Luxton rzeczywiście pochodzi z nowojorskiej rodziny Stevensonów, myślę, że pan Luxton okaże się równie angielski jak pani czy ja. Według „The Times" pochodzi z północy. — Pan Hamilton spojrzał na nią zza szkieł okularów. — Wie pani, to człowiek, który do wszystkiego doszedł własną pracą.

Pani Townsend prychnęła.

— Własną pracą, dobre sobie. Na pewno nie zaszkodziło mu ożenienie się z jej fortuną.

— Możliwe, że pan Luxton rzeczywiście poślubił kobietę z bogatej rodziny — rzekł sztywno pan Hamilton — ale z pewnością przyczynia się do powiększania tej fortuny. Bankowość to skomplikowany interes: trzeba wiedzieć, komu pożyczyć, a komu nie. Nie twierdzę, że nie ostrzą sobie zębów na najsmakowitsze kąski, ale właśnie o to chodzi w tym biznesie.

Pani Townsend prychnęła z powątpiewaniem.

— Po prostu miejmy nadzieję, że zechcą udzielić jaśnie panu

tej pożyczki — powiedziała Nancy. — Moim zdaniem trochę pieniędzy bardzo by się tu przydało.

Pan Hamilton wyprostował się i posłał mi surowe spojrzenie, chociaż wcale się nie odzywałam. Podczas wojny Nancy poświęcała coraz więcej czasu na pracę poza domem i bardzo się przez to zmieniła. Swoje obowiązki wykonywała jak zwykle sumiennie, ale kiedy siadała przy stole w suterenie i zaczynała mówić o świecie, znacznie chętniej wyrażała sprzeciw i częściej kwestionowała porządek rzeczy. Z kolei ja nie zostałam jeszcze omamiona przez zewnętrzne siły i pan Hamilton, niczym pasterz, który dochodzi do wniosku, że lepiej porzucić jedną zbłąkaną owieczkę, niż przez nieuwagę narazić na niebezpieczeństwo całe stado, postanowił bardzo na mnie uważać.

— Wiesz, że nie mamy prawa wtrącać się w interesy jaśnie pana.

— Przepraszam, panie Hamilton — powiedziała Nancy głosem pozbawionym skruchy. — Wiem tylko tyle, że odkąd pan Frederick wprowadził się do Riverton, zamyka pokoje szybciej, niż ja mówię. Nie wspominając o sprzedawaniu mebli z zachodniego skrzydła. Mahoniowe biurko, duńskie łoże z baldachimem lady Ashbury. — Zmierzyła mnie wzrokiem znad ściereczki do kurzu. — Dudley mówi, że zamierza też sprzedać większość koni.

— Jaśnie pan jest po prostu rozważny — oświadczył pan Hamilton, odwracając się w stronę Nancy, aby dobitniej wyrazić swoje racje. — Pokoje w zachodnim skrzydle zostały pozamykane, ponieważ kiedy ty pracowałaś na dworcu, a Alfred walczył na froncie, było tam tyle sprzątania, że młoda Grace nie dałaby sobie rady. A jeśli chodzi o ogiery: po cóż jaśnie panu tyle koni, skoro ma swoje wspaniałe samochody?

Pozwolił, aby to pytanie zawisło w chłodnym zimowym powietrzu. Zdjął okulary, chuchnął na szkła i wyczyścił je teatralnym gestem zwycięstwa.

— A skoro naprawdę musisz wiedzieć — dodał, kończąc swój występ nałożeniem okularów na nos — zamierza wymienić ogiery na nowiuteńki warsztat, największy w całym hrabstwie.

Nancy nie była przekonana.

— Mimo wszystko — powiedziała, ściszając głos — w wiosce krążą plotki, że...

— Bzdura — przerwał jej pan Hamilton.

— Jakie plotki? — zapytała pani Townsend. Jej piersi kołysały się wraz z każdym ruchem wałka. — Wieści o interesach jaśnie pana?

Na schodach pojawił się jakiś cień i do sutereny weszła szczupła kobieta w średnim wieku.

— Panno Starling... — wykrztusił pan Hamilton. — Nie zauważyłem, kiedy pani weszła. Proszę usiąść, a Grace zaparzy pani herbaty. — Odwrócił się do mnie z ustami zaciśniętymi jak zatrzask portmonetki. — Grace — powiedział, wykonując gest w stronę pieca — filiżanka herbaty dla panny Starling.

Panna Starling odchrząknęła, po czym zeszła ze schodów. Drobnymi kroczkami podeszła do najbliższego krzesła, przyciskając piegowatym ramieniem małą skórzaną torbę.

Lucy Starling była sekretarką pana Fredericka, zatrudnioną pierwotnie w jego fabryce w Ipswich. Po zakończeniu wojny, kiedy rodzina przeniosła się na stałe do Riverton, zaczęła przychodzić z wioski dwa razy w tygodniu, aby pracować w gabinecie pana Fredericka. Z wyglądu była absolutnie przeciętna. Brązowe włosy upchnięte pod rozważnym słomkowym kapeluszem, spódnice w nijakich odcieniach brązu i oliwki, zwyczajna biała bluzka. Jej jedyna biżuteria, mała kremowa broszka z kameą przyczepiona do kołnierzyka, zdawała się wyczuwać swą przeciętność i posępnie zwisała w dół, odsłaniając proste srebrne zapięcie.

Straciła narzeczonego pod Ypres i nosiła żałobę tak samo jak ubrania: z ciągłą prostotą, a jej smutek był zbyt zdroworozsądkowy, aby wzbudzać wielkie współczucie. Nancy, która znała się na takich sprawach, powiedziała, że to wielka szkoda, iż straciła człowieka, który gotów był ją poślubić, ponieważ piorun nigdy nie uderza dwa razy w to samo drzewo, a z jej wyglądem i w takim wieku niemal na pewno skończy jako stara panna. Co więcej, mądrze dodała Nancy, powinniśmy uważać, aby nic nie zginęło z salonów, ponieważ panna Starling z pewnością myśli już o zapewnieniu sobie godnego bytu na stare lata.

Nie tylko Nancy miała pewne podejrzenia związane z panną Starling. Pojawienie się tej milczącej, skromnej, ze wszech miar sumiennej kobiety wywołało na dole zamieszanie, jakie teraz trudno sobie wyobrazić.

Sprawą, która budziła ogromną niepewność, była jej pozycja. Zdaniem pani Townsend młoda kobieta z klasy średniej nie powinna panoszyć się na salonach, przesiadywać w gabinecie jaśnie pana i paradować z dumą niewspółmierną do jej stanowiska. I chociaż wydawało się bardzo wątpliwe, aby panna Starling z jej praktycznymi mysimi włosami, własnoręcznie szytymi ubraniami i ostrożnym uśmiechem mogła zostać posądzona o jakąkolwiek dumę, doskonale rozumiałam obawy pani Townsend. Kiedyś granica między górą a dołem była jasna i wyraźna, lecz wraz z przybyciem panny Starling dawna pewność zaczęła słabnąć.

Nie była jedną z nich, lecz jednocześnie nie była też jedną z nas.

Tamtego popołudnia jej obecność na dole wywołała czerwone rumieńce na policzkach pana Hamiltona i nerwowe ożywienie jego palców, którymi przebierał nad klapą marynarki. Dziwne zamieszanie związane z jej stanowiskiem wprawiało pana Hamiltona w wyjątkowe zakłopotanie, ponieważ w biednej i niczego niepodejrzewającej kobiecie upatrywał rywalki. Chociaż jako kamerdyner stał na czele służby i odpowiadał za nadzór nad prowadzeniem domu, to osobista sekretarka wtajemniczona była w fascynujące sekrety rodzinnych interesów.

Pan Hamilton wyjął z kieszeni złoty zegarek i ostentacyjnie porównał czas z godziną wskazywaną przez zegar na ścianie. Ten kieszonkowy zegarek był prezentem od poprzedniego lorda Ashbury i pan Hamilton był z niego niezmiernie dumny. Ów przedmiot zawsze go uspokajał i pomagał odzyskać autorytet w chwilach napięcia czy zakłopotania. Przesunął białym pewnym palcem po jego powierzchni.

— Gdzie jest Alfred? — zapytał w końcu.

— Nakrywa do stołu, panie Hamilton — powiedziałam, ciesząc się, że napięty balon milczenia został wreszcie przebity.

— Nadal? — Pan Hamilton zamknął zegarek, a jego poruszenie znalazło mile widziane ujście. — Posłałem go z kieliszkami do brandy prawie czterdzieści pięć minut temu. Doprawdy. Co za chłopak. Chętnie bym się dowiedział, czego uczyli go w tym wojsku. Odkąd wrócił, jest strasznie lekkomyślny.

Skrzywiłam się, jak gdyby te krytyczne słowa były wymierzone we mnie.

— To powszechne wśród tych, którzy wrócili — oznajmiła Nancy. — Czasami, kiedy przyjeżdżają na dworzec, wydają się bardzo dziwni... — Urwała, polerując kieliszki do wina, i próbowała znaleźć odpowiednie słowa. — Nerwowi i trochę rozstrojeni.

— Rozstrojeni, dobre sobie — powiedziała pani Townsend, kręcąc głową. — Chłopak potrzebuje po prostu kilku porządnych posiłków. Też byłabyś rozstrojona, gdyby przydzielono ci wojskowe racje żywnościowe. Co oni jedzą? Puszki? Z wołowiną?

Panna Starling odchrząknęła i oświadczyła głosem ubarwionym staranną wymową:

— Zdaje się, że nazywają to nerwicą frontową. — Niepewnie rozejrzała się wokół, ponieważ w pokoju zapadła cisza. — Tak przynajmniej czytałam. Dotyka wielu mężczyzn. Nie należy być dla Alfreda zbyt surowym.

Omsknęła mi się dłoń i czarne liście herbaty wysypały się na sosnowy stół w kuchni.

Pani Townsend odłożyła wałek do ciasta i podwinęła umączone rękawy za łokcie. Krew napłynęła jej do policzków.

— Niech no pani posłucha — zaczęła, uosabiając amatorski autorytet, który zazwyczaj stanowi domenę policjantów i matek. — Nie chcę wysłuchiwać takich rzeczy w mojej kuchni. Alfredowi nie dolega nic, czego nie byłyby w stanie wyleczyć moje obiady.

— Oczywiście, że nie, pani Townsend — powiedziałam, mierząc wzrokiem pannę Starling. — Kiedy tylko Alfred zakosztuje pani wyśmienitej domowej kuchni, znów będzie zdrów jak ryba.

— Przez te wszystkie U-Booty i reglamentacje moje obiady nie są oczywiście takie wspaniałe jak kiedyś. — Pani Townsend spojrzała na pannę Starling i jej głos zadrżał. — Ale doskonale wiem, co lubi młody Alfred.

— Oczywiście — powiedziała panna Starling, a na jej pobladłych policzkach ukazały się zdradzieckie piegi. — Nie chciałam sugerować... — Jej usta nie przestały się poruszać, wymawiając bezgłośnie słowa, których nie potrafiła znaleźć. Usta wykrzywiły się w niewyraźnym uśmiechu. — Oczywiście, pani zna go najlepiej.

꩜

Kiedy wojna dobiegła końca i pan Frederick wraz z dziewczynkami na stałe przenieśli się do Riverton, Hannah i Emmeline wybrały sobie nowe pokoje we wschodnim skrzydle. Nie były już gośćmi, lecz mieszkankami i — jak powiedziała Nancy — musiały zająć nowe pokoje, aby podkreślić ten fakt. Z pokoju Emmeline roztaczał się widok na fontannę Erosa i Psyche na frontowym trawniku, a Hannah wybrała nieco mniejszy, z widokiem na ogród różany i jezioro. Obydwie sypialnie przylegały do małego saloniku, który zawsze nazywano burgundowym pokojem, chociaż nie mam pojęcia dlaczego, gdyż ściany były bladoniebieskie, a zasłony pokrywał kwiecisty niebiesko-różowy wzorek.

Burgundowy pokój nie nosił zbyt wyraźnych oznak niedawnego zamieszkania, zachowując charakterystyczne cechy przewidziane w oryginalnym zestawie dekoracji przez niegdysiejszego mieszkańca. Był wygodnie urządzony: pod jednym z okien stał różowy szezlong, a pod drugim znajdowało się orzechowe biurko. Obok drzwi prowadzących na korytarz ustawiono okazały fotel. Na mahoniowym stole, błyszcząc wspaniale i obwieszczając swoją nowość, tkwił gramofon. Właśnie ta nowość zdawała się nadawać rumieńców skromnym starym meblom.

Kiedy szłam korytarzem, spod zamkniętych drzwi sączyły się smutne dźwięki znajomej piosenki, mieszając się z zimnym dusznym powietrzem, które tuliło się do listew przy podłodze. „Gdybyś była jedyną dziewczyną na świecie, a ja byłbym jedynym chłopcem...".

Aktualnie był to ulubiony przebój Emmeline, który wałkowała nieustannie od chwili przyjazdu z Londynu. W suterenie śpiewali go wszyscy. Słyszano nawet, jak pan Hamilton wygwizdywał go sobie pod nosem w pokoju kredensowym.

Zapukałam i weszłam do środka, przemierzyłam wspaniały niegdyś dywan i zajęłam się rozdzielaniem sterty jedwabnych i satynowych sukni, które przygniatały fotel. Cieszyłam się, że mam jakieś zajęcie. Choć tęskniłam za dziewczętami od chwili ich wyjazdu, w ciągu dwóch lat, które upłynęły od tamtego czasu, bliskość, jaką czułam, służąc im po raz ostatni, gdzieś się ulotniła. Rozegrała się jakaś cicha rewolucja i w miejscu dwóch dziewczynek w fartuszkach i warkoczykach pojawiły się dwie dorosłe kobiety. Znowu wprawiały mnie w zakłopotanie.

Poza tym coś jeszcze w niewyraźny sposób wytrącało mnie z równowagi. Tam gdzie kiedyś było ich troje, teraz pozostały one dwie. Śmierć Davida przerwała trójstronną więź i pozostawiła otwartą przestrzeń. Dwa wierzchołki trójkąta bywają zawodne. Nic nie trzyma ich przy sobie i nie powstrzymuje przed dryfowaniem w przeciwnych kierunkach. Jeśli łączy je sznur, w pewnym momencie zostanie zerwany i punkty się rozdzielą. Jeśli guma, będą coraz bardziej się oddalały, aż w końcu napięcie stanie się tak wielkie, że przyciągnie je z powrotem z prędkością, która niechybnie doprowadzi do zderzenia z niszczącą siłą.

Hannah leżała na szezlongu z książką w dłoni, lekko marszcząc czoło. Drugą dłoń przyciskała do ucha, daremnie próbując odgrodzić się od trzeszczących rytmów.

Czytała nową książkę Jamesa Joyce'a: *Portret artysty w czasach młodości*. Poznałam po napisie na grzbiecie, chociaż wcale nie musiałam patrzeć. Była nią pochłonięta od chwili przyjazdu.

Emmeline stała na środku pokoju przed wielkim lustrem przywleczonym z jednej z sypialni. Do piersi przyciskała sukienkę, której jeszcze nie widziałam: z różowej tafty, ozdobioną marszczeniem na rąbku. Domyśliłam się, że to kolejny prezent od babci, nabyty z ponurym przekonaniem, że obecny niedostatek kawalerów do wzięcia wyeliminuje z gry wszystkie kandydatki oprócz tych najbardziej atrakcyjnych.

Ostatnie promienie zimowego słońca wpadły przez balkonowe okno i ujmująco zawisły w powietrzu, po czym ozłociły długie pukle Emmeline i wyczerpane opadły na podłogę w serii bladych plam. Emmeline, która nie zwracała uwagi na takie subtelności, kołysała się w przód i w tył, szeleszcząc różową taftą, i nuciła piosenkę pięknym głosem zabarwionym tęsknotą właścicielki za romansem. Wraz z ostatnim błyskiem słońca melodia ucichła, lecz płyta obracała się nadal, podskakując pod igłą. Emmeline rzuciła sukienkę na pusty fotel i zawirowała, zbliżając się do gramofonu. Uniosła igłę z zamiarem ponownego ułożenia jej na płycie.

Hannah podniosła wzrok znad książki. W Londynie zniknęły jej długie włosy — wraz z wszelkimi śladami dzieciństwa — i teraz miękkie złote fale muskały jej ramiona.

— Tylko nie znowu, Emmeline — jęknęła, marszcząc brwi. — Włącz coś innego. Cokolwiek innego.

— Ale to moja ulubiona piosenka.

— W tym tygodniu — powiedziała Hannah.

Emmeline teatralnie wydęła usta.

— Jak poczułby się biedny Stephen, gdyby wiedział, że nie chcesz słuchać jego płyty. Przecież to był prezent. Mogłabyś przynajmniej się nim cieszyć.

— Cieszymy się nim już wystarczająco długo — ucięła Hannah. Wtedy mnie zauważyła. — Zgodzisz się ze mną, Grace?

Dygnęłam i poczułam, że się rumienię, nie wiedząc, jak zareagować. Uniknęłam odpowiedzi, skupiając się na zapaleniu gazowej lampki.

— Gdybym ja miała takiego wielbiciela jak Stephen Hardcastle — oznajmiła Emmeline rozmarzonym tonem — słuchałabym jego płyty sto razy dziennie.

— Stephen Hardcastle nie jest żadnym wielbicielem — powiedziała Hannah, sprawiając wrażenie, jakby drażniła ją sama sugestia. — Znamy go od zawsze. To kumpel. Chrześniak lady Clem.

— Chrześniak czy nie, wątpię, aby podczas przepustki wydzwaniał codziennie do Kensington Place z powodu jakiegoś makabrycznego pragnienia słuchania wywodów lady Clem na temat jej najnowszych dolegliwości. A ty?

Hannah się zjeżyła.

— Skąd mam wiedzieć? Są ze sobą bardzo zżyci.

— Och, Hannah — powiedziała Emmeline. — Tak dużo czytasz, a potrafisz być naprawdę tępa. Nawet Fanny to widzi. — Odchyliła rączkę gramofonu i opuściła igłę, aby płyta znowu zaczęła się obracać. Kiedy znów rozbrzmiała sentymentalna melodia, Emmeline odwróciła się i dodała: — Stephen miał nadzieję, że złożysz mu obietnicę.

Hannah zagięła róg strony, którą akurat czytała, po czym ponownie wyprostowała kartkę i przygładziła zagięcie palcem.

— No wiesz — ciągnęła Emmeline z przejęciem. — Obietnicę małżeństwa.

Wstrzymałam oddech. Nie wiedziałam, że ktoś oświadczył się Hannah.

— Nie jestem idiotką — powiedziała Hannah, nie odrywając wzroku od trójkątnego kształtu pod palcem. — Wiem, czego chciał.

— Dlaczego w takim razie...?

— Nie zamierzałam składać obietnicy, której nie mogę dotrzymać — szybko wyjaśniła Hannah.

— Potrafisz być taką tradycjonalistką. Cóż by ci szkodziło pośmiać się z jego dowcipów i pozwolić mu, aby szeptał ci do ucha słodkie głupstewka? To ty zawsze głędziłaś o potrzebie wspierania naszych żołnierzy. Gdybyś nie była taka uparta, mógłby zabrać na front kilka miłych wspomnień.

Hannah umieściła na stronie zakładkę z materiału i odłożyła książkę na szezlong.

— A co zrobiłabym po jego powrocie? Powiedziałabym, że żartowałam?

Pewność Emmeline gwałtownie się rozwiała, po czym została wskrzeszona.

— Przecież to bez znaczenia — oznajmiła. — Stephen Hardcastle jeszcze nie wrócił.

— Ale może.

Teraz to Emmeline wzruszyła ramionami.

— Chyba wszystko możliwe. Ale jeśli wróci, będzie pewnie zbyt zajęty liczeniem medali, aby się tobą przejmować.

Między siostrami zapadło uparte milczenie. Cały pokój zdawał się okazywać stronniczość: ściany i zasłony zwracały się ku Hannah, a gramofon oferował służalcze wsparcie Emmeline.

Emmeline przełożyła długą lokowaną kitkę przez ramię i pogładziła końcówki włosów. Podniosła szczotkę z podłogi przed lustrem i zaczęła się czesać długimi rytmicznymi pociągnięciami.

Włosie szczotki głośno świszczało. Hannah obserwowała ją przez chwilę z pochmurnym wyrazem twarzy, którego nie byłam w stanie odczytać — może była to rezygnacja, a może niedowierzanie — po czym ponownie skupiła uwagę na książce.

Zdjęłam z fotela suknię z różowej tafty.

— Czy dzisiaj włoży panienka tę suknię? — zapytałam cicho.

Emmeline podskoczyła jak oparzona.

— Och! Nie możesz się tak zakradać. Śmiertelnie mnie wystraszyłaś.

— Przepraszam, panienko. — Czułam, jak moje policzki czerwienią się i zaczynają szczypać. Zerknęłam na Hannah, która zdawała się niczego nie zauważać. — Czy chciałaby panienka włożyć tę suknię?

— Tak. Właśnie tę. — Emmeline delikatnie przygryzła dolną wargę. — Przynajmniej tak mi się wydaje. — Przyjrzała się sukience, wyciągnęła rękę i lekko trąciła marszczony rąbek. — Hannah, jak myślisz? Wybrać niebieską czy różową?

— Niebieską.

— Naprawdę? — Zaskoczona Emmeline zwróciła się w stronę Hannah. — Myślałam, że różowa będzie lepsza.

— W takim razie włóż różową.

— Nawet na nie nie spojrzałaś.

Hannah niechętnie podniosła wzrok.

— Włóż którąkolwiek. Albo żadną. — Wydała z siebie westchnienie frustracji. — Obydwie są ładne.

Emmeline prychnęła z irytacją.

— Lepiej przynieś niebieską sukienkę. Muszę się jej jeszcze raz przyjrzeć.

Dygnęłam i zniknęłam za rogiem sypialni. Kiedy podeszłam do szafy, usłyszałam głos Emmeline:

— To ważne, Hannah. Dziś po raz pierwszy będę na prawdziwym przyjęciu i chcę wyglądać szykownie. Ty też powinnaś. Luxtonowie są z Ameryki.

— Co z tego?

— Chyba nie chcesz, by uznali nas za prymitywnych ludzi?

— Nie dbam o to, co sobie pomyślą.

224

— A powinnaś. Mogą odegrać ważną rolę w interesach taty. — Emmeline ściszyła głos i musiałam zupełnie znieruchomieć, przyciskając policzek do sukienek, aby dosłyszeć jej słowa. — Przypadkiem usłyszałam rozmowę taty z babcią...

— Raczej podsłuchałaś — przerwała jej Hannah. — I pomyśleć, że w oczach babci to ja jestem tą niegrzeczną wnuczką!

— W porządku — powiedziała Emmeline, a w jej głosie usłyszałam niedbałe wzruszenie ramion. — Zachowam to dla siebie.

— Nie dałabyś rady, nawet gdybyś chciała. Widzę po twojej minie, że nie możesz się doczekać, żeby mi o wszystkim powiedzieć.

Emmeline zamilkła na chwilę, aby nacieszyć się zdobytymi w nieuczciwy sposób informacjami.

— Och... no dobrze — rzuciła niecierpliwie. — Powiem ci, skoro nalegasz. — Odchrząknęła, robiąc poważną minę. — Wszystko zaczęło się od słów babci, która powiedziała, że ta wojna była dla naszej rodziny wielką tragedią. Że Niemcy ograbili ród Ashburych z przyszłości, a dziadek przewróciłby się w grobie, gdyby zobaczył, co się teraz dzieje. Tata próbował jej wytłumaczyć, że wcale nie jest tak źle, ale babcia nie chciała go słuchać. Powiedziała, że jest wystarczająco stara, żeby dokładnie wszystko rozumieć, i zapytała, jak inaczej można nazwać tę sytuację, skoro tata jest ostatni z rodu i nie ma spadkobiercy. Babcia powiedziała, że to wielka szkoda, iż nie ożenił się z Fanny, kiedy miał jeszcze szansę!

Wtedy tata się obruszył i odrzekł, że chociaż nie ma spadkobiercy, to nadal ma fabrykę, a babcia powinna przestać się zamartwiać, ponieważ on potrafi o wszystko zadbać. Jednak babcia wcale nie przestała się martwić. Powiedziała, że bank zaczyna upominać się o zwrot pożyczki.

Tata zamilkł i sama zaczęłam się martwić, myśląc, że właśnie wstał, kierując się w stronę drzwi i za chwilę przyłapie mnie na podsłuchiwaniu. Kiedy ponownie się odezwał, poczułam taką ulgę, że prawie się roześmiałam. Wszystko wskazywało na to, że nadal siedzi w swoim fotelu.

— Tak, tak, i co powiedział?

Emmeline mówiła dalej z nieśmiałym optymizmem aktora, który zbliża się do końca zawiłego fragmentu.

— Tata oznajmił, że chociaż podczas wojny sprawy rzeczywiście wyglądały kiepsko, teraz przerwał produkcję samolotów i wrócił do przemysłu samochodowego. Ten cholerny bank (to jego słowa, nie moje) dostanie swoje pieniądze z powrotem. Powiedział, że podczas wizyty w parlamencie poznał pewnego człowieka. Ten mężczyzna, pan Simion Luxton, ma dobre koneksje w świecie biznesu oraz w rządzie. — Emmeline westchnęła triumfalnie, pomyślnie kończąc swój monolog. — I to był już chyba koniec rozmowy, a przynajmniej wszystko na to wskazywało. Tata wydawał się bardzo zakłopotany, kiedy babcia wspomniała o banku. Wtedy postanowiłam, że zrobię wszystko, co w mojej mocy, aby nasza rodzina wywarła na panu Luxtonie dobre wrażenie i aby pomóc tacie w interesach.

— Nie wiedziałam, że tak cię to interesuje.

— Oczywiście, że mnie interesuje — skromnie zapewniła Emmeline. — I nie musisz się na mnie złościć tylko dlatego, że tym razem wiem na ten temat więcej niż ty.

Nastąpiła chwila milczenia, po której odezwała się Hannah:

— I twoje nagłe, żarliwe zaangażowanie w interesy taty nie ma absolutnie nic wspólnego z tym facetem, synem pana Luxtona, którego zdjęcie w gazecie wzbudziło taki zachwyt Fanny?

— Z Theodore'em Luxtonem? Czy on też będzie na obiedzie? Nie miałam o tym pojęcia — powiedziała Emmeline, lecz do jej słów zakradła się radosna nuta.

— Jesteś dla niego zdecydowanie za młoda. On ma co najmniej trzydzieści lat.

— Ja mam prawie piętnaście i wszyscy mówią, że wyglądam bardzo dojrzale jak na kogoś w tym wieku.

Hannah przewróciła oczami.

— Wiesz, nie jestem za młoda na to, żeby się zakochać — oznajmiła Emmeline. — Julia miała zaledwie czternaście lat.

— I zobacz, jak skończyła.

— To było nieporozumienie. Gdyby ona i Romeo wzięli ślub, a ich niemądrzy starzy rodzice przestali robić im takie problemy, z pewnością żyliby długo i szczęśliwie. — Westchnęła. — Nie mogę się doczekać chwili, w której sama wezmę ślub.

— Małżeństwo to nie tylko przystojny mąż, z którym można tańczyć — oświadczyła Hannah. — To coś znacznie więcej.

Gramofon przestał grać, lecz płyta nadal obracała się pod igłą.

— Na przykład co?

Poczułam, jak pośród zimnych jedwabiów Emmeline rozgrzewają mi się policzki.

— Prywatne sprawy — wyjaśniła Hannah. — Intymność.

— Aha — powiedziała Emmeline ledwie słyszalnym głosem. — Intymność. Biedna Fanny.

Nastąpiła cisza, w której wszystkie pomyślałyśmy o pechu biednej Fanny. Świeżo upieczonej żony, wywiezionej na miesiąc miodowy przez Dziwnego Mężczyznę.

Ja również nie byłam już tak zupełnie niedoświadczona w tego typu okropieństwach. Kilka miesięcy wcześniej, w wiosce, Billy, durnowaty syn handlarza rybami, wszedł za mną w wąską uliczkę i wepchnął we wnękę w murze, wkładając mi łapy pod spódnicę. Z początku byłam zaskoczona, lecz później, przypomniawszy sobie makrelę, którą niosłam w siatce, podniosłam rękę i zdzieliłam go nią po głowie. Uwolniłam się, lecz przedtem jego palce zdołały dotrzeć do mojego ciała. Wspomnienie tego wydarzenia sprawiało, że drżałam z obrzydzenia przez całą drogę do domu i minęło kilka dni, zanim znowu mogłam zamykać oczy, nie przeżywając tego po raz kolejny i nie zastanawiając się, co by było, gdybym nie zaczęła się bronić.

— Hannah — powiedziała Emmeline — czym właściwie jest ta intymność?

— Ja... cóż... To sposób wyrażania miłości — bezceremonialnie wyjaśniła Hannah. — Zapewne całkiem przyjemny z mężczyzną, którego namiętnie się kocha, lecz niewyobrażalnie paskudny z kimkolwiek innym.

— Tak, tak. Ale na czym polega? Dokładnie.

Kolejna chwila milczenia.

— Też nie wiesz — skwitowała Emmeline. — Poznaję to po twojej minie.

— No, niezupełnie...

— Zapytam Fanny, kiedy wróci — postanowiła Emmeline. — Wtedy na pewno będzie już wiedziała.

Musnęłam palcami śliczne tkaniny w szafie Emmeline i szukając niebieskiej sukienki, zastanawiałam się, czy Hannah mówiła prawdę. Czy ten typ zainteresowania, którym obdarzył mnie Billy, mógłby okazać się przyjemny ze strony innego mężczyzny. Przypomniałam sobie kilka chwil, podczas których Alfred stał bardzo blisko mnie, i to dziwne, lecz całkiem miłe uczucie, jakie mnie wtedy ogarniało...

— Zresztą wcale nie powiedziałam, że natychmiast chcę wyjść za mąż — to był głos Emmeline. — Miałam na myśli tylko to, że ten Theodore Luxton jest bardzo przystojny.

— Chciałaś powiedzieć, bardzo bogaty — poprawiła ją Hannah.

— Na jedno wychodzi.

— Masz szczęście, że tata w ogóle pozwolił ci wziąć udział w tym obiedzie — powiedziała Hannah. — Kiedy ja miałam czternaście lat, nikomu nie przyszłoby to do głowy.

— Ja mam prawie piętnaście.

— Chyba pomylił się w rachunkach.

— Tak. Dzięki Bogu Fanny zgodziła się poślubić tego okropnego nudziarza i dzięki Bogu spędzają miesiąc miodowy we Włoszech. Gdyby byli w domu, z pewnością musiałabym jeść obiad z nianią Brown w pokoju dziecinnym.

— Wolę towarzystwo niani Brown niż tych Amerykanów taty.

— Bzdura — powiedziała Emmeline.

— I o wiele chętniej zajęłabym się czytaniem książki.

— Kłamczucha — stwierdziła Emmeline. — Odłożyłaś sobie tę satynową sukienkę koloru kości słoniowej, w której tak bardzo nie chciała cię widzieć Fanny podczas spotkania z jej starym nudziarzem. Nie włożyłabyś jej, gdybyś nie cieszyła się na to przyjęcie równie mocno jak ja.

Nastąpiła cisza.

— Ha! — zawołała uradowana Emmeline. — Mam rację! Uśmiechasz się!

— No dobrze, nie mogę się doczekać — powiedziała Hannah. — Ale nie dlatego — dodała pospiesznie — że zależy mi na dobrej opinii u jakichś bogatych Amerykanów, których nigdy wcześniej nie widziałam.

— Nie?

— Nie.

Zaskrzypiały deski podłogi, gdy jedna z dziewcząt przeszła przez pokój i zapomniana płyta gramofonowa, która nadal bezwładnie wirowała pod igłą, została zatrzymana.

— No więc? — to był głos Emmeline. — Nie powiesz chyba, że przyczyną twojego entuzjazmu jest skromne menu pani Townsend?

Zapadła cisza, podczas której stałam zupełnie nieruchomo i czekałam, nasłuchując. Kiedy wreszcie odezwała się Hannah, jej głos był spokojny, choć pobrzmiewała w nim jednak cicha nutka podniecenia.

— Dziś wieczorem — powiedziała — zamierzam poprosić tatę o pozwolenie na powrót do Londynu.

Stojąc w głębi szafy, wydałam z siebie stłumiony okrzyk. Dopiero co przyjechały. Nie potrafiłam sobie wyobrazić, że Hannah mogłaby tak szybko wyjechać.

— Do babci? — zapytała Emmeline.

— Nie. Chcę mieszkać sama. W mieszkaniu.

— W mieszkaniu? Dlaczego, na Boga, miałabyś mieszkać w mieszkaniu?

— Będziesz się śmiała... Chcę podjąć pracę w jakimś biurze.

Emmeline wcale się nie śmiała.

— Jaką pracę?

— Biurową. Pisanie na maszynie, prowadzenie akt, stenografia.

— Przecież ty nie umiesz stenogra... — Emmeline urwała i westchnęła ze zrozumieniem. — Potrafisz stenografować. Te kartki, które znalazłam parę tygodni temu: tak naprawdę to wcale nie były żadne egipskie hieroglify...

— Nie.

— Uczyłaś się stenografii. Potajemnie. — Głos Emmeline zabarwił się oburzeniem. — Od panny Prince?

— Na Boga, nie. Panna Prince miałaby uczyć czegoś tak przydatnego? Nigdy.

— W takim razie gdzie?

— W szkole sekretarek w wiosce.

— Kiedy?

— Zaczęłam wieki temu, tuż po wybuchu wojny. Czułam się taka nieprzydatna, a stenografia wydawała się doskonałym sposobem na wzięcie udziału w wojnie. Kiedy pojechałyśmy do babci, myślałam, że znajdę jakąś pracę. W Londynie jest tyle biur. Ale... jakoś mi wtedy nie wyszło. Gdy w końcu udało mi się wyrwać z domu babci i popytać o pracę, usłyszałam, że mnie nie przyjmą. Mówili, że jestem za młoda. Ale teraz mam już osiemnaście lat i powinnam iść do pracy. Dużo ćwiczyłam i jestem naprawdę bardzo szybka.

— Kto jeszcze o tym wie?

— Nikt. Tylko ty.

Stojąc pośród sukienek, kiedy Hannah wychwalała zalety swojego szkolenia, coś utraciłam. Maleńka tajemnica, którą tak długo pielęgnowałam, została odsłonięta. Poczułam, jak wymyka mi się z rąk, opada pośród jedwabiów i satyny, a na końcu ląduje na kłębkach milczącego kurzu na podłodze szafy i znika mi z oczu.

— No i? — zapytała Hannah. — Nie sądzisz, że to ekscytujące?

Emmeline prychnęła.

— Myślę, że to podstępne. Oto co myślę. I głupie. I podobnie pomyśli tata. Praca na rzecz wojny to jedno, ale... To śmieszne i równie dobrze możesz to sobie wybić z głowy. Tata nigdy ci nie pozwoli.

— Właśnie dlatego zamierzam mu o tym powiedzieć podczas obiadu. To doskonała okazja. Przy ludziach będzie musiał się zgodzić. Zwłaszcza przy Amerykanach, którzy są bardzo nowocześni.

— Nie mogę uwierzyć, że zrobisz coś takiego — w głosie Emmeline pobrzmiewała coraz większa wściekłość.

— Nie rozumiem, dlaczego tak cię to martwi.

— Ponieważ... To nie jest... To nie... — Emmeline szukała właściwych słów obrony. — Ponieważ dziś wieczorem masz być gospodynią, a zamiast starać się, aby wszystko dobrze wypadło, zamierzasz wprawić tatę w zakłopotanie. Chcesz zrobić scenę na oczach Luxtonów.

— Nie zamierzam robić żadnej sceny.

— Zawsze tak mówisz, a potem zawsze ją robisz. Dlaczego nie możesz po prostu być...

— Normalna?

— Kompletnie oszalałaś. Kto chciałby pracować w biurze?

— Chcę zobaczyć trochę świata. Podróżować.

— Do Londynu?

— To pierwszy krok — wyjaśniła Hannah. — Chcę być niezależna. Poznawać ciekawych ludzi.

— Ciekawszych ode mnie, to chciałaś powiedzieć?

— Nie bądź niemądra — powiedziała Hannah. — Chodzi o nowych ludzi, którzy mają coś interesującego do powiedzenia. Coś, czego nigdy wcześniej nie słyszałam. Chcę być wolna, Emme. Otwarta na przygody, jakie niesie życie.

Zerknęłam na zegar na ścianie sypialni Emmeline. Była czwarta. Pan Hamilton wpadnie w złość, jeśli za chwilę nie zjawię się w suterenie. A jednak musiałam usłyszeć coś więcej, poznać dokładną naturę przygód, których tak bardzo pragnęła Hannah. Rozdarta między tymi dwoma argumentami, poszłam na kompromis. Zamknęłam szafę, przewiesiłam przez ramię niebieską sukienkę i przystanęłam przed drzwiami.

Emmeline nadal siedziała na podłodze ze szczotką w dłoni.

— Dlaczego nie zamieszkasz u jakichś przyjaciół taty? Mogłabym pojechać z tobą — powiedziała. — Na przykład do Rothermere'ów w Edynburgu...

— I pozwolić, aby lady Rothermere śledziła każdy mój krok? Albo, co gorsza, otoczyła mnie tymi swoimi upiornymi córkami? — Twarz Hannah wyrażała czystą pogardę. — Trudno to nazwać niezależnością.

— Podobnie jak pracę w biurze.

— Możliwe, ale będę potrzebowała jakichś pieniędzy. Nie zamierzam żebrać ani kraść, a nie przychodzi mi na myśl nikt, od kogo można by pożyczyć.

— A tata?

— Słyszałaś, co mówiła babcia. Możliwe, że niektórzy ludzie dorobili się na wojnie, ale tata z pewnością do nich nie należy.

— Cóż, w każdym razie moim zdaniem to okropny pomysł — powiedziała Emmeline. — To... to po prostu nie na miejscu. Tata nigdy się nie zgodzi... a babcia... — Emmeline zaczerpnęła powietrza. Wypuściła je z rezygnacją, załamując ręce. Kiedy odezwała się ponownie, jej głos był młody i słaby. — Nie chcę, żebyś mnie zostawiała. — Próbowała spojrzeć siostrze w oczy. — Najpierw David, a teraz ty.

Imię brata podziałało na Hannah jak uderzenie. Nie było tajemnicą, że w szczególny sposób opłakiwała śmierć Davida. Cała rodzina nadal przebywała w Londynie, kiedy przyszedł znienawidzony list z czarną obwódką, lecz w tamtych czasach wieści szybko wędrowały między suterenami angielskich rezydencji i wszyscy dowiedzieliśmy się o niepokojącej apatii panienki Hannah. Jej odmowa jedzenia budziła wielki niepokój, skłaniając panią Townsend do ciągłego pieczenia ciasteczek z malinami, które Hannah uwielbiała od czasów dzieciństwa, i wysyłania ich do Londynu.

Emmeline mówiła dalej, nie dając po sobie poznać, czy jest świadoma efektu, jaki wywołało wspomnienie brata, czy też zupełnie tego nie dostrzega.

— Co ja pocznę sama jak palec w tym wielkim domu?

— Nie będziesz sama — cicho powiedziała Hannah. — Tata będzie dotrzymywał ci towarzystwa.

— To marne pocieszenie. Wiesz, że tacie wcale na mnie nie zależy.

— Bardzo mu na tobie zależy, Emme — zdecydowanie oznajmiła Hannah. — Zależy mu na nas obu.

Emmeline zerknęła przez ramię, a ja przywarłam do framugi.

— Ale tak naprawdę on wcale mnie nie lubi — powiedziała. — Nie jako człowieka. Nie tak, jak lubi ciebie.

Hannah otworzyła usta, żeby zaprzeczyć, lecz Emmeline nie dała jej dojść do słowa.

— Nie musisz udawać. Widzę, jak na mnie patrzy, kiedy myśli, że go nie obserwuję. Jakby mój widok go zaskakiwał, jakby nie do końca wiedział, kim właściwie jestem. — Jej oczy zalśniły, ale nie zaczęła płakać. Mówiła szeptem. — To dlatego, że wini mnie za śmierć mamy.

— Nieprawda. — Policzki Hannah zrobiły się różowe. — Nawet tak nie mów. Nikt nie wini cię za śmierć mamy.

— Tata wini.

— Nie.

— Słyszałam, jak babcia mówiła lady Clem, że po tym okropnym wydarzeniu już nigdy nie był taki jak kiedyś. — Po chwili Emmeline przemówiła z pewnością, która wprawiła mnie w zdumienie. — Nie chcę, żebyś mnie opuszczała. — Wstała z podłogi i usiadła przy Hannah, po czym błagalnie złożyła dłonie. Był to nietypowy gest, który w równym stopniu wstrząsnął Hannah, co mną. — Proszę. — Po tych słowach zaczęła płakać.

Siedziały obok siebie na szezlongu, Emmeline łkała, a jej prośba wisiała między nimi. Na twarzy Hannah malował się charakterystyczny upór, lecz oprócz przymrużonych oczu i zaciśniętych ust dostrzegłam coś jeszcze. Jakiś nowy aspekt, którego nie można było przypisać wyłącznie wkroczeniu w dorosłe życie...

Wtedy zrozumiałam. Była teraz najstarsza z rodzeństwa i odziedziczyła niejasną, nieustępliwą i niechcianą odpowiedzialność, której wymagała od niej ta rola.

Hannah zwróciła się w stronę Emmeline, udając beztroskę.

— Rozchmurz się. — Poklepała siostrę po dłoni. — Chyba nie chcesz wystąpić na przyjęciu ze spuchniętymi oczami?

Znowu zerknęłam na zegar. Był kwadrans po czwartej. Pan Hamilton pewnie gotował się ze wściekłości. Nie było innego wyjścia...

Wróciłam do pokoju z niebieską sukienką przewieszoną przez ramię.

— Suknia panienki — powiedziałam do Emmeline.

Nie odpowiedziała. Udałam, że nie widzę łez na jej policzkach. Zamiast tego skupiłam się na sukience, wygładzając koronkowy rąbek.

— Włóż różową, Emme — doradziła Hannah łagodnym głosem. — Ładnie w niej wyglądasz.

Emmeline nie zwróciła na nią uwagi.

Spojrzałam na Hannah w poszukiwaniu jakiejś wskazówki. Skinęła głową.

— Różowa.

— A panienka?

Wybrała satynową suknię koloru kości słoniowej; dokładnie tak, jak przewidziała Emmeline.

— Ty też tam będziesz, Grace? — zapytała Hannah, kiedy przyniosłam z garderoby piękną satynową suknię i gorset.

— Najpewniej nie, panienko — oznajmiłam. — Skoro Alfred wrócił do domu, to on będzie pomagał przy stole panu Hamiltonowi i Nancy.

— Ach — powiedziała Hannah. — Rzeczywiście. — Podniosła książkę, otworzyła ją, ponownie zamknęła i musnęła palcem jej grzbiet. Kiedy się odezwała, mówiła nieśmiałym tonem. — Zamierzałam cię o to zapytać, Grace. Jak on się czuje?

— Dobrze, panienko. Po powrocie lekko się przeziębił, ale pani Townsend wyleczyła go cytryną z jęczmieniem i od tamtego czasu wszystko jest w porządku.

— Ona nie pyta o jego zdrowie fizyczne — nieoczekiwanie wtrąciła Emmeline. — Chodzi jej o jego głowę.

— O głowę, panienko? — Spojrzałam na Hannah, która skarciła Emmeline lekkim zmarszczeniem brwi.

— Przecież to prawda. — Emmeline zwróciła w moją stronę zaczerwienione oczy. — Kiedy wczoraj po południu serwował herbatę, zachował się bardzo osobliwie. Jak zwykle podawał słodycze i nagle taca zaczęła się trząść. — Roześmiała się. Był to płytki nienaturalny dźwięk. — Trzęsło się całe jego ramię. Czekałam, aż przestanie i poda mi kawałek cytrynowego ciasta, ale miałam wrażenie, jak gdyby nie potrafił się uspokoić. Potem oczywiście taca wyślizgnęła mu się z dłoni i cała lawina biszkoptowego ciasta wylądowała na mojej najładniejszej sukience. Z początku byłam bardzo zła. Naprawdę postąpił zbyt nieuważnie. Mógł mi zniszczyć całą sukienkę. Ale potem, kiedy tak stał z tym dziwnym wyrazem twarzy, zaczęłam się bać. Byłam pewna, że zupełnie oszalał. — Wzruszyła ramionami. — W końcu się otrząsnął i posprzątał cały bałagan. Ale mimo to narobił szkody. Miał szczęście, że to ja ucierpiałam. Tata nie byłby taki wyrozumiały. Byłby bardzo zły, gdyby coś takiego powtórzyło się dzisiejszego wieczoru. — Spojrzała prosto na mnie zimnymi niebieskimi oczami. — Chyba nie sądzisz, że to możliwe, prawda?

— Nie mam pojęcia, panienko. — Byłam zdumiona. Po raz pierwszy słyszałam o tym zajściu. — To znaczy, z pewnością nie, panienko. Jestem przekonana, że Alfredowi nic nie dolega.

— Oczywiście, że nie — pospiesznie wtrąciła Hannah. — To był tylko wypadek. Po tak długiej nieobecności trzeba na nowo przystosować się do pracy. A te tace wydają się okropnie ciężkie, zwłaszcza kiedy załaduje je pani Townsend. Jestem pewna, że zamierza nas wszystkich utuczyć. — Uśmiechnęła się, lecz na jej twarzy nadal widniał cień zmartwienia.

— Tak, panienko — powiedziałam.

Hannah kiwnęła głową, zamykając temat.

— A teraz włóżmy te sukienki, żebyśmy mogły odegrać przed Amerykanami taty posłuszne córeczki i miały to już za sobą.

Kolacja

Idąc korytarzem i po schodach, cały czas powtarzałam w myślach relację Emmeline, lecz bez względu na to, z której strony na nią patrzyłam, dochodziłam do tego samego wniosku. Coś było nie tak. To niezdarne zachowanie zupełnie nie przypominało Alfreda. Podczas całego mojego pobytu w Riverton podobne błędy zdarzyły mu się zaledwie dwa razy. Pewnego dnia tak bardzo się spieszył, że podał pocztę na tacy do napojów. Kiedy indziej przewrócił się na schodach do sutereny z powodu wysokiej gorączki. Ale to było co innego. Upuścić całą tacę? Z trudem potrafiłam to sobie wyobrazić.

A jednak ta historia z pewnością nie została zmyślona. Jaki powód miałaby Emmeline, aby kłamać? Nie, musiała się wydarzyć i wszystko stało się z powodu, który zasugerowała Hannah. To był wypadek: chwila nieuwagi, gdy promienie zachodzącego słońca odbiły się w okiennej szybie, lekki skurcz dłoni, śliska taca. To mogło się zdarzyć każdemu, a zwłaszcza, jak zauważyła Hannah, komuś, kogo nie było przez kilka lat i wyszedł z wprawy.

I chociaż pragnęłam wierzyć w to proste wyjaśnienie, nie potrafiłam. Ponieważ w małym zakątku mojego umysłu tworzyła się cała kolekcja przeróżnych incydentów — nie, może nie incydentów — kolekcja przeróżnych spostrzeżeń. Opaczne rozumienie życzliwych pytań o jego zdrowie, przesadne reakcje na wyimaginowaną krytykę i marszczenie brwi w chwilach, w których dawniej wybuchnąłby śmiechem. Wszystko, co robił, odbywało się w atmosferze dezorientacji i podenerwowania.

Szczerze mówiąc, dostrzegłam to już w wieczór jego powrotu. Zaplanowaliśmy małe przyjęcie: pani Townsend przygotowała specjalną kolację, a pan Hamilton otrzymał pozwolenie na otwarcie butelki wina z zapasów jaśnie pana. Znaczna część popołudnia upłynęła nam na nakrywaniu do stołu w suterenie, pośród śmiechu i ciągłego przekładania naczyń i sztućców, aby Alfredowi spodobał się efekt końcowy. Chyba tamtego wieczoru wszyscy byliśmy trochę upojeni szczęściem. A najbardziej ja.

Gdy nastała oczekiwana pora, usiedliśmy do stołu, tworząc żywy obrazek kiepsko udawanej beztroski. Spoglądaliśmy na siebie z niecierpliwością i czekaliśmy, nasłuchując kroków. Wreszcie zachrzęścił żwir, rozległy się niskie głosy i ktoś zatrzasnął drzwiczki samochodu. Odgłosy kroków stawały się coraz bardziej donośne. Pan Hamilton wstał, przygładził marynarkę i zajął miejsce przy drzwiach. Nastąpiła chwila pełnej oczekiwania ciszy, gdy nasłuchiwaliśmy pukania do drzwi, po czym ktoś je otworzył i na progu ujrzeliśmy Alfreda.

Obyło się bez podniosłych scen. Alfred nie zasypał nas opowieściami, nie ciskał gromów ani nie skulił się ze strachu. Pozwolił, abym wzięła jego czapkę, po czym stał skrępowany na progu, jak gdyby bał się wejść do środka. Zmusił swoje usta do uśmiechu. Pani Townsend rzuciła mu się na szyję i wciągnęła go do jadalni, jak gdyby miała do czynienia z opornym dywanem. Zaprowadziła go na honorowe miejsce po prawej ręce pana Hamiltona i wszyscy zaczęliśmy mówić jeden przez drugiego, śmiejąc się, wołając i opowiadając historie z ostatnich dwóch lat. To znaczy wszyscy z wyjątkiem Alfreda. Och, on również się starał. Kiwał głową we właściwych chwilach, odpowiadał na pytania, a nawet zdobył się na parę bladych uśmiechów. Były to jednak reakcje obcej osoby, jednego z Belgów lady Violet, którzy starali się zadowolić publiczność zapraszającą ich do własnego grona.

Nie byłam jedyną osobą, która to zauważyła. Widziałam, jak marszczy się zaniepokojone oblicze pana Hamiltona, a na twarzy Nancy maluje się posępne zrozumienie. Ale nigdy o tym nie rozmawialiśmy, nigdy nie zbliżyliśmy się do tego tematu bardziej niż tamtego dnia, kiedy Luxtonowie przyjechali na kolację, a pani Starling podzieliła się z nami swoją opacznie zrozumianą opinią. Wydarzenia tamtego wieczoru i inne spostrzeżenia, które gromadziłam od dnia powrotu Alfreda, leżały uśpione. Wszyscy udaliśmy, że niczego nie widzimy, i zawarliśmy milczący pakt, który zakazywał nam dostrzegania tych zmian. Czasy się zmieniły i zmienił się również Alfred.

Pod nieobecność prawdziwej pani domu Hannah — ku swemu rozbawieniu przyprawionemu nutką irytacji — otrzymała zadanie usadzenia gości przy stole. W pośpiechu naszkicowała plan na kartce papieru w linie, poszarpanej w miejscu, w którym wyrwała ją z zeszytu.

Same wizytówki były bardzo zwyczajne: czarne litery na białym tle, ozdobione w lewym górnym rogu herbem Ashburych. Brakowało im uroku właściwemu wizytówkom owdowiałej lady Violet, lecz najzupełniej nadawały się do celu, pasując do stosunkowo surowej zastawy pana Fredericka. W dodatku, ku wielkiemu rozgoryczeniu pana Hamiltona, pan Frederick postawił na wersję *en familie* (zamiast oficjalnej *à la Russe*, do której wszyscy przywykliśmy) i zamierzał sam pokroić bażanta. Choć pani Townsend była niezmiernie zdumiona, Nancy, która niedawno pracowała poza domem, milcząco zaakceptowała to postanowienie, zauważając, że decyzja jaśnie pana ma zapewne na celu współbrzmienie z gustami amerykańskich przyjaciół.

W tej sprawie miałam niewiele do powiedzenia, ale osobiście wolałam ten bardziej nowoczesny styl podawania do stołu. Bez wielkich jak drzewa tac uginających się od słodkich przysmaków i stosów owoców stół nabrał prostej elegancji, która przypadła mi do gustu. Śnieżna biel wykrochmalonego obrusu, srebrne sztućce i połyskujące grupki kieliszków.

Przyjrzałam się uważniej. Na kieliszku do szampana pana Fredericka widniał wielki odcisk palca. Chuchnęłam na obraźliwy ślad i szybko wytarłam go zwiniętym rąbkiem fartuszka.

Byłam tak pochłonięta tym zadaniem, że podskoczyłam jak oparzona, kiedy ktoś silnym pchnięciem otworzył drzwi prowadzące na korytarz.

— Alfred! — powiedziałam. — Przestraszyłeś mnie! Prawie upuściłam kieliszek!

— Nie powinnaś go była w ogóle dotykać — stwierdził Alfred, marszcząc brwi w znajomy sposób. — Kieliszki to mój obowiązek.

— Zauważyłam ślad — wyjaśniłam. — Wiesz, jaki jest pan Hamilton. Gdyby to zobaczył, przerobiłby twoje wnętrzności na podwiązki. A nie chciałabym zobaczyć pana Hamiltona w podwiązkach!

Próba rozśmieszenia go była skazana na porażkę, jeszcze zanim ją podjęłam. Gdzieś w okopach Francji śmiech Alfreda umarł i teraz potrafił jedynie wykrzywiać mu twarz.

— Zamierzałem wypolerować je później.

— Cóż — zauważyłam. — W takim razie już nie musisz.

— Nie możesz tego dłużej robić. — Mówił wyważonym tonem.

— Czego?

— Sprawdzać mnie. Chodzić za mną jak drugi cień.

— Wcale tego nie robię. Rozkładałam tylko wizytówki i zauważyłam ślad.

— Powiedziałem ci, że zamierzałem wypolerować kieliszki trochę później.

— Dobrze — odrzekłam cicho, odkładając kieliszek na miejsce. — Zostawię go.

Alfred wydał z siebie mrukliwy odgłos zadowolenia i wyciągnął z kieszeni ściereczkę.

Zaczęłam poprawiać wizytówki, chociaż stały już prosto, i udawałam, że wcale go nie obserwuję.

Przygarbił się i sztywno uniósł prawe ramię, odgradzając się od mojego spojrzenia. Było to błaganie o samotność, lecz przeklęte dzwony dobrych intencji głośno rozbrzmiewały mi w uszach. Może jeśli namówię go na zwierzenia, dowiem się, co go gryzie, będę mogła jakoś pomóc? Któż mógłby pomóc lepiej niż ja? Chyba nie wyobraziłam sobie bliskości, która zapanowała między nami podczas jego wyjazdu? Wiedziałam, że nie: przecież pisał o niej w listach. Odchrząknęłam, żeby coś powiedzieć, i łagodnie oznajmiłam:

— Wiem, co stało się wczoraj po południu.

Udawał, że nie słyszy, i skupił się na polerowaniu kieliszka. Powtórzyłam nieco głośniej:

— Wiem, co stało się wczoraj po południu. W salonie.

Zamarł z kieliszkiem w dłoni. Stał zupełnie nieruchomo. Obraźliwe słowa wisiały między nami jak mgła i z całych sił zapragnęłam cofnąć czas.

Odezwał się śmiertelnie cichym głosem:

— Mała panienka rozsiewała ploteczki, prawda?

— Nie...

— Ale porządnie się z tego uśmiała.

— Och, nie — powiedziałam szybko. — To nie było tak. Martwiła się o ciebie. — Przełknęłam ślinę i odważyłam się dodać: — Ja się o ciebie martwię.

Posłał mi surowe spojrzenie spod kosmyka włosów, który opadł mu na czoło podczas polerowania. Jego usta pokryły się maleńkimi zmarszczkami złości.

— Martwisz się o mnie?

Jego dziwny oschły ton wzbudził moją nieufność, lecz zawładnęła mną niekontrolowana potrzeba naprawienia sytuacji.

— Po prostu to do ciebie niepodobne, żebyś upuszczał tacę. A potem o niczym nie wspomniałeś... Pomyślałam, że może nie chcesz, żeby dowiedział się o tym pan Hamilton. Ale on by się nie gniewał. Jestem tego pewna. Każdemu zdarza się popełniać pomyłki podczas służby.

Spojrzał na mnie i przez chwilę myślałam, że wybuchnie śmiechem. Jednak jego twarz wykrzywiła się szyderczo.

— Ty głupia mała dziewczyno — powiedział. — Myślisz, że przejmuję się tym, iż parę kawałków ciasta wylądowało na podłodze?

— Alfred...

— Myślisz, że nie wiem, co to znaczy służba? Po tym, gdzie byłem?

— Tego nie powiedziałam...

— Ale właśnie tak myślisz, prawda? Widzę, jak na mnie patrzycie, jak mnie obserwujecie i czekacie, aż popełnię jakiś błąd. Cóż, możecie już przestać czekać i zachować te zmartwienia dla siebie. Nic mi nie jest, słyszysz? Nic!

Piekły mnie oczy, a ton jego głosu sprawił, że poczułam na plecach dreszcz. Szepnęłam:

— Chciałam tylko pomóc...

— Pomóc? — Gorzko się roześmiał. — A dlaczego uważasz, że potrafisz mi pomóc?

— Alfred — zaczęłam nieśmiało, zastanawiając się, co może mieć na myśli. — Ty i ja... My... Jest tak, jak pisałeś... W listach...

— Zapomnij o tym, co pisałem.

— Ale Alfred...

— Odczep się ode mnie, Grace — powiedział oschle i z powrotem skupił się na kieliszkach. — Nigdy cię nie prosiłem o pomoc. Nie chcę jej i nie potrzebuję. No, idź już stąd i pozwól mi pracować.

Moje policzki płonęły: z rozczarowania, na dręczące wspomnienie konfrontacji, lecz najbardziej z zażenowania. Doszukiwałam się bliskości tam, gdzie jej nie było. Boże, wybacz mi, w chwilach największego rozmarzenia zaczęłam nawet wyobrażać sobie przyszłość u boku Alfreda. Randki, ślub, a może i rodzinę. A teraz, kiedy zdałam sobie sprawę, że pomyliłam zwykłą tęsknotę ze znacznie większym uczuciem...

Pierwszą część wieczoru spędziłam w suterenie. Nawet jeśli pani Townsend zastanawiała się, skąd się wzięło moje nagłe zaangażowanie w pieczenie bażanta, wolała o nic nie pytać. Związywałam go, podlewałam, a nawet pomagałam przy faszerowaniu. Robiłam wszystko, byle tylko uniknąć powrotu na górę, gdzie pracował Alfred.

Moje uniki zdawały egzamin, dopóki pan Hamilton nie wcisnął mi w dłonie tacy do podawania koktajli.

— Ależ panie Hamilton — powiedziałam ze smutkiem. — Pomagam pani Townsend przy przyrządzaniu potraw.

Oczy pana Hamiltona błysnęły zza okularów, wyczuwając sprzeciw.

— A ja ci mówię, żebyś zaniosła na górę koktajle.

— Ale Alfred...

— Alfred jest zajęty usługiwaniem w jadalni — uciął pan Hamilton. — Pospiesz się, dziewczyno. Nie każ czekać jaśnie panu.

☙

Przyjęcie było małe, zaledwie na sześć osób, a jednak pokój sprawiał wrażenie wypełnionego po brzegi. Atmosfera była gęsta od donośnych głosów i nadmiernego gorąca. Pan Frederick, pragnąc zrobić dobre wrażenie, nalegał, aby porządnie nagrzać w jadalni, a pan Hamilton stanął na wysokości zadania i zorganizował dwa dodatkowe piecyki olejowe. W tych cieplarnianych warunkach unosił się zapach wyjątkowo gryzących damskich perfum, który groził opanowaniem całego pokoju i odurzeniem wszystkich zgromadzonych.

Najpierw zobaczyłam pana Fredericka, odzianego w czarny garnitur. Wyglądał niemal tak elegancko jak niegdyś major, chociaż był chudszy, a jego strój wydawał się jakby mniej sztywny. Stał przy mahoniowym biurku, rozmawiając z przysadzistym mężczyzną o siwiejących włosach, które niczym wieniec okalały jego lśniącą łysinę.

Przysadzisty mężczyzna wskazał porcelanowy wazon stojący na biurku.

— Widziałem coś takiego w Sotheby's — powiedział z akcentem nowobogackich z północnej Anglii zmieszanym z czymś jeszcze. — Identyczny. — Pochylił się w stronę rozmówcy. — Sporo kosztuje, stary.

Pan Frederick odpowiedział wymijająco:

— Nie mam pojęcia. Mój pradziadek przywiózł go z Dalekiego Wschodu. Stoi tu od zawsze.

— Słyszałaś to, Estello?! — zawołał Simion Luxton do swojej bladej żony, która siedziała na kanapie w drugim końcu pokoju, pomiędzy Hannah i Emmeline. — Frederick powiedział, że ten wazon jest w rodzinie od wielu pokoleń. Używa go jako przycisku do papieru.

Estella Luxton wyrozumiale uśmiechnęła się do męża i wyczuło się między nimi milczące porozumienie zrodzone w ciągu długich lat wspólnej egzystencji. W tej krótkiej chwili ich małżeństwo ukazało mi się jako produkt praktycznej wytrwałości. Symbiotyczny związek, w którym namiętność już dawno ustąpiła miejsca użyteczności.

Spełniwszy swój małżeński obowiązek, Estella ponownie skupiła uwagę na Emmeline, w której odkryła podobną sobie entuzjastkę wyższych sfer. Wszelkie braki męża w zakresie owłosienia Estella nadrabiała z nawiązką. Włosy koloru grafitowego upięła w kształtny i imponujący kok o zadziwiająco amerykańskiej konstrukcji. Kojarzył mi się ze zdjęciem, które pan Hamilton przypiął do tablicy informacyjnej w suterenie. Przedstawiało nowojorski wieżowiec pokryty rusztowaniami: skomplikowany i imponujący, choć wcale nie atrakcyjny. Uśmiechnęła się w odpowiedzi na jakąś uwagę ze strony Emmeline, a mnie oszołomiła biel jej zębów.

Okrążyłam pokój, położyłam tacę z koktajlami na stoliku pod oknem i rutynowo dygnęłam. Młody pan Luxton siedział w fotelu i jednym uchem słuchał entuzjastycznej dyskusji Emmeline i Estelli na temat zbliżającego się sezonu.

Theodore — którego zwykliśmy nazywać Teddym — był przystojny w sposób, w jaki w tamtych czasach przystojni byli wszyscy bogaci mężczyźni. Względnie dobry wygląd wspomagany pewnością siebie tworzył fasadę inteligencji i uroku, rozświetlał mu oczy sugestywnym blaskiem.

Miał ciemne włosy, prawie tak czarne jak jego garnitur Savile Row, i nosił elegancki wąsik, który upodabniał go do aktora filmowego. Nagle pomyślałam, że wygląda jak Douglas Fairbanks, i poczułam, że się rumienię. Miał szeroki i swobodny uśmiech, a zęby jeszcze bielsze niż jego matka. Doszłam do wniosku, że amerykańska woda musi mieć jakiś szczególny składnik, ponieważ ich zęby były równie białe jak sznur pereł na szyi Hannah, zawieszony tuż obok złotego łańcuszka z medalionem.

Kiedy Estella rozpoczęła szczegółową relację z ostatniego balu lady Belmont, mówiąc z metalicznym akcentem, którego nigdy wcześniej nie słyszałam, wzrok Teddy'ego zaczął błądzić po pokoju. Dostrzegając znudzenie gościa, pan Frederick wykonał nerwowy gest w stronę Hannah, która odchrząknęła i powiedziała bez entuzjazmu:

— Ufam, że mieliście państwo przyjemną podróż przez ocean?

— Bardzo przyjemną — powiedział ze szczerym uśmiechem. — Chociaż matka i ojciec z pewnością odpowiedzieliby inaczej. Żadne z nich nie ma zamiłowania do morskich podróży. Obydwoje chorowali od chwili opuszczenia Nowego Jorku aż do przyjazdu do Bristolu.

Hannah upiła łyk koktajlu, po czym zdobyła się na kolejną sztywną próbkę uprzejmej rozmowy.

— Jak długo zamierzają państwo zostać w Anglii?

— Obawiam się, że w moim przypadku będzie to tylko krótka wizyta. W przyszłym tygodniu wyruszam na kontynent. Do Egiptu.

— Do Egiptu — powiedziała Hannah, szeroko otwierając oczy.

Tedy się roześmiał.

— Tak. Mam tam pewien interes do załatwienia.

— Zobaczy pan egipskie piramidy?

— Niestety, chyba nie tym razem. Spędzę tylko kilka dni w Kairze, a potem jadę do Florencji.

— Paskudne miejsce — powiedział głośno Simion, siedzący w drugim fotelu. — Pełne gołębi i czarnuchów. Ja tam wolę dobrą starą Anglię.

Pan Hamilton wykonał gest w stronę już prawie pustego, chociaż niedawno go napełniałam kieliszka Simiona. Podeszłam do niego z koktajlem.

Kiedy napełniałam kieliszek, czułam na sobie wzrok Simiona.

— Są pewne przyjemności — stwierdził — które spotyka się tylko w tym kraju. — Pochylił się lekko i jego ciepła ręka pogładziła mnie po udzie. — Bardzo się starałem, ale nie znalazłem ich w żadnym innym miejscu.

Skupiłam się na zachowaniu neutralnego wyrazu twarzy i starałam się nie nalewać zbyt szybko. Nim kieliszek się napełnił, minęła cała wieczność i mogłam się wreszcie oddalić. Kiedy okrążałam pokój, zauważyłam, że Hannah marszczy brwi, patrząc na miejsce, w którym przed chwilą stałam.

— Mój mąż bardzo kocha Anglię — oznajmiła Estella bez żadnego konkretnego celu.

— Polowania, strzelanie i golf — powiedział Simion. — Nikt nie robi tego lepiej niż Brytyjczycy. — Upił spory łyk koktajlu i rozparł się w fotelu. — Ale najlepszy ze wszystkiego jest brytyjski sposób myślenia — ciągnął Simion. — W Anglii są dwa typy ludzi. Ci urodzeni po to, aby wydawać rozkazy — jego wzrok powędrował po pokoju i padł na moją twarz — i ci, którzy urodzili się po to, aby je wypełniać.

Hannah jeszcze bardziej zmarszczyła brwi.

— Dzięki temu wszystko działa jak trzeba — podsumował Simion. — Niestety, w Ameryce jest zupełnie inaczej. Facet, który na ulicznym rogu pucuje ci buty, z pewnością marzy o założeniu własnej firmy. Niewiele rzeczy tak cholernie wytrąca z równowagi jak cała populacja robotników rozdętych niedorzeczną — przez chwilę obracał w ustach to niesmaczne słowo, aż w końcu wypluł je: — ...ambicją.

— Proszę sobie tylko wyobrazić — powiedziała Hannah. — Robotnik, który oczekuje od życia czegoś więcej niż wąchanie smrodu cudzych stóp.

— Ohyda! — wzdrygnął się Simion, nieczuły na ironię pobrzmiewającą w jej słowach.

— A przecież powinni wiedzieć — ciągnęła, podnosząc głos o pół tonu — że tylko szczęśliwcy mają prawo zaprzątać sobie głowę czymś takim jak ambicja.

Pan Frederick posłał jej ostrzegawcze spojrzenie.

— Dzięki temu zaoszczędziliby nam mnóstwo kłopotów — rzekł Simion, kiwając głową. — Wystarczy spojrzeć na bolszewików, żeby przekonać się, jak niebezpieczni potrafią być ci ludzie, kiedy wbiją sobie do głowy pomysły przerastające ich społeczną pozycję.

— Czy człowiek nie powinien dążyć do ulepszania siebie? — zapytała Hannah.

Młody pan Luxton, Teddy, nie odrywał od niej wzroku, a jego usta drgnęły w lekkim uśmiechu.

— Och, ojciec pochwala ideę samodoskonalenia, prawda, ojcze? W dzieciństwie słuchałem prawie wyłącznie o niej.

— Mój dziadek wyrwał się z kopalni jedynie dzięki własnej determinacji — oznajmił Simion. — A teraz: tylko spójrzcie na Luxtonów.

— Godna podziwu przemiana. — Hannah się uśmiechnęła. — Ale nie każdy może do niej dążyć, prawda, panie Luxton?

— Otóż to — powiedział. — Otóż to.

Pan Frederick, pragnąc opuścić niebezpieczne wody, odchrząknął niecierpliwie i spojrzał w stronę pana Hamiltona.

Pan Hamilton niedostrzegalnie kiwnął głową i pochylił się nad Hannah.

— Podano do stołu, panienko. — Spojrzał na mnie i dał znak, abym zeszła do sutereny.

— Cóż — oznajmiła Hannah, gdy wymykałam się z pokoju. — Kolację czas zacząć.

✤

Po zupie z zielonego groszku podano rybę, po rybie bażanta, i wyglądało na to, że wszystko idzie wyśmienicie. Nancy od czasu do czasu schodziła na dół, przynosząc oczekiwane wieści na temat rozwoju wydarzeń. Choć pani Townsend pracowała w szalonym tempie, zawsze znajdowała chwilę, aby wysłuchać najświeższych doniesień o postępach Hannah w roli gospodyni. Pokiwała głową, gdy Nancy oznajmiła, że chociaż panna Hannah radzi sobie doskonale, jej maniery nie są jeszcze tak doskonałe jak u babci.

— Oczywiście, że nie — powiedziała pani Townsend. Na jej czole widniały kropelki potu. — Lady Violet przychodziło to naturalnie. Nawet gdyby chciała, żadne z jej przyjęć nie mogło odbiegać od ideału. Panienka Hannah potrzebuje praktyki. Możliwe, że nigdy nie będzie doskonałą panią domu, ale z pewnością będzie dobrą. Ma to we krwi.

— Chyba ma pani rację, pani Townsend — przyznała Nancy.

— Oczywiście, że mam. Ta dziewczyna poradzi sobie doskonale, o ile tylko nie podda się... nowoczesnym pomysłom.

— Jakim nowoczesnym pomysłom? — zapytałam.

— Zawsze była inteligentnym dzieckiem — rzekła pani Townsend z westchnieniem. — A te wszystkie książki wypełniają dziewczęce głowy różnymi dziwactwami.

— Jakim nowoczesnym pomysłom? — powtórzyłam.

— Jednak małżeństwo ją z tego wyleczy. Zapamiętaj moje słowa — powiedziała pani Townsend do Nancy.

— Z pewnością ma pani rację, pani Townsend.

— Jakim nowoczesnym pomysłom? — zapytałam zniecierpliwiona.

— Niektóre młode dziewczęta nie wiedzą, czego im trzeba, dopóki nie znajdą odpowiedniego męża — wyjaśniła pani Townsend.

Nie mogłam tego dłużej znieść.

— Panienka Hannah nie zamierza wyjść za mąż — powiedziałam. — Nigdy. Słyszałam, jak to mówiła. Zamierza podróżować po świecie i wieść życie pełne przygód.

Nancy wydała z siebie zduszony okrzyk, a pani Townsend wbiła we mnie wzrok.

— Co ty wygadujesz, niemądra dziewczyno? — zapytała, mocno przyciskając dłoń do mojego czoła. — Chyba oszalałaś, skoro mówisz takie bzdury. Zachowujesz się jak Katie. Oczywiście, że panienka Hannah wyjdzie za mąż. To marzenie każdej młodej kobiety: wyjść za mąż szybko i błyskotliwie. Co więcej, teraz to jej obowiązek, po tym, jak panicz David...

— Nancy! — zawołał pan Hamilton, pędząc po schodach. — Gdzie ten szampan?!

— Mam go, panie Hamilton — rozległ się głos Katie, a potem ukazała się jej rozpędzona postać. Wyłoniła się z chłodni z butelkami niezdarnie wetkniętymi pod obydwie pachy i szerokim uśmiechem na ustach. — Wszyscy byli zajęci kłótnią, ale ja go przyniosłam.

— W takim razie pospiesz się, dziewczyno — powiedział pan Hamilton. — Gościom jaśnie pana niedługo zaschnie w gardłach. — Zwrócił się w stronę kuchni i spojrzał na nas z dezaprobatą. — Muszę powiedzieć, że nie spodziewałem się po tobie takiej lekkomyślności, Nancy.

— Proszę, panie Hamilton — wtrąciła Katie.

— Natychmiast na górę — rozkazał wyniośle. — Skoro już tu jestem, równie dobrze mogę zanieść je sam.

Nancy posłała mi wściekłe spojrzenie i pospieszyła na górę.

— Doprawdy, pani Townsend — obruszył się pan Hamilton. — Żeby zajmować Nancy jakimiś kłótniami. Doskonale pani wie, że na górze potrzebna jest nam teraz każda para rąk. Czy mogę zapytać, cóż to za ważna sprawa wymagała tak pilnej debaty?

— Nic takiego, panie Hamilton — powiedziała pani Townsend, unikając mojego wzroku. — To wcale nie była debata, tylko mała wymiana zdań pomiędzy Nancy, Grace i mną.

— Rozmawiały o panience Hannah — wtrąciła Katie. — Słyszałam, jak...

— Cicho, Katie — powiedział pan Hamilton.

— Ale ja...

— Katie! — krzyknęła pani Townsend. — Dosyć tego! I, na miłość boską, postaw wreszcie te butelki, żeby pan Hamilton mógł je zanieść jaśnie panu.

Katie postawiła butelki na kuchennym stole.

Pan Hamilton, przypomniawszy sobie o niecierpiącym zwłoki zadaniu, zrezygnował z dalszych pytań i zaczął otwierać pierwszą butelkę. Pomimo jego doświadczenia w tym zakresie korek był wyjątkowo oporny i nie chciał wyjść z butelki aż do chwili, w której otwierający najmniej się tego spodziewał.

Bum!

Poszybował w górę, rozbił lampę na setki kawałków i wylądował w garnku pani Townsend pełnym maślanego sosu. Uwolniony szampan z triumfalnym sykiem opryskał twarz i włosy pana Hamiltona.

— Katie, ty niemądra dziewczyno! — zawołała pani Townsend. — Potrząsnęłaś butelkami!

— Przepraszam, pani Townsend — powiedziała Katie, zaczynając chichotać, co miała w zwyczaju w chwilach zakłopotania. — Po prostu się spieszyłam, jak nakazał pan Hamilton.

— Więcej pośpiechu, mniejsza prędkość, Katie — poradził pan Hamilton, lecz warstwa szampana na jego twarzy umniejszyła powagę tego ostrzeżenia.

— Proszę, panie Hamilton. — Pani Townsend ścisnęła rąbek fartuszka, by wytrzeć mu świecący nos. — Pozwoli pan, że pana osuszę.

— Och, pani Townsend — zachichotała Katie. — Wysmarowała mu pani całą twarz mąką!

— Katie! — warknął pan Hamilton, wycierając twarz chusteczką, która zmaterializowała się pośród tego zamieszania. — Jesteś niemądrą dziewczyną. Wszystkie spędzone tu lata nie pozostawiły w twojej głowie ani grama rozsądku. Czasami naprawdę się zastanawiam, po co cię tu trzymamy...

Usłyszałam Alfreda, jeszcze zanim go zobaczyłam.

Pośród narzekań pana Hamiltona, utyskiwań pani Townsend i protestów Katie rozległ się czyjś chrapliwy urywany oddech.

Później powiedział mi, że zszedł na dół, aby sprawdzić, co zatrzymało pana Hamiltona, lecz teraz stał u podnóża schodów, tak nieruchomy i blady jak marmurowy pomnik samego siebie albo jakiś duch...

Kiedy spojrzałam mu w oczy, czar prysł i Alfred odwrócił się na pięcie, po czym zniknął w korytarzu, a odgłosy jego kroków odbiły się echem od kamiennej posadzki. Wypadł tylnymi drzwiami i popędził w mrok.

Wszyscy patrzyli w milczeniu. Ciało pana Hamiltona drgnęło, jakby zamierzał pobiec za nim, lecz wzywały go obowiązki. Po raz ostatni przetarł twarz chusteczką i zwrócił się w naszą stronę, zaciskając usta, które ułożyły się w jedną bladą linię rezygnacji.

— Grace — powiedział, kiedy szykowałam się, by pobiec za Alfredem. — Włóż odświętny fartuszek. Będziesz potrzebna na górze.

⊛

W jadalni zajęłam miejsce pomiędzy komodą a fotelem w stylu Ludwika XIV. Stojąca pod przeciwległą ścianą Nancy pytająco uniosła brwi. Nie potrafiąc przekazać jej wszystkiego, co zaszło na dole, i nie mając pewności, jak powinnam to wyjaśnić, lekko wzruszyłam ramionami i odwróciłam wzrok. Zastanawiałam się, gdzie jest teraz Alfred i czy kiedykolwiek będzie taki jak dawniej.

Właśnie kończyli jeść bażanta i w powietrzu unosiło się kurtuazyjne pobrzękiwanie sztućców o elegancką porcelanę.

— Cóż — powiedziała Estella. — To było... — krótka chwila milczenia — po prostu pyszne. — Patrzyłam na jej profil i szczękę, która poruszała się, przeżuwając każde słowo, co odbierało mu całą żywotność i witalność, zanim w końcu zdołało przepchać się przez szerokie karmazynowe usta. Pamiętam je wyjątkowo dobrze, ponieważ była jedyną osobą, która zrobiła sobie makijaż. Ku wiecznemu rozżaleniu Emmeline pan Frederick miał bardzo zdecydowane zdanie na temat makijażu i noszących go osób.

Estella wykopała rowek w górce zakrzepłych resztek bażanta i odłożyła sztućce. Zostawiła wiśniowy odcisk ust na serwetce z białego lnu, którą później musiałam wyprać, po czym uśmiechnęła się do pana Fredericka:

— Przy takiej reglamentacji żywności to musi być bardzo trudne.

Nancy uniosła brwi. Tak bezpośrednie komentarze gościa dotyczące posiłku były nie do pomyślenia. Jawne wyrazy podziwu graniczyły z afrontem i bardzo łatwo interpretowano je jako oznakę zaskoczenia. Będziemy musiały uważać, opowiadając o tym pani Townsend.

Pan Frederick, równie zdumiony jak my, niepewnie rozpoczął przemowę na temat niezrównanych zdolności pani Townsend w zakresie zarządzania skąpymi racjami żywności, a Estella skorzystała z okazji i dokładnie rozejrzała się po pokoju. Najpierw jej wzrok padł na gipsowe zdobione gzymsy, które łączyły ścianę z sufitem, przemknął na południe, ku frezom Williama Morrisa na lamperii, a na końcu spoczął na powieszonym na ścianie herbie Ashburych. Przez cały czas jej język miarowo przesuwał się pod policzkiem, próbując wydobyć jakiś oporny i niesmaczny kąsek spomiędzy białych zębów.

Towarzyskie pogawędki nie były najmocniejszą stroną pana Fredericka i rozpoczęta opowieść zmieniła się w opuszczoną wyspę konwersacji, z której najwidoczniej nie było drogi ucieczki. Zaczął się plątać. Rozglądał się rozpaczliwie, lecz Estella, Simion, Teddy i Emmeline po cichu znaleźli już sobie inne zajęcie. Wreszcie wypatrzył sprzymierzeńca w osobie Hannah. Wymienili spojrzenia i kiedy pozwolił, aby pozbawiony entuzjazmu opis pieczonych bez masła babeczek pani Townsend dobiegł końca, Hannah odchrząknęła.

— Wspominała pani o córce, pani Luxton — powiedziała. — Nie towarzyszy państwu w tej wyprawie?

— Nie — pospiesznie odparła Estella, ponownie zwracając się w stronę współbiesiadników. — Nie, nie towarzyszy.

Simion podniósł wzrok znad bażanta i burknął:

— Deborah nie towarzyszy nam już od dłuższego czasu. Ma pewne zobowiązania w domu. Zawodowe zobowiązania — dodał złowrogim tonem.

Hannah okazała autentyczne zainteresowanie.

— Pracuje?

— W jakiejś gazecie. — Simion połknął całą górę bażanta. — Nie znam szczegółów.

— Deborah pisze do działu mody „Women's Style" — wyjaśniła Estella. — Co miesiąc publikuje mały raport.

— To śmieszne... — Ciało Simiona drgnęło, tłumiąc czkawkę, która po chwili przerodziła się w beknięcie. — Jakieś bzdury na temat butów, sukienek i innych ekstrawagancji.

— Ależ ojcze — powiedział Teddy z niepewnym uśmiechem. — Kolumna Deb cieszy się wielką popularnością. Kształtuje gusty dam z nowojorskich wyższych sfer.

— Okropność! Masz szczęście, że twoje córki nie wpadają na takie pomysły, Fredericku. — Simion odsunął na bok talerz wysmarowany sosem. — Praca, też coś. Brytyjskie dziewczęta są znacznie bardziej rozsądne.

Była to doskonała okazja i Hannah dobrze o tym wiedziała. Wstrzymałam oddech, zastanawiając się, czy jej pragnienie przygód weźmie górę. Miałam nadzieję, że nie. Miałam nadzieję, że spełni błagania Emmeline i zostanie w Riverton. Po zmianach, które zaszły w Alfredzie, nie potrafiłam znieść myśli, że Hannah również zniknie z mojego życia.

Hannah i Emmeline wymieniły spojrzenia i zanim starsza z sióstr zdążyła coś powiedzieć, Emmeline wtrąciła dźwięcznym głosem, którym powinny były przemawiać młode damy w towarzystwie:

— Ja z pewnością nie poszłabym do pracy. To nie przystoi, prawda, tatusiu?

— Prędzej wydarłbym sobie serce, niż pozwolił, aby któraś z moich córek zaczęła pracować — rzeczowo oznajmił pan Frederick.

Hannah zacisnęła usta.

— Do diabła, rzeczywiście: Deborah omal nie złamała mi serca — powiedział Simion. Spojrzał na Emmeline. — Szkoda, że nie ma tyle rozsądku co ty.

Emmeline uśmiechnęła się, a jej twarz rozświetliło nad wiek dojrzałe piękno, które podziwiałam niemal z zakłopotaniem.

— Ależ Simionie — wtrąciła Estella pojednawczym tonem. — Wiesz, że Deborah nigdy nie przyjęłaby tego stanowiska bez twojej zgody. — Posłała wszystkim zbyt szeroki uśmiech. — On nigdy nie potrafił jej odmówić.

Simion prychnął, ale nie zaprzeczył.

— Mama ma rację, ojcze — stwierdził Teddy. — Nowojorska śmietanka towarzyska bardzo ceni podejmowanie pracy. Deborah jest młoda i jeszcze niezamężna. Ustatkuje się, kiedy przyjdzie odpowiednia pora.

— Zawsze wolałem poprawność od bystrości umysłu — powiedział Simion. — Ale takie jest nowoczesne społeczeństwo. Każdy pcha się na wyżyny. Moim zdaniem to wina wojny. — Wsadził kciuki za ciasny pasek spodni, widoczny tylko z mojego miejsca, i dał żołądkowi trochę upragnionej przestrzeni. — Pociesza mnie jedynie to, że dobrze zarabia. — Przypomniawszy sobie o swym ulubionym temacie, nieco się rozweselił. — Powiedz mi, Fredericku, co sądzisz o karach, które zamierzają nałożyć na biedne stare Niemcy?

Rozmowa potoczyła się dalej, a Emmeline zerknęła ukradkiem w stronę Hannah. Hannah trzymała dumnie uniesioną głowę, wodziła wzrokiem za rozmówcami, a na jej twarzy malował się idealny spokój. Zastanawiałam się, czy w ogóle zamierzała zadać tamto kłopotliwe pytanie. Może zmieniła zdanie pod wpływem wcześniejszych próśb Emmeline. Może tylko wyobraziłam sobie lekkie drżenie jej ramion w chwili, gdy doskonała okazja uleciała przez komin wraz z nagłym podmuchem wiatru.

— Trochę mi szkoda Niemców — oznajmił Simion. — Pod wieloma względami ci ludzie są godni podziwu. Doskonali pracownicy, co, Fredericku?

— Nie zatrudniam Niemców w mojej fabryce — oświadczył Frederick.

— I to twój pierwszy błąd. Nigdzie nie znajdziesz bardziej pracowitej rasy. Są pozbawieni poczucia humoru, bez dwóch zdań, ale za to bardzo skrupulatni.

— Miejscowi pracownicy w zupełności spełniają moje wymagania.

— Twój nacjonalizm jest godny podziwu, Fredericku. Ale chyba nie poświęciłbyś dla niego biznesu?

— Niemiecka kula zabiła mojego syna — powiedział pan Frederick, oparłszy lekko rozłożone palce o krawędź stołu.

Ta uwaga podziałała jak odkurzacz, który pochłonął wszelką życzliwość. Pan Hamilton spojrzał mi w oczy i skinął na Nancy, abyśmy odwróciły uwagę, zbierając talerze. Dotarłyśmy do środka stołu, kiedy Teddy odchrząknął i powiedział:

— Proszę przyjąć wyrazy najgłębszego współczucia, lordzie Ashbury. Słyszeliśmy o pańskim synu. O Davidzie. Wspominano o nim w White's*. Był dobrym mężczyzną.

— Chłopcem.

— Słucham?

— Mój syn był chłopcem.

— Tak — poprawił się Teddy. — Był wspaniałym chłopcem.

Estella wyciągnęła pulchną rękę i niemrawo położyła dłoń na nadgarstku pana Fredericka.

— Nie mam pojęcia, jak to znosisz, Fredericku. Nie wyobrażam sobie, co bym zrobiła, gdybym straciła mojego Teddy'ego. Codziennie dziękuję Bogu, że postanowił walczyć na wojnie, pozostając w domu. On i jego polityczni przyjaciele.

---

* Londyński klub dla dżentelmenów.

253

Jej bezradne spojrzenie powędrowało w stronę męża, który miał na tyle przyzwoitości, by przynajmniej okazać odrobinę zmieszania.

— Jesteśmy ich dłużnikami — powiedział. — Tacy młodzi mężczyźni jak David ponieśli największą ofiarę. Teraz musimy dopilnować, aby ich śmierć nie poszła na marne. Musimy poświęcić się interesom i przywrócić temu wspaniałemu krajowi jego dawną świetność.

Jasne oczy pana Fredericka zatrzymały się na Simionie i po raz pierwszy dostrzegłam w nich błysk obrzydzenia.

— Właśnie.

Włożyłam talerze do windy i pociągnęłam za sznur, aby posłać je na dół, po czym zajrzałam do tunelu, sprawdzając, czy pośród dalekich głosów dobiegających z suteryny usłyszę głos Alfreda. Miałam nadzieję, że wrócił już stamtąd, dokąd popędził w takim pośpiechu. Do moich uszu dobiegł brzęk wyciąganych naczyń, jęk Katie i reprymendy pani Townsend. Wreszcie sznur się poruszył i taca wróciła załadowana owocami, budyniem i maślanym sosem, z którego wyłowiono kawałki korka.

— Biznes w dzisiejszych czasach — powiedział Simion, prostując się z wyższością — kręci się wokół ekonomii skali. Im więcej produkujesz, tym więcej możesz produkować.

Pan Frederick pokiwał głową.

— Mam dobrych pracowników. Są naprawdę doskonali. Jeśli przeszkolimy innych...

— Strata czasu. Strata pieniędzy. — Simion uderzył otwartą dłonią w stół z taką gwałtownością, że aż podskoczyłam i o mało nie rozlałam karmelu, którym właśnie napełniałam mu talerz. — Motoryzacja! To znak przyszłości.

— Linie montażowe?

Simion puścił oczko.

— Poganiają powolnych, a szybkich zmuszają do zwolnienia tempa.

— Obawiam się, że z taką sprzedażą nie mogę sobie pozwolić na linie montażowe — oznajmił pan Frederick. — Niewielu ludzi w Wielkiej Brytanii stać na moje samochody.

— Dokładnie o tym mówię — powiedział Simion. Entuzjazm i alkohol połączyły siły i pokryły mu twarz karmazynowym rumieńcem. — Linie montażowe obniżają koszty. Będziesz sprzedawał więcej.

— Linie montażowe nie obniżą kosztów części — stwierdził pan Frederick.

— Używaj innych.

— Używam najlepszych.

Pan Luxton wybuchnął gwałtownym śmiechem i wydawało się, że atak nieprędko mu minie.

— Lubię cię, Fredericku — powiedział w końcu. — Jesteś idealistą. Perfekcjonistą. — To ostatnie słowo wypowiedział z triumfalnym zadowoleniem obcokrajowca, który prawidłowo przywołał z pamięci jakieś obce słowo. — Ale, Fredericku — pochylił się z poważną miną, kładąc łokcie na stole, i wycelował w gospodarza gruby palec — chcesz robić samochody czy zarabiać pieniądze?

Pan Frederick zamrugał.

— Obawiam się, że nie...

— Zdaje się, że mój ojciec sugeruje, iż musi pan dokonać pewnego wyboru — taktownie wtrącił Teddy. Wcześniej śledził dyskusję z umiarkowanym zainteresowaniem, lecz teraz powiedział, niemal przepraszająco: — W przypadku samochodów istnieją dwa rynki. Wymagający dla tych, którzy mogą sobie pozwolić na najwyższą jakość...

— Albo tłoczne kłębowisko klasy średniej aspirującej do luksusu — przerwał mu Simion. — Twoja fabryka, twoja decyzja. Lecz z punktu widzenia bankiera... — Rozparł się na krześle, rozpiął guzik w marynarce i odetchnął z zadowoleniem. — Ja wiem, który z nich bym wybrał.

— Klasę średnią — powiedział pan Frederick, lekko marszcząc brwi, jak gdyby dopiero teraz zdał sobie sprawę, że taka grupa społeczna w ogóle istnieje poza doktrynami teorii społecznych.

— Klasę średnią — potwierdził Simion. — To niewykorzystany rynek zbytu, a Bóg wie, że jej zastępy wciąż rosną. Jeśli nie znajdziemy sposobu na wyciągnięcie od nich pieniędzy, oni znajdą sposoby, żeby wyciągnąć je od nas. — Pokręcił głową. — Jak gdyby robotnicy nie stwarzali wystarczająco wielu problemów.

Frederick niepewnie zmarszczył brwi.

— Związki zawodowe — wyjaśnił Simion z pogardliwym prychnięciem. — Kaci biznesu. Nie spoczną, dopóki nie opanują środków produkcji i nie wyeliminują z gry takich ludzi jak ty.

— Ojciec używa bardzo mocnych słów — wtrącił Teddy z nieśmiałym uśmiechem.

— Nazywam rzeczy po imieniu — powiedział Simion.

— A pan? — zapytał Frederick Teddy'ego. — Nie postrzega pan związków zawodowych jako zagrożenia?

— Uważam, że można się z nimi oswoić.

— Bzdura. — Simion przepłukał usta sporym łykiem deserowego wina. — Teddy wyznaje umiarkowane poglądy — powiedział lekceważąco.

— Ojcze, proszę, jestem torysem...

— Z zabawnymi pomysłami.

— Proponuję tylko, abyśmy wysłuchali obydwu stron...

— Jeszcze nabierze rozumu — powiedział Simion i pokręcił głową, spoglądając na pana Fredericka. — Kiedy tylko ci, których w swojej głupocie chce karmić, ugryzą go w dłoń.

Odstawił kieliszek i podjął przerwany wykład.

— Chyba nie zdajesz sobie sprawy z tego, że narażasz się na wielkie niebezpieczeństwo, Fredericku. Jeśli stanie się coś nieprzewidzianego. Kilka dni temu rozmawiałem z Fordem, z Henrym Fordem... — Przerwał. Nie bardzo wiedziałam, czy robi to z przyczyn etycznych, czy też oratorskich. Skinął na mnie, abym przyniosła popielniczkę. — Powiedzmy, że w obecnym klimacie gospodarczym musisz skierować swoje interesy w stronę rentowności. I to szybko. — W jego oczach pojawił się błysk. — Jeśli sprawy ułożą się jak w Rosji, a są pewne przesłanki, by tak sądzić, tylko odpowiednia marża zysku pozwoli ci zachować dobre układy z dyrektorem banku. Ten pan może się wydawać przyjaźnie nastawiony, ale ostateczny wynik finansowy musi być dodatni. — Wyciągnął cygaro ze srebrnego pudełka podanego przez pana Hamiltona. — A ty potrzebujesz solidnego zabezpieczenia, prawda?

Ty i twoje urocze dziewczęta. Kto się nimi zaopiekuje, jeśli nie ojciec? — Uśmiechnął się do Hannah i Emmeline, po czym dodał, jakby po namyśle: — Nie wspominając o tym waszym wielkim domu. Mówiłeś, że od ilu lat jest własnością rodziny?

— Nie mówiłem — odpowiedział pan Frederick i nawet jeśli w jego głosie zabrzmiała nutka obawy, szybko udało mu się ją stłumić. — Od trzystu lat.

— Cóż — Estella zachwyciła się jak na zawołanie. — Czyż to nie wspaniałe? Uwielbiam historię Anglii. Te stare rodziny są takie intrygujące. Czytanie o waszej przeszłości to jedna z moich ulubionych rozrywek.

Simion westchnął z niecierpliwością, pragnąc powrócić do interesów.

Estella, wyszkolona po tylu latach małżeństwa, zrozumiała aluzję.

— Dziewczęta, może mogłybyśmy przejść do salonu, podczas gdy mężczyźni będą kontynuowali tę rozmowę? — zapytała. — Opowiecie mi historię rodu Ashburych.

Hannah z trudem nadała swojemu obliczu wyraz uprzejmej uległości, lecz wcześniej zdążyłam dostrzec jej zniecierpliwienie. Targały nią sprzeczne uczucia: pragnęła zostać i usłyszeć coś więcej, lecz z drugiej strony znała obowiązki pani domu, które nakazywały zaprowadzić damy do salonu i poczekać tam na mężczyzn.

— Tak — powiedziała. — Oczywiście. Chociaż obawiam się, że nie powiemy pani niczego, czego nie można by znaleźć w *Debrett**.

Mężczyźni wstali. Simion ujął dłoń Hannah, a Frederick podszedł do Estelli. Simion przyjrzał się młodzieńczej figurze Hannah, nie potrafiąc ukryć ordynarnego zadowolenia. Ucałował jej dłoń mokrymi ustami. Na szczęście zdołała ukryć obrzydzenie. Poszła za Estellą i Emmeline, a kiedy zbliżyła się do drzwi, jej spojrzenie powędrowało w bok i odnalazło moją twarz. W jednej chwili cała fasada dorosłości zniknęła: wystawiła język i przewróciła oczami, po czym wyszła na korytarz.

---

* Przewodnik po świecie brytyjskiej arystokracji.

Kiedy mężczyźni ponownie zajęli miejsca i podjęli rozmowę o interesach, podszedł do mnie pan Hamilton.

— Możesz już iść, Grace — szepnął. — Nancy i ja zajmiemy się resztą. — Spojrzał na mnie. — I znajdź Alfreda. Nie możemy pozwolić, aby ktoś z gości jaśnie pana wyjrzał przez okno i zobaczył służącego, który włóczy się po posiadłości.

⚜

Stojąc na kamiennym wzniesieniu u szczytu tylnych schodów, lustrowałam wzrokiem rozciągającą się przede mną ciemność. Księżyc rzucał białą poświatę, barwiąc trawę na srebrny kolor i podświetlając szkielety dzikiej róży, która oplatała altanę. Rozproszone różane krzewy, przepiękne za dnia, nocą ukazywały się pod postacią pokracznej kolekcji samotnych kościstych staruszek.

W końcu na odległych kamiennych schodach ujrzałam mroczny kształt, który nie mógł należeć do ogrodowej roślinności.

Zebrałam się na odwagę i weszłam w mrok.

Z każdym krokiem wiatr był coraz zimniejszy, bardziej przenikliwy.

Wdrapałam się po schodach i przez chwilę stałam obok, lecz Alfred nie dawał po sobie poznać, że zauważył moją obecność.

— Przysłał mnie pan Hamilton — powiedziałam ostrożnie. — Nie myśl, że cię śledzę.

Nie padła żadna odpowiedź.

— I nie musisz mnie ignorować. Jeśli nie chcesz iść do domu, po prostu powiedz, a sobie pójdę.

Nadal wpatrywał się w wysokie drzewa otaczające deptak.

— Alfred! — Zęby zaszczękały mi z zimna.

— Wszyscy myślicie, że jestem tym samym Alfredem, który wyruszył do Francji — powiedział cicho. — Ludzie mnie rozpoznają, więc muszę wyglądać całkiem podobnie, ale jestem innym człowiekiem, Gracie.

Zaskoczył mnie. Przygotowałam się na kolejny atak, pełne złości prośby o to, abym zostawiła go w spokoju. Ściszył głos do szeptu i musiałam przykucnąć, żeby usłyszeć jego słowa. Drżały mu usta. Może z zimna, a może z jakiegoś innego powodu: tego nie byłam pewna.

— Widzę ich, Grace. Za dnia nie jest tak źle, ale w nocy widzę ich i słyszę. W salonie, w kuchni, na wiejskiej drodze. Wołają mnie po imieniu. Ale kiedy się odwracam... oni nie... oni wszyscy...

Usiadłam. Mroźna noc zmieniła szare kamienne stopnie w lód, który odbierał mi czucie w nogach, przenikając przez spódnicę i reformy.

— Jest bardzo zimno — powiedziałam. — Chodźmy do środka. Zrobię ci kubek kakao.

Nic nie odpowiedział i nadal wpatrywał się w ciemność.

— Alfred? — Pogładziłam jego dłoń i pod wpływem jakiegoś impulsu oplotłam ją palcami.

— Przestań. — Wzdrygnął się, jak gdybym go uderzyła, więc splotłam dłonie na kolanach. Zimna twarz piekła, jak gdyby wymierzył mi policzek.

— Przestań — szepnął.

Mocno zacisnął powieki, a ja, przyglądając się jego obliczu, zastanawiałam się, co takiego widziały jego ciemne oczy, że tak gorączkowo przesuwały się pod rozjaśnionymi przez światło księżyca powiekami.

Wtedy odwrócił się do mnie i wstrzymałam oddech. Zapewne była to wina otaczającego nas mroku, lecz nigdy wcześniej nie spoglądałam w takie oczy. Głębokie, ciemne dziury, które wydawały się zupełnie puste. Wpatrywał się we mnie tymi niewidzącymi oczyma i miałam wrażenie, że czegoś szuka. Odpowiedzi na pytanie, którego nie zadał. Powiedział cichym głosem:

— Myślałem, że kiedy wrócę... — Jego słowa rozpłynęły się w ciemności, nie znajdując dalszego ciągu. — Tak bardzo chciałem cię zobaczyć... Lekarze mówili, że jeśli będę miał wystarczająco dużo zajęć... — W jego gardle rozległ się jakiś zduszony dźwięk. Jakiś trzask.

Jego maska opadła, zmięta niczym papierowa torebka, i Alfred zaczął płakać. Obydwie dłonie podskoczyły do twarzy w daremnej próbie ukrycia jej przed moim spojrzeniem.

— Nie, o nie... Nie patrz... Proszę, Gracie, proszę... — Płakał, kryjąc twarz w dłoniach. — Jestem takim tchórzem...

— Nie jesteś tchórzem — powiedziałam z przekonaniem.

— Dlaczego nie mogę o tym zapomnieć? Chcę po prostu o tym zapomnieć. — Uderzał dłońmi w skronie z zaciekłością, która wzbudziła mój niepokój.

— Alfred! Przestań. — Próbowałam chwycić go za ręce, ale nie chciał oderwać ich od twarzy. Czekałam, patrząc na jego trzęsące się ciało i przeklinając moją nieporadność. Wreszcie odniosłam wrażenie, że trochę się uspokoił. — Powiedz mi, co widzisz — poprosiłam.

Odwrócił się do mnie, lecz nic nie powiedział i przez chwilę ujrzałam siebie jego oczami. Zobaczyłam wielką przepaść dzielącą nasze doświadczenia. I już wiedziałam, że nie opowie mi o tym, co widzi. W jakiś sposób zrozumiałam, że pewnymi obrazami, pewnymi dźwiękami nie można się z nikim dzielić i nie można się ich pozbyć. Będą ukazywać się w czyimś umyśle, aż w końcu powoli zaszyją się w głębszych zakamarkach pamięci i na jakiś czas będzie można o nich zapomnieć.

Zatem nie prosiłam go już więcej. Przyłożyłam dłoń do policzka Alfreda i delikatnie zbliżyłam jego twarz do mojego ramienia. Tkwiłam nieruchomo, czując drżenie jego ciała.

I tak siedzieliśmy razem na schodku.

Odpowiedni mąż

Hannah i Teddy wzięli ślub w pierwszą sobotę maja tysiąc dziewięćset dziewiętnastego roku. Był to piękny ślub w małym kościółku w posiadłości Riverton. Luxtonowie żałowali, że ceremonia nie odbyła się w Londynie, gdzie mogliby zaprosić więcej ważnych znajomych, lecz pan Frederick nalegał, a w ostatnich miesiącach doświadczył tak wielu klęsk, że nikt nie miał odwagi się z nim kłócić. Tak więc Hannah wzięła ślub w małym kościółku w dolinie, dokładnie tak, jak wcześniej jej dziadkowie i rodzice.

Padał deszcz. Będą mieli dużo dzieci — powiedziała pani Townsend. Płaczą dawni kochankowie — szepnęła Nancy. Ślubne zdjęcia upstrzone były czarnymi parasolkami. Później, kiedy Hannah i Teddy mieszkali już w miejskim domu przy Grosvenor Square, na biurku w salonie stało jedno ze zdjęć. Sześcioro ślubnych biesiadników ustawionych w szeregu: Hannah i Teddy pośrodku, rozpromienieni Simion i Estella po jednej stronie, a po drugiej pan Frederick i Emmeline z pustką na twarzy.

Jesteś zaskoczony. Jak mogło dojść do czegoś podobnego? Hannah tak bardzo sprzeciwiała się małżeństwu, miała tak wiele innych ambicji. A Teddy: rozsądny, nawet uprzejmy, ale z pewnością nie był mężczyzną, który mógłby zwalić z nóg taką młodą kobietę, jaką była Hannah...

Jednak tak naprawdę to wcale nie było zbyt skomplikowane.

Jak większość tego typu spraw. Po prostu gwiazdy ułożyły się w sprzyjający wzór. Gwiazdy, których nikt nie zepchnął na właściwe miejsce.

⊛

Nazajutrz po przyjęciu Luxtonowie wrócili do Londynu. Mieli tam pewne interesy do załatwienia i wszyscy zakładaliśmy — o ile ktokolwiek w ogóle o tym myślał — że nigdy więcej ich nie zobaczymy.

Widzisz, nasza uwaga skupiła się już na kolejnym wielkim wydarzeniu. W następnym tygodniu do Riverton zjeżdżała cała chmara nieustraszonych kobiet obarczonych ważkim zadaniem asystowania przy wkroczeniu Hannah do towarzystwa. Styczeń stanowił apogeum sezonu balów za miastem i wstyd związany z zaniedbaniem przygotowań, które zmusiłoby debiutantkę do dzielenia terminu z jakimś innym wielkim balem, był czymś nie do pomyślenia. Zatem wybrano datę — dwudziesty stycznia — a zaproszenia zostały rozesłane ze sporym wyprzedzeniem.

Pewnego ranka na początku nowego roku podawałam herbatę lady Clementine i owdowiałej lady Ashbury. Siedziały na szezlongu w salonie, ramię przy ramieniu, trzymając na kolanach otwarte kalendarze.

— Pięćdziesiąt będzie w sam raz — oznajmiła lady Violet. — Nie ma nic gorszego niż pustki na parkiecie.

— Nic z wyjątkiem tłoku na parkiecie — powiedziała lady Clementine z niesmakiem. — Chociaż nie sądzę, aby w dzisiejszych czasach należało się tego obawiać.

Lady Violet przeanalizowała listę gości i nić niezadowolenia ściągnęła jej usta w nadąsany grymas.

— Mój Boże — westchnęła. — Jak damy sobie radę przy takich niedostatkach?

— Pani Townsend stanie na wysokości zadania — zapewniła lady Clementine. — Zawsze jej się udaje.

— Nie mówię o jedzeniu, Clem. Mam na myśli mężczyzn. Gdzie mogłybyśmy znaleźć więcej mężczyzn?

Lady Clementine pochyliła się nad listą gości. Ze złością pokręciła głową.

— To absolutna zbrodnia, ot co. Okropne zrządzenie losu. Najlepsi Anglicy gniją na zapomnianych przez Boga polach Francji, podczas gdy pozostawione na lodzie młode damy nie mają nawet partnera do tańca. Mówię ci, to spisek. Niemiecki spisek. — Wytrzeszczyła oczy w nagłym olśnieniu. — Chcą uniemożliwić angielskiej elicie rozmnażanie się!

— Ale chyba znasz kogoś, kogo mogłybyśmy zaprosić, Clem? Dowiodłaś swoich umiejętności w zakresie swatania.

— Cieszę się, że znalazłam Fanny tego głupca — powiedziała lady Clementine, masując przypudrowane fałdki szyi pod brodą. — Wielka szkoda, że Frederick nigdy się nią nie zainteresował. Wszystko byłoby znacznie prostsze. Zamiast tego musiałam ze-skrobać resztki z samego dna beczki.

— Moja wnuczka nie będzie miała męża z dna beczki — oznajmiła lady Violet. — Od jej wyboru zależy przyszłość tej rodziny. — Wydała z siebie rozpaczliwe westchnienie, które przeszło w kaszel, wstrząsając jej chudą postacią.

— Hannah poradzi sobie lepiej niż biedna prosta Fanny — stwierdziła z przekonaniem lady Clementine. — W przeciwieństwie do mojej podopiecznej, twoja wnuczka została obdarowana po-czuciem humoru, urodą i czarem.

— I nie ma zamiaru z tego korzystać — powiedziała lady Violet. — Frederick rozpuścił te dzieci. Zaznały zbyt wielkiej swobody i za mało wychowania. Zwłaszcza Hannah. Ta dziewczyna ma głowę pełną oburzających zakusów na niezależność.

— Niezależność... — wycedziła lady Clementine z niesmakiem.

— Och, nie spieszy jej się do zamążpójścia. Powiedziała mi to, kiedy była w Londynie.

— Doprawdy?

— Z nieznośną uprzejmością spojrzała mi prosto w oczy i powiedziała, że zupełnie nie dba o to, czy zadamy sobie trud wprowadzenia jej do towarzystwa.

— Cóż za bezczelność!

— Powiedziała, że szkoda dla niej takiego balu, ponieważ

wcale nie ma zamiaru wkraczać w wyższe sfery, nawet pomimo że osiągnęła już odpowiedni wiek. Dodała, że uważa towarzystwo... — Lady Violet zamknęła oczy. — Uważa towarzystwo za nudne i bezsensowne.

Lady Clementine wydała zduszony okrzyk.

— Niemożliwe!

— Tak.

— Ale cóż proponuje zamiast tego? Chce zamieszkać w domu ojca i zostać starą panną?

Nie umiały sobie wyobrazić żadnych innych możliwości. Lady Violet pokręciła głową i jej ramiona zaczęły drżeć z rozpaczy.

Lady Clementine, widząc, że sytuacja wymaga podniesienia rozmówczyni na duchu, wyprostowała się i poklepała lady Violet po dłoni.

— Dobrze już, dobrze — powiedziała. — Twoja wnuczka jest jeszcze młoda, kochana Violet. Ma mnóstwo czasu na zmianę zdania. — Lekko przechyliła głowę. — Zdaje się, że ty również miałaś takie wolnościowe zakusy, kiedy byłaś w jej wieku. Wyrosłaś z tego. Z Hannah będzie podobnie.

— Mam nadzieję — mruknęła posępnie lady Violet.

Lady Clementine zwietrzyła woń desperacji.

— Chyba nie ma żadnego szczególnego powodu, dla którego musiałaby już teraz wybrać męża... — Zmrużyła oczy. — Prawda?

Lady Violet westchnęła.

— Jest! — zawołała lady Clementine, wytrzeszczając oczy.

— Chodzi o Fredericka. O te jego przeklęte samochody. W tym tygodniu przyszło do mnie pismo z banku. Przekroczył terminy kolejnych spłat.

— I dopiero teraz się o tym dowiedziałaś? — zapytała łapczywie lady Clementine. — O mój Boże!

— Śmiem twierdzić, że bał się o tym powiedzieć — oznajmiła lady Violet. — Wie, jak się czuję. Zastawił naszą przyszłość z myślą o swojej fabryce. Sprzedał nawet posiadłość w Yorkshire, żeby zapłacić podatek spadkowy.

Lady Clementine cmoknęła z dezaprobatą.

— Zamiast tego mógł przecież sprzedać fabrykę. Wiesz, składano mu jakieś oferty.

— Ostatnio?

— Niestety, nie. — Lady Violet westchnęła. — Frederick jest cudownym synem, ale biznesmen z niego żaden. Podejrzewam, że teraz bardzo liczy na pożyczkę z jakiegoś konsorcjum, z którym współpracuje pan Luxton. — Pokręciła głową. — Wpada z jednego nieszczęścia w drugie, Clem. Zupełnie nie zważa na obowiązki wynikające z jego pozycji. — Dotknęła palcami skroni i ponownie westchnęła. — Nie mogę go za to winić. Nikt nie przypuszczał, że ta pozycja kiedykolwiek będzie jego. — Wtedy zabrzmiał znajomy lament: — Gdyby tylko był tutaj Jonathan.

— Dobrze już, dobrze — powiedziała lady Clem. — Frederick z pewnością sobie poradzi. Samochody są dzisiaj bardzo modne. Jeździ każdy kto żyw. Kilka dni temu omal nie staranowali mnie na ulicy, kiedy przechodziłam na drugą stronę obok Kensington Place.

— Clem...! Zostałaś ranna?

— Tym razem nie — odparła lady Clementine rzeczowym tonem. — Ale jestem pewna, że następnym razem nie będę miała tyle szczęścia. — Uniosła brew. — To najokropniejsza śmierć, zapewniam cię. Długo rozmawiałam z doktorem Carmichaelem na temat rodzajów ran, jakie można odnieść w takim wypadku.

— Straszne — przyznała lady Violet, nieprzytomnie kręcąc głową. Westchnęła. — Nie martwiłabym się o Hannah aż tak bardzo, gdyby Frederick zechciał się znowu ożenić.

— Czy to możliwe? — zapytała lady Clementine.

— Wątpię. Jak wiesz, nie okazał zbytniego zainteresowania powtórnym ożenkiem. Jeśli mam być szczera, pierwsza żona również nie za bardzo go interesowała. Był zbyt zajęty... — zerknęła na mnie, więc skupiłam się na układaniu serwetek — ...tą drugą karygodną sprawą. — Pokręciła głową i zacisnęła usta. — Nie, nie będzie już żadnych synów i nie ma sensu mieć nadziei, że stanie się inaczej.

— Zatem pozostaje nam tylko Hannah. — Lady Clementine upiła łyk herbaty.

— Tak. — Lady Violet westchnęła z irytacją i przygładziła żółtozieloną satynową spódnicę. — Przepraszam, Clem. Wszystko przez to przeziębienie. To dlatego mam taki zły humor. — Pokręciła głową. — Po prostu nie mogę się pozbyć tego paskudnego wrażenia, które ostatnio mnie prześladuje. Nie jestem przesądna, przecież wiesz, ale mam dziwne przeczucie... — Zerknęła na lady Clementine. — Będziesz się śmiała, ale mam bardzo dziwne przeczucie, że zbliża się jakieś nieszczęście.

— Doprawdy? — Był to ulubiony temat lady Clementine.

— To nic konkretnego, po prostu przeczucie. — Okryła ramiona szalem i zauważyłam, jak bardzo zrobiła się krucha. — Mimo to nie będę siedziała z boku i patrzyła na rozpad tej rodziny. Zobaczę Hannah zaręczoną, i to z dobrą partią, choćby miała to być ostatnia rzecz w moim życiu. A najlepiej jeszcze przed wyjazdem z Jemimą do Ameryki.

— Nowy Jork. Zapomniałam, że masz jej towarzyszyć w podróży. To dobrze, że brat Jemimy ją do siebie zaprosił.

— Tak — powiedziała lady Violet. — Ale będę za nimi tęsknić. Mała Gytha jest taka podobna do Jonathana.

— Nigdy nie przepadałam za dziećmi — prychnęła lady Clementine. — Cały ten płacz i wymioty. — Zadrżała tak bardzo, że zafalował jej drugi i trzeci podbródek, po czym przygładziła kartkę w kalendarzu i stuknęła piórem w jego czystą powierzchnię. — Ile w takim razie mamy czasu na znalezienie odpowiedniego męża?

— Miesiąc. Wypływamy czwartego lutego.

Lady Clementine zaznaczyła tę datę w kalendarzu, po czym gwałtownie wstała.

— Och...! Och, Violet. Wpadł mi do głowy całkiem dobry pomysł — powiedziała. — Mówisz, że Hannah bardzo pragnie niezależności?

Już samo słowo wprawiło w drżenie powieki lady Violet.

— Tak.

— A gdyby tak ktoś ją uprzejmie poinstruował...? Przedstawił jej małżeństwo jako drogę do niezależności...?

— Jest równie uparta jak jej ojciec — oznajmiła lady Violet. — Obawiam się, że nie posłucha.

— Nie, nie mówię o mnie ani o tobie. Ale znam kogoś, kogo może posłuchać. — Zacisnęła usta. — Tak... Dzięki małemu treningowi nawet ona da sobie z tym radę.

Kilka dni później, kiedy mąż Fanny z zadowoleniem zwiedzał warsztat pana Fredericka, ona sama odwiedziła Hannah i Emmeline w burgundowym pokoju. Emmeline, podekscytowana przygotowaniami do zbliżającego się balu, namówiła Fanny na lekcję tańca. Z gramofonu płynęły dźwięki walca, a one tańczyły na trzy po całym pokoju, śmiejąc się i przekomarzając. Musiałam uważać, żeby nie wpaść im pod nogi, kiedy wycierałam kurze i sprzątałam w pokojach.

Hannah siedziała przy biurku i bazgrała coś w notesie, nie zważając na panującą wokół wesołość. Po obiedzie z Luxtonami, kiedy stało się jasne, że jej marzenia o znalezieniu pracy są uzależnione od rodzicielskiego pozwolenia, na które bynajmniej się nie zapowiadało, pogrążyła się w stanie milczącego smutku. Wokół trwały pełne niecierpliwości przygotowania do balu, lecz ona nie dawała się porwać ich wirowi.

Po tygodniu rozpamiętywania swojej porażki wkroczyła w zupełnie odmienną fazę. Powróciła do ćwiczeń z zakresu stenografii; gorączkowo tłumaczyła każdą książkę, która wpadła jej w ręce, i nieufnie zasłaniała zapiski, jeśli ktokolwiek zbliżył się na tyle, by mógł je dostrzec. Po okresach intensywnego działania, zbyt gorączkowego, aby można je było powstrzymać, zawsze następował powrót apatii. Odrzucała pióro, z westchnieniem odpychała książki i siedziała nieruchomo, czekając na chwilę, w której podadzą posiłek, przyjdzie jakiś list lub trzeba będzie się ubrać.

Kiedy tak siedziała, jej umysł nie był oczywiście równie nieruchomy jak ciało. Wyglądała tak, jak gdyby chciała rozwikłać zagadkę swojego istnienia. Tęskniła za niezależnością i przygodami, a jednak była więźniem — żyjącym pośród wygód i nieustannie dopieszczanym, ale jednak więźniem. Niezależność wymagała pieniędzy. Ojciec nie mógł ich dać i nie pozwalał jej pracować. Dlaczego nie stanęła w obronie swoich pragnień? Dlaczego nie wyjechała, nie uciekła z domu, nie przyłączyła się do jakiegoś wędrownego cyrku? To proste, istniały pewne zasady, których należało przestrzegać. Dziesięć lat później — nawet dwa lata później — wszystko się zmieniło. Konwencje runęły pod ciężarem roztańczonych stóp. Wtedy jednak była w pułapce. Zatem siedziała, niczym słowik Andersena, zamknięta w pozłacanej klatce i zbyt smutna, by śpiewać. Otoczona chmurą znudzenia do chwili, w której porywała ją kolejna fala gorączkowej aktywności.

Tamtego ranka w burgundowym pokoju znajdowała się akurat w tym drugim stanie. Siedziała przy biurku odwrócona plecami do Fanny i Emmeline, zapisując stenograficznie Encyklopedię Britannicę. Była tak bardzo pochłonięta tym zadaniem, że nawet się nie skrzywiła, kiedy Fanny pisnęła:

— Aj! Ty słoniu!

Podczas gdy Emmeline ze śmiechem opadła na szezlong, Fanny pokuśtykała w stronę fotela. Zsunęła but i pochyliła się, żeby obejrzeć odzianą w pończochę stopę.

— Obawiam się, że spuchnie — powiedziała z rozdrażnieniem.

Emmeline nie przestawała się śmiać.

— Prawdopodobnie nie będę mogła włożyć na bal żadnych z moich najładniejszych butów!

Kolejne narzekania wywoływały jeszcze większe rozbawienie Emmeline.

— No cóż — oburzyła się Fanny. — Okaleczyłaś mi palec u nogi. Mogłabyś przynajmniej przeprosić.

Emmeline próbowała powstrzymać się od śmiechu.

— Ja... przepraszam — wydusiła. Przygryzła usta, gdyż śmiech znowu chciał się wydrzeć na zewnątrz. — Ale to przecież nie moja wina, że ciągle stawiasz nogę w miejscu, gdzie powinnam postawić moją. Może gdybyś nie miała takich dużych stóp... — I znowu parsknęła śmiechem.

— Musisz wiedzieć — oznajmiła urażona Fanny drżącymi ustami — że zdaniem pana Colliera z Harrodsa moje stopy są piękne.

— Z pewnością. Prawdopodobnie za twoje buty kasuje podwójną cenę.

— Och...! Ty mała niewdzięczna...

— Daj spokój, Fanny — przerwała jej Emmeline, dochodząc do siebie. — Tylko żartuję. Oczywiście, że jest mi przykro, że nadepnęłam ci na nogę.

Fanny prychnęła.

— Spróbujmy jeszcze raz zatańczyć walca. Obiecuję, że tym razem będę ostrożniejsza.

— Nie sądzę — powiedziała Fanny, wydymając usta. — Mój palec musi odpocząć. Nie zdziwiłabym się, gdyby był złamany.

— Chyba nie jest aż tak źle. Ledwie go przydepnęłam. Pokaż! Daj zobaczyć.

Fanny podkurczyła nogę na kanapie, zasłaniając ją przed wzrokiem Emmeline.

— Chyba wyrządziłaś już wystarczająco dużo szkód.

Emmeline zabębniła palcami o oparcie krzesła.

— Jak w takim razie mam ćwiczyć taniec?

— Nie musisz się przejmować. Stryjeczny dziadek Bernard jest zbyt ślepy, żeby cokolwiek zauważyć, a daleki kuzyn Jeremy będzie zbyt zajęty zanudzaniem cię wojennymi historiami, by zaprzątać sobie głowę tańcem.

— Phi! Nie mam zamiaru tańczyć ze stryjecznymi dziadkami — oznajmiła Emmeline.

— Obawiam się, że nie będziesz miała wielkiego wyboru — powiedziała Fanny.

Emmeline z zadowoleniem uniosła brwi.

— Zobaczymy.

— Jak to? — zapytała Fanny, marszcząc czoło. — Co masz na myśli?

Emmeline szeroko się uśmiechnęła.

— Babcia przekonała tatę, aby zaprosił Luxtonów...

— Theodore'a Luxtona? — Policzki Fanny oblały się rumieńcem. — On tutaj będzie?

— Czy to nie wspaniałe? — Emmeline złapała Fanny za ręce. — Tata uważał, że nie przystoi zapraszać osób ze świata biznesu na bal Hannah, ale babcia nalegała.

— Ojej — powiedziała Fanny, zaróżowiona i wytrącona z równowagi. — Jakie to podniecające. Dla odmiany nieco bardziej wyszukane towarzystwo. — Zachichotała i poklepała na przemian rozgrzane policzki. — Theodore Luxton, no proszę.

— Teraz rozumiesz, dlaczego muszę się nauczyć tańczyć?

— Powinnaś była o tym pomyśleć, zanim zmiażdżyłaś mi stopę.

Emmeline zmarszczyła brwi.

— Szkoda, że tata nie posłał nas na prawdziwe lekcje do szkoły Macani. Nikt nie będzie ze mną tańczył, jeśli nie nauczę się kroków.

Fanny zacisnęła usta i prawie się uśmiechnęła.

— Zdecydowanie nie jesteś stworzona do tańca, Emmeline — powiedziała. — Ale nie przejmuj się. Na tym balu nie będziesz musiała czekać na partnerów.

— Naprawdę? — zapytała Emmeline z fałszywą szczerością osoby przywykłej do komplementów.

Fanny pomasowała palec u nogi.

— Wszyscy obecni dżentelmeni muszą prosić do tańca gospodynie przyjęcia. Nawet jeśli są one słonicami.

Emmeline posłała jej wściekłe spojrzenie.

Pocieszona tym małym zwycięstwem Fanny ciągnęła:

— Pamiętam mój inauguracyjny taniec, jakby to było wczoraj — oznajmiła z nostalgią właściwą dwukrotnie starszej kobiecie.

— Domyślam się, że twoja gracja i urok — powiedziała Emmeline, przewracając oczami — przyciągnęła całe mnóstwo przystojnych młodych dżentelmenów, którzy ustawili się w kolejce, żeby z tobą zatańczyć.

— Bynajmniej. Nigdy nie widziałam tylu starców, czekających na chwilę, w której będą mogli nadepnąć mi na stopę i wrócić do swoich starych żon, żeby trochę się zdrzemnąć. Byłam bardzo rozczarowana. Wszyscy najlepsi mężczyźni wyruszyli na wojnę. Dzięki Bogu, że Godfreya zatrzymało zapalenie oskrzeli, bo w przeciwnym razie nigdy byśmy się nie poznali.

— Czy to była miłość od pierwszego wejrzenia?

Fanny zmarszczyła nos.

— Oczywiście, że nie! Godfrey paskudnie się rozchorował i większość balu spędził w toalecie. Z tego, co pamiętam, tańczyliśmy tylko raz. Kadryla. Z każdym obrotem jego twarz stawała się coraz bardziej zielona, aż w końcu w połowie tańca wyszedł i zniknął. Byłam wtedy dosyć zła. Pozostawiona samej sobie i strasznie zakłopotana. Później nie widziałam go przez długie miesiące. Do chwili ślubu upłynął cały rok. — Westchnęła i pokręciła głową. — To był najdłuższy rok w moim życiu.

— Dlaczego?

Fanny zastanowiła się nad tym pytaniem.

— Z jakiegoś powodu myślałam, że po wkroczeniu do towarzystwa moje dni zaczną wyglądać inaczej.

— Ale tak się nie stało? — zapytała Emmeline.

— Owszem, było inaczej, ale nie tak, jak sobie wyobrażałam. Czułam się okropnie. Oficjalnie byłam dorosła, a jednak nadal nie mogłam nigdzie iść ani niczego robić bez lady Clementine albo jakiejś innej zakurzonej starszej damy, która wtrącała się w moje sprawy. Nigdy nie byłam tak szczęśliwa, jak w chwili, kiedy Godfrey się oświadczył. To była odpowiedź na moje modlitwy.

Emmeline, która nie potrafiła sobie wyobrazić Godfreya Vickersa — opuchniętego, łysiejącego i wiecznie chorego — w roli odpowiedzi na czyjekolwiek modlitwy, zmarszczyła nos.

— Naprawdę?

Fanny wymownie spojrzała na plecy Hannah.

— Zamężne kobiety traktuje się zupełnie inaczej. Wystarczy, że przedstawią mnie jako „panią" Vickers i już wszyscy wiedzą, że nie jestem żadną głupiutką dziewczyną, ale mężatką zdolną do dojrzałych przemyśleń.

Hannah, najwidoczniej niewzruszona, zaciekle tłumaczyła dalej.

— Opowiadałam ci o moim miesiącu miodowym? — zapytała Fanny, ponownie skupiając uwagę na Emmeline.

— Chyba z tysiąc razy.

Fanny była jednak niezrażona.

— Florencja to najbardziej romantyczne zagraniczne miasto, jakie kiedykolwiek widziałam.

— To jedyne zagraniczne miasto, jakie kiedykolwiek widziałaś.

— Co wieczór, po kolacji, spacerowaliśmy z Godfreyem wzdłuż rzeki Arno. Kupił mi przepiękny naszyjnik w uroczym sklepiku na Ponte Vecchio. We Włoszech czułam się jak zupełnie inna osoba. Byłam odmieniona. Pewnego dnia weszliśmy na Forte di Belvedere i spojrzeliśmy na Toskanię. Było tak pięknie, że prawie się rozpłakałam. A te galerie sztuki! Było tego tak dużo, że nie zdążyliśmy wszystkiego zobaczyć. Godfrey obiecał, że zabierze mnie tam z powrotem, gdy tylko będzie mógł. — Jej spojrzenie skierowało się w stronę biurka, przy którym nadal siedziała Hannah pochłonięta pisaniem. — A ci ludzie, których spotyka się w podróży. Są naprawdę fascynujący. Pewien mężczyzna, którego poznaliśmy na statku, zmierzał właśnie do Kairu. Nigdy nie zgadniesz, co miał zamiar tam robić. Chciał poszukiwać zakopanych skarbów! Kiedy nam o tym powiedział, nie mogłam uwierzyć. Wygląda na to, że starożytnych chowano wraz z klejnotami. Nie mam pojęcia dlaczego. Przecież to okropne marnotrawstwo. Doktor Humphreys powiedział, że miało to coś wspólnego z religią. Opowiadał nam niezwykle ciekawe historie, a nawet powiedział, żebyśmy odwiedzili wykopaliska, jeśli przypadkiem będziemy w pobliżu! — Hannah przestała pisać. Fanny zdusiła lekki uśmiech zadowolenia. — Godfrey był wobec niego trochę podejrzliwy, myślał, że ten człowiek nabija nas w butelkę, ale mnie wydał się strasznie interesujący.

— Czy był przystojny? — zapytała Emmeline.

— O tak — zachwyciła się Fanny. — Ten mężczyzna... — Urwała, przywołała się do porządku i wróciła do scenariusza. — W ciągu dwóch miesięcy małżeństwa przeżyłam więcej ekscytujących przygód niż w całym wcześniejszym życiu. — Spojrzała na Hannah zza zasłony rzęs i wyciągnęła asa z rękawa: — To zabawne. Zanim wyszłam za mąż, myślałam, że zyskując męża, kobieta traci samą siebie. Teraz widzę, że jest dokładnie odwrotnie. Nigdy nie czułam się taka... taka niezależna. Wszyscy przypisują mi znacznie większą rozwagę. Nikt nie wybałusza oczu, kiedy postanawiam wybrać się na spacer. Pewnie niedługo zostanę poproszona o odgrywanie roli przyzwoitki dla ciebie i Hannah, dopóki same nie wyjdziecie za mąż. — Dumnie pociągnęła nosem. — Macie szczęście, że istnieje ktoś taki jak ja i nie musicie męczyć się w towarzystwie jakiejś starej nudziary.

Emmeline uniosła brwi, ale Fanny niczego nie zauważyła. Obserwowała Hannah, która chwilę wcześniej odłożyła pióro.

W oczach Fanny pojawił się błysk zadowolenia.

— No cóż — powiedziała, wsuwając poturbowaną stopę do buta. — Bardzo miło mi się z wami gawędzi, ale muszę już iść. Mój mąż pewnie już wrócił ze spaceru i mam wielką ochotę na... dorosłą rozmowę.

Uśmiechnęła się słodko i wyszła z pokoju z wysoko uniesioną głową. Jej dumną postawę trochę przyćmiewało lekkie utykanie.

Emmeline puściła kolejną płytę i samotnie zaczęła tańczyć na trzy po pokoju, a Hannah nadal siedziała przy biurku odwrócona do niej plecami. Splotła dłonie, tworząc mostek, na którym oparła brodę, i patrzyła przez okno na bezkresne pola. Kiedy wycierałam z kurzu gzyms za jej plecami, dostrzegłam na szybie niewyraźne odbicie jej twarzy. Była pogrążona w zamyśleniu.

⊛

Tydzień później odbyło się przyjęcie. Zgodnie ze zwyczajem zaproszeni goście niezwłocznie rzucili się w wir rozrywek zapewnionych przez gospodarzy. Niektórzy przechadzali się po posiadłości, inni grali w brydża w bibliotece, a co bardziej energiczni ćwiczyli szermierkę w sali gimnastycznej.

Po herkulesowym wysiłku organizacyjnym lady Violet niespodziewanie podupadła na zdrowiu i musiała położyć się do łóżka. Lady Clementine znalazła sobie inne towarzystwo. Zwabiona widokiem połyskliwych i szczękających ostrzy zasiadła w skórzanym fotelu z zamiarem obserwowania popisów szermierczych. Kiedy serwowałam popołudniową herbatę, oddawała się miłej pogawędce z Simionem Luxtonem.

— Pański syn dobrze fechtuje — powiedziała lady Clementine, wskazując jednego z zamaskowanych szermierzy — jak na Amerykanina.

— Może i mówi jak Amerykanin, lady Clementine, ale zapewniam panią, że to Anglik z krwi i kości.

— Doprawdy? — zapytała lady Clementine.

— Fechtuje jak Anglik — oznajmił Simion donośnym głosem. — Wbrew pozorom to bardzo proste. W podobnym stylu w najbliższych wyborach wejdzie do parlamentu.

— Rzeczywiście, słyszałam o jego nominacji — powiedziała lady Clementine. — Musi pan być bardzo dumny.

Simion puszył się jeszcze bardziej niż zazwyczaj.

— Mój syn ma przed sobą wspaniałą przyszłość.

— Z pewnością skupia wszystkie cechy, których my, konserwatyści, szukamy w parlamentarzyście. Podczas ostatniej herbatki Koła Konserwatywnych Kobiet rozmawiałyśmy o braku dobrych, solidnych mężczyzn, którzy byliby w stanie dorównać wizerunkowi Lloyda George'a. — Jeszcze raz z zadowoleniem spojrzała na Teddy'ego. — Właśnie kimś takim mógłby być pański syn i poparłabym go z prawdziwą przyjemnością, gdyby rzeczywiście odpowiadał temu wyobrażeniu. — Upiła łyk herbaty. — Oczywiście, pozostaje jeszcze drobny szczegół w postaci jego żony.

— To nieistotne — lekceważąco powiedział Simion. — Teddy nie ma żony.

— Właśnie o tym mówię, panie Luxton.

Simion zmarszczył brwi.

— Niektóre damy nie są tak liberalne jak ja — oznajmiła lady Clementine. — Uważają to za oznakę słabego charakteru. Wartości rodzinne są dla nas bardzo ważne. Mężczyzna w pewnym wieku, bez żony... Ludzie zaczną się zastanawiać.

— Po prostu nie poznał jeszcze odpowiedniej dziewczyny.

— Oczywiście, panie Luxton. My o tym wiemy. Ale inne damy... Patrzą na pańskiego syna i widzą wspaniałego przystojnego mężczyznę, który ma wiele do zaoferowania, a jednak jeszcze się nie ożenił. Nie może ich pan winić za to, że zaczną dociekać przyczyny. Zaczną się zastanawiać, czy w ogóle interesują go kobiety. — Sugestywnie uniosła brwi.

Policzki Simiona zrobiły się czerwone.

— Mój syn nie jest... Żaden Luxton nigdy nie został posądzony o...

— Oczywiście, że nie, panie Luxton — powiedziała beztrosko lady Clementine. — I oczywiście rozumie pan, że nie jest to moja opinia. Po prostu przekazuję spostrzeżenia niektórych dam. One lubią wiedzieć, że mężczyzna to mężczyzna. Nie żaden esteta. — Uśmiechnęła się lekko i poprawiła okulary. — Zresztą to tylko szczegół i mamy mnóstwo czasu. Pański syn jest jeszcze młody. Ma dwadzieścia pięć lat, prawda?

— Trzydzieści jeden — poprawił ją Simion.

— Och, w takim razie nie aż tak młody. Nieważne. — Lady Clementine wiedziała, że milczenie, które zapada w odpowiedniej chwili, pracuje na jej korzyść. Ponownie skupiła się na szermierce.

— Zapewniam panią, lady Clementine. Z Teddym jest wszystko w porządku — deklarował Simion. — Kobiety bardzo go lubią. Gdy uzna, że nadeszła odpowiednia pora, będzie miał w czym wybierać.

— Miło mi to słyszeć, panie Luxton. — Lady Clementine nie odrywała wzroku od szermierzy. Upiła łyk herbaty. — Mam tylko nadzieję, że to stanie się już niebawem. I że wybierze odpowiednią dziewczynę.

Simion pytająco uniósł brew.

— My, Anglicy, jesteśmy narodem nacjonalistów. Pański syn zasługuje na rekomendację, lecz niektórzy ludzie, zwłaszcza konserwatyści, mogą go uznać za nieco zbyt nowoczesnego. Mam szczerą nadzieję, że wybrana przez niego żona wniesie do małżeństwa coś więcej niż tylko swą szacowną postać.

— Cóż może być ważniejszego od szacunku panny młodej, lady Clementine?

— Jej nazwisko, rodzina, pochodzenie. — Lady Clementine zobaczyła, że przeciwnik Teddy'ego wykonał pchnięcie i wygrał pojedynek. — Choć w nowoczesnym świecie mogą nie odgrywać zbyt wielkiej roli, w Anglii takie sprawy są bardzo ważne.

— Podobnie jak czystość wybranki, rzecz jasna — wtrącił Simion.

— Oczywiście.

— I uległość wobec męża.

— Jak najbardziej — powiedziała lady Clementine z nieco mniejszym przekonaniem.

— Żadna z tych nowoczesnych kobiet nie nadaje się dla mojego syna, lady Clementine — stwierdził Simion, oblizując usta. — My, Luxtonowie, lubimy kobiety, które wiedzą, kto jest szefem.

— Rozumiem, panie Luxton — powiedziała lady Clementine.

Simion zaklaskał na zakończenie rozgrywek.

— Gdybym tylko wiedział, gdzie można znaleźć odpowiednią młodą damę.

Lady Clementine nie odrywała wzroku od parkietu.

— Nie sądzi pan, panie Luxton, że często to, czego szukamy, tkwi tuż pod naszym nosem?

— Ależ owszem, lady Clementine. — Simion wykrzywił usta w uśmiechu. — Absolutnie się z panią zgadzam.

⊛

Nie byłam potrzebna podczas obiadu i tamtego piątku nie widziałam już ani Teddy'ego, ani jego ojca. Nancy doniosła mi, że późnym wieczorem odbyli jakąś poważną dyskusję na korytarzu, lecz nie mogę zbyt wiele powiedzieć na temat tej rozmowy. W sobotę rano, kiedy zeszłam dołożyć do kominka w salonie, Teddy jak zawsze był w przyjaznym nastroju. Siedział w fotelu, czytając poranną gazetę, i próbował ukryć rozbawienie, gdy lady Clementine lamentowała nad dostawą kwiatów. Z Braintree przyjechały właśnie olśniewające róże, choć wcześniej obiecano jej dalie. Lady Clementine była niepocieszona.

— Ej, ty — powiedziała do mnie, trącając z niezadowoleniem łodygę róży. — Zawołaj pannę Hartford. Musi to sama zobaczyć.

— Myślę, że panna Hartford przygotowuje się właśnie do porannej przejażdżki konnej, lady Clementine — oznajmiłam.

— Nic mnie nie obchodzi, czy zamierza startować w dorocznej gonitwie. Przygotowania wymagają jej zainteresowania.

Zatem podczas gdy inne młode damy jadły w łóżkach śniadanie i rozmyślały o zbliżającej się nocy, Hannah wezwano do salonu. Pół godziny wcześniej pomogłam jej włożyć strój do jazdy konnej i przypominała lisa zagonionego w zasadzkę, który pragnie się z niej wydostać. Podczas gdy lady Clementine szalała z wściekłości, Hannah, która nie miała zbyt wiele do powiedzenia na temat wyższości dalii nad różami, mogła jedynie potakiwać i rzucać ukradkowe spojrzenia na okrętowy zegar.

— Ale cóż my poczniemy? — Lady Clementine zbliżyła się do końca swojego wywodu. — Jest za późno, żeby zamówić więcej kwiatów.

Hannah zacisnęła usta i mrugając, otrząsnęła się z zamyślenia.

— Chyba będziemy musiały zadowolić się tym, co mamy — powiedziała z udawaną brawurą w obliczu klęski.

— Ale czy będziesz w stanie to znieść?

Hannah udała rezygnację.

— Jeśli trzeba, dam sobie radę. — Odczekała przepisowe kilka sekund, po czym radośnie oznajmiła: — Skoro to już wszystko...

— Chodź na górę — przerwała jej lady Clementine. — Pokażę ci, jak okropnie wyglądają na sali balowej. Nie uwierzysz...

Lady Clementine nadal szydziła z róż, a Hannah dosłownie opadły ręce. Już sama zapowiedź kolejnej części kwiatowej debaty sprawiła, że do oczu napłynęły jej łzy.

Siedzący w fotelu Teddy odchrząknął, zwinął gazetę i położył ją na stoliku obok.

— Cóż za uroczy zimowy dzień — powiedział, nie wiedzieć do kogo. — Mam wielką ochotę na konną przejażdżkę. Chciałbym dokładniej obejrzeć posiadłość.

Lady Clementine zamilkła w pół słowa i jej oczy zabłyszczały w obliczu wyższego celu.

— Przejażdżka — powtórzyła, nie tracąc ani chwili. — Cóż za wspaniały pomysł, panie Luxton. Czyż to nie wspaniały pomysł, Hannah?

Hannah z zaskoczeniem podniosła wzrok, a Teddy posłał jej konspiracyjny uśmiech.

— Może się pani przyłączyć.

Zanim zdążyła zareagować, lady Clementine powiedziała:

— Tak... Doskonale. Z radością będziemy panu towarzyszyć, panie Luxton. Jeśli, oczywiście, nie ma pan nic przeciwko temu?

— Mając tak urocze przewodniczki, będę naprawdę uszczęśliwiony.

Lady Clementine zwróciła się do mnie z zatrwożoną miną.

— Ty tam, dziewczyno, każ pani Townsend przysłać na górę trochę herbaty i koszyk piknikowy. — Spojrzała na Teddy'ego i powiedziała z powściągliwym uśmiechem: — Wprost uwielbiam jeździć konno.

Tworzyli dziwny pochód, kiedy zmierzali w stronę stajni. Dudley powiedział, że wyglądali jeszcze dziwniej, kiedy już dosiedli koni. Tarzał się ze śmiechu, patrząc, jak znikają za zachodnią polaną. Lady Clementine jechała na starej klaczy pana Fredericka, która pod względem szerokości w talii prześcigała nawet swoją panią.

Nie było ich dwie godziny, a kiedy wrócili na lunch, Teddy był zupełnie mokry, Hannah posępnie milczała, a lady Clementine wydawała się zadowolona jak kot przed miską śmietanki. O tym, co zaszło podczas przejażdżki, opowiedziała mi sama Hannah, lecz dopiero wiele miesięcy później.

⊛

Przez jakiś czas jechali w milczeniu: Hannah przodem, Teddy tuż za nią, lady Clementine na końcu. Zamarznięte gałązki trzaskały pod końskimi kopytami, a wyziębiona rzeka płynęła, by połączyć swe wody z Tamizą.

W końcu Teddy dogonił Hannah i wesoło powiedział:

— Pobyt tutaj to wielka przyjemność, panno Hartford. Muszę pani podziękować za miłe zaproszenie.

Hannah, która delektowała się ciszą, odparła:

— Powinien pan dziękować mojej babce, panie Luxton. Ja nie miałam zbyt wiele do czynienia z tą całą sprawą.

— Ach... — powiedział Teddy. — Rozumiem. Muszę pamiętać, żeby jej podziękować.

Litując się nad Teddym, który ostatecznie próbował tylko nawiązać rozmowę, Hannah spytała:

— W jaki sposób zarabia pan na życie, panie Luxton?

Odpowiedział szybko (być może odczuł pewną ulgę):

— Jestem kolekcjonerem.

— Co pan kolekcjonuje?

— Piękne przedmioty.

— Sądziłam, że pracuje pan z ojcem.

Teddy strząsnął liść brzozy, który wylądował mu na ramieniu.

— Ojciec i ja nie jesteśmy jednomyślni w interesach, panno Hartford — oznajmił. — On nie dostrzega żadnej wartości w sprawach, które nie mają bezpośredniego związku ze zdobywaniem bogactwa.

— A pan, panie Luxton?

— Ja poszukuję bogactwa innego rodzaju. Bogactwa nowych doświadczeń. Wiek jest młody, podobnie jak ja. Jest zbyt wiele do zobaczenia i do zrobienia, by grzęznąć w interesach.

Hannah spojrzała na niego.

— Tatuś mówił, że wkracza pan do świata polityki. To z pewnością ograniczy pańskie plany?

Pokręcił głową.

— Polityka daje mi więcej powodów do poszerzania horyzontów. Najlepszymi przywódcami są ci, którzy patrzą na swoją pozycję z perspektywy, nie sądzi pani?

Jechali jakiś czas aż do tylnych łąk, przystając co chwila, by zaczekać na marudera. Kiedy w końcu schronili się w starej marmurowej altanie, zarówno lady Clementine, jak i jej klacz z ulgą dały odpocząć poobijanym bokom. Teddy pomógł lady Clementine wejść do środka, a Hannah wyjęła smakołyki z piknikowego koszyka pani Townsend.

Kiedy wypili gorącą herbatę z termosu i zjedli owocowe ciasto, Hannah powiedziała:

— Chciałabym przejść się na mostek.

— Mostek? — zapytał Teddy.

— Jest tam, za drzewami — oznajmiła Hannah, wstając. — W miejscu gdzie jezioro się zwęża i łączy z potokiem.

— Ma pani coś przeciwko temu, abym jej towarzyszył? — zapytał Teddy.

— Ależ nie — powiedziała Hannah, choć myślała wprost przeciwnie.

Lady Clementine, rozdarta między obowiązkami przyzwoitki a współczuciem dla obolałych pośladków, rzekła w końcu:

— Zostanę tu i popilnuję koni. Nie zabawiajcie tam zbyt długo. Zacznę się niepokoić. W lesie czyha mnóstwo niebezpieczeństw.

Hannah uśmiechnęła się lekko do Teddy'ego i ruszyła w stronę mostka. Teddy poszedł za nią, dogonił ją i szedł obok w przyzwoitej odległości.

— Przykro mi, panie Luxton, że lady Clementine zmusiła pana do spędzenia tego ranka w naszym towarzystwie.

— Nic nie szkodzi — powiedział Teddy. — Towarzystwo jest bardzo przyjemne. — Zerknął na nią. — Zwłaszcza jeśli chodzi o panią.

Hannah nadal patrzyła prosto przed siebie.

— Kiedy byłam młodsza — zaczęła szybko — przychodziłam bawić się nad jeziorem razem z bratem i siostrą. W hangarze na łódki i na mostku. — Zerknęła na niego z ukosa. — Wie pan, to magiczny mostek.

— Magiczny? — Teddy uniósł brew.

— Przekona się pan, kiedy go zobaczy — powiedziała Hannah.

— W co się bawiliście na tym magicznym mostku?

— Przebiegaliśmy po nim na zmianę. — Spojrzała na niego. — Brzmi dosyć prosto, wiem. Ale to nie jest zwyczajny magiczny mostek. Rządzi nim wyjątkowo podły i mściwy demon z jeziora.

— Doprawdy? — Teddy się uśmiechnął.

— Przeważnie udawało nam się przebiec na drugą stronę, ale od czasu do czasu jedno z nas budziło go ze snu.

— I co się wtedy działo?

— Cóż, rozgrywał się pojedynek na śmierć i życie. — Uśmiechnęła się do niego. — Oczywiście chodziło o jego śmierć. My byliśmy doskonałymi szermierzami. Na szczęście był nieśmiertelny, bo w przeciwnym razie nie byłoby żadnej zabawy.

Skręcili i ich oczom ukazał się rozklekotany mostek zbudowany w miejscu, gdzie zwężał się potok. Chociaż miesiąc był zimny, woda jeszcze nie zamarzła.

— Oto on — powiedziała Hannah z zapartym tchem.

Z mostka, który już dawno wyszedł z użytku, zastąpiony większym, położonym bliżej miasteczka i mogącym udźwignąć przejeżdżające samochody, zeszła prawie cała farba i porósł go mech. Trzciniaste brzegi rzeki pochyliły się lekko ku wodzie, nad którą latem kwitły dzikie kwiaty.

— Ciekawe, czy demon z jeziora jest tutaj również dzisiaj — powiedział Teddy.

Hannah się uśmiechnęła.

— Proszę się nie obawiać. Jeśli nas napadnie, osobiście się z nim zmierzę.

— Stoczyła pani sporo bitew?

— Stoczyłam i wygrałam — powiedziała Hannah. — Bawiliśmy się tutaj, gdy tylko mieliśmy okazję. Ale nie zawsze walczyliśmy z demonem z jeziora. Czasami pisaliśmy listy. Wkładaliśmy je do małych łódeczek i puszczaliśmy na wodę.

— Po co?

— Żeby zabrały nasze pragnienia do Londynu.

— Oczywiście. — Teddy się uśmiechnął. — Do kogo pisaliście?

Hannah przydeptała trawę.

— Pomyśli pan, że to niemądre.

— Przekonajmy się.

Spojrzała na niego i zdusiła uśmiech.

— Ja pisałam do Jane Digby. Za każdym razem.

Teddy zmarszczył brwi.

— Wie pan — wyjaśniła Hannah. — Do lady Jane, która uciekła na Półwysep Arabski, a potem prowadziła życie pełne podróży i podbojów.

— Aha — powiedział Teddy, przypominając sobie tę postać. — Ta niesławna uciekinierka. Co miała jej pani do powiedzenia?

— Prosiłam ją, żeby tu przyjechała i mnie uratowała. Proponowałam, że będę jej służyć jak oddana niewolnica, pod warunkiem że zabierze mnie w swoją następną podróż.

— Ale kiedy pani była dzieckiem, ona już...

— Nie żyła? Tak. Oczywiście, że już nie żyła. I to od dawna. Wtedy o tym nie wiedziałam. — Hannah spojrzała na niego z ukosa. — Gdyby żyła, plan z pewnością okazałby się niezawodny.

— Bez wątpienia — powiedział z filuterną powagą. — Natychmiast by tu przyjechała i zabrała panią na Półwysep Arabski.

— W przebraniu beduińskiego szejka. Tak to sobie wyobrażałam.

— Pani ojciec nie miałby nic przeciwko temu?

Hannah się roześmiała.

— Obawiam się, że nie do końca. Okazało się, że miał.

Teddy uniósł brew.

— Miał?

— Pewnego razu jeden z dzierżawców znalazł mój list i zaniósł go tacie. Sam nie potrafił go przeczytać, ale narysowałam rodzinny herb, więc pomyślał, że to musi być coś ważnego. Śmiem twierdzić, że oczekiwał nagrody za ten wysiłek.

— Domyślam się, że jej nie dostał.

— Oczywiście, że nie. Tata był wściekły. Nigdy nie byłam pewna, co rozzłościło go bardziej: moje pragnienie przyłączenia się do tak skandalicznego towarzystwa czy zuchwałość samego listu. Podejrzewam, że przede wszystkim obawiał się tego, że znajdzie go babcia. Zawsze uważała mnie za nierozsądne dziecko.

— To, co dla jednych jest nierozsądne — powiedział Teddy — inni mogą nazwać odwagą. — Posłał jej poważne spojrzenie.

Hannah pomyślała, że w tym spojrzeniu kryje się jakiś zamiar, jednak nie była pewna jaki. Poczuła, że się rumieni, i odwróciła wzrok. Musnęła palcami kępę długich cienkich trzcin, które porastały brzeg rzeki. Wyciągnęła jedno źdźbło i czując nagły przypływ energii, wbiegła na mostek. Cisnęła trzcinę do mknącej wody i pospieszyła na drugą stronę mostka, żeby zobaczyć, jak płynie.

— Zanieś moje marzenia do Londynu! — zawołała w ślad za trzciną, kiedy ta zniknęła za zakrętem.

— Czego sobie pani życzyła? — chciał wiedzieć Teddy.

Uśmiechnęła się do niego, pochyliła do przodu i w tym momencie do akcji wkroczyło przeznaczenie. Zapięcie medalionu, obluzowane od częstego używania, odczepiło się od łańcuszka, ześlizgnęło po białej szyi i wpadło do wody. Hannah poczuła nagłą lekkość, lecz zbyt późno zdała sobie sprawę z jej przyczyny. Chwilę później medalion był już tylko błyskiem znikającym pod powierzchnią wody.

Wydała z siebie zduszony okrzyk, zbiegła z mostka i zaczęła przeciskać się przez trzciny w stronę brzegu rzeki.

— Co się stało? — zapytał oszołomiony Teddy.

— Mój medalion — jęknęła Hannah. — Ześlizgnął się... — Zaczęła rozwiązywać buty. — Mój brat...

— Widziała pani, gdzie upadł?

— Na sam środek — powiedziała Hannah. Ruszyła po śliskim mchu na brzeg rzeki, a błoto zmoczyło rąbek jej sukni.

— Proszę poczekać — powstrzymał ją Teddy, zrzucając marynarkę, którą cisnął na brzeg, po czym zaczął zdejmować buty. Choć w tym miejscu rzeka się zwężała, to jednak było głęboko i wkrótce woda sięgnęła mu do ud.

Tymczasem lady Clementine podjęła porzuconą misję i podźwignąwszy się na nogi, niepewnym krokiem ruszyła po nierównym gruncie, aby odnaleźć swych młodych towarzyszy. Ujrzała ich dokładnie w chwili, w której Teddy zanurkował.

— A cóż to?! — zawołała lady Clementine. — Co się dzieje?! Jest o wiele za zimno na pływanie. — Jej głos zabarwił się nutką niepokoju zmieszanego z podekscytowaniem. — Zaziębi się pan na śmierć.

Hannah, ogłuszona paniką, nie odpowiedziała. Wbiegła na mostek i rozpaczliwie próbowała dostrzec medalion, aby pokierować Teddy'ego we właściwe miejsce.

Wynurzał się i nurkował, wynurzał i nurkował, a ona lustrowała wodę i kiedy już zaczęła tracić nadzieję, wynurzył się z lśniącym medalionem w zaciśniętej dłoni.

Cóż za wspaniały heroiczny czyn. Zupełnie niepodobny do Teddy'ego, człowieka, który wbrew swym najszczerszym intencjom skłonny był raczej do rozwagi aniżeli do męstwa. W późniejszych latach, kiedy podczas towarzyskich spotkań wspominano historię ich zaręczyn, ów czyn zyskiwał pewną mityczną otoczkę, nawet w ustach samego Teddy'ego. Jak gdyby on sam, podobnie jak jego uśmiechnięci goście, nie do końca wierzył, że to stało się naprawdę. Ale się stało. W odpowiedniej chwili i przy osobie, dla której to wydarzenie miało się okazać brzemienne w skutki.

Hannah opowiedziała mi, że kiedy tak przed nią stał, ociekając wodą, trzęsąc się i ściskając jej medalion w wielkiej dłoni, nagle i bardzo wyraźnie zdała sobie sprawę z jego fizyczności. Z mokrej skóry, sposobu, w jaki koszula przykleiła mu się do ramion, i z ciemnych oczu, które zwycięsko wpatrywały się w jej twarz. Nigdy wcześniej nie czuła niczego podobnego — jakżeby mogła i do kogo? Zapragnęła, aby ją pochwycił, równie mocno jak ściskał medalion.

Oczywiście, niczego takiego nie zrobił. Uśmiechnął się tylko dumny z siebie, po czym oddał jej medalion. Przyjęła go z wdzięcznością i odwróciła się, a on przystąpił do pozbawionego wdzięku zadania, wkładając suche ubrania na mokre.

Ale ziarno zostało zasiane.

Bal i po balu

Bal Hannah przebiegł bez zgrzytów. Muzycy i szampan przybyli zgodnie z planem, a Dudley przyniósł wszystkie rośliny ze szklarni, aby uratować kłopotliwą sytuację z kwiatami. Po obydwu stronach sali ustawiono piece, dające obietnicę ciepła w środku zimy.

Sama sala błyszczała i olśniewała. Kryształowe żyrandole połyskiwały, czarno-białe kafelki lśniły, goście promienieli. Pośrodku tłoczyło się dwadzieścia pięć rozchichotanych młodych dam, onieśmielonych przez delikatne sukienki i białe giemzowe rękawiczki, dumnie prezentując stare wyszukane rodzinne klejnoty. Pośrodku stała Emmeline. Choć jako piętnastolatka była młodsza niż większość zaproszonych gości, lady Clementine udzieliła jej specjalnego pozwolenia na wzięcie udziału w balu, pod warunkiem że nie będzie monopolizować kawalerów do wzięcia, rujnując szanse innych dziewcząt. Pod ścianą czuwał batalion owiniętych w futra przyzwoitek, które siedziały na pozłacanych krzesłach z termoforami wsadzonymi pod okrywające nogi pledy. Weteranki można było poznać po lekturach i robótkach ręcznych, które przyniosły w swej roztropności, by przetrwać wczesne godziny poranka.

Mężczyźni tworzyli nieco bardziej zróżnicowaną kolekcję, niezawodną obronę terytorialną, która sumiennie odpowiedziała na wezwanie. Nieliczna grupka, którą można było nazwać „młodą", składała się z walijskich braci rekrutowanych przez dalekiego kuzyna lady Violet oraz przedwcześnie wyłysiałego syna miejscowego lorda. Jak jednak szybko się okazało, gusta tego ostatniego nie obejmowały płci pięknej. Na tle tej pokracznej chmary prowincjonalnej szlachty Teddy, ze swoimi czarnymi włosami, wąsikiem gwiazdora filmowego i w amerykańskim garniturze, wydawał się niezmiernie atrakcyjny.

Gdy zapach trzaskającego ognia wypełnił salę, a irlandzka melodia ustąpiła miejsca walcowi wiedeńskiemu, starcy zabrali się do roboty, wirując po parkiecie z młodymi dziewczętami. Niektórzy z gracją, inni z entuzjazmem, a większość bez jednego ani drugiego. Ponieważ lady Violet leżała w łóżku z wysoką gorączką, obowiązki przyzwoitki przejęła lady Clementine, wzmagając czujność, gdy jeden z pryszczatych młodzieńców ruszył w stronę Hannah, prosząc ją do tańca.

Teddy, który również zmierzał w jej stronę, skierował szeroki biały uśmiech ku Emmeline. Rozpromieniona przyjęła zaproszenie. Ignorując karcące spojrzenie lady Clementine, dygnęła, na chwilę zmrużyła drżące powieki, po czym szeroko je otworzyła — nawet zbyt szeroko — i wstała z krzesła. Tańczyć nie potrafiła, lecz pieniądze, które pan Frederick musiał zainwestować w prywatne lekcje dobrych manier, nie poszły na marne. Kiedy weszli na parkiet, lady Clementine zauważyła, że trzyma się bardzo blisko Teddy'ego, chłonie każde jego słowo i zbyt głośno śmieje się z jego żartów.

Wieczór nabierał rumieńców, a z każdym kolejnym tańcem w sali robiło się cieplej. Cierpki zapach potu mieszał się z wonią dymu z piecyka i kiedy pani Townsend posłała mnie na górę z bulionem, eleganckie fryzury zaczynały już popadać w ruinę, a policzki gości pokrywały rumieńce. Wszystko wskazywało na to, że towarzystwo dobrze się bawi, a jedynym widocznym wyjątkiem był mąż Fanny, który nie podołał świątecznej atmosferze i wymawiając się migreną, poszedł spać.

Kiedy Nancy kazała mi pójść do Dudleya i powiedzieć, że potrzebujemy więcej drewna, z ulgą opuściłam mdlącą duszność sali balowej. Na korytarzu i schodach chichotały grupki młodych dziewcząt, szepcząc nad kubkami z zupą. Wyszłam tylnymi drzwiami i byłam już w połowie ogrodu, gdy w ciemności ujrzałam jakąś samotną postać.

Była to Hannah, nieruchoma jak posąg. Patrzyła w nocne niebo. Jej nagie ramiona, blade i piękne w świetle księżyca, zlewały się z białą satynową suknią i jedwabną etolą. Jasne włosy, które w tamtej chwili wydały mi się niemal srebrne, okalały jej głowę, a loki opadały na kark. Dłonie w rękawiczkach z białej cielęcej skórki nieruchomo zwisały u boku.

Pewnie było jej chłodno, gdy tak stała w samym środku zimowej nocy, ogrzewając się jedynie jedwabną etolą. Potrzebowała jakiegoś nakrycia — a przynajmniej kubka zupy. Postanowiłam przynieść jej jedno i drugie, lecz zanim zdążyłam się poruszyć, z ciemności wyłoniła się inna postać. Z początku myślałam, że to pan Frederick, lecz kiedy przybysz wyszedł z cienia, zobaczyłam, że to Teddy. Stanął obok niej i powiedział coś, czego nie usłyszałam. Odwróciła się. Światło księżyca pogładziło ją po twarzy i popieściło rozchylone usta.

Lekko zadrżała i przez chwilę myślałam, że Teddy zdejmie marynarkę i otuli jej ramiona jak ci bohaterowie z powieści, które tak lubiła czytać Emmeline. Nie zrobił tego. Powiedział coś jeszcze, co sprawiło, że Hannah ponownie wpatrzyła się w niebo. Delikatnie ujął jej bezwładną rękę, a ona lekko zesztywniała, kiedy pogładził jej palce. Obrócił jej dłoń, aby spojrzeć na blade przedramię, po czym bardzo powoli uniósł ją do ust i pochylił głowę, muskając wargami chłodny skrawek skóry pomiędzy rękawiczką a etolą.

Patrzyła, jak jego ciemna głowa pochyla się do pocałunku, lecz nie wyrwała ręki. Widziałam, jak jej pierś wznosi się i opada, a oddech staje się coraz szybszy.

Wtedy zadrżałam, zastanawiając się, czy jego usta są ciepłe, a wąsy kłujące.

Po dłuższej chwili spojrzał na nią, nie wypuszczając jej dłoni z uścisku. Powiedział coś, a ona w odpowiedzi lekko skinęła głową.

A potem odszedł.

Wcześnie rano, gdy bal został oficjalnie zakończony, pomagałam Hannah przygotować się do snu. Emmeline już spała, śniąc o jedwabiach, satynie i wirujących tancerzach, lecz Hannah w milczeniu siedziała przed lustrem, gdy guzik po guziku rozpinałam jej rękawiczki. Cielęca skórka rozciągnęła się pod wpływem temperatury jej ciała i mogłam je zdjąć palcami, nie potrzebując specjalnego przyrządu, którego użyłam, aby je nałożyć.

Gdy sięgnęłam w stronę pereł na jej nadgarstku, cofnęła rękę i oznajmiła:

— Chcę ci coś powiedzieć, Grace.

— Tak, panienko?

— Jeszcze nikomu o tym nie mówiłam. — Zawahała się, zerknęła w stronę zamkniętych drzwi i ściszyła głos. — Musisz obiecać, że zachowasz to w tajemnicy. Nie powiesz ani Nancy, ani Alfredowi, ani nikomu innemu.

— Potrafię dochować tajemnicy, panienko.

— Oczywiście, że potrafisz. Już to udowodniłaś. — Wzięła głęboki oddech. — Pan Luxton poprosił mnie o rękę. — Zerknęła na mnie niepewnie. — Mówi, że się we mnie zakochał.

Nie byłam pewna, co odpowiedzieć. Udawanie zaskoczenia wydawało mi się nieszczere. Jeszcze raz ujęłam jej dłoń. Tym razem nie stawiła oporu, a ja zabrałam się do zdejmowania pereł.

— Bardzo dobrze, panienko.

— Tak — powiedziała, przygryzając policzek. — Chyba tak.

Spojrzała mi w oczy i doświadczyłam wyraźnego poczucia, że oblałam pewien test. Odwróciłam wzrok, zsunęłam rękawiczkę niczym jej drugą skórę i zajęłam się następną. W milczeniu wpatrywała się w moje palce. Pod skórą na wysokości nadgarstka drgnął jakiś nerw.

— Nie dałam mu jeszcze odpowiedzi.

❀

Podczas gdy Hannah siedziała przed lustrem i rozmyślała o tym dziwnym i nieoczekiwanym rozwoju wypadków, na dole, w gabinecie, pan Frederick doświadczał wstrząsu innego rodzaju. Okazując zapierający dech w piersiach brak wrażliwości i wyczucia czasu, Simion Luxton zadał ostateczny cios (wielka machina biznesu nie mogła zatrzymać się tylko dlatego, by jakieś młode damy mogły wkroczyć do towarzystwa, nieprawdaż?).

Kiedy w sali balowej wirowali tancerze, oznajmił panu Frederickowi, że konsorcjum odmówiło dofinansowania jego kulejącej fabryki. Uznali, że nie warto ryzykować. Simion zapewnił go, że to nadal cenny kawałek ziemi, na który jest w stanie szybko znaleźć kupca, który zaoferuje korzystną cenę, o ile tylko Frederick zechce oszczędzić sobie zażenowania związanego z przejęciem go przez bank (właśnie sobie przypomniał, że pewien amerykański przyjaciel poszukuje ziemi w tej okolicy, ponieważ zamierza stworzyć kopię wersalskiego ogrodu dla świeżo poślubionej żony).

To służący Simiona, wypiwszy w suterenie o jedną brandy za dużo, przekazał nam te wieści. Jednak pomimo zaskoczenia i strachu nie pozostawało nam nic innego, jak tylko dalej robić swoje. Dom był pełen gości, którzy w środku zimy przebyli daleką drogę i pragnęli dobrze się bawić. Zatem nadal wypełnialiśmy nasze obowiązki, podając herbatę, sprzątając w pokojach i serwując posiłki.

Pan Frederick nie odczuwał jednak podobnych skrupułów i zamiast zachowywać się jak zwykle, podczas gdy jego goście czuli się jak w domu, jedli jego jedzenie, czytali jego książki i korzystali z jego hojności, on zamknął się w swoim gabinecie. Dopiero kiedy odjechał ostatni samochód, wyszedł z kryjówki i zaczął przechadzać się po domu, kultywując zwyczaj, który towarzyszył mu aż do ostatnich dni: chodził bezgłośnie, niczym zjawa, a nerwy jego twarzy napinały się i skręcały w reakcji na sumy i scenariusze, które zapewne nie dawały mu spokoju.

Lord Gifford zaczął składać regularne wizyty w Riverton, a z wioski wezwano pannę Starling, aby odnalazła w archiwum potrzebne dokumenty. Codziennie wkraczała do gabinetu pana Fredericka i wychodziła kilka godzin później, w ponurym ubiorze i z bladą twarzą, aby zjeść lunch w suterenie. Jej skrytość wydawała nam się w równej mierze imponująca, co irytująca, gdyż nigdy nie pisnęła nawet słowem na temat tego, co działo się za zamkniętymi drzwiami.

Postanowiono oszczędzić tych wieści lady Violet, która nadal nie wychodziła z łóżka. Lekarz powiedział, że na obecnym etapie nie jest w stanie jej pomóc i jeśli nam życie miłe, powinniśmy trzymać się od niej z daleka. Nie cierpiała bowiem na zwykłe przeziębienie, lecz na wyjątkowo silną grypę, która rzekomo przywędrowała aż z Hiszpanii. To przejaw wielkiego okrucieństwa Boga — biadał lekarz — że tuż po nastaniu pokoju śmierć wzywa miliony dobrych ludzi, którzy przetrwali cztery lata wojny.

W obliczu tragicznego stanu przyjaciółki makabryczne zamiłowanie lady Clementine do katastrof i śmierci straciło nieco na intensywności, podobnie jak jej strach. Zlekceważyła ostrzeżenie lekarza i usadowiła się w fotelu obok lady Violet, aby beztrosko pogawędzić o życiu, które toczyło się poza ciepłą mroczną sypialnią. Opowiedziała o sukcesie balu, okropnej sukni lady Pameli Worth, a na koniec oznajmiła, że ma wszelkie powody, aby przypuszczać, że wkrótce Hannah zaręczy się z panem Theodore'em Luxtonem, spadkobiercą pokaźnej rodzinnej fortuny.

Bez względu na to, czy lady Clementine wiedziała więcej, niż dawała po sobie poznać, czy też zwyczajnie chciała dać nadzieję przyjaciółce w potrzebie, jej słowa okazały się prorocze. Nazajutrz ogłoszono bowiem zaręczyny. A kiedy lady Violet ostatecznie poddała się grypie, wpadła w objęcia śmierci jako szczęśliwa kobieta.

⁂

Pewnego lutowego ranka, kiedy pomagałam Hannah w poszukiwaniu ślubnej sukni jej matki, w drzwiach pokoju pościelowego ukazała się Emmeline. Bez słowa podeszła do siostry i patrzyła, jak rozkładamy białą bibułę, odsłaniając suknię z satyny i koronki.

— Staromodna — orzekła Emmeline. — Nigdy w życiu nie włożyłabym czegoś podobnego.

— To dobrze, bo wcale nie musisz — odparła Hannah, uśmiechając się do mnie ukradkiem.

Emmeline prychnęła.

— Spójrz, Grace — powiedziała Hannah. — Tam z tyłu to chyba welon. — Zajrzała głębiej do cedrowej szafy. — Widzisz? Na samym końcu?

— Tak, panienko — potwierdziłam, wyciągając rękę, aby go wydobyć.

Hannah złapała z drugiej strony i rozwinęłyśmy go.

— Domyślałam się, że welon matki musiał być bardzo długi i ciężki.

Był piękny: delikatna brukselska koronka obszyta maleńkimi perełkami. Uniosłam welon, żeby zobaczyć go w całej okazałości.

— Będziesz miała szczęście, jeśli uda ci się dojść do ołtarza bez potknięcia — powiedziała Emmeline. — Przez te wszystkie perły nie będziesz nic widziała.

— Jestem pewna, że sobie poradzę — oznajmiła Hannah, wyciągając rękę, aby uścisnąć nadgarstek Emmeline. — Jeśli tylko zostaniesz moją druhną.

Żądło Emmeline odpadło. Westchnęła.

— Wolałabym, żebyś tego nie robiła. Wszystko się zmieni.

— Wiem — powiedziała Hannah. — Będziesz mogła puszczać na gramofonie każdą płytę, jaką tylko zechcesz, i nikt ci tego nie zabroni.

— Nie żartuj — nadąsała się Emmeline. — Obiecałaś, że mnie nie opuścisz.

Włożyłam welon na głowę Hannah, uważając, żeby nie ciągnąć jej za włosy.

— Powiedziałam, że nie pójdę do pracy, i dotrzymałam obietnicy — odparła Hannah. — Nigdy nie mówiłam, że nie wyjdę za mąż.

— Owszem, mówiłaś.

— Kiedy?

— Zawsze. Zawsze powtarzałaś, że nie wyjdziesz za mąż.

— To było przedtem.

— Przed czym?

Hannah nie odpowiedziała.

— Emme — poprosiła — czy mogłabyś zdjąć mi medalion? Nie chcę, żeby klamerka zahaczyła o koronkę.

Emmeline odpięła medalion.

— Dlaczego akurat Teddy? — zapytała. — Dlaczego musisz wyjść właśnie za Teddy'ego?

— Wcale nie muszę wyjść za Teddy'ego. Ja tego chcę.

— Nie kochasz go — powiedziała Emmeline.

Po krótkim wahaniu padła bezceremonialna odpowiedź:

— Oczywiście, że go kocham.

— Tak jak Julia kochała Romea?

— Nie, ale...

— W takim razie nie powinnaś za niego wychodzić. Powinnaś zostawić Teddy'ego dla kogoś, kto pokocha go w ten sposób.

— Nikt nie kocha tak jak Romeo i Julia — stwierdziła Hannah. — To wymyślone postacie.

Emmeline pogładziła palcem grawerowaną powierzchnię medalionu.

— Ja bym kochała — oznajmiła.

— W takim razie ci współczuję — powiedziała Hannah, próbując ożywić atmosferę. — Spójrz, co ich spotkało!

Odeszłam trochę na bok, żeby ułożyć welon.

— Wygląda pięknie, panienko — powiedziałam.

— Davidowi by się nie spodobał — rzuciła niespodziewanie Emmeline, kołysząc medalionem jak wahadełkiem. — Nie sądzę, żeby Teddy przypadł mu do gustu.

Na dźwięk imienia brata Hannah zesztywniała.

— Nie bądź dzieckiem, Emmeline. — Wyciągnęła rękę po medalion, ale chybiła. — I przestań być taka nieostrożna. Popsujesz go.

— Uciekasz. — W głosie Emmeline zabrzmiała jakaś ostra nuta.

— Wcale nie.

— David właśnie tak by pomyślał. Powiedziałby, że mnie opuszczasz.

Hannah odezwała się cichym głosem:

— Wiedziałby, o czym mówi.

Stałam tuż obok i układając koronki wokół jej twarzy, w oczach zauważyłam łzy.

Emmeline nic nie powiedziała i nadal wymachiwała medalionem, kreśląc w powietrzu ponure ósemki.

Zapadło pełne napięcia milczenie, podczas którego prostowałam boki welonu i dostrzegłam maleńkie oczko, wymagające drobnej naprawy.

— Masz rację — powiedziała w końcu Hannah. — Uciekam. Postąpisz podobnie, gdy tylko będziesz mogła. Czasami, kiedy przechadzam się po tej posiadłości, czuję niemal, jak ze stóp wyrastają mi korzenie, które wiążą mnie z tym miejscem. Jeśli wkrótce się stąd nie wyrwę, moje życie dobiegnie końca i będę tylko kolejnym imieniem na płycie rodzinnego grobowca. — Takie gotyckie nastroje zupełnie nie były w stylu Hannah i zdałam sobie sprawę z głębokości jej rozpaczy. — Teddy to moja szansa — ciągnęła — żeby zobaczyć świat, podróżować, poznawać ciekawych ludzi.

Do oczu Emmeline napłynęły łzy.

— Wiedziałam, że go nie kochasz.

— Ale go lubię. Kiedyś go pokocham.

— Lubisz go?

— Dosyć tego — powiedziała Hannah. — Przynajmniej jak dla mnie. Jestem inna niż ty, Emme. Nie potrafię się uśmiechać do ludzi, z którymi jest mi źle. Większość osób z towarzystwa mnie nudzi. Jeśli nie wyjdę za mąż, czekają mnie dwie możliwości: cała wieczność samotnych dni w domu tatusia albo niekończąca się seria nudnych przyjęć z nudnymi przyzwoitkami, czekającymi, aż stanę się jedną z nich. To tak, jak powiedziała Fanny...

— Fanny zmyśla.

— Nie tym razem. — Hannah była pewna. — Małżeństwo będzie początkiem mojej przygody.

Emmeline spuściła wzrok i leniwie kołysała medalionem Hannah. Zaczęła go otwierać.

Hannah wyciągnęła rękę i w tej chwili wypadła jego cenna zawartość. Wszystkie zamarłyśmy w bezruchu, kiedy maleńka książeczka z ręcznie zszytym grzbietem i wyblakłą okładką potoczyła się po podłodze. *Bitwa z jakobitami.*

Zapadła cisza. Po chwili rozległ się głos Emmeline. Prawie szept.

— Mówiłaś, że wszystkie zniknęły.

Rzuciła medalion na podłogę i wybiegła z pokoju, zatrzaskując za sobą drzwi. Hannah, nadal w welonie matki na głowie, podniosła go. Podniosła również maleńką książeczkę, obróciła ją w palcach

293

i pogładziła okładkę. Potem z powrotem umieściła ją wewnątrz medalionu i delikatnie go zamknęła. Ale zatrzask nie zadziałał. Zawias był zepsuty.

※

Emmeline nie była jedyną osobą z rodziny Hartfordów, u której zaręczyny nie wzbudziły wielkiej radości. Kiedy przygotowania do ślubu zaczęły się na dobre, a cały dom pochłonęły przymiarki sukien, dekorowanie i pieczenie, Frederick nadal był bardzo milczący i samotnie przesiadywał w gabinecie z wyrazem nieustannego zmartwienia na twarzy. Poza tym wydawał się chudszy niż kiedyś. Utrata fabryki i śmierć matki odbiła się na jego zdrowiu. Podobnie jak decyzja Hannah o poślubieniu Teddy'ego.

W wieczór poprzedzający ślub przyszedł do pokoju Hannah, kiedy zabierałam stamtąd tacę po kolacji. Usiadł na krześle obok jej toaletki, lecz niemal natychmiast wstał, podszedł do okna i spojrzał na trawnik rozciągający się za domem. Hannah leżała w łóżku w białej i wykrochmalonej koszuli nocnej, a jej włosy opadały jak jedwab na ramiona. Obserwowała ojca i coraz bardziej markotniała na widok jego kościstej sylwetki, przygarbionych ramion oraz włosów, które w ciągu kilku miesięcy zmieniły barwę ze złotej na siwą.

— Nie zdziwiłbym się, gdyby jutro padał deszcz — oznajmił w końcu, nadal patrząc przez okno.

— Zawsze lubiłam deszcz.

Pan Frederick nie odpowiedział.

Skończyłam ustawiać naczynia na tacy.

— Czy będę jeszcze potrzebna, panienko?

Zapomniała, że jestem w pokoju. Zwróciła się do mnie:

— Nie. Dziękuję, Grace. — Pod wpływem nagłego impulsu wyciągnęła rękę i ujęła moją dłoń. — Będzie mi ciebie brakować, Grace, kiedy wyjadę.

— Tak, panienko. — Dygnęłam, a moje policzki zaróżowiły się z żalu. — Ja też będę za panienką tęsknić. — Ukłoniłam się w stronę odwróconego plecami pana Fredericka. — Dobranoc, mój panie.

Zdawał się nie słyszeć.

Zastanawiałam się, co go przywiodło do pokoju Hannah. Co takiego miał do powiedzenia w wieczór poprzedzający jej ślub, czego nie mógł powiedzieć podczas obiadu ani później, w salonie? Wyszłam z pokoju, zamknęłam za sobą drzwi i — wstyd powiedzieć — postawiłam tacę na podłodze korytarza i zaczęłam podsłuchiwać.

Zapadła długa cisza i już się obawiałam, że drzwi są zbyt grube, a głos pana Fredericka za słaby, kiedy usłyszałam, jak odchrząka.

Mówił szybko, cicho:

— Spodziewałem się, że stracę Emmeline, gdy tylko dorośnie, ale ty?

— Nie tracisz mnie, tato.

— Tracę — powiedział ostro, podnosząc głos. — Straciłem Davida, fabrykę, a teraz tracę ciebie. Wszystkie najdroższe... — Opanował się i kiedy przemówił ponownie, jego głos był tak słaby, że w każdej chwili mógł się załamać. — Nie jestem ślepy. Widzę, jaką odgrywam w tym wszystkim rolę.

— Słucham?

Nastąpiło milczenie i rozległo się skrzypnięcie sprężyn materaca. Kiedy pan Frederick ponownie się odezwał, jego głos dobiegał już z innego miejsca, więc wyobraziłam sobie, że siedzi teraz na skraju łóżka.

— Nie możesz tego zrobić — powiedział szybko. Skrzypnięcie. Znowu stał. — Na samą myśl, że będziesz mieszkać z tymi ludźmi... Oni zwyczajnie zabrali mi fabrykę...

— Tato, nie było innych kupców. Ci, których znalazł Simion, zapłacili dobrą cenę. Wyobraź sobie, jakie byś przeżył upokorzenie, gdyby fabrykę zajął bank. Oni ci tego oszczędzili.

— Oszczędzili mi? Obrabowali mnie. Mogli mi pomóc. Nadal mógłbym działać w tym biznesie. A teraz ty się do nich przyłączasz. Krew mnie... Nie, to nie wchodzi w rachubę. Powinienem był przeszkodzić temu wcześniej, zanim sprawy wymknęły się spod kontroli.

— Tato...

— Nie zatrzymałem w porę Davida i niech mnie piekło pochłonie, jeśli popełnię ten błąd po raz drugi.

— Tato...

— Nie pozwolę ci...

— Tato — powiedziała Hannah i w jej głosie pobrzmiewała pewność, której wcześniej tam nie było. — Ja już podjęłam decyzję.

— Zmień ją — warknął.

— Nie.

Bałam się o nią. O porywczości pana Fredericka krążyły w Riverton legendy. Kiedy David odważył się go oszukać, zerwał z nim wszelkie kontakty. Co zrobi teraz, stojąc w obliczu otwartego sprzeciwu Hannah?

Jego głos zadrżał, rozpalony wściekłością.

— Sprzeciwiłabyś się ojcu?

— Gdybym uznała, że się myli.

— Jesteś upartą idiotką.

— Jestem taka jak ty.

— Tym gorzej dla ciebie, moje dziecko — powiedział. — Siła twojej woli zawsze skłaniała mnie do pobłażliwości, ale czegoś takiego nie zamierzam tolerować.

— Ta decyzja nie należy do ciebie, tato.

— Jesteś moim dzieckiem i zrobisz, co każę. — Zamilkł i jego złość zabarwiła się niechcianą nutką rozpaczy. — Rozkazuję ci: nie poślubiaj go.

— Tato...

— Jeśli za niego wyjdziesz — gwałtownie poniósł głos — nie chcę cię tu więcej widzieć.

Stałam za drzwiami i byłam przerażona. Bo choć rozumiałam rozżalenie pana Fredericka i podzielałam pragnienie zatrzymania Hannah w Riverton, wiedziałam również, że groźby nigdy nie były w stanie nakłonić jej do zmiany zdania.

I rzeczywiście, kiedy się odezwała, mówiła głosem pełnym determinacji.

— Dobranoc, tato.

— Głupia — powiedział oszołomiony jak człowiek, który

jeszcze nie wierzy, że gra dobiegła końca i poniósł porażkę. — Głupie uparte dziecko.

Odgłos jego kroków zbliżył się do drzwi i pospiesznie podniosłam tacę z podłogi. Właśnie się oddalałam, kiedy Hannah powiedziała:

— Wyjeżdżając, zabiorę ze sobą moją służącą. — Serce zabiło mi mocniej, kiedy kończyła: — Nancy zaopiekuje się Emmeline.

Byłam tak zaskoczona, tak uradowana, że ledwie dosłyszałam odpowiedź pana Fredericka:

— Proszę bardzo. — Pchnął drzwi z taką furią, że prawie upuściłam tacę, po czym podszedł do schodów. — Bóg mi świadkiem, że wcale jej tu nie potrzebuję.

⊛

Dlaczego Hannah poślubiła Teddy'ego? Nie dlatego, że go kochała, lecz dlatego, że była gotowa go pokochać. Była młoda i niedoświadczona — z czymże miała porównywać te uczucia?

Bez względu na to w oczach obserwatorów tworzyli udaną parę. Simion i Estella Luxtonowie byli zachwyceni, podobnie jak cała służba. Nawet ja się cieszyłam, kiedy już wiedziałam, że wyjadę wraz z nimi. Bo przecież lady Violet i lady Clementine miały rację, prawda? Pomimo swojego młodzieńczego buntu Hannah musiała kogoś poślubić, a Teddy był chyba odpowiednim kandydatem.

Pobrali się w pewną deszczową sobotę, w maju tysiąc dziewięćset dziewiętnastego roku, a tydzień później wyjechaliśmy do Londynu. Hannah i Teddy jechali z przodu, a ja podróżowałam drugim samochodem, ze służącym Teddy'ego i z walizkami Hannah.

Pan Frederick stał na schodach, sztywny i blady. Z siedzenia samochodu, ukryta przed jego wzrokiem, po raz pierwszy mogłam dokładnie przyjrzeć się jego twarzy. Była to piękna arystokratyczna twarz, choć cierpienie pozbawiło ją wyrazu.

Po jego lewej stronie stała służba ustawiona w szeregu, w kolejności odpowiadającej randze stanowiska. Nawet nianię Brown ekshumowano z pokoju dziecinnego i stała obok pana Hamiltona, roniąc ciche łzy w białą chusteczkę.

Brakowało jedynie Emmeline, która odmówiła uczestniczenia w pożegnaniu. Ujrzałam ją jednak tuż przed odjazdem. Jej blada twarz tkwiła nieruchomo za jednym z gotyckich okien pokoju dziecinnego. A może tylko mi się zdawało? Może była to zwykła gra świateł? Jeden z duchów małych chłopców, które spędziły w tym pokoju całą wieczność.

Ja już się pożegnałam. Ze służbą i z Alfredem. Od tamtej nocy na schodach w ogrodzie robiliśmy nieśmiałe postępy. W owym czasie byliśmy dosyć powściągliwi. Alfred traktował mnie z uprzejmą ostrożnością, która była mi niemal tak obca jak jego złość. Mimo to obiecałam, że będę do niego pisać. Wydobyłam z niego podobne postanowienie.

W weekend przed ślubem odwiedziłam matkę. Dała mi małe zawiniątko: szalik, który zrobiła wiele lat wcześniej, oraz słoik igieł i nici, abym mogła dalej szyć. Kiedy podziękowałam, wzruszyła ramionami i powiedziała, że jej nie jest już potrzebny. Nie będzie ich pewnie używać, skoro powykręcane palce stały się zupełnie bezużyteczne. Podczas tej ostatniej wizyty wypytywała mnie o ślub, fabrykę pana Fredericka i śmierć lady Violet. Zaskoczyła mnie obojętność, z jaką przyjęła wieść o zgonie dawnej chlebodawczyni. Nieco wcześniej zauważyłam, że matka dobrze wspominała lata służby, lecz kiedy opowiadałam o ostatnich dniach lady Violet, nie okazała żadnego żalu i nie przywołała żadnych miłych wspomnień. Wolno pokiwała głową, po czym rysy jej twarzy się rozluźniły, przybierając wyraz niezwykłej obojętności.

Wtedy jednak wcale mnie to nie zastanowiło, ponieważ myślami byłam już w Londynie.

Gdzieś w oddali rozlega się bicie w bęben. Ciekawe, czy też je słyszysz, czy pobrzmiewa tylko w mojej głowie?

Byłeś cierpliwy. I nie będziesz musiał długo czekać. Niedługo do życia Hannah powróci Robbie Hunter. Wiedziałeś, że to nastąpi, jakżeby inaczej. Przecież ma tu do odegrania pewną rolę. To nie jest bajka ani romans. Ślub nie oznacza szczęśliwego zakończenia tej historii. To tylko początek kolejnej, otwarcie następnego rozdziału.

W dalekim szarym zakątku Londynu budzi się Robbie Hunter. Otrząsa się z koszmarów i wyciąga z kieszeni małe zawiniątko. Zawiniątko, które nosił na piersi od ostatnich dni wojny, obiecawszy umierającemu przyjacielowi, że bezpiecznie dostarczy je właścicielce.

CZĘŚĆ TRZECIA

Łapanie motyli

Zawieźli nas na wiosenny jarmark minibusem. Łącznie osiem osób: sześciu pensjonariuszy, Sylvię i pielęgniarkę, której imienia nie mogę zapamiętać — młodą dziewczynę z cienkim warkoczykiem wijącym się na plecach i muskającym pasek spodni. Chyba myślą, że dzień na świeżym powietrzu dobrze nam zrobi. Chociaż naprawdę nie mam pojęcia, co może być dobrego w zamianie wygodnego otoczenia na błotnisty placyk zastawiony namiotami, w których sprzedają ciastka, zabawki i mydła. Byłabym bardziej zadowolona, gdyby pozwolili mi zostać w domu, z dala od tego całego zgiełku.

Za budynkiem ratusza, jak co roku, wzniesiono prowizoryczną scenę, przed którą ustawiono rzędy białych plastikowych krzeseł. Pozostali pensjonariusze i dziewczyna z warkoczykiem siedzą tam i patrzą na człowieka, który wyciąga z metalowego wiaderka ponumerowane piłeczki do ping-ponga, ale mnie bardziej podoba się tutaj, na małej żelaznej ławce pod pomnikiem. Czuję się jakoś dziwnie. To pewnie przez ten upał. Kiedy się obudziłam, moja poduszka była mokra i przez cały ranek nie mogłam się pozbyć tego osobliwego mglistego uczucia. Myśli wirują mi w głowie. Pojawiają się szybko, w pełni ukształtowane, po czym wyślizgują się, zanim zdołam je pochwycić. To przypomina łapanie motyli. Wytrąca mnie z równowagi, irytuje.

Filiżanka herbaty dobrze mi zrobi.

Gdzie podziała się Sylvia? Czy powiedziała, dokąd idzie? Była tu zaledwie przed chwilą, zamierzała zapalić papierosa. Znowu opowiadała o swoim przyjacielu i o planach wspólnego zamieszkania. Kiedyś uważałam takie pozamałżeńskie relacje za niewłaściwe, ale upływ czasu zmienia nasze poglądy na większość spraw.

Odsłonięta skóra na podbiciu moich stóp zaczyna smażyć się na słońcu. Rozważam ukrycie ich w cieniu, lecz nieodparte poczucie masochistycznego zniecierpliwienia skłania mnie do pozostawienia ich na miejscu. Później Sylvia zobaczy czerwone plamy i zrozumie, że zbyt długo jej przy mnie nie było.

Z mojego miejsca na ławce widzę cmentarz. Wschodnią część porośniętą rzędami topól z małymi listkami drżącymi na zapowiedź bryzy. Za topolami, po drugiej stronie nasypu, widać nagrobki, wśród których tkwi grób mojej matki.

Pochowaliśmy ją całe wieki temu. Pewnego zimowego dnia tysiąc dziewięćset dwudziestego drugiego roku, gdy ziemia zamarzła na kamień, zimna spódnica przyklejała mi się do nóg okrytych pończochami, a na pagórku stał jakiś ledwie dostrzegalny mężczyzna. Zabrała swoje tajemnice do zimnej twardej ziemi, lecz w końcu je odkryłam. Sporo wiem o sekretach. Uczyniłam z nich esencję mojego życia. Być może miałam nadzieję, że im więcej ich rozwikłam, tym lepiej będę umiała ukrywać własne.

Gorąco mi. Jest zdecydowanie zbyt gorąco jak na kwiecień. To bez wątpienia wina efektu cieplarnianego. Efektu cieplarnianego, topnienia pokryw lodowych, dziury ozonowej, genetycznie modyfikowanej żywności. I innych chorób lat dziewięćdziesiątych. Świat przestał być gościnnym miejscem. W dzisiejszych czasach nawet deszczówka nie jest bezpieczna.

To właśnie deszczówka uszkodziła wojenny pomnik. Jedna strona twarzy żołnierza jest zniszczona, policzek dziobaty, a nos wygląda jak kawałek owocu, który za długo leżał w rowie podgryzany przez robaki.

Ten żołnierz wie, co znaczy służba. Pomimo odniesionych ran stoi na baczność na postumencie już od osiemdziesięciu lat, obserwując ruiny za miastem, omiatając pustym spojrzeniem Bridge Street, która wiedzie na parking nowego centrum handlowego. Kraina stworzona dla bohaterów. Ma prawie tyle lat, co ja. Czy jest równie zmęczony?

Jego i filar, na którym stoi, porósł mech. Mikroskopijne roślinki rozwijają się w wyrytych nazwiskach poległych. David też tam jest, na samej górze, obok innych oficerów. I Rufus Smith, syn handlarza starzyzną, który udusił się w Belgii w zawalonym okopie. Niżej Raymond Jones, wiejski handlarz z czasów mojego dzieciństwa. Ci jego mali chłopcy są już pewnie mężczyznami. I to starymi, chociaż nie tak bardzo jak ja. Możliwe, że nie żyją.

Nic dziwnego, że się kruszy. Jak na jednego człowieka to stanowczo za dużo: znosić ciężar niezliczonych tragedii, wysłuchiwać niezliczonych pogłosów śmierci.

Ale nie jest sam. W każdym angielskim miasteczku jest taki pomnik jak ten. To blizny całego narodu: wysypka złożona ze wspaniałych strupów, która pokryła kraj w tysiąc dziewięćset dziewiętnastym roku, zdecydowana wyleczyć wszystkie rany. Jakże głęboka była wtedy nasza wiara: w Ligę Narodów, szanse na cywilizowany świat. W obliczu tak zdecydowanej nadziei piewcy rozczarowania w poezji byli zgubieni. Bo na każdego T.S. Eliota, na każdego R.S. Huntera przypadało pięćdziesięciu błyskotliwych młodych mężczyzn, sławiących marzenia Tennysona o parlamencie wszystkich ludzi, światowej federacji.

Oczywiście nie trwało to długo. Nie mogło. Rozczarowanie było nieuniknione. Po latach dwudziestych nastała depresja lat trzydziestych, a potem wybuchła kolejna wojna. Po niej wszystko się zmieniło. Nie wznoszono nowych, bezczelnych i pełnych nadziei triumfalnych pomników z grzybiastej chmury drugiej wojny światowej. Nadzieja zginęła w komorach gazowych w Polsce. Do domu powróciło nowe pokolenie skrzywionych żołnierzy, a na cokołach dawnych pomników wyryto kolejne zestawy nazwisk. Synowie pod ojcami. W umysłach wszystkich ludzi czaiła się nużąca świadomość, że pewnego dnia znowu będą umierać młodzi mężczyźni.

Wojny sprawiają, że historia wydaje się zwodniczo prosta. Dostarczają jasnych punktów zwrotnych, tworzą łatwe podziały: przedtem i potem, zwycięzca i przegrany, dobro i zło. Prawdziwa historia, przeszłość, wcale taka nie jest. Nie jest płaska ani linearna. Nie ma konturu. Jest śliska jak ciecz. Nieskończona i nieogarnięta jak przestrzeń. Ulega ciągłym przekształceniom: kiedy myślisz, że dostrzegasz jakiś wzór, perspektywa się zmienia, ukazuje się alternatywna wersja i na powierzchnię wypływa dawno zapomniane wspomnienie.

Próbowałam wyznaczyć punkty zwrotne w historii Hannah i Teddy'ego. Teraz wszystkie moje myśli prowadzą do niej. Kiedy spoglądam wstecz, wszystko wydaje się jasne: w pierwszym roku ich małżeństwa miały miejsce pewne wydarzenia, które położyły fundament pod to, co stało się później. Wtedy ich nie dostrzegałam. W prawdziwym życiu przełomowe chwile są ulotne. Mijają nierozpoznane i niezauważone. Zaprzepaszcza się szanse, a katastrofy bezwiednie celebruje. Punkty zwrotne zostają dostrzeżone dopiero później, przez historyków, którzy próbują zaprowadzić porządek w życiu pełnym zawikłanych chwil.

Zastanawiam się, jak małżeństwo Hannah i Teddy'ego zostanie ukazane w filmie. Co zdaniem Ursuli było przyczyną nieszczęścia? Przyjazd Deborah z Nowego Jorku? Przegrana Teddy'ego w wyborach? Brak spadkobiercy? Czy zgodzi się, że pierwsze niepokojące oznaki pojawiły się już podczas miesiąca miodowego? Że przyszłe szczeliny widać było nawet w paryskim półmroku, jak maleńkie skazy w przezroczystych tkaninach lat dwudziestych: w pięknych, zwiewnych materiałach, które były tak cienkie, że nie miały szans na przetrwanie?

❀

Latem tysiąc dziewięćset dziewiętnastego roku Paryż rozkoszował się ciepłym optymizmem konferencji wersalskiej. Wieczorami pomagałam Hannah ściągać kolejną nową zwiewną suknię w kolorze bladej zieleni, różu albo bieli (Teddy należał do mężczyzn, którzy piją brandy bez lodu, a u kobiet cenią czystość), ona opowiadała mi o miejscach, które odwiedzili, i rzeczach, które zobaczyła. Weszli na wieżę Eiffla, przechadzali się po Polach Elizejskich, jadali w słynnych restauracjach. Lecz Hannah fascynowało coś więcej.

— Obrazy, Grace — powiedziała pewnego wieczoru, kiedy pomagałam jej się rozebrać. — Kto by pomyślał, że tak bardzo spodobają mi się obrazy?

Obrazy, przedmioty kultury materialnej, ludzie, zapachy. Była spragniona każdego nowego doświadczenia. Miała do nadrobienia wiele lat — lat, które uważała za zmarnowane, poświęcone na dreptanie w miejscu w oczekiwaniu na początek prawdziwego życia. Istniało tylu ludzi, z którymi mogła rozmawiać: bogacze poznawani w restauracjach, politycy, którzy właśnie opracowali traktat pokojowy, uliczni artyści.

Teddy nie był ślepy na jej reakcje, jej skłonność do przesady, podatność na wpadanie w dziki entuzjazm. Ten podwyższony nastrój przypisywał jednak jej młodemu wiekowi. Był to pewien stan, w równej mierze uroczy co zdumiewający, z którego miała w swoim czasie wyrosnąć. Wtedy jeszcze nie bardzo mu na tym zależało. Na ówczesnym etapie nadal był nią zachwycony. Obiecał, że w następnym roku pojadą do Włoch zobaczyć Pompeje, Uffizi, Koloseum. Istniało niewiele rzeczy, których nie byłby skłonny jej obiecać. Była lustrem, w którym nie widział już siebie jako syna swojego ojca — solidnego, konwencjonalnego, nudnego — lecz jako męża czarującej i nieprzewidywalnej kobiety.

Hannah nie mówiła o Teddym zbyt wiele. Był tylko dodatkiem. Akcesorium, którego obecność umożliwiała uczestniczenie w tej przygodzie. Och, naprawdę go lubiła. Czasami wydawał jej się zabawny (chociaż często wtedy, kiedy wcale nie miał takiego zamiaru), dobroduszny i w jego towarzystwie czuła się całkiem przyjemnie. Jego zainteresowania były raczej mniej zróżnicowane niż jej, intelekt nie aż tak bystry, lecz nauczyła się łechtać jego ego w odpowiednich chwilach, a intelektualnej stymulacji poszukiwać gdzie indziej. A że nie była zakochana, jakież to miało znaczenie? Wtedy nie dostrzegała jeszcze tego braku, jeszcze nie. Któż potrzebował miłości, gdy świat oferował tyle innych rzeczy?

Pewnego ranka, pod koniec miesiąca miodowego, Teddy obudził się z migreną. Zdarzały mu się również później. Nie nękały go często, lecz kiedy już zaczęły, były bardzo silne. Pozostałość po chorobie z dzieciństwa. Nie miał innego wyjścia, jak tylko leżeć zupełnie nieruchomo w ciemnym cichym pokoju i pić małe ilości wody. Za pierwszym razem Hannah ogarnął niepokój. Przez większość życia chroniono ją przed nieprzyjemnościami związanymi z chorobą.

Niepewnie zaproponowała, że będzie przy nim siedzieć, lecz Teddy był rozsądnym człowiekiem, który nie czerpie pocieszenia z niewygód innych ludzi. Powiedział, że Hannah nie jest w stanie nic na to poradzić i że popełniłaby zbrodnię, marnując ostatnie dni pobytu w Paryżu.

Zostałam zaangażowana do roli towarzyszki. Zdaniem Teddy'ego kobiecie nie wypadało przechadzać się samotnie po ulicy, nawet jeśli była mężatką. Hannah nie chciała chodzić po sklepach i znudziło ją przebywanie w hotelu. Pragnęła odkrywać własny Paryż. Wyszłyśmy na zewnątrz i ruszyłyśmy w drogę. Nie miała mapy. Po prostu skręcała w te uliczki, które jej się spodobały.

— Chodź, Grace — mówiła co jakiś czas. — Zobaczmy, co jest tam.

W końcu dotarłyśmy do alejki bardziej mrocznej i węższej niż te, które widziałyśmy wcześniej. Była to mała uliczka pomiędzy dwoma rzędami pochylonych budynków, których dachy zbliżały się do siebie, jak gdyby chciały osłonić niższe piętra. Wokół pobrzmiewała muzyka, dobiegająca od strony placu. Unosił się jakby znajomy zapach czegoś do jedzenia, a może czegoś martwego. I panował ruch. Ludzie. Głosy. Hannah stanęła u wlotu ulicy, zawahała się, a potem ruszyła wzdłuż alei. Nie pozostało mi nic innego, jak tylko iść za nią.

Mieszkali tam artyści. Teraz to wiem. Przeżyłam lata sześćdziesiąte, widziałam Haight-Ashbury* i Carnaby Street**, więc z łatwością potrafię rozpoznać dezabil bohemy, charakterystyczne cechy artystycznej biedy. Lecz tamtego dnia to wszystko było dla mnie nowe. Wcześniej widziałam jedynie Saffron, a tam bieda nie

---

* Dzielnica San Francisco, w latach sześćdziesiątych XX wieku centrum ruchu hippisowskiego.
** Dzielnica w londyńskim Soho, rozsławiona przez subkulturę modernistów (ang. *Mod*) w latach sześćdziesiątych XX wieku.

miała w sobie żadnego artyzmu. Wolnym krokiem szłyśmy wzdłuż alejki, mijając małe stragany i otwarte drzwi, prześcieradła rozwieszone na sznurach w celu podzielenia przestrzeni, dym, który unosił się z cienkich patyczków i rozsiewał duszny piżmowy zapach. Jakieś dziecko o wielkich złocistych oczach patrzyło beznamiętnie spomiędzy okiennic.

Mężczyzna siedzący na złoto-czerwonych poduszkach grał na klarnecie, choć wtedy nie wiedziałam jeszcze, jak nazywa się ten instrument: długi czarny kij ze złotymi kółeczkami i klawiszami. Po cichu nazywałam go wężem. Wytwarzał muzykę, kiedy mężczyzna uciskał go palcami. Nigdy wcześniej nie słyszałam takiej muzyki: sprawiała, że czułam jakiś niejasny niepokój, zdawała się opisywać intymne sprawy, niebezpieczne rzeczy. Jak się okazało, był to jazz, i nim tamta dekada dobiegła końca, zdążyłam go usłyszeć jeszcze wiele razy.

Wzdłuż alejki rozstawiono stoliki, przy których siedzieli mężczyźni. Czytali, rozmawiali albo się kłócili. Pili kawę i tajemnicze kolorowe napoje — alkohol, tego byłam pewna — z dziwnych butelek. Kiedy przechodziłyśmy obok, podnosili głowy, zaciekawieni, obojętni — trudno było powiedzieć. Starałam się nie patrzeć im w oczy. W głębi duszy pragnęłam, żeby Hannah zmieniła zdanie, zawróciła i poprowadziła nas z powrotem ku światłu i bezpieczeństwu. Jednak podczas gdy mój nos wypełniał się nieprzyjemnym obcym dymem, a uszy obcą muzyką, Hannah zdawała się płynąć w powietrzu. Myślami była gdzie indziej... Na murach wisiały obrazy, lecz zupełnie niepodobne do tych, które widziałam w Riverton. Te zostały narysowane węglem. Ludzkie twarze, kończyny, oczy wpatrywały się w nas spomiędzy cegieł.

Hannah przystanęła przed jakimś obrazem. Był ogromny i jako jedyny przedstawiał całą postać. Kobietę siedzącą na krześle. Nie w fotelu, na szezlongu czy kanapie artysty. Na zwykłym drewnianym krześle o masywnych nogach. Miała rozchylone kolana i patrzyła prosto przed siebie. Była naga i czarna, narysowana lśniącym węglem. Jej twarz patrzyła z obrazu. Szeroko otwarte oczy, ostro zarysowane policzki, popękane usta. Włosy miała związane w węzeł z tyłu głowy. Jak jakaś wojownicza królowa.

Obraz mną wstrząsnął i spodziewałam się, że Hannah zareaguje podobnie. Ona jednak poczuła coś innego. Wyciągnęła dłoń i dotknęła go, pogładziła zaokrągloną linię kobiecego policzka. Przechyliła głowę.

Niespodziewanie stanął przy niej jakiś mężczyzna.

— Podoba się? — zapytał z ciężkim akcentem, pasującym do jeszcze cięższych powiek. Nie przypadł mi do gustu sposób, w jaki patrzył na Hannah. Wiedział, że ma pieniądze. Poznał po jej ubraniu.

Hannah zamrugała, jak gdyby zdjęto z niej urok.

— O tak — powiedziała cicho.

— Może chce pani kupić?

Hannah zacisnęła usta i zgadłam, o czym myśli. Pomimo rzekomego umiłowania sztuki Teddy nigdy by się na to nie zgodził. I miała rację. W tej kobiecie, w całym obrazie, czaiło się jakieś niebezpieczeństwo. Wywrotowość. Mimo to chciała go mieć. Rzecz jasna, przypominał jej o przeszłości. O Grze. O Nefretete. Roli, którą grała z nieskrępowanym wigorem dzieciństwa. Pokiwała głową. O tak, chciała go mieć.

Poczułam dreszcz złych przeczuć. Twarz mężczyzny pozostała bez wyrazu. Zawołał kogoś. Gdy nikt mu nie odpowiedział, skinął na Hannah, żeby weszła do środka. Miałam wrażenie, że zapomniała o mojej obecności, lecz trzymałam się blisko niej, kiedy szła za nim w stronę małych czerwonych drzwi. Popchnął je. Była to pracownia artysty, niewiele większa niż ciemna wnęka w murze. Ściany miały kolor wyblakłej zieleni, a tapeta złaziła długimi pasami. Podłoga — z tego, co mogłam dostrzec przez warstwę setek kartek papieru pomazanych węglem — była z kamienia. W rogu leżał materac przykryty wypłowiałymi poduszkami i kołdrą. W jego rogach walały się porozrzucane puste butelki po alkoholu.

W środku była kobieta z obrazu. Ku mojemu przerażeniu siedziała naga. Spojrzała na nas z zaciekawieniem, które szybko minęło, lecz nic nie powiedziała. Wstała. Była wyższa od nas i od mężczyzny. Podeszła do stołu. W jej ruchach było coś — jakaś wolność, obojętność wobec faktu, że jej się przyglądamy, widzimy jej piersi, jedną większą od drugiej — co wzbudziło we mnie niepokój. Oni nie byli tacy jak my. Jak ja. Zapaliła papierosa, a my czekałyśmy. Odwróciłam wzrok. Hannah nie.

— Madame chce kupić twój portret — powiedział mężczyzna sztywną angielszczyzną.

Czarna kobieta wpatrzyła się w Hannah, a potem powiedziała coś w języku, którego nie rozumiałam. Nie po francusku. To było coś znacznie bardziej obcego.

Mężczyzna roześmiał się i powiedział do Hannah:

— Nie jest na sprzedaż. — Potem wyciągnął dłoń i chwycił ją za brodę. W moich uszach głośno pulsował niepokój. Nawet Hannah skrzywiła się, czując siłę tego uścisku, kiedy obrócił jej twarz w obydwie strony, a potem wypuścił. — Możliwy jest tylko handel.

— Handel? — zapytała Hannah.

— Twój wizerunek — wyjaśnił mężczyzna z ciężkim akcentem. Wzruszył ramionami. — Bierzesz jej, zostawiasz własny.

Już sama myśl! Portret Hannah — Bóg raczy wiedzieć, w jakim stopniu roznegliżowania — wiszący w tej ponurej francuskiej alejce na oczach każdego, kto tylko zechce spojrzeć! To było niewyobrażalne.

— Musimy iść, proszę pani — powiedziałam ze zdecydowaniem, które zaskoczyło nawet mnie. — Pan Luxton. Pewnie na nas czeka.

Ton mojego głosu najwidoczniej zdumiał również Hannah, gdyż ku mojej uldze pokiwała głową.

— Tak. Masz rację, Grace.

Poszła za mną w kierunku drzwi, lecz kiedy czekałam, aż przekroczy próg, odwróciła się do mężczyzny od węglowych rysunków.

— Jutro — powiedziała słabym głosem. — Wrócę jutro.

Idąc do samochodu, milczałyśmy. Hannah szła szybkim krokiem z kamiennym wyrazem twarzy. Tamtej nocy leżałam rozbudzona, czując niepokój i strach. Zastanawiałam się, jak ją powstrzymać, i byłam pewna, że muszę to zrobić. Tamten rysunek miał w sobie coś, co wytrąciło mnie z równowagi: coś, co dostrzegłam w twarzy Hannah, kiedy na niego patrzyła. Ponownie rozniecioną iskierkę.

Gdy tamtej nocy leżałam w łóżku, dźwięki ulicy nabrały wrogości, której wcześniej nie miały. Obce głosy, obca muzyka, śmiech kobiety z sąsiedniego apartamentu. Marzyłam o powrocie do Anglii, gdzie zasady są jasne i każdy zna swoje miejsce. Oczywiście taka Anglia wcale nie istniała, lecz nocna pora sprzyja popadaniu w skrajności.

Okazało się jednak, że następnego ranka sprawa rozwiązała się sama. Kiedy poszłam ubrać Hannah, Teddy już nie spał i siedział w fotelu. Powiedział, że nadal boli go głowa, lecz cóż byłby z niego za mąż, gdyby pozostawił piękną żonę samą sobie w ostatni dzień miesiąca miodowego? Zaproponował zakupy.

— To nasz ostatni dzień. Chcę zabrać cię do miasta i kupić jakieś pamiątki. Coś, co będzie ci przypominało Paryż.

Kiedy wrócili, zauważyłam, że rysunek nie znajduje się wśród rzeczy, które miałam zapakować przed podróżą. Nie jestem pewna, czy Teddy odmówił, a ona ustąpiła, czy może wolała w ogóle nie pytać. W każdym razie byłam zadowolona. Zamiast tego Teddy kupił jej futrzaną etolę: norkę o kruchych łapkach i szklistych czarnych oczach.

I tak wróciliśmy do Anglii.

※

Wróciliśmy do Londynu dziewiętnastego lipca tysiąc dziewięćset dziewiętnastego roku, w dzień Marszu Pokoju. Kierowca lawirował pomiędzy samochodami, omnibusami i konnymi powozami, jadąc ulicami, wzdłuż których zgromadziły się tłumy ludzi, aby wymachiwać flagami i chorągiewkami. Nie zdążył jeszcze wyschnąć atrament na traktacie wymieniającym sankcje, które wzbudzą gorycz i doprowadzą do podziałów odpowiedzialnych za wybuch drugiej wojny światowej, lecz ci, którzy wrócili do domów, jeszcze o tym nie wiedzieli. Jeszcze nie wtedy. Byli po prostu szczęśliwi, że południowy wiatr nie niesie już ponad kanałem La Manche dźwięków wystrzałów. Że kolejni młodzi chłopcy nie będą już ginąć z rąk innych młodych chłopców na równinach Francji.

Wysiadłam z samochodu wraz z bagażami przed londyńskim domem, a młoda para pojechała dalej, gdyż Simion i Estella zaprosili nowożeńców na popołudniową herbatę. Hannah wolała jechać prosto do domu, ale Teddy nalegał. Ukrył uśmiech. Trzymał coś w zanadrzu.

Frontowymi drzwiami wyszedł lokaj, wziął dwie walizki i ponownie zniknął w domu. Osobisty bagaż Hannah zostawił u moich stóp. Byłam zaskoczona. Nie spodziewałam się innych służących. Jeszcze nie teraz. Zastanawiałam się, kto go zatrudnił.

Stałam tam, wdychając atmosferę miejskiego placu. Zapach benzyny przenikał przez słodkawą woń obornika. Wyciągnęłam szyję, żeby spojrzeć na sześciopiętrowy wielki dom. Był zbudowany z brązowej cegły, po obu stronach wejścia wznosiły się białe kolumny, a cały budynek stał na baczność w rzędzie identycznych jak on. Na jednej z białych kolumn wisiał czarny numer: siedemnaście. Grosvenor Square numer siedemnaście. Mój nowy dom, w którym miałam być prawdziwą osobistą służącą jaśnie pani.

Wejście dla służby tworzył ciąg schodów biegnących równolegle do ulicy, aż do sutereny, otoczonych czarną barierką z kutego żelaza. Podniosłam torbę z drobiazgami Hannah i ruszyłam w dół schodów.

Drzwi były zamknięte, lecz ze środka dobiegały przytłumione głosy. Bez wątpienia wyrażały złość. Przez okno w piwnicy dostrzegłam plecy dziewczyny, której sylwetka (frywolna — jak powiedziałaby pani Townsend) w połączeniu z burzą sprężystych złotych loków, uciekających spod kapelusza, rozsiewała wokół atmosferę młodości. Kłóciła się z niskim grubym mężczyzną, którego szyja pokryła się czerwonymi plamami oburzenia.

Zaakcentowała ostatnie zwycięskie zdanie zarzuceniem torby na ramię i ruszyła w stronę drzwi. Zanim zdążyłam się poruszyć, otworzyła je silnym pchnięciem i zaskoczone stanęłyśmy twarzą w twarz, jak wypaczone lustrzane odbicia. Zareagowała jako pierwsza. Parsknęła donośnym śmiechem, obryzgując mi szyję śliną.

— A myślałam, że ciężko o nowe pokojówki! — powiedziała. — No cóż, zapraszam. Ja z pewnością nie zamierzam harować w brudnych domach obcych ludzi za minimalną płacę!

Przecisnęła się obok i wtaszczyła walizkę po schodach. Kiedy była już na samej górze, odwróciła się i krzyknęła:

— Żegnaj, Izzy Batterfield. *Bonjour, mademoiselle* Isabella! —
I z kolejnym wybuchem śmiechu połączonym z teatralnym obrotem, który poruszył falbanami spódnicy, zniknęła. Zanim zdążyłam cokolwiek odpowiedzieć. Wyjaśnić, że jestem osobistą służącą. Nie żadną pokojówką.

Zapukałam do drzwi, które nadal były uchylone. Nie padła żadna odpowiedź, więc weszłam do środka. W domu unosił się charakterystyczny zapach pszczelego wosku (chociaż nie tego firmy Stubbins & Co.) i ziemniaków, ale było tam coś jeszcze: coś, co nadawało temu wszystkiemu ton i choć nie było nieprzyjemne, sprawiało, że każda rzecz wydawała się obca.

Mężczyzna siedział przy stole, a za nim stała jakaś koścista kobieta, opierając sękate dłonie na jego ramionach. Skóra wokół jej paznokci była czerwona i poszarpana. Odwrócili się do mnie jak na komendę. Pod lewym okiem kobiety widniał wielki czarny pieprzyk.

— Dzień dobry — powiedziałam. — Jestem...

— Jaki dobry? — zapytał mężczyzna. — Właśnie straciłem trzecią pokojówkę w ciągu trzech tygodni, za dwie godziny ma tu być przyjęcie, a ty mi mówisz, że to dobry dzień?

— Oj, uspokój się — przerwała mu kobieta i zacisnęła usta. — Ta Izzy to niezła zdzira. Kariera wróżki, też mi coś. Jeśli ona ma dar przepowiadania przyszłości, to ja jestem królową Saby. Zginie z rąk jakiegoś niezadowolonego klienta. Zobaczysz!

W sposobie, w jaki to powiedziała, w okrutnym uśmiechu, który tańczył na jej ustach, i iskierce skrywanej radości w głosie, było coś, co sprawiło, że zadrżałam. Zapragnęłam odwrócić się i uciec tam, skąd przyszłam, ale przypomniałam sobie radę pana Hamiltona: jeśli chcesz coś robić, najpierw musisz zacząć. Odchrząknęłam i z całym spokojem, na jaki było mnie stać, powiedziałam:

— Nazywam się Grace Reeves.

Spojrzeli na mnie z jednakowym zakłopotaniem.

— Osobista służąca jaśnie pani.

Kobieta wyprostowała się, zmrużyła oczy i powiedziała:

— Jaśnie pani nigdy nie wspominała o nowej służącej.

Byłam zdumiona.

— Nie wspominała? — Mimowolnie się zająknęłam. — Jestem... jestem pewna, że przesłała instrukcje z Paryża. Sama wysyłałam list.

— Z Paryża? — Spojrzeli na siebie.

Wtedy pan Boyle najwidoczniej coś sobie przypomniał. Szybko pokiwał głową i strząsnął z ramion dłonie kobiety.

— Oczywiście — powiedział. — Spodziewaliśmy się ciebie. Ja jestem pan Boyle, kamerdyner spod numeru siedemnastego, a to pani Tibbit.

Skinęłam głową, nadal czując zakłopotanie.

— Miło mi państwa poznać. — Obydwoje nie przestawali się we mnie wpatrywać w sposób, który kazał mi podejrzewać, że mogą być nieco ograniczeni. — Jestem trochę zmęczona po podróży — powiedziałam, wolno wymawiając słowa. — Czy mogliby państwo wezwać służącą, aby zaprowadziła mnie do mojego pokoju?

Pani Tibbit pociągnęła nosem i skóra wokół jej pieprzyka zadrżała, a potem się napięła.

— Tu nie ma już służących — oświadczyła. — Jeszcze nie. Jaśnie pani... to znaczy pani Estella Luxton nie zdołała znaleźć żadnej, która zostałaby tu na stałe.

— Tak — powiedział pan Boyle i zacisnął usta równie blade jak jego twarz. — A dziś wieczorem mamy tu przyjęcie. Trzeba będzie zmobilizować wszystkie siły. Panna Deborah nie toleruje niedoskonałości.

Panna Deborah? Kim była panna Deborah? Zmarszczyłam brwi.

— Moja pani, nowa pani Luxton, nie wspominała o żadnym przyjęciu.

— Nie — powiedziała pani Tibbit. — Bo i nie mogła. To niespodzianka zorganizowana na powitanie pani i pana Luxtonów po powrocie z podróży poślubnej. Panna Deborah i jej matka planują ją od wielu tygodni.

⁂

Kiedy przyjechał samochód Teddy'ego i Hannah, przyjęcie trwało już w najlepsze. Pan Boyle kazał mi powitać ich w drzwiach i zaprowadzić do sali balowej. Zazwyczaj należy to do obowiązków kamerdynera, powiedział, ale panna Deborah potrzebowała go akurat gdzieś indziej.

Otworzyłam drzwi, a oni weszli do środka. Teddy rozpromieniony, a Hannah zmęczona (jak można się było spodziewać po wizycie u Simiona i Estelli).

— Dałabym się zabić za filiżankę herbaty — powiedziała.

— Nie tak prędko, kochanie — zaoponował Teddy. Podał mi płaszcz i złożył szybki pocałunek na policzku Hannah. Jak zawsze lekko się skrzywiła. — Najpierw czeka cię mała niespodzianka — powiedział, oddalając się w pośpiechu. Uśmiechnął się i z zadowoleniem zatarł dłonie. Hannah patrzyła, jak odchodzi, po czym podniosła wzrok i rozejrzała się po holu: świeżo pomalowane żółte ściany, dosyć paskudny nowoczesny żyrandol zawieszony nad schodami, palmy w doniczkach pochylone pod sznurami kolorowych światełek.

— Grace — powiedziała, unosząc brew. — Co tu się dzieje, na miłość boską?

Przepraszająco wzruszyłam ramionami i już miałam jej wszystko wyjaśnić, lecz wrócił Teddy i wziął ją za rękę.

— Tędy, kochanie — rzekł, prowadząc ją w kierunku sali balowej.

Drzwi otworzyły się i Hannah wytrzeszczyła oczy na widok mnóstwa nieznajomych ludzi. Potem nastąpiła eksplozja światła i kiedy mój wzrok powędrował w górę, w stronę migotliwego żyrandola, na ciągnących się za nim schodach wyczułam jakiś ruch. Rozległy się pełne uznania zduszone okrzyki. W połowie schodów stała szczupła kobieta z ciemnymi włosami ułożonymi w loki okalające wąską kościstą twarz. Ta twarz nie była piękna, lecz miała w sobie coś porażającego: pewną iluzję piękna, w której później nauczyłam się dostrzegać oznakę wyuczonej elegancji. Była wysoka i chuda. Stała w pozycji, której nigdy wcześniej nie widziałam. Pochylona do przodu tak, że jej jedwabna suknia zdawała się niemal spadać z ramion, zsuwać się po wygiętych plecach. Ta poza była wystudiowana i naturalna zarazem, beztroska i jednocześnie wymuszona.

W jej dłoniach spoczywało jakieś białe futerko, które początkowo wzięłam za mufkę, lecz kiedy rozległo się szczeknięcie, zdałam sobie sprawę, że trzyma maleńkiego kudłatego pieska, białego jak najlepszy fartuch pani Townsend.

Nie poznałam tej kobiety, lecz od razu się domyśliłam, kim jest. Przystanęła na chwilę, po czym z gracją zeszła po schodach i ruszyła w naszym kierunku, a morze gości rozstępowało się przed nią jak w jakimś choreograficznym układzie.

— Deb! — powiedział Teddy, kiedy się zbliżyła, a na jego szczerej, przystojnej twarzy pojawił się szeroki uśmiech. Ujął jej dłonie i pochylił się, żeby ucałować nadstawiony policzek.

Kobieta rozciągnęła usta w uśmiechu.

— Witaj w domu, Tiddles. — Mówiła beztroskim tonem, z płaskim, wyraźnym nowojorskim akcentem. Jej sposób mówienia pozbawiony był intonacji. Sprowadzał wszystkie słowa do jednego poziomu, przez co te zwyczajne wydawały się niezwykłe i na odwrót. — Co za fantastyczny dom! Zgromadziłam trochę pogodnej londyńskiej młodzieży, żeby pomóc ci go ocieplić. — Pomachała długimi palcami do eleganckiej kobiety, którą dostrzegła ponad ramieniem Hannah.

— Jesteś zaskoczona, kochanie? — zapytał Teddy, zwracając się do Hannah. — Uknuliśmy to wszystko z mamą, a nasza kochana Deb wprost uwielbia organizować przyjęcia.

— Zaskoczona — powtórzyła Hannah, zerkając w moją stronę. — To mało powiedziane.

Deborah posłała jej drapieżny uśmiech, tak bardzo dla niej charakterystyczny, i oparła dłoń na nadgarstku Hannah. Była to długa blada dłoń, która przypominała wystygły wosk.

— Wreszcie się poznałyśmy — powiedziała. — Jestem pewna, że zostaniemy najlepszymi przyjaciółkami.

⊛

Rok tysiąc dziewięćset dwudziesty zaczął się źle. Teddy przegrał wybory. Nie było w tym jego winy, trafił na nieodpowiedni czas. Sytuacja została źle zinterpretowana i błędnie rozegrana. Wszystko przez klasę robotniczą i jej paskudne małe broszurki. Brudne kampanie wymierzone przeciwko lepszym przedstawicielom społeczeństwa. Po wojnie robotnicy doszli do głosu, za dużo oczekiwali. Jeśli nie zachowamy ostrożności, spotka nas to samo co Irlandczyków albo Rosjan — powiedział Simion. Nieważne. Będzie jeszcze inna okazja, dla Teddy'ego znajdzie się jakieś bezpieczniejsze miejsce. Za rok o tej samej porze — obiecał Simion — jeśli tylko porzuci niemądre pomysły, które wywołują dezorientację u konserwatywnych wyborców, Teddy zasiądzie w parlamencie.

Estella uważała, że Hannah powinna urodzić dziecko. Tak byłoby lepiej dla Teddy'ego. Wyborcy ujrzeliby w nim głowę rodziny. Często mawiała, że są małżeństwem, a prędzej czy później każdy żonaty mężczyzna zaczyna oczekiwać spadkobiercy.

Teddy zdecydował się pracować z ojcem. Wszyscy zgodnie uznali, że tak będzie najlepiej. Po porażce w wyborach przypominał człowieka, który przeżył jakąś traumę, wstrząs. Wyglądał jak Alfred tuż po zakończeniu wojny.

Tacy mężczyźni jak Teddy nie przywykli do porażek, ale użalanie się nad sobą nie było w stylu Luxtonów. Rodzice Teddy'ego zaczęli spędzać mnóstwo czasu pod numerem siedemnastym, gdzie Simion często opowiadał historie o własnym ojcu i o tym, że droga na szczyt nie jest dla słabeuszy i nieudaczników. Wyprawę Teddy'ego i Hannah do Włoch odłożono na później. Simion powiedział, że ucieczka z kraju nie zrobi dobrego wrażenia. Atmosfera sukcesu rodzi sukces. Zresztą Pompeje nigdzie się nie wybierały.

Tymczasem ja z całych sił próbowałam przyzwyczaić się do londyńskiego życia. Nowe obowiązki opanowałam szybko. Przed wyjazdem z Riverton otrzymałam mnóstwo wskazówek od pana Hamiltona — od prostych zadań, jak zachowanie porządku w szafie Hannah, aż po bardziej szczegółowe, jak zachowanie dobrego charakteru — i w tych dziedzinach czułam się pewnie. Jednak nowa sytuacja w domu zupełnie zbijała mnie z tropu. Dryfowałam samotnie po obcym morzu. Bo chociaż pani Tibbit i pan Boyle nie byli otwarcie perfidni, to z pewnością nie należeli również do najszczerszych ludzi. Uwielbiali ze sobą przebywać, czerpiąc z tego towarzystwa intensywną i widoczną przyjemność, która zupełnie wykluczała udział innych osób. Co więcej, taka izolacja zdawała się wyjątkowo odpowiadać pani Tibbit. Jej szczęście rodziło się z niezadowolenia innych, a kiedy inni byli zadowoleni, bez skrupułów kładła kres sielance. Szybko się nauczyłam, że aby przetrwać pod numerem siedemnastym, trzeba trzymać się na uboczu i mieć oczy dookoła głowy.

W pewien dżdżysty poranek zastałam Hannah samotnie stojącą w salonie. Teddy i Simion właśnie pojechali do swoich biur w City, a ona patrzyła na ulicę. Na samochody, rowery, ludzi spieszących w tę i z powrotem, tu i tam.

— Czy chciałaby pani napić się herbaty? — zapytałam. Żadnej odpowiedzi.

— A może wezwać szofera?

Zbliżyłam się i zrozumiałam, że Hannah mnie nie słyszy. Była pochłonięta myślami i bez większego trudu mogłam odgadnąć ich treść. Nudziła się. Jej mina przypominała mi długie dni w Riverton, kiedy stała przed oknem w pokoju dziecinnym, z chińskim pudełkiem w dłoni i czekała na powrót Davida, rozpaczliwie marząc o Grze.

Odchrząknęłam, a ona podniosła wzrok. Na mój widok trochę się rozchmurzyła.

— Witaj, Grace — powiedziała.

Wtedy ponownie zapytałam, czy chciałaby napić się herbaty.

— Tak, w salonie — odrzekła. — Ale powiedz pani Tibbit, żeby nie przejmowała się babeczkami. Nie jestem głodna. Nie wypada jeść w samotności.

— A później, proszę pani? — zapytałam. — Czy mam powiedzieć szoferowi, żeby przyprowadził samochód?

Hannah przewróciła oczami.

— Jeśli będę musiała znieść jeszcze jedną rundkę wokół parku, z pewnością oszaleję. Nie rozumiem, jak wytrzymują to inne żony. Czy naprawdę nie mają nic lepszego do roboty niż codzienne jeżdżenie w kółko tymi samymi ulicami?

— Może chciałaby pani haftować? — Wiedziałam, że odmówi. Hannah nie była stworzona do szycia. Ono wymagało cierpliwości, która kłóciła się z jej temperamentem.

— Pójdę poczytać, Grace — powiedziała. — Mam ze sobą książkę. — Uniosła sfatygowany egzemplarz *Jane Eyre*.

— Znowu, proszę pani?

Wzruszyła ramionami, uśmiechnęła się.

— Znowu.

Nie wiem, dlaczego tak bardzo mnie to zaniepokoiło. Rozległ się jakiś cichutki ostrzegawczy dźwięk, ale nie potrafiłam go zinterpretować.

❀

Teddy ciężko pracował, a Hannah się starała. Chodziła na jego przyjęcia, gawędziła z żonami jego partnerów w interesach i matkami polityków. Rozmowy mężczyzn zawsze były takie same: pieniądze, interesy i zagrożenie ze strony niższych klas społecznych. Simion, jak wszyscy mężczyźni tego typu, był bardzo podejrzliwy względem tych, których określał mianem „bohemy". Teddy, pomimo swych najlepszych intencji, zaczynał podzielać jego poglądy.

Hannah wolała rozmawiać o prawdziwej polityce z mężczyznami. Czasami, kiedy wraz z Teddym udawali się na spoczynek do swoich przyległych sypialni i szczotkowałam jej włosy, Hannah pytała go, co ten lub tamten powiedział o ogłoszeniu stanu wojennego w Irlandii, a wtedy Teddy spoglądał na nią ze znużonym uśmiechem i mówił, żeby nie zaprzątała sobie pięknej główki takimi sprawami. Od tego był on.

— Ale ja chcę wiedzieć — mówiła Hannah. — Jestem ciekawa.

Teddy kręcił głową.

— Polityka to męska gra.

— Pozwól mi zagrać — prosiła Hannah.

— Przecież grasz — odpowiadał. — Jesteśmy w jednej drużynie, ty i ja. Twoim zadaniem jest zajmowanie się żonami.

— Ale to nudne. One są nudne. Chcę rozmawiać o ważnych sprawach. Nie rozumiem, dlaczego to niemożliwe.

— Kochanie — tłumaczył Teddy. — Takie są zasady. Nie ja je ustanowiłem, ale muszę ich przestrzegać. — Uśmiechał się i głaskał ją po ramieniu. — Chyba nie jest tak źle, co? Przynajmniej masz do pomocy matkę i Deb. Niezłe z niej ziółko, prawda?

Wtedy Hannah nie miała innego wyjścia, jak tylko posępnie pokiwać głową. Rzeczywiście miał rację: Deborah zawsze była w pobliżu, gotowa do pomocy. I wszystko wskazywało na to, że tak pozostanie, ponieważ postanowiła nie wracać do Nowego Jorku. Jakiś londyński magazyn zaproponował jej pracę w charakterze autorki kolumny o modzie dla wyższych sfer, więc jak mogła odmówić? Całe miasto pełne dam, które można ozdobić i zdominować. Miała zamieszkać razem z Hannah i Teddym, dopóki nie znajdzie odpowiedniego lokum. W końcu, jak zauważyła Estella, nie było powodu do pośpiechu. Budynek pod numerem siedemnastym był wielkim domem z mnóstwem wolnych pokoi. Zwłaszcza że Hannah i Teddy nie mieli dzieci.

⊛

W listopadzie tamtego roku do Londynu przyjechała Emmeline, aby świętować swoje szesnaste urodziny. Była to jej pierwsza wizyta od czasu ślubu Hannah i Teddy'ego i Hannah wprost nie mogła się doczekać. Przez cały ranek siedziała w salonie, pędząc do okna za każdym razem, gdy z ulicy dobiegał odgłos zwalniającego samochodu, a kiedy okazywało się, że to fałszywy alarm, wracała rozczarowana na kanapę.

W końcu tak bardzo się zniechęciła, że przegapiła moment przyjazdu. Nie wiedziała o przybyciu Emmeline, dopóki Boyle nie zapukał do drzwi, aby ją zapowiedzieć.

— Panna Emmeline przybywa z wizytą.

Kiedy Boyle wprowadził Emmeline do pokoju, Hannah pisnęła i zerwała się na równe nogi.

— Nareszcie! — powiedziała, mocno ściskając siostrę. — Już myślałam, że nigdy nie przyjedziesz. — Zrobiła krok w tył i zwróciła się do mnie. — Spójrz, Grace, czyż nie wygląda pięknie?

Emmeline nieśmiało się uśmiechnęła, po czym szybko przybrała wcześniejszą nadąsaną minę. Pomimo tego grymasu, a może i dzięki niemu, wyglądała pięknie. Urosła i schudła, a jej twarz zyskała ostrzejsze rysy, podkreślające pełne usta i duże okrągłe oczy. Wypracowała postawę znudzonej pogardy, która idealnie pasowała do jej wieku i ówczesnych czasów.

— Chodź, usiądź. — Hannah poprowadziła Emmeline w kierunku kanapy. — Zadzwonię po herbatę.

Emmeline opadła na koniec kanapy i kiedy Hannah odwróciła wzrok, przygładziła spódnicę. Była to prosta suknia z poprzedniego sezonu. Ktoś próbował nadać jej nowszy, luźniejszy styl, lecz nadal nosiła zdradzieckie cechy oryginalnego kroju. Kiedy Hannah odłożyła dzwoneczek i wróciła na miejsce, Emmeline przestała przejmować się sukienką i omiotła pokój przesadnie beztroskim spojrzeniem.

Hannah się roześmiała.

— Och, to najnowszy krzyk mody. Wszystko wybrała Elsie de Wolfe*. Okropne, prawda?

Emmeline uniosła brwi i powoli pokiwała głową.

Hannah usiadła obok niej.

— Tak się cieszę — powiedziała. — W tym tygodniu możemy robić, co tylko zechcesz. Pójdziemy na herbatę i ciasto orzechowe do Guntera, zobaczymy jakieś przedstawienie.

Emmeline wzruszyła ramionami, ale zauważyłam, że jej palce nadal gmerają przy spódnicy.

— Mogłybyśmy pójść do muzeum — zaproponowała Hannah — albo zrobić zakupy w Selfridge... — Zawahała się. Emmeline bez entuzjazmu kiwała głową. Hannah niepewnie się roześmiała. — Jak ja się zachowuję? Dopiero co przyjechałaś, a ja już planuję cały tydzień. Prawie nie dopuściłam cię do słowa. Nawet nie zapytałam, co u ciebie słychać.

Emmeline spojrzała na Hannah.

— Masz ładną sukienkę — powiedziała w końcu, po czym zacisnęła usta, jak gdyby złamała jakieś przyrzeczenie.

Tym razem Hannah wzruszyła ramionami.

— Och, mam ich całą szafę. Teddy przywozi je z zagranicy. Myśli, że nowa sukienka wynagrodzi mi stratę wycieczki. Przecież kobieta jedzie za granicę tylko po to, żeby kupować sukienki. No więc mam pełną szafę i nie mogę... — Zreflektowała się i zdusiła

---

* Znana również jako lady Mendl (1865?—1950) — amerykańska pionierka wśród dekoratorek wnętrz.

uśmiech. — Jest ich tak dużo, że niektórych nie mam okazji w ogóle włożyć. — Spojrzała na Emmeline jak gdyby nigdy nic. — Pewnie nie masz ochoty ich oglądać? Może któraś wpadłaby ci w oko? Wyświadczyłabyś mi wielką przysługę, robiąc w mojej szafie trochę wolnego miejsca.

Emmeline szybko podniosła głowę, nie potrafiąc ukryć podekscytowania.

— Chyba tak. Jeśli rzeczywiście by ci to pomogło.

Dołożyły do bagażu Emmeline paryskie sukienki, a mnie powierzyły zadanie naprawienia ubrań, które ze sobą przywiozła. Ogarnęła mnie wielka tęsknota za Riverton, kiedy prułam rzadkie szwy Nancy. Miałam nadzieję, że nie weźmie moich poprawek za osobisty afront.

Potem relacje między siostrami uległy poprawie: niezadowolona mina Emmeline zniknęła i nim tydzień dobiegł końca, wszystko było mniej więcej tak jak dawniej. Odprężyły się i odnowiwszy szczerą przyjaźń, obydwie odczuły wielką ulgę z powodu powrotu status quo. Mnie również ulżyło: ostatnio Hannah była zdecydowanie zbyt ponura. Miałam nadzieję, że jej dobry nastrój utrzyma się również po wyjeździe siostry.

Ostatniego dnia pobytu Emmeline siedziały na przeciwległych krańcach kanapy w oczekiwaniu na przyjazd samochodu z Riverton. Deborah, która wybierała się na zebranie redakcyjne, siedziała przy biurku odwrócona do nich plecami i w pośpiechu pisała kondolencje dla pogrążonej w żałobie przyjaciółki.

Emmeline z gracją rozparła się na kanapie i wydała z siebie ciche tęskne westchnienie.

— Mogłabym codziennie pić herbatę w Gunterze i nigdy nie znudziłoby mi się ciasto orzechowe.

— Znudziłoby ci się, gdybyś straciła tę szczupłą talię — powiedziała Deborah, przesuwając stalówkę po papierze. — Minuta przyjemności i tak dalej.

Emmeline zatrzepotała powiekami, patrząc na Hannah, która usiłowała powstrzymać śmiech.

— Jesteś pewna, że nie chcesz, bym została? — zapytała Emmeline. — To naprawdę nie byłby żaden problem.

— Wątpię, żeby tata się zgodził.

— Phi — prychnęła Emmeline. — Wcale by się nie przejął. — Przechyliła głowę. — Byłoby mi całkiem wygodnie w szafie na płaszcze, wiesz? Nawet byś nie wiedziała, że tu jestem.

Hannah udała, że się nad tym zastanawia.

— Przecież wiesz, że beze mnie będziesz się strasznie nudziła — powiedziała Emmeline.

— Wiem — przyznała Hannah, udając omdlenie. — Bez ciebie nie zdołam utrzymać się przy życiu.

Emmeline roześmiała się i rzuciła w nią poduszką.

Hannah złapała ją i przez chwilę siedziała, gładząc frędzle. Ze wzrokiem wbitym w poduszkę powiedziała:

— A skoro mowa o tacie, Emme... Czy on...? Jak on się miewa?

Wiedziałam, że napięte relacje z ojcem są dla niej źródłem nieustannego zmartwienia. W sekretarzyku kilkakrotnie znajdowałam rozpoczęte listy, lecz żadnego z nich nie wysłała.

— Tata to tata — orzekła Emmeline, wzruszając ramionami. — Wszystko u niego po staremu.

— Aha — odparła Hannah ze smutkiem. — To dobrze. Nie miałam od niego żadnych wieści.

— Tak — powiedziała Emmeline, ziewając. — Przecież wiesz, jaki on jest, kiedy się uprze.

— Wiem — potwierdziła Hannah. — Mimo wszystko myślałam, że... — Jej głos ucichł i przez chwilę obydwie milczały. Chociaż Deborah była odwrócona plecami, zauważyłam, że węsząc sensację, nastawia uszy jak owczarek. Widocznie Hannah również to zauważyła, bo wyprostowała się i z wymuszoną wesołością zmieniła temat. — Nie wiem, czy ci wspominałam, Emme... Po twoim wyjeździe zamierzam podjąć jakąś pracę.

— Pracę? — zapytała Emmeline. — W sklepie z sukniami?

W tym momencie Deborah wybuchnęła śmiechem. Zakleiła kopertę i obróciła się na krześle. Na widok twarzy Hannah zamilkła.

— Mówisz poważnie?

— Och, Hannah zazwyczaj mówi poważnie — oznajmiła Emmeline.

— Kiedy kilka dni temu byłyśmy na Oxford Street — powiedziała Hannah do Emmeline — i kiedy poszłaś do fryzjera, zobaczyłam wywieszkę w oknie małego wydawnictwa o nazwie Blaxland's. Szukali redaktorów. — Wyprostowała się. — Uwielbiam czytać, interesuję się polityką, a gramatykę i ortografię znam lepiej niż większość ludzi...

— Nie bądź śmieszna, kochanie — przerwała jej Deborah, wręczając mi list. — Dopilnuj, żeby został wysłany jeszcze dziś rano. — Zwróciła się do Hannah: — Nigdy cię nie zatrudnią.

— Już to zrobili — oznajmiła Hannah. — Od razu się zgłosiłam. Właściciel powiedział, że pilnie kogoś potrzebują.

Deborah gwałtownie wciągnęła powietrze i ułożyła usta w niewyraźny uśmiech.

— Ale z pewnością wiesz, że to nie wchodzi w grę.

— Jaką grę? — zapytała Emmeline, udając powagę.

— To nie przystoi — wyjaśniła Deborah.

— Nie wiedziałam, że jest taka gra — powiedziała Emmeline. Zaczęła się śmiać. — Na czym ona polega?

Deborah wzięła głęboki wdech, pod wpływem którego chwilowo zwęził jej się nos.

— Blaxland's? — rzekła tonem rezygnacji. — Czy to przypadkiem nie oni produkują te paskudne czerwone ulotki, które rozdają żołnierze na rogach ulic? — Zmrużyła oczy. — Mój brat dostanie ataku serca.

— Nie sądzę — powiedziała Hannah. — Teddy często wyraża sympatię dla bezrobotnych.

Deborah wytrzeszczyła oczy: zdziwienie drapieżcy, którego przelotnie zainteresowała ofiara.

— Przesłyszałaś się, kochana — oznajmiła. — Tiddles wie, że nie powinien zrażać do siebie przyszłych wyborców. Zresztą... — stanęła triumfalnie przed lustrem obok kominka i włożyła szpilkę w kapelusz — sympatie sympatiami, ale pewnie nie byłby zbyt szczęśliwy, gdyby się dowiedział, że dołączyłaś do ludzi drukujących te paskudne artykuły, które przekreśliły jego szanse w wyborach.

Hannah posmutniała — nie zdawała sobie z tego sprawy. Spojrzała na Emmeline, która współczująco wzruszyła ramionami.

Deborah, obserwując ich reakcje w lustrze, zdusiła uśmiech i odwróciła się do Hannah, cmokając z rozczarowaniem.

— Kochanie, ależ to okropnie nielojalne!

Hannah wolno westchnęła.

Deborah pokręciła głową.

— Kiedy biedny stary Tiddles się dowie, to go zabije. Zabije go.

— W takim razie mu nie mów — poprosiła Hannah.

— Znasz mnie, potrafię milczeć jak grób — zapewniła. — Ale zapominasz, że setki innych osób nie mają takich skrupułów. Z radością mu doniosą, kiedy zobaczą twoje nazwisko, jego nazwisko, na tych propagandowych publikacjach.

— Poinformuję wydawnictwo, że nie mogę przyjąć tego stanowiska — cicho powiedziała Hannah. Odłożyła poduszkę na bok. — Ale zamierzam poszukać czegoś innego. Czegoś bardziej odpowiedniego.

— Najdroższe dziecko — odrzekła Deborah ze śmiechem. — Wybij to sobie z głowy. Dla ciebie nie ma odpowiednich stanowisk. Jak by to wyglądało? Żona Teddy'ego pracuje. Co powiedzieliby ludzie?

— Ty pracujesz — wtrąciła Emmeline, chytrze mrużąc oczy.

— Och, ale to co innego, kochanie. — Deborah nie dała się zbić z tropu. — Ja nie spotkałam jeszcze mojego Teddy'ego. Dla właściwego mężczyzny zrezygnowałabym z tego wszystkiego w mgnieniu oka.

— Muszę coś robić — broniła się Hannah. — Coś innego niż przesiadywanie w domu całymi dniami w oczekiwaniu na telefon.

— Ależ oczywiście — zgodziła się Deborah, biorąc z biurka torebkę. — Nikt nie lubi być bezużyteczny. — Uniosła brew. — Chociaż z drugiej strony myślałam, że jest tu więcej do roboty niż tylko siedzenie i czekanie. Wiesz, dom nie prowadzi się sam.

— Wiem — przyznała Hannah. — I z radością przejęłabym część obowiązków...

— Najlepiej trzymać się tego, co dobrze ci wychodzi — powiedziała Deborah, idąc w stronę drzwi. — Zawsze to powtarzam. — Przystanęła w otwartych drzwiach, a potem odwróciła się i jej usta powoli rozciągnęły się w uśmiechu. — Wiem — oznajmiła. — Dziwne, że nie pomyślałam o tym wcześniej. — Zacisnęła usta. — Szepnę słówko matce. Możesz przyłączyć się do jej Koła Konserwatywnych Kobiet. Szukają wolontariuszek przed zbliżającą się galą. Możesz pomóc w wypisywaniu wizytówek i malowaniu dekoracji. Odkryjesz w sobie duszę artystki.

Hannah i Emmeline wymieniły spojrzenia i wtedy w drzwiach stanął Boyle.

— Przyjechał samochód po pannę Emmeline — oznajmił. — Wezwać pani taksówkę, panno Deborah?

— Nie kłopocz się, Boyle — radośnie odparła Deborah. — Mam ochotę zaczerpnąć trochę świeżego powietrza.

Boyle poszedł nadzorować pakowanie bagażu Emmeline do samochodu.

— Cóż za genialna myśl! — zawołała Deborah, szeroko uśmiechając się do Hannah. — Teddy będzie taki zadowolony: ty i matka cały czas razem! — Przechyliła głowę i ściszyła głos. — I dzięki temu nie będzie musiał się dowiedzieć o tamtym niefortunnym pomyśle.

W króliczej norce

Nie będę czekała na Sylwię. Mam tego dość. Sama znajdę sobie filiżankę herbaty. Z głośników ustawionych na prowizorycznej scenie dobiega głośna, brzękliwa i dudniąca muzyka. Tańczy grupa sześciu młodych dziewcząt. Są ubrane w czarno-czerwoną lycrę — zasłania niewiele więcej niż strój kąpielowy — i czarne buty, które sięgają aż do kolan. Są na wysokich obcasach. Zastanawiam się, jak to możliwe, że w ogóle tańczą. Wtedy przypominam sobie tańce z mojej młodości. Hammersmith Palladion, Original Dixieland Jazz Band i Emmeline tańczącą charlestona.

Zaciskam dłonie na oparciach, przechylam się tak, że łokieć wbija mi się między żebra, i trzymając się barierki, dźwigam się w górę. Przez chwilę wiszę w tej pozycji, po czym przenoszę ciężar ciała na laskę i czekam, aż obraz przestanie wirować. Przeklęty upał. Niepewnie stukam laską w ziemię. Niedawne deszcze ją rozmiękczyły i boję się, że ugrzęznę. Korzystam z wgłębień pozostawionych przez stopy innych ludzi. To powolny proces, ale idę pewnie...

— Poznaj swoją przyszłość... Czytam z dłoni...

Nie znoszę wróżek. Kiedyś usłyszałam, że mam krótką linię życia i nieokreślonych złych przeczuć zdołałam się pozbyć dopiero jako sześćdziesięcioparolatka.

Idę przed siebie, nie patrzę w tamtą stronę. Przyszłości poddaję się bez wahania. To przeszłość ciągle mnie dręczy.

Hannah spotkała się z wróżką na początku tysiąc dziewięćset dwudziestego pierwszego roku. Była środa rano. Środowe poranki Hannah spędzała w domu. Deborah spotykała się z lady Lucy Duff-Gordon w Savoy Grill, a Teddy pracował z ojcem. Do tego czasu z jego twarzy zniknęły już ślady traumy. Wyglądał jak ktoś, kto obudził się z dziwnego snu i z ulgą zauważył, że nadal jest tym, kim był kiedyś. Pewnego wieczoru podczas kolacji powiedział Hannah, że jest zaskoczony tym, jak wiele szans stwarza świat bankowości. Nie tylko w zakresie zdobywania majątku — dodał szybko — raczej jako droga do zaspokojenia kulturalnych zainteresowań. Obiecał, że wkrótce, gdy tylko nadejdzie odpowiednia chwila, zapyta ojca, czy może założyć fundację wspierającą młodych malarzy. Albo rzeźbiarzy. Albo jakichś innych artystów. Hannah odpowiedziała, że to cudownie, i ponownie skupiła uwagę na posiłku, podczas gdy on rozprawiał o jakimś nowym kliencie z branży przemysłowej. Przyzwyczajała się do rozbieżności pomiędzy jego zamiarami a działaniem.

Pięć minut wcześniej dom pod numerem siedemnastym opuściła parada modnie ubranych kobiet, a ja zaczęłam zbierać filiżanki po herbacie (właśnie odeszła od nas piąta służąca i nie zdołaliśmy jeszcze znaleźć jej następczyni). Na szezlongach pozostały jedynie Hannah, Fanny i lady Clementine, które dopijały herbatę. Zamyślona Hannah lekko stukała łyżeczką w spodeczek. Chciała, żeby już sobie poszły, choć wtedy nie wiedziałam jeszcze dlaczego.

— Naprawdę, kochanie — powiedziała lady Clementine, mierząc Hannah wzrokiem znad pustej filiżanki — powinnaś pomyśleć o stworzeniu rodziny. — Wymieniła spojrzenia z Fanny, która dumnie objęła pokaźny brzuszek. Spodziewała się drugiego dziecka. — Dzieci mają dobry wpływ na małżeństwo. Prawda, Fanny?

Fanny pokiwała głową, lecz nie była w stanie niczego powiedzieć, ponieważ miała całe usta wypchane biszkoptem.

— Kobieta po ślubie i bez dzieci — ponuro ciągnęła lady Clementine. — Ludzie zaczynają gadać.

— Z pewnością ma pani rację — zgodziła się Hannah. — Ale naprawdę nie ma powodu do obaw. — Mówiła to tak beztroskim tonem, że aż zadrżałam. Trzeba było bardzo się postarać, żeby pod warstwą pozorów dostrzec cień konfliktu. Pełne goryczy kłótnie, które wywoływał brak potomstwa.

Lady Clementine wymieniła spojrzenia z Fanny, która uniosła brwi.

— Chyba nie macie żadnych problemów? Tam na dole?

Początkowo pomyślałam, że mówi o braku służących. Prawdziwe znaczenie jej słów dotarło do mnie dopiero wtedy, gdy Fanny połknęła ciasto i dodała z przejęciem:

— Są przecież lekarze. Lekarze dla dam.

Takie argumenty naprawdę nie pozostawiały Hannah wielkiego wyboru. Jak miała na nie zareagować? Oczywiście mogła im powiedzieć, żeby nie wtrącały się w cudze sprawy i dawniej pewnie by tak zrobiła, lecz czas odebrał jej tamten tupet. Zatem nie powiedziała nic. Uśmiechnęła się tylko i po cichu modliła się, żeby sobie poszły.

Po ich wyjściu opadła na kanapę.

— Nareszcie — odetchnęła. — Już myślałam, że nigdy sobie nie pójdą. — Patrzyła, jak ustawiam na tacy ostatnie filiżanki. — Przykro mi, że musisz to robić, Grace.

— Nic nie szkodzi, proszę pani — powiedziałam. — Jestem pewna, że to nie potrwa długo.

— Mimo wszystko — upierała się Hannah — jesteś moją osobistą służącą. Porozmawiam z Boyle'em o znalezieniu jakiegoś zastępstwa.

Zaczęłam zbierać łyżeczki.

Hannah nadal mi się przyglądała.

— Potrafisz dochować tajemnicy, Grace.

— Wie pani, że tak.

Zza paska sukienki wyciągnęła jakiś zwinięty wycinek z gazety i rozłożyła go.

— Znalazłam to na ostatniej stronie jednej z gazet Boyle'a. — Podała mi go.

Na wycinku widniał napis: „Wróżka. Uznana spirytualistka. Komunikacja ze zmarłymi. Poznaj swoją przyszłość".

Oddałam go jak najszybciej i wytarłam dłonie w fartuszek. Na dole mówiło się o tego typu rzeczach. Był to ostatni krzyk mody,

wynik masowej żałoby. Wtedy każdy potrzebował słowa pocieszenia od ukochanych zmarłych.

— Umówiłam się na spotkanie dzisiaj po południu — oznajmiła
Hannah.

Nie wiedziałam, jak zareagować. Żałowałam, że w ogóle mi
o tym powiedziała. Westchnęłam.

— Proszę wybaczyć, że to mówię, ale nie jestem przekonana
do seansów i tym podobnych spraw.

— Doprawdy, Grace — powiedziała zaskoczona Hannah. —
Myślałam, że jesteś bardziej otwarta. Wiesz, że Arthur Conan
Doyle jest gorącym zwolennikiem spirytualizmu? Regularnie
komunikuje się ze swoim synem Kingsleyem. Organizuje nawet
seanse we własnym domu.

Nie mogła wiedzieć, że nie jestem już tak zafascynowana
Sherlockiem Holmesem. W Londynie odkryłam Agathę Christie.

— Nie w tym rzecz, proszę pani — wyjaśniłam pospiesznie. —
Nie chodzi o to, że nie wierzę.

— Nie?

— Nie, proszę pani. Wierzę jak najbardziej. Właśnie w tym
problem. To nienaturalne. Zmarli. Przeszkadzanie im może być
niebezpieczne.

Uniosła brwi, zastanawiając się nad tym argumentem.

— Niebezpieczne...

Poszłam złą drogą. Wspominając o niebezpieczeństwie, spra-
wiłam tylko, że ta możliwość wydała jej się jeszcze bardziej
kusząca.

— Pójdę z panią — zaproponowałam.

Tego się nie spodziewała. Nie była pewna, czy okazać irytację,
czy może wzruszenie. Ostatecznie okazała jedno i drugie.

— Nie — powiedziała dość surowym tonem. — To nie będzie
konieczne. Doskonale poradzę sobie sama. — Potem przemówiła
łagodniejszym głosem: — Masz dziś wolne popołudnie, prawda?
Pewnie zaplanowałaś sobie jakieś urocze rozrywki? Ciekawsze
niż dotrzymywanie mi towarzystwa?

Nie odpowiedziałam. Moje plany były tajemnicą. Po wymianie
wielu listów Alfred w końcu zaproponował, że odwiedzi mnie

w Londynie. Miesiące spędzone z dala od Riverton osamotniły mnie bardziej, niż przypuszczałam. Pomimo wszechstronnego wyszkolenia przez pana Hamiltona zauważyłam, że z pracą osobistej służącej wiążą się pewne rozterki, których nie przewidziałam: zwłaszcza że Hannah nie była tak szczęśliwa, jak przystało na młodą żonę. A zamiłowanie pani Tibbit do stwarzania problemów gwarantowało, że cała służba bardzo się pilnowała i nikt nie czuł się dobrze w towarzystwie innych pracowników. Po raz pierwszy w życiu cierpiałam z powodu izolacji. I chociaż bałam się, że znowu mogę opacznie zrozumieć intencje Alfreda (przecież już raz mi się to zdarzyło), przyłapywałam się na tym, że za nim tęsknię.

Mimo to tamtego popołudnia podążyłam za Hannah. Z Alfredem byłam umówiona dopiero wieczorem. Jeśli wszystko pójdzie sprawnie, będę miała czas, aby upewnić się, że Hannah bezpiecznie dotrze do wróżki i wróci do domu. Słyszałam wystarczająco dużo historii o spirytualistach i byłam przekonana, że tak będzie najlepiej. Pani Tibbit miała opętanego kuzyna, a pan Boyle znał człowieka, którego żona przez takie seanse straciła wszystkie pieniądze i poderżnęła sobie gardło.

Co więcej, choć nie miałam sprecyzowanego zdania na temat wróżek, doskonale wiedziałam, jaki typ ludzi najbardziej do nich ciągnie. Przyszłość pragną poznawać tylko ci, którzy są nieszczęśliwi w teraźniejszości.

※

Na zewnątrz panowała gęsta mgła: szara i ciężka. Szłam Aldwych za Hannah jak detektyw podążający śladem złoczyńcy, starając się nie zostać za daleko w tyle, uważając, aby nie zniknęła na zbyt długo za zasłoną mgły. Na rogu jakiś mężczyzna w trenczu grał na harmonijce *Keep the Home Fires Burning*. Ci zbłąkani żołnierze byli wszędzie: w każdej alejce, pod każdym mostem, przed każdym dworcem. Hannah pogmerała w torebce w poszukiwaniu monety i wrzuciła ją do kubka mężczyzny, po czym ruszyła w dalszą drogę.

Skręciłyśmy w Kean Street i Hannah zatrzymała się przed

drzwiami eleganckiej willi w stylu edwardiańskim. Dom wyglądał całkiem porządnie, lecz jak lubiła mawiać matka, pozory mogą mylić. Patrzyłam, jak jeszcze raz spogląda na wycinek z gazety i wciska palcem dzwonek z numerem domu. Drzwi szybko się otworzyły, a ona, nie patrząc za siebie, weszła do środka.

Stałam przed willą i zastanawiałam się, na które piętro ją teraz prowadzą. Byłam pewna, że na trzecie. Coś dziwnego było w blasku lampy, która rzucała żółte światło na zaciągnięte falbaniaste zasłony. Usiadłam i czekałam obok jednonogiego mężczyzny, który sprzedawał cynowe małpki biegające w tę i z powrotem po kawałku sznurka.

Czekałam ponad godzinę. Zanim wyszła, cementowy schodek, na którym siedziałam, zdążył zmrozić mi nogi i nie byłam w stanie podnieść się wystarczająco szybko. Kucnęłam, modląc się, żeby mnie nie zauważyła. I nie zauważyła. Wcale nie patrzyła. Oszołomiona stała na ostatnim stopniu. Miała pusty, wręcz zdumiony wyraz twarzy i wyglądała tak, jakby przyrosła do ziemi. Z początku pomyślałam, że spirytualistka rzuciła na nią jakiś urok, uniosła jeden z kieszonkowych zegarków, które pokazują na zdjęciach, i zahipnotyzowała ją. Ścierpły mi nogi, więc nie mogłam do niej podbiec. Już miałam ją zawołać, kiedy wzięła głęboki oddech, otrząsnęła się i szybko ruszyła w stronę domu.

⊛

Tamtego mglistego wieczoru spóźniłam się na spotkanie z Alfredem. Niewiele, ale wystarczyło, żeby wyglądał na zaniepokojonego, zanim mnie zobaczył, i na urażonego, kiedy już się zjawiłam.

— Grace. — Przywitaliśmy się niezdarnie. Wyciągnął dłoń w stronę mojej dokładnie w tej samej chwili, gdy ja wyciągnęłam swoją. Nastąpiła niezręczna chwila, nadgarstek uderzył o nadgarstek i Alfred przez przypadek złapał mnie za łokieć. Uśmiechnęłam się nerwowo, cofnęłam rękę i wsadziłam dłoń pod szalik. — Przepraszam za spóźnienie, Alfredzie — powiedziałam. — Załatwiałam pewną sprawę dla pani.

— Nie wie, że masz dzisiaj wolne popołudnie? — zapytał

Alfred. Był wyższy, niż go zapamiętałam, i miał kilka zmarszczek na twarzy, ale nadal bardzo przyjemnie było na niego patrzeć.

— Wie, ale...

— Powinnaś była jej powiedzieć, gdzie może sobie wsadzić tę swoją sprawę.

Jego złośliwość wcale mnie nie zaskoczyła. Frustracja Alfreda związana ze służbą ciągle rosła. W jego listach z Riverton dzielący nas dystans uwidocznił coś, czego wcześniej nie widziałam: jakąś nić niezadowolenia, która przewijała się w jego opisach codziennego życia. A ostatnio jego pytania o Londyn i doniesienia z Riverton ubarwione były cytatami z książek, które zaczął czytać: o klasach społecznych, robotnikach i związkach zawodowych.

— Nie jesteś niewolnicą — rzekł. — Mogłaś jej odmówić.

— Wiem. Nie sądziłam, że to... To trwało dłużej, niż przypuszczałam.

— No dobrze — uspokoił się i jego twarz złagodniała, upodabniając go do dawnego Alfreda. — To nie twoja wina. Wykorzystajmy ten czas jak najlepiej, zanim znowu przyjdzie nam wrócić do kieratu. Co powiesz na jakąś kolację przed kinem?

Kiedy szliśmy ulicą, przepełniało mnie szczęście. Chodząc po mieście z takim mężczyzną jak Alfred, czułam się dorosła i dosyć śmiała. Przyłapałam się na marzeniu o tym, żeby wziął mnie pod rękę. Żeby przechodnie uznali nas za małżeństwo.

— Zajrzałem do twojej mamy — oznajmił, przerywając moje myśli. — Tak jak prosiłaś.

— Och, Alfredzie — powiedziałam. — Dziękuję. Chyba nie jest z nią bardzo źle, prawda?

— Nie jest bardzo źle, Grace. — Zawahał się i odwrócił wzrok. — Ale i niezbyt dobrze, jeśli mam być szczery. Paskudnie kaszle. Poza tym mówi, że ból pleców daje jej się we znaki. — Wsunął dłonie do kieszeni. — To artretyzm, prawda?

Pokiwałam głową.

— Zaczął się nagle, kiedy jeszcze byłam mała. Jej stan bardzo szybko się pogorszył. Najgorzej jest zimą.

— Moja ciotka też na to chorowała. Artretyzm szybko zrobił z niej staruszkę. — Pokręcił głową. — Parszywy los.

Przez jakiś czas szliśmy w milczeniu.

— Alfredzie — powiedziałam. — A skoro mowa o matce...
Czy sprawiała wrażenie... Czy niczego jej nie brakowało, Alfredzie?
Mam na myśli węgiel i tego typu rzeczy.

— O, tak — zapewnił. — Pod tym względem nie ma żadnych
problemów. Widziałem u niej sporą stertę węgla. — Pochylił się,
żeby poklepać mnie po ramieniu. — A pani T. dba o to, żeby od
czasu do czasu dostawała ładną paczuszkę słodkości.

— Niech ją Bóg błogosławi. — Do oczu napłynęły mi łzy
wdzięczności. — I ciebie też, Alfredzie. Za to, że ją odwiedzasz.
Wiem, że to docenia, nawet jeśli tak nie mówi.

Wzruszył ramionami i oznajmił jak gdyby nigdy nic:

— Nie robię tego z myślą o wdzięczności twojej matki, Gracie.
Robię to dla ciebie.

Fala radości zalała mi policzki. Przyłożyłam do twarzy dłoń
w rękawiczce i przycisnęłam lekko, żeby wchłonęła ciepło.

— A co u pozostałych? — zapytałam nieśmiało. — W Saffron?
Czy wszyscy dobrze się czują?

Nastąpiła chwila milczenia, podczas której przestawiał się na
nowy temat.

— Jak zwykle dobrze — odparł. — To znaczy na dole. Życie
na górze to już zupełnie inna historia.

— Pan Frederick? — W ostatnim liście Nancy sugerowała, że
dzieje się z nim coś bardzo złego.

Alfred pokręcił głową.

— Odkąd wyjechałaś, jest strasznie przygnębiony. Musiał mieć
do ciebie słabość, co? — Dał mi kuksańca w bok i nie mogłam
powstrzymać uśmiechu.

— Tęskni za Hannah — sprostowałam.

— Ale wcale się do tego nie przyznaje.

— Ona też nie czuje się najlepiej. — Opowiedziałam mu
o rozpoczętych listach, które czasami znajdowałam. Kolejne próby
odrzucone na bok i nigdy niewysłane.

Zagwizdał i pokręcił głową.

— A mówią, że powinniśmy brać z nich przykład. Moim
zdaniem to oni mogliby się czegoś od nas nauczyć.

Szłam dalej, rozmyślając o złym stanie pana Fredericka.

— Myślisz, że on i Hannah kiedykolwiek się pogodzą?

Alfred wzruszył ramionami.

— Szczerze mówiąc, to chyba nie będzie takie proste. Tak, tęskni za córką, i to bardzo. Co do tego nie ma wątpliwości. Ale tu chodzi o coś więcej.

Spojrzałam na niego.

— Są jeszcze jego samochody. Kiedy sprzedał fabrykę, to jakby stracił cel w życiu. Cały czas snuje się po posiadłości. Bierze pistolet i mówi, że idzie szukać kłusowników. Dudley twierdzi, że to tylko jego wymysł i tak naprawdę nie ma żadnych kłusowników, ale on mimo to chodzi ich szukać. — Zmrużył oczy i wpatrzył się w mgłę. — Dobrze to rozumiem. Człowiek musi czuć się potrzebny.

— Czy obecność Emmeline jest dla niego jakimś pocieszeniem?

Wzruszył ramionami.

— Jeśli chcesz znać moje zdanie, robi się z niej wielka paniusia. Kiedy jaśnie pan niedomaga, to ona wszystkim kieruje. Jego najwidoczniej nie interesuje, co robi córka. Przeważnie nawet nie zauważa jej obecności. — Kopnął jakiś kamyk i patrzył, jak odbija się od bruku i wpada do rynsztoka. — Nie. To już nie jest to samo miejsce co kiedyś. Odkąd wyjechałaś.

Rozkoszowałam się tym komentarzem, a on dodał:

— Aha — i włożył dłoń do kieszeni — skoro mowa o Riverton, nigdy nie uwierzysz, kogo właśnie spotkałem. Przed chwilą, kiedy na ciebie czekałem.

— Kogo?

— Pannę Starling. Lucy Starling. Dawną sekretarkę pana Fredericka.

Poczułam ukłucie zazdrości. Jak poufale wypowiedział to imię: Lucy. Śliskie tajemnicze imię, które szeleściło jak jedwab.

— Pannę Starling? Tutaj? W Londynie?

— Mówi, że teraz tu mieszka. Przy Hartley Street, tuż za rogiem.

— Ale co tutaj robi?

— Pracuje. Po zamknięciu fabryki pana Fredericka musiała poszukać innej pracy, a w Londynie jest znacznie większy wybór. — Podał mi jakąś karteczkę. Białą, ciepłą, z rogiem zagiętym w miejscu, gdzie stykała się z wnętrzem jego kieszeni. — Zapisałem jej adres i powiedziałem, że przekażę go tobie. — Spojrzał na mnie i uśmiechnął się w sposób, który sprawił, że moje policzki znowu poczerwieniały. — Będę spokojniejszy — dodał — wiedząc, że masz w Londynie jakąś przyjaciółkę.

⊛

Jestem słaba. Moje myśli płyną. W tę i z powrotem, tu i tam, przez morza historii.

Ratusz. Może tam jest Sylvia. Tam na pewno znajdę herbatę. Pielęgniarki z pewnością ulokowały się w małej kuchence, gdzie sprzedają ciasta, pikle i wodnistą herbatę z plastikowymi patyczkami zamiast łyżeczek. Kieruję się w stronę wąskich betonowych schodów. Idę pewnym krokiem.

Stawiam stopę, źle obliczam odległość i moja kostka boleśnie uderza o krawędź betonowego schodka. Kiedy osuwam się na ziemię, ktoś łapie mnie za ramię. Jakiś młody mężczyzna z ciemną skórą, zielonymi włosami i kolczykiem w nosie.

— Wszystko w porządku? — pyta. Ma miękki miły głos.

Nie mogę oderwać wzroku od kolczyka w jego nosie, nie potrafię znaleźć odpowiednich słów.

— Jesteś biała jak ściana, kochana. Przyszłaś tu sama? Czy mam po kogoś zadzwonić?

— O, tutaj jesteś! — To głos jakiejś kobiety. Kogoś, kogo znam. — Jak mogłaś tak po prostu sobie pójść?! Myślałam, że się zgubiłaś. — Gdacze jak stara kwoka, opiera zaciśnięte dłonie nieco powyżej bioder, przez co wygląda, jakby trzepotała skrzydłami. — Co ci przyszło do głowy, na miłość boską?

— Znalazłem ją tutaj — mówi zielonowłosy. — Prawie upadła, kiedy wchodziła po schodach.

— Czy to prawda, łobuziaro? — pyta Sylvia. — Na chwilę spuściłam cię z oczu! Jeśli nie będziesz ostrożniejsza, zafundujesz mi atak serca. Nie mam pojęcia, co cię opętało.

Zaczynam się tłumaczyć, ale po chwili milknę. Zdaję sobie sprawę, że nie pamiętam. Mam bardzo wyraźne poczucie, że czegoś szukałam, czegoś chciałam.

— Chodź. — Sylvia kładzie dłonie na moich ramionach i wyprowadza mnie z sali. — Anthony nie może się doczekać spotkania.

Namiot jest wielki i biały, z jedną ścianą podwiązaną w górze, aby umożliwić wejście do środka. Nad wejściem umieszczono materiał z wymalowanym napisem: „Towarzystwo Historyczne Saffron Green". Sylvia kieruje mnie do środka. Jest gorąco i pachnie świeżo skoszoną trawą. Do ramy sufitu przymocowano fosforyzującą jarzeniówkę, która bucząc, rzuca znieczulający blask na plastikowe stoliki i krzesła.

— Jest tam — szepcze Sylvia, wskazując mężczyznę, którego zwyczajność wydaje mi się znajoma. Brązowe włosy z pasemkami siwizny, taki sam wąsik i rumiane policzki. Jest pochłonięty ożywioną rozmową z kobietą o wyglądzie matrony, odzianą w konserwatywną sukienkę. Sylvia zbliża usta do mojego ucha.

— Mówiłam ci, że jest niezły, prawda?

Gorąco mi i bolą mnie nogi. Jestem zdezorientowana. Nie wiadomo dlaczego mam ochotę pokaprysić.

— Chcę filiżankę herbaty.

Sylvia zerka na mnie i szybko ukrywa zaskoczenie.

— Oczywiście, że chcesz, złotko. Przyniosę ci ją, a później dam ci coś pysznego. Usiądź sobie. — Sadza mnie obok jutowej tablicy obwieszonej zdjęciami, a następnie znika.

Fotografia to okrutna, pełna ironii sztuka. Wyciąganie uchwyconych chwil w przyszłość. Chwil, które powinny móc ulotnić się wraz z przeszłością, istnieć tylko we wspomnieniach, za mgłą wydarzeń, które nastąpiły później. Zdjęcia zmuszają nas do patrzenia na ludzi, których później przytłoczyła ich własna przyszłość w chwili, kiedy jeszcze nie wiedzieli, co ich czeka.

Na pierwszy rzut oka fotografie tworzą pianę białych twarzy i spódnic pośród morza sepii, lecz pamięć sprawia, że jedne z nich nabierają ostrości, a inne się rozmywają. Na pierwszym zdjęciu widać letni domek, który zaprojektował i wybudował Teddy, kiedy zamieszkali tu w tysiąc dziewięćset dwudziestym czwartym roku. Sądząc po osobach widocznych na pierwszym planie, fotografia została wykonana właśnie w tamtym roku. Teddy stoi obok niewykończonych schodów, opierając się o jeden z białych marmurowych filarów przy wejściu. W pobliżu, na porośniętej trawą skarpie, widać rozłożony koc. Na kocu siedzą Hannah i Emmeline, blisko siebie i z takim samym nieobecnym wyrazem twarzy. Z przodu stoi Deborah, która stylowo pochyla wysoką sylwetkę, a ciemne włosy opadają jej na jedno oko. W dłoni trzyma papierosa. Dym sprawia, że zdjęcie wydaje się zasnute mgłą. Można by pomyśleć, że jest tam jeszcze piąta osoba, ukryta za tą mgłą, ale wiem, że wcale jej nie ma. Oczywiście, że nie. Nie ma żadnych zdjęć, które przedstawiałyby Robbiego w Riverton. Był tam zaledwie dwa razy.

Na drugim zdjęciu nie ma żadnych ludzi. Tylko sama rezydencja, a raczej to, co z niej pozostało po pożarze, który wybuchł przed drugą wojną światową. Zniknęło całe lewe skrzydło, jak gdyby z nieba zstąpiła jakaś potężna łopata i zmiotła pokój dziecinny, jadalnię, salon i rodzinne sypialnie. Pozostałe części są okopcone. Ludzie mówili, że dym unosił się przez wiele tygodni. Zapach sadzy wisiał nad wioską miesiącami. Nie wiem, czy rzeczywiście tak było. Wtedy zbliżała się już wojna. Urodziła się Ruth, a ja stałam u progu nowego życia.

Trzeciego zdjęcia nie chciałam rozpoznać, nie chciałam go umieścić w historii. Poszczególne postacie identyfikuję z łatwością. I fakt, że mają na sobie odświętne stroje. W tamtych czasach było tyle przyjęć: ludzie zawsze się stroili i pozowali do zdjęć. Mogli się wybierać dokądkolwiek. Ale wcale się nie wybierali. Wiem, gdzie są, i wiem, co ma się wydarzyć. Dobrze pamiętam, jak byli ubrani. Pamiętam krew — wzór, który utworzyła na pastelowej sukni, jak gdyby kałamarz czerwonego atramentu spadł z dużej wysokości. Nie zdołałam jej do końca usunąć. I nawet gdyby mi się udało, nie byłoby wielkiej różnicy. Powinnam ją była po prostu wyrzucić. Nigdy więcej nie spojrzała na tę suknię, a już z pewnością jej nie włożyła.

Na tym zdjęciu jeszcze nie wiedzą. Uśmiechają się. Hannah, Emmeline i Teddy. Uśmiechają się do obiektywu. To jest jeszcze Przed. Patrzę na twarz Hannah w poszukiwaniu jakiegoś znaku, świadomości zbliżającego się nieszczęścia. Oczywiście niczego takiego nie znajduję. W jej oczach można dostrzec co najwyżej niecierpliwe wyczekiwanie. A może tylko je sobie wyobrażam, ponieważ wiem, że je czuła.

Ktoś za mną stanął. Jakaś kobieta. Pochyla się, żeby spojrzeć na to samo zdjęcie.

— Zabawne, prawda? — mówi. — Te wszystkie dziwaczne ubrania, które kiedyś nosili. Zupełnie inny świat.

Tylko ja dostrzegam cień na ich twarzach. Na wspomnienie tego, co nastąpiło później, przeszywa mnie dreszcz. Nie, to nie wspomnienie tak mi dokucza. Krwawi mi noga w miejscu, gdzie się uderzyłam. Lepka ciecz sączy mi się do buta.

Ktoś puka mnie w ramię.

— Doktor Bradley? — Pochyla się nade mną jakiś mężczyzna, zbliżając rozpromienioną twarz. Bierze moją dłoń. — Grace? Czy mogę tak do ciebie mówić? Miło mi cię poznać. Sylvia tyle mi o tobie opowiadała. To naprawdę wielka przyjemność.

Kim jest ten mężczyzna, który mówi tak głośno i powoli? I tak energicznie potrząsa moją dłonią? Co powiedziała mu o mnie Sylvia? I dlaczego?

— ...z zawodu jestem nauczycielem angielskiego, ale historia to moja pasja. Lubię uważać się za maniaka lokalnej historii.

Do namiotu wchodzi Sylvia ze styropianowym kubkiem w dłoni.

— Oto twoja herbata.

Herbata. Właśnie na nią miałam ochotę. Upijam łyk. Jest letnia. Nie można mi już podawać gorących płynów. O jeden raz za dużo zapadłam w nieoczekiwaną drzemkę.

Sylvia siada na krześle.

— Czy Anthony opowiedział ci o nagraniach? — Trzepocze w kierunku tego mężczyzny rzęsami oblepionymi tuszem. — Opowiedziałeś jej o nagraniach?

— Jeszcze do tego nie doszedłem — mówi.

— Anthony nagrywa na wideo opowieści okolicznych mieszkańców o historii Saffron Green. Te nagrania trafią do Towarzystwa Historycznego. — Patrzy na mnie i szeroko się uśmiecha. — Przed chwilą skończył nagrywać panią Baker.

Opowiada dalej, z jego pomocą. Od czasu do czasu odnotowuję

jakieś fragmenty: ustne opowiadania, znaczenie kulturowe, milenij-
na kapsuła czasu, ludzie za sto lat...

Kiedyś ludzie zachowywali swoje historie dla siebie. Nie przychodziło im do głowy, że mogłyby kogoś zainteresować. Teraz
każdy pisze pamiętnik, walcząc w konkursie na najgorsze dzieciństwo, najbardziej okrutnego ojca. Cztery lata temu z pobliskiej
politechniki przybył do Heathview jakiś student, który zadawał
pytania. Poważny młody mężczyzna z trądzikiem, który podczas
słuchania miał zwyczaj skubać skórki wokół paznokci. Przyniósł
ze sobą mały magnetofon i mikrofon oraz szarą teczkę z kartką,
na której ręcznie wypisał pytania. Chodził z pokoju do pokoju,
pytając ludzi, czy nie zechcieliby odpowiedzieć na kilka pytań.
Znalazł mnóstwo takich, którzy z wielką radością zgłosili się na
ochotnika. Na przykład Mavis Buddling opowiadała mu historie
o mężu bohaterze, którego nigdy nie miała.

Chyba powinnam się cieszyć. W moim drugim życiu, kiedy
w Riverton wszystko się skończyło, po drugiej wojnie światowej,
spędziłam mnóstwo czasu na szukaniu i odkrywaniu historii innych
ludzi. Znajdowałam dowody, gromadziłam fakty na podstawie
nagich kości. O ileż łatwiej by było, gdyby każdy zaopatrzył się
w nagranie ze swoją osobistą historią. Jednak myśląc o tym, widzę
tylko milion kaset nagranych przez staruszków perorujących o cenie
jaj trzydzieści lat temu. Może jest gdzieś takie pomieszczenie,
wielki podziemny bunkier z półkami od podłogi do sufitu, na
których piętrzą się kasety, a od ścian odbijają się echa trywialnych
wspomnień, których nikt nie ma czasu słuchać?

Jest tylko jedna osoba, której chciałabym opowiedzieć moją
historię. Jedna osoba, dla której przenoszę ją na taśmę. Mam
nadzieję, że będzie warto. Że Ursula ma rację: Marcus wysłucha
jej i zrozumie. A moje poczucie winy i historia jego powstania
zdołają go wyzwolić.

⊛

Świeci jaskrawe słońce. Czuję się jak ptak w piekarniku.
Rozgrzany, oskubany i oglądany. Dlaczego w ogóle się na to
zgodziłam? Czy ja się na to zgodziłam?

— Czy możesz coś powiedzieć, żebyśmy przetestowali sprzęt?

— Anthony kuca za jakimś czarnym przedmiotem. To pewnie kamera wideo.

— Co mam powiedzieć? — pytam obcym głosem.

— Jeszcze raz.

— Obawiam się, że naprawdę nie wiem, co powiedzieć.

— Dobrze. — Anthony wychyla się zza kamery. — Udało się.

Czuję zapach płótna piekącego się w południowym słońcu.

— Nie mogłem się doczekać tej rozmowy — mówi z uśmiechem. — Sylvia wspominała, że kiedyś pracowałaś w rezydencji.

— Tak.

— Nie ma potrzeby pochylać się nad mikrofonem. Wszystko się nagra z tego miejsca, gdzie siedzisz teraz.

Nie zdawałam sobie sprawy, że się pochylam. Wolno cofam się w stronę oparcia, jakby ktoś właśnie udzielił mi nagany.

— Pracowałaś w Riverton. — To już stwierdzenie. Nie wymaga odpowiedzi, a jednak nie mogę się powstrzymać od dodania:

— Zaczęłam w tysiąc dziewięćset czternastym roku jako służąca.

Jest zakłopotany. Nie wiem, czy to ma związek z nim samym, czy może ze mną.

— Tak, no cóż... — Zgrabnie zmienia temat. — Pracowałaś dla Theodore'a Luxtona? — Wymawia to nazwisko z jakimś niepokojem, jak gdyby przez wywołanie ducha Teddy'ego mógł sprowadzić na siebie jego hańbę.

— Tak.

— Wspaniale! Czy często go widywałaś?

Chodzi mu o to, czy często go słyszałam. Czy mogę mu opowiedzieć o tym, co działo się za zamkniętymi drzwiami. Czuję, że będzie rozczarowany.

— Nieczęsto. Byłam wtedy osobistą służącą jego żony.

— W takim razie musiałaś mieć sporo do czynienia z Theodore'em.

— Nie. Raczej nie.

— Ale czytałem, że suterena stanowiła centrum plotek na temat domowników. Musiałaś wiedzieć, co się dzieje?

— Nie. — Rzecz jasna, wiele spraw wyszło na jaw później.

Czytałam o nich, tak jak inni, w gazetach. Wizyty w Niemczech. Spotkania z Hitlerem. Nigdy nie uwierzyłam w najgorsze oskarżenia. Nie zawinili niczym poza podziwem dla Hitlera za sprawne kierowanie klasą robotniczą, umiejętność rozwijania przemysłu. Nieważne, że wszystko działo się dzięki niewolniczej pracy. Wtedy mało kto o tym wiedział. Dopiero później historia udowodniła, że Hitler był szaleńcem.

— A spotkanie z niemieckim ambasadorem w tysiąc dziewięćset trzydziestym szóstym?

— Wtedy już nie pracowałam w Riverton. Odeszłam dziesięć lat wcześniej.

Przerywa. Jest rozczarowany, dokładnie tak, jak przewidziałam. Jego pytania zostały niesprawiedliwie ucięte. Jednak wtedy zaciekawienie Anthony'ego powraca.

— W tysiąc dziewięćset dwudziestym szóstym?

— W tysiąc dziewięćset dwudziestym piątym.

— W takim razie musiałaś tam być, kiedy ten facet, ten poeta, jak on się nazywał, popełnił samobójstwo.

Światło rozgrzewa mi skórę. Jestem zmęczona. Serce odrobinę mi drży. Albo drży coś, co jest w moim sercu: jakaś tętnica, która jest już tak cienka, że jej część obluzowała się i łopocze zagubiona, unoszona prądem krwi.

— Tak — słyszę mój głos.

To pewne pocieszenie.

— Dobrze. Czy w takim razie możemy porozmawiać o tym wydarzeniu?

Teraz słyszę bicie mojego serca. Pompuje słabo, niechętnie.

— Grace?

— Jest bardzo blada.

Kręci mi się w głowie. Jestem taka zmęczona.

— Doktor Bradley?

— Grace? Grace!

Śmiga jak wiatr przez tunel, porywisty wiatr, który ciągnie za sobą letnią burzę, pędzi ku mnie coraz szybciej. To moja przeszłość, przybywa po mnie. Jest wszędzie: w moich uszach, pod powiekami, napiera na żebra...

— Wezwijcie lekarza. Niech ktoś zadzwoni po pogotowie!

Wyzwolenie. Rozpad. Milion maleńkich cząstek lecących przez lej czasu.

— Grace? Nic jej nie jest. Nic ci nie będzie, słyszysz, Grace?

Końskie kopyta na brukowanych drogach, samochody o obcych nazwach, gońcy na rowerach, nianie pchające wózki, skakanki, gra w klasy, Greta Garbo, the Original Dixieland Jazz Band, Bee Jackson, charleston, Chanel numer 5, *Tajemnicza historia w Styles**, F. Scott Fitzgerald...

— Grace!

Moje imię?

Sylvia? Hannah?

— Po prostu zemdlała. Siedziała tu i nagle...

— Niech się pani odsunie. Proszę pozwolić wsadzić ją do środka. — Jakiś nowy głos.

Trzaśnięcie drzwi.

Syrena.

Ruch.

— Grace... To ja, Sylvia. Trzymaj się, słyszysz? Jestem z tobą... Zabieram cię do domu... Tylko się trzymaj...

Trzymać się? Czego? Ach... list, oczywiście. Trzymam go w dłoni. Hannah czeka, aż przyniosę jej list. Ulicę pokrył lód i właśnie zaczął padać śnieg.

---

* Powieść Agathy Christie, w której po raz pierwszy pojawia się fikcyjna postać detektywa Herkulesa Poirota.

W otchłaniach

Jest mroźna zima, a ja biegnę. W żyłach czuję krew, gęstą i ciepłą, pulsującą szybko pod zimną powłoką twarzy. Pod podmuchem lodowatego powietrza napina się skóra na moich kościach policzkowych, jak gdyby skurczyła się bardziej od czaszki, naciągała jak męczennik łamany kołem. Do granic możliwości, jak powiedziałaby Nancy.

Mocno ściskam list w dłoni. Jest mały, a koperta lekko poplamiona w miejscu, gdzie kciuk nadawcy musnął mokry jeszcze atrament. To wieści z ostatniej chwili.

List jest od detektywa. Prawdziwego detektywa z agencji na Surrey Street, sekretarką przy drzwiach i maszyną do pisania na biurku. Zostałam wysłana, aby odebrać go osobiście, ponieważ zawiera — miejmy nadzieję — informacje tak kompromitujące, że przekazanie ich królewską pocztą albo przez telefon byłoby zbyt ryzykowne. Liczymy na to, że w liście znajdują się informacje o miejscu pobytu Emmeline, która niedawno zaginęła. Sytuacja grozi skandalem. Jestem jedną z nielicznych osób, które poznały jej szczegóły.

Trzy dni wcześniej zatelefonowano z Riverton. Emmeline spędzała weekend u przyjaciół rodziny w posiadłości w Oxfordshire. Uciekła od nich, kiedy pojechali do miasta do kościoła. Czekał na nią jakiś samochód. Wszystko było zaplanowane. Plotka głosi, że jest w to zamieszany jakiś mężczyzna.

Cieszę się, że mam ten list — wiem, jak ważne jest dla nas odnalezienie Emmeline — lecz jestem podekscytowana również z innego powodu. Dziś wieczorem mam się spotkać z Alfredem. Będzie to nasze pierwsze spotkanie od czasu tamtego mglistego wieczoru przed wieloma miesiącami. Tego, w którym dał mi adres Lucy Starling, powiedział, że mu na mnie zależy, a późnym wieczorem odprowadził do domu. Od tamtej pory korespondowaliśmy ze sobą ze wzmożoną regularnością (i coraz większą czułością), a teraz wreszcie mamy zobaczyć się po raz drugi. To prawdziwa poważna randka. Alfred przyjeżdża do Londynu. Odłożył część wypłaty i kupił dwa bilety na *Księżniczkę Idę*. To przedstawienie w teatrze. Będę tam po raz pierwszy w życiu. Czasami mijałam plakaty reklamujące przedstawienia, idąc przez Haymarket, żeby załatwić dla Hannah sprawunki, i podczas moich wolnych popołudni, ale nigdy nie wybrałam się do teatru.

To moja tajemnica. Nie mówię o tym Hannah — ma tyle innych spraw na głowie — i nie mówię reszcie służby pod numerem siedemnastym. Nieuprzejmość pani Tibbit utwierdza mnie w przekonaniu, że tylko by ze mnie szydzili, czerpali okrutną radość z najbłahszego powodu. Pewnego razu, kiedy pani Tibbit zobaczyła, że czytam list (dzięki Bogu nie od Alfreda, lecz od pani Townsend!), uparła się, żeby go zobaczyć. Powiedziała, że do jej obowiązków należy upewnianie się, że niższa służba (niższa służba!) nie zachowuje się niewłaściwie, utrzymując karygodne kontakty. Jaśnie pan by tego nie pochwalił.

W pewnym sensie ma rację. Ostatnio Teddy stał się bardzo wymagający wobec służby. Ma problemy w pracy i choć z natury nie jest humorzasty, wygląda na to, że w pewnych okolicznościach nawet najłagodniejszy człowiek może wpaść w zły humor. Zaczął się martwić sprawami związanymi z zarazkami i higieną, wydzielać służbie buteleczki z płynem do płukania ust i nalegać, abyśmy go używali. To jeden ze zwyczajów, które przejął od ojca.

Właśnie dlatego reszta służby nie może się dowiedzieć o Emmeline. Któreś z nich z pewnością by to rozgłosiło, sięgnęłoby po korzyści czekające na informatora.

Po dotarciu pod numer siedemnasty wchodzę drzwiami dla służby i pędzę na górę, starając się nie wzbudzić zbędnego zainteresowania pani Tibbit.

Hannah jest w swojej sypialni, czeka na mnie. Jest blada. Jest blada od zeszłego tygodnia, kiedy zatelefonował pan Hamilton. Podaję jej list, a ona natychmiast rozrywa kopertę. Szybko przebiega wzrokiem kolejne zdania. Wydaje z siebie westchnienie ulgi.

— Znaleźli ją — oznajmia, nie podnosząc wzroku. — Dzięki Bogu. Nic jej nie jest.

Czyta dalej, głęboko oddycha, a potem kręci głową.

— Och, Emmeline — mówi półgłosem. — Emmeline.

Kończy czytać, odrzuca list na bok i spogląda na mnie. Zaciska usta i w zamyśleniu kiwa głową.

— Trzeba ją stamtąd natychmiast zabrać, zanim będzie za późno. — Wkłada list z powrotem do koperty. Jest roztrzęsiona, zbyt szybko wpycha kartkę. Ostatnio właśnie tak się zachowuje. Odkąd spotkała się z wróżką. Jest nerwowa i zmartwiona.

— Teraz, proszę pani?

— Natychmiast. Minęły już trzy dni.

— Czy mam poprosić szofera o przyprowadzenie samochodu?

— Nie — mówi szybko. — Nie. Nie mogę ryzykować, że ktoś się o tym dowie. — Ma na myśli Teddy'ego i jego rodzinę. — Sama poprowadzę.

— Słucham, proszę pani?

— Nie rób takiej zdziwionej miny, Grace. Mój ojciec produkował samochody. To nic trudnego.

— Przynieść pani rękawiczki i szalik?

Kiwa głową.

— Weź również swoje.

— Moje, proszę pani?

— Jedziesz ze mną, prawda? — pyta Hannah, spoglądając na mnie szeroko otwartymi oczami. — W ten sposób będzie większa szansa, że ją uratujemy.

My. Jedno z najsłodszych słów. Oczywiście, że z nią pojadę. Potrzebuje mojej pomocy. I tak zdążę na spotkanie z Alfredem.

⊛

To reżyser, Francuz, i jest dwa razy starszy od niej. Co gorsza, żonaty. Hannah mówi mi o tym, kiedy jedziemy samochodem.

Zmierzamy do jego studia filmowego w północnym Londynie. Detektyw twierdzi, że właśnie tam przebywa Emmeline.

Kiedy docieramy pod wskazany adres, Hannah gasi silnik i obydwie chwilę siedzimy, wyglądając przez okno. Nigdy wcześniej żadna z nas nie była w tej części Londynu. Domy są niskie i wąskie, zbudowane z ciemnej cegły. Na ulicach widać ludzi. Jak się okazuje, uprawiają hazard. Rolls-royce Teddy'ego jest podejrzanie błyszczący. Hannah wyciąga list od detektywa i jeszcze raz sprawdza adres. Odwraca się do mnie i unosi brwi, kiwa głową.

To niewielki domek. Hannah puka do drzwi, które po chwili otwiera jakaś kobieta. Ma jasne włosy nawinięte na wałki i ubrana jest w jedwabny szlafrok: kremowy, lecz brudny.

— Dzień dobry — mówi Hannah. — Nazywam się Hannah Luxton. Pani Hannah Luxton.

Kobieta przenosi ciężar ciała na drugą nogę i pomiędzy połami szlafroka ukazuje się jej kolano. Szeroko otwiera oczy.

— Jasne, złotko — mówi z akcentem przywodzącym na myśl teksaskiego przyjaciela Deborah. — Jak sobie życzysz. W sprawie przesłuchania?

Hannah mruga ze zdziwieniem.

— W sprawie mojej siostry. Emmeline Hartford.

Kobieta marszczy brwi.

— Trochę niższa ode mnie — wyjaśnia Hannah — jasne włosy, niebieskie oczy. — Wyciąga z torebki zdjęcie i podaje je kobiecie.

— Ach tak, tak. — Kobieta oddaje fotografię. — To Dziecinka.

Hannah wydaje z siebie westchnienie ulgi.

— Jest tutaj? Nic jej się nie stało?

— Jasne — mówi kobieta.

— Dzięki Bogu — cieszy się Hannah. — W takim razie chciałabym ją zobaczyć.

— Przykro mi, cukiereczku. Nie da rady. Dziecinka właśnie kręci.

— Kręci?

— Kręci scenę. Philippe nie lubi, kiedy mu się przeszkadza podczas filmowania. — Kobieta ponownie przenosi ciężar ciała i w miejscu prawego kolana pojawia się lewe, wyzierające spod szlafroka. Przechyla głowę na bok. — Możecie zaczekać w środku, jeśli chcecie.

Hannah spogląda na mnie. Bezradnie wzruszam ramionami i wchodzimy za kobietą.

Prowadzi nas korytarzem, po schodach, do małego pokoju z niezaścielonym szerokim łóżkiem pośrodku. Zasłony są zaciągnięte, więc do środka nie wpada słoneczne światło. Zamiast niego włączono trzy lampy. Na każdym abażurze wisi czerwona jedwabna chusta.

Pod jedną ze ścian stoi krzesło, a na nim leży walizka, w której rozpoznajemy własność Emmeline. Na nocnym stoliku leży fajka.

— Och, Emmeline... — mówi Hannah, lecz nie jest w stanie dokończyć.

— Chciałaby pani szklankę wody? — pytam.

Odruchowo kiwa głową.

— Tak...

Nie mam zamiaru schodzić na dół i szukać kuchni. Kobieta, która nas tu przyprowadziła, gdzieś zniknęła, i nie wiem, co może czyhać za zamkniętymi drzwiami. Na korytarzu znajduję maleńką łazienkę. Na półce leży mnóstwo szczotek, kredek do makijażu, pudrów i sztucznych rzęs. Jedyne naczynie, jakie widzę, to ciężki kubek z kolekcją brudnych koncentrycznych okręgów w środku. Próbuję go umyć, ale plamy nie dają się usunąć. Wracam do Hannah z pustymi rękami.

— Przykro mi, proszę pani...

Spogląda na mnie. Bierze głęboki oddech.

— Grace — mówi. — Nie chcę cię zszokować. Ale wydaje mi się, że Emmeline żyje z mężczyzną.

— Tak, proszę pani. — Staram się nie okazywać przerażenia, którym mogłaby się zarazić. — Chyba na to wygląda.

Drzwi otwierają się z hukiem i obydwie odwracamy się w ich stronę. Emmeline stoi na progu. Jestem wstrząśnięta. Jasne włosy upięła na czubku głowy i loki opadają jej na policzki, a długie czarne rzęsy sprawiają, że oczy wydają się niesamowicie duże. Usta pomalowała na jaskrawoczerwony kolor i ma na sobie jedwabny szlafrok, podobnie jak kobieta, która powitała nas w drzwiach. Pozuje na dorosłą, lecz w jakiś sposób to wszystko ją odmładza. Zdaję sobie sprawę, że to przez jej twarz, przez minę. Brakuje jej dorosłej sztuczności: jest naprawdę wstrząśnięta naszym widokiem i nie potrafi tego ukryć.

— Co tu robicie? — pyta.

— Dzięki Bogu — mówi Hannah, wydając z siebie westchnienie ulgi, i szybko podchodzi do Emmeline.

— Co tu robicie? — pyta jeszcze raz Emmeline. Zdążyła już dojść do siebie, wytrzeszczone oczy ustąpiły miejsca oklapniętym powiekom, a zdziwienie malujące się na ustach przeszło w nadąsaną minę.

— Przyjechałyśmy po ciebie — mówi Hannah. — Szybko, ubieraj się, żebyśmy mogły stąd wyjść.

Emmeline podchodzi dumnym krokiem do toaletki i opada na taboret. Z pomiętej paczki wytrząsa papierosa, wkłada go w nadąsane usta i zapala. Wypuszcza smugę dymu i mówi:

— Nigdzie się nie wybieram. Nie możesz mnie zmusić.

Hannah chwyta ją za ramię i podnosi.

— Wybierasz się i mogę cię zmusić. Jedziemy do domu.

— Teraz tu jest mój dom — oświadcza Emmeline, wyrywając ramię z jej uścisku. — Jestem aktorką. Zostanę gwiazdą filmową. Philippe mówi, że mam odpowiedni wygląd.

— W to nie wątpię — ponuro przyznaje Hannah. — Grace, pozbieraj rzeczy Emmeline, a ja pomogę jej się ubrać.

Hannah ściąga z Emmeline szlafrok i obydwie wydajemy zduszony okrzyk. Pod spodem ma na sobie przezroczysty peniuar. Spod czarnej koronki prześwitują różowe sutki.

— Emmeline! — mówi Hannah, a ja pospiesznie odwracam się w stronę walizki. — W jakim filmie występujesz?

— To historia miłosna — oznajmia Emmeline, ponownie przewiązując się paskiem od szlafroka, po czym zaciąga się papierosem.

Hannah zasłania usta dłońmi i zerka w moją stronę — wielkie niebieskie oczy wypełnione mieszanką przerażenia, obawy i złości. Jest znacznie gorzej, niż przypuszczałyśmy. Brakuje nam słów. Podnoszę jedną z sukienek Emmeline. Hannah podaje ją siostrze.

— Ubieraj się — wykrztusza. — Po prostu się ubieraj.

Za drzwiami rozlega się hałas, ciężkie stopy stukają o schody i nagle w drzwiach staje jakiś mężczyzna: niski pan z wąsem, tęgi i śniady, z miną wyrażającą niedbałą arogancję. Przypomina dobrze odżywioną, opaloną jaszczurkę, a w dodatku ma na sobie garnitur z plamistą kamizelką — złoto-brązową — która odzwierciedla podupadły przepych domu. Z cygara wetkniętego w czerwone usta unosi się szara smużka dymu.

— Philippe — triumfalnie mówi Emmeline i wyrywa się Hannah.

— O dzo chodzi? — pyta mężczyzna z ciężkim francuskim akcentem. Najwidoczniej cygaro nie przeszkadza mu w mówieniu. — Dzo du zie dzieje? — zwraca się do Hannah, po czym podchodzi do Emmeline i kładzie na jej ramieniu dłoń właściciela.

— Zabieram ją do domu — oświadcza Hannah.

— A gim — Philippe mierzy ją wzrokiem — pani jezd?

— Jej siostrą.

Ta odpowiedź najwidoczniej sprawia mu przyjemność. Siada na krawędzi łóżka i ciągnie za sobą Emmeline, nie odrywając wzroku od Hannah.

— Po dzo ten pośpiech? — pyta, uśmiechając się zza swojego cygara. — Może duża ziostrzydżka dołoczy do Dziecinki w kilku ujedziach, co?

Hannah szybko wciąga powietrze, ale zaraz odzyskuje równowagę.

— Na pewno nie. Obydwie natychmiast stąd wychodzimy.

— Nie ja — protestuje Emmeline.

Philippe wzrusza ramionami tak, jak potrafią jedynie Francuzi.

— Wygloda na to, że nie chdze iźdź.

— Nie ma wyboru — mówi Hannah. Spogląda na mnie. — Skończyłaś pakować rzeczy, Grace?

— Prawie, proszę pani.

Dopiero wtedy Philippe zauważa moją obecność.

— Dżecia ziostra? — Z uznaniem unosi brew, a ja wzdrygam się pod tym niechcianym spojrzeniem i czuję tak niezręcznie, jak gdybym była naga.

Emmeline parska śmiechem.

— Och, Philippe. Nie żartuj. To tylko Grace. Służąca Hannah.

Choć jego pomyłka mi pochlebia, cieszę się, kiedy Emmeline ciągnie go za rękaw, a on odwraca ode mnie wzrok.

— Powiedz jej — mówi Emmeline do Philippe'a. — Powiedz jej o nas. — Uśmiecha się do Hannah z nieposkromionym entuzjazmem siedemnastolatki. — Uciekłam z domu. Chcemy się pobrać.

— A co na to pana żona, monsieur? — pyta Hannah.

— On nie ma żony — oświadcza Emmeline. — Jeszcze nie.

— Powinien się pan wstydzić, monsieur — mówi Hannah drżącym głosem. — Moja siostra ma zaledwie siedemnaście lat.

Dłonie Philippe'a odrywają się od ramion Emmeline, jak gdyby były na sprężynach.

— Siedemnaście lat to wystarczająco dużo, żeby się zakochać — mówi Emmeline. — Pobierzemy się, kiedy skończę osiemnaście lat, prawda, Philly?

Philippe niepewnie się uśmiecha, wyciera dłonie o nogawki spodni i wstaje.

— Prawda? — powtarza Emmeline o ton głośniej. — Tak jak się umawialiśmy? Powiedz jej.

Hannah ciska na kolana Emmeline sukienkę.

— Właśnie, monsieur. Proszę mi powiedzieć.

Jedna z lamp mruga i światło gaśnie. Philippe wzrusza ramionami, cygaro zwisa mu z ust.

— Ja... eee... ja...

— Przestań, Hannah — prosi Emmeline drżącym głosem. — Wszystko zepsujesz.

— Zabieram moją siostrę do domu — mówi Hannah. — I jeśli zamierza mi pan to utrudniać, mój mąż postara się, aby już nigdy nie nakręcił pan żadnego filmu. Ma przyjaciół w policji i rządzie. Jestem pewna, że pana filmy bardzo ich zainteresują.

Po tych słowach Philippe robi się bardzo pomocny. Przynosi trochę rzeczy Emmeline z łazienki i pakuje do jej torby, choć nie aż tak starannie, jak bym chciała. Zanosi jej bagaż do samochodu, a kiedy Emmeline płacze, mówiąc mu, jak bardzo go kocha, i błagając, aby powiedział Hannah, że zamierzają się pobrać, on uparcie milczy. Wreszcie spogląda na Hannah i wystraszony tym, co mówi Emmeline oraz problemami, na jakie może go narazić mąż Hannah, oznajmia:

— Nie wiem, o dżym ona mówi. Do wariatka. Powiedziała mi, że ma dwadzieścia jeden lat.

※

Emmeline płacze przez całą drogę do domu, wylewając gorące łzy wściekłości. Wątpię, czy słyszy choćby słowo z wykładu Hannah na temat odpowiedzialności, reputacji i tego, że ucieczka nie rozwiąże żadnych problemów.

— On mnie kocha — mówi tylko, gdy Hannah kończy ją pouczać. Po policzkach spływają jej łzy, ma zaczerwienione oczy. — Pobierzemy się.

Hannah wzdycha.

— Przestań, Emmeline. Proszę.

— Kochamy się. Philippe przyjedzie i mnie stąd zabierze.

— Wątpię — mówi Hannah.

— Dlaczego musiałaś się zjawić i wszystko popsuć?

— Wszystko popsuć? — pyta Hannah. — Uratowałam cię. Masz szczęście, że przyjechałyśmy, zanim naprawdę zdążyłaś napytać sobie biedy. On jest żonaty. Okłamał cię, żebyś występowała w jego ohydnych filmach.

Emmeline wpatruje się w Hannah z drżącymi ustami.

— Nie możesz znieść tego, że jestem szczęśliwa — mówi. — Że jestem zakochana. Że wreszcie spotkało mnie coś cudownego. Ktoś bardziej kocha mnie niż ciebie.

Hannah nie odpowiada. Dojeżdżamy pod numer siedemnasty i zjawia się szofer, żeby odprowadzić samochód.

Emmeline splata ręce na piersi i pociąga nosem.

— Cóż, może udało ci się popsuć ten film, ale nadal zamierzam być aktorką. Philippe będzie na mnie czekał. A pozostałe filmy i tak zostaną pokazane.

— Są jeszcze inne? — Hannah spogląda na mnie we wstecznym lusterku i wiem, o czym myśli. Trzeba będzie powiedzieć Teddy'emu. Tylko on jest w stanie dopilnować, aby te filmy nigdy nie ujrzały światła dziennego.

Kiedy Hannah i Emmeline wchodzą do domu, zbiegam po schodach dla służby. Nie mam zegarka, lecz jestem pewna, że zbliża się piąta. Przedstawienie zaczyna się o wpół do szóstej. Wpadam do środka, lecz zamiast Alfreda, zastaję tam panią Tibbit.

— Alfred? — mówię, z trudem łapiąc powietrze.

— Miły chłopak — stwierdza, a przebiegły uśmiech napina skórę wokół jej pieprzyka. — Szkoda, że musiał już iść.

Serce zamiera mi w piersi i zerkam na zegar.

— Jak dawno temu wyszedł?

— Och, minęło już trochę czasu — mówi, odwracając się w stronę kuchni. — Posiedział tu chwilę, patrząc, jak ucieka czas. Aż w końcu ukróciłam jego męki.

— Ukróciła pani jego męki?

— Powiedziałam, że czeka na próżno. Że poszłaś załatwiać jedną z tajemniczych spraw pani Luxton i nie wiadomo, kiedy wrócisz.

❉

Znowu biegnę. Biegnę wzdłuż Regent Street w stronę Piccadilly. Jeśli będę wystarczająco szybka, może uda mi się go złapać. Po drodze przeklinam tę wścibską wiedźmę, panią Tibbit. Jaki miała interes w tym, aby powiedzieć Alfredowi, że nie wrócę? A w dodatku zasugerować mu, że w wolnym dniu załatwiam jakieś sprawy dla Hannah! Jakby doskonale wiedziała, w jaki sposób zadać największą ranę. Znam Alfreda wystarczająco dobrze, żeby zgadnąć, co teraz myśli. Ostatnio jego listy coraz częściej zabarwia frustracja wywołana „feudalnym wyzyskiem niewolników i chłopów pańszczyźnianych", nawoływanie do „obudzenia uśpionego olbrzyma proletariatu". Już wystarczająco oburza go fakt, że nie postrzegam mojej pracy jako wyzysku. Powtarzam mu w listach, że panienka Hannah mnie potrzebuje, a ja lubię tę pracę: jak można uznać coś takiego za wyzysk?

Kiedy Regent Street łączy się z Piccadilly, wzmaga się hałas i rejwach. Zegary w sklepie Saqui & Lawrence wskazują piątą — koniec pracy — a na placu tłoczą się piesi i samochody. Dżentelmeni i biznesmeni, damy i mali gońcy szukają bezpiecznego przejścia. Przeciskam się pomiędzy autobusem a taksówką ze zgaszonym silnikiem i ledwie udaje mi się uciec przed kołami konnego powozu obładowanego pękatymi workami z juty.

W pośpiechu biegnę przez Haymarket, przeskakując nad czyjąś wyciągniętą laską, co wzbudza gniew u jej zaopatrzonego w monokl właściciela. Trzymam się blisko budynków, gdzie chodnik jest mniej uczęszczany, aż w końcu, ledwie dysząc, docieram do Teatru Jej Wysokości. Opieram się o kamienną ścianę tuż pod afiszem i w oczekiwaniu na znajome oblicze lustruję wzrokiem roześmiane, zmartwione, gadające i potakujące twarze, które przechodzą obok. Jakiś chudy dżentelmen i jeszcze chudsza dama wbiegają po schodach do teatru. On pokazuje dwa bilety i zostają wpuszczeni do środka. W oddali jakiś zegar — czyżby Big Ben? — wybija kwadrans po piątej. Czy Alfred jeszcze przyjdzie? Czy się rozmyślił? A może przyszłam za późno i siedzi już na swoim miejscu?

Czekam, aż Big Ben wybije wpół do szóstej, a potem stoję tam kolejny kwadrans. Po eleganckiej parze przypominającej charty nikt już nie wszedł ani nie wyszedł z teatru. Siedzę na schodach. Zdążyłam złapać oddech i ogarnęła mnie rezygnacja. Dziś wieczorem nie zobaczę się z Alfredem.

Kiedy człowiek zamiatający ulicę posyła mi lubieżny uśmiech, dochodzę do wniosku, że czas już iść. Okrywam ramiona szalem, poprawiam kapelusz i ruszam z powrotem w stronę numeru siedemnastego. Napiszę do Alfreda. Wyjaśnię mu, co się stało. Napiszę o Hannah i o pani Tibbit. Może nawet powiem mu całą prawdę: o Emmeline, Philippie i skandalu, którego cudem udało się uniknąć. Bo chyba pomimo swoich przekonań na temat wyzysku i społeczeństw feudalnych Alfred mnie zrozumie? Prawda?

❋

Hannah powiedziała Teddy'emu o filmach Emmeline i Teddy jest wściekły. Mówi, że to nie mogło się wydarzyć w gorszym momencie: on i jego ojciec szykują się do połączenia sił z Briggs Bankiem. Stworzą jedną z największych korporacji bankowych w Londynie. Na świecie. Jeśli jakiś szczegół tej paskudnej historii wyjdzie na jaw, Teddy będzie zrujnowany. Oni wszyscy będą zrujnowani.

Hannah potakuje i jeszcze raz go przeprasza, przypominając Teddy'emu, że Emmeline jest młoda, naiwna i łatwowierna. Że niedługo z tego wyrośnie.

Teddy burczy pod nosem. Ostatnio często to robi. Przeczesuje palcami swoje ciemne włosy, które powoli zaczynają siwieć. Mówi, że Emmeline nie miała żadnego wzorca i na tym polega cały problem. Istoty, które dorastają w dziczy, same dziczeją.

Hannah przypomina Teddy'emu, że Emmeline dorastała w tym samym miejscu co ona, lecz Teddy tylko unosi brew.

Prycha. Nie ma czasu na dalszą rozmowę na ten temat. Musi jechać do klubu. Każe Hannah napisać adres tego reżysera i mówi, żeby w przeszłości nie ukrywała przed nim takich spraw. W małżeństwie nie ma miejsca na tajemnice.

Nazajutrz, kiedy sprzątam toaletkę Hannah, na wierzchu znajduję notatkę opatrzoną moim imieniem. Zostawiła ją dla mnie, musiała ją tu położyć po tym, jak pomogłam jej się ubrać. Kiedy rozkładam kartkę, drżą mi palce. Dlaczego? Nie ze strachu, przerażenia ani żadnych innych emocji, które zazwyczaj wywołują drżenie. Tutaj przyczyną jest nadzieja, zaskoczenie, radosne podniecenie.

Kiedy rozkładam kartkę, okazuje się jednak, że wiadomość nie jest napisana po angielsku. To seria zawijasów, kresek i kropek starannie wypisanych na papierze. Wpatrując się w nie, domyślam się, że to stenografia. Pamiętam ją z książek, które wiele lat temu znalazłam w Riverton, kiedy sprzątałam w pokoju Hannah. Zostawiła dla mnie liścik w naszym sekretnym języku. W języku, którego nie potrafię odczytać.

Trzymam liścik przy sobie przez cały dzień, sprzątając, szyjąc i cerując. I chociaż wykonuję wszystkie obowiązki, nie mogę się skoncentrować. Część moich myśli jest gdzieś daleko, zastanawiam się, co jest tam napisane i jak mogę się tego dowiedzieć. Szukam książek, które pomogłyby mi odczytać list — czy Hannah przywiozła je z Riverton? — ale żadnej nie znajduję.

Kilka dni później, kiedy zbieram filiżanki po herbacie, Hannah przysuwa się do mnie i pyta:

— Znalazłaś mój liścik?

Odpowiadam, że tak, i czuję ucisk w żołądku, kiedy mówi:

— To nasza tajemnica — i uśmiecha się. To pierwszy uśmiech, jaki zagościł na jej twarzy od dłuższego czasu.

Wtedy mam już pewność, że list zawiera jakieś ważne informacje — tajemnicę — a ja jestem jedyną osobą, której je powierzyła. Muszę wyznać prawdę albo znaleźć sposób na przeczytanie listu.

⊛

Kilka dni później doznaję olśnienia. Wyciągam spod łóżka *Powrót Sherlocka Holmesa* i otwieram książkę na zaznaczonym miejscu. Tam, pomiędzy moimi dwiema ulubionymi historiami, znajduje się szczególne tajemnicze miejsce. Spomiędzy listów od Alfreda wyjmuję mały skrawek papieru, który przechowywałam przez ponad rok. Dobrze, że nadal go mam. Zachowałam go nie dlatego, że zawiera jej adres, lecz dlatego, że został napisany jego dłonią. Kiedyś regularnie go stamtąd wyjmowałam: patrzyłam na niego, wąchałam i odtwarzałam w myślach dzień, w którym mi go dał, lecz zaniechałam tego kilka miesięcy temu, kiedy regularnie zaczął pisać czułe listy. Wyjmuję karteczkę z jej bezpiecznej kryjówki: adres Lucy Starling.

Nigdy wcześniej jej nie odwiedzałam, nigdy nie musiałam. W pracy jestem ciągle zajęta, a odrobinę wolnego czasu przeznaczam na czytanie albo pisanie do Alfreda. Zresztą od nawiązania z nią kontaktu powstrzymało mnie coś innego. Mała iskierka zazdrości, śmieszna, lecz silna, która rozbłysła tamtego mglistego wieczoru, gdy Alfred z taką poufałością wypowiedział jej imię.

Kiedy staję pod jej domem, ogarniają mnie wątpliwości. Czy postępuję właściwie? Czy ona nadal tu mieszka? Czy powinnam włożyć inną, lepszą sukienkę? Dzwonię do drzwi i otwiera mi jakaś staruszka. Czuję ulgę i rozczarowanie.

— Przepraszam. Szukałam kogoś innego.

— Tak? — mówi starsza pani.

— Dawnej przyjaciółki.

— Nazwisko?

— Panna Starling — mówię, chociaż wydaje mi się, że nie powinno jej to interesować. — Lucy Starling.

Skinęłam na pożegnanie i już odwracam się, żeby odejść, kiedy mówi jakimś przebiegłym tonem:

— Pierwsze piętro. Drugie drzwi po lewej.

Kobieta, która okazuje się dozorczynią, obserwuje mnie, kiedy wchodzę po schodach pokrytych czerwonym chodnikiem. Nie widzę jej, lecz czuję na sobie jej wzrok. A może nie. Może naczytałam się za dużo powieści detektywistycznych.

Ostrożnie idę korytarzem. Jest ciemno. Jedyne okno nad schodami pokrywa warstwa pyłu z ulicy. Drugie drzwi po lewej. Pukam. Ze środka dobiega jakiś szelest, który mówi mi, że jest w domu. Biorę oddech.

Drzwi się otwierają. To ona. Dokładnie taka, jaką ją zapamiętałam.

Przez chwilę mi się przygląda.

— Tak? — Mruga. — Czy my się znamy?

Dozorczyni nadal mnie obserwuje. Weszła na schody, żeby mieć mnie na oku. Zerkam na nią i ponownie odwracam wzrok w stronę panny Starling.

— Mam na imię Grace. Grace Reeves. Poznałyśmy się w rezydencji Riverton.

Przypomina sobie i jej twarz rozjaśnia uśmiech.

— Grace. Oczywiście. Jak uroczo cię widzieć. — Niezdecydowany ton, którym kiedyś izolowała się od reszty służby w Riverton. Uśmiecha się, odsuwa na bok i wykonuje zapraszający gest.

Nie mam dalszego planu działania. Świadomość tej wizyty dotarła do mnie raczej niespodziewanie.

Panna Starling stoi w małym saloniku i czeka, aż usiądę i będzie mogła zrobić to samo.

Proponuje filiżankę herbaty i jest mi niezręcznie odmówić. Kiedy znika w pomieszczeniu, które służy zapewne za małą kuchnię, powoli rozglądam się po pokoju. Jest jaśniej niż na korytarzu i zauważam, że okna, podobnie jak całe mieszkanie, są idealnie czyste. Postarała się wykorzystać skromne warunki jak najlepiej.

Wraca, niosąc tacę. Dzbanek z herbatą, cukierniczka, dwie filiżanki.

— Cóż za urocza niespodzianka — mówi. W jej spojrzeniu czai się pytanie, którego przez grzeczność nie zadaje.

— Przyszłam poprosić o pewną przysługę — wyznaję.

Kiwa głową.

— O co chodzi?

— Potrafi pani stenografować?

— Oczywiście — odpowiada, lekko marszcząc brwi. — Nauczyłam się w Pitman's i Gregg's.

To ostatnia szansa, żeby się wycofać i wyjść. Mogłabym powiedzieć, że zaszła jakaś pomyłka, odłożyć filiżankę i skierować się ku wyjściu. Zbiec po schodach i nigdy tu nie wrócić. Ale wtedy bym się nie dowiedziała. A muszę się dowiedzieć.

— Czy mogłaby pani coś dla mnie przeczytać? — słyszę własne słowa. — Powiedzieć, co tu jest napisane?

— Oczywiście.

Podaję jej liścik. Wstrzymuję oddech w nadziei, że podjęłam słuszną decyzję.

Jej jasne oczy lustrują tekst linijka po linijce i mam wrażenie, że trwa to potwornie długo. W końcu odchrząka.

— Tu jest napisane: „Dziękuję ci za pomoc w tej niefortunnej sprawie z filmem. Jakże bym sobie bez ciebie poradziła? T. był bardzo niezadowolony... Z pewnością możesz sobie wyobrazić. Nie opowiedziałam mu o wszystkim, a zwłaszcza o naszej wizycie w tym okropnym miejscu. On nie lubi tajemnic. Wiem, że mogę na ciebie liczyć, moja wierna Grace. Jesteś dla mnie bardziej jak siostra niż służąca". — Spogląda na mnie. — Czy to ma jakiś sens?

Kiwam głową i nie potrafię wydusić z siebie słowa. Bardziej jak siostra. Siostra. Nagle znajduję się w dwóch miejscach jednocześnie: w skromnie urządzonym saloniku Lucy Starling i w pokoju dziecinnym w Riverton, gdzie dawno temu tęsknym wzrokiem patrzyłam z galerii na dwie dziewczynki z identycznymi włosami i kokardami. Z identycznymi sekretami.

Panna Starling oddaje mi liścik i nie komentuje więcej jego treści. Nagle zdaję sobie sprawę, że wzmianki o niefortunnych sprawach i dochowaniu tajemnicy mogą wzbudzić podejrzenia.

— To część pewnej gry — wyjaśniam szybko, po czym zwalniam, rozkoszując się kłamstwem. — Czasami się w nią bawimy.

— Jak miło — mówi panna Starling z beztroskim uśmiechem. Jest sekretarką i przywykła do poznawania i zapominania poufnych informacji innych ludzi.

Kończymy pić herbatę, gawędząc o Londynie i dawnych czasach w Riverton. Ze zdziwieniem dowiaduję się, że panna Starling zawsze denerwowała się przed zejściem do sutereny. Że pan Hamilton imponował jej bardziej niż pan Frederick. Śmiejemy się, kiedy mówię, że byliśmy równie zdenerwowani jak ona.

— Z mojego powodu? — pyta, wycierając kąciki oczu chusteczką. — Jakie to dziwne.

Kiedy wstaję i kieruję się do wyjścia, prosi, żebym jeszcze kiedyś wpadła, a ja obiecuję, że to zrobię. I mówię szczerze. Zastanawiam się, dlaczego nie odwiedziłam jej wcześniej: to miła osoba i żadna z nas nie ma w Londynie innych znajomych. Odprowadza mnie do drzwi i się żegnamy.

Kiedy się odwracam, dostrzegam coś na jej stoliku. Pochylam się, aby się upewnić.

Program teatralnego przedstawienia.

Nie zwróciłabym na niego uwagi, gdyby nie to, że znam tytuł.

— *Księżniczka Ida*? — pytam.

— Tak. — Jej wzrok również opada na blat stolika. — Byłam w zeszłym tygodniu.

— Naprawdę?

— Niezwykle zabawna sztuka — mówi. — Koniecznie musisz pójść, jeśli tylko nadarzy się okazja.

Miałam taki zamiar.

— Jeśli się zastanowić — ciągnie — twoja dzisiejsza wizyta to niezwykły zbieg okoliczności.

— Zbieg okoliczności? — Pod moją skórą rozlewa się fala zimna.

— Nigdy nie zgadniesz, z kim byłam w tym teatrze.

Obawiam się, że zgadnę.

— Z Alfredem Steeple'em. Pamiętasz Alfreda? Z Riverton?

— Tak — mówię cicho.

— To zdarzyło się dosyć nieoczekiwanie. Miał wolny bilet. Ktoś zrezygnował w ostatniej chwili. Powiedział, że zamierzał pójść sam, ale wtedy przypomniał sobie, że mieszkam w Londynie. Spotkaliśmy się przypadkiem ponad rok temu, a on nadal pamiętał mój adres. No więc poszliśmy razem. Szkoda było zmarnować bilet. Wiesz, ile one dzisiaj kosztują.

Czyżbym wyobrażała sobie ten rumieniec, który oblewa jej blade piegowate policzki, sprawiając, że wydaje się nieporadna i dziewczęca, chociaż jest co najmniej dziesięć lat starsza ode mnie?

Jakimś cudem udaje mi się skinąć na pożegnanie, kiedy zamyka za mną drzwi. W oddali rozbrzmiewa dźwięk klaksonu.

Alfred, mój Alfred, zabrał do teatru jakąś inną kobietę. Śmiał się z nią, zafundował jej kolację i odprowadził do domu.

Idę po schodach.

Podczas gdy ja go szukałam, przeczesywałam ulice, on był tutaj i pytał pannę Starling, czy nie zechce pójść do teatru zamiast mnie. Dawał jej bilet, który miał być dla mnie.

Zatrzymuję się i opieram o ścianę. Zamykam oczy i zaciskam dłonie w pięści. Nie mogę pozbyć się tego obrazu przed oczami: ich dwoje, pod rękę, uśmiechają się i wspominają wydarzenia wieczoru. Scena, o której sama marzyłam. To nie do zniesienia.

W pobliżu rozlega się jakiś dźwięk. Otwieram oczy. U podnóża schodów stoi dozorczyni, opierając sękate dłonie na poręczy, i wlepia we mnie oczy ukryte za szkłem okularów. A na jej niemiłej twarzy maluje się wyraz niepojętej satysfakcji. Oczywiście, że z nią poszedł — mówi ta mina — co miałby robić z kimś takim jak ty, skoro może mieć kogoś pokroju Lucy Starling? Przeceniłaś swoje możliwości, mierzyłaś za wysoko. Powinnaś była słuchać matki i pamiętać o tym, gdzie twoje miejsce.

Mam ochotę uderzyć tę okrutną twarz.

Zbiegam na dół, przeciskam się obok tej starej kobiety i wypadam na ulicę.

Przysięgam sobie, że już nigdy więcej nie zobaczę się z panną Lucy Starling.

Hannah i Teddy kłócą się o wojnę. Wygląda na to, że ostatnio cały Londyn kłóci się o wojnę. Minęło wystarczająco dużo czasu i chociaż smutek nie zniknął i nigdy nie zniknie, dystans umożliwia ludziom spojrzenie na sytuację z większym krytycyzmem.

Hannah robi maki z czerwonej bibuły i czarnego drutu, a ja jej w tym pomagam. Jednak myślami jestem gdzie indziej. Nadal dręczą mnie wyobrażenia o Alfredzie i Lucy Starling. Jestem oszołomiona i zła, lecz przede wszystkim boli mnie to, że z taką łatwością zmienił obiekt swoich uczuć. Napisałam do niego kolejny list, lecz nadal czekam na odpowiedź. Tymczasem czuję osobliwą pustkę. Nocami w moim ciemnym pokoju doświadczam dziwnych ataków płaczu. Za dnia jest łatwiej, mogę odsunąć te emocje na bok, przywdziać maskę służącej i starać się jak najlepiej wykonywać obowiązki. Muszę się starać. Bo oprócz Alfreda Hannah jest wszystkim, co mam.

Maki to nowy pomysł Hannah. Mówi, że mają związek z makami na polach Flandrii. To maki z wiersza kanadyjskiego oficera służby medycznej, który nie przeżył wojny. W ten sposób zamierzamy uczcić pamięć poległych.

Teddy uważa, że to niepotrzebne. Jego zdaniem ci, którzy zginęli na wojnie, złożyli cenną ofiarę, lecz nadszedł czas, by żyć dalej.

— To nie była ofiara — przekonuje Hannah, kończąc kolejny mak. — To było marnotrawstwo. Zmarnowano im życie. Tym, którzy zginęli, i tym, którzy wrócili: żywe trupy przesiadujące na rogach ulic z butelkami alkoholu i czapkami żebraków.

— Ofiara, marnotrawstwo, to bez różnicy — mówi Teddy. — Czepiasz się szczegółów.

Hannah mówi, że zachowuje się jak tępak. Nie podnosi wzroku, kiedy dodaje, że on również powinien przyczepić sobie taki mak. Mogłoby to pomóc w rozwiązaniu problemów ze służbą.

Ostatnio pojawiły się pewne kłopoty. Zaczęły się, kiedy Lloyd George nadał Simionowi tytuł szlachecki za usługi świadczone podczas wojny. Niektórzy służący byli na wojnie osobiście albo stracili na niej ojców i braci i nie mieli zbyt dobrego zdania na temat wojennych dokonań Simiona. Tacy ludzie jak Simion i Teddy — którym zarzuca się zbicie majątku na cudzej śmierci — nie budzą powszechnej miłości.

Teddy nie odpowiada na słowa Hannah, a przynajmniej nie wprost. Mamrocze coś o ludzkiej niewdzięczności i o tym, że oni wszyscy powinni się cieszyć, iż w tych ciężkich czasach mają pracę. Mimo to bierze od niej mak i obraca w palcach jego czarną drucianą łodyżkę. Przez chwilę milczy, udając, że pochłania go czytanie gazety. Ja i Hannah skręcamy czerwoną bibułę, żeby przywiązać płatki do łodyżek.

Teddy składa gazetę i rzuca ją na pobliski stolik. Wstaje i poprawia marynarkę. Mówi, że idzie do klubu. Podchodzi do Hannah i delikatnie wkłada jej mak we włosy. Mówi, że może go nosić zamiast niego, jej lepiej pasuje. Pochyla się i całuje ją w policzek, a potem przemierza pokój. Kiedy dociera do drzwi, przystaje, jak gdyby o czymś sobie przypomniał, i odwraca się w stronę Hannah.

— Jest tylko jeden pewny sposób, aby zapomnieć o wojnie — mówi. — Polega na zastąpieniu straconych istnień nowymi.

Teraz jej kolej na milczenie. Ciało Hannah sztywnieje, lecz może to dostrzec tylko ten, kto wypatrywał jakiejś reakcji. Nie patrzy w moją stronę. Jej dłoń wędruje w górę i wyjmuje z włosów mak Teddy'ego.

⊛

Jesienią tysiąc dziewięćset dwudziestego pierwszego roku dostaję propozycję pracy. Przyjaciółka Estelli, lady Pemberton-Brown, zaczepia mnie podczas weekendu na wsi i proponuje posadę. Zaczyna od podziwiania mojego haftu, a potem mówi, że w dzisiejszych czasach trudno o dobrą służącą i bardzo by chciała, żebym dla niej pracowała.

Pochlebia mi to: po raz pierwszy ktoś zabiega o moje usługi. Państwo Pemberton-Brown mieszkają w Glenfield Hall i są jedną z najstarszych i najbardziej wpływowych rodzin w całej Anglii. Pan Hamilton opowiadał różne historie o Glenfield — domu stanowiącym wzór dla każdego angielskiego kamerdynera.

Dziękuję jej za te miłe słowa, ale mówię, że nie mogłabym opuścić obecnej posady. Przekonuje mnie, żebym to przemyślała.

Mówi, że odwiedzi mnie następnego dnia na wypadek, gdybym zmieniła zdanie.

I rzeczywiście przychodzi. Pełna uśmiechów i pochlebstw.

Ponownie odmawiam, tym razem bardziej zdecydowanym tonem. Mówię jej, że wiem, gdzie jest moje miejsce. Do kogo należę.

Kilka tygodni później, znowu pod numerem siedemnastym, Hannah dowiaduje się o propozycji lady Pemberton-Brown. Pewnego ranka wzywa mnie do salonu i gdy tylko tam wchodzę, wyczuwam, że nie jest zadowolona, choć jeszcze nie wiem dlaczego. Nerwowo chodzi po pokoju.

— Wyobrażasz sobie, Grace, jak się czułam, kiedy w samym środku lunchu, w towarzystwie siedmiu kobiet, które bardzo chcą zrobić ze mnie idiotkę, dowiedziałam się, że próbowano odebrać mi moją osobistą służącą?

Gwałtownie wciągam powietrze. Zaskoczyła mnie.

— Siedziałam wśród tych kobiet, a one zaczęły o tym rozmawiać, śmiać się i dziwić, że o niczym nie wiedziałam. Że coś takiego działo się tuż pod moim nosem. Dlaczego mi nie powiedziałaś?

— Przepraszam, proszę pani...

— I słusznie. Muszę mieć do ciebie zaufanie, Grace. Myślałam, że mogę, po tych wszystkich latach, które razem przeżyłyśmy...

Nadal nie mam żadnych wieści od Alfreda. Zmęczenie i niepokój nadają moim słowom surowy ton.

— Odmówiłam lady Pemberton-Brown, proszę pani. Nie wspominałam o tym, ponieważ nie miałam zamiaru przyjąć tej propozycji.

Hannah zatrzymuje się, spogląda na mnie i bierze głęboki oddech. Siada na krawędzi szezlonga i kręci głową. Uśmiecha się słabo.

— Och, Grace, przepraszam. To paskudne z mojej strony. Nie wiem, co mnie napadło, że tak się zachowuję. — Wygląda bladziej niż zwykle.

Lekko opiera czoło na dłoni i przez minutę milczy. Kiedy podnosi głowę, patrzy mi prosto w oczy i mówi cichym drżącym głosem:

— Po prostu jest zupełnie inaczej, niż sobie wyobrażałam, Grace.

Wydaje się taka krucha, że natychmiast żałuję moich ostrych słów.

— O co chodzi, proszę pani?

— O wszystko. — Wykonuje gest rezygnacji. — O to. O ten pokój. Ten dom. Londyn. Moje życie. — Spogląda na mnie. — Tak mi źle. Czasami próbuję cofnąć się w czasie i zobaczyć, gdzie popełniłam pierwszy błąd. — Jej wzrok wędruje ku oknu. — Czuję się tak, jakby Hannah Hartford, ta prawdziwa, uciekła, żeby żyć własnym życiem, i pozostawiła mnie tutaj, na swoim miejscu. — Po chwili znowu odwraca się w moją stronę. — Pamiętasz, jak rok temu spotkałam się z wróżką, Grace?

— Tak, proszę pani. — Wstrząsa mną dreszcz złych przeczuć.

— Ostatecznie mi nie powróżyła.

Czuję ulgę, która szybko znika, gdy słyszę, co mówi dalej.

— Nie mogła. Nie chciała. Miała taki zamiar: kazała mi usiąść i wyciągnąć kartę. Ale kiedy to zrobiłam, wsunęła ją do talii, przetasowała i powiedziała, żebym wyciągnęła jeszcze raz. Poznałam po jej minie, że wyciągnęłam tę samą kartę i wiedziałam którą. To była karta śmierci. — Hannah wstaje i zaczyna chodzić po pokoju. — Nie chciała mi powiedzieć, przynajmniej na początku. Zamiast tego próbowała wróżyć mi z ręki, ale ostatecznie również zrezygnowała. Powiedziała, że nic nie widzi, że wszystko jest zamglone, wizja jest zamglona, ale jedno było pewne. — Hannah odwraca się i patrzy mi w oczy. — Powiedziała, że otacza mnie śmierć i powinnam uważać na każdy krok. Nie potrafiła powiedzieć, czy to śmierć z przeszłości, czy z przyszłości, ale widziała ciemność.

Zbieram w sobie całe przekonanie, na jakie mnie stać, i mówię, żeby się tym nie przejmowała, że prawdopodobnie był to tylko wybieg mający na celu wyłudzenie większej ilości pieniędzy i upewnienie się, że przyjdzie na kolejne seanse. Przecież w dzisiejszych czasach bez większego ryzyka można założyć, że wszyscy stracili jakąś ukochaną osobę — zwłaszcza ci, którzy zwracają się o poradę do wróżek. Jednak Hannah niecierpliwie kręci głową.

— Wiem, co to znaczyło. Doszłam do tego sama, czytałam na ten temat. To była śmierć metaforyczna. Czasami karty mówią metaforą. To ja. Jestem martwa w środku. Czuję to od dawna. Jak gdybym umarła i wszystko, co się dzieje, było jakimś dziwnym i strasznym snem innej osoby.

Nie wiem, co powiedzieć. Zapewniam ją, że nie jest martwa. Że to wszystko dzieje się naprawdę.

Uśmiecha się smutno.

— Tym gorzej. Jeśli to prawdziwe życie, nie mam nic.

Tym razem dokładnie wiem, co powiedzieć. „Bardziej jak siostra niż służąca".

— Ma pani mnie.

Patrzy mi w oczy i bierze mnie za rękę. Ściska ją, niemal boleśnie.

— Nie opuszczaj mnie, Grace. Proszę, nie opuszczaj mnie.

— Nie opuszczę, proszę pani — mówię, wzruszona jej powagą. — Nigdy tego nie zrobię.

— Obiecujesz?

— Obiecuję.

I dotrzymałam słowa. Na dobre i na złe.

Zmartwychwstanie

Ciemność. Bezruch. Cienie. To nie Londyn. To nie salon przy Grosvenor Square siedemnaście. Hannah zniknęła. Na razie.

— Witaj w domu. — Jakiś głos w ciemności, ktoś się nade mną pochyla.

Mrugam. I znowu, powoli.

Znam ten głos. To Sylvia, a ja nagle czuję się stara, zmęczona. Nawet moje powieki są zesztywniałe. Bezużyteczne. Jak wyblakłe rolety ze zużytymi sznureczkami.

— Bardzo długo spałaś. Napędziłaś nam porządnego stracha. Jak się czujesz?

Wysiedlona. Przeniesiona. W inne czasy.

— Chciałabyś napić się wody?

Musiałam skinąć głową, bo w ustach czuję słomkę. Piję. Letnia woda. Smakuje znajomo.

Z niewiadomego powodu jest mi smutno. Nie, znam powód. Jest mi smutno, bo szala się przechyliła, i wiem, co będzie dalej.

⊛

Znowu jest sobota. Od wiosennego jarmarku minął już tydzień. Minął tydzień od tego, co nazywa się teraz moim wypadkiem. Leżę w pokoju, we własnym łóżku. Zasłony są rozsunięte, a na wrzosowisku połyskują promienie słońca. Nastał ranek i śpiewają ptaki. Spodziewam się gościa. Wcześniej przyszła Sylvia, żeby mnie przygotować. Podparła moje ciało górą poduszek, jak szmacianą laleczkę. Odwinęła kołdrę, tworząc szeroki gładki pas pod moimi dłońmi. Dokłada wszelkich starań, żeby nadać mi reprezentacyjny wygląd. Niech Bóg ją błogosławi — wyszczotkowała mi nawet włosy.

Rozlega się pukanie.

Ursula wsuwa głowę do środka i sprawdza, czy nie śpię. Uśmiecha się. Dzisiaj upięła włosy, odsłaniając twarz. To drobna okrągła twarz, do której z niewiadomej przyczyny czuję się przywiązana.

Teraz siedzi przy moim łóżku z lekko przechyloną głową i patrzy mi w twarz. Tymi wielkimi ciemnymi oczami, które kojarzą się z olejnym obrazem.

— Jak się czujesz? — pyta, jak wszyscy inni.

— Znacznie lepiej. Dziękuję, że przyszłaś.

Gwałtownie kręci głową. Jej gest mówi: nie bądź niemądra.

— Przyszłabym wcześniej. Dowiedziałam się dopiero wczoraj, kiedy zadzwoniłam.

— I bardzo dobrze. Byłam w dość kiepskim stanie. Od samego początku czuwała przy mnie córka. Napędziłam jej porządnego stracha.

— Wiem, widziałam ją na korytarzu. — Uśmiecha się porozumiewawczo. — Powiedziała, żebym cię nie niepokoiła.

— Uchowaj Boże.

Siada na krześle obok moich poduszek i kładzie torbę na podłodze.

— Film — mówię. — Opowiedz mi, jak ci idzie kręcenie filmu.

— Wszystko już prawie gotowe — oznajmia. — Jesteśmy po montażu i prawie skończyliśmy pracę nad ścieżką dźwiękową.

— Ścieżka dźwiękowa — powtarzam. Oczywiście, że będzie ścieżka dźwiękowa. Tragedia zawsze powinna rozgrywać się na tle muzyki. — Jaka ona będzie?

— Jest kilka piosenek z lat dwudziestych — mówi. — Głównie utwory taneczne i kilka na fortepian. Smutne, piękne, romantyczne utwory na fortepian. W stylu Tori Amos.

Muszę wyglądać na zdezorientowaną, bo próbuje znaleźć muzyków z mojej epoki.

— Jest tam trochę Debussy'ego, trochę Prokofiewa.

— Chopin?

Unosi brwi.

— Chopin? Nie. A powinien? — Jej twarz robi się smutna. — Chyba nie zamierzasz mi powiedzieć, że jedna z dziewcząt miała bzika na punkcie Chopina?

— Nie — mówię. — To ich brat, David, grał Chopina.

— Och, dzięki Bogu. Raczej nie jest główną postacią. Trochę za wcześnie zginął, żeby mieć wpływ na późniejsze wydarzenia. To dyskusyjna sprawa, ale nie podejmuję tematu.

— Jaki on jest? — pytam. — Czy to dobry film?

Przygryza usta, wzdycha.

— Chyba tak. Mam nadzieję. Obawiam się, że straciłam dystans.

— Czy jest taki, jak sobie wyobrażałaś?

Zastanawia się.

— I tak, i nie. Trudno to wytłumaczyć. — Znowu wzdycha. — Zanim zaczęliśmy, kiedy jeszcze to wszystko było w mojej głowie, całe przedsięwzięcie miało nieskończony potencjał. Teraz, kiedy film jest gotowy, wydaje się uszczuplony przez różne ograniczenia.

— Podejrzewam, że podobny los spotyka większość przedsięwzięć.

Kiwa głową.

— Mimo to czuję się za nie bardzo odpowiedzialna. Za ich historię. Chciałam, żeby była doskonała.

— Nic nie jest doskonałe.

— To prawda. — Uśmiecha się. — Czasami boję się, że to nie ja powinnam opowiadać ich historię. A jeśli źle ją zrozumiałam? Co ja właściwie wiem?

— Lytton Strachey mawiał, że niewiedza to pierwsze narzędzie historyka.

Marszczy brwi.

— Niewiedza rozjaśnia sytuację — mówię. — Selekcjonuje i pomija ze spokojną perfekcją.

— Zbyt wiele prawdy psuje dobrą historię? To masz na myśli?

— Coś w tym rodzaju.

— Ale prawda jest chyba najważniejsza? Zwłaszcza w przypadku biografii?

— A czymże jest prawda? — pytam i gdybym miała siłę, wzruszyłabym ramionami.

— To to, co rzeczywiście się wydarzyło. — Patrzy na mnie, jakbym ostatecznie postradała zmysły. — Wiesz o tym. Przez całe lata grzebałaś w przeszłości. Poszukiwałaś prawdy.

— Tak było. Ciekawe, czy kiedykolwiek ją znalazłam. — Osuwam się na poduszki. Ursula to dostrzega i delikatnie dźwiga mnie za przedramiona. — Chciałam być detektywem — ciągnę, nie pozwalając jej na kontynuowanie tej semantycznej debaty. — Kiedy byłam młoda.

— Naprawdę? Policyjnym detektywem? Dlaczego zmieniłaś zdanie?

— Denerwuję się w obecności policjantów.

Szeroko się uśmiecha.

— To rzeczywiście byłby problem.

— Zamiast tego zostałam archeologiem. Kiedy się nad tym zastanowić, te dwa zawody wcale tak bardzo się od siebie nie różnią.

— Po prostu ofiary tych drugich są martwe od dłuższego czasu.

— Tak — mówię. — To Agatha Christie podsunęła mi ten pomysł. A raczej jeden z jej bohaterów. Powiedział do Herkulesa Poirota: „Byłby z pana dobry archeolog, panie Poirot. Posiada pan dar odtwarzania przeszłości". Czytałam to podczas wojny. Drugiej wojny światowej. Nie miałam już wtedy takiego bzika na punkcie kryminałów, ale jedna z pielęgniarek przyniosła tę książkę, a dawne zwyczaje trudno zmienić.

Ursula uśmiecha się i nagle ożywia.

— Och! Przypomniało mi się. Coś ci przywiozłam. — Sięga do torebki i wyjmuje małe prostokątne pudełko.

Jest wielkości książki, ale grzechocze.

— To zestaw kaset — mówi. — Agatha Christie. — Zawstydzona wzrusza ramionami. — Nie wiedziałam, że przestałaś mieć bzika na punkcie kryminałów.

— Nie przejmuj się. To było tylko chwilowe. Nieudana próba zerwania z młodzieńczym Ja. Gdy tylko skończyła się wojna, zaczęłam tam, gdzie skończyłam.

Wskazuje walkmana leżącego na moim nocnym stoliku.

— Włożyć kasetę, zanim sobie pójdę?

— Tak — mówię. — Proszę.

Rozrywa plastikowe opakowanie, wyciąga pierwszą kasetę i otwiera klapkę walkmana.

— Jest tu jakaś kaseta. — Pokazuje mi ją. To kaseta, którą właśnie nagrywam dla Marcusa. — To dla niego? Dla twojego wnuka?

Potakuję.

— Jeśli możesz, połóż ją na stoliku. Później będzie mi potrzebna. — To prawda. Mój czas dobiega końca, czuję to. I postanowiłam, że dokończę podjęte zadanie, zanim nadejdzie mój kres.

— Miałaś od niego jakieś wieści? — pyta.

— Jeszcze nie.

— Niedługo nadejdą — mówi z przekonaniem. — Na pewno.

Jestem zbyt zmęczona, aby w to wierzyć, lecz mimo wszystko potakuję. Jej wiara jest taka głęboka.

Umieszcza Agathę we właściwym miejscu i kładzie walkmana z powrotem na stoliku.

— Proszę bardzo. — Zawiesza torebkę na ramieniu. Wychodzi.

Kiedy się odwraca, wyciągam rękę i chwytam jej dłoń. Jest taka gładka.

— Chcę cię o coś poprosić — mówię. — O pewną przysługę, zanim Ruth...

— Oczywiście — odpowiada. — Co tylko zechcesz. — Jest zakłopotana, wyczuła niecierpliwość w moim głosie. — O co chodzi?

— O Riverton. Chcę zobaczyć Riverton. Chcę, żebyś mnie tam zawiozła.

Zaciska usta, marszczy brwi. Postawiłam ją w niezręcznej sytuacji.

— Proszę.

— Nie wiem, Grace. Co powiedziałaby Ruth?

— Powiedziałaby nie. Właśnie dlatego proszę ciebie.

Patrzy na ścianę. Wprawiłam ją w zakłopotanie.

— Może zamiast tego przyniosłabym ci fragmenty filmu? Mogłabym nagrać je na kasetę wideo...

— Nie — mówię zdecydowanym głosem. — Muszę tam wrócić. — Nadal unika mojego wzroku. — I to już wkrótce. Muszę tam wrócić jak najszybciej.

Znowu spogląda mi w oczy i wiem, że się zgodzi, jeszcze zanim kiwa głową.

Ja również kiwam głową, dziękując jej, a potem wskazuję pudełko z kasetą.

— Kiedyś ją spotkałam, wiesz? Agathę Christie.

✿

Było to pod koniec tysiąc dziewięćset dwudziestego drugiego roku. Teddy i Hannah podejmowali gości obiadem pod numerem siedemnastym. Teddy i jego ojciec prowadzili jakieś interesy z Archibaldem Christiem. Miało to coś wspólnego z wynalazkiem, nad którym właśnie pracował.

Na początku tamtej dekady bardzo często organizowali przyjęcia, lecz ów obiad pamiętam wyjątkowo dobrze z kilku powodów. Jednym z nich była obecność samej Agathy Christie. W tamtym czasie zdążyła opublikować zaledwie jedną książkę, *Tajemniczą historię w Styles*, lecz w mojej wyobraźni Herkules Poirot zastąpił już Sherlocka Holmesa. Ten drugi był przyjacielem z dzieciństwa, a pierwszy częścią mojego nowego świata.

Emmeline również tam była. Mieszkała w Londynie od miesiąca. Miała osiemnaście lat i zadebiutowała w towarzystwie pod numerem siedemnastym. W jej przypadku nie było żadnych rozmów o szukaniu męża. Od balu w Riverton minęły zaledwie cztery lata, lecz czasy się zmieniły. Dziewczęta się zmieniły. Wyzwoliły się z gorsetów, by poddać się tyranii diet. Miały chude nogi, skrępowany biust i gładko zaczesane włosy. Nie szeptały już, zakrywając usta dłonią, i nie chowały się za płochymi spojrzeniami. Żartowały i piły alkohol, paliły papierosy i przeklinały na równi z chłopcami. Wyzwolono talie, tkaniny stały się cieńsze, a moralne zasady spowszedniały.

Być może właśnie to dało początek niezwykłej rozmowie podczas tamtej kolacji — a może winna była obecność pani Christie? Nie wspominając o serii artykułów w gazetach, które poruszały ten temat.

— Powieszą ich oboje — radośnie oświadczył Teddy. — Edith Thompson i Freddy'ego Bywatersa*. Tak samo jak tamtego faceta, który zabił własną żonę. Na początku roku, w Walii. Jak on się nazywał? To był jakiś żołnierz, prawda, pułkowniku?

— Major Herbert Rowse Armstrong — powiedział pułkownik Christie.

Emmeline teatralnie zadrżała.

— Proszę sobie wyobrazić: zabił własną żonę, osobę, którą powinien był kochać.

— Większość morderstw popełniają ludzie, którzy rzekomo kochają — oznajmiła rzeczowo pani Christie.

— Ludzie w ogóle robią się coraz bardziej okrutni — stwierdził Teddy, zapalając cygaro. — Wystarczy otworzyć gazetę, aby to zobaczyć. Pomimo zakazu posiadania ręcznej broni palnej.

— To Anglia, panie Luxton — powiedział pułkownik Christie. — Ojczyzna polowań na lisy. Zdobycie broni palnej nie stanowi żadnego problemu.

— Mam przyjaciela, który zawsze nosi przy sobie pistolet — beztrosko oznajmiła Emmeline.

— Nieprawda. — Hannah pokręciła z niedowierzaniem głową. Spojrzała na panią Christie. — Obawiam się, że moja siostra obejrzała zbyt wiele filmów.

— Ależ tak — upierała się Emmeline. — Ten człowiek przyjaźni się z osobą, której nazwisko pominę milczeniem, i powiedział, że zdobycie broni było równie proste jak kupienie paczki papierosów. Zaproponował, że zdobędzie dla mnie pistolet, kiedy tylko zechcę.

— Idę o zakład, że to Harry Bentley — powiedział Teddy.

— Harry? — powtórzyła Emmeline, otwierając szeroko oczy otoczone czarnymi rzęsami. — Harry nie skrzywdziłby nawet muchy! Raczej jego brat, Tom.

— Znasz zbyt wielu niewłaściwych ludzi — powiedział Teddy. — Czy muszę ci przypominać, że posiadanie ręcznej broni

---

* Słynna para, którą w 1924 roku skazano na śmierć za zamordowanie męża Edith.

palnej jest nielegalne, nie mówiąc już o tym, że w dodatku niebezpieczne?

Emmeline wzruszyła ramionami.

— Umiałam strzelać już jako mała dziewczynka. Wszystkie damy w naszej rodzinie potrafią strzelać. Babcia by nas wydziedziczyła, gdybyśmy się nie nauczyły. Tylko zapytaj Hannah: pewnego razu próbowała wymigać się od polowania, oznajmiła babci, że nie należy zabijać bezbronnych zwierząt. Babcia miała wtedy sporo do powiedzenia, prawda, Hannah?

Hannah uniosła brwi i upiła łyk czerwonego wina, a Emmeline ciągnęła:

— Powiedziała: „Nonsens. Należysz do rodziny Hartfordów. Masz strzelanie we krwi".

— Mimo to — rzekł Teddy — w tym domu nie będzie żadnych pistoletów. Wyobrażam sobie, co pomyśleliby moi wyborcy na wieść, że nielegalnie posiadam broń!

Emmeline przewróciła oczami, a Hannah poprawiła go:

— Przyszli wyborcy.

— Odpręż się, Teddy — powiedziała Emmeline. — Nie musisz martwić się o broń, jeśli zamierzasz dalej się tak zachowywać. Sam zafundujesz sobie atak serca. Nie powiedziałam, że chcę zdobyć pistolet. Mówiłam jedynie, że w dzisiejszych czasach każda dziewczyna musi być bardzo ostrożna. Skoro mężowie zabijają żony, a żony mężów. Zgodzi się pani, pani Christie?

Agatha Christie przysłuchiwała się tej dyskusji z cierpkim rozbawieniem.

— Broń palna raczej niewiele mnie obchodzi — oświadczyła. — Ja gustuję w truciznach.

Późnym wieczorem, kiedy państwo Christie już wyszli, wyciągnęłam spod łóżka mój egzemplarz *Tajemniczej historii w Styles*. Dostałam go w prezencie od Alfreda i tak bardzo pochłonęło mnie czytanie dedykacji, że ledwie dosłyszałam sygnał telefonu. Pan Boyle musiał podnieść słuchawkę i przełączyć rozmowę do Hannah. Prawie nie zwróciłam na to uwagi. Zaczęłam się martwić dopiero wtedy, gdy pan Boyle zapukał do moich drzwi i oznajmił, że wzywa mnie jaśnie pani.

Hannah nadal miała na sobie jedwabną suknię koloru ostryg. Tkanina przypominała płyn. Jej jasne włosy zostały ułożone w fale okalające twarz, a wokół głowy przypięła sznur diamentów. Stała zwrócona do mnie plecami, ale kiedy weszłam, spojrzała mi w twarz.

— Grace — powiedziała, ujmując moje dłonie. Ten gest bardzo mnie zaniepokoił. Był zbyt osobisty. Coś musiało się stać.

— Słucham, proszę pani?

— Usiądź, proszę. — Zaprowadziła mnie w kierunku szezlonga, abym usiadła obok niej, a potem spojrzała na mnie zasmuconym wzrokiem.

— Tak, proszę pani?

— Dzwoniła twoja ciotka.

I już wiedziałam.

— Matka — powiedziałam.

— Tak bardzo mi przykro, Grace. — Lekko pokręciła głową. — Rozchorowała się. Lekarz nie był w stanie jej pomóc.

⁂

Hannah zorganizowała mi podróż do Saffron Green. Następnego dnia, po południu, przyjechał samochód i usiadłam na tylnym siedzeniu. Było to bardzo miłe z jej strony i znacznie przekraczało moje oczekiwania. Zamierzałam jechać pociągiem. Nonsens, powiedziała Hannah. Było jej tylko przykro, że przez zbliżającą się kolację z klientem Teddy'ego nie może mi towarzyszyć.

Patrzyłam przez okno samochodu, jak kierowca skręca w jakąś ulicę, a potem w następną, i Londyn robi się coraz mniejszy, bardziej rozwlekły i podupadający, aż w końcu zaniknął gdzieś w tyle. Wjechaliśmy na wiejskie tereny i w miarę jak przemieszczaliśmy się na wschód, robiło się coraz zimniej. Szyby w oknach znaczył szron, nadając krajobrazowi załzawiony wygląd. Zima wypłukała ze świata całą witalność. Przyprószone śniegiem łąki zlewały się z fioletoworóżowym niebem, stopniowo ustępując miejsca starym dzikim lasom hrabstwa Essex: szarobrązowym i zielonym od porostów.

Zjechaliśmy z głównej drogi i skręciliśmy na trasę prowadzącą do Saffron przez zimne bezludne mokradła. Srebrnawe trzciny drżały w zamarzniętych potokach, a turzyca oblepiała nagie drzewa jak koronka. Liczyłam zakręty i z jakiegoś powodu wstrzymałam oddech, wypuszczając powietrze dopiero, gdy minęliśmy zjazd prowadzący w kierunku Riverton. Kierowca jechał dalej w stronę wioski i podwiózł mnie pod domek z szarego kamienia przy Market Street, wciśnięty milcząco między dwóch identycznych braci. Kierowca otworzył przede mną drzwiczki samochodu i wystawił moją małą walizkę na mokry chodnik.

— Jesteś na miejscu — powiedział.

Podziękowałam mu, a on w odpowiedzi pokiwał głową.

— Przyjadę po ciebie za pięć dni — dodał — jak kazała jaśnie pani.

Patrzyłam, jak samochód znika na końcu ulicy, skręcając w Saffron High Street, i zapragnęłam zawołać go z powrotem, błagać, żeby mnie tu nie zostawiał. Ale było za późno. Stałam w wieczornym półmroku, patrząc na dom, w którym spędziłam pierwsze czternaście lat życia. Na miejsce, gdzie żyła i umarła moja matka. I zupełnie nic nie czułam.

Niczego nie czułam od chwili, w której Hannah powiedziała mi o jej śmierci. Przez całą drogę do Saffron próbowałam sobie przypomnieć. Matkę, przeszłość, siebie samą. Gdzie podziewają się wspomnienia z dzieciństwa? Musi ich być tak wiele. Nowe i jaskrawe doświadczenia. Może dzieci są tak bardzo pochłonięte obecną chwilą, że nie mają czasu ani potrzeby zapamiętywania obrazów na później.

Rozbłysły uliczne latarnie — mglista żółć w zimnym powietrzu — i znowu zaczął padać śnieg z deszczem. Policzki zdążyły mi już zdrętwieć z zimna i zanim poczułam na twarzy płatki śniegu, zobaczyłam je w świetle lampy.

Podniosłam walizkę, wyciągnęłam klucz i zaczęłam wchodzić po schodach, gdy nagle otworzyły się drzwi. Na progu stała ciotka Dee, siostra mamy. Trzymała lampę, która rzucała na jej twarz cienie, sprawiając, że wydawała się starsza i zdecydowanie bardziej wykrzywiona niż w rzeczywistości.

— No, jesteś — powitała mnie. — W takim razie wchodź do środka.

Najpierw zaprowadziła mnie do salonu. Powiedziała, że zajęła moje dawne łóżko, więc będę musiała spać na kanapie. Postawiłam walizkę pod ścianą, a ona burknęła pod nosem:

— Ugotowałam zupę na kolację. Może to nie jest coś, do czego się przyzwyczaiłaś w tym twoim wspaniałym londyńskim domu, ale takim jak ja zawsze wystarczała.

— Z przyjemnością zjem zupę — powiedziałam.

Jadłyśmy w milczeniu przy stole matki. Ciotka siedziała u szczytu, mając za sobą ciepło pieca, a ja zajęłam miejsce matki przy oknie. Śnieg z deszczem zmienił się w śnieg, który cichutko uderzał o szyby w oknie. Poza tym było słychać tylko skrobanie naszych łyżek, a od czasu do czasu trzaskanie ognia w piecu.

— Domyślam się, że chciałabyś zobaczyć matkę — powiedziała ciotka, kiedy skończyłyśmy jeść.

Matka została ułożona na materacu, miała rozpuszczone brązowe włosy. Przywykłam do tego, że są upięte z tyłu. Były bardzo długie i znacznie delikatniejsze niż moje. Ktoś — może ciotka? — przykrył ją cienkim kocem aż po samą brodę, jak gdyby spała. Wydawała się bardziej szara, starsza i wychudzona, niż ją zapamiętałam. I wyglądała płasko. Długie lata użytkowania sprawiły, że materac się zapadł. Pod kocem trudno było dostrzec zarys jej ciała. Można było pomyśleć, że wcale go tam nie ma, że rozpadała się kawałek po kawałku.

Zeszłyśmy na dół i ciotka zaparzyła herbatę. Piłyśmy ją w salonie, niewiele mówiąc. Potem zdołałam wydusić coś o zmęczeniu po podróży i zaczęłam ścielić sobie na kanapie. Rozłożyłam prześcieradło i koc, które zostawiła dla mnie ciotka, lecz kiedy sięgnęłam po poduszkę matki, okazało się, że nie ma jej na dawnym miejscu. Ciotka wszystkiemu się przyglądała.

— Jeśli szukasz poduszki — oświadczyła — wyrzuciłam ją. Była brudna. Przetarta. Na spodzie znalazłam dużą dziurę. I pomyśleć, że twoja matka była szwaczką! — Cmoknęła z niezadowoleniem. — Ciekawa jestem, co robiła z pieniędzmi, które jej posyłałam!

Po tych słowach wyszła. Poszła spać do pokoju obok swej zmarłej siostry. Podłoga piętro wyżej zaskrzypiała, pisnęły sprężyny łóżka, a potem nastąpiła cisza.

Leżałam w ciemności, ale nie mogłam zasnąć. Wyobrażałam sobie ciotkę, która mierzy krytycznym wzrokiem rzeczy matki. Matka została zaskoczona, nie miała szansy się przygotować i pokazać od najlepszej strony. To ja powinnam była przyjechać jako pierwsza. To ja powinnam była wszystko zorganizować i w imieniu matki robić dobrą minę do złej gry. W końcu się popłakałam.

Pochowaliśmy ją na cmentarzu. Tworzyliśmy małą, lecz godną szacunku grupkę. Pani Rodgers z wioski, właścicielka sklepu z sukniami, dla którego matka wykonywała poprawki, doktor Arthur. Dzień był pochmurny — dokładanie taki, jakie powinny być wszystkie tego typu dni. Śnieg z deszczem przestał padać, lecz powietrze było rześkie i wszyscy wiedzieliśmy, że powrót opadów to tylko kwestia czasu. Pastor szybko przeczytał fragment Biblii, zerkając jednym okiem na niebo — nie byłam pewna, czy spogląda na Boga, czy też na nadciągające chmury. Mówił o obowiązku i poświęceniu oraz o kierunku, jaki nadają one życiowej podróży.

Lodowaty wiatr pognał w moją stronę i zaczął targać spódnicę, przyklejając ją do nóg w rajstopach. Spojrzałam na ciemniejące niebo i na wzgórzu zauważyłam jakąś postać stojącą pod starym dębem. Był to mężczyzna, dżentelmen. Co do tego nie miałam wątpliwości. Ubrany w długi czarny płaszcz i sztywny lśniący kapelusz. W ręku trzymał laskę, a może była to tylko ciasno zwinięta parasolka. Z początku nie zwróciłam na niego większej uwagi. Założyłam, że to żałobnik odwiedzający jakiś inny grób. Wtedy nie zdziwiło mnie to, że dżentelmen, który z pewnością ma własną posiadłość i rodzinny cmentarz, przyszedł na publiczny cmentarz.

Kiedy pastor rzucił na trumnę matki pierwszą garść ziemi, jeszcze raz zerknęłam w stronę drzewa. Ten dżentelmen nadal tam był. Zrozumiałam, że nas obserwuje. Wtedy ponownie zaczął padać śnieg i mężczyzna spojrzał na niebo, odsłaniając twarz.

Był to pan Frederick. Ale inny niż dawniej. Wyglądał jak ofiara jakiejś bajkowej klątwy. Nagle bardzo się postarzał.

Pastor szybko zmierzał do końca, a grabarz zarządził szybkie zasypanie trumny ze względu na pogodę.

Obok mnie stanęła ciotka.

— Nie brak mu tupetu — powiedziała i w pierwszej chwili myślałam, że ma na myśli grabarza albo pastora. Kiedy jednak podążyłam za jej wzrokiem, okazało się, że patrzy na pana Fredericka. Zastanawiałam się, skąd wie, kim on jest. Domyśliłam się, że matka wspomniała o nim podczas jakiejś z jej wizyt w naszym domu. — Co za tupet. Żeby nie wstydził się tu pokazać. — Pokręciła głową, zacisnęła usta.

Jej słowa wydały mi się kompletnie pozbawione sensu, lecz kiedy odwróciłam się, żeby zapytać, co ma na myśli, już jej przy mnie nie było. Uśmiechała się do pastora, dziękując mu za troskliwy pochówek. Uznałam, że obwinia rodzinę Hartfordów za problemy matki z plecami, ale to oskarżenie było niesprawiedliwe. Bo choć lata służby rzeczywiście nadwyrężyły jej kręgosłup, to artretyzm i ciąża dopełniły reszty.

Nagle wszystkie myśli na temat ciotki uleciały z mojej głowy. Obok pastora, z czarnym kapeluszem w dłoni, stał Alfred.

Spojrzał ponad grobem, napotykając mój wzrok i uniósł dłoń.

Zawahałam się i nerwowo skinęłam głową, aż zaszczękały mi zęby.

Ruszył. Podszedł do mnie. Cały czas na niego patrzyłam, jakby odwrócenie wzroku mogło sprawić, że zniknie. Po chwili był już obok.

— Jak sobie radzisz?

Jeszcze raz pokiwałam głową. Najwidoczniej tylko tyle byłam w stanie zrobić. Słowa w moich myślach wirowały zbyt szybko, abym mogła je złapać. Długie tygodnie oczekiwania na jego list. Tygodnie bólu, zakłopotania, smutku, bezsennych nocy upływających na układaniu scenariuszy wyjaśnień i pojednania. A teraz, wreszcie...

— Dobrze się czujesz? — zapytał sztywno. Nieśmiało wyciągnął rękę w stronę mojej dłoni, lecz ostatecznie się rozmyślił. Położył ją z powrotem na rondzie kapelusza.

— Tak — zdołałam wykrztusić, czując ucisk w miejscu, w którym nie dotknął mojej ręki. — Dziękuję, że przyszedłeś.

— Oczywiście, że przyszedłem.

— Nie musiałeś robić sobie kłopotu.

— To żaden kłopot, Grace — powiedział, obracając rondo kapelusza w palcach.

Te ostatnie słowa zawisły między nami. Moje imię w jego ustach brzmiało znajomo, delikatnie. Pozwoliłam, aby moja uwaga powędrowała z powrotem w stronę grobu matki. Patrzyłam na pospieszną pracę grabarza. Alfred podążył za moim spojrzeniem.

— Przykro mi z powodu twojej mamy — rzekł.

— Wiem — powiedziałam szybko. — Wiem, że ci przykro.

— Ciężko pracowała.

— Tak.

— Widziałem się z nią zaledwie w zeszłym tygodniu...

Zerknęłam na niego.

— Naprawdę?

— Przyniosłem jej trochę węgla. Pan Hamilton powiedział, że ma małą nadwyżkę.

— Naprawdę, Alfredzie? — zapytałam z wdzięcznością.

— Ostatnio noce były tu dosyć zimne. Nie mogłem znieść myśli, że twoja mama marznie.

Przepełniła mnie wdzięczność. Moje poczucie winy budził strach, że przyczyną śmierci matki był właśnie brak ciepła.

Czyjaś dłoń ciężko opadła mi na nadgarstek. Obok stanęła ciotka.

— W takim razie już po wszystkim — powiedziała. — To był ładny pogrzeb. Nie sądzę, żeby mogła na cokolwiek narzekać. — Co do tego miałam wątpliwości, ale nic nie odpowiedziałam. — Jestem pewna, że zrobiłam wszystko, co w mojej mocy.

Alfred przyglądał się nam.

— Alfredzie — powiedziałam. — To moja ciotka Dee, siostra matki.

Ciotka zmrużyła oczy i wlepiła wzrok w Alfreda. Okazywała bezpodstawną podejrzliwość, którą miała we krwi.

— Mnie również jest miło. — Zwróciła się w moją stronę. — Idziemy, jaśnie panno. — Poprawiła kapelusz i ciaśniej zawiązała szal. — Jutro z samego rana przychodzi właściciel domu i wszystko musi błyszczeć.

Zerknęłam na Alfreda, przeklinając mur niepewności, który nadal nas dzielił.

— No cóż — mruknęłam. — Chyba już...

— Właściwie — powiedział Alfred — miałem nadzieję... To znaczy pani Townsend zastanawiała się, czy nie chciałabyś przypadkiem wpaść do domu na herbatę?

❀

Szliśmy z Alfredem przez wioskę, ramię w ramię. Delikatne płatki śniegu, zbyt lekkie, aby opaść, unosiły się na bryzie. Przez chwilę szliśmy w milczeniu. Odgłosy naszych kroków tłumiło miękkie błoto. Rozbrzmiewał dźwięk dzwoneczków, kiedy klienci wchodzili i wychodzili ze sklepów. Od czasu do czasu ulicą przejeżdżał jakiś samochód.

Kiedy zbliżyliśmy się do Bridge Road, zaczęliśmy rozmawiać o matce: ja opowiedziałam mu o dniu, w którym guzik mojego płaszczyka zaczepił się o siatkę na zakupy, o dawnej wizycie kukiełkowego teatrzyku. Opowiedziałam mu o tym, jak cudem uniknęłam oddania do przytułku.

Alfred pokiwał głową.

— Jeśli chcesz znać moje zdanie, uważam, że twoja mama była odważną kobietą. Z pewnością nie było jej łatwo, zupełnie samej.

— Nigdy nie przestała mi tego powtarzać — powiedziałam z większą goryczą, niż zamierzałam.

— Smutna sprawa z twoim tatą — dodał, kiedy minęliśmy ulicę, przy której mieszkała matka, i nagle wioska zmieniła się w pola. — Szkoda, że musiał ją tak zostawić.

W pierwszej chwili myślałam, że się przesłyszałam.

— Z kim?

— Z twoim tatą. Szkoda, że im się nie udało.

Mój głos drżał, chociaż z całych sił próbowałam nad nim zapanować.

— Co wiesz o moim ojcu?

Prostodusznie wzruszył ramionami.

— Tylko to, co powiedziała twoja mama. Mówiła, że była młoda i go kochała, ale ostatecznie okazało się, że nie mogą być razem. Miało to coś wspólnego z jego rodziną, zobowiązaniami. Nie wyrażała się zbyt jasno.

Mój głos był słaby jak padający śnieg.

— Kiedy ci to powiedziała?

— Co takiego?

— To o nim. O moim ojcu. — Zadrżałam i ciaśniej owinęłam ramiona szalem.

— Ostatnio odwiedzałem ją dosyć regularnie — wyjaśnił. — Po twoim wyjeździe do Londynu została zupełnie sama. Dotrzymywanie jej towarzystwa raz na jakiś czas nie sprawiało mi żadnego kłopotu. Gawędziliśmy o tym i o owym.

— Czy powiedziała ci coś jeszcze? — Czy to możliwe, że po tym, jak przez całe życie trzymała mnie w nieświadomości, w końcu otworzyła się z taką łatwością?

— Nie — odparł Alfred. — Niewiele. Nie mówiła już nic o twoim ojcu. Szczerze mówiąc, przeważnie mówiłem ja. Ona wolała słuchać, nie sądzisz?

Nie byłam pewna, co mam myśleć. Cały ten dzień bardzo wyprowadził mnie z równowagi. Pogrzeb matki, niespodziewany przyjazd Alfreda, wiadomość o jego regularnych spotkaniach z matką, podczas których rozmawiali o moim ojcu. Poruszali temat, który był dla mnie zamknięty, jeszcze zanim przyszło mi do głowy, żeby zadawać jakieś pytania. Kiedy minęliśmy bramę Riverton, przyspieszyłam kroku, jak gdybym chciała uciec od tego dnia. Z radością powitałam lepkie błoto długiego mrocznego podjazdu. Poddałam się sile, która zdawała się nieubłaganie pchać mnie do przodu.

Z tyłu słyszałam Alfreda, który również przyspieszył kroku, żeby za mną nadążyć. Małe gałązki trzaskały pod stopami. Miałam wrażenie, że drzewa nas podsłuchują.

— Zamierzałem do ciebie napisać, Gracie — powiedział szybko. — Odpowiedzieć na twoje listy. — Dogonił mnie. — Próbowałem wiele razy.

— Więc dlaczego nie odpisałeś? — zapytałam, idąc dalej.

— Nie potrafiłem znaleźć właściwych słów. Wiesz, co dzieje się w mojej głowie. Od czasów wojny... — Uniósł dłoń i lekko popukał się palcem w czoło. — Wygląda na to, że pewnych rzeczy nie jestem już w stanie robić. Nie tak jak dawniej. Słowa i listy to właśnie jedna z tych rzeczy. — Przyspieszył kroku, żeby nie zostać w tyle. — Poza tym — powiedział, łapiąc oddech — to, co chciałem ci napisać, można powiedzieć tylko osobiście.

Mroźne powietrze szczypało mnie w policzki. Zwolniłam kroku.

— Dlaczego na mnie nie zaczekałeś? — zapytałam łagodnym tonem. — Tamtego dnia, kiedy mieliśmy iść do teatru?

— Zaczekałem, Gracie.

— Ale kiedy wróciłam... Dopiero minęła piąta.

Westchnął.

— Poszedłem dziesięć minut wcześniej. Po prostu się minęliśmy. — Pokręcił głową. — Poczekałbym dłużej, Gracie, ale pani Tibbit powiedziała, że musiałaś o mnie zapomnieć. Że poszłaś załatwić jakąś sprawę i wrócisz dopiero za kilka godzin.

— Ale to nie była prawda!

— Dlaczego miałaby kłamać? — zapytał zmieszany Alfred.

Bezradnie uniosłam ramiona i pozwoliłam im opaść.

— Taka już jest.

Dotarliśmy na koniec podjazdu. Tam, na wzgórzu, stało Riverton: wielkie i ciemne, powoli wchłaniane przez wieczorny mrok. Odruchowo przystanęliśmy, przez chwilę patrzyliśmy na dom, po czym minęliśmy fontannę, kierując się w stronę wejścia dla służby.

— Poszłam cię szukać — oznajmiłam, kiedy weszliśmy do różanego ogrodu.

— Żartujesz — powiedział, zerkając na mnie. — Naprawdę?

Przytaknęłam.

— Do ostatniej chwili czekałam przed teatrem. Myślałam, że jeszcze cię złapię.

— Och, Gracie — westchnął Alfred, zatrzymując się przy schodach. — Tak bardzo mi przykro.

Ja również przystanęłam.

— Nie powinienem był słuchać tej pani Tibbit — rzekł.

— Skąd mogłeś wiedzieć?

— Ale powinienem był wierzyć, że wrócisz na czas. Po prostu... — Zerknął na zamknięte drzwi do suteryny, zacisnął usta i westchnął. — Chciałem o czymś porozmawiać, Gracie. O czymś ważnym. Chciałem cię o coś zapytać. Tamtego dnia byłem bardzo spięty. Jak kłębek nerwów. — Pokręcił głową. — Kiedy pomyślałem, że wystawiłaś mnie do wiatru, byłem tak załamany, że nie mogłem dłużej wytrzymać. Wyszedłem z tego domu, najszybciej jak mogłem. Ruszyłem pierwszą ulicą, jaką zobaczyłem, i po prostu szedłem przed siebie.

— Ale Lucy... — powiedziałam cicho, nie odrywając wzroku od palców w rękawiczkach. Patrzyłam, jak topnieją padające na nie płatki śniegu. — Lucy Starling...

Westchnął i spojrzał gdzieś ponad moim ramieniem.

— Zaprosiłem Lucy Starling, żeby wzbudzić twoją zazdrość, Gracie. Przyznaję. — Pokręcił głową. — Wiem, postąpiłem nieuczciwie: nieuczciwie wobec ciebie i wobec Lucy.

Wyciągnął palec i nieśmiało uniósł moją brodę, żeby spojrzeć mi w oczy.

— Zrobiłem to dlatego, że byłem zawiedziony, Gracie. Przez całą drogę z Saffron wyobrażałem sobie nasze spotkanie, układałem w myślach słowa, które wypowiem, kiedy cię zobaczę.

Wpatrywał się we mnie orzechowymi szczerymi oczami. W brodzie zadrżał mu jakiś nerw.

— Co takiego chciałeś mi powiedzieć? — zapytałam.

Nerwowo się uśmiechnął.

Rozległ się pisk żelaznych zawiasów i drzwi do suteryny stanęły otworem. Na progu ukazała się pani Townsend: jej potężna sylwetka oświetlona światłem z korytarza i pulchne policzki zaróżowione od siedzenia przy kominku.

— A co to? — zachichotała. — Co robicie na tym zimnie? — Zwróciła się do tych, którzy siedzieli w środku: — Stoją na mrozie! A nie mówiłam? — Ponownie skupiła się na nas. — Powiedziałam do pana Hamiltona: „Panie Hamilton, za drzwiami słychać jakieś głosy". A on na to: „Tylko się pani wydaje, pani Townsend. Po co mieliby stać na mrozie, skoro mogą siedzieć tutaj, gdzie jest miło i ciepło?". Na to ja: „Nie mam pojęcia, panie Hamilton. Ale jeśli mnie uszy nie mylą, tam właśnie stoją". I miałam rację. — Zawołała w stronę jadalni: — Miałam rację, panie Hamilton! — Wyciągnęła rękę i machając, zaprosiła nas do środka. — No, wchodźcie do środka, bo obydwoje zaziębicie się tu na śmierć.

Wybór

Już zapomniałam, jaki półmrok panował w suterenie Riverton. Jak nisko wisiały krokwie pod sufitem i jaka zimna była marmurowa podłoga. Zapomniałam też, jak lodowaty wiatr znad wrzosowiska przenikał przez kruszący się tynk kamiennych ścian. Zupełnie inaczej niż pod numerem siedemnastym, gdzie mieliśmy najnowocześniejszą izolację i ogrzewanie.

— Biedactwo. Chodź, usiądź z nami — powiedziała pani Townsend, przytulając mnie i przyciskając moją głowę do rozgrzanych przez ogień piersi. (Cóż za strata dla jakiegoś nienarodzonego dziecka, któremu nie było dane skorzystać z tych dobrodziejstw. Ale takie to były czasy, a moja matka przekonała się o tym na własnej skórze: rodzina stanowiła pierwszą ofiarę składaną przez sługę, który zamierzał zrobić karierę). — Nancy? Filiżanka herbaty dla Grace.

Byłam zaskoczona.

— A gdzie jest Katie?

Wszyscy wymienili spojrzenia.

— Co się stało? — zapytałam. Z pewnością nie było to nic strasznego. Alfred by mi powiedział...

— Ano wyszła za mąż — oznajmiła Nancy, pociągając nosem, po czym zniknęła w kuchni.

Otworzyłam usta ze zdziwienia.

Pani Townsend ściszyła głos i szybko dodała:

— Ożenił się z nią jakiś człowiek z północy, który pracuje

w kopalni. Poznała go w miasteczku, kiedy miała załatwić dla mnie pewną sprawę, niemądra dziewczyna. To wszystko stało się strasznie szybko. Pewnie nie będziesz zdziwiona, kiedy ci powiem, że dziecko jest w drodze. — Przygładziła fartuszek, zadowolona z wrażenia, jakie wywarły na mnie te nowiny, po czym zerknęła w stronę kuchni. — Ale staraj się nie wspominać o tym przy Nancy. Jest zupełnie zielona, chociaż udaje, że wszystko wie!

Zdumiona pokiwałam głową. Mała Katie wyszła za mąż? Niedługo zostanie matką?

Kiedy próbowałam ogarnąć te zaskakujące wiadomości, pani Townsend nadal była bardzo ożywiona: nalegała, żebym usiadła blisko ognia, mówiła, że jestem za chuda, za blada i jej świąteczny pudding z pewnością postawiłby mnie na nogi. Kiedy zniknęła, żeby przygotować mi porcję, poczułam na sobie wyczekujące spojrzenia. Odepchnęłam myśli o Katie i zapytałam, co słychać w Riverton.

Wszyscy zamilkli, spojrzeli po sobie, aż wreszcie pan Hamilton powiedział:

— No cóż, moja młoda Grace, nic nie jest już takie jak dawniej.

Zapytałam, co ma na myśli, a on przygładził marynarkę.

— Teraz jest tu znacznie ciszej. Życie toczy się wolniej.

— Wszystko bardziej przypomina miasto duchów — powiedział Alfred, który nadal stał przy drzwiach. Od chwili kiedy weszliśmy do środka, wydawał się jakiś poruszony. — Ten z góry snuje się po posiadłości jak żywy trup.

— Alfred! — upomniał go pan Hamilton, lecz z mniejszym wigorem, niż się spodziewałam. — Przesadzasz.

— Wcale nie — zaoponował Alfred. — Niech pan da spokój, panie Hamilton. Grace jest jedną z nas. Może poznać prawdę. — Zerknął na mnie. — Jest tak, jak ci opowiadałem w Londynie. Odkąd panna Hannah tak po prostu wyjechała, jaśnie pan nie jest już sobą.

— Oczywiście było mu smutno, ale nie chodziło tylko o wyjazd panienki Hannah i to drastyczne pogorszenie ich stosunków — powiedziała Nancy. — Dobiła go utrata fabryki. I matki. — Pochyliła się w moją stronę. — Szkoda, że nie możesz zobaczyć, co dzieje się na górze. Staramy się ze wszystkich sił, ale nie jest łatwo. Nie pozwala nam wzywać rzemieślników do wykonywania napraw: twierdzi, że rozprasza go odgłos stukania młotkiem i szuranie drabin. Musieliśmy pozamykać kolejne pokoje. Powiedział, że nie będzie już organizował żadnych przyjęć, więc nie ma sensu tracić czasu i energii na utrzymywanie ich w czystości. Pewnego razu przyłapał mnie na próbie odkurzenia w bibliotece i myślałam, że rozszarpie mnie na strzępy. — Zerknęła na pana Hamiltona i mówiła dalej: — Nie odkurzamy już nawet książek.

— To dlatego, że w domu nie ma kobiety, która by wszystkim pokierowała — powiedziała pani Townsend, wracając z talerzem puddingu i zlizując z palca odrobinę śmietany. — Zawsze tak jest, kiedy w domu nie ma kobiety.

— Przez większość czasu włóczy się po posiadłości i ściga niewidzialnych kłusowników — ciągnęła Nancy — a kiedy jest w domu, zamyka się w pomieszczeniu na broń i czyści strzelby. Moim zdaniem to przerażające.

— Dosyć, Nancy — uciął pan Hamilton nieco zrezygnowanym tonem. — Nie powinniśmy krytykować jaśnie pana. — Ściągnął rękawiczki i pomasował powieki.

— Tak, panie Hamilton — przytaknęła. Potem zerknęła na mnie i szybko dodała: — Mimo to powinnaś go zobaczyć, Grace. Nie poznałabyś go. Tak szybko się postarzał.

— Widziałam go — powiedziałam.

— Gdzie? — zapytał pan Hamilton z pewnym niepokojem w głosie. Zdjął okulary. — Mam nadzieję, że nie w ogrodach? Chyba nie snuł się zbyt blisko jeziora?

— Och, nie, panie Hamilton — zapewniłam. — Nic podobnego. Widziałam go w wiosce. Na cmentarzu. Podczas pogrzebu matki.

— Był na pogrzebie? — zapytała Nancy, wytrzeszczając oczy ze zdziwienia.

— Stał na pobliskim wzgórzu — powiedziałam. — Ale jestem pewna, że nas obserwował.

Pan Hamilton rozejrzał się w poszukiwaniu potwierdzenia. Alfred wzruszył ramionami i pokręcił głową.

— Nie zauważyłem.

— W każdym razie tam był — powtórzyłam z przekonaniem. — Wiem, kogo widziałam.

— Pewnie po prostu wybrał się na spacer — rzekł pan Hamilton bez przekonania. — Chciał zaczerpnąć świeżego powietrza.

— Raczej nie spacerował — powiedziałam z powątpiewaniem. — Po prostu stał, jakiś taki zagubiony, i patrzył na trumnę.

Pan Hamilton wymienił spojrzenia z panią Townsend.

— No tak, zawsze lubił twoją matkę, kiedy tu pracowała.

— Lubił? — Pani Townsend uniosła brwi. — Tak byś to nazwał?

Spojrzałam na nich zdziwiona. W ich minach było coś, czego nie mogłam zrozumieć. Jakaś wiedza, do której nie zostałam dopuszczona.

— A co u ciebie, Grace? — zapytał nagle pan Hamilton, odrywając wzrok od pani Townsend. — Dosyć o nas. Opowiedz nam o Londynie. Jak miewa się młoda pani Luxton?

Ledwie słyszałam jego pytania. Na peryferiach mojego umysłu kształtowała się jakaś myśl. Szepty, spojrzenia i insynuacje, które długo dryfowały w pojedynkę, układały się we wspólny wzór. Tworzyły obraz. Prawie.

— No, Grace? — niecierpliwie wtrąciła pani Townsend. — Odebrało ci mowę? Co słychać u panienki Hannah?

— Przepraszam, pani Townsend — odparłam. — Chyba miałam jakieś przywidzenia.

Wszyscy wpatrywali się we mnie w skupieniu, więc powiedziałam, że Hannah ma się dobrze. Uznałam, że tak będzie najlepiej. W przeciwnym wypadku od czegóż miałabym zacząć? Od kłótni z Teddym, wizyty u wróżki, przerażających słów o tym, że umarła za życia? Zamiast tego mówiłam o pięknym domu, ubraniach Hannah i wspaniałych gościach, których u siebie przyjmowali.

— A twoje obowiązki? — zapytał pan Hamilton, prostując się. — Londyn to zupełnie inne miejsce. Mnóstwo przyjęć? Domyślam się, że zatrudniają liczną służbę?

Powiedziałam, że służba rzeczywiście jest liczna, ale nie tak sprawna jak w Riverton, i najwyraźniej go to zadowoliło. Potem

powiedziałam im o propozycji, którą złożyła mi lady Pemberton-
-Brown.

— Ufam, że powiedziałaś jej, gdzie jest twoje miejsce —
oznajmił pan Hamilton. — Grzecznie, lecz zdecydowanie, tak jak
cię zawsze uczyliśmy?

— Tak, panie Hamilton — odrzekłam. — Oczywiście, że tak.

— Dobra dziewczyna. — Był rozpromieniony niczym dumny
ojciec. — Glenfield Hall? Musiałaś wyrobić sobie dobrą opinię,
skoro ktoś, kto mieszka w Glenfield Hall, próbował cię zwerbować.
Mimo to postąpiłaś właściwie. Jeśli w tej pracy traci się lojalność,
niewiele pozostaje.

Wszyscy zgodnie pokiwaliśmy głowami. Wszyscy z wyjątkiem
Alfreda, czego nie omieszkałam zauważyć.

Pan Hamilton również to dostrzegł.

— Domyślam się, że Alfred opowiedział ci o swoich planach? — zapytał, unosząc siwą brew.

— O jakich planach? — Spojrzałam na Alfreda.

— Próbowałem ci powiedzieć — oznajmił i powstrzymując
uśmiech, usiadł obok mnie. — Odchodzę, Grace. Dla mnie to już
koniec usługiwania.

Z początku pomyślałam, że znowu opuszcza Anglię. I to właśnie
teraz, kiedy zaczęliśmy robić postępy.

Roześmiał się na widok mojej miny.

— Nie wyjeżdżam daleko. Po prostu rezygnuję ze służby.
Pewien kolega z wojska... Zamierzamy otworzyć interes.

— Alfredzie... — Nie wiedziałam, co powiedzieć. Ulżyło
mi, ale jednocześnie wzbudził mój niepokój. Odchodzić ze
służby? Opuszczać bezpieczne mury Riverton? — Co to za
interes?

— Elektryka. Mój kolega jest bardzo zdolny. Nauczy mnie, jak
podłączać dzwonki i tego typu urządzenia. Tymczasem zajmę się
prowadzeniem sklepu. Będę ciężko pracował, żeby odłożyć trochę
pieniędzy, Gracie. Już udało mi się trochę zaoszczędzić. A pewnego
dnia otworzę własny interes, będę panem samego siebie. Zobaczysz.

Potem Alfred odprowadził mnie do wioski. Szybko zapadała zimna noc i spieszyliśmy się, żeby nie zmarznąć. Chociaż towarzystwo Alfreda sprawiało mi przyjemność, a nasze pojednanie przyniosło ulgę, mówiłam bardzo niewiele. Mój umysł zaprzątało łączenie fragmentów informacji, próby dostrzeżenia sensu w powstałej układance. Najwyraźniej Alfredowi również odpowiadała cisza. Jak się okazało, w jego głowie także trwała gonitwa myśli, choć dotyczyła zupełnie innej sprawy.

Myślałam o matce. O goryczy, która nieustannie w niej wzbierała. O jej przekonaniu, wręcz pewności, że czekają ją same nieszczęścia. Taką ją zapamiętałam. A jednak jakiś czas temu zaczęło do mnie docierać, że nie zawsze taka była. Pani Townsend wspominała ją z rozrzewnieniem. Pan Frederick, który był wiecznie niezadowolony, kiedyś ją lubił.

Lecz cóż się stało, że w tej młodej służącej o tajemniczym uśmiechu zaszła taka zmiana? Zaczynałam podejrzewać, że odpowiedź stanowiła klucz do wielu tajemnic mojej matki. A rozwiązanie było tuż-tuż. Czaiło się jak nieuchwytna ryba w trzcinach mojego umysłu. Wiedziałam, że tam jest, czułam ją, dostrzegałam jej niewyraźny kształt, ale gdy tylko się zbliżałam, sięgałam w stronę jej cienistego zarysu, wymykała mi się z rąk.

Byłam pewna, że ma to jakiś związek z moimi narodzinami: o tym matka mówiła bardzo otwarcie. I byłam przekonana, że mój tajemniczy ojciec odegrał w tym ważną rolę: człowiek, o którym rozmawiała z Alfredem, lecz nigdy ze mną. Mężczyzna, którego kochała, lecz z którym nie mogła być. Jaki powód wymienił Alfred? Jego rodzinę? Zobowiązania?

— Grace.

Ciotka wiedziała, o kogo chodzi, lecz była równie milcząca jak matka. Mimo to doskonale wiedziałam, co o nim sądzi. Moje dzieciństwo było wypełnione ich szeptanymi rozmowami: ciotka Dee ganiła matkę za dokonywanie złych wyborów, mówiąc jej, że sama nawarzyła tego piwa i nie ma innego wyjścia, jak tylko je wypić. Matka płakała, a ciotka Dee klepała ją po ramieniu, oferując szorstkie pocieszenia: „Tak będzie lepiej", „To nie mogło się udać", „Będzie ci dobrze z dala od tamtego miejsca". Już jako mała dziewczynka wiedziałam, że „tamto miejsce" to wielki dom na wzgórzu. Wiedziałam również, że z pogardą ciotki Dee wobec mojego ojca mogło się równać jedynie jej lekceważenie względem Riverton. Lubiła powtarzać, że to dwie wielkie porażki w życiu mojej matki.

— Grace.

Wyglądało na to, że jej pogarda objęła również pana Fredericka. „Nie brak mu tupetu — powiedziała, gdy wyszpiegowała go podczas pogrzebu — żeby się tu pokazywać". Zastanawiałam się, skąd ciotka może go znać i co takiego uczynił pan Frederick, by wzbudzić jej niechęć.

Poza tym zastanawiałam się, co on tam robił. Sympatia do pracownicy to jedno, ale żeby jaśnie pan przychodził na miejski cmentarz? Patrzył, jak chowają jego dawną służącą...?

— Grace. — Gdzieś w oddali, za plątaniną moich myśli, mówił Alfred. Spojrzałam na niego jak wyrwana ze snu. — Przez cały dzień chciałem cię o coś zapytać — powiedział. — Obawiam się, że jeśli teraz tego nie zrobię, później nie będę miał odwagi.

Matka również lubiła Fredericka. „Biedny, biedny Frederick" — powiedziała po śmierci jego ojca i brata. Nie: „Biedna lady Violet" czy „biedna Jemima". Jej współczucie kierowało się wprost i wyłącznie ku Frederickowi.

Ale to było zrozumiałe, prawda? Kiedy matka pracowała w rezydencji, pan Frederick był młodym mężczyzną. To naturalne, że współczuła temu członkowi rodziny, który był w podobnym wieku jak ona. Tak jak ja współczułam Hannah. Zresztą matka zdawała się lubić również żonę Fredericka, Penelope. „Frederick nie ożeniłby się po raz drugi" — powiedziała, kiedy mówiłam, że Fanny zabiega o jego względy. Jej pewność, jej przygnębienie, kiedy upierałam się przy swoim: bez wątpienia można je wyjaśnić wyłącznie przywiązaniem do dawnej pani.

— Nie potrafię pięknie mówić, Gracie, wiesz o tym równie dobrze jak ja — zaczął Alfred. — Dlatego powiem wprost. Słyszałaś, że niedługo zamierzam otworzyć własny interes...?

Potakiwałam, jakimś cudem potakiwałam, ale myślami byłam gdzie indziej. Nieuchwytna ryba czaiła się w pobliżu. Widziałam jej połyskujące śliskie łuski, kiedy przemykała między trzcinami, wypływając z cienia...

— Ale to tylko pierwszy krok. Zamierzam oszczędzać i pewnego dnia, już niedługo, otworzę sklep, a na jego drzwiach będzie widniało moje nazwisko. Zobaczysz.

...i ukazała się w pełnym świetle. Czy to możliwe, że smutek matki wcale nie wynikał z przywiązania do dawnej pani? Że pojawił się, ponieważ mężczyzna, na którym jej zależało — na którym nadal jej zależało — planował kolejne małżeństwo? Że matka i pan Frederick...? Że wiele lat temu, kiedy pracowała w Riverton...?

— Czekałem tak długo, Grace, ponieważ chciałem mieć coś, co będę mógł ci zaoferować. Coś więcej niż mam teraz...

Z pewnością nie. To byłby skandal. Ludzie o wszystkim by wiedzieli. Ja bym wiedziała. Prawda?

Powróciły wspomnienia, urywki rozmów. Czy właśnie to miała na myśli lady Violet, kiedy mówiła lady Clementine o „tej drugiej karygodnej sprawie"? Czy ludzie o wszystkim wiedzieli? Czy dwadzieścia dwa lata temu w Saffron wybuchł skandal, gdy miejscową kobietę odesłano z rezydencji zhańbioną, ponieważ zaszła w ciążę z synem własnej chlebodawczyni?

Ale jeśli tak było, dlaczego lady Violet przyjęła mnie na służbę? Budziłabym przecież niewygodne wspomnienia z dawnych czasów.

Chyba że zatrudnienie mnie w domu było formą rekompensaty. Ceną za milczenie matki. Czy to dlatego matka była taka pewna, taka przekonana, że w Riverton znajdzie się dla mnie posada?

I wtedy po prostu zrozumiałam. Ujrzałam rybę w pełnej okazałości, a jej łuski zalśniły w słońcu. Jak mogłam tego nie zauważyć? Gorycz matki, niechęć pana Fredericka do ponownego ożenku. Wszystko nabrało sensu. On również kochał matkę. To dlatego przyszedł na pogrzeb. Dlatego tak dziwnie mi się przyglądał: jak gdyby zobaczył ducha. Cieszył się, że wyjeżdżam z Riverton. Powiedział Hannah, że mnie tam nie potrzebuje.

— Gracie, zastanawiam się... — Alfred wziął mnie za rękę.

Hannah. Nagle dotarło do mnie coś jeszcze.

Wydałam z siebie zduszony okrzyk. To tyle wyjaśniało: nasze poczucie solidarności — wręcz siostrzane, prawda?

Alfred ścisnął moje dłonie i uratował mnie przed osunięciem się na ziemię.

— Uważaj, Gracie — powiedział z nerwowym uśmiechem. — Tylko mi tu nie mdlej.

Ugięły się pode mną kolana. Miałam wrażenie, że rozpadam się na milion maleńkich kawałeczków, wysypuję się jak piasek z wiadra.

Czy Hannah wiedziała? Czy to dlatego nalegała, żebym jechała z nią do Londynu? Zwróciła się do mnie, kiedy poczuła się opuszczona przez wszystkich pozostałych? Błagała, żebym nigdy jej nie opuszczała? Kazała mi obiecać?

— Grace? — niepokoił się Alfred, podtrzymując mnie. — Dobrze się czujesz?

Pokiwałam głową, próbowałam coś powiedzieć. Nie mogłam.

— Cieszę się — oznajmił Alfred. — Bo nie powiedziałem jeszcze wszystkiego, co zamierzałem. Chociaż mam wrażenie, że domyślasz się, o co chodzi.

Domyślam się? Prawdy o matce i Fredericku? O Hannah? Nie: Alfred coś mówił. Tylko o czym? O nowej pracy, o przyjacielu z wojska...

— Gracie — zaczął, ściskając moje dłonie. Uśmiechnął się, przełknął ślinę. — Czy uczynisz mi ten zaszczyt i zostaniesz moją żoną?

Powrót do rzeczywistości. Zamrugałam. Nie mogłam odpowiedzieć. W mojej głowie wirowały myśli, uczucia. Alfred poprosił mnie o rękę. Alfred, którego ubóstwiałam, stał przede mną z twarzą zastygłą w poprzedniej chwili, czekając na odpowiedź. Mój język układał się do wypowiedzenia słów, lecz usta nie chciały mu pomóc.

— Grace? — powiedział Alfred, lękliwie otwierając oczy.

Poczułam, że się uśmiecham, i usłyszałam swój śmiech. Nie mogłam się powstrzymać. Jednocześnie płakałam, a po policzkach spływały mi zimne mokre łzy. To był chyba atak histerii: w kilku ostatnich chwilach tyle się wydarzyło, że nie byłam w stanie tego ogarnąć. Szok towarzyszący dostrzeżeniu relacji, jaka łączyła mnie z panem Frederickiem, z Hannah. Zaskoczenie i rozkosz po oświadczynach Alfreda.

— Gracie? — Alfred przyglądał mi się niepewnie. — Czy to oznacza, że się zgadzasz? To znaczy, że zgadzasz się mnie poślubić?

Poślubić go. Ja. To było moje sekretne marzenie, a jednak teraz, kiedy zmieniało się w rzeczywistość, czułam się beznadziejnie nieprzygotowana. Już dawno temu przypisałam te marzenia młodości. Przestałam sobie wyobrażać, że kiedykolwiek się spełnią. Że ktokolwiek poprosi mnie o rękę. Że oświadczy mi się Alfred.

Jakimś cudem pokiwałam głową i zdołałam powstrzymać się od śmiechu. Usłyszałam, jak mówię:

— Tak. — Niewiele głośniej niż szeptem. Zamknęłam oczy. Kręciło mi się w głowie. Powtórzyłam trochę głośniej: — Tak.

Alfred wydał z siebie okrzyk radości i otworzyłam oczy. Szeroko się uśmiechał, ulga zdawała się rozjaśniać mu twarz. Jakaś para idąca drugą stroną ulicy odwróciła się w naszą stronę i Alfred zawołał:

— Powiedziała tak! — A potem znowu spojrzał na mnie i zacisnął usta, próbując przestać się uśmiechać, żeby coś powiedzieć. Chwycił mnie za przedramiona. Drżał. — Miałem nadzieję, że to powiesz.

Jeszcze raz pokiwałam głową, uśmiechnęłam się. Tyle się działo.

— Grace — słyszałam jego łagodny głos. — Tak się zastanawiam... Myślisz, że mógłbym cię teraz pocałować?

Musiałam się zgodzić, bo następne, co pamiętam, to chwila, w której wyciągnął dłoń w kierunku mojej twarzy, pochylił się, przytulił do mnie. A potem dziwna i przyjemna obcość ust Alfreda. Zimnych, miękkich, tajemniczych.

Miałam wrażenie, że czas zatrzymał się w miejscu.

Odsunął się. Uśmiechnął do mnie: taki młody i przystojny w godzinach zmierzchu.

Potem po raz pierwszy wziął mnie pod rękę i ruszyliśmy ulicą. Nie odzywaliśmy się. Po prostu szliśmy w ciszy. W miejscu, w którym jego ręka splatała się z moją i materiał koszuli przylgnął mi do skóry, drżałam. Jej ciepło, jej dotyk były jak obietnica.

Alfred pogładził mój nadgarstek dłonią w rękawiczce i przeszył mnie dreszcz. Moje zmysły stały się bardzo wrażliwe: jak gdyby ktoś usunął warstwę skóry, pozwalając mi odczuwać wszystko głębiej, swobodniej. Przysunęłam się trochę bliżej. I pomyśleć, że w ciągu jednego dnia tak wiele się zmieniło. Odkryłam sekret matki, poznałam naturę mojej więzi z Hannah, Alfred poprosił mnie o rękę. Prawie mu wtedy powiedziałam, co ustaliłam na temat matki i pana Fredericka, lecz słowa zamarły mi na ustach. Później będzie mnóstwo czasu. Ta myśl była jeszcze taka nowa: chciałam delektować się sekretem matki trochę dłużej. I rozkoszować się własnym szczęściem. Milczałam więc i dalej szliśmy pod rękę ulicą, przy której mieszkała matka.

Cenne doskonałe chwile, które w późniejszym życiu wspominałam niezliczoną ilość razy. Czasami w mojej wyobraźni docieraliśmy do domu. Wchodziliśmy do środka i wznosiliśmy toast za nasze zdrowie, a wkrótce potem braliśmy ślub. I byliśmy szczęśliwi do końca naszych dni, dożywając pięknego wieku.

Ale, jak dobrze wiesz, wcale się tak nie stało.

Przewiń. Start. Kiedy byliśmy w połowie ulicy, przed domem pana Connelly'ego — bryza unosiła rzewną irlandzką melodię — Alfred powiedział:

— Możesz złożyć wypowiedzenie, gdy tylko wrócisz do Londynu.

Spojrzałam na niego i cierpko zapytałam:

— Wypowiedzenie?

— Pani Luxton. — Uśmiechnął się. — Kiedy się pobierzemy, nie będziesz już musiała jej ubierać. Od razu przeniesiemy się do Ipswich. Jeśli chcesz, możesz pracować ze mną. Zajmiesz się księgowością. A jeśli wolisz, możesz znowu szyć.

Złożyć wypowiedzenie? Opuścić Hannah?

— Ale Alfredzie — powiedziałam po prostu. — Nie mogę odejść ze służby.

— Oczywiście, że możesz. — Uśmiechnął się speszony. — Ja odchodzę.

— To co innego... — szukałam słów wyjaśnienia, słów, dzięki którym by zrozumiał. — Jestem osobistą służącą Hannah. Ona mnie potrzebuje.

— Ona nie potrzebuje ciebie. Potrzebuje roboczego wołu, który będzie układał jej rękawiczki. — Przemówił łagodniejszym tonem: — Jesteś na to za dobra, Grace. Zasługujesz na coś lepszego. Powinnaś być panią samej siebie.

Chciałam mu wytłumaczyć. Powiedzieć, że Hannah z pewnością znajdzie inną służącą, ale ja jestem dla niej kimś więcej. Że łączy nas więź. Od tamtego dnia w pokoju dziecinnym, kiedy obydwie miałyśmy po czternaście lat i zastanawiałam się, jak by to było mieć siostrę. Kiedy skłamałam dla Hannah przed panną Prince, i to tak instynktownie, że sama się wystraszyłam.

Że jej obiecałam. Kiedy błagała, żebym jej nie opuszczała, dałam jej moje słowo.

Że jesteśmy siostrami. Sekretnymi siostrami.

— Poza tym — powiedział. — Będziemy mieszkać w Ipswich. Chyba nie będziesz mogła utrzymać pracy w Londynie, prawda? — Dobrodusznie poklepał mnie po ręce.

Zerknęłam na jego twarz. Była taka szczera. Taka pewna. Pozbawiona dwuznaczności. I poczułam, że moje argumenty się rozpadają, odlatują już w momencie, kiedy je przywołuję. Nie było słów, które mogłyby mu to wyjaśnić, pozwolić zrozumieć w jednej chwili to, do czego sama dochodziłam latami.

I wtedy zrozumiałam, że nigdy nie będę mogła mieć ich obojga: Alfreda i Hannah. Że będę musiała dokonać wyboru.

Pod skórą poczułam zimno. Rozlewające się jak ciecz.

Odsunęłam rękę i powiedziałam, że jest mi przykro. Powiedziałam, że popełniłam błąd. Okropny błąd.

A potem od niego uciekłam. Nie odwracałam się, chociaż jakimś cudem wiedziałam, że pozostał na miejscu, nieruchomy, pod zimnym żółtym światłem latarni. Że patrzył, jak znikam w ciemnej uliczce, żałośnie czekam, aż ciotka otworzy drzwi, i zrozpaczona wślizguję się do domu. Jak zamykam za sobą drzwi do naszego wspólnego życia.

⊛

Powrotna podróż do Londynu była koszmarna. Jechaliśmy długo, otaczało nas zimno, a drogi były śliskie od leżącego śniegu. Ale najbardziej dokuczał mi brak towarzystwa. Uwięziona sama ze sobą w kabinie samochodu prowadziłam bezowocną debatę. Przez całą podróż powtarzałam sobie, że pozostając z Hannah zgodnie z obietnicą, podjęłam właściwą decyzję, że nie było innego wyboru. I zanim samochód zatrzymał się pod numerem siedemnastym, zdołałam się jakoś przekonać.

Poza tym byłam pewna, że Hannah już wie o łączącej nas więzi. Że odgadła prawdę, podsłuchała jakąś rozmowę, a może nawet jej o tym powiedziano. Bo chyba właśnie dlatego zawsze zwracała się do mnie, traktowała mnie jak powierniczkę? Od tamtego poranka, kiedy wpadłam na nią w zimnej bramie szkoły sekretarek pani Dove.

Więc teraz wiedziałyśmy już obie.

I ten sekret miał pozostać między nami, niewypowiedziany.

Milcząca więź oddania i poświęcenia.

Czułam ulgę, że nie powiedziałam o tym Alfredowi. Nie zrozumiałby mojej decyzji o zachowaniu tego dla siebie. Nalegałby, żebym powiedziała o tym Hannah: a nawet zażądała jakiejś rekompensaty. Chociaż był miły i opiekuńczy, nie dostrzegłby wagi zachowania status quo. Nie zrozumiałby nawet tego, że nikt inny nie powinien się o tym dowiedzieć. Bo co by było, gdyby dowiedział się Teddy? Albo jego rodzina? Hannah by cierpiała, ja mogłabym stracić pracę.

Rzeczywiście, tak było lepiej. Nie było innego wyjścia.

CZĘŚĆ CZWARTA

Historia Hannah

Nadszedł czas, aby opowiedzieć o sprawach, których nie widziałam na własne oczy. Aby odepchnąć na bok Grace i jej rozterki, a na pierwszy plan wysunąć Hannah. Ponieważ podczas mojej nieobecności w Londynie coś się wydarzyło. Zrozumiałam to, gdy tylko na nią spojrzałam. Coś się zmieniło. Hannah się zmieniła. Była weselsza. Tajemnicza. Bardziej zadowolona z siebie.

O tym, co zaszło pod numerem siedemnastym, dowiadywałam się stopniowo, podobnie jak o wielu wydarzeniach tamtego ostatniego roku. Oczywiście miałam pewne podejrzenia, lecz nie widziałam i nie słyszałam wszystkiego. Tylko Hannah wiedziała dokładnie, co się stało, a ona nigdy nie była skora do zwierzeń. To nie było w jej stylu. Zawsze wolała tajemnice. Jednak po okropnych wydarzeniach tysiąc dziewięćset dwudziestego czwartego roku, kiedy obydwie utknęłyśmy w Riverton, stała się bardziej otwarta. A ja byłam dobrą słuchaczką. Oto co mi powiedziała.

I

Było to w poniedziałek po śmierci mojej matki. Ja wyjechałam do Saffron Green, Teddy i Deborah byli w pracy, a Emmeline jadła lunch z jakimiś przyjaciółmi. Hannah siedziała sama w salonie. Zamierzała pisać listy, lecz jej papeteria leżała nietknięta na szezlongu. Hannah doszła do wniosku, że wcale nie ma ochoty pisać wylewnych podziękowań do żon klientów Teddy'ego, i zamiast tego patrzyła na ulicę, snując domysły na temat losów przechodniów. Była tak pochłonięta tą grą, że nie zauważyła, jak zbliżał się do frontowych drzwi. Nie słyszała, jak zadźwięczał dzwonek. Ocknęła się dopiero, gdy do drzwi salonu zapukał Boyle i oznajmił jego przybycie.

— Jakiś dżentelmen do pani.

— Dżentelmen, Boyle? — zapytała, patrząc, jak mała dziewczynka wyrywa się niani i wbiega do zamarzniętego parku. Kiedy po raz ostatni biegała? Kiedy biegła tak szybko, że czuła, jak wiatr smaga jej twarz, a serce tak głośno łomotało jej w piersi, że ledwie mogła oddychać?

— Mówi, że ma coś, co należy do pani, i chciałby to oddać, proszę pani.

Ależ to wszystko było męczące.

— Czy nie mógł zostawić tego u ciebie, Boyle?

— Mówi, że nie, proszę pani. Mówi, że musi to dostarczyć osobiście.

— Naprawdę nie sądzę, żeby czegoś mi brakowało. — Hannah niechętnie oderwała wzrok od małej dziewczynki i odwróciła się od okna. — Chyba będzie najlepiej, jeśli go wpuścisz.

Pan Boyle się zawahał. Odniosła wrażenie, że chce coś powiedzieć.

— Jeszcze coś? — zapytała Hannah.

— Nie, proszę pani — odparł. — Ale ten dżentelmen... Chyba trudno go nazwać dżentelmenem, proszę pani.

— Co masz na myśli?

— Tylko to, że jego przyzwoitość wydaje się dyskusyjna.

Hannah uniosła brwi.

— Chyba nie jest roznegliżowany?

— Nie, proszę pani. Jest dosyć dobrze ubrany.

— Chyba nie mówi obscenicznych rzeczy?

— Nie, proszę pani — powiedział Boyle. — Jest dosyć grzeczny.

Hannah wydała z siebie zduszony krzyk.

— Ale to chyba nie żaden Francuz, niski i z wąsikiem?

— Och nie, proszę pani.

— W takim razie powiedz mi, Boyle, w jaki sposób przejawia się ta dyskusyjna przyzwoitość?

Boyle zmarszczył brwi.

— Nie jestem w stanie powiedzieć, proszę pani. Po prostu odniosłem takie wrażenie.

Hannah udała, że zastanawia się nad wrażeniem Boyle'a, ale cała sprawa zdążyła wzbudzić jej zainteresowanie.

— Skoro ten dżentelmen twierdzi, że ma coś, co należy do mnie, będzie najlepiej, jeśli mi to odda. Gdy zauważę choćby cień braku przyzwoitości, Boyle, niezwłocznie po ciebie zadzwonię.

W pierwszej chwili go nie poznała. W końcu znała go tylko przelotnie: widziała go pewnej zimy, prawie dziesięć lat wcześniej. Poza tym się zmienił. Kiedy przyjechał do Riverton, był jeszcze chłopcem. Miał gładką czystą skórę, duże brązowe oczy i dobre maniery. Pamiętała, że był spokojny. To jedna z cech, która doprowadzała ją do wściekłości. Jego opanowanie. To, że wkroczył w ich życie bez ostrzeżenia, sprowokował ją do powiedzenia czegoś, czego nie powinna była mówić, i z wielką łatwością zyskał uznanie jej brata.

Mężczyzna, który stał przed nią w salonie, był wysoki, odziany w czarny garnitur i białą koszulę. Było to dosyć zwyczajne ubranie, ale nosił je inaczej niż Teddy i inni biznesmeni, których znała. Jego twarz miała w sobie coś uderzającego, lecz była szczupła: miał zapadnięte policzki i cienie pod ciemnymi oczami. Hannah dostrzegała tę dyskusyjną przyzwoitość, o której mówił Boyle, lecz podobnie jak on nie była w stanie określić jej przyczyny.

— Dzień dobry — powiedziała.

Spojrzał na nią i poczuła się tak, jak gdyby zajrzał do jej wnętrza. Już wcześniej patrzyli na nią różni mężczyźni, lecz w jego skupionym wzroku było coś, co sprawiło, że się zarumieniła. A kiedy to zobaczył, uśmiechnął się.

— Wcale się nie zmieniłaś.

Dopiero wtedy go poznała. Przypomniała sobie jego głos.

— Pan Hunter — powiedziała z niedowierzaniem. Przyjrzała mu się ponownie i to świeże wrażenie nałożyło się na dotychczasową wiedzę. Te same ciemne włosy, te same ciemne oczy. Te same zmysłowe usta, zawsze lekko uśmiechnięte. Zastanowiło ją to, że kiedyś za nimi tęskniła. Wyprostowała się i uspokoiła. — Jak miło, że pan przyszedł. — W chwili gdy wypowiedziała te słowa, pożałowała ich zwyczajności i zapragnęła je cofnąć.

Uśmiechnął się. Odniosła wrażenie, że ironicznie.

— Może pan usiądzie? — Wskazała fotel Teddy'ego, a on usiadł bez przekonania jak uczeń wykonujący przyziemne polecenie, któremu nie warto się sprzeciwiać. Znowu ogarnęło ją to denerwujące poczucie własnej trywialności.

Nadal na nią patrzył.

Delikatnie poprawiła włosy obiema dłońmi, upewniła się, że szpilki są w odpowiednich miejscach, i musnęła szyję bladymi palcami. Uśmiechnęła się grzecznie.

— Czy coś jest nie tak, panie Hunter? Powinnam coś poprawić?

— Nie — odparł. — Przez cały ten czas nosiłem w głowie obraz... Jest pani taka sama jak kiedyś.

— Nie taka sama, panie Hunter, zapewniam pana — powiedziała najbardziej beztroskim tonem, na jaki potrafiła się zdobyć. — Kiedy widzieliśmy się po raz ostatni, miałam piętnaście lat.

— Naprawdę była pani taka młoda?

Znowu pojawiła się ta dyskusyjna przyzwoitość. Och, chodziło nie tyle o to, co powiedział — w końcu zadał zupełnie zwyczajne pytanie — ale o sposób, w jaki to zrobił. Jak gdyby nadawał słowom jakieś podwójne znaczenie, którego nie mogła pojąć.

— Zadzwonię po herbatę, dobrze? — zapytała i natychmiast tego pożałowała. Teraz on zostanie.

Wstała i nacisnęła dzwonek, a potem stanęła przy kominku. Układała różne przedmioty i dochodziła do siebie, dopóki nie zjawił się Boyle.

— Pan Hunter zostanie na herbacie — oświadczyła Hannah.

Boyle zmierzył Robbiego podejrzliwym wzrokiem.

— Był przyjacielem mojego brata — dodała Hannah. — Podczas wojny.

— Aha — powiedział Boyle. — Tak, proszę pani. Przekażę pani Tibbit, żeby przygotowała herbatę dla dwóch osób. — Ależ on był usłużny. I jaka konwencjonalna wydawała się ona na tle tej usłużności.

Robbie rozglądał się po salonie. Patrzył na meble w stylu art déco wybrane przez Elsie de Wolfe („ostatni krzyk mody"), które Hannah zawsze jakoś tolerowała. Jego wzrok przeniósł się z ośmiokątnego lustra nad kominkiem w stronę złotobrązowych zasłon z nadrukiem w kształcie diamentów.

— Modernistyczne, prawda? — zapytała Hannah, siląc się na beztroski ton. — Nigdy nie jestem do końca pewna, czy mi się podoba, ale chyba na tym polega modernizm.

Robbie zdawał się nie słyszeć.

— David często o was opowiadał — rzekł. — Czuję się tak, jakbym was znał. Panią, Emmeline i Riverton.

Na wspomnienie o Davidzie Hannah osunęła się na krawędź szezlonga. Nauczyła się o nim nie myśleć, nie otwierać pudełka czułych wspomnień. A teraz miała przed sobą jedyną osobę, z którą mogła rozmawiać o bracie.

— Tak — powiedziała. — Niech mi pan opowie o Davidzie, panie Hunter. — Odważyła się na więcej. — Czy on... czy David... — Zacisnęła usta i spojrzała na Robbiego. — Miałam wielką nadzieję, że mi wybaczył.

— Wybaczył?

— Tamtej zimy, przed jego wyjazdem, byłam taka nieznośna. Nie spodziewałyśmy się pana. Przywykłyśmy do tego, że mamy Davida tylko dla siebie. Obawiam się, że byłam dosyć uparta. Przez cały czas ignorowałam pana, marzyłam o tym, żeby pan wyjechał.

Wzruszył ramionami.

— Nie zauważyłem.

Hannah uśmiechnęła się smutno.

— W takim razie wygląda na to, że niepotrzebnie się martwiłam.

Drzwi otworzyły się i do pokoju wszedł Boyle, niosąc tacę z popołudniową herbatą. Postawił ją na stoliku obok Hannah i odsunął się.

— Panie Hunter — Hannah wyczuła, że Boyle celowo zwleka, przyglądając się Robbiemu. — Boyle powiedział, że chce mi pan coś oddać.

— Tak — potwierdził Robbie, sięgając do kieszeni. Hannah skinęła na Boyle'a, zapewniając, że panuje nad sytuacją i jego obecność nie jest już potrzebna. Kiedy zamknęły się drzwi, Robbie wyciągnął kawałek materiału. Był poprzecierany, z boku zwisały luźne nitki i Hannah nie mogła zrozumieć, skąd przyszło mu do głowy, że to coś należy do niej. Kiedy jednak przyjrzała się lepiej, zdała sobie sprawę, że to stara wstążka, która dawniej była biała, a teraz zrobiła się brązowa. Rozłożył ją drżącymi palcami i podał jej.

Oddech uwiązł Hannah w gardle. W środku spoczywała maleńka książeczka.

Wyciągnęła rękę i delikatnie wydobyła książeczkę z jej całunu. Obróciła ją w dłoni, żeby spojrzeć na okładkę, chociaż doskonale wiedziała, co jest tam napisane. *Przeprawa przez Rubikon.*

Fala wspomnień: bieganie po ogrodach Riverton, upojny dreszczyk przygody, tajemnice szeptane w półmroku pokoju dziecinnego.

— Dałam ją Davidowi. Na szczęście.

Pokiwał głową.

Spojrzała mu w oczy.

— Dlaczego ją pan zabrał?

— Nie zabrałem.

— David nigdy by jej nie oddał.

— Rzeczywiście. I nie zrobił tego. Byłem tylko jego posłańcem. Chciał, żebym ją zwrócił. Ostatnią rzeczą, jaką powiedział, było: „Oddaj to Nefretete". Więc oddaję.

Hannah nie patrzyła mu w twarz. To imię. Jej sekretne imię. Nie znał jej zbyt dobrze. Zacisnęła palce na maleńkiej książeczce, zatrzasnęła drzwi prowadzące do wspomnień z czasów, kiedy była odważna, nieposkromiona i snuła mnóstwo planów na przyszłość, po czym uniosła wzrok i spojrzała mu w oczy.

— Porozmawiajmy o czymś innym.

Robbie lekko pokiwał głową i wepchnął wstążkę z powrotem do kieszeni.

— O czym rozmawiają ludzie, kiedy spotykają się po tylu latach?

— Pytają się, co przez ten czas robili — odparła Hannah, wkładając książeczkę do szuflady sekretarzyka. — Rozmawiają o tym, dokąd zaprowadził ich los.

— W takim razie — powiedział Robbie — co przez ten czas robiłaś, Hannah? Widzę, dokąd zaprowadził cię los.

Hannah wyprostowała się, nalała herbatę do filiżanki i podała mu ją. Kiedy to robiła, filiżanka lekko zadrżała na spodeczku.

— Wyszłam za mąż. Za dżentelmena o nazwisku Theodore Luxton. Możliwe, że pan o nim słyszał. On i jego ojciec są bankierami. Pracują w City.

Robbie przyglądał się jej, lecz nie wykonał żadnego gestu, który potwierdzałby znajomość nazwiska Teddy'ego.

— Jak pan wie, mieszkam w Londynie — ciągnęła Hannah, próbując się uśmiechać. — Cudowne miasto, nie uważa pan? Tyle tu do zobaczenia i do zrobienia. Tylu ciekawych ludzi... — Zamilkła. Robbie ją peszył. Kiedy mówiła, przyglądał jej się z tą samą wprawiającą w zakłopotanie intensywnością, z jaką przed wieloma laty podziwiał Picassa w bibliotece. — Panie Hunter — powiedziała z pewnym zniecierpliwieniem. — Naprawdę. Muszę prosić, żeby pan przestał. Nie potrafię...

— Ma pani rację — przyznał łagodnym głosem. — Zmieniła się pani. Ma pani smutną twarz.

Chciała odpowiedzieć, poinformować go, że się myli. Że wszelki smutek, który dostrzega, stanowi bezpośrednią konsekwencję przywołania wspomnień o Davidzie. Lecz w jego głosie było coś, co ją powstrzymało. Coś, co sprawiło, że poczuła się przezroczysta, niepewna, bezbronna. Jak gdyby znał ją lepiej niż ona sama. Nie podobało jej się to, ale instynktownie wiedziała, że nie ma sensu się spierać.

— Cóż, panie Hunter — powiedziała, wstając sztywno. — Muszę podziękować panu za wizytę. Za to, że mnie pan odnalazł i zwrócił książeczkę.

Robbie poszedł za jej przykładem, wstał.

— Obiecałem, że to zrobię.

— Zadzwonię po Boyle'a, żeby odprowadził pana do drzwi.

— Proszę go nie fatygować — zaprotestował Robbie. — Znam drogę wystarczająco dobrze.

Otworzył drzwi i do środka wpadła Emmeline: burza różowego jedwabiu i krótko przystrzyżone jasne włosy. Jej policzki płonęły radością młodej i dobrze sytuowanej dziewczyny w mieście i czasie, które należały do młodych i dobrze sytuowanych. Opadła na kanapę i założyła nogę na nogę. Nagle Hannah poczuła się stara i dziwnie wyblakła. Jak akwarela omyłkowo pozostawiona na deszczu, który miesza ze sobą kolory.

— Och. Padam ze zmęczenia — rzuciła Emmeline. — Czy zostało dla mnie trochę herbaty?

Uniosła wzrok i zauważyła Robbiego.

— Pamiętasz pana Huntera, prawda, Emmeline? — powiedziała Hannah.

Emmeline wydawała się zaskoczona. Pochyliła się, oparła brodę na dłoni i mrugała niebieskimi oczami, przyglądając się jego twarzy.

— Przyjaciel Davida — podpowiedziała jej Hannah. — Z Riverton.

— Robbie Hunter — stwierdziła Emmeline, uśmiechając się wolno, radośnie, a dłoń opadła jej na kolana. — Oczywiście. Ale z tego, co pamiętam, jesteś mi winien sukienkę.

❈

Na prośbę Emmeline Robbie został na obiedzie. Powiedziała, że to nie do pomyślenia, by pozwolono mu wyjść, skoro dopiero przybył. Zatem tamtego wieczoru Robbie zasiadł wraz z Deborah, Teddym, Emmeline i Hannah w jadalni pod numerem siedemnastym.

Hannah siedziała na jednym krańcu stołu, Deborah i Emmeline na drugim, a Robbie zajął miejsce naprzeciwko Teddy'ego. Hannah pomyślała, że stanowią zabawną parę: Robbie — młody artysta — i Teddy, który po czterech latach pracy z ojcem wyglądał jak karykatura władzy i dostatku. Nadal był przystojnym mężczyzną — Hannah zauważyła, że niektóre młode żony jego kolegów z pracy spoglądają na niego z zainteresowaniem, choć ich zaloty były z góry skazane na porażkę. Zaokrągliła mu się jednak twarz i posiwiały włosy. Jego policzki również nabrały rumieńców obfitego życia. Rozparł się na krześle.

— No więc jak zarabia pan na życie, panie Hunter? Moja żona twierdzi, że nie ma pan nic wspólnego z biznesem. — Teddy nie dostrzegał już innych możliwości.

— Jestem pisarzem — odparł Robbie.

— Pisarzem, tak? — upewnił się Teddy. — Pisze pan dla „The Times"?

— Pisałem — powiedział Robbie. — Między innymi. Teraz piszę dla siebie. — Uśmiechnął się. — Naiwnie sądziłem, że takiego odbiorcę łatwiej będzie zadowolić.

— Cóż za szczęście — radośnie oznajmiła Deborah — mieć wystarczająco dużo czasu, by nigdzie się nie spieszyć. Ja chyba nie poznałabym samej siebie, gdybym nagle przestała biegać w tę i z powrotem. — Rozpoczęła monolog na temat pokazu mody, który niedawno organizowała, i posłała Robbiemu drapieżny uśmiech.

Hannah zdała sobie sprawę, że Deborah flirtuje. Spojrzała na Robbiego. Owszem, był przystojny, w jakiś ospały zmysłowy sposób: zupełnie nie w typie Deborah.

— Książki, prawda? — zapytał Teddy.

— Poezja — powiedział Robbie.

Teddy dramatycznie uniósł brwi.

— „Jakże nudno jest trwać w bezruchu, rdzewieć bez połysku, miast lśnić w użyciu".

Hannah się skrzywiła, słysząc tę nieudolną wersję Tennysona. Robbie spojrzał jej w oczy i szeroko się uśmiechnął.

— „Jak gdyby oddychać znaczyło żyć".

— Zawsze uwielbiałem Szekspira — powiedział Teddy. — Pisze pan podobnie jak on?

— Obawiam się, że blednę przy takim porównaniu — odparł Robbie. — Ale mimo to piszę. Lepiej zatracić się w działaniu niż usychać z rozpaczy.

— Otóż to — podsumował Teddy.

Kiedy Hannah przyglądała się Robbiemu, pojęła coś, co wcześniej tylko przeszło jej przez myśl. Nagle zrozumiała, kim on jest. Zaskoczona wciągnęła powietrze.

— Pan jest R.S. Hunterem.

— Kim? — zapytał Teddy. Spoglądał na przemian na Hannah i na Robbiego, a potem zwrócił pytające spojrzenie w stronę Deborah. Deborah pretensjonalnie wzruszyła ramionami.

— R.S. Hunter — orzekła Hannah, próbując spojrzeć Robbiemu w oczy. Roześmiała się. Nie potrafiła się powstrzymać. — Mam tomik pana poezji.

— Pierwszy czy drugi? — zapytał Robbie.

— *Postęp i rozpad* — odparła Hannah. Nie wiedziała, że jest jeszcze drugi.

— Aha — powiedziała Deborah, szeroko otwierając oczy. — Tak, widziałam recenzję w gazecie. Zdobył pan tę nagrodę.

— *Postęp* to mój drugi tomik — wyjaśnił Robbie, patrząc na Hannah.

— Z chęcią przeczytam pierwszy — odrzekła. — Proszę mi powiedzieć, jaki ma tytuł, panie Hunter, żebym mogła go kupić.

— Może pani dostać mój egzemplarz — powiedział Robbie. — Ja już to czytałem. Mówiąc między nami, autor to straszny nudziarz.

Usta Deborah wykrzywiły się w uśmiechu, a w jej oczach pojawił się znajomy błysk. Oceniała wartość Robbiego, tworząc listę osób, na których wywarłaby wrażenie, gdyby zaprosiła go na jeden ze swoich wieczorków. Sądząc po zadowoleniu, z jakim zacisnęła lśniące czerwone usta, jego wartość była wysoka. Hannah poczuła zaskakujące ukłucie zazdrości.

— *Postęp i rozpad?* — zapytał Teddy, mrugając do Robbiego. — Chyba nie jest pan socjalistą, panie Hunter?

Robbie się uśmiechnął.

— Nie. Nie posiadam ani majątku, który mógłbym rozdać, ani pragnienia gromadzenia go.

Teddy się roześmiał.

— Ależ panie Hunter — powiedziała Deborah. — Podejrzewam, że bawi się pan naszym kosztem.

— Bawię się dobrze. Mam nadzieję, że nie państwa kosztem.

Deborah posłała mu uśmiech, który zapewne miał być urzekający.

— Jakaś mała ptaszyna podpowiada mi, że wcale nie jest pan taką zbłąkaną kulą, na jaką pan pozuje.

Hannah spojrzała na Emmeline, która zakryła uśmiech dłońmi. Nietrudno było się domyślić, kto jest tą małą ptaszyną Deborah.

— O czym ty mówisz, Deb? — zapytał Teddy. — Wyrażaj się jaśniej.

— Nasz gość się z nami droczy — powiedziała Deborah, triumfalnie podnosząc głos. — Wcale nie jest panem Hunterem. To lord Hunter.

Teddy uniósł brwi.

— Słucham? Jak to?

Robbie obrócił kieliszek, trzymając go za nóżkę.

— Mój ojciec rzeczywiście był lordem Hunterem. Ale ja nie używam tytułu.

Teddy zmierzył Robbiego wzrokiem znad talerza pieczonej wołowiny. Rezygnowanie z tytułu było czymś, czego nie mógł zrozumieć. Wraz z ojcem prowadzili długą kampanię, zanim Lloyd George zdecydował się na nobilitację.

— Na pewno nie jest pan socjalistą? — zapytał.

— Dosyć tych rozmów o polityce — powiedziała nagle Emmeline, przewracając oczami. — Oczywiście, że nie jest socjalistą. Robbie jest jednym z nas i nie zaprosiliśmy go tu po to, żeby zanudzić na śmierć. — Skupiła wzrok na Robbiem, oparła brodę na dłoni. — Opowiedz nam, gdzie się podziewałeś, Robbie.

— Ostatnio? — zapytał. — Byłem w Hiszpanii.

W Hiszpanii. Hannah powtórzyła to w myślach. Jak cudownie.

— Jakież to prymitywne — rzuciła Deborah ze śmiechem. — Co pan tam robił, na miłość boską?

— Spełniałem obietnicę daną dawno temu.

— Był pan w Madrycie? — zapytał Teddy.

— Przez jakiś czas — powiedział Robbie. — W drodze do Segovii.

Teddy zmarszczył brwi.

— Co można robić w Segovii?

— Pojechałem do Alcázar.

Hannah poczuła, jak po skórze przebiegają jej ciarki.

— Do tego starego zakurzonego fortu? — zapytała Deborah z szerokim uśmiechem. — Nie wyobrażam sobie nic gorszego.

— Wręcz przeciwnie — odparł Robbie. — To było niezwykłe. Magiczne. Jak wkroczenie do innego świata.

— Niech pan o tym opowie.

Robbie się zawahał, szukając odpowiednich słów.

— Czasami miałem wrażenie, że mogę tam dostrzec przeszłość. Kiedy zapadał zmierzch i byłem zupełnie sam, prawie słyszałem szepty zmarłych. Wokół unosiły się stare sekrety.

— Jakie to makabryczne — powiedziała Deborah.

— Dlaczego pan stamtąd wyjechał? — zapytała Hannah.

— Właśnie — zaciekawił się Teddy. — Co sprowadziło pana z powrotem do Londynu, panie Hunter?

Robbie spojrzał Hannah w oczy. Uśmiechnął się i zwrócił do Teddy'ego.

— Podejrzewam, że opatrzność.

— Tyle podróży — powiedziała Deborah, uparcie kontynuując swój flirt. — Musi w panu krążyć cygańska krew.

Robbie uśmiechnął się, ale nie odpowiedział.

— Albo to, albo nasz gość ma nieczyste sumienie — ciągnęła Deborah, po czym pochyliła się w stronę Robbiego i dodała żartobliwym szeptem: — Mam rację, panie Hunter? Przed czymś pan ucieka?

— Tylko przed sobą samym, panno Luxton — odparł Robbie.

— Kiedy będzie pan starszy — powiedział Teddy — osiądzie pan w jednym miejscu. Sam sporo kiedyś podróżowałem. Cieszyło mnie poznawanie świata, gromadzenie wytworów kultury i doświadczeń. — Widząc, jak przygładza płaskimi dłońmi obrus po obu stronach talerza, Hannah domyśliła się, że za chwilę wygłosi wykład. — Z upływem lat człowiekowi przybywa obowiązków. Ustalają się nawyki. Odmienność, która pociągała go w młodości, zaczyna irytować. Weźmy na przykład Paryż. Byłem tam niedawno. Kiedyś uwielbiałem to miasto, ale teraz schodzi na psy. Żadnego szacunku dla tradycji. I sposób, w jaki ubierają się kobiety!

— Nasz drogi Tiddles — roześmiała się Deborah. — Jest taki a-szykowny.

— Wiem, że lubisz Francuzów i ich tkaniny — stwierdził Teddy. — Dla samotnych kobiet to doskonała zabawa. Ale nigdy bym nie pozwolił, żeby moja żona paradowała w czymś takim po ulicach!

Hannah nie potrafiła spojrzeć na Robbiego. Wbiła wzrok w talerz, pogmerała widelcem w jedzeniu i odłożyła go na bok.

— Podróże otwierają nam oczy na inne kultury — powiedział Robbie. — Na Dalekim Wschodzie natknąłem się na plemię, w którym mężczyźni wycinali obrazy na twarzach swoich żon.

Emmeline wydała zduszony okrzyk.

— Nożem?

Teddy, zafascynowany, połknął kęs na wpół przeżutej wołowiny.

— Dlaczego, na miłość boską?

— Żony traktowane są jako obiekt przyjemności i rodzaj ekspozycji — wyjaśnił Robbie. — Mężowie uważają, że mają święte prawo do ozdabiania ich według własnego widzimisię.

— Barbarzyńcy — powiedział Teddy i pokręcił głową, dając Boyle'owi sygnał do napełnienia kieliszków winem. — A potem dziwią się, że przybywamy, aby ich ucywilizować.

Po tym dniu Hannah nie widziała Robbiego przez kilka tygodni. Myślała, że zapomniał o obietnicy pożyczenia jej tomiku wierszy. Podejrzewała, że to było w jego stylu: wprosić się na kolację, składać puste obietnice, a potem znikać, nie spełniwszy ich. Nie czuła się urażona, lecz raczej rozczarowana sobą samą — zdumiona, że dała się w to wciągnąć. Postanowiła więcej o tym nie myśleć.

Mimo to dwa tygodnie później, gdy przypadkowo znalazła się w małej księgarni w Drury Lane, w dziale z autorami na litery H—J, i jej wzrok padł na egzemplarz jego pierwszego tomiku wierszy, kupiła go. W końcu jego wiersze podobały jej się, jeszcze zanim odkryła, że ich autor nie dotrzymuje obietnic.

Potem umarł tata i wszelkie myśli o powrocie Robbiego Huntera zostały zepchnięte na bok. Na wieść o nagłej śmierci ojca Hannah poczuła się tak, jak gdyby pozbawiono ją kotwicy. Wiatr zepchnął ją z bezpiecznych wód w stronę głębin, których nie znała i którym nie ufała. Oczywiście, było to śmieszne. Nie widziała taty od tylu lat: od dnia ślubu nie chciał jej widzieć, a ona nie potrafiła znaleźć słów, które mogłyby go nakłonić do zmiany zdania. Jednak pomimo tego wszystkiego za jego życia czuła się związana z kimś potężniejszym i silnym. Teraz to się skończyło. Czuła, że ją opuścił. Często się kłócili — był to stały element ich osobliwego związku — ale zawsze wiedziała, że darzy ją szczególną miłością. A teraz odszedł bez słowa. Zaczęła śnić o ciemnej wodzie, przeciekających statkach, nieposkromionych falach oceanu. Za dnia znowu rozmyślała o wizji wróżki, pełnej ciemności i śmierci.

Wmawiała sobie, że może być inaczej, jeśli Emmeline na stałe zamieszka pod numerem siedemnastym. Po śmierci taty postanowiono, że Hannah zostanie jej opiekunką. Teddy powiedział, że to całkiem dobrze i po tej niefortunnej historii z reżyserem filmowym będą ją mieli na oku. Im dłużej Hannah myślała o takim rozwiązaniu, tym bardziej jej się podobało. Zyska sojuszniczkę w domu. Kogoś, kto ją rozumie. Będą przesiadywały razem do późnej nocy, rozmawiając, śmiejąc się i dzieląc sekretami jak za czasów dzieciństwa.

Kiedy jednak Emmeline przyjechała do Londynu, okazało się, że ona ma inne pomysły. Londyn zawsze jej się podobał i rzuciła się w wir życia towarzyskiego, które tak bardzo uwielbiała. Co wieczór chodziła na bale kostiumowe — „białe przyjęcia”, „cyrkowe przyjęcia”, „podmorskie przyjęcia” — Hannah szybko straciła rachubę. Emmeline brała udział w wymyślnych poszukiwaniach skarbów, które obejmowały wydobywanie nagród z przeróżnych miejsc, począwszy od żebraczych kubków, a skończywszy na czapkach policjantów. Za dużo piła i za dużo paliła, a jeśli następnego dnia nie znajdowała swojego zdjęcia w kolumnach towarzyskich, uznawała wieczór za porażkę.

Pewnego popołudnia Hannah zastała Emmeline w salonie, gdzie młodsza siostra zabawiała grupę przyjaciół. Przesunęli meble pod ściany, a drogi dywan z Berlina leżał niechlujnie zwinięty obok kominka. Jakaś nieznana Hannah dziewczyna w cieniutkiej sukience z zielonego szyfonu siedziała na zrolowanym dywanie i leniwie paliła papierosa, strzepując popiół na podłogę i patrząc, jak Emmeline próbuje nauczyć fokstrota jakiegoś pokracznego młodego mężczyznę o dziecinnej twarzy.

— Nie, nie — powiedziała Emmeline ze śmiechem. — Liczymy na cztery, kochany Harry. Nie na trzy. No, złap mnie za ręce, pokażę ci. — Ponownie włączyła gramofon. — Gotowy?

Hannah obeszła pokój. Tak bardzo wytrąciła ją z równowagi beztroska, z jaką Emmeline i jej przyjaciele skolonizowali ten pokój (w końcu był to jej pokój), że zupełnie zapomniała, po co przyszła. Kiedy udawała, że szuka czegoś w sekretarzyku, Harry opadł na kanapę, mówiąc:

— Dosyć. Wykończysz mnie, Emme.

Emmeline opadła na miejsce obok i objęła go ramieniem.

— Niech ci będzie, kochany Harry, ale nie możesz oczekiwać, że zatańczę z tobą na przyjęciu Clarissy, skoro nie znasz kroków. Fokstrot jest fantastyczny i zamierzam go tańczyć przez całą noc!

Dobrze powiedziane, pomyślała Hannah. Powoli późne powroty Emmeline zmieniły się w powroty wczesnoporanne. Emmeline i jej przyjaciołom nie wystarczało już tańczenie przez całą noc u Claridge'a, picie jakiejś mieszanki brandy i likieru z gorzkich pomarańczy o nazwie Side-cars, więc dalsza część imprezy odbywała się w czyimś domu. Przeważnie należącym do kogoś, kogo kompletnie nie znali. Nazywali to „taranowaniem bram": ubrani w wieczorowe stroje włóczyli się po Mayfair, dopóki nie znaleźli imprezy, do której można by się przyłączyć. Nawet służba zaczynała już plotkować. Pewnego ranka, kiedy nowa pokojówka sprzątała w korytarzu, Emmeline wślizgnęła się do domu o wpół do szóstej. Miała szczęście, że Teddy o niczym się nie dowiedział. Że Hannah o to zadbała.

— Jane twierdzi, że tym razem Clarissa mówi poważnie — oznajmiła dziewczyna w zielonym szyfonie.

— Myślisz, że naprawdę to zrobi? — zapytał Harry.

— Przekonamy się dziś wieczorem — powiedziała Emmeline. — Clarissa od miesięcy zapowiada, że zetnie włosy. —

Roześmiała się. — Jeśli to zrobi, tym gorzej dla niej: z takimi kośćmi policzkowymi będzie wyglądała jak niemiecki instruktor musztry.

— Bierzesz ze sobą dżin? — zapytał Harry.

Emmeline wzruszyła ramionami.

— Albo wino. To bez znaczenia. Clarissa ma zamiar wlać to wszystko do jednego naczynia, żeby ludzie mogli czerpać kubkami.

Butelkowe przyjęcie, pomyślała Hannah. Słyszała o nich. Przy śniadaniu Teddy lubił czytać doniesienia prasowe. Opuszczał gazetę, żeby zwrócić jej uwagę, kręcił głową z leniwą dezaprobatą i mówił:

— Posłuchaj tego. Piszą o kolejnym z tych przyjęć. Tym razem w Mayfair. — Potem czytał artykuł, nie omijając ani słowa, i Hannah odnosiła wrażenie, że czerpie wielką przyjemność z opisów nieproszonych gości, nieprzyzwoitych dekoracji i nalotów policji. Dlaczego młodzi ludzie nie mogą zachowywać się jak za ich czasów, pytał. Organizować bale z kolacjami, lokajami nalewającymi wino i wizytówkami na stole?

Hannah tak bardzo przeraziła sugestia Teddy'ego, że ona również nie jest już młoda, że — choć zachowanie Emmeline było jej zdaniem równie niewłaściwe jak tańczenie na grobach — nigdy nie wyraziła nawet słowa protestu.

I dokładała szczególnych starań, by zataić przed Teddym uczestnictwo Emmeline w takich przyjęciach. A tym bardziej pomaganie przy ich organizowaniu. Hannah doszła do perfekcji w wynajdywaniu wymówek tłumaczących nocne aktywności Emmeline.

Jednak tamtego wieczoru, kiedy weszła po schodach, kierując się w stronę gabinetu Teddy'ego, uzbrojona w naiwną półprawdę o przywiązaniu Emmeline do jej przyjaciółki, lady Clarissy, Teddy nie był sam. Kiedy zbliżyła się do zamkniętych drzwi, usłyszała głosy. Teddy'ego i Simiona. Już miała zawrócić i przyjść później, gdy padło imię jej ojca. Wstrzymała oddech i po cichu zbliżyła się do drzwi.

— Mimo wszystko trochę go szkoda — powiedział Teddy. — Bez względu na to, co o nim sądzisz. Taka śmierć: człowiek, który większość życia spędził na wsi, ginie w wypadku podczas polowania.

Simion odchrząknął.

— Cóż, Teddy, mówiąc między nami, wygląda na to, że chodziło o coś więcej. — Chwila sugestywnego milczenia. Ściszony głos, jakieś niezrozumiałe słowa.

Teddy szybko wciągnął powietrze.

— Samobójstwo?

Kłamstwa, pomyślała Hannah. Zaczęła szybko oddychać. Paskudne kłamstwa.

— Na to wygląda — powiedział Simion. — Lord Gifford mówił, że jeden ze służących... ten starszy, Hamilton... znalazł go na polach. Służba robiła wszystko, żeby zatuszować szczegóły sprawy. Wspominałem ci kiedyś, że pod względem dyskrecji nikt nie może się równać z angielskim służącym. Ale lord Gifford przypomniał im, że ochrona rodzinnej reputacji to jego zadanie, a aby je dobrze wykonać, musi poznać fakty.

Hannah usłyszała brzęk kieliszków i bulgot nalewanej sherry.

— A co powiedział Gifford? — zapytał Teddy. — Co każe mu przypuszczać, że to było... celowe?

Simion wydał z siebie filozoficzne westchnienie.

— Od jakiegoś czasu facet był w złej formie. Nie wszyscy potrafią sobie radzić z okrutnym światem biznesu. Stał się ponury, przygnębiony. Służący zaczęli go śledzić, gdy wychodził z domu. Dla pewności... — Potarł zapałkę i do Hannah dotarła cieniutka smużka tytoniowego dymu. — Ujmijmy to tak: z jego słów wywnioskowałem, że ten „wypadek" był do przewidzenia.

Nastąpiła przerwa w rozmowie. Obydwaj mężczyźni zastanawiali się nad tymi słowami. Hannah wstrzymała oddech, nasłuchując kroków.

Po obowiązkowej chwili ciszy Simion odzyskał energię i mówił dalej:

— Jednak lord Gifford zrobił, co trzeba. Nikt nie dostrzeże różnicy. Poza tym nie ma tego złego, co by nie wyszło na dobre. — Rozległo się skrzypnięcie skóry, kiedy zmieniał pozycję w fotelu. — Myślę sobie, że nadszedł już czas, abyś po raz drugi spróbował wejść do świata polityki. Interesy nigdy nie szły lepiej, masz czyste konto, a konserwatyści uważają cię za rozsądnego człowieka. Może postarasz się o nominację z okręgu Saffron?

W głosie Teddy'ego pobrzmiewała nutka nadziei.

— Myślisz, że powinienem przeprowadzić się do Riverton?

— Teraz posiadłość jest twoja, a ludzie ze wsi kochają swojego jaśnie pana.

— Ojcze — powiedział Teddy, ledwie łapiąc oddech. — Jesteś geniuszem. Natychmiast zadzwonię do lorda Gifforda. Zobaczę, czy zechce pomówić o tym w moim imieniu. — Rozległ się dźwięk towarzyszący podnoszeniu słuchawki z widełek. — Chyba nie jest za późno, prawda?

— Nigdy nie jest za późno na interesy — odparł Simion. — Ani na politykę.

Wtedy Hannah się wycofała. Usłyszała wystarczająco dużo.

II

Wrócił Robbie. W żaden sposób nie wyjaśnił swojej nieobecności. Po prostu usiadł w fotelu Teddy'ego, jak gdyby od chwili jego ostatniej wizyty nie upłynęło dużo czasu, i podarował Hannah swój pierwszy tomik poezji. Już miała mu powiedzieć, że kupiła egzemplarz, kiedy z kieszeni płaszcza wyciągnął drugą książkę. Małą, z zieloną okładką.

— To dla ciebie — powiedział, podając ją.

Serce Hannah zabiło mocniej, kiedy zobaczyła tytuł. Był to *Ulisses* Jamesa Joyce'a. Lektura zakazana.

— Ale skąd to...?

— Od przyjaciela z Paryża.

Hannah przebiegła palcem po słowie *Ulisses*. Wiedziała, że książka opowiada o pewnym małżeństwie i jego zamierającym fizycznym związku. Czytała — a raczej Teddy czytał — fragmenty z gazety. Nazwał je „brudnymi", a ona przytaknęła. W rzeczywistości dziwnie ją pociągały. Wyobrażała sobie, jak zareagowałby

418

Teddy, gdyby mu o tym powiedziała. Uznałby, że jest chora, i poleciłby wezwać lekarza. I może miałby rację.

Jednak, choć możliwość przeczytania tej powieści bardzo ją ucieszyła, nie była pewna, jak ma traktować fakt, że przyniósł ją Robbie. Czy uważał ją za jedną z kobiet, dla których takie tematy to chleb powszedni? Albo, co gorsza, czy z niej żartował? Czy widział w niej świętoszkę? Już miała go o to zapytać, kiedy oznajmił, bardzo zwyczajnie i bardzo łagodnie:

— Przykro mi z powodu twojego ojca.

I zanim zdołała powiedzieć cokolwiek na temat *Ulissesa*, zdała sobie sprawę, że płacze.

❦

Nikt nie zwracał uwagi na wizyty Robbiego. Przynajmniej na początku. Z pewnością nic nie wskazywało na to, że między nim i Hannah dzieje się coś niewłaściwego. Gdyby ktoś to zasugerował, Hannah zaprzeczyłaby jako pierwsza. Wszyscy wiedzieli, że Robbie był przyjacielem jej brata, że towarzyszył mu do samego końca. Jeśli wydawał się nieco dziwny, nie do końca przyzwoity (jak nadal utrzymywał Boyle), wystarczyło zepchnąć winę na tajemnice wojny.

Wizyty Robbiego nie układały się w żaden wzór, jego przyjazd nigdy nie był planowany, lecz Hannah zaczęła go wypatrywać, czekać na niego. Czasami była sama, a innym razem towarzyszyła jej Emmeline lub Deborah. To nie miało znaczenia. Dla Hannah Robbie stał się deską ratunku. Rozmawiali o książkach i podróżach. Fantazyjnych pomysłach i dalekich miejscach. Miała wrażenie, że dużo o niej wie. Czuła się prawie tak, jak gdyby wrócił David. Zauważyła, że tęskni za jego towarzystwem. Kiedy go nie było, stawała się niespokojna i nudziło ją wszystko, co nie miało związku z Robbiem.

Może gdyby Hannah była mniej pochłonięta własnymi emocjami, zauważyłaby, że nie jest jedyną osobą, dla której wizyty Robbiego stanowią atrakcję. Zauważyłaby, że Deborah spędza w domu więcej czasu. Ale nie zauważyła.

Wpadła w zupełne osłupienie, kiedy pewnego ranka, w salonie, Deborah odłożyła na bok krzyżówkę i powiedziała:

— W przyszłym tygodniu organizuję mały wieczorek promujący nowy zapach Chanel, panie Hunter. Proszę sobie wyobrazić: byłam tak zajęta załatwianiem formalności, że nie miałam czasu poszukać sobie partnera. — Uśmiechnęła się, pokazując czerwone usta i białe zęby.

— Wątpię, żeby miała z tym pani problem — powiedział Robbie. — Jestem pewny, że cała zgraja facetów marzy o przejażdżce na złotej fali śmietanki towarzyskiej.

— Oczywiście — przytaknęła Deborah, nie dostrzegając ironii, która tkwiła w jego słowach. — Mimo to zostało bardzo niewiele czasu.

— Lord Woodall z pewnością dotrzyma ci towarzystwa — powiedziała Hannah.

— Lord Woodall jest za granicą — szybko odparła Deborah. Posłała Robbiemu uśmiech. — A przecież nie mogę iść sama.

— Zdaniem Emmeline chodzenie na przyjęcia bez partnera jest teraz bardzo modne — powiedziała Hannah.

Deborah udała, że nie słyszy. Spojrzała na Robbiego i zatrzepotała rzęsami.

— Chyba że... — Potrząsnęła głową ze skromnością, która zupełnie do niej nie pasowała. — Nie, oczywiście, że nie.

Robbie milczał.

Deborah zacisnęła usta.

— Chyba że pan ze mną pójdzie, panie Hunter?

Hannah wstrzymała oddech.

— Ja? — zapytał Robbie ze śmiechem. — Nie sądzę.

— Dlaczego nie? — odparła Deborah. — Będziemy się świetnie bawić.

— Brak mi towarzyskich przymiotów — oświadczył Robbie. — Czułbym się jak ryba wyjęta z wody.

— Ja pływam doskonale — zapewniła go Deborah. — Utrzymam pana na powierzchni.

— Mimo wszystko — powiedział Robbie — nie.

Nie po raz pierwszy oddech uwiązł Hannah w gardle. Brakowało mu ogłady, lecz zupełnie nie przypominało to wymuszonej wulgarności przyjaciół Emmeline. Był naturalny i — pomyślała Hannah — zachowywał się dosyć szokująco.

— Nalegam, żeby się pan zastanowił — nie ustępowała Deborah, a nutka wyraźnego niepokoju ścisnęła jej głos. — Będzie tam każdy, kto cokolwiek znaczy.

— Nie czuję się dobrze w towarzystwie — wyznał otwarcie. Zaczynała go nudzić. — Zbyt wielu ludzi wydaje zbyt dużo pieniędzy, żeby zrobić wrażenie na głupcach, którzy tego nie dostrzegają.

Deborah otworzyła usta, lecz ponownie je zamknęła.

Hannah próbowała powstrzymać uśmiech.

— Skoro jest pan pewien — powiedziała Deborah.

— Absolutnie pewien — wesoło potwierdził Robbie. — Mimo to dziękuję.

Deborah energicznie rozłożyła gazetę na kolanach i udała, że z powrotem zabiera się do krzyżówki. Robbie spojrzał na Hannah i uniósłszy brwi, zacmokał bezgłośnie jak ryba. Hannah nie mogła się powstrzymać. Parsknęła śmiechem.

Rozzłoszczona Deborah podniosła wzrok i spojrzała na nich. Hannah poznała tę minę: Deborah odziedziczyła ją po Simionie, wraz z żądzą podboju. Jej usta się zacisnęły, czując gorzki smak porażki.

— Jest pan mistrzem w posługiwaniu się słowem, panie Hunter — powiedziała oschle. — Jakie siedmioliterowe słowo rozpoczynające się na „b" oznacza błąd w ocenie?

⊛

Kilka dni później, podczas kolacji, Deborah zemściła się za nietakt Robbiego.

— Zauważyłam, że dziś znowu był u nas pan Hunter — powiedziała, wbijając widelec w ciasto ptysiowe.

— Przyniósł książkę, bo uznał, że mogłaby mnie zainteresować — wyjaśniła Hannah.

Deborah zerknęła na Teddy'ego, który siedział u szczytu stołu, dobierając się do ryby.

— Zastanawiam się, czy przypadkiem jego wizyty nie niepokoją służby.

Hannah odłożyła sztućce.

— Nie rozumiem, dlaczego służba miałaby uznać wizyty pana Huntera za niepokojące.

— Rzeczywiście — powiedziała Deborah, prostując się. — Obawiałam się, że tego nie zrozumiesz. Nigdy nie byłaś zbyt odpowiedzialna, jeśli chodzi o prowadzenie domu. — Mówiła wolno, podkreślając każde słowo. — Służący są jak dzieci, moja kochana Hannah. Lubią rutynę i nie potrafią bez niej funkcjonować. My, ich wzór, powinniśmy ją zapewnić. — Lekko przechyliła głowę. — Jak wiesz, wizyty pana Huntera są nieprzewidywalne. Sam przyznaje, że zupełnie nie zna zasad panujących w kulturalnym towarzystwie. Przed wizytą nie raczy nawet zatelefonować, żebyś mogła uprzedzić służbę. Pani Tibbit ledwie żyje, próbując przygotować poranną herbatę dla dwóch osób, pomimo że wcześniej szykowała ją dla jednej. To naprawdę niesprawiedliwe. Zgodzisz się ze mną, Teddy?

— Słucham? — Teddy podniósł wzrok znad rybiego łba.

— Właśnie mówiłam — powiedziała Deborah — że ostatnimi czasy niepotrzebnie niepokoimy służbę.

— Służba się niepokoi? — zapytał Teddy. Podobnie jak jego ojciec bał się, że któregoś dnia klasa służących wznieci rewolucję.

— Porozmawiam z panem Hunterem — szybko zapewniła go Hannah. — Poproszę, żeby w przyszłości zapowiadał się telefonicznie.

Deborah udała, że rozważa taką możliwość.

— Nie — powiedziała, kręcąc głową. — Obawiam się, że jest na to trochę za późno. Chyba byłoby najlepiej, gdyby w ogóle przestał tu przychodzić.

— To lekka przesada, nie sądzisz, Deb? — zapytał Teddy, wzbudzając u żony przypływ sympatii. — Pan Hunter zawsze wydawał mi się raczej nieszkodliwy. Członek cyganerii, to pewne, ale nieszkodliwy. Jeśli zapowie się telefonicznie, służba z pewnością...

— Należałoby przemyśleć jeszcze inne sprawy — ucięła Deborah. — Chyba nie chcemy, aby ktoś odniósł mylne wrażenie, prawda, Teddy?

— Mylne wrażenie? — zapytał Teddy, marszcząc brwi. Zaczął się śmiać. — Och, Deb, chyba nie chcesz powiedzieć, że ktoś mógłby pomyśleć, że Hannah i pan Hunter... Że moja żona i taki człowiek jak on...?

Hannah przymknęła oczy.

— Oczywiście, że nie — szorstko odparła Deborah. — Ale ludzie uwielbiają plotkować, a plotki nie służą interesom. Ani polityce.

— Polityce? — zdziwił się Teddy.

— Matka wspominała, że szykujesz się do następnego podejścia — powiedziała Deborah. — Dlaczego ludzie mieliby wierzyć, że zdołasz kontrolować swój elektorat, skoro nie potrafisz kontrolować własnej żony? — Triumfalnie włożyła do ust porcję jedzenia, unikając kontaktu widelca z umalowanymi ustami.

Teddy wydawał się zakłopotany.

— Nie myślałem o tym w ten sposób.

— I nie powinieneś. — Hannah mówiła bardzo cicho. — Pan Hunter był bliskim przyjacielem mojego brata. Odwiedza mnie, żebyśmy mogli rozmawiać o Davidzie.

— Wiem o tym, kochanie — powiedział Teddy z przepraszającym uśmiechem. Bezradnie wzruszył ramionami. — Mimo to Deb ma rację. Chyba się ze mną zgodzisz, prawda? Nie możemy pozwolić, aby ludzie opacznie to zrozumieli.

⚘

Po tej rozmowie Deborah nie odstępowała Hannah na krok. Urażona odmową Robbiego, chciała mieć pewność, że dowie się on o tym postanowieniu i — co ważniejsze — domyśli się, kto za tym stoi. Zatem kiedy Robbie ponownie zawitał pod numer siedemnasty, znowu zastał Hannah w towarzystwie usadowionej na kanapie Deborah.

— Dzień dobry, panie Hunter — powiedziała Deborah z szerokim uśmiechem, wyjmując kłaczki z sierści swojego maltańczyka, Bunty'ego. — Jak uroczo pana widzieć. Ufam, że dobrze się pan czuje?

Robbie pokiwał głową.

— A pani?

— Och, tryskam energią — powiedziała Deborah.

Robbie uśmiechnął się do Hannah.

— Jak się pani podobała?

Hannah zacisnęła usta. Obok niej leżał egzemplarz *Ziemi jałowej*. Oddała mu go.

— Jest cudowna, panie Hunter. Niesamowicie mnie poruszyła. Uśmiechnął się.

— Wiedziałem, że tak będzie.

Hannah zerknęła w stronę Deborah, która sugestywnie wytrzeszczyła oczy.

— Panie Hunter — powiedziała Hannah, po czym zacisnęła usta. — Muszę o czymś z panem pomówić. — Wskazała fotel Teddy'ego.

Robbie usiadł i spojrzał na nią tymi ciemnymi oczami.

— Mój mąż — zaczęła Hannah, lecz nie wiedziała, jak skończyć. — Mój mąż...

Spojrzała na Deborah, która odchrząknęła i udała, że pochłania ją podziwianie lśniącego łba Bunty'ego. Hannah przyglądała jej się przez chwilę, sparaliżowana widokiem długich chudych palców Deborah, jej zaostrzonych paznokci...

Robbie podążył za jej spojrzeniem.

— Pani mąż, pani Luxton?

Hannah dokończyła łagodnym tonem:

— Mój mąż wolałby, aby nie przychodził pan do nas, jeśli nie ma pan konkretnego celu.

Deborah zepchnęła Bunty'ego z kolan i przygładziła sukienkę.

— Rozumie pan, prawda, panie Hunter?

W tej samej chwili wszedł Boyle, niosąc tacę z herbatą. Postawił ją na stole, ukłonił się Deborah, po czym wyszedł.

— Zostanie pan na herbacie, prawda? — zapytała Deborah słodziutkim głosem, od którego Hannah przeszły ciarki. — Ten ostatni raz? — Nalała herbaty i podała Robbiemu filiżankę.

W towarzystwie Deborah pełniącej rolę wesołej koordynatorki zdobyli się na niezręczną rozmowę na temat upadku koalicyjnego rządu i zabójstwa Michaela Collinsa. Hannah prawie nie słuchała. Pragnęła tylko kilku minut sam na sam z Robbiem, aby mogła mu wszystko wytłumaczyć. Wiedziała również, że to ostatnia rzecz, na jaką zgodzi się Deborah.

Myślała o tym, zastanawiając się, czy kiedykolwiek będzie

jeszcze miała szansę z nim porozmawiać. Zdała sobie sprawę, jak bardzo uzależniła się od jego towarzystwa. Nagle otworzyły się drzwi i zjawiła się Emmeline, która właśnie wróciła z lunchu u przyjaciół.

Tamtego dnia Emmeline wyglądała wyjątkowo pięknie: ułożyła włosy w jasne fale i była okryta szalem w nowym kolorze — palonej sjeny — na którego tle lśniła jej skóra. Jak zwykle wbiegła do pokoju, a gdy wystraszony Bunty ukrył się pod stołem, beztrosko opadła na skraj szezlonga i w dramatycznym geście złapała się za brzuch.

— Ojej — powiedziała, nie zdając sobie sprawy z napięcia, które panuje w pokoju. — Jestem napchana jak świąteczna gęś. Chyba już nigdy niczego nie zjem. — Przechyliła głowę na bok. — Jak leci, Robbie? — Nie czekała na odpowiedź. Nagle wyprostowała się i szeroko otworzyła oczy. — Och, nigdy nie zgadniecie, kogo ostatnio spotkałam na przyjęciu u lady Sybil Colefax. Siedziałam sobie, rozmawiając z lordem Bernerem (opowiadał mi ze szczegółami o małym fortepianiku, który zainstalował w swoim rolls-roysie), aż tu nagle pojawili się Sitwellowie*. Wszyscy troje! Na żywo są znacznie bardziej zabawni. Kochany Sachy i te jego sprytne żarciki. I Osbert z tymi dziwnymi wierszykami o zabawnych zakończeniach...

— Epigramami — mruknął Robbie.

— Jest równie dowcipny jak Oscar Wilde — powiedziała Emmeline. — Ale to Edith zrobiła na mnie największe wrażenie. Recytowała jeden ze swoich wierszy i doprowadziła nas wszystkich do łez. No cóż, wiecie, jaka jest lady Colefax: ma bzika na punkcie inteligentnych ludzi. I nie mogłam się powstrzymać, kochany Robbie, więc wspomniałam, że cię znam, a oni prawie padli z wrażenia. Śmiem twierdzić, że mi nie uwierzyli. Wszyscy myślą, że mam talent do zmyślania różnych historii (nie mam pojęcia dlaczego). Widzisz? Musisz po prostu pójść ze mną dzisiaj na przyjęcie i udowodnić, że nie mają racji.

Zrobiła wdech i w jednej chwili szybko wyciągnęła z torebki papierosa, którego natychmiast zapaliła. Wypuściła smużkę dymu.

---

* Znane rodzeństwo ekscentrycznych literatów.

— Powiedz, że ze mną pójdziesz, Robbie. Niedowierzanie ludzi nie przeszkadza mi, kiedy kłamię, ale kiedy mówię prawdę, to już zupełnie co innego.

Robbie zamyślił się, rozważając propozycję.

— O której mam po ciebie przyjechać? — zapytał.

Hannah zamrugała zaskoczona. Spodziewała się, że odmówi — jak zawsze, kiedy Emmeline wyskakiwała z jakimś zaproszeniem. Sądziła, że Robbie myśli na temat przyjaciół Emmeline to samo co ona. Być może jego pogarda nie obejmowała lorda Bernera i lady Sybil. Może pokusa w postaci spotkania rodzeństwa Sitwellów była nie do odparcia.

Przez jakiś czas tak właśnie było. Hannah widywała Robbiego, kiedy przyjeżdżał po Emmeline, a Deborah niewiele mogła zrobić, by to zmienić. Pewnego razu, gdy jak tonący, który chwyta się brzytwy, podjęła ostatnią próbę wyrzucenia Robbiego, Teddy wzruszył ramionami i powiedział, że to jak najbardziej wskazane, by pani domu zabawiała gościa, który przyjechał po jej młodszą siostrę. Czy wolałaby, żeby siedział sam w salonie?

Hannah próbowała zadowolić się tymi cennymi krótkimi chwilami, lecz spostrzegła, że między nimi również myśli o Robbiem. Nigdy nie opowiadał o tym, co robi, kiedy nie są razem. Nie wiedziała nawet, gdzie mieszka. Zatem zaczęła fantazjować: zawsze lubiła gry angażujące wyobraźnię.

Bez większego wysiłku ignorowała fakt, że Robbie spędza czas z Emmeline. Zresztą cóż to szkodziło? Emmeline miała olbrzymią grupę przyjaciół. Robbie był kolejnym z nich.

Jednak pewnego ranka, kiedy jadła z Teddym śniadanie, jej mąż pacnął dłonią w otwartą gazetę i powiedział:

— Co też wyrabia ta twoja siostra?

Hannah zamarła w bezruchu, zastanawiając się, jaki wstyd przyniosła jej tym razem Emmeline. Wzięła gazetę, którą Teddy podał jej nad stołem.

Było to tylko małe zdjęcie. Robbie i Emmeline, którzy poprzedniego wieczoru opuszczali jakiś nocny klub. Hannah musiała przyznać, że Emmeline wyszła całkiem dobrze: z uniesioną głową, śmiejąc się, ciągnęła Robbiego za rękę. Jego twarz była mniej wyraźna. Spowijał ją cień. W krytycznym momencie odwrócił głowę.

Teddy wziął gazetę z powrotem i na głos przeczytał tekst, którym opatrzono zdjęcie.

— „Szanowna panna E. Hartford, jedna z najbardziej błyskotliwych młodych dam z wyższych sfer, została sfotografowana z nieznajomym w czerni. Ten tajemniczy mężczyzna to prawdopodobnie R.S. Hunter. Według zaufanego źródła, panna Hartford zasugerowała, że jest o krok od zaręczyn". — Odłożył gazetę i nabrał widelcem ostro przyprawione jajko. — Tajemnicza z niej dziewczyna, prawda? Nie sądziłem, że Emmeline jest w stanie skrywać jakieś sekrety — powiedział. — Ale mogło być gorzej. Mogła sobie upatrzyć tego Harry'ego Bentleya. — Potarł kciukiem koniuszek wąsa, usuwając zakrzepłe jajko. — Ale mimo to z nim pomówisz, dobrze? Upewnisz się, że wszystko jest pod kontrolą. Nie potrzebuję żadnego skandalu.

⁂

Następnego wieczoru, kiedy Robbie przyjechał po Emmeline, Hannah powitała go jak zwykle. Przez jakiś czas rozmawiali, aż w końcu poczuła, że dłużej tego nie zniesie.

— Panie Hunter — powiedziała, podchodząc do kominka. — Muszę zapytać. Czy jest coś, o czym chciałby pan ze mną porozmawiać?

Rozparł się w fotelu i posłał jej uśmiech.

— Owszem. Myślałem, że właśnie rozmawiamy.

— A może jest coś jeszcze, panie Hunter?

Uśmiech zastygł mu na ustach.

— Chyba nie nadążam.

— Czy jest coś, o co chciałby mnie pan zapytać?

— Byłoby najlepiej, gdybyś mi podsunęła, co powinienem powiedzieć — oznajmił Robbie.

Hannah westchnęła. Sięgnęła po leżącą na sekretarzyku gazetę i podała mu ją.

Przejrzał ją i oddał z powrotem.

— Więc?

— Panie Hunter — cicho powiedziała Hannah. Nie chciała, żeby usłyszeli ją służący, gdyby właśnie przechodzili korytarzem. — Jestem opiekunką mojej siostry. Jeśli zamierza się pan zaręczyć, naprawdę byłoby wskazane, aby najpierw omówił pan te zamiary ze mną.

Robbie się uśmiechnął, lecz zauważył, że Hannah wcale nie jest rozbawiona, i spoważniał, odpowiadając:

— Będę o tym pamiętał, pani Luxton.

Spojrzała na niego, mrugając.

— No więc, panie Hunter?

— No więc, pani Luxton?

— Czy jest coś, o co chciałby pan mnie zapytać?

— Nie — odparł Robbie ze śmiechem. — Nie mam zamiaru żenić się z Emmeline. Nie teraz. Ani później. Ale dziękuję, że zapytałaś.

— Aha. Czy Emmeline o tym wie?

Robbie wzruszył ramionami.

— Nie wiem, dlaczego miałaby myśleć inaczej. Nigdy nie dałem jej powodu.

— Moja siostra jest romantyczką — rzekła Hannah. — Łatwo przywiązuje się do ludzi.

— W takim razie będzie musiała poluzować tę więź.

Hannah zrobiło się szkoda Emmeline, lecz poczuła coś jeszcze. Była na siebie wściekła, gdy zdała sobie sprawę, że to ulga.

— Co się stało? — zapytał Robbie. Stał bardzo blisko. Zastanawiała się, kiedy zdążył się tak bardzo przysunąć.

— Martwię się o Emmeline — wyznała Hannah i zrobiła mały krok do tyłu, muskając nogą kanapę. — Przypisuje panu poważniejsze zamiary.

— Cóż mogę zrobić? — zapytał Robbie. — Już powiedziałem jej prawdę.

— Musi pan przestać się z nią spotykać. Niech pan jej powie, że nie interesują pana jej przyjęcia. Z pewnością nie będzie to zbyt trudne. Sam pan przyznał, że nie znajduje wspólnych tematów z jej znajomymi.

— Nie, nie znajduję.

— Zatem jeśli nic pan do niej nie czuje, proszę, aby był pan z nią szczery. Proszę, panie Hunter. Niech pan to przerwie. W przeciwnym razie moja siostra zostanie zraniona, a ja nie mogę na to pozwolić.

Robbie spojrzał na nią. Wyciągnął rękę i bardzo delikatnie wyprostował kosmyk włosów, który opadł jej na czoło. Zamarła w bezruchu i przez chwilę widziała tylko jego. Jego ciemne oczy, ciepło emanujące z jego skóry, miękkie usta.

— Zrobiłbym to — powiedział. — Natychmiast. — Stał bardzo blisko. Miała świadomość jego oddechu, słyszała go, czuła na swojej szyi. Dodał miękkim głosem: — Ale jak widywałbym się wtedy z tobą?

⊛

Potem wszystko się zmieniło. Oczywiście, że tak. Wszystko musiało się zmienić. Coś skrywanego stało się jasne. Z życia Hannah zaczął ustępować mrok. Zakochiwała się w Robbiem, chociaż z początku oczywiście nie zdawała sobie sprawy. Nigdy nie była zakochana i nie mogła tego z niczym porównać. Wcześniej podobali jej się różni mężczyźni, czuła to nagłe niewytłumaczalne przyciąganie — kiedyś również do Teddy'ego. Istnieje jednak różnica pomiędzy cieszeniem się z czyjegoś towarzystwa, dostrzeganiem czyjejś atrakcyjności a uczuciem absolutnego zakochania.

Sporadyczne spotkania, na które dawniej czekała z taką niecierpliwością, kiedy Robbie przyjeżdżał po Emmeline, już jej nie wystarczały. Hannah pragnęła widywać go gdzieś indziej, sam na sam, gdzie mogliby swobodnie rozmawiać. Gdzie nie istniało nieustanne ryzyko, że dołączy do nich ktoś jeszcze.

Taka okazja nadarzyła się pewnego wieczoru, na początku tysiąc dziewięćset dwudziestego trzeciego roku. Teddy pojechał w interesach do Ameryki, Deborah spędzała weekend na wsi, a Emmeline i jej przyjaciele wybrali się na jeden z wieczorków poetyckich Robbiego. Hannah podjęła decyzję.

Samotnie zjadła kolację, a potem siedziała w salonie, popijając kawę, aż wreszcie udała się do sypialni. Kiedy przyszłam przebrać ją w koszulę nocną, była w łazience. Siedziała na krawędzi eleganckiej wanny z nóżkami w kształcie lwich łap. Miała na sobie delikatną satynową halkę. Teddy przywiózł ją z jednej ze swoich wypraw na kontynent. Hannah trzymała jakiś czarny przedmiot.

— Chciałaby pani wziąć kąpiel? — zapytałam. Branie kąpieli po kolacji było dosyć niezwykłe, lecz czasami się zdarzało.

— Nie — powiedziała Hannah.

— Mam przynieść koszulę nocną?

— Nie — powtórzyła. — Nie idę spać, Grace. Wychodzę.

Byłam zdumiona.

— Słucham, proszę pani?

— Wychodzę. I potrzebuję twojej pomocy.

Nie chciała, żeby dowiedziała się o tym reszta służby. To szpiedzy — powiedziała rzeczowo, a nie chciała, by Teddy, Deborah ani nawet Emmeline dowiedzieli się, że przez cały wieczór była poza domem.

Zaniepokoiłam się na myśl o tym, że nocą pójdzie gdzieś zupełnie sama, ukrywając to przed Teddym. I zastanawiałam się, dokąd się wybiera, czy zamierza mi o tym powiedzieć. Jednak pomimo złych przeczuć zgodziłam się jej pomóc. Oczywiście, że się zgodziłam. Przecież mnie o to prosiła.

Żadna z nas nie odzywała się słowem, kiedy pomagałam jej włożyć przygotowaną wcześniej suknię: uszytą z bladoniebieskiego jedwabiu i wykończoną frędzelkami, które muskały jej nagie kolana. Usiadła przed lustrem i patrzyła, jak upinam jej włosy. Skubała sukienkę, obracała w palcach łańcuszek z medalionem i przygryzała usta. Potem podała mi perukę: czarną, lśniącą i krótkowłosą. Emmeline miała ją na głowie kilka miesięcy wcześniej, podczas jakiegoś balu przebierańców. Byłam zdziwiona — nigdy wcześniej Hannah nie nosiła peruki — ale włożyłam na jej głowę i cofnęłam się, żeby ocenić efekt. Wyglądała jak zupełnie inna osoba. Jak Louise Brooks.

Podniosła flakon perfum — kolejny prezent od Teddy'ego — Chanel numer 5, przywieziony rok wcześniej z Paryża, lecz po chwili zmieniła zdanie. Odstawiła flakon na miejsce i przejrzała się w lustrze. Właśnie wtedy dostrzegłam na jej biurku karteczkę. Widniało na niej: „Wieczorek Robbiego. «Bezpański Kot», Soho, sobota, godzina 22.00". Chwyciła tę karteczkę i wepchnęła ją do torebki, którą zamknęła zdecydowanym ruchem. Potem spojrzała na moje odbicie w lustrze. Nic nie powiedziała. Nie musiała. Zastanawiałam się, dlaczego nie domyśliłam się wcześniej. Któż inny tak bardzo by ją zaabsorbował? Tak bardzo stremował? Wzbudził tak wielką niecierpliwość?

Ruszyłam przodem, upewniając się, że cała służba jest w suterenie. A potem powiedziałam panu Boyle'owi, że zauważyłam plamę na szybie w holu. W rzeczywistości nie było żadnej plamy, ale nie mogłam pozwolić, by ktoś ze służby usłyszał, jak bez żadnego wyraźnego powodu otwierają się frontowe drzwi.

Wróciłam na górę i stojąc na zakręcie schodów, dałam Hannah znak, że droga jest wolna. Otworzyłam frontowe drzwi, a ona wyszła. Na zewnątrz przystanęłyśmy. Odwróciła się do mnie i uśmiechnęła.

— Niech pani będzie ostrożna — powiedziałam, uciszając moje złe przeczucia.

Pokiwała głową.

— Dziękuję, Grace. Za wszystko.

I zniknęła w mroku nocy, cichutko, z butami w dłoni, żeby nie robić hałasu.

＊

Za rogiem Hannah zatrzymała taksówkę i dała kierowcy adres klubu, w którym zorganizowano wieczorek poetycki Robbiego. Była tak podekscytowana, że ledwie mogła oddychać. Musiała stukać obcasami w podłogę taksówki, aby upewnić się, że to wszystko dzieje się naprawdę.

Zdobycie adresu nie było trudne. Emmeline prowadziła dziennik, w którym gromadziła broszurki, reklamy i zaproszenia. Znalezienie go nie zajęło Hannah zbyt dużo czasu. Jak się okazało, nie musiała się tak trudzić. Gdy podała taksówkarzowi nazwę klubu, nie potrzebował dalszych instrukcji. „Bezpański Kot" był jednym z najlepiej znanych klubów w Soho: miejscem spotkań artystów, handlarzy narkotyków, potentatów przemysłowych i młodych błyskotliwych przedstawicieli arystokracji, znudzonych i rozleniwionych, którzy z radością zrzucali kajdany wysokiego urodzenia.

Taksówkarz zahamował i powiedział, żeby była ostrożna. Kiedy mu płaciła, pokręcił głową. Odwróciła się, aby mu podziękować, i patrzyła, jak odbicie szyldu ześlizguje się po czarnej karoserii samochodu, który odjeżdża w ciemną noc.

Hannah nigdy wcześniej nie była w takim miejscu. Stała bez ruchu, podziwiając zwykłą ceglaną fasadę, połyskujący szyld i tłumy roześmianych ludzi wylewające się na ulicę. Więc to miała na myśli Emmeline, kiedy mówiła o klubach. To tu ona i jej przyjaciele bawili się wieczorami. Hannah zadrżała, pochyliła głowę i weszła do środka, ignorując lokaja, który chciał wziąć jej szal.

Sala była maleńka, niewiele większa niż pokój, a w środku ciepło biło od stłoczonych ciał. Zadymione powietrze miało słodki zapach dżinu. Zatrzymała się w pobliżu wejścia, tuż obok filaru, i rozglądała się w poszukiwaniu Robbiego.

Był już na scenie — o ile można to było nazwać sceną. Mały skrawek wolnej przestrzeni pomiędzy wielkim fortepianem a barem. Siedział na taborecie z papierosem w ustach i leniwie palił. Jego marynarka wisiała na oparciu pobliskiego krzesła. Miał na sobie jedynie czarne spodnie od garnituru i białą koszulę. Kołnierzyk był poluzowany, a włosy potargane. Przerzucał kartki notesu. Naprzeciw niego, przy okrągłych stoliczkach, siedziała rozleniwiona publiczność. Pozostali tłoczyli się przy barowych stołkach albo stali ściśnięci pod ścianą.

Wtedy Hannah dostrzegła Emmeline, siedzącą przy stoliku wśród przyjaciół. Była z nią Fanny, starszyzna towarzystwa. (Okazało się, że żywot małżonki nieco ją rozczarował. Dzieci zawłaszczone przez dosyć nudną nianię i mąż, który nieustannie wynajdywał nowe dolegliwości, nie byli w stanie wzbudzić jej trwałego zainteresowania. Któż mógł ją winić za to, że poszukiwała przygód u boku młodszych przyjaciół?). Emmeline powiedziała, że tolerowali ją za jej szczere dążenie do zabawy, a poza tym była starsza i potrafiła wyciągnąć ich z przeróżnych kłopotów. Szczególnie dobrze szły jej rozmowy z policją, kiedy przyłapywano ich na piciu alkoholu po przepisowych godzinach zamknięcia pubów. Teraz wszyscy pili koktajle z kieliszków do martini, a jedno z nich wciągnęło nosem jakiś biały proszek z blatu stołu. Normalnie Hannah poczułaby niepokój o Emmeline, lecz dziś wieczorem była zakochana w świecie.

Hannah wolno przysunęła się do filaru, lecz tak naprawdę nie musiała się przejmować. Byli tak pochłonięci sobą, że nie mieli czasu na rozglądanie się wokół. Chłopiec z białym proszkiem szepnął coś do Emmeline, a ona wybuchnęła dzikim nieskrępowanym śmiechem, odsłaniając bladą szyję.

Robbiemu trzęsły się dłonie. Hannah widziała, jak drży jego notes. Położył papierosa na popielniczce ustawionej na barze obok i zaczął czytać, bez żadnych wstępów. Wiersz o historii, tajemnicy i pamięci: *Ustępująca mgła*. Jeden z jej ulubionych.

Hannah mu się przyglądała. Po raz pierwszy miała okazję go obserwować, pozwalać spojrzeniu błądzić niepostrzeżenie po jego twarzy, ciele. I słuchała. Tekst wiersza poruszył ją, kiedy go czytała, lecz słysząc, jak czyta go Robbie, miała wrażenie, że zagląda mu w samo serce.

Skończył i publiczność biła brawo, ktoś coś zawołał, rozległ się śmiech i Robbie podniósł wzrok. Spojrzał prosto na nią. Jego twarz niczego nie zdradziła, lecz Hannah wiedziała, że ją zobaczył, rozpoznał pomimo przebrania.

Przez chwilę byli sami.

Spojrzał do notesu, przewrócił kilka stron, zastanawiał się chwilę i wybrał następny wiersz.

A potem mówił do niej. Wiersz po wierszu. Mówił o wiedzy i niewiedzy, o prawdzie i cierpieniu, miłości i pożądaniu. Zamknęła oczy i poczuła, jak z każdym słowem ustępuje ciemność.

Potem skończył i publiczność biła brawo. Personel baru rzucił się w wir działania, mieszając amerykańskie koktajle, nalewając czysty alkohol. Muzycy zajęli swoje miejsca i rozbrzmiał jazz. Jacyś pijani roześmiani ludzie utworzyli pomiędzy stolikami prowizoryczny parkiet.

Hannah zobaczyła, jak Emmeline macha do Robbiego, zapraszając go do stolika. Robbie pomachał w odpowiedzi i wskazał na zegarek. Emmeline wysunęła dolną wargę, okazując przesadnie niezadowolenie, a potem pisnęła i pomachała mu, gdy jeden z jej przyjaciół pociągnął ją na parkiet.

Robbie zapalił kolejnego papierosa, włożył marynarkę i wsadził notes do wewnętrznej kieszeni. Powiedział coś do mężczyzny za barem i ruszył w stronę Hannah.

W tamtej chwili czas zwolnił bieg i kiedy patrzyła, jak Robbie idzie, coraz bardziej się zbliża, zrobiło jej się słabo. Zakręciło jej się w głowie. Jak gdyby stała na szczycie potężnego klifu, na silnym wietrze, i nie potrafiła zrobić nic innego, jak tylko rzucić się w przepaść.

Bez słowa wziął ją za rękę i wyprowadził na ulicę.

＊

Kiedy Hannah wślizgnęła się do domu pod numerem siedemnastym, korzystając z wejścia dla służby, była trzecia nad ranem. Czekałam na nią zgodnie z obietnicą, ale byłam jednym kłębkiem nerwów. Przyszła później, niż zapowiadała, a ciemność i niepokój wspólnymi siłami wypełniły mój umysł okropnymi scenami.

— Dzięki Bogu — powiedziała Hannah, wślizgując się do środka, kiedy otworzyłam jej drzwi. — Bałam się, że zapomniałaś.

— Oczywiście, że nie, proszę pani — zapewniłam urażona.

Hannah przemknęła przez suterenę i na paluszkach pospieszyła na górę, z butami w dłoni. Kiedy zaczęła wchodzić na drugie piętro, spostrzegła, że nadal za nią idę.

— Nie musisz przebierać mnie do snu, Grace. Jest zdecydowanie za późno. Zresztą chciałabym być sama.

Pokiwałam głową, zatrzymałam się i w białej koszuli nocnej stałam na najniższym stopniu jak porzucone dziecko.

— Proszę pani — powiedziałam szybko.

Odwróciła się.

— Tak?

— Dobrze się pani bawiła?

Hannah się uśmiechnęła.

— Och, Grace — powiedziała. — Dzisiaj wieczorem zaczęłam żyć.

III

Zawsze spotykali się u niego. Wcześniej często zastanawiała się, gdzie Robbie mieszka, lecz jej domysły okazały się dalekie od rzeczywistości. Miał małą barkę o nazwie „Sweet Dulcie", którą cumował na nabrzeżu Tamizy, zwykle w pobliżu mostu Chelsea. Powiedział, że kupił ją od serdecznego przyjaciela we Francji po wojnie i przypłynął nią do Londynu. Była to solidna mała barka i pomimo niepozornego wyglądu doskonale radziła sobie z wojażami na otwartym morzu.

Wnętrze było zaskakująco dobrze urządzone: drewniane panele, maleńka kuchnia wyposażona w miedziane garnki i salon z rozkładanym łóżkiem stojącym pod rzędem przysłoniętych okien. Był tam nawet prysznic i mała toaleta. To, że mieszkał w miejscu tak niezwykłym, tak odbiegającym od wszystkich domów, które dotąd widziała, tylko potęgowało jej fascynację. Myślała, że jest coś wspaniałego w intymnych chwilach przeżytych w tak tajemniczym miejscu.

Nietrudno było to wszystko zorganizować. Robbie przyjeżdżał po Emmeline i czekając na nią, ukradkiem przekazywał Hannah liścik z godziną i nazwą mostu, przy którym zamierzał zacumować. Hannah zerkała na liścik, kiwała głową na znak zgody, a potem się spotykali. Czasami było to niemożliwe: Teddy wymagał jej obecności podczas jakiejś imprezy albo Estella zgłaszała ją na ochotnika do tego bądź innego komitetu. O takich przypadkach nie mogła go uprzedzić. Czuła ból, wyobrażając sobie, jak czeka na próżno.

Jednak przeważnie jej się udawało. Mówiła pozostałym, że idzie na lunch z przyjaciółką albo na zakupy, po czym znikała. Nigdy nie przesiadywała u Robbiego zbyt długo. Pod tym względem była bardzo ostrożna. Każda nieobecność wykraczająca poza ranek albo popołudnie mogła wzbudzić podejrzenia. Zakazana miłość sprawia, że ludzie stają się bardzo przebiegli, i już wkrótce była mistrzynią w znajdowaniu wymówek: potrafiła wymyślić coś na poczekaniu, jeśli ktoś, kogo nie spodziewała się spotkać, zobaczył ją w jakimś podejrzanym miejscu. Pewnego dnia natknęła się na lady Clementine na Oxford Circus. Gdzie podział się twój szofer? — zapytała lady Clementine. Hannah powiedziała, że wyszła na spacer. Była taka ładna pogoda, więc nabrała ochoty na przechadzkę. Jednak lady Clementine nie urodziła się wczoraj. Zmrużyła oczy i pokiwała głową, po czym poradziła Hannah, żeby na siebie uważała. Ulice mają oczy i uszy.

Ulice — być może. Ale nie rzeka. Przynajmniej nie takie oczy i uszy, których obawiała się Hannah. W tamtych czasach Tamiza była inna. Uczęszczana droga wodna, pełna zgiełku i handlowego ruchu: węglowe promy zmierzające do fabryk, barki przewożące suche towary, kutry wiozące ładunki na rynek. A wzdłuż ścieżek holowniczych wielkie i potulne konie pociągowe, które wlekły malowane szalupy, próbując nie zwracać uwagi na bezczelne pikujące mewy.

Hannah uwielbiała przebywać nad rzeką. Nie mogła uwierzyć, że mieszkała w Londynie od wielu lat i nigdy nie odkryła serca tego miasta. Rzecz jasna, przechadzała się po mostach — przynajmniej po niektórych — a szofer wielokrotnie woził ją w tę i z powrotem. Wtedy nie zwracała jednak uwagi na kłębiące się w dole życie. Jeśli w ogóle kiedykolwiek myślała o Tamizie, to traktowała ją jedynie jak przeszkodę, którą trzeba pokonać w drodze do opery, galerii, muzeum.

Zatem się spotykali. Wychodziła z domu pod numerem siedemnastym i kierowała się w stronę mostu wymienionego w liściku. Czasami było to w dzielnicy, którą znała, a innym razem zmierzała do zupełnie obcej części Londynu. Znajdowała most, schodziła z nabrzeża i rozglądała się w poszukiwaniu jego małej niebieskiej łodzi.

Zawsze na nią czekał. Kiedy się zbliżała, wyciągał rękę, chwytał jej dłoń i pomagał wejść na pokład. Wchodzili do kabiny i oddalając się od ruchliwego hałaśliwego świata, zaszywali się we własnym.

※

Czasami, kiedy już było po wszystkim, leżeli obok siebie, kołysani delikatnymi ruchami łodzi. Opowiadali sobie historie swojego życia. Jak kochankowie, rozmawiali o poezji, muzyce i miejscach, w których był Robbie, a które Hannah pragnęła zobaczyć.

Pewnego zimowego popołudnia, kiedy słońce wisiało nisko na niebie, weszli po wąskich schodach na górny pokład, do sterówki. Wokół wisiała mgła, przynosząc ze sobą dar prywatności. W oddali, na drugim brzegu rzeki, coś się paliło. Czuli zapach dymu i widzieli, jak płomienie sięgają coraz wyżej i stają się jaśniejsze.

— To pewnie jakaś barka — powiedział Robbie. Kiedy to mówił, coś wybuchło. Skrzywił się. Powietrze wypełnił jaskrawy deszcz iskierek...

Hannah patrzyła, jak we mgle rozlewa się chmura złotego światła.

— Jakie to okropne — powiedziała. — Ale i piękne. — Pomyślała, że przypomina to jeden z obrazów Turnera.

Robbie zdawał się czytać jej w myślach.

— Kiedyś nad Tamizą mieszkał Whistler — powiedział. — Uwielbiał malować unoszącą się mgłę, grę świateł. Monet również był tu przez jakiś czas.

— W takim razie jesteś w doborowym towarzystwie — powiedziała Hannah z uśmiechem.

— Poprzedni właściciel „Dulcie" też malował — powiedział Robbie.

— Naprawdę? Jak się nazywał? Znam jego dzieła?

— Ona nazywała się Marie Seurat.

Wtedy Hannah poczuła ukłucie zazdrości, myśląc o tej tajemniczej kobiecie, która mieszkała na własnej barce, zarabiała na życie malowaniem i znała Robbiego w czasach, kiedy dla niej, dla Hannah, był jeszcze obcy.

— Kochałeś ją? — zapytała, szykując się na jego odpowiedź.

— Bardzo ją lubiłem — powiedział — lecz ona była raczej przywiązana do swojej kochanki, Georgette. — Roześmiał się, widząc minę Hannah. — Paryż to zupełnie inne miejsce.

— Bardzo bym chciała znowu tam pojechać — powiedziała Hannah.

— Pojedziemy — obiecał Robbie, biorąc ją za rękę. — Pewnego dnia pojedziemy.

⊛

Pewnego dżdżystego kwietniowego dnia leżeli przytuleni, wsłuchując się w delikatne bębnienie deszczu o kadłub. Hannah wpatrywała się w zegar na ścianie, odliczając minuty, które dzieliły ją od wyjścia. Wreszcie, gdy nielojalna wskazówka wskazała odpowiednią godzinę, usiadła. Podniosła pończochy leżące na drugim końcu łóżka i zaczęła wkładać jedną z nich na lewą nogę. Robbie musnął palcami podstawę jej kręgosłupa.

— Nie idź — powiedział.

Zmarszczyła prawą pończochę i wsunęła w nią stopę.

— Zostań.

Wstała. Włożyła halkę przez głowę i wygładziła ją na biodrach.

— Wiesz, że bym chciała. Gdybym tylko mogła, zostałabym z tobą na zawsze.

— W naszym sekretnym świecie.

— Tak. — Uśmiechnęła się, uklękła na krawędzi łóżka i wyciągnęła rękę, aby pogładzić go po policzku. — To mi się podoba. Nasz własny świat. Sekretny świat. Uwielbiam sekrety. — Westchnęła. Rozmyślała o tym już od jakiegoś czasu. Nie była pewna, dlaczego tak bardzo chciała się z nim tym podzielić. — W dzieciństwie — powiedziała — graliśmy w pewną Grę.

— Wiem — powiedział Robbie. — David opowiedział mi o Grze.

— Naprawdę?

Robbie przytaknął.

— Ale Gra miała być tajemnicą — powiedziała odruchowo. — Dlaczego ci o niej powiedział?

— Sama zamierzałaś to zrobić.

— Tak, ale to co innego. Ty i ja... To co innego.

— No więc opowiedz mi o Grze — powiedział. — Zapomnij, że już wiem.

Spojrzała na zegar.

— Naprawdę powinnam już iść.

— Opowiedz mi szybko — nalegał.

— Dobrze. Opowiem szybko.

I opowiedziała. Opowiedziała mu o Nefretete, Karolu Darwinie i królowej Wiktorii granej przez Emmeline. O ich przygodach, z których każda kolejna była bardziej niezwykła niż poprzednia.

— Powinnaś być pisarką — oznajmił, gładząc jej przedramię.

— Tak — odrzekła z powagą. — Mogłabym przeżywać ucieczki i przygody dzięki kolejnym pociągnięciom pióra.

— Jeszcze nie jest za późno — powiedział. — Mogłabyś zacząć teraz.

Uśmiechnęła się.

— Teraz nie muszę. Mam ciebie. Uciekam do ciebie.

Czasami kupował wino i pili je ze starych szklaneczek. Jedli ser i chleb, słuchając romantycznej muzyki z maleńkiego gramofonu, który przybył z Robbiem aż z Francji. Czasami, kiedy koronkowe zasłony były zaciągnięte, tańczyli. Nie zważając na panującą w kabinie ciasnotę.

Podczas jednego z takich popołudni Robbie zasnął. Hannah wypiła resztę wina, a potem przez jakiś czas leżała obok niego, próbując dopasować się do rytmu jego oddechów, co w końcu jej się udało. Ale nie mogła zasnąć. To nowe uczucie, które ogarniało ją, było zbyt dojmujące. Zbyt dojmujące było uczucie, które do niego żywiła. Uklękła na podłodze i wpatrzyła się w jego twarz. Nigdy wcześniej nie widziała go śpiącego.

Coś mu się śniło. Widziała, jak napinają się mięśnie wokół jego oczu na widok tego, co rozgrywało się pod zamkniętymi powiekami. Kiedy tak patrzyła, drgania przybrały na sile. Pomyślała, że powinna go obudzić. Nie podobał jej się taki: kiedy jego piękna twarz wykrzywiała się z bólu.

Wtedy zaczął krzyczeć i zaniepokoiła się, że ktoś na nabrzeżu mógłby go usłyszeć. Mógłby przyjść z pomocą. Wezwać kogoś. Na przykład policję albo kogoś jeszcze gorszego.

Położyła głowę na jego przedramieniu i delikatnie musnęła palcami znajomą bliznę. Nadal spał i nie przestawał krzyczeć. Potrząsnęła nim delikatnie, wypowiedziała jego imię.

— Robbie? To tylko sen, kochanie.

Nagle otworzył oczy, wielkie i ciemne, i zanim spostrzegła, co się dzieje, leżała na podłodze, a on siedział na niej i zaciskał dłonie na jej szyi. Dusił ją, ledwie mogła oddychać. Próbowała wypowiedzieć jego imię, poprosić, żeby przestał, ale nie mogła. To trwało tylko chwilę, a potem coś w nim zaskoczyło i przypomniał sobie, kim jest naprawdę. Zrozumiał, co robi. Wzdrygnął się. Odskoczył na bok.

Hannah usiadła i zaczęła się szybko wycofywać, aż w końcu dotknęła plecami ściany. Patrzyła na niego wstrząśnięta, zastanawiając się, co w niego wstąpiło. Za kogo ją wziął.

Stał pod przeciwległą ścianą, przygarbiony, ściskając dłońmi twarz.

— Nic ci się nie stało? — zapytał, nie patrząc na nią.

Pokiwała głową, choć nie miała pewności, czy rzeczywiście nic jej nie jest.

— Tak — powiedziała w końcu.

Wtedy do niej podszedł, ukląkł obok. Musiała się skrzywić, bo uniósł dłonie i powiedział:

— Nie skrzywdzę cię. — Wyciągnął rękę i odchylił jej twarz, żeby przyjrzeć się szyi. — Jezu.

— Wszystko w porządku — powiedziała, tym razem z większym przekonaniem. — Czy ty...?

Zbliżył palec do jej ust. Nadal szybko oddychał. Nieprzytomnie pokręcił głową i wiedziała, że chce jej to wytłumaczyć. Ale nie mógł.

Dotknął dłonią jej policzka. Przytuliła się do niej, nie odrywając wzroku od jego oczu. Takie ciemne oczy, pełne tajemnic, którymi nie chciał się dzielić. Pragnęła poznać je wszystkie. Chciała je z niego wydobyć. A kiedy bardzo delikatnie całował jej szyję, jak zawsze zakręciło jej się w głowie.

Potem przez tydzień musiała nosić apaszki. Ale wcale jej to nie przeszkadzało. W jakiś sposób cieszyła się, że nosi jego ślad. Dzięki temu łatwiej było znieść czas dzielący ich spotkania. Sińce przypominały jej o tym, że on naprawdę istnieje, że oni istnieją. Ich sekretny świat. Czasami patrzyła na nie w lustrze, jak panna młoda, która nieustannie zerka na obrączkę. Wspominała tamto wydarzenie. Wiedziała, że gdyby mu o tym powiedziała, byłby przerażony.

⊛

Na początku wszystkie romanse skupiają się na teraźniejszości. Lecz zawsze pojawia się jakaś chwila — wydarzenie, rozmowa, jakiś inny niewidzialny bodziec — która ponownie zmusza kochanków do popatrzenia na przyszłość i przeszłość. Dla Hannah nastąpiła ona właśnie tamtego dnia. Okazało się, że Robbie ma inne oblicza. Że są sprawy, o których wcześniej nie wiedziała. Zbyt bardzo absorbowało ją cudowne zauroczenie jego osobą, by mogła dostrzec coś więcej niż tylko aktualne szczęście. Im dłużej myślała o tym aspekcie jego osobowości, o którym tak niewiele wiedziała, tym bardziej czuła się sfrustrowana. Tym bardziej pragnęła poznać całą prawdę.

Pewnego chłodnego wrześniowego popołudnia siedzieli razem na łóżku, patrząc przez okno na nabrzeże. Ludzie chodzili w tę i z powrotem, a oni nadawali im imiona i wymyślali historie ich życia. Przez jakiś czas milczeli, ciesząc się samym obserwowaniem przechodzących procesji ze swojej tajemnej kryjówki, gdy nagle Robbie wyskoczył z łóżka.

Hannah została na miejscu. Przewróciła się na drugi bok i patrzyła, jak Robbie siada na kuchennym krześle, podkurcza jedną nogę i pochyla się nad notesem. Próbował napisać wiersz. Starał się przez cały dzień. W jej towarzystwie był rozkojarzony. Brakowało mu entuzjazmu, aby ciągnąć ich grę. Nie przeszkadzało jej to. W jakiś sposób, którego nie potrafiła wytłumaczyć, przez to rozkojarzenie jeszcze bardziej ją pociągał.

Leżała na łóżku, patrząc, jak ściska ołówek, rysując kolejne kręgi i pętelki, a potem zamiera, waha się i z wściekłością powtarza te same ruchy. Rzucił notes i ołówek na stół, pomasował powieki.

Nic nie mówiła. Tak było lepiej. Nie po raz pierwszy widziała go w tym stanie. Wiedziała, że frustruje go niemożność znalezienia właściwych słów. Co gorsza, bała się. O niczym jej nie wspominał, ale i tak wiedziała. Obserwowała go i trochę o tym czytała: w bibliotece, w gazetach i czasopismach. Lekarze nazywali to nerwicą frontową. Zwiększona zawodność pamięci, stępienie umysłu przez traumatyczne doświadczenia.

Pragnęła jakoś temu zaradzić, sprawić, aby zapomniał. Oddałaby wszystko, żeby mu przeszło. Żeby nie czuł tego nieustannego strachu przed popadaniem w szaleństwo.

⚜

A potem znowu nastała zima. Robbie ustawił mały piecyk pod ścianą obok kuchni. Siedzieli na podłodze i patrzyli na płomienie, które połyskiwały i syczały w zetknięciu z kratą. Mieli rozgrzaną skórę i ogarniała ich senność wywołana czerwonym winem i ciepłem ich ciał.

Hannah upiła łyk wina i spytała:

— Dlaczego nie chcesz rozmawiać o wojnie?

Nie odpowiedział. Zamiast tego zapalił papierosa.

Czytała wywody Freuda na temat wyparcia. Myślała, że jeśli uda jej się nakłonić Robbiego na tę rozmowę, być może zostanie uleczony. Wstrzymała oddech, nie wiedząc, czy odważy się zapytać.

— To dlatego, że kogoś zabiłeś?

Spojrzał na jej profil, zaciągnął się papierosem, wypuścił dym i pokręcił głową. Potem zaczął się cicho śmiać, jednak bez cienia wesołości. Wyciągnął dłoń i delikatnie przyłożył ją do jej policzka.

— Dlatego? — szepnęła, nadal nie patrząc mu w oczy.

Nie odpowiedział, więc spróbowała innego sposobu.

— Kto ci się śni?

Cofnął dłoń.

— Znasz odpowiedź na to pytanie — powiedział. — Śnię tylko o tobie.

— Mam nadzieję, że nie — zaprotestowała Hannah. — Te sny nie są zbyt miłe.

Zaciągnął się i wypuścił dym.

— Nie pytaj o to — powiedział.

— To nerwica frontowa, prawda? — zapytała, odwracając się w jego stronę. — Czytałam o niej.

Spojrzał jej w twarz. Miał takie ciemne oczy. Jakby namalowane mokrą farbą. Pełne tajemnic.

— Nerwica frontowa — powtórzył. — Zawsze się zastanawiałem, kto to wymyślił. Chyba potrzebowali ładnej nazwy, żeby opisać miłym paniom w ojczyźnie coś, czego nie da się wyrazić słowami.

— Masz na myśli takie miłe panie jak ja. — Hannah poczuła się dotknięta. Nie chciała, żeby zbył ją w ten sposób. Usiadła i włożyła halkę przez głowę. Zaczęła naciągać pończochy.

Westchnął. Wiedziała, że Robbie nie chce, by teraz wyszła. Zła na niego.

— Czytałaś Darwina? — zapytał.

— Karola Darwina? — Odwróciła się do niego. — Oczywiście. Ale co ma wspólnego Karol Darwin z...

— Przystosowanie. Przetrwanie zależy od dobrego przystosowania. Niektórym z nas wychodzi to lepiej niż innym.

— Przystosowanie do czego?

— Do wojny. Do kombinowania z myślą o przetrwaniu. Do nowych zasad gry.

Hannah zastanowiła się nad tym. Obok przepłynęła jakaś duża łódź, która rozkołysała barkę.

— Żyję dzięki temu — powiedział po prostu, patrząc w ogień, który migotał na jego twarzy — że zginął jakiś inny facet. Mnóstwo innych facetów.

Zatem już wiedziała.

Nie była pewna, jak powinna się poczuć.

— Cieszę się, że żyjesz — rzekła, lecz głęboko w środku poczuła jakieś drżenie. A kiedy pogładził jej dłoń, cofnęła ją wbrew sobie.

— To dlatego nikt o tym nie rozmawia — stwierdził. — Każdy

wie, że gdyby to zrobił, ludzie dostrzegliby w nim tego, kim naprawdę jest. Sługę diabła, który żyje pośród normalnych ludzi i udaje, że nadal jest jednym z nich. Jak gdyby nie był potworem, który wrócił z morderczej wyprawy.

— Nie mów tak — powiedziała surowym tonem. — Nie jesteś mordercą.

— Jestem zabójcą.

— To co innego. Była wojna. Działałeś w obronie własnej. W obronie innych.

Wzruszył ramionami.

— Ale i tak wszystko sprowadzało się do wsadzenia kulki w głowę jakiegoś faceta.

— Przestań — szepnęła. — Nie lubię, kiedy tak mówisz.

— W takim razie nie powinnaś była pytać.

⁂

Nie lubiła tego. Nie lubiła myśleć o nim w ten sposób. A jednak okazało się, że nie może przestać. Nie mogła przestać myśleć, że ktoś, kogo zna, z kim łączy ją intymny związek, człowiek o dłoniach, które delikatnie, lekko gładzą jej ciało, i ten, któremu bezwarunkowo ufa, zabijał ludzi... Cóż, to wiele zmieniło. To zmieniło jego. Nie na gorsze. Nie kochała go ani odrobinę mniej. Lecz inaczej na niego patrzyła. Zabił jakiegoś człowieka. Wielu ludzi. Niezliczonych bezimiennych ludzi.

Myślała o tym pewnego popołudnia, patrząc, jak krąży po kabinie. Miał na sobie slipy, lecz jego koszula nadal wisiała na krześle. Patrzyła na szczupłe umięśnione ręce, nagie ramiona, na jego piękne brutalne dłonie, kiedy nagle coś się wydarzyło.

Odgłosy czyichś kroków na pokładzie. Obydwoje zamarli bez ruchu i wpatrzyli się w siebie. Robbie wzruszył ramionami.

Rozległo się pukanie. A potem głos.

— Cześć, Robbie? Otwórz. To tylko ja.

Głos Emmeline.

Hannah ześlizgnęła się z łóżka i szybko pozbierała swoje ubrania. Robbie uniósł palec do ust i cicho podszedł do drzwi.

— Wiem, że tam jesteś — powiedziała Emmeline. — Przy

ścieżce holowniczej siedzi taki uroczy staruszek, który powiedział, że widział, jak tu wchodzisz i nie wyszedłeś z powrotem przez całe popołudnie. Wpuść mnie. Jest cholernie zimno.

Robbie dał Hannah znak, żeby schowała się w toalecie.

Hannah przytaknęła, przeszła na palcach przez kabinę i szybko zamknęła za sobą drzwi. Serce łomotało jej w piersi. Skubała sukienkę. Potem włożyła ją przez głowę i uklękła, żeby spojrzeć przez dziurkę od klucza.

Robbie otworzył drzwi.

— Jak mnie tu znalazłaś?

— Miło cię widzieć — powiedziała Emmeline, wsadzając głowę do środka, po czym wolnym krokiem przeszła na środek kabiny. Hannah zauważyła, że ma na sobie nową żółtą sukienkę. — Desmond powiedział Freddy'emu, Freddy powiedział Jane. Wiesz, jakie są te dzieciaki. — Urwała i rozejrzała się, szeroko otwierając oczy. — Ależ to absolutnie boskie, kochany Robbie! Cóż za cudowna kryjówka. Musisz tu urządzić jakieś przyjęcie... Bardzo kameralne przyjęcie. — Uniosła brwi na widok skotłowanej pościeli i odwróciła się do Robbiego, oceniając z uśmiechem jego rozneglizowanie. — Chyba w niczym nie przeszkodziłam?

Hannah wstrzymała oddech.

— Spałem — powiedział Robbie.

— Za piętnaście czwarta?

Wzruszył ramionami, odnalazł koszulę i włożył ją.

— Zastanawiałam się, co robisz przez cały dzień. Myślałam, że będziesz zajęty pisaniem poezji.

— Rzeczywiście pisałem. — Potarł kark i westchnął ze złością. — Czego chcesz?

Hannah się skrzywiła, słysząc ten szorstki ton. To dlatego, że Emmeline wspomniała o poezji. Robbie nie pisał od wielu tygodni. Emmeline zdawała się nie dostrzegać tego braku uprzejmości.

— Chciałam zapytać, czy przyjdziesz dziś wieczorem. Do Desmonda.

— Mówiłem ci, że nie.

— Wiem, że mówiłeś, ale pomyślałam, że mogłeś zmienić zdanie.

— Nie zmieniłem.

Nastąpiło milczenie i Robbie spojrzał w kierunku drzwi, a Emmeline leniwie rozejrzała się po kabinie.

— Może mogłabym...

— Musisz już iść — szybko powiedział Robbie. — Pracuję.

— Ale mogłabym pomóc. — Uniosła torebką krawędź brudnego talerza. — Posprzątać albo...

— Powiedziałem nie. — Robbie otworzył drzwi.

Hannah patrzyła, jak Emmeline zmusza się do beztroskiego uśmiechu.

— Żartowałam, kochany. Chyba nie myślałeś, że w takie urocze popołudnie nie mam do roboty nic lepszego niż sprzątać czyjś dom?

Robbie nie odpowiedział.

Emmeline podeszła do drzwi. Przygładziła kołnierzyk.

— Ale nadal masz zamiar iść jutro do Freddy'ego?

Pokiwał głową.

— Przyjedziesz po mnie o szóstej?

— Tak — powiedział Robbie i zamknął za nią drzwi.

Wtedy Hannah wyszła z toalety. Czuła się brudna. Jak szczur, który wyłazi z nory.

— Może powinniśmy trochę przeczekać? — zapytała. — Jakiś tydzień?

— Nie — odparł Robbie. — Powiedziałem Emmeline, żeby tu nie wpadała. Powtórzę jeszcze raz. Upewnię się, że zrozumiała.

Hannah pokiwała głową. Zastanawiała się, dlaczego czuje się taka winna. Jak zawsze powtórzyła sobie, że tak musi być. Że nikt nie rani Emmeline. Robbie już dawno jej wyjaśnił, że nic do niej nie czuje. Podobno roześmiała się wtedy i zapytała, skąd w ogóle przyszło mu do głowy, że ona myśli inaczej? A jednak. Coś w jej głosie, jakieś napięcie pod warstwą wystudiowanej beztroski. I ta żółta sukienka. Jej ulubiona...

Hannah spojrzała na zegar. Miała jeszcze pół godziny.

— Chyba już pójdę — powiedziała.

— Nie. Zostań.

— Ja naprawdę...

— Chociaż kilka minut. Daj Emmeline trochę czasu.

Hannah pokiwała głową, a Robbie podszedł bliżej. Pogładził jej policzki i złapał ją za kark, zbliżając jej usta do swoich.

Nagły namiętny pocałunek zaskoczył ją i zupełnie uciszył uporczywe złe przeczucia.

Pewnego deszczowego grudniowego popołudnia siedzieli w sterówce. Barka stała zacumowana obok mostu Battersea, gdzie nad Tamizą pochylały się wierzby.

Hannah wolno westchnęła. Czekała na odpowiednią chwilę, żeby mu powiedzieć:

— Nie będę mogła przychodzić przez dwa tygodnie. Chodzi o Teddy'ego. Przyjeżdżają do niego jacyś goście z Ameryki i mam grać rolę dobrej żony. Pokazywać im różne miejsca, zabawiać ich.

— Nie cierpię o tym myśleć — mruknął. — Wyobrażać sobie, jak się do niego przymilasz.

— Wcale się do niego nie przymilam. Gdybym zaczęła, Teddy nie wiedziałby, co się dzieje.

— Wiesz, o czym mówię — powiedział Robbie.

Przytaknęła. Oczywiście, że wiedziała.

— Ja też tego nienawidzę. Zrobiłabym wszystko, żebym nie musiała cię już więcej opuszczać.

— Wszystko?

— Prawie wszystko. — Zadrżała, kiedy podmuch wiatru przyniósł do sterówki krople deszczu. — Umów się z Emmeline w przyszłym tygodniu. Daj znać, kiedy i gdzie możemy się spotkać po Nowym Roku.

Robbie wyciągnął rękę, żeby zamknąć okno.

— Zamierzam przestać się z nią spotykać.

— Nie — powiedziała gwałtownie. — Jeszcze nie teraz. Jak będziemy się widywać? Skąd będę wiedziała, gdzie jesteś?

— Nie byłoby problemu, gdybyś ze mną zamieszkała. Zawsze moglibyśmy się znaleźć. Nie zgubilibyśmy się.

— Wiem, wiem. — Dotknęła jego dłoni. — Ale tymczasem... Jak możesz myśleć o zerwaniu z nią kontaktów?

Cofnął się. Okno zacięło się i nie chciało zamknąć.

— Miałaś rację — powiedział. — Ona za bardzo się angażuje.

— Zostaw to — zasugerowała Hannah. — Cały się zamoczysz.

Wreszcie okno ustąpiło i zamknęło się z hukiem. Robbie usiadł. Miał mokre włosy.

— Zdecydowanie za bardzo się angażuje.

— Emmeline po prostu tryska energią — powiedziała Hannah, wyjmując z szafki ręcznik. Wyciągnęła rękę, żeby osuszyć mu twarz. — Taka już jest. Ale dlaczego uważasz, że za bardzo się angażuje? Co każe ci tak myśleć?

Robbie z niecierpliwością pokręcił głową.

— O co chodzi? — zapytała Hannah.

— O nic — odparł Robbie. — Masz rację. To pewnie nic takiego.

— Wiem, że to nic takiego — rzekła z przekonaniem. I w tamtej chwili rzeczywiście w to uwierzyła. Ale powiedziałaby tak, nawet gdyby było inaczej. Taka jest miłość: uparta, pewna, przekonująca. Łatwo tłumi wszelkie złe przeczucia.

Deszcz padał coraz mocniej.

— Zimno ci — powiedziała Hannah, otulając Robbiego ręcznikiem. Uklękła przed nim i wytarła jego nagie ramiona. — Przeziębisz się. — Nie patrząc mu w oczy, dodała: — Teddy chce, żebyśmy przeprowadzili się do Riverton.

— Kiedy?

— W marcu. Zamierza odrestaurować rezydencję, wybudować nowy letni domek. Od tygodni o niczym innym nie myśli. — Mówiła oschłym tonem. — Uważa się za wielkiego wiejskiego dziedzica.

— Dlaczego nie powiedziałaś mi wcześniej?

— Nie chciałam o tym myśleć. — Czuła się bezradna. — Cały czas miałam nadzieję, że zmieni zdanie. — Nagle gwałtownie go objęła. — Musisz utrzymywać kontakty z Emmeline. Ja nie mogę cię zapraszać, ale ona tak. Podczas weekendów będą ją odwiedzać przyjaciele. Będzie wydawać przyjęcia.

Pokiwał głową, unikając jej wzroku.

— Proszę — powiedziała Hannah. — Zrób to dla mnie. Muszę wiedzieć, że będziesz przyjeżdżał.

— I zostaniemy jedną z weekendowych par?

— Tak — przyznała cicho.

— Będziemy grali w tę samą grę, w którą grały niezliczone pary przed nami. Wymykać się nocami, a za dnia udawać, że łączy nas tylko zwykła znajomość?

— Tak — szepnęła.

— To nie nasza gra.

— Wiem.

— To za mało — rzekł.

— Wiem — powtórzyła.

Rok tysiąc dziewięćset dwudziesty trzeci przeszedł w dwudziesty czwarty i pewnego wieczoru, kiedy Teddy wyjechał w interesach, a Deborah i Emmeline spotykały się z przyjaciółmi, Hannah i Robbie umówili się na spotkanie. Barka cumowała w części Londynu, której Hannah jeszcze nigdy nie widziała. Taksówka zapuszczała się coraz głębiej w zawiłą sieć uliczek londyńskiego East Endu, a Hannah patrzyła przez okno. Zapadła noc i w zasadzie niewiele było widać: szare budynki, konne powozy z zawieszonymi u góry latarniami, a od czasu do czasu zarumienione dzieci w wełnianych swetrach, które grały w kości albo w kulki i pokazywały sobie taksówkę. Potem na jednej z ulic rozbłysły kolorowe światła, ukazały się chmary ludzi i zabrzmiała muzyka.

Hannah pochyliła się do przodu i zapytała kierowcę:

— Co to takiego? Co się tam dzieje?

— To festiwal noworoczny — powiedział z ciężkim akcentem mieszkańca tamtej dzielnicy. — Cholerne świrusy. Jest środek zimy. Powinni siedzieć w domach.

Hannah patrzyła zafascynowana, podczas gdy taksówka wlekła się ulicą w kierunku rzeki. Pomiędzy budynkami rozwieszono światełka, które ciągnęły się zygzakiem ponad ulicami. Wokół grupy mężczyzn grających na skrzypcach i akordeonie zgromadził się pokaźny tłumek klaszczących i roześmianych ludzi. Pomiędzy dorosłymi plątały się dzieci, które niosły chorągiewki i dmuchały w gwizdki. Mężczyźni i kobiety tłoczyli się przy wielkich metalowych bębnach, na których piekły się kasztany, i popijali piwo z kubków. Taksówkarz musiał wcisnąć klakson i wrzasnąć na nich, żeby się rozstąpili.

— Świrusy — powiedział, kiedy taksówka dotarła na drugi koniec ulicy i skręciła w mroczną drogę. — Są kompletnie stuknięci.

Hannah miała wrażenie, że przejechała przez coś w rodzaju bajkowej krainy. Kiedy kierowca w końcu zatrzymał się przy dokach, popędziła co tchu do Robbiego, który już na nią czekał.

Robbie opierał się, ale Hannah błagała i wreszcie przekonała go, aby poszli zobaczyć festiwal. Powiedziała, że rzadko gdzieś wychodzą i nieprędko będą mieli okazję ponownie pójść razem na jakąś zabawę. Tutaj nikt ich nie zobaczy. Jest bezpiecznie.

Szła, próbując przypomnieć sobie drogę, wątpiąc, czy jej się uda. Obawiała się, że festiwal zniknie jak wróżka z bajki dla dzieci. Dosyć szybko usłyszała jednak szalone rytmy grajków, gwizdy dzieci i radosne okrzyki. Wiedziała, że są już niedaleko.

Chwilę później skręcili za rogiem i weszli do krainy czarów. Zaczęli przechadzać się ulicą. Chłodna bryza niosła ze sobą wymieszane zapachy pieczonych kasztanów, potu i radosne okrzyki. Ludzie wychylali się przez okna, wołając do tych na dole, śpiewali, wznosząc toasty za nowy rok i żegnając stary. Hannah patrzyła na to wszystko szeroko otwartymi oczami, kurczowo trzymała się ramienia Robbiego, wskazując to i tamto, i śmiała się zachwycona na widok ludzi, którzy zaczęli tańczyć na prowizorycznym parkiecie.

Zatrzymali się, żeby popatrzeć. Dołączyli do rosnącego tłumu, znaleźli wolne miejsca na desce wspartej dwiema drewnianymi skrzynkami. Potężna rumiana kobieta z burzą ciemnych loków usiadła na taborecie obok skrzypków. Zaczęła śpiewać i uderzać tamburynem o masywne udo. Wokół wirowały okrzyki publiczności, wiwaty i spódnice tancerek.

Hannah była zauroczona. Nigdy nie widziała takiej zabawy. Owszem, brała udział w wielu przyjęciach, lecz w porównaniu z tym wszystko wydawało się takie wymuszone. Takie ugładzone. Klaskała w dłonie, śmiała się i mocno ściskała dłoń Robbiego.

— Oni są cudowni — powiedziała, nie mogąc oderwać oczu od roztańczonych par. Mężczyźni i kobiety wszelkich kształtów i rozmiarów, trzymając się za ręce, wirowali, przytupywali i klaskali. — Czyż nie są cudowni?

Muzyka była zaraźliwa. Coraz głośniejsza i szybsza, sączyła się przez każdy por w jej skórze, łączyła z krwią i sprawiała, że przechodziły ją ciarki. Skoczny rytm łapał ją wprost za serce.

Wtedy usłyszała głos Robbiego.

— Zaschło mi w gardle. Chodźmy poszukać czegoś do picia.

Ledwie dosłyszała jego słowa. Pokręciła głową. Zdała sobie sprawę, że wstrzymuje oddech.

— Nie, idź sam. Ja chcę popatrzeć.

Zawahał się.

— Nie chcę zostawiać cię samej.

— Nic mi nie będzie. — Prawie nie zwróciła uwagi na to, że przez chwilę nadal trzymał ją za rękę. Potem zaczął się oddalać. Nie miała czasu, żeby odprowadzić go wzrokiem. Było tyle innych rzeczy do zobaczenia. Do usłyszenia. Do czucia.

Później zastanawiała się, czy nie powinna była usłyszeć czegoś w jego głosie. Czy nie powinna była zdać sobie sprawy, że ten hałas, ruch i tłum działały na niego tak silnie, iż ledwie mógł oddychać. Ale wtedy niczego nie zauważyła. Była urzeczona.

Miejsce Robbiego szybko zajął ktoś inny, czyjeś ciepłe udo przywarło do jej nogi. Zerknęła w bok. Zobaczyła niskiego krępego mężczyznę o rudych wąsach, w brązowym płaskim kapeluszu.

Mężczyzna zauważył jej zainteresowanie, przysunął się bliżej i wskazał kciukiem parkiet.

— Zawirujemy?

Jego oddech cuchnął tytoniem. Miał bladoniebieskie oczy, które intensywnie się w nią wpatrywały.

— Och... Nie. — Uśmiechnęła się. — Dziękuję. Nie jestem sama. — Zerknęła przez ramię, wypatrując Robbiego. Wydawało jej się, że widzi go wśród ciemności spowijających drugą stronę ulicy. Stał i palił papierosa. — Mój towarzysz niedługo wróci.

Mężczyzna przechylił głowę.

— No chodź. Tylko jeden mały taniec. Trochę się rozgrzejemy.

Hannah ponownie zerknęła za siebie. Tym razem nigdzie nie było widać Robbiego. Czy powiedział, dokąd się wybiera? I jak długo go nie będzie?

— No i? — Znowu ten mężczyzna. Odwróciła się w jego stronę. Muzyka była wszędzie. Przypomniała jej się ulica, którą wiele lat wcześniej widziała w Paryżu. Podczas swojego miesiąca miodowego. Przygryzła usta. Cóż może jej zaszkodzić mały taniec? Po co żyć, jeśli nie korzysta się z takich okazji?

— Dobrze — zgodziła się, biorąc go za rękę. Uśmiechnęła się nerwowo. — Ale nie jestem pewna, czy potrafię.

Mężczyzna posłał jej szeroki uśmiech. Pociągnął ją za rękę i poprowadził w sam środek wirującego tłumu.

Tańczyła. Jakimś cudem w jego silnym uścisku nogi same układały się w odpowiedni sposób. Całkiem dobrze jej szło. Podskakiwali, obracali się i łączyli ze strumieniem innych par. Zawodziły skrzypce, tupały buty i klaskały dłonie. Mężczyzna złapał ją pod rękę i wirowali, zataczając koła. Śmiała się, nie potrafiła się powstrzymać. Nigdy wcześniej nie czuła tak absolutnej wolności. Uniosła twarz ku wieczornemu niebu, zamknęła oczy, czuła, jak zimne powietrze całuje jej ciepłe usta i policzki. Otworzyła oczy i rozejrzała się w poszukiwaniu Robbiego. Pragnęła z nim zatańczyć. W jego objęciach. Wpatrywała się w morze twarzy — chyba przed chwilą nie było ich aż tyle? — lecz wirowała zbyt szybko. Wszystko wokół zlewało się w bezładną mieszaninę oczu, ust i słów.

— Ja... — Brakowało jej tchu, przyłożyła dłoń do odsłoniętej szyi. — Muszę kończyć. Mój przyjaciel pewnie już wrócił. — Poklepała mężczyznę po ramieniu, ale on nadal ją trzymał, nadal wirował w tańcu. Powiedziała prosto do jego ucha: — Wystarczy. Dziękuję.

Przez chwilę myślała, że nie przestanie, że będzie tańczył dalej, zataczając kręgi, i nigdy jej nie wypuści. Po chwili poczuła jednak, że zwalnia, zakręciło jej się w głowie i znowu znaleźli się w pobliżu prowizorycznej ławki.

Zauważyła mnóstwo nowych gapiów. Ale nadal nigdzie nie było Robbiego.

— Gdzie twój przyjaciel? — zapytał mężczyzna. W tańcu zgubił kapelusz i przeczesał rude włosy palcami.

— Powinien gdzieś tu być — odparła Hannah, lustrując obce twarze. Mrugała powiekami, próbując powstrzymać zawroty głowy. — Zaraz go znajdę.

— Nie ma sensu czekać — przekonywał mężczyzna. — Przeziębisz się.

— Nie — powiedziała Hannah. — Dziękuję, ale poczekam.

Mężczyzna złapał ją za nadgarstek.

— Chodź. Dotrzymaj mi towarzystwa.

— Nie — zaprotestowała Hannah, tym razem bardziej zdecydowanym tonem. — Wystarczy.

Uścisk mężczyzny zelżał. Wzruszył ramionami. Przygładził wąsy i podrapał się po szyi. Odwrócił się, żeby odejść.

Nagle w ciemności coś się poruszyło. Jakiś cień. Spadł prosto na nich.

Robbie.

Poczuła, że czyjś łokieć uderza w jej ramię, i straciła równowagę. Jakiś krzyk. Jego? Tego mężczyzny? Jej?

Hannah upadła na rząd gapiów.

Kapela grała dalej. Nie cichły oklaski i przytupywanie.

Leżąc na ziemi, spojrzała w górę. Robbie siedział na tym mężczyźnie. Okładał go pięściami. Mocno. Jeszcze raz. I znowu.

Panika. Gorąco. Strach.

— Robbie! — zawołała. — Robbie, przestań!

Przeciskała się przez bezbrzeżny tłum ludzi, chwytając się wszystkiego, co napotkała po drodze.

Muzyka ucichła i ludzie zgromadzili się wokół walczących. Jakimś cudem udało jej się przecisnąć i dotarła na sam przód. Chwyciła Robbiego za koszulę.

— Robbie!

Odepchnął ją. Na chwilę odwrócił się w jej stronę. Pusty wzrok. Nie patrzył jej w oczy. Nie widział jej.

Pięść tamtego mężczyzny gruchnęła go w twarz. I Robbie znalazł się na ziemi.

Krew.

Hannah krzyknęła:

— Nie! Zostaw go. Proszę, zostaw go. — Płakała. — Niech ktoś mi pomoże.

Nie była pewna, jak to się właściwie skończyło. Nigdy nie poznała imienia człowieka, który przyszedł jej z pomocą, z pomocą Robbiemu. Ściągnął z niego wąsatego mężczyznę, powlókł Robbiego pod ścianę. Przyniósł wodę, a potem whisky. Powiedział, żeby zabrała męża do domu i położyła go spać.

Kimkolwiek był, wydarzenia tamtego wieczoru wcale go nie zaskoczyły. Roześmiał się i powiedział im, że żaden sobotni wieczór — podobnie jak piątkowy czy czwartkowy — nie może się obyć bez bójki. A potem wzruszył ramionami i dodał, że Rudy Wycliffe nie jest złym facetem — po prostu był na wojnie i od tamtej pory nie przypomina już dawnego siebie. Potem ich pożegnał, a Hannah odprowadziła Robbiego, podtrzymując go za ramię.

Właściwie nie zwracali niczyjej uwagi, kiedy szli ulicą, pozostawiając tańce, zabawę i oklaski.

Później, kiedy byli już na barce, umyła mu twarz. Siedział na niskim drewnianym taborecie, a ona klęczała przed nim. Od chwili opuszczenia festiwalu nie mówił zbyt dużo, a ona nie chciała pytać. Co go napadło, dlaczego rzucił się na tego mężczyznę, gdzie się podziewał? Domyśliła się, że on zadaje sobie te same pytania. I miała rację.

— Co się stało? — zapytał w końcu. — Co się stało?

— Ciii... — szepnęła, przyciskając wilgotną flanelę do jego policzka. — Już po wszystkim.

Robbie pokręcił głową. Zamknął oczy. Pod cienkimi powiekami podrygiwały jego myśli. Hannah ledwie dosłyszała, kiedy szepnął:

— Zabiłbym go. Boże, zlituj się nade mną. Zabiłbym go.

⊛

Później już nigdzie nie wychodzili. Nie po czymś takim. Hannah miała poczucie winy. Wyrzucała sobie, że nie chciała słuchać jego protestów i nalegała, żeby tam poszli. Światła, hałas, tłum ludzi. Przecież czytała o nerwicy frontowej: powinna była wiedzieć.

Postanowiła, że w przyszłości będzie o niego lepiej dbała. Będzie pamiętała, przez co przeszedł. Będzie dla niego czuła. I nigdy o tym nie wspomni. To już minęło. Nie zdarzy się ponownie. Dopilnuje tego.

Mniej więcej tydzień później leżeli obok siebie i grali w swoją grę, wyobrażając sobie, że mieszkają w maleńkiej dalekiej wiosce na szczycie Himalajów. Nagle Robbie usiadł i powiedział:

— Męczy mnie ta gra.

Hannah podparła się na łokciu.

— Co chciałbyś robić?

— Chcę, żeby to wszystko było prawdziwe.

— Ja też — powiedziała Hannah. — Wyobraź sobie, że...

— Nie — przerwał Robbie. — Dlaczego nie możemy sprawić, żeby to działo się naprawdę?

— Kochanie — szepnęła czule, gładząc palcem jego prawy policzek, świeżą bliznę. — Czyżbyś zapomniał, że mam męża? — Starała się, żeby brzmiało to beztrosko. Chciała go rozbawić, ale się nie udało.

— Ludzie się rozwodzą.

Zastanawiała się, co to za ludzie.

— Tak, ale...

— Moglibyśmy gdzieś popłynąć, daleko stąd od wszystkich, których znamy. Nie chciałabyś tego?

— Wiesz, że bym chciała — powiedziała Hannah.

— Zgodnie z nowym prawem wystarczy udowodnić cudzołóstwo.

Hannah pokiwała głową.

— Ale Teddy mnie nie zdradza.

— Na pewno tak — mruknął Robbie. — Kiedy my...

— To nie w jego stylu — zaprotestowała Hannah. — Te sprawy nigdy jakoś szczególnie go nie interesowały. — Musnęła jego usta palcem. — Nawet tuż po ślubie. Dopiero gdy poznałam ciebie, zrozumiałam... — Urwała i wyciągnęła szyję, żeby go pocałować. — Zrozumiałam.

— To głupiec — skwitował Robbie. Utkwił w niej intensywne

spojrzenie i delikatnie pogładził jej rękę, przesuwając dłoń od ramienia w kierunku nadgarstka. — Zostaw go.

— Słucham?

— Nie jedź do Riverton — powiedział. Usiadł i trzymał ją za nadgarstki. Boże, ależ on był piękny. — Ucieknij ze mną.

— Nie mówisz poważnie — zaczęła niepewnie. — Tylko się ze mną droczysz.

— Nigdy nie byłem bardziej poważny niż teraz.

— Mamy tak po prostu zniknąć?

— Tak po prostu.

Przez chwilę milczała, zastanawiając się.

— Nie mogłabym — powiedziała. — Wiesz o tym.

— Dlaczego? — Gwałtownie odepchnął jej dłonie, wstał z łóżka i zapalił papierosa.

— Jest mnóstwo powodów... — Zamyśliła się. — Emmeline...

— Pieprzyć Emmeline.

Hannah się skrzywiła.

— Ona mnie potrzebuje.

— Ja ciebie potrzebuję.

I rzeczywiście tak było. Wiedziała o tym. Potrzebował jej w sposób przerażający i zarazem odurzający.

— Nic jej się nie stanie — stwierdził Robbie. — Jest silniejsza, niż myślisz.

Siedział przy stole i palił papierosa. Wydawał się chudszy niż dawniej. Był chudszy. Zastanawiała się, dlaczego nie zauważyła tego wcześniej.

— Teddy by mnie znalazł — powiedziała. — Znalazłaby mnie jego rodzina.

— Nie pozwoliłbym im.

— Wcale ich nie znasz. Nie potrafiliby przełknąć takiego skandalu.

— Pojechalibyśmy tam, gdzie nie przyszłoby im do głowy nas szukać. Świat jest wielki.

Wydawał się bardzo kruchy, kiedy tak siedział. Sam. Była dla niego wszystkim. Podeszła bliżej i objęła jego głowę, przytulając ją do swojego brzucha.

— Nie potrafię bez ciebie żyć — wyznał. — Wolałbym umrzeć. — Powiedział to tak szczerze, że zadrżała, choć z niesmakiem zauważyła, że te słowa sprawiły jej przyjemność.

— Nie mów tak — rzekła.

— Muszę być z tobą — powiedział po prostu.

⊛

Zatem pozwoliła mu to zaplanować. Ich wielką ucieczkę. Przestał pisać wiersze i wyciągał notes tylko po to, by kreślić kolejne plany ucieczki. Czasami nawet mu pomagała. Wmawiała sobie, że to tylko gra, podobna do innych, w które zawsze grywali. Uszczęśliwiała go, a poza tym wir planowania często wciągał ją samą. W jakich dalekich miejscach mogliby zamieszkać, co mogliby zobaczyć, jakie przeżyliby przygody? Gra. Ich własna gra w ich własnym sekretnym świecie.

Nie wiedziała — nie mogła wiedzieć — dokąd ich to wszystko zaprowadzi.

Później powiedziała mi, że gdyby wiedziała, pocałowałaby go po raz ostatni i uciekła co sił w nogach.

Początek końca

Chyba nie trzeba mówić, że prędzej czy później tajemnice wychodzą na jaw. Hannah i Robbie długo utrzymywali swoją w sekrecie: przez cały rok tysiąc dziewięćset dwudziesty trzeci i początek tysiąc dziewięćset dwudziestego czwartego. Jednak, podobnie jak wszystkie nierealne romanse, ich związek również skazany był na porażkę.

Służba zaczęła plotkować. Wszystko zaczęło się od Caroline, nowej pokojówki Deborah. Ta wścibska dziewczyna służyła wcześniej w domu niesławnej lady Penthrop (która podobno wikłała się w związki z połową londyńskich lordów). Została odesłana ze wspaniałymi rekomendacjami oraz pokaźną sumką, które wyłudziła od swej pani po tym, jak o jeden raz za dużo przyłapała ją w kompromitującej sytuacji. Jak na ironię, wcale nie musiała starać się o te rekomendacje, szukając u nas pracy. Jej sława dotarła do domu pod numerem siedemnastym już wcześniej i to właśnie wścibstwo, a nie pracowitość, zaważyło na decyzji Deborah.

Jeśli ktoś wie, w którą stronę patrzeć, zawsze dostrzeże odpowiednie znaki, a ona była w tym mistrzynią. Skrawki papieru z dziwnymi adresami wyciągnięte z kominka, zanim zdążyły spłonąć, odciski płomiennych wyznań na kartkach notesów, torby na zakupy, w których znajdowało się niewiele więcej niż odcinki starych czeków. A skłonienie reszty służby do plotkowania nie było trudnym zadaniem. Kiedy przywołała widmo rozwodu i przypomniała wszystkim, że po wybuchu skandalu prawdopodobnie wylądują na bruku, pozostali służący zrobili się bardzo rozmowni.

Dobrze wiedziała, że mnie lepiej o nic nie pytać, ale ostatecznie wcale nie musiała tego robić. Wystarczająco dobrze poznała tajemnicę Hannah. Winię za to siebie: powinnam była zachować większą czujność. Gdyby nie pochłaniały mnie inne sprawy, zauważyłabym, co knuje Caroline, i ostrzegłabym Hannah. Obawiam się jednak, że w tamtym czasie nie byłam najlepszą osobistą służącą i karygodnie zaniedbałam obowiązki. Wiesz, byłam rozkojarzona. Przeżywałam osobiste rozczarowanie. Z Riverton nadeszły wieści na temat Alfreda.

Zatem o wszystkim dowiedziałyśmy się dopiero w wieczór, na który zaplanowano wyjście do opery. Deborah przyszła do sypialni Hannah. Właśnie ubrałam ją w halkę z jasnego francuskiego jedwabiu, ni to białą, ni różową, i szykowałam się do upinania loków wokół twarzy, gdy rozległo się pukanie do drzwi.

— Jestem już prawie gotowa, Teddy — powiedziała Hannah i przewróciła oczami, patrząc na moje odbicie w lustrze. Teddy był chorobliwie punktualny. Upięłam wyjątkowo swawolny pukiel.

Drzwi otworzyły się i do pokoju, jak gdyby nigdy nic, weszła Deborah, pełna dramatyzmu w swej czerwonej sukni ze zwiewnymi rękawami. Usiadła na krawędzi łóżka i założyła nogę na nogę, poruszając połacie czerwonego jedwabiu.

Hannah spojrzała mi w oczy. Wizyta Deborah była czymś niezwykłym.

— Nie możesz się doczekać *Toski*? — zapytała Hannah.

— Jeszcze jak — powiedziała Deborah. — Uwielbiam Pucciniego. — Wyjęła z torebki puderniczkę, otworzyła ją i ułożyła usta na kształt ósemki, po czym starła ślady szminki z kącików ust. — Ale to takie smutne, gdy los rozdziela kochanków.

— W operze nieczęsto spotyka się szczęśliwe zakończenia — stwierdziła Hannah.

— Rzeczywiście — przyznała Deborah. — Obawiam się, że w życiu jest podobnie.

Hannah zacisnęła usta. Czekała na dalszą część.

— Chyba zdajesz sobie sprawę — zaczęła Deborah, wygładzając brwi przed małym lusterkiem — że wcale mnie nie obchodzi, z kim sypiasz za plecami mojego głupiego brata.

Hannah spojrzała mi w oczy. Z przerażenia upuściłam spinkę na podłogę.

— Ale obchodzą mnie interesy ojca.

— Nie sądzę, żeby te interesy miały coś wspólnego ze mną — powiedziała Hannah. Pomimo beztroskiego tonu jej oddech stał się płytki i szybki.

— Nie udawaj głupiej. — Deborah zatrzasnęła puderniczkę. — Wiesz, jaką odgrywasz w tym wszystkim rolę. Ludzie nam ufają, ponieważ reprezentujemy elitę dwóch najważniejszych rzeczywistości. Nowoczesny biznes i staromodną pewność tkwiącą w twoim rodzinnym dziedzictwie. Połączone siły postępu i tradycji.

— Postępowa tradycja? Zawsze podejrzewałam, że tworzymy z Teddym dosyć oksymoroniczną parę — zakpiła Hannah.

— Nie bądź taka mądra — powiedziała Deborah. — Ty i twoja rodzina korzystacie z tej unii tak samo jak my. Po bałagan, który zostawił twój ojciec...

— Mój ojciec zrobił wszystko, co było w jego mocy. — Policzki Hannah oblały się rumieńcem.

Deborah uniosła brwi.

— Tak to nazywasz? Doprowadzenie interesów do upadku?

— Tata stracił fabrykę przez wojnę. Miał pecha.

— Oczywiście — powiedziała Deborah. — Te wojny są okropne. Pozostawiają tylu nieszczęśliwych ludzi. A twój ojciec był takim porządnym człowiekiem. Tak bardzo chciał utrzymać się na powierzchni, dalej prowadzić interesy. Był marzycielem. A nie realistą jak ty. — Roześmiała się cicho i stanęła za plecami Hannah, odpychając mnie na bok. Pochyliła się nad jej ramieniem i spojrzała w lustro. — Nie jest tajemnicą, że był przeciwny twojemu małżeństwu z Teddym. Wiesz o tym, że pewnego wieczoru przyjechał porozmawiać z moim ojcem? O tak. Powiedział mu, że wie, co knuje, ale jego plan się nie uda, bo ty nigdy się nie zgodzisz. — Wyprostowała się i triumfalnie uśmiechnęła, a Hannah odwróciła wzrok. — Ale się zgodziłaś. Bo jesteś mądrą dziewczyną. Złamałaś ojcu serce, lecz wiedziałaś równie dobrze jak on, że nie masz wielkiego wyboru. I miałaś rację. Gdzie byś teraz była, gdybyś nie wyszła za mojego brata? — Urwała i uniosła wyskubaną brew. — Z tym twoim poetą?

Stałam obok szafy i nie będąc w stanie wyjść na korytarz, marzyłam o tym, aby zapaść się pod ziemię. Zauważyłam, że Hannah pobladła. Jej ciało zesztywniało jak ciało człowieka, który szykuje się na przyjęcie ciosu, nie bardzo wiedząc, z której spadnie strony.

— A twoja siostra? — zapytała Deborah. — Co byłoby z małą Emmeline?

— Emmeline nie ma z tym nic wspólnego — powiedziała Hannah drżącym głosem.

— Śmiem wątpić — odparła Deborah. — Gdzie by teraz była, gdyby nie moja rodzina? Mała sierotka, której ojciec roztrwonił rodzinną fortunę, a potem palnął sobie w łeb. W dodatku ma siostrę romansującą z jednym z jej przyjaciół. Och, byłoby jeszcze gorzej, gdyby świat zobaczył te jej paskudne filmiki!

Ciało Hannah się napięło.

— O tak — ciągnęła Deborah. — Wiem o nich wszystko. Chyba nie myślałaś, że mój brat ma przede mną tajemnice? — Uśmiechnęła się, a w jej oczach pojawił się błysk. — Jest na to zbyt rozważny. W końcu stanowimy rodzinę.

— Czego chcesz, Deborah?

Deborah posłała jej cierpki uśmiech.

— Chciałam tylko, żebyś zobaczyła, zrozumiała, jak wiele moglibyśmy stracić przez choćby najmniejszy skandal. To musi się skończyć.

— A jeśli nie?

Deborah westchnęła i podniosła z łóżka torebkę Hannah.

— Jeśli nie przestaniesz się z nim spotykać z własnej woli, dopilnuję, żeby i tak się to skończyło. — Zatrzasnęła torebkę i podała ją Hannah. — Tacy ludzie jak on, skrzywieni przez wojnę, artyści, nieustannie znikają z powierzchni ziemi. Biedactwa.

I nikt się tym nie przejmuje. — Przygładziła suknię, po czym skierowała się w stronę drzwi. — Pozbądź się go. Albo ja to zrobię.

⊛

Od tamtej pory „Sweet Dulcie" nie była już bezpiecznym miejscem. Robbie, rzecz jasna, nie miał o niczym pojęcia, dopóki Hannah nie posłała mnie do niego z listem zawierającym wyjaśnienie i nazwę miejsca, gdzie mogli się spotkać. Po raz ostatni.

Był zaskoczony, kiedy zamiast Hannah zobaczył mnie. I niezbyt zadowolony. Niepewnie wziął list, zerknął na nabrzeże, aby sprawdzić, czy jestem sama, a potem zaczął czytać. Miał potargane włosy i był nieogolony. Jego policzki pokrywał cień, podobnie jak skórę wokół gładkich ust, które lekko się poruszały, wymawiając słowa Hannah. Czułam, że się nie mył.

Nigdy wcześniej nie widziałam mężczyzny w tak naturalnym stanie i nie byłam pewna, na co mam patrzeć. Skupiłam wzrok na rzece widocznej za jego plecami. Kiedy skończył czytać, spojrzał mi w twarz i zobaczyłam, jak ciemne są jego oczy, jakie zrozpaczone. Zamrugałam, odwróciłam wzrok, a gdy tylko powiedział, że przyjdzie w umówione miejsce, odeszłam.

Tamtej zimy spotkali się po raz ostatni w egipskiej sali British Museum. Był deszczowy marcowy poranek tysiąc dziewięćset dwudziestego czwartego roku. Udawałam, że czytam artykuły na temat Howarda Cartera, a Hannah i Robbie siedzieli na przeciwnych krańcach ławki przed ekspozycją poświęconą Tutenchamonowi i patrzyli na świat jak obcy sobie ludzie, których łączy jedynie zainteresowanie egiptologią.

⊛

Kilka dni później, na życzenie Hannah, pomagałam Emmeline spakować się przed przeprowadzką do domu Fanny. W tym czasie Emmeline zdążyła zająć dwa pokoje pod numerem siedemnastym i bez mojej pomocy prawdopodobnie nie zdążyłaby na czas. Właśnie ściągałam zimowe dodatki Emmeline z półek pełnych

462

pluszowych zabawek od wielbicieli, gdy przyszła Hannah, żeby sprawdzić, jak nam idzie.

— Miałaś pomagać, Emmeline — powiedziała. — A nie zostawiać wszystko na barkach Grace.

W jej głosie czuć było napięcie, które towarzyszyło jej od tamtej wizyty w muzeum, ale Emmeline niczego nie zauważyła. Była zbyt zajęta przeglądaniem dziennika. Robiła to przez całe popołudnie: siedziała po turecku na podłodze i ślęczała nad starymi odcinkami biletów, rysunkami, zdjęciami i zamaszystymi młodzieńczymi bazgrołami.

— Posłuchaj tego! — zawołała. — To od Harry'ego: „Koniecznie przyjdź do Desmonda, bo inaczej będzie tylko nas troje: Dessy, twój najwierniejszy i Clarissa". Czyż nie jest słodki? Biedna Clarissa, naprawdę nie powinna była obcinać włosów.

Hannah usiadła na krawędzi łóżka.

— Będę za tobą tęsknić.

— Wiem — powiedziała Emmeline, wygładzając pomiętą kartkę pamiętnika. — Ale rozumiesz, że nie mogę jechać z wami do Riverton. Zwyczajnie umarłabym z nudów.

— Wiem.

— Nie chciałam przez to powiedzieć, że ty również będziesz się tam nudziła, kochana — dodała szybko, spostrzegając, że mogła kogoś urazić. — Wiesz, że nie to miałam na myśli. — Uśmiechnęła się. — Zabawne, że wszystko ułożyło się w ten sposób, prawda?

Hannah uniosła brwi.

— Chciałam powiedzieć, że kiedy byłyśmy małe, zawsze to ty chciałaś stamtąd wyjechać. Pamiętasz, że nawet wspominałaś o pracy w biurze? — Emmeline się roześmiała. — Zapomniałam: czy kiedykolwiek poprosiłaś tatę o zgodę?

Hannah pokręciła głową.

— Ciekawe, co by powiedział — zastanawiała się Emmeline. — Biedny stary tata. Pamiętam, że był strasznie zły, kiedy wyszłaś za Teddy'ego i nas zostawiłaś. Ale nie mogę sobie przypomnieć dlaczego. — Radośnie westchnęła. — Ależ to wszystko się pozmieniało, prawda?

Hannah zacisnęła usta, szukając właściwych słów.

— Jesteś szczęśliwa w Londynie, prawda?

— Jeszcze pytasz? — odpowiedziała Emmeline. — Tu jest wspaniale.

— To dobrze. — Hannah wstała, żeby wyjść, ale zawahała się i ponownie usiadła. — I wiesz, że jeśli kiedykolwiek coś mi się stanie...

— Jeśli porwą cię Marsjanie z czerwonej planety? — zapytała Emmeline.

— Mówię poważnie, Emme.

Emmeline skierowała wzrok ku górze.

— Wiem, wiem. Od tygodnia jesteś taka ponura.

— Lady Clementine i Fanny zawsze ci pomogą. Wiesz o tym, prawda?

— Tak, tak — przyznała niecierpliwie Emmeline. — Już to kiedyś mówiłaś.

— Wiem. Po prostu muszę cię tu zostawić samą i...

— Nie zostawiasz mnie — przerwała jej Emmeline. — Ja zostaję. I nie zamierzam być sama, będę mieszkała z Fanny. — Machnęła ręką. — Nic mi się nie stanie.

— Wiem — powiedziała Hannah. Spojrzała mi w oczy i szybko się odwróciła. — Zostawię was same, dobrze?

Hannah była już prawie przy drzwiach, kiedy Emmeline powiedziała:

— Ostatnio nie widuję Robbiego.

Hannah zesztywniała, ale się nie odwróciła.

— Rzeczywiście — przyznała. — Kiedy o tym wspomniałaś, uświadomiłam sobie, że naprawdę nie pokazuje się od wielu dni.

— Poszłam go poszukać, ale nigdzie nie znalazłam jego małej barki. Deborah twierdzi, że wyjechał.

— Naprawdę? — zdziwiła się Hannah. — A nie mówiła dokąd?

— Nie. — Emmeline zmarszczyła brwi. — Powiedziała, żebym zapytała ciebie.

— A skąd miałabym wiedzieć? — zapytała Hannah, odwracając się. Unikała mojego wzroku. — Nie ma powodów do zmartwienia. Pewnie pisze gdzieś swoje wiersze.

— On nie wyjechałby tak po prostu. Powiedziałby mi.

— Niekoniecznie — odparła Hannah. — Taki właśnie był, nie uważasz? Nieprzewidywalny. Niesolidny. — Wzruszyła ramionami. — Zresztą czy to ważne?

— Może dla ciebie nie, ale dla mnie owszem. Kocham go.

— Och, Emme, nie — czule rzekła Hannah. — Nie kochasz go.

— Kocham — powtórzyła Emmeline. — Zawsze go kochałam. Od chwili, kiedy przyjechał do Riverton i zabandażował mi rękę.

— Miałaś jedenaście lat — powiedziała Hannah.

— Oczywiście. I wtedy była to jedynie szczenięca miłość — odrzekła Emmeline. — Ale tylko z początku. Od tamtej pory każdego mężczyznę porównywałam z Robbiem.

Hannah zacisnęła usta.

— A co z tamtym reżyserem? Co z Harrym Bentleyem i tuzinem innych młodych mężczyzn, w których kochałaś się tylko w tym roku? Z co najmniej dwoma byłaś zaręczona.

— Z Robbiem jest inaczej — powiedziała Emmeline.

— A co on na to? — zapytała Hannah, nie śmiąc spojrzeć na siostrę. — Czy kiedykolwiek dał ci powody, aby wierzyć, że czuje to samo co ty?

— Jestem pewna, że tak — oświadczyła Emmeline. — Nigdy nie przepuścił okazji, aby spędzić ze mną wieczór. Na pewno nie robił tego z sympatii do moich przyjaciół. Nigdy nie ukrywał, że jego zdaniem to chmara rozpieszczonych i leniwych dzieciaków. — Z przekonaniem pokiwała głową. — Jestem pewna, że czuje to samo co ja. A ja go kocham.

— Nie — powiedziała Hannah z pewnością, która zaskoczyła Emmeline. — On nie jest dla ciebie.

— Skąd wiesz? — zapytała Emmeline. — Prawie go nie znasz.

— Znam ten typ mężczyzn — wyjaśniła Hannah. — To wina wojny. Zabrała normalnych młodych mężczyzn i oddała ich odmienionych. Skrzywionych. — Pomyślałam o Alfredzie i tamtym wieczorze na schodach w Riverton, kiedy nawiedziły go duchy przeszłości, ale szybko odpędziłam od siebie te myśli.

— Nie obchodzi mnie to — uparcie powiedziała Emmeline. — Jest romantyczny. Chętnie bym się nim zaopiekowała. Wyleczyłabym go.

— Tacy mężczyźni jak Robbie są niebezpieczni — kontynuowała Hannah. — Ich nie można wyleczyć. Tacy już są. — Sfrustrowana westchnęła. — Masz tylu innych wielbicieli. Nie możesz pokochać któregoś z nich?

Emmeline uparcie pokręciła głową.

— Wiem, że potrafisz. Obiecaj, że się postarasz.

— Nie chcę.

— Musisz.

Wtedy Emmeline odwróciła się od Hannah i w jej twarzy dostrzegłam coś nowego: jakąś niewzruszoną siłę.

— To naprawdę nie twoje zmartwienie, Hannah — powiedziała beznamiętnie. — Mam dwadzieścia lat. Nie musisz mi pomagać w podejmowaniu decyzji. W moim wieku wyszłaś za mąż i Bóg wie, że nikogo nie pytałaś o zdanie.

— To zupełnie co innego...

— Nie potrzebuję starszej siostry, która kontroluje każdy mój ruch. Już nie. — Emmeline westchnęła i odwróciła się do Hannah. Mówiła beztroskim tonem: — Umówmy, się, że od tej chwili pozwolimy sobie nawzajem żyć własnym życiem. Co ty na to?

Okazało się, że Hannah nie miała zbyt wiele do powiedzenia. Skinęła głową na znak zgody i zamknęła za sobą drzwi.

⊛

W przeddzień naszego wyjazdu do Riverton pakowałam resztę sukien Hannah. Ona siedziała przy oknie i patrzyła na park, który powoli spowijał wieczorny mrok. Kiedy rozbłysły uliczne latarnie, odwróciła się i zapytała:

— Czy kiedykolwiek byłaś zakochana, Grace?

Jej pytanie mnie zaskoczyło. I to, że zadała je akurat w tej chwili.

— Ja... Nie wiem, proszę pani. — Włożyłam do kufra futro z lisów.

— Och, gdybyś była, nie miałabyś wątpliwości — powiedziała.

Unikałam jej wzroku. Próbowałam zdobyć się na obojętny ton. Miałam nadzieję, że dzięki temu zmieni temat.

— W takim razie muszę zaprzeczyć, proszę pani.

— To chyba lepiej. — Odwróciła się w stronę okna. — Prawdziwa miłość jest jak choroba.

— Jak choroba, proszę pani? — Czasami zdarzało mi się chorować.

— Wcześniej nigdy tego nie rozumiałam. W książkach i w sztukach. W wierszach. Nigdy nie mogłam pojąć, co skłania inteligentnych myślących ludzi do tak ekstrawaganckich irracjonalnych czynów.

— A teraz, proszę pani?

— Teraz tak — powiedziała miękko. — Teraz już rozumiem. To jest jak choroba. Łapiesz ją, kiedy najmniej się tego spodziewasz. Nikt nie zna lekarstwa. A czasami, w skrajnych przypadkach, bywa śmiertelna.

Na chwilę zamknęłam oczy. Traciłam opanowanie.

— Chyba jednak nie śmiertelna, proszę pani?

— Nie. Pewnie masz rację, Grace. Przesadzam. — Spojrzała na mnie i uśmiechnęła się. — Widzisz? Jestem najlepszym przykładem. Zachowuję się jak bohaterka jakiegoś okropnego taniego romansidła. — Potem zamilkła, lecz nadal musiała o tym myśleć, bo po chwili przechyliła głowę i rzekła: — Wiesz, Grace, zawsze myślałam, że ty i Alfred...?

— Och nie, proszę pani — powiedziałam szybko. Zbyt szybko. — Alfred i ja byliśmy tylko przyjaciółmi. — Poczułam gorące ukłucie tysięcy rozgrzanych igieł.

— Naprawdę? — Zastanowiła się. — Ciekawe, co sprawiło, że pomyślałam inaczej.

— Nie wiem, proszę pani.

Obserwowała mnie, skubiąc jedwabną sukienkę, po czym posłała mi uśmiech.

— Zawstydziłam cię.

— Ależ skąd, proszę pani — powiedziałam. — Ja po prostu... — Rozpaczliwie próbowałam ciągnąć tę rozmowę. — Właśnie myślałam o liście, który niedawno dostałam. Z Riverton. To niesamowity zbieg okoliczności, że pyta pani o Alfreda akurat teraz.

— Naprawdę?

— Tak, proszę pani. — Nie mogłam się powstrzymać. — Pamięta pani pannę Starling, która pracowała kiedyś dla pani ojca?

Hannah zmarszczyła brwi.

— Taka chuda kobieta o mysich włosach? Chodziła po domu na paluszkach ze skórzaną torbą na ramieniu?

— Tak, proszę pani, właśnie ta. — Miałam wrażenie, jakby ktoś inny wstąpił w moją skórę, podczas gdy sama stałam z boku i opowiadałam o tym wszystkim z zupełną obojętnością. — Ona i Alfred wzięli ślub, proszę pani. Zaledwie miesiąc temu. Mieszkają teraz w Ipswich, gdzie Alfred otworzył zakład elektryczny. — Zamknęłam kufer i pokiwałam głową, nie podnosząc wzroku. — A teraz zechce mi pani wybaczyć. Zdaje się, że pan Boyle potrzebuje mnie na dole.

Zamknęłam za sobą drzwi i znalazłam się zupełnie sama. Zatkałam usta dłonią. Mocno zacisnęłam oczy. Poczułam, jak drżą mi ramiona, a w gardle zbierają się łzy.

Mój szkielet najwyraźniej stracił spójność i osunęłam się na podłogę. Przytuliłam się do ściany i zapragnęłam rozpuścić się na podłodze, na ścianach, w powietrzu.

Siedziałam tam bez ruchu. Miałam niejasne przeczucia, że Teddy albo Deborah znajdą mnie w tym mrocznym korytarzu, kiedy nadejdzie czas, by udać się na spoczynek. Wezwą pana Boyle'a, żeby mnie wyprowadził. I nie czułam nic. Żadnego wstydu. Żadnego poczucia obowiązku. Bo jakie to miało znaczenie? Jakie to miało teraz znaczenie?

Wtedy gdzieś na dole rozległ się brzęk. Naczynia i sztućce.

Oddech uwiązł mi w gardle. Otworzyłam oczy. Teraźniejszość dotarła do mnie i ponownie wypełniła mój umysł.

Oczywiście, że to miało znaczenie. Liczyła się Hannah. Teraz potrzebowała mnie bardziej niż kiedykolwiek. Przeprowadzka do Riverton, życie bez Robbiego.

Drżąc, wzięłam głęboki oddech. Wyprostowałam się i prze-łknęłam ślinę. Odprężyłam się siłą woli.

Nie byłoby ze mnie żadnego pożytku, gdybym skupiła się na sobie i użalała nad własnym losem, zapominając o obowiązkach.

Wstałam, poprawiłam spódnicę i przygładziłam rękawy. Wytarłam oczy.

Byłam osobistą służącą Hannah. Nie jakąś zwykłą pokojówką. Ufała mi. Nie mogłam sobie pozwalać na tak nieroztropne chwile zapomnienia.

Jeszcze raz westchnęłam. Głęboko. Z determinacją. Pokiwałam głową i dużymi zdecydowanymi krokami ruszyłam korytarzem.

A kiedy weszłam po schodach prowadzących do mojego pokoju, siłą zamknęłam te straszne drzwi w moim umyśle, za którymi kiedyś dostrzegłam męża, dom i dzieci.

Znowu w Riverton

Ursula pojawiła się zgodnie z obietnicą. Jedziemy krętą drogą w stronę wioski Saffron Green. Lada chwila skręcimy i zobaczymy znaki witające turystów w Riverton. Ursula prowadzi, a ja zerkam na jej twarz. Uśmiecha się do mnie, a potem znowu skupia na kierowaniu. Jeśli miała jakiekolwiek złe przeczucia związane z tą wyprawą, to odepchnęła je na bok. Sylvia nie była zadowolona, ale zgodziła się nie mówić o niczym siostrze oddziałowej i zwodzić Ruth, jeśli zajdzie potrzeba. Chyba roztaczam wokół siebie atmosferę ostatnich szans. Jest za późno, aby martwić się o moją przyszłość.

Metalowa brama stoi otwarta. Ursula skręca i jedziemy w stronę domu. Jest ciemno. W tunelu drzew jak zawsze panuje dziwny bezruch, dziwna cisza, jak gdyby ktoś czegoś nasłuchiwał. Pokonujemy ostatni zakręt i naszym oczom ukazuje się dom. Podobnie jak wiele razy wcześniej: pierwszego dnia mojej pracy w Riverton, kiedy miałam czternaście lat i byłam jeszcze kompletnie zielona, w dniu recitalu, kiedy z niecierpliwością wracałam od matki, w wieczór oświadczyn Alfreda, rankiem tysiąc dziewięćset dwudziestego czwartego roku, kiedy wróciliśmy do Riverton z Londynu. Dziś czuję się tak, jakbym wracała do domu.

Obecnie pomiędzy podjazdem a fontanną Erosa i Psyche mieści się betonowy parking. Ursula opuszcza szybę i zbliżamy się do budki parkingowej. Zamienia słowo ze strażnikiem, który macha ręką, żebyśmy jechały dalej. Przez wzgląd na moją widoczną słabość Ursula otrzymała specjalne pozwolenie na wysadzenie mnie z samochodu przed znalezieniem miejsca do parkowania. Podjeżdża pod dom — żwir, który kiedyś chrzęścił pod kołami, zastąpiono betonem — i zatrzymuje samochód przed drzwiami. Na portyku stoi małe żelazne krzesełko ogrodowe. Prowadzi mnie tam i sadza na nim, po czym wraca na parking.

Siedzę i myślę o panu Hamiltonie, zastanawiając się, ile razy otwierał drzwi rezydencji Riverton, zanim wiosną tysiąc dziewięćset trzydziestego czwartego roku uśmiercił go atak serca. I wtedy dzieje się coś dziwnego.

— Miło znowu cię widzieć, młoda Grace.

Mrużę oczy, spoglądam na rozmyte słońce (a może to moje oczy są takie załzawione?) i widzę go stojącego na najwyższym stopniu schodów.

— Panie Hamilton — mówię. Oczywiście mam halucynacje, ale nieładnie ignorować dawnego towarzysza, nawet jeśli nie żyje od sześćdziesięciu lat.

— Zastanawialiśmy się z panią Townsend, kiedy znowu cię zobaczymy.

— Naprawdę? — Pani Townsend zmarła niedługo po nim. Wylew zabił ją we śnie.

— O tak. Zawsze lubimy powroty młodych. We dwoje czujemy się nieco samotni. Nie ma rodziny, którą można obsługiwać. Bez przerwy tylko stukanie młotków, pukanie i brudne buciory. — Kręci głową i spogląda w górę na łuk wieńczący portyk. — Tak, zaszło tu wiele zmian. Tylko poczekaj, aż zobaczysz, co zrobili z moim pokojem kredensowym. — Uśmiecha się do mnie znad swojego długiego błyszczącego nosa. — Powiedz mi, Grace — mówi czule. — Co u ciebie słychać?

— Jestem zmęczona — odpowiadam. — Jestem zmęczona, panie Hamilton.

— Wiem, moja mała — mówi. — Ale to niedługo się skończy.

— Co się dzieje? — Obok mnie stoi Ursula, wkładając do torebki bilet parkingowy. — Jesteś zmęczona? — Z niepokojem marszczy brwi. — Postaram się o wózek na kółkach. W ramach renowacji zaopatrzyli budynek w windy.

Odpowiadam, że tak byłoby chyba najlepiej, a potem ukradkiem zerkam na pana Hamiltona. Już go tam nie ma.

⊛

Na korytarzu wita nas jakaś żwawa kobieta ubrana jak żona wiejskiego dziedzica z lat czterdziestych i oznajmia, że cena biletów obejmuje zwiedzanie posiadłości, podczas którego będzie nam towarzyszyć. Nie dając nam szans na odmowę, prowadzi mnie i Ursulę w stronę sześcioosobowej grupy innych przypadkowych zwiedzających: pary londyńczyków, którzy wybrali się na jednodniową wycieczkę, ucznia gromadzącego materiały do pracy na temat historii regionu i czteroosobowej rodziny turystów z Ameryki: rodziców i syna w identycznych adidasach i podkoszulkach z napisem „Uciekłem z WTC!" oraz nastoletniej córki — wysokiej, bladej i ponurej, ubranej na czarno. Nasza przewodniczka — Beryl, która przedstawiając się, szarpie plakietkę z nazwiskiem na dowód prawdziwości swoich słów — przez całe życie mieszkała w wiosce Saffron Green i możemy pytać ją, o cokolwiek zechcemy.

Zwiedzanie zaczyna się w suterenie. W centrum każdej angielskiej rezydencji, jak mówi Beryl, posyłając nam wystudiowany uśmiech połączony z mrugnięciem. Ursula i ja zjeżdżamy windą zainstalowaną tam, gdzie dawniej stała szafa na płaszcze. Kiedy wychodzimy, cała grupa tłoczy się już wokół kuchennego stołu pani Townsend i śmieje się, gdy Beryl czyta komiczną listę tradycyjnych angielskich potraw z dziewiętnastego wieku.

Suterena wygląda prawie tak jak kiedyś, a jednak zdecydowanie się różni. Zdaję sobie sprawę, że to wina oświetlenia. Elektryczność uciszyła migotliwe szepczące przestrzenie. W Riverton długo radziliśmy sobie bez niej. Nawet kiedy w połowie lat dwudziestych Teddy kazał położyć instalację, efekt końcowy nie przypominał obecnego stanu. Brakuje mi półmroku, chociaż domyślam się, że utrzymanie dawnego oświetlenia nie byłoby możliwe, nawet w imię dążenia do zachowania oryginalnych warunków. Teraz takie sprawy reguluje prawo. Liczy się zdrowie i bezpieczeństwo. Odpowiedzialność cywilna. Nikt nie chce wylądować przed sądem tylko dlatego, że jakiś turysta potknął się na kiepsko oświetlonych schodach.

— Proszę za mną — szczebiocze Beryl. — Wyjdziemy na taras drzwiami dla służby, ale nie martwcie się. Nie trzeba wkładać fartuszków!

※

Jesteśmy na trawniku za różanym ogrodem lady Ashbury. O dziwo, wygląda prawie tak jak dawniej, chociaż pomiędzy roślinami zbudowano drabinki. Beryl mówi, że mają tu teraz cały sztab ogrodników, zatrudnionych na stałe z myślą o doglądaniu gruntów. A jest czego doglądać: ogrody, trawniki, fontanny i różne okoliczne budynki. Letni domek.

Letni domek był jedną z pierwszych zmian, jakie wprowadził Teddy w tysiąc dziewięćset dwudziestym trzecim roku, kiedy Riverton przeszło w jego ręce. Uznał, że to zbrodnia, iż tak piękne jezioro, klejnot posiadłości, skazano na powolne niszczenie. Planował letnie przyjęcia na łodziach i wieczorne imprezy połączone z obserwowaniem gwiazd. Natychmiast sporządził odpowiednie plany i kiedy w kwietniu tysiąc dziewięćset dwudziestego czwartego roku przyjechaliśmy z Londynu, wszystko było już prawie gotowe, a jedyną przeszkodę stanowił opieszały transport włoskiego wapienia i wiosenne deszcze.

Rano, w dzień naszego przyjazdu, padał deszcz. Nieustanny ulewny deszcz, który pojawił się, gdy jechaliśmy przez wioski hrabstwa Essex, i od tamtej chwili nie chciał zniknąć. Mokradła wypełniły się deszczówką, lasy rozmiękły, a kiedy samochody wlekły się błotnistą drogą w kierunku Riverton, nie było widać domu. Przynajmniej na pierwszy rzut oka. Tak bardzo zasłaniała go nisko wisząca mgła, że wyłaniał się niezwykle powoli, niczym zjawa. Gdy podjechaliśmy bliżej, wytarłam dłonią zamgloną szybę i spojrzałam przez tę zasłonę na okno pokoju dziecinnego. Bardzo wyraźnie przypomniałam sobie, że pięć lat wcześniej w tym ogromnym ciemnym domu Grace nakrywała do stołu, ubierała Hannah i Emmeline oraz wysłuchiwała najnowszych mądrości Nancy. Tu i tam, wtedy i teraz — wszystko przeplatało się ze sobą na życzenie kapryśnego czasu.

Pierwszy samochód zatrzymał się i na portyku ukazał się pan Hamilton z czarną parasolką w dłoni, by pomóc wysiąść Hannah i Teddy'emu. Drugi samochód podjechał pod tylne drzwi i również stanął. Okryłam się peleryną, skinęłam do kierowcy i popędziłam biegiem w kierunku wejścia do sutereny.

Może była to wina deszczu. Może gdyby niebo było bezchmurne, gdyby niebo jaśniało błękitem, a za oknem uśmiechało się słońce, ruina, w jaką popadł dom, nie byłaby aż tak szokująca. Bo choć pan Hamilton i reszta służby robiła, co mogła — Nancy twierdziła, że nieustannie sprzątają — dom znajdował się w kiepskim stanie. Trudno było błyskawicznie nadrobić całe lata konsekwentnych zaniedbań pana Fredericka.

Najbardziej wstrząśnięta była Hannah. Zresztą to chyba dosyć naturalne. Na widok tej ruiny uświadomiła sobie samotność ostatnich dni ojca. I obudziło się dawne poczucie winy: niemożność naprawienia ich wzajemnych stosunków.

— Kiedy pomyślę, że żył w takich warunkach — powiedziała do mnie tamtego pierwszego wieczoru, gdy szykowałam ją do snu. — Przez cały czas byłam w Londynie i o niczym nie wiedziałam. Och, od czasu do czasu Emmeline żartowała na ten temat, ale nigdy nawet przez chwilę nie wyobrażałam sobie, że... — Pokręciła głową. — I pomyśleć, Grace, że biedny stary tata był taki nieszczęśliwy. — Przez chwilę milczała, a potem rzekła: — Widać, co się dzieje, jeśli człowiek działa wbrew własnej naturze, prawda?

— Tak, proszę pani — powiedziałam, nie wiedząc, że nie rozmawiamy już o tacie.

⊛

Teddy, choć zaskoczony rozmiarami zniszczeń w Riverton, wcale nie był zrażony. I tak zaplanował pełną renowację.

— Równie dobrze to my możemy wprowadzić tę posiadłość w dwudziesty wiek, prawda? — zapytał, posyłając Hannah dobrotliwy uśmiech.

Mieszkali w Riverton od tygodnia. Deszcz przestał padać i Teddy stał w sypialni, oglądając rozświetlony słońcem pokój. Ja i Hannah siedziałyśmy na szezlongu, układając suknie.

— Jak uważasz — brzmiała jej obojętna odpowiedź.

Teddy spojrzał na nią i na jego twarzy odmalowało się zdumienie: czyż nie cieszyła jej odbudowa rodzinnego domu? Czyż kobiety nie korzystają z każdej okazji, by odcisnąć na otoczeniu swój ślad?

— Koszty nie grają roli — powiedział.

Hannah podniosła wzrok i uśmiechnęła się cierpliwie, jak gdyby miała przed sobą nadgorliwą sprzedawczynię.

— Jak sobie życzysz.

Jestem pewna, że Teddy wolałby, aby dzieliła jego entuzjazm dla planu renowacji: spotkań z projektantami, debat poświęconych wyższości jednych tkanin nad drugimi, zachwytów związanych z zakupem zdobionego fotela stanowiącego wierną replikę tronu samego króla. Ale nie robił jej wyrzutów. Przywykł już do tego, że nie rozumie własnej żony. Po prostu pokręcił głową, pogładził ją po twarzy i porzucił ten temat.

Hannah, choć nie interesowała się remontem, po powrocie do Riverton tryskała zaskakująco dobrym humorem. Myślałam, że po wyjeździe z Londynu, opuszczeniu Robbiego, będzie zupełnie zdruzgotana. Przygotowałam się na najgorsze. Ale się pomyliłam. Była w jeszcze lepszym nastroju niż zwykle. Podczas remontu dużo czasu spędzała na zewnątrz. Przechadzała się po posiadłości, zapuszczała aż na dalekie łąki i z nasionkami trawy na spódnicy i rumieńcami na policzkach wracała na lunch.

Pomyślałam, że zapomniała o Robbiem. Może i była to miłość, ale postanowiła żyć bez niej. Pomyślisz, że byłam naiwna. I rzeczywiście, masz rację. Kierowałam się jedynie własnymi doświadczeniami. Zapomniałam o Alfredzie, wróciłam do Riverton i przywykłam do jego nieobecności. Wydawało mi się, że Hannah postąpiła podobnie. Że ona również doszła do wniosku, iż ważniejsze są inne zobowiązania.

Pewnego dnia poszłam jej szukać. Teddy zdobył nominację torysów na przedstawiciela Saffron i organizowano uroczysty lunch z udziałem lorda Gifforda. Miał przyjechać za pół godziny, a Han-

nah nie wróciła jeszcze ze spaceru. W końcu znalazłam ją w różanym ogrodzie. Siedziała na kamiennych schodach pod altaną —
na tych samych, na których wiele lat wcześniej siedziałam z Alfredem.

— Dzięki Bogu, proszę pani — powiedziałam, zbliżając się do
niej i ledwie łapiąc oddech. — Lada chwila będzie tu lord Gifford,
a pani nie jest jeszcze ubrana.

Hannah zerknęła przez ramię i uśmiechnęła się do mnie.

— Mogłabym przysiąc, że mam na sobie zieloną sukienkę.

— Wie pani, co mam na myśli. Musi się pani przygotować do
lunchu.

— Wiem — powiedziała. Rozprostowała ręce i zatrzepotała
dłońmi. — Ale mamy taki piękny dzień. Szkoda siedzieć w domu.
Myślisz, że udałoby mi się namówić Teddy'ego na zjedzenie
lunchu na tarasie?

— Nie wiem, proszę pani — odparłam. — Nie sądzę, żeby
spodobało się to panu Luxtonowi. Wie pani, co myśli na temat
owadów.

Roześmiała się.

— Oczywiście, masz rację. No cóż, tak tylko pomyślałam. —
Wstała, wzięła swój notes i pióro. Na wierzchu leżała koperta bez
znaczka.

— Czy mam to przekazać panu Hamiltonowi do wysłania,
proszę pani?

— Nie — powiedziała z uśmiechem i przycisnęła notes do
piersi. — Nie, dziękuję, Grace. Dziś po południu pójdę do miasteczka i wyślę list osobiście.

Więc rozumiesz, dlaczego myślałam, że jest szczęśliwa. Bo
rzeczywiście była. O tak. Ale nie dlatego, że zapomniała o Robbiem. Tu się pomyliłam. I z pewnością nie dlatego, że odkryła
w sobie jakieś uczucia do Teddy'ego. Ani ze względu na powrót
do rodzinnego domu. Nie. Była szczęśliwa z innego powodu.
Hannah miała pewien sekret.

✵

Beryl prowadzi nas teraz deptakiem. To dosyć wyboista droga
jak na wózek na kółkach, ale Ursula jest bardzo ostrożna. Kiedy

docieramy do drugiej furtki, zatrzymuje nas jakiś znak. Beryl wyjaśnia, że dalsza część południowego ogrodu została zamknięta z powodu renowacji. Trwają prace nad letnim domkiem, więc nie możemy przyjrzeć mu się z bliska. Możemy podejść do fontanny Ikara, ale dalej już nie. Otwiera furtkę i gęsiego przechodzimy na drugą stronę.

Na pomysł z przyjęciem wpadła Deborah. Trzeba było przypomnieć ludziom, że choć Teddy i Hannah wyprowadzili się z Londynu, to jednak nie opuścili sceny towarzyskiej. Teddy uznał, że to wspaniały plan. Większość prac renowacyjnych została już prawie ukończona, a przyjęcie stanowiło doskonałą okazję do pochwalenia się efektem końcowym. Hannah była zaskakująco uległa. Więcej niż uległa: pomagała wszystko zorganizować. Teddy — zaskoczony, lecz również zadowolony — wolał o nic nie pytać. Deborah, która nie przywykła do dzielenia się rolą organizatorki, była mniej zachwycona.

— Nie chcesz chyba zaprzątać sobie głowy wszystkimi szczegółami? — zapytała, kiedy pewnego ranka usiadły, by wypić herbatę.

Hannah się uśmiechnęła.

— Wręcz przeciwnie. Mam mnóstwo pomysłów. Co sądzisz o chińskich lampionach?

To Hannah zabiegała o to, aby kameralne przyjęcie dla kilku wybranych osób zmieniło się w ogromne widowisko. Opracowała listę gości i zaproponowała, by z tej okazji zbudować parkiet pod gołym niebem. Powiedziała Teddy'emu, że nocne letnie przyjęcia mają w Riverton silną tradycję: dlaczego by jej nie wskrzesić?

Teddy był zachwycony. Widok żony i siostry pracujących ramię w ramię był jego największym marzeniem. Dał Hannah wolną rękę, a ona z radością z tego skorzystała. Miała swoje powody. Teraz to wiem. Łatwiej zniknąć bez śladu w wielkim rozbawionym tłumie niż w małym gronie.

Ursula wolno pcha wózek wokół fontanny Ikara. Wyczyszczono ją. Niebieskie płytki lśnią, a marmur połyskuje w miejscach, gdzie nigdy wcześniej go nie było, lecz Ikar i jego trzy syreny nadal tworzą nieruchomą scenę wodnego ocalenia. Mrugam i dwie postacie w zwiewnych białych halkach znikają z wyłożonego płytkami murku.

— Jestem królem świata! — Młody Amerykanin wdrapał się na głowę syreny z harfą i stoi z rozpostartymi rękami.

Beryl ukrywa grymas niezadowolenia, który na chwilę zagościł na jej twarzy, i uśmiecha się z wymuszoną uprzejmością.

— Zejdź stamtąd, chłopcze. Tę fontannę odbudowano, żeby ją podziwiać, a nie po niej chodzić. — Macha palcem w kierunku wąskiej ścieżki, która prowadzi nad jezioro. — Pospaceruj sobie tam. Nie można przejść przez ogrodzenie, ale będziesz miał szansę rzucić okiem na nasze słynne jezioro.

Chłopak zeskakuje z murku otaczającego fontannę i z łoskotem ląduje u moich stóp. Rzuca mi spojrzenie wyrażające niepewną pogardę i rusza swoją drogą. Jego rodzice i siostra idą za nim ścieżką.

Jest zbyt wąska dla wózka, ale muszę tam pójść. To ta sama ścieżka, którą szłam tamtej nocy. Proszę Ursulę, żeby mi pomogła. Patrzy na mnie z wahaniem.

— Jesteś pewna?

Kiwam głową.

Prowadzi wózek na skraj ścieżki. Opieram się na jej ramieniu, a ona dźwiga mnie w górę. Stoimy przez chwilę, żeby mogła złapać równowagę, a potem ruszamy wolnym krokiem. Małe kamyczki chrzęszczą pod moimi butami, długie źdźbła trawy muskają spódnicę, w powietrzu unoszą się ważki. Po chwili zanurzamy się w ciepłym powietrzu.

Przystajemy, żeby przepuścić Amerykanów, którzy wracają w stronę fontanny. Głośno skarżą się na trwający remont.

— Całą Europę pokrywają rusztowania — mówi matka.

— Powinni zwrócić nam część kosztów — dodaje ojciec.

— Przyjechałam tu tylko po to, żeby zobaczyć miejsce, w którym umarł — mówi dziewczyna w ciężkich czarnych butach.

Ursula cierpko się do mnie uśmiecha i idziemy dalej. Stukanie młotków robi się coraz głośniejsze. Wreszcie, po kilku przystankach, docieramy do ogrodzenia i ścieżka się urywa. W tym samym miejscu gdzie przed laty.

Przytrzymuję się ogrodzenia i spoglądam w stronę jeziora. Jest — lekko połyskuje w oddali. Nie widać stąd letniego domku, lecz wyraźnie słyszę odgłosy budowy. Przypominają mi rok tysiąc dziewięćset dwudziesty czwarty, kiedy przybyli robotnicy, żeby dokończyć prace przed przyjęciem. Jak się okazało, na próżno. Wapień utknął w Calais z powodu jakiegoś sporu w porcie i ku rozpaczy Teddy'ego nie dotarł na czas. Miał nadzieję, że zdąży zainstalować swój nowy teleskop, aby goście mogli przyjść nad jezioro i popatrzeć na nocne niebo. Hannah pocieszała go.

— Nic nie szkodzi — powiedziała. — Lepiej poczekać, aż letni domek będzie już gotowy. Wtedy będziesz mógł wydać kolejne przyjęcie. Zorganizować prawdziwą imprezę połączoną z obserwowaniem gwiazd. — Jak zauważyłeś, powiedziała „ty", a nie „my". Już wtedy nie widziała dla siebie miejsca w przyszłości Teddy'ego.

— Chyba masz rację — przyznał Teddy głosem nadąsanego chłopca.

— Tak będzie najlepiej — powiedziała Hannah. Przechyliła głowę. — Zresztą myślę, że ustawienie ogrodzenia wzdłuż ścieżki prowadzącej nad jezioro nie byłoby złym pomysłem. Uniemożliwiłoby ludziom zapuszczanie się zbyt daleko. To mogłoby być niebezpieczne.

Teddy zmarszczył brwi.

— Niebezpieczne?

— Wiesz, jacy są robotnicy — powiedziała Hannah. — Mogą czegoś nie dokończyć. Najlepiej poczekać, aż znajdziesz wolną chwilę i sam wszystko obejrzysz.

O tak, miłość potrafi sprawić, że człowiek staje się przebiegły. Dosyć łatwo udało jej się przekonać Teddy'ego. Odmalowała przed nim wizję pozwów i złej sławy. Razem z panem Boyle'em zorganizował tablice i ogrodzenia, żeby trzymać gości z dala od jeziora. W sierpniu miał wydać kolejne przyjęcie z okazji urodzin.

Uroczysty lunch w letnim domku: z łodziami, grami i płóciennymi namiotami w pasy. Taki jak na obrazie tego Francuza — powiedział. — Jak on się nazywał?

Oczywiście to drugie przyjęcie nigdy się nie odbyło. W sierpniu tysiąc dziewięćset dwudziestego czwartego roku wydawanie przyjęć było ostatnią rzeczą, na którą ktokolwiek miał ochotę — może z wyjątkiem Emmeline. Jednak i jej towarzyska żywiołowość miała wówczas szczególny charakter. Była raczej reakcją na przerażenie i krew, a nie działaniem na przekór rzeczywistości.

Krew. Tyle krwi. Któż by przypuszczał, że będzie jej tak dużo? Widzę tamto miejsce nad jeziorem. Tam wtedy stali. Tam stałam również ja, zanim...

Kręci mi się w głowie, nogi odmawiają posłuszeństwa. Ursula chwyta mnie za ramię i podtrzymuje.

— Dobrze się czujesz? — pyta. W jej ciemnych oczach widać niepokój. — Jesteś bardzo blada.

Myśli wirują mi w głowie. Gorąco mi. Słabo.

— Chcesz wejść na chwilę do środka?

Kiwam głową.

Ursula prowadzi mnie z powrotem, sadza na wózku i wyjaśnia Beryl, że musi zabrać mnie do domu.

— To przez ten upał — mówi Beryl z przekonaniem. Jej matka reaguje identycznie. Taki absurdalny upał. Pochyla się nade mną i uśmiecha, mrużąc oczy. — Mam rację, prawda, kochanie, to przez upał?

Kiwam głową. Nie ma sensu się spierać. Jak jej wytłumaczyć, że nie doskwiera mi upał, lecz ciężar dawnej winy?

⊛

Ursula prowadzi mnie do salonu. Nie wchodzimy do środka, nie możemy. Jakiś metr przed drzwiami rozciągnięto czerwony sznur. Chyba nie mogą pozwolić, żeby każdy tu wchodził i muskał szezlong brudnymi palcami. Ursula zatrzymuje wózek pod ścianą i siada obok na ławce przeznaczonej dla zwiedzających.

Mijają nas gromadki turystów, którzy pokazują sobie wyszukane nakrycie stołu i wzdychają z zachwytem na widok tygrysiej skóry rozłożonej za kanapą. Nikt nie zauważa, że w pokoju aż roi się od duchów.

⊛

To właśnie w salonie policja prowadziła przesłuchania. Biedny Teddy. Był taki oszołomiony.

— Był poetą — powiedział policjantowi, otulając się kocem. Nadal miał na sobie garnitur. — W dzieciństwie poznał moją żonę. Dosyć miły człowiek: artysta, ale nieszkodliwy. Zadawał się z moją szwagierką i grupą jej przyjaciół.

Tamtej nocy przesłuchano wszystkich. Wszystkich z wyjątkiem Hannah i Emmeline. Teddy się o to postarał. Powiedział policjantom, że sam fakt, iż były świadkami tego wypadku, jest już wystarczająco niefortunny. Nie muszą przeżywać tego ponownie. Wpływ rodziny Luxtonów był tak wielki, że policjanci nie stawili oporu.

Tamtej nocy policjanci nie byli zbyt konsekwentni. Zrobiło się już bardzo późno — chcieli wrócić do żon i cieplutkich łóżek. Usłyszeli wszystko, czego potrzebowali. Historia nie była aż taka niezwykła. Deborah sama powiedziała, że po całym Londynie i świecie błąka się mnóstwo młodych mężczyzn, którzy nie potrafią wrócić do normalnego życia po tym wszystkim, co widzieli i robili podczas wojny. A on był poetą, co sprawiało, że tragiczny scenariusz był jeszcze bardziej prawdopodobny. Artystyczne typy mają skłonność do ekstrawaganckich emocjonalnych zachowań.

⊛

Dołącza do nas reszta grupy. Beryl namawia nas, abyśmy zwiedzały dalej, i prowadzi do biblioteki.

— Jest to jedno z niewielu pomieszczeń, których nie zniszczył pożar w tysiąc dziewięćset trzydziestym ósmym roku — mówi i zdecydowanym krokiem idzie korytarzem, stukając obcasami. — Zapewniam państwa, że to prawdziwe błogosławieństwo. Rodzina Hartfordów posiadała bezcenną kolekcję starych książek. Ponad dziewięć tysięcy tomów.

To jestem gotowa poświadczyć osobiście.

Nasza pstrokata grupa wchodzi za Beryl do pokoju i rozprasza się. Wszyscy wyciągają szyje, żeby zobaczyć kopulasty sufit ze szkła i półki z książkami sięgające aż do galerii. Picasso Robbiego już stąd zniknął. Pewnie wisi teraz w jakiejś galerii. Minęły już dni, kiedy na ścianach każdego angielskiego domu wisiały sobie dzieła wielkich mistrzów.

To właśnie tutaj Hannah spędzała większość czasu po śmierci Robbiego: całymi dniami siedziała skulona w fotelu w tym cichym pokoju. Nie czytała, po prostu siedziała. Wspominała niedawną przeszłość. Przez jakiś czas nie chciała widzieć nikogo oprócz mnie. Obsesyjnie opowiadała o Robbiem, przedstawiając mi szczegóły ich romansu. Epizod za epizodem. Każde opowiadanie kończyło się takim samym płaczem.

— Wiesz, Grace, kochałam go — mówiła. Jej głos był tak cichy, że ledwie ją słyszałam.

— Wiem, proszę pani.

— Po prostu nie mogłam... — Spoglądała na mnie szklistymi oczami. — To po prostu nie wystarczyło.

Początkowo Teddy akceptował tę jej izolację — wydawała się naturalną konsekwencją tego, co zobaczyła — ale gdy mijały kolejne tygodnie, brak umiejętności trzymania fasonu, z której słynęli jej rodacy, coraz bardziej go zdumiewał.

Każdy miał własne zdanie na temat tego, jak powinna się zachować i co należy zrobić, żeby przywrócić jej dobry humor. Pewnego dnia, po kolacji, odbyła się dyskusja przy okrągłym stole.

— Potrzebuje jakiegoś nowego hobby — powiedziała Deborah, zapalając papierosa. Nie wątpię, że tamto samobójstwo było dla niej szokiem, ale życie toczy się dalej.

— Jakie hobby masz na myśli? — zapytał Teddy, marszcząc brwi.

— Myślałam o brydżu — powiedziała Deborah, strzepując popiół do talerza. — Dobra partyjka brydża potrafi sprawić, że człowiek o wszystkim zapomina.

Estella, która przyjechała do Riverton, aby „zrobić swoje", przyznała, że Hannah potrzebuje czegoś, co odwróci jej uwagę, ale wcale nie myślała o brydżu: jej zdaniem Hannah potrzebowała dziecka. Bo któraż kobieta go nie potrzebuje? Czy Teddy mógłby się o to postarać?

Teddy powiedział, że zrobi, co w jego mocy. I biorąc uległość Hannah za zgodę, wywiązał się z obietnicy.

⊛

Ku radości Estelli trzy miesiące później lekarz oznajmił, że Hannah jest w ciąży. Jednak zamiast zapomnieć o zmartwieniach, przyszła matka stała się wtedy jeszcze bardziej nieobecna duchem. Coraz rzadziej mi opowiadała o romansie z Robbiem, aż w końcu w ogóle przestała wzywać mnie do biblioteki. Byłam rozczarowana, lecz jeszcze bardziej zaniepokojona: miałam nadzieję, że te wyznania w jakiś sposób położą kres banicji, na którą sama się skazała. Że opowiadając mi o tym uczuciu, powróci do rzeczywistości. Tak się jednak nie stało.

Wręcz przeciwnie. Coraz bardziej się ode mnie oddalała. Zaczęła sama się ubierać, a kiedy odważyłam się zaproponować pomoc, patrzyła na mnie jakoś dziwnie, niemal ze złością. Próbowałam z nią rozmawiać, przekonać, że to nie była jej wina, że nie mogła go uratować, lecz ona tylko patrzyła ze speszoną miną. Jak gdyby nie wiedziała, o czym mówię, albo — co gorsza — wątpiła w szczerość moich słów.

W ciągu tych ostatnich miesięcy snuła się po domu jak duch. Nancy mówiła, że ma wrażenie, jakby znowu mieszkał z nami pan Frederick. Teddy był jeszcze bardziej zaniepokojony. W końcu teraz nie chodziło jedynie o zdrowie Hannah. Jego dziecko, jego syn, spadkobierca Luxtonów, zasługiwał na coś lepszego. Wzywał kolejnych lekarzy, a oni wszyscy, wyposażeni w świeże doświadczenia z czasów wojny, diagnozowali szok i mówili, że po tym, co zobaczyła, to zupełnie naturalne.

Jeden z nich po badaniu poprosił Teddy'ego na stronę i powiedział:

— Bez wątpienia szok. Bardzo interesujący przypadek: zupełny brak kontaktu z otoczeniem.

— Jak to wyleczyć? — zapytał Teddy.

Lekarz z żalem pokręcił głową.

— Wiele bym dał za odpowiedź na to pytanie.

— Pieniądze nie grają roli — oświadczył Teddy.

Lekarz zmarszczył brwi.

— Był jeszcze jakiś świadek?

— Siostra mojej żony — powiedział Teddy.

— Siostra — powtórzył lekarz, notując to w zeszycie. — To dobrze. Są ze sobą blisko związane?

— Bardzo — przyznał Teddy.

Lekarz wycelował w niego palec.

— Niech pan ją tutaj ściągnie. Rozmowa: oto właściwy sposób postępowania w przypadku tego typu histerii. Pana żona musi spędzać czas z kimś, kto przeżył taki sam szok.

Teddy potraktował radę lekarza poważnie i słał do Emmeline kolejne zaproszenia, lecz ona nie chciała przyjechać. Nie mogła. Była zbyt zajęta.

— Nie rozumiem — powiedział Teddy do Deborah pewnego wieczoru, po kolacji. — Jak może ignorować własną siostrę? Po wszystkim, co Hannah dla niej zrobiła?

— Tym bym się akurat nie przejmowała — oznajmiła Deborah, unosząc brwi. — Z tego, co słyszałam, dobrze, że Emmeline trzyma się od nas z daleka. Ludzie mówią, że zrobiła się bardzo wulgarna. Z każdego przyjęcia wychodzi ostatnia. Zadaje się z najgorszymi typami.

Mówiła prawdę: Emmeline ponownie rzuciła się w wir londyńskiego życia towarzyskiego. Jej codzienność kręciła się wokół imprez. Wystąpiła w kilku filmach: romansach, horrorach. Znalazła swoją niszę, wcielając się w role poniewieranych femme fatale.

Wielka szkoda, że Hannah nie pozbierała się w podobnym stylu — szeptano w towarzystwie. Dziwne, że przeżywała to wszystko gorzej niż jej siostra. W końcu to Emmeline zadawała się z tym typem.

⊛

Jednak i Emmeline ciężko to przeżyła. Po prostu radziła sobie w inny sposób. Głośniej się śmiała i więcej piła. Plotka głosiła, że tamtego dnia, kiedy zginęła w wypadku na Braintree Road, policja znalazła w samochodzie otwarte butelki brandy. Luxtonowie wyciszyli sprawę. Jeśli w tamtych czasach istniało coś, co można było kupić, to z pewnością było to prawo. Może dzisiaj jest podobnie. Nie wiem.

Na początku nie powiedzieli o tym Hannah. Estella uznała, że to zbyt ryzykowne, a Teddy przyznał jej rację: już niebawem miało przyjść na świat dziecko. Lord Gifford wystosował odpowiednie oświadczenia w imieniu Teddy'ego i Hannah.

W wieczór po wypadku Teddy przyszedł do sutereny. Zupełnie nie pasował do szarych pomieszczeń dla służby: wyglądał jak aktor, który pomylił plany. Był taki wysoki, że musiał pochylić głowę, by nie uderzyć się w deskę stropową wiszącą nad najniższym stopniem.

— Panie Luxton — powiedział pan Hamilton. — Nie spodziewaliśmy się... — Zamilkł i przystąpił do działania. Odwrócił się do nas, zaklaskał w milczeniu, a potem uniósł ręce i gestykulował jak dyrygent podczas bardzo szybkiego utworu. Jakimś sposobem utworzyliśmy szereg i staliśmy z dłońmi splecionymi na plecach, czekając na to, co zamierzał powiedzieć Teddy.

Jego komunikat był prosty. Emmeline uczestniczyła w niefortunnym wypadku samochodowym, w którym straciła życie. Nancy ścisnęła moją dłoń.

Pani Townsend pisnęła i osunęła się na krzesło, trzymając się za serce.

— Kochane biedactwo — wymamrotała. — Cała się trzęsę.

— Dla nas wszystkich był to okropny szok, pani Townsend — oznajmił Teddy, przenosząc wzrok z jednego służącego na drugiego. — Jest jednak coś, o co muszę was poprosić.

— Jeśli mogę mówić w imieniu całej służby — powiedział pobladły pan Hamilton — będziemy zaszczyceni, mogąc w jakikolwiek sposób pomóc państwu w tak okropnych chwilach.

— Dziękuję, panie Hamilton. — Teddy ponuro pokiwał głową. — Jak wszyscy wiecie, pani Luxton strasznie cierpi od czasu tamtego wydarzenia nad jeziorem. Uważam, że będzie najlepiej, jeśli na razie oszczędzimy jej wieści o ostatniej tragedii. Nie można jeszcze bardziej jej niepokoić. Nie teraz, kiedy nosi w sobie dziecko. Jestem pewien, że się ze mną zgodzicie.

Służba stała w milczeniu, a Teddy mówił dalej:

— Proszę was zatem o powstrzymanie się od wspominania o pannie Emmeline i wypadku. Dołóżcie szczególnych starań, by gazety nie leżały w miejscach, w których pani Luxton mogłaby je zobaczyć.

Zamilkł i przyjrzał się każdemu z nas po kolei.

— Rozumiecie?

Pan Hamilton zamrugał i stanął na baczność.

— Ach tak. Tak.

— To dobrze — powiedział Teddy. Kilka razy szybko pokiwał głową, zdał sobie sprawę, że nie ma już nic więcej do dodania, i wyszedł z ponurym uśmiechem.

Kiedy zniknął, pani Townsend ze zdziwieniem zwróciła się do pana Hamiltona:

— Ale... Czy on miał na myśli to, żeby w ogóle nie mówić o wypadku panience Hannah?

— Wszystko na to wskazuje, pani Townsend — odparł pan Hamilton. — Przynajmniej na razie.

— Przecież chodzi o śmierć jej własnej siostry...

— Tak brzmiały jego polecenia, pani Townsend. — Pan Hamilton głęboko westchnął i uszczypnął się w koniuszek nosa. — Pan Luxton jest właścicielem tego domu w równym stopniu jak wcześniej pan Frederick.

Pani Townsend chciała zakwestionować to stwierdzenie, lecz pan Hamilton nie dopuścił jej do głosu.

— Wie pani równie dobrze jak ja, że trzeba przestrzegać zaleceń jaśnie pana. — Zdjął okulary i energicznie wypolerował szkła. — Bez względu na to, co o nich myślimy. Albo o nim.

Później, kiedy pan Hamilton podawał na górze kolację, pani Townsend i Nancy zaczepiły mnie w jadalni. Zszywałam srebrną suknię Hannah. Pani Townsend usiadła z jednej strony. Nancy z drugiej. Jak dwóch gwardzistów, którzy przybyli, by odeskortować mnie na szubienicę.

Zerkając w stronę schodów, Nancy stwierdziła:

— Musisz jej powiedzieć.

Pani Townsend pokręciła głową.

— To nie w porządku. Jej własna siostra. Powinna wiedzieć.

Wbiłam igłę w szpulkę srebrnej nici i odłożyłam szycie na bok.

— Jesteś jej służącą — przekonywała Nancy. — Lubi cię. Musisz jej powiedzieć.

— Wiem — przyznałam cicho. — Powiem jej.

Nazajutrz, jak przeczuwałam, znalazłam ją w bibliotece. Siedziała w fotelu i patrzyła na przykościelny cmentarz przez wielkie szklane drzwi. Wpatrywała się w jakiś odległy punkt i nie usłyszała, że się zbliżam. Podeszłam do niej i cicho stanęłam obok identycznego fotela. Promienie porannego słońca przedzierały się przez szybę i padały na profil twarzy Hannah, nadając jej niemal eteryczny wygląd.

— Proszę pani? — odezwałam się łagodnym głosem.

Nie odrywając wzroku od cmentarza, zapytała:

— Przyszłaś powiedzieć mi o Emmeline?

Zamilkłam zaskoczona. Zastanawiałam się, skąd wie.

— Tak, proszę pani.

— Wiedziałam, że to zrobisz. Nawet pomimo że ci zabronił. Po tych wszystkich latach dobrze cię znam, Grace. — Nie potrafiłam zinterpretować tonu jej głosu.

— Przykro mi, proszę pani. Z powodu panienki Emmeline.

Lekko pokiwała głową, ale nie odrywała wzroku od tamtego odległego punktu na przykościelnym cmentarzu. Zaczekałam chwilę, a kiedy wydało mi się jasne, że nie potrzebuje towarzystwa, zapytałam, czy mogę jej coś przynieść. Może herbaty? Jakąś książkę? Z początku nie odpowiadała, zdawała się nie słyszeć. A po chwili, ni stąd, ni zowąd, powiedziała:

— Nie potrafisz stenografować.

Nie było to pytanie, lecz stwierdzenie, więc nie odpowiedziałam.

Dopiero potem zrozumiałam, co miała na myśli, dlaczego mówiła wtedy o stenografii. Nastąpiło to jednak dopiero wiele lat później. Tamtego ranka nie byłam jeszcze świadoma roli, jaką odegrało w tym wszystkim moje oszustwo.

Poruszyła się lekko, przysunęła do fotela swoje długie nagie nogi. Nadal nie patrzyła mi w oczy.

— Możesz już odejść, Grace — powiedziała chłodnym tonem, który sprawił, że oczy zapiekły mnie od łez.

⊛

Beryl prowadzi nas do pokoju, który pod koniec zajmowała Hannah. Na początku zastanawiam się, czy zdołam to wytrzymać. Ale teraz wszystko wygląda inaczej. Pomalowano go i wyposażono w komplet wiktoriańskich mebli, którego pierwotnie nie było w Riverton. To nie to łóżko, na którym urodziło się dziecko Hannah.

Większość ludzi myślała, że zabił ją poród. Podobnie jak narodziny Emmeline zabiły matkę dziewczynek. To stało się tak nagle, mówili, kręcąc głowami. Takie to smutne. Ale ja wiedziałam swoje. Poród stanowił dla niej wygodny pretekst. Szansę. Zadanie oczywiście nie było łatwe, lecz w niej nie pozostała ani odrobina woli życia. To, co zaszło nad jeziorem, śmierć Robbiego i wkrótce po niej Emmeline, zabiło ją na długo, zanim dziecko utknęło w jej miednicy.

Kiedy się zaczęło, byłam z nią w pokoju, ale gdy skurcze stały się silniejsze i częstsze, a dziecko pchało się na świat, Hannah zaczęła majaczyć. Wpatrywała się we mnie z wyrazem strachu i złości na twarzy, krzyczała, żebym wyszła, że to wszystko moja wina. Lekarz wyjaśnił mi, że podczas porodu kobiety często tracą poczucie rzeczywistości i poddają się złudzeniom. Poprosił, żebym zrobiła, co kazała.

Ale nie mogłam jej zostawić, nie tak po prostu. Oddaliłam się od łóżka, lecz nie wyszłam z pokoju. Kiedy leżała, a lekarz zaczął ciąć, stojąc przy drzwiach, dostrzegłam jej twarz. Odchyliła głowę i wydała z siebie westchnienie, które bardzo wyraźnie skojarzyło mi się z uczuciem ulgi. Wyzwolenia. Wiedziała, że jeśli podda się bez walki, będzie mogła odejść. Że to wszystko się skończy.

Nie, to nie była nagła śmierć. Umierała od wielu miesięcy.

⊛

Potem przeżyłam załamanie. Byłam osamotniona. W jakimś dziwnym sensie straciłam samą siebie. Tak to bywa, kiedy oddajesz swoje życie i usługi innemu człowiekowi. Jesteś z nim związana. Po śmierci Hannah przestałam być potrzebna.

Nie potrafiłam nic poczuć. Byłam pusta, jak gdyby ktoś rozpłatał mnie niczym konającą rybę i wyjął wszystkie wnętrzności. Wykonywałam symboliczne obowiązki, choć po odejściu Hannah było ich raczej niewiele. Tkwiłam w tym stanie przez miesiąc, snując się z jednego miejsca w drugie. Aż w końcu pewnego dnia powiedziałam Teddy'emu, że odchodzę.

Chciał, żebym została. Kiedy odmówiłam, błagał, żebym jeszcze się zastanowiła — jeśli nie przez wzgląd na niego, to z uwagi na Hannah, na jej pamięć. Lubiła mnie, czyżbym o tym nie wiedziała? Chciałaby, abym była częścią życia jej córki, częścią życia Florence.

Ale ja nie mogłam. Nie miałam do tego serca. Byłam ślepa na dezaprobatę pana Hamiltona. Na łzy pani Townsend. Nie miałam żadnego pomysłu na przyszłość. Jedynie pewność, że nie wiąże się ona z Riverton.

Jakże przerażające byłoby opuszczenie Riverton, odejście ze służby, gdyby pozostała we mnie choć odrobina uczuć. Na szczęście nic nie czułam: strach mógłby wziąć górę nad smutkiem i już na zawsze związać mnie z tym domem na wzgórzu. Poza służbą nie znałam bowiem innego życia. Niezależność budziła we mnie panikę. Bałam się chodzić tam, gdzie mnie oczy poniosą, robić najprostsze rzeczy, podejmować własne decyzje.

Znalazłam jednak małe mieszkanko niedaleko Marble Arch i żyłam dalej. Podejmowałam się każdej pracy, jaka wpadała mi w ręce — sprzątanie, kelnerowanie, szycie — unikałam bliskości i odchodziłam, kiedy ludzie zaczynali zadawać zbyt wiele pytań, chcieli ode mnie czegoś więcej, niż byłam w stanie im dać. Tak upłynęło mi całe dziesięć lat. W oczekiwaniu na drugą wojnę (choć wtedy jeszcze o tym nie wiedziałam). I na Marcusa, który przyszedł na świat i obdarzył mnie tym, czego nie zdołały mi dać narodziny córki: oddał mi coś, co zniknęło wraz ze śmiercią Hannah.

W tym czasie nie myślałam zbyt często o Riverton. O tym, co straciłam.

A raczej: nie chciałam myśleć o Riverton. Jeśli w wolnej chwili spostrzegłam, że moje myśli krążą po pokoju dziecinnym, błąkają się obok schodów w różanym ogrodzie lady Ashbury, balansują na murku otaczającym fontannę Ikara, szybko szukałam sobie jakiegoś zajęcia.

Mimo wszystko często myślałam o tym maleństwie — o Florence. Chyba była dla mnie kimś w rodzaju siostrzenicy: śliczną małą istotą. Miała jasne włosy Hannah, lecz zupełnie inne oczy. Duże i brązowe. Może z wiekiem trochę się zmieniły. Całkiem prawdopodobne. Ale podejrzewam, że pozostały brązowe jak oczy jej ojca. Bo była córką Robbiego, prawda?

❀

Przez te wszystkie lata często się nad tym zastanawiałam. Oczywiście możliwe, że choć przez tyle czasu Hannah nie zdołała urodzić dziecka Teddy'emu, nagle i nieoczekiwanie zaszła w ciążę w roku tysiąc dziewięćset dwudziestym czwartym. Zdarzają się dziwniejsze rzeczy. Lecz czy nie jest to przypadkiem zbyt wygodne wytłumaczenie? W ostatnich latach małżeństwa Teddy i Hannah rzadko dzielili łoże, ale na początku Teddy bardzo starał się o dziecko. To, że Hannah nie zaszła wtedy w ciążę, sugeruje, że problem tkwił w jednym z nich, prawda? Jak dowiodły narodziny Florence, to nie Hannah była bezpłodna.

Zatem czy to możliwe, że ojcem Florence nie był Teddy? Że została poczęta nad jeziorem? Że gdy Hannah i Robbie spotkali się w niewykończonym letnim domku po długich miesiącach rozłąki, nie mogli się powstrzymać? Czas się zgadzał. Deborah była o tym przekonana. Rzuciła jedno spojrzenie na te duże brązowe oczy i zacisnęła usta. Wiedziała.

Nie wiem, czy to ona powiedziała o wszystkim Teddy'emu. Może sam się domyślił. Bez względu na to Florence nie zabawiła w Riverton zbyt długo. Przecież nie mogli jej zatrzymać. Nieustannie przypominałaby Teddy'emu, że jest rogaczem. Luxtonowie zgodnie uznali, że będzie najlepiej, jeśli zapomni o tej całej żałosnej historii. Skupi się na prowadzeniu rezydencji Riverton i zaplanuje powrót na scenę polityczną.

Słyszałam, że wysłali Florence do Ameryki, że Jemima zgodziła się uznać ją za siostrę Gythii. Zawsze pragnęła mieć dużo dzieci. Myślę, że Hannah byłaby zadowolona. Wolałaby, żeby jej dziecko dorastało jako Hartford, a nie Luxton.

✻

Zwiedzanie dobiega końca i Beryl prowadzi nas z powrotem do frontowego holu. Chociaż żarliwie zachęca do odwiedzenia sklepiku z pamiątkami, Ursula i ja nie korzystamy z zaproszenia.

Znowu czekam na żelaznym krzesełku, a Ursula idzie po samochód.

— Zaraz wrócę — obiecuje. Mówię, żeby się nie przejmowała. Wspomnienia dotrzymują mi towarzystwa.

— Wrócisz do nas niedługo? — pyta pan Hamilton, stojąc na progu.

— Nie — mówię. — Raczej nie, panie Hamilton.

Widocznie to rozumie, uśmiecha się lekko.

— Powiem pani Townsend, że kazałaś ją pożegnać.

Kiwam głową, a on znika, rozpuszcza się jak akwarela w zakurzonym promieniu słońca.

Ursula pomaga mi wsiąść do samochodu. Kupiła butelkę wody z maszyny obok budki parkingowej i kiedy już siedzę na fotelu pasażera, otwiera ją dla mnie.

— Proszę bardzo — mówi, wkładając do środka słomkę, po czym oplata moje dłonie wokół zimnych ścianek butelki.

Włącza silnik i powoli opuszczamy parking. Kiedy wjeżdżamy w ciemny liściasty tunel, mam niejasną świadomość, że odbywam tę podróż po raz ostatni, lecz mimo to nie patrzę za siebie.

Przez jakiś czas jedziemy w milczeniu, aż w końcu Ursula mówi:

— Wiesz, jest coś, co nigdy nie dawało mi spokoju.

— Mmm?

— Siostry Hartford widziały, jak popełniał samobójstwo, prawda? — Zerka na mnie z ukosa. — Ale co robiły nad jeziorem, skoro powinny były bawić na przyjęciu?

Nie odpowiadam, a ona zerka na mnie jeszcze raz, zastanawiając się, czy w ogóle usłyszałam pytanie.

— I do jakiego doszłaś wniosku? — pytam. — Co dzieje się w filmie?

— Widzą, jak się oddala, idą za nim nad jezioro i próbują go powstrzymać. — Wzrusza ramionami. — Szukałam wszędzie, ale nigdzie nie udało mi się znaleźć zeznań Hannah ani Emmeline, więc musiałam zgadywać. Takie rozwiązanie wydało mi się najbardziej sensowne.

Potakuję.

— Zresztą producenci uznali, że to bardziej trzyma w napięciu, niż gdyby miały natknąć się na niego przypadkiem.

Znowu kiwam głową.

— Ocenisz sama — mówi — kiedy zobaczysz film.

Jeszcze jakiś czas temu planowałam wybrać się na premierę, ale teraz czuję, że to już poza moim zasięgiem. Ursula chyba też ma tę świadomość.

— Przyniosę ci kasetę wideo, gdy tylko wszystko będzie gotowe — dodaje.

— Dobry pomysł.

Skręca w bramę Heathview.

— Oho — mówi, szeroko otwierając oczy. Dotyka mojej dłoni. — Przygotuj się na awanturę.

Czeka na nas Ruth. Domyślam się, że jej usta zaciskają się w wyrazie niezadowolenia. Ale wcale tak nie jest. Uśmiecha się. Pięćdziesiąt lat rozpływa się w powietrzu i dostrzegam w niej młodą dziewczynę. Dziewczynę z czasów, kiedy życie nie zdążyło jeszcze jej rozczarować. Trzyma coś w dłoni i macha w moją stronę. Okazuje się, że to list. I nawet wiem od kogo.

Wymykam się czasowi

Jest tutaj. Marcus wrócił do domu. Od tygodnia codziennie mnie odwiedza. Czasami przychodzi z nim Ruth, a kiedy indziej jesteśmy tylko we dwoje. Nie zawsze rozmawiamy. Często po prostu siedzi obok i trzyma mnie za rękę, podczas gdy drzemię. Lubię, kiedy trzyma mnie za rękę. To najbardziej przyjazny spośród gestów: niesie pocieszenie od dzieciństwa aż po starość.

Zaczynam umierać. Nikt mi o tym nie mówi, ale widzę to w ich twarzach. Miłe, czułe oblicza, smutne, lecz śmiejące się oczy, uprzejme szepty i spojrzenia, które między sobą wymieniają. Sama też to czuję.

Przyspieszenie.

I wymykam się czasowi. Granice, których przestrzegałam przez całe życie, nagle tracą znaczenie: sekundy, minuty, godziny, dni. To tylko słowa. Mnie pozostały jedynie chwile.

⸙

Marcus przynosi mi jakieś zdjęcie. Podaje mi je i jeszcze zanim mój wzrok pada na jego powierzchnię, wiem, co zobaczę. To moja ulubiona fotografia, zrobiona na archeologicznych wykopaliskach wiele lat temu.

— Gdzie ją znalazłeś? — pytam.

— Cały czas miałem ją przy sobie — mówi nieśmiało, przeczesując palcami przydługie, wypłowiałe na słońcu włosy. — Cały czas, kiedy nie było mnie w domu. Mam nadzieję, że nie masz nic przeciwko temu.

— Cieszę się — mówię.

— Chciałem mieć przy sobie twoje zdjęcie — wyjaśnia. — To uwielbiałem jako dziecko. Jesteś na nim taka szczęśliwa.

— Bo rzeczywiście byłam. Bardzo szczęśliwa. — Jeszcze przez chwilę patrzę na zdjęcie, po czym oddaję mu je. Ustawia je na stoliku nocnym, żebym mogła na nie spoglądać, gdy tylko przyjdzie mi ochota.

⊛

Budzę się z drzemki, a Marcus siedzi przy oknie, spoglądając na wrzosowisko. Z początku myślę, że jest z nami również Ruth, lecz okazuje się, że to ktoś inny. Coś innego. Ukazała się przed chwilą. Ale była tu cały czas. Nikt poza mną jej nie widzi. Wiem, że na mnie czeka. Jestem już prawie gotowa. Wczesnym rankiem nagrałam ostatnią kasetę dla Marcusa. Zadanie wykonane: opowiedziałam o wszystkim. Dawna obietnica została złamana i Marcus pozna mój sekret.

Marcus czuje, że już się obudziłam. Odwraca się. Uśmiecha. Ma wspaniały szeroki uśmiech.

— Grace. — Odsuwa się od okna i staje obok mnie. — Potrzebujesz czegoś? Przynieść ci szklankę wody?

— Tak — mówię.

Obserwuję go: szczupła sylwetka schowana w luźnych ubraniach. Dżinsy i podkoszulka: klasyczny strój dzisiejszej młodzieży. W jego twarzy dostrzegam dawnego chłopca, dziecko, które chodziło za mną jak cień i zadawało pytania, domagało się kolejnych opowieści: o miejscach, w których byłam, o wykopanych wytworach kultury, o dużym starym domu na wzgórzu i o dzieciach grających w pewną grę. Widzę młodego mężczyznę, który wprawił mnie w zachwyt, mówiąc, że pragnie zostać pisarzem. Poprosił, żebym przeczytała kilka jego prac i powiedziała, co o nich myślę. Widzę dorosłego mężczyznę złapanego w żałobną sieć, bezradnego. Odrzucającego pomoc.

Przesuwam się lekko i odchrząkam. Muszę go o coś zapytać.

— Marcus — mówię.

Zerka na mnie zza kosmyka wypłowiałych włosów.

— Grace?

Wpatruję się w jego oczy i mam nadzieję usłyszeć prawdę.

— Jak się czujesz?

Na szczęście mnie nie zbywa. Siada, podpiera poduszkami, przygładza mi włosy i podaje kubek wody.

— Chyba nic mi nie będzie — mówi.

⊛

Przyjeżdża Ursula, całuje mnie w policzek. Chcę otworzyć oczy, podziękować jej za zainteresowanie Hartfordami, za przypomnienie światu o ich istnieniu. Ale nie mogę. Wszystkim zajmuje się Marcus. Słyszę, jak przyjmuje kasetę wideo, dziękuje jej i zapewnia, że z przyjemnością ją obejrzę. Że bardzo dobrze się o niej wyrażałam. Pyta, jak się udała premiera.

— Było wspaniale — mówi. — Okropnie się denerwowałam, ale poszło jak po maśle. Film dostał nawet kilka dobrych recenzji.

— Widziałem. Bardzo dobra ocena w „Guardianie". Napisali: „zapadający w pamięć", „subtelnie piękny", prawda? Moje gratulacje.

— Dziękuję — odpowiada Ursula i oczami wyobraźni widzę jej nieśmiały uśmiech zadowolenia.

— Grace żałowała, że nie może tam być.

— Wiem — mówi Ursula. — Mnie też było przykro. Byłabym zachwycona, gdyby się zjawiła. — Rozchmurza się. — Za to przyjechała moja babcia. Aż z Ameryki.

— No, no — mówi Marcus. — To się nazywa poświęcenie.

— Miała powody — wyjaśnia Ursula. — To ona wzbudziła we mnie zainteresowanie tą historią. Jest daleką krewną sióstr Hartford. Chyba kuzynką w drugiej linii. Urodziła się w Anglii, ale kiedy była jeszcze malutka, jej ojciec zginął podczas pierwszej wojny światowej i matka przeprowadziła się do Ameryki.

— To wspaniale, że mogła przyjechać i zobaczyć, co powstało z jej inspiracji.

— Nie zdołałabym jej powstrzymać, nawet gdybym chciała —

495

mówi Ursula ze śmiechem. — Babcia Florence nigdy nie znosiła sprzeciwu.

Ursula podchodzi bliżej. Czuję jej obecność. Podnosi zdjęcie stojące na nocnym stoliku.

— Nigdy wcześniej go nie widziałam. Czyż Grace nie wygląda na nim pięknie? Kto stoi obok niej?

Marcus uśmiecha się. Poznaję po jego głosie.

— To Alfred.

Następuje chwila ciszy.

— Babcia nie jest zwyczajną kobietą — mówi z dumą. — Ku niezadowoleniu mojej matki w wieku sześćdziesięciu pięciu lat znalazła sobie kochanka. Najwidoczniej znali się wiele lat wcześniej. Odnalazł ją.

— Jakie to romantyczne — mówi Ursula.

— Tak — przyznaje Marcus. — Alfred był wspaniały. Nie wzięli ślubu, ale żyli razem przez prawie dwadzieścia lat. Grace mawiała, że już raz pozwoliła mu odejść i nie zamierza ponownie popełniać tego samego błędu.

— Cała Grace — mówi Ursula.

— Alfred często się z nią przekomarzał: mówił, że to wspaniale mieć kobietę archeologa. Im był starszy, tym bardziej się nim interesowała.

Ursula się śmieje.

— Co się z nim stało?

— Umarł we śnie — mówi Marcus. — Dziewięć lat temu. Wtedy Grace wprowadziła się tutaj.

❋

Ciepła bryza wpada przez otwarte okno i zatrzymuje się na moich zamkniętych powiekach. Chyba już minęło południe.

Jest u mnie Marcus. Siedzi tu od jakiegoś czasu. Słyszę go tuż obok, jak skrobie piórem po papierze. Od czasu do czasu wzdycha. Wstaje, podchodzi do okna, idzie do łazienki, zbliża się do drzwi.

Później przychodzi Ruth. Staje obok mnie, gładzi moją twarz i całuje w czoło. Czuję kwiatowy zapach jej pudru. Siada.

— Piszesz coś? — pyta Marcusa. Jest ostrożna. W jej głosie słychać napięcie.

Bądź dobry, Marcus. Ona się stara.

— Nie jestem pewny — mówi. Następuje chwila milczenia. — Mam taki zamiar.

Słyszę ich oddechy. No, niech któreś z was coś powie.

— O inspektorze Adamsie?

— Nie — szybko zaprzecza Marcus. — Rozważam inny pomysł.

— Naprawdę?

— Grace przysłała mi kilka kaset.

— Kaset?

— Coś w rodzaju listów, tylko nagranych na kasety.

— Nie chwaliła mi się — mówi cicho Ruth. — Co na nich nagrała?

— Różne rzeczy.

— Czy wspominała... Czy wspominała o mnie?

— Czasami. Opowiadała o tym, co robi każdego dnia, ale mówiła też o przeszłości. Miała wspaniałe życie, prawda?

— Tak — mówi Ruth.

— Cały wiek, od służby do doktoratu z archeologii. Chciałbym napisać o niej książkę. — Urywa. — Nie masz nic przeciwko, prawda?

— Dlaczego miałabym mieć coś przeciwko? — pyta Ruth. — Oczywiście, że nie. Dlaczego miałabym mieć coś przeciwko?

— Nie wiem... — Domyślam się, że Marcus wzrusza ramionami. — Po prostu miałem wrażenie, że mogłabyś się nie zgodzić.

— Chciałabym ją przeczytać — oznajmia Ruth z przekonaniem. — Powinieneś ją napisać.

— To będzie dla mnie duża zmiana — mówi Marcus. — Coś innego.

— Nie kryminał?

Marcus się śmieje.

— Nie. Nie kryminał. Zwykła miła i pogodna historia.

Ach, kochanie. Takie historie nie istnieją.

Jestem rozbudzona. Marcus siedzi obok na krześle i bazgrze coś w notesie. Podnosi wzrok.

— Witaj, Grace — mówi i uśmiecha się. Odkłada notes. — Cieszę się, że się obudziłaś. Chciałem ci podziękować.

Podziękować mi? Unoszę brwi.

— Za kasety. — Trzyma mnie za rękę. — Za historie, które mi przysyłałaś. Już zapomniałem, jak bardzo lubię opowieści. Czytać je, słuchać. Pisać. Kiedy Rebecca... To był taki szok... Po prostu nie mogłem... — Bierze głęboki oddech i posyła mi słaby uśmiech. Zaczyna od początku. — Zapomniałem, jak bardzo potrzebuję opowieści.

Zadowolenie — a może to nadzieja? — ciepło pomrukuje pod moimi żebrami. Chcę go pocieszyć. Sprawić, aby zrozumiał, że czas jest mistrzem perspektywy. Mistrzem obiektywnym i za-dziwiająco skutecznym. Widocznie podejmuję jakieś próby, bo odzywa się miękkim głosem:

— Nic nie mów. — Unosi dłoń i delikatnie gładzi kciukiem moje czoło. — Po prostu odpoczywaj, Grace.

Zamykam oczy. Jak długo tak leżę? Czy zasypiam?

Kiedy ponownie unoszę powieki, mówię:

— Jest jeszcze jedna. — Mój głos jest ochrypły od długiego milczenia. — Jeszcze jedna kaseta. — Wskazuję na komodę, a on idzie zobaczyć.

Znajduje kasetę wetkniętą między zdjęcia.

— To ta?

Kiwam głową.

— Gdzie masz magnetofon? — pyta.

— Nie — mówię szybko. — Nie teraz. Później.

Nagle wydaje się zaskoczony.

— Kiedy już będzie po wszystkim — wyjaśniam.

Nie pyta po czym. Nie musi. Wkłada kasetę do kieszeni koszuli i poklepuje ją. Uśmiecha się do mnie. Podchodzi, żeby pogładzić mnie po policzku.

— Dziękuję, Grace — mówi czule. — Co ja bez ciebie pocznę?

— Poradzisz sobie — zapewniam go.

— Obiecujesz?

Nie składam obietnic, już nie. Ale zbieram całą moją energię, aby wyciągnąć rękę i uścisnąć mu dłoń.

❁

Zapada zmierzch: poznaję po fioletowym świetle. Na progu mojej sypialni stoi Ruth. Pod pachą ściska jakąś torbę. Na jej twarzy maluje się niepokój.

— Chyba się nie spóźniłam?

Marcus wstaje i bierze od niej torbę. Ściska Ruth na powitanie.

— Nie — mówi. — Nie spóźniłaś się.

Zamierzamy obejrzeć film — film Ursuli. Wszyscy razem. To rodzinne wydarzenie. Zorganizowali je Ruth i Marcus, a widząc ich razem, pochłoniętych planowaniem, nie chciałam przeszkadzać.

Ruth podchodzi, żeby mnie pocałować, i ustawia krzesło, aby usiąść obok mojego łóżka.

Znowu rozlega się pukanie do drzwi. Ursula.

Kolejny pocałunek w policzek.

— Udało ci się — mówi zadowolony Marcus.

— Nie przepuściłabym takiej okazji — odpowiada Ursula. — Dzięki za zaproszenie.

Siada po drugiej stronie łóżka.

— Opuszczę rolety — mówi Marcus. — Gotowe?

Ogarnia nas półmrok. Marcus przysuwa krzesło, żeby usiąść obok Ursuli. Szepcze coś, co wywołuje jej śmiech. Otacza mnie miłe poczucie jedności.

Rozbrzmiewa muzyka i zaczyna się film. Ruth wyciąga rękę i ściska moją dłoń. Z dużej odległości obserwujemy samochód, który jedzie krętą wiejską drogą. Na przednich siedzeniach widać mężczyznę i kobietę. Palą papierosy. Kobieta ma na sobie suknię z cekinami i futrzane boa. Skręcają w drogę prowadzącą do Riverton i wjeżdżają na wzgórze. Widać dom. Ogromny i zimny. Idealnie uchwyciła jego dziwaczną i podupadłą świetność. Lokaj wychodzi gościom na powitanie i przenosimy się do sutereny. Poznaję ją po podłodze. Po odgłosach. Brzęk kieliszków do szampana. Nerwowe podniecenie. Wchodzimy na górę. Otwierają się drzwi. Przemierzamy korytarz i wychodzimy na taras.

W powietrzu wisi jakiś niepokój. To scena z przyjęcia. Chińskie lampiony Hannah połyskują w mroku. Gra zespół jazzowy, słychać pisk klarnetu. Szczęśliwi ludzie tańczą charlestona...

⊛

Rozlega się okropny huk i znowu się budzę. To w filmie. Wystrzał pistoletu. Zasnęłam i ominęła mnie najważniejsza chwila. Nieważne. Wiem, jak kończy się film: nad jeziorem w posiadłości Riverton, na oczach dwóch pięknych sióstr, Robbie Hunter, weteran wojenny i poeta, odbiera sobie życie.

I oczywiście wiem, że naprawdę było zupełnie inaczej.

Koniec

Nareszcie. Po dziewięćdziesięciu dziewięciu latach nadszedł mój koniec. Ostatnia nitka, która trzymała mnie przy życiu, już pękła i północny wiatr unosi mnie w siną dal. Wreszcie roztapiam się w nicość.

Słyszę, że zamilkli. Mam niejasną świadomość, że nadal przy mnie są. Ruth trzyma mnie za rękę. Marcus leży na drugim końcu łóżka. Ogrzewa mi stopy.

Za oknem widzę kogoś jeszcze. W końcu się zbliża, wychodzi z cienia i spoglądam w tę przepiękną twarz. To matka. To Hannah. A może i żadna z nich.

Uśmiecha się. Wyciąga dłoń. Na jej twarzy maluje się miłosierdzie, przebaczenie i spokój.

Biorę tę dłoń. Jestem już przy oknie. Widzę moje ciało, leżące na łóżku: stare, kruche i blade. Pociera palcami. Porusza ustami, lecz nie znajduje słów.

Moja pierś unosi się i opada.

Rozlega się rzężenie.

Uwalniam się.

Oddech Ruth więźnie jej w gardle.

Marcus podnosi wzrok.

Ale mnie już tam nie ma.

Odwracam się i nie patrzę za siebie.

Nadszedł mój koniec. I wcale mi to nie przeszkadza.

Kaseta

Próba mikrofonu. Raz. Dwa. Trzy. Kaseta dla Marcusa. Numer cztery. To ostatnia, jaką nagram. Jestem już prawie u kresu i nie ma sensu ciągnąć tego dłużej.

❀

Dwudziesty drugi czerwca, rok tysiąc dziewięćset dwudziesty czwarty. Letnie przesilenie i dzień wielkiego przyjęcia w Riverton. W kuchni wrzało jak w ulu. Pani Townsend rozpaliła w piecu i donośnym głosem wydawała polecenia trzem kobietom z wioski zatrudnionym do pomocy. Przygładziła fartuch na pokaźnym brzuchu i nadzorowała podopieczne, które doglądały setek maleńkich tartinek.

— Przyjęcie — powiedziała rozpromieniona, kiedy pospiesznie przemykałam obok. — Najwyższy czas. — Odsunęła nadgarstkiem kosmyk włosów, który już zdążył wydostać się z koka na czubku głowy. — Lord Frederick, niech biedak spoczywa w pokoju, nie przepadał za przyjęciami i miał ku temu powody. Ale moim zdaniem taki dom potrzebuje od czasu do czasu dobrego przyjęcia. Musi przypomnieć ludziom o swoim istnieniu.

— To prawda — przytaknęła najchudsza z jej pomocnic. — Przyjedzie książę Edward?

— Przyjedzie każdy, kto cokolwiek znaczy — powiedziała pani Townsend, ostentacyjnie podnosząc włos, który dostrzegła na jednej z tartinek. — Mieszkańcy tego domu obracają się w najlepszym towarzystwie.

Przed dziesiątą Dudley skosił trawnik i przyjechały dekoracje. Pan Hamilton stanął na środku tarasu i machał rękami jak dyrygent.

— Nie, nie, panie Brown — powiedział, machając w lewo. — Parkiet trzeba zainstalować po zachodniej stronie. Wieczorem wiatr znad jeziora przynosi zimną mgłę, a od wschodu nie ma żadnej osłony. — Odsunął się do tyłu, przyjrzał się wszystkiemu i prychnął: — Nie, nie, nie. Nie tam. Tam ma stanąć rzeźba z lodu. Już to wyjaśniałem pańskiemu pracownikowi.

Pracownik, który akurat stał na szczycie drabiny i zawieszał chińskie lampiony na sznurze rozciągniętym między różaną altaną a domem, nie był w stanie przemówić w swojej obronie.

Przez cały ranek przyjmowałam gości, którzy mieli zostać na weekend i chcąc nie chcąc, udzieliło mi się ich radosne podniecenie. Jemima, która spędzała wakacje w Europie, przybyła wcześnie rano ze swoim nowym mężem i małą Gythą. Życie w Stanach Zjednoczonych widocznie jej służyło: miała opaloną skórę i zaokrąglone ciało. Lady Clementine i Fanny przyjechały razem z Londynu, a pierwsza z nich ponuro przystała na perspektywę nabawienia się artretyzmu podczas czerwcowego przyjęcia na świeżym powietrzu.

Emmeline zjawiła się po lunchu z wielką grupą przyjaciół i wywołała spore zamieszanie. Jechali w konwoju aż z Londynu i już od bramy wciskali klaksony, a potem krążyli wokół fontanny Erosa i Psyche. Na masce jednego z samochodów siedziała jakaś kobieta ubrana w suknię z jaskrawego różowego szyfonu. Jej żółta apaszka łopotała na wietrze. Nancy, która właśnie zmierzała do kuchni, niosąc tace po lunchu, stanęła przerażona, gdy zdała sobie sprawę, że to Emmeline.

Nie było jednak czasu na utyskiwania nad zepsuciem młodego pokolenia. Z Ipswich przywieziono lodową rzeźbę, przybyły kwiaciarki z Saffron, a lady Clementine nalegała na picie herbaty w salonie, by uczcić dawne czasy.

Późnym popołudniem przyjechał zespół i Nancy poprowadziła muzyków przez suterenę na taras.

— Murzyni! — powiedziała pani Townsend, wytrzeszczając oczy w bojaźliwym poruszeniu. — W rezydencji Riverton. Lady Ashbury przewraca się pewnie w grobie.

— Która lady Ashbury? — zapytał pan Hamilton, oceniając kelnerów zatrudnionych specjalnie na tę okazję.

— Śmiem twierdzić, że wszystkie — oświadczyła pani Townsend z szeroko otwartymi oczami.

W końcu popołudnie minęło półmetek i zaczęło sunąć w stronę wieczoru. Powietrze ochłodziło się i zgęstniało. Wśród zapadającego zmierzchu rozbłysły latarnie: zielone, czerwone i żółte.

Znalazłam Hannah przy oknie w burgundowym pokoju. Klęczała na szezlongu i wpatrywała się w południowy trawnik, obserwując przygotowania do przyjęcia (a przynajmniej tak wtedy myślałam).

— Czas się ubierać, proszę pani.

Podskoczyła wystraszona. Wydała z siebie pełne napięcia westchnienie. Była taka od samego rana: nerwowa jak mały kociak. Zabierała się do jednej rzeczy, potem do drugiej, ale żadnej z nich nie była w stanie doprowadzić do końca.

— Jeszcze chwilę, Grace. — Zastygła bez ruchu, a promienie zachodzącego słońca padły na jej profil, oblewając policzek czerwonym światłem. — Chyba nigdy wcześniej nie zwracałam uwagi na to, jak tu pięknie — powiedziała. — Nie sądzisz, że to piękny widok?

— Owszem, proszę pani.

— Ciekawe, że nigdy wcześniej tego nie dostrzegałam.

W pokoju Hannah nawinęłam jej włosy na wałki, co wcale nie było takie proste. Nie potrafiła usiedzieć w miejscu wystarczająco długo, abym mogła porządnie je przypiąć, więc zmarnowałam mnóstwo czasu na rozplątywanie ich i nawijanie od nowa.

Kiedy wałki były już na swoim miejscu — przynajmniej mniej więcej — pomogłam jej się ubrać. Włożyła suknię ze srebrnego jedwabiu, ze sznureczkami tworzącymi na plecach głęboki spiczasty dekolt. Sięgała kilka centymetrów poniżej jej bladych kolan.

Kiedy Hannah ciągnęła za rąbek, poprawiając suknię, poszłam po buty. Najnowszy model z Paryża — podarunek od Teddy'ego. Wykonane ze srebrnej satyny, z delikatnymi wstążeczkami.

— Nie — powiedziała. — Nie te. Włożę czarne.

— Ależ proszę pani, to pani ulubione.

— Czarne są wygodniejsze — stwierdziła, pochylając się, żeby włożyć pończochy.

— Ale do takiej sukni szkoda...

— Powiedziałam czarne, na miłość boską. Nie każ mi tego powtarzać, Grace.

Wstrzymałam oddech. Odniosłam srebrne buty na miejsce i odszukałam czarne.

Hannah natychmiast mnie przeprosiła.

— Jestem zdenerwowana. Nie powinnam na ciebie naskakiwać. Przepraszam.

— Nic nie szkodzi, proszę pani — odparłam. — To naturalne, że jest pani podekscytowana.

Zdjęłam wałki i jasne fale jej włosów opadły na ramiona. Zrobiłam przedziałek z boku, a następnie zaczesałam pukle nad czołem i spięłam diamentową spinką.

Hannah pochyliła się, żeby założyć kolczyki z pereł, skrzywiła się i przeklęła, kiedy ukłuła się w palec.

— Za bardzo się pani spieszy — powiedziałam łagodnym tonem. — Z nimi trzeba ostrożnie.

Podała mi kolczyki.

— Jestem dzisiaj taką niezdarą.

Właśnie owijałam jej szyję sznurami bladych pereł, kiedy przyjechali pierwsi wieczorni goście i na podjeździe zachrzęścił żwir pod kołami samochodu. Wyprostowałam perły, układając je pomiędzy jej łopatkami, aż koniec sięgnął podstawy kręgosłupa.

— Proszę bardzo. Jest pani gotowa.

— Mam nadzieję, Grace. — Uniosła brwi i przyjrzała się swojemu odbiciu w lustrze. — Mam nadzieję, że niczego nie przeoczyłam.

— Och, na pewno nie, proszę pani.

Gwałtownie potarła palcami koniuszki brwi, układając je w symetryczne linie. Pociągnęła za jeden ze sznurów pereł, odrobinę go opuściła, po czym przywróciła mu poprzednie położenie i głośno westchnęła.

Nagle zapiszczał klarnet.

Hannah wydała z siebie zduszony okrzyk i przycisnęła dłoń do piersi.

— Ojej!

— To musi być bardzo ekscytujące, proszę pani — powiedziałam ostrożnie. — Nareszcie realizują się wszystkie pani plany.

Na chwilę spojrzała mi w oczy. Sprawiała wrażenie, jak gdyby chciała coś powiedzieć, ale ostatecznie się rozmyśliła. Zacisnęła umalowane na czerwono usta.

— Mam coś dla ciebie, Grace. Podarunek.

Byłam zdumiona.

— Nie mam dziś urodzin, proszę pani.

Uśmiechnęła się i szybko wysunęła małą szufladkę toaletki. Odwróciła się do mnie, zaciskając palce. Uniosła go za łańcuszek i wypuściła, by opadł prosto na moją dłoń.

— Ależ proszę pani — zaprotestowałam. — To pani medalion.

— To był mój medalion. Teraz jest twój.

Natychmiast chciałam go oddać. Niespodziewane podarunki wprawiają mnie w zakłopotanie.

— Och nie, proszę pani. Nie, dziękuję.

Zdecydowanie odepchnęła moją dłoń.

— Nalegam. To podziękowanie za wszystko, co dla mnie zrobiłaś.

Czy nawet wtedy nie wyczułam w jej głosie żadnej pożegnalnej nutki?

— Wypełniam tylko moje obowiązki — powiedziałam szybko.

— Weź ten medalion, Grace — nalegała. — Proszę.

Zanim zdążyłam cokolwiek powiedzieć, w drzwiach stanął Teddy. Wysoki i przystojny w czarnym garniturze. Ślady grzebienia znaczyły jego natłuszczone włosy, a ze zdenerwowania marszczył szerokie brwi.

Zacisnęłam dłoń na medalionie.

— Gotowa? — zapytał Hannah, przygładzając końcówki wąsów. — Na dole jest już przyjaciel Deborah, Cecil Jakiśtam, ten fotograf. Chce zrobić zdjęcia rodzinie, zanim zjedzie się zbyt dużo gości. — Dwukrotnie stuknął we framugę otwartą dłonią i poszedł korytarzem, mówiąc: — Gdzie jest Emmeline, na miłość boską?

Hannah przygładziła suknię w talii. Zauważyłam, że drżą jej dłonie. Uśmiechnęła się nerwowo.

— Życz mi szczęścia.

— Powodzenia, proszę pani.

Wtedy mnie zaskoczyła: podeszła i pocałowała mnie w policzek.

— Ja też życzę ci powodzenia, Grace.

Uścisnęła mi dłonie i pospieszyła za Teddym.

Patrzyłam chwilę przez okno na piętrze. Dżentelmeni i damy — w zielonych, żółtych, różowych sukniach — wychodzili na taras i rozpraszali się na trawniku. W powietrzu rozbrzmiewał jazz. Chińskie lampiony migotały poruszane bryzą. Zatrudnieni przez pana Hamiltona kelnerzy nosili na uniesionych dłoniach wielkie srebrne tace z musującym szampanem i lawirowali w rosnącym tłumie. Emmeline w połyskliwej różowej sukni prowadziła na parkiet jakiegoś roześmianego mężczyznę, żeby zatańczyć shimmy-shake'a.

Bez końca obracałam medalion w dłoni i od czasu do czasu na niego zerkałam. Czy dosłyszałam wtedy lekkie brzęczenie dobiegające z jego wnętrza? A może byłam zbyt zmartwiona, zastanawiając się nad przyczyną zdenerwowania Hannah? Od dawna nie widziałam jej w takim stanie — od pierwszych dni w Londynie, kiedy spotkała się z wróżką.

— Tutaj jesteś. — W drzwiach stanęła Nancy, zarumieniona i zdyszana. — Jedna z pomocnic pani Townsend zemdlała ze zmęczenia i potrzebujemy kogoś do lukrowania strudli.

Kiedy w końcu wdrapałam się po schodach do mojego pokoju, była już północ. Na tarasie nadal bawili się goście, ale pani Townsend posłała mnie na spoczynek, gdy tylko przestałam być potrzebna. Wyglądało na to, że niepokój Hannah był zaraźliwy, a pracująca na pełnych obrotach kuchnia nie była dobrym miejscem dla roztargnionych służących.

Wolno szłam po schodach. Okropnie bolały mnie nogi: lata pracy w charakterze osobistej służącej pozbawiły je dawnej krzepy.

Wystarczył jeden wieczór w kuchni, żeby pokryły się odciskami. Pani Townsend dała mi małą paczuszkę sody i zamierzałam wymoczyć je w ciepłej wodzie.

Tamtego wieczoru nie było można uciec od muzyki: unosiła się w powietrzu i przenikała kamienne ściany domu. Z upływem czasu robiła się coraz głośniejsza, odzwierciedlając nastroje gości. Czułam szalony rytm w żołądku, nawet gdy dotarłam na poddasze. Aż do dziś jazz mrozi mi krew w żyłach.

Kiedy byłam już na górze, chciałam od razu przygotować kąpiel, ale ostatecznie postanowiłam najpierw przynieść koszulę nocną i mydło.

Po otwarciu drzwi do sypialni poczułam uderzenie gorącego powietrza. Pociągnęłam za sznureczek od lampy i pokuśtykałam w stronę okna, żeby uchylić lufcik.

Stałam tam przez chwilę i delektując się podmuchem chłodnego powietrza, wdychałam lekki aromat papierosowego dymu i perfum. Powoli odetchnęłam. Nadszedł czas na długą ciepłą kąpiel, a potem kamienny sen. Wyjęłam mydło z szuflady toaletki i utykając, zbliżyłam się do łóżka, żeby wziąć koszulę nocną.

Wtedy zobaczyłam listy. Dwa. Ułożone na mojej poduszce.

Jeden był zaadresowany do mnie, a na drugim wypisane było imię Emmeline.

Poznałam charakter pisma Hannah.

Wtedy ogarnęło mnie pewne przeczucie. Nastąpiła rzadka chwila instynktownego olśnienia.

Od razu wiedziałam, że w tych kopertach tkwi wyjaśnienie przyczyny jej dziwnego zachowania.

Upuściłam koszulę nocną i podniosłam list zaadresowany do mnie. Drżącymi palcami rozerwałam kopertę. Przygładziłam kartkę. Rzuciłam na nią okiem i ogarnęło mnie poczucie rezygnacji.

List był zapisany stenograficznie.

Usiadłam na krawędzi łóżka, wpatrując się w kartkę, jak gdyby to wszystko można było odczytać zwykłą siłą woli.

Tajny kod tylko utwierdził mnie w przekonaniu, że list zawiera coś ważnego.

Podniosłam drugą kopertę. Tę zaadresowaną do Emmeline.
Musnęłam palcem jej krawędź.

Zastanawiałam się tylko chwilę. Cóż innego mi pozostało?
Więc — wybacz mi, Boże — otworzyłam go.

⊛

Biegłam. Zapomniałam o obolałych nogach. Krew pulsowała
mi w uszach, w głowie rozlegał się łomot serca, oddech zrównał się z rytmem muzyki. Zbiegłam po schodach i pognałam na
taras.

Stanęłam zdyszana i rozejrzałam się w poszukiwaniu Teddy'ego.
Ale nigdzie go nie było. Zgubił się gdzieś pośród niewyraźnych
cieni i rozmazanych twarzy...

Nie było czasu do stracenia. Musiałam pobiec sama.

Rzuciłam się w tłum, przebiegając wzrokiem po twarzach
gości — czerwonych ustach, umalowanych oczach, szeroko roześmianych obliczach. Mijałam papierosy i kieliszki szampana,
biegnąc pod kolorowymi lampionami, wokół topniejącej rzeźby
z lodu, w stronę parkietu. Zewsząd wirowały łokcie, kolana,
buty, dłonie. Kolor. Ruch. W głowie pulsowała mi krew. Nie
mogłam złapać tchu.

Wtedy dostrzegłam Emmeline. Na kamiennych schodach. Koktajl w dłoni, głowa ze śmiechem odchylona do tyłu i sznur pereł,
który zarzuciła na szyję swojego towarzysza niczym lasso. Na
ramionach jego płaszcz.

We dwie miałyśmy większe szanse niż w pojedynkę.

Zatrzymałam się. Próbowałam złapać oddech.

Wyprostowała się i spojrzała na mnie spod ciężkich powiek.

— Och, Grace — powiedziała, starannie wymawiając słowa. —
Nie mogłaś znaleźć ładniejszej sukni balowej? — Odrzuciła głowę
do tyłu i roześmiała się, słysząc własny bełkot.

— Muszę z panienką porozmawiać...

Towarzysz Emmeline szepnął jej coś na ucho, a ona filuternie
cmoknęła go w nos.

Próbowałam złapać oddech.

— ...To sprawa niecierpiąca zwłoki...

— Jestem zaintrygowana.

— ...Proszę... — powiedziałam. — ...Na osobności...

Ostentacyjnie westchnęła, zdjęła swoje perły z szyi tamtego mężczyzny, ścisnęła jego policzki i ułożyła usta w dzióbek.

— Nie odchodź daleko, kochany Harry.

Potknęła się, pisnęła i zachichotała, po czym pokracznie zeszła po schodach.

— No, mów, Gracie — wymamrotała, kiedy znalazła się na dole.

— Chodzi o Hannah, panienko... Ona zamierza coś zrobić... coś okropnego, nad jeziorem...

— Nie! — powiedziała Emmeline, przysuwając się tak blisko, że w jej oddechu wyczułam zapach dżinu. — Chyba nie zamierza zażywać nocnej kąpieli, prawda? To byłby dopiero sss...kandal!

— ...myślę, że zamierza odebrać sobie życie, panienko, to znaczy wiem, że chce to zrobić...

Uśmiech zastygł na jej twarzy i szeroko otworzyła oczy.

— Co takiego?

— ...Znalazłam liścik, panienko. — Podałam jej kopertę.

Przełknęła ślinę, zachwiała się i pisnęła cienkim głosem.

— Ale... Czy powiedziałaś... Teddy'emu...?

— Nie ma czasu, panienko.

Chwyciłam ją za nadgarstek i pociągnęłam w stronę deptaka.

⁂

Żywopłoty urosły tak wysoko, że zupełnie nas zasłaniały i było ciemno jak w piekle. Biegłyśmy, potykając się i odsuwając gałęzie, żeby znaleźć drogę. Z każdym zakrętem odgłosy przyjęcia stawały się bardziej odrealnione. Pomyślałam, że tak musiała się czuć Alicja, kiedy wpadła do króliczej norki.

Byłyśmy w ogrodzie Egeskov, gdy Emmeline zahaczyła o coś obcasem i upadła.

Omal się o nią nie potknęłam. Zatrzymałam się i próbowałam jej pomóc.

Odepchnęła moją rękę, podźwignęła się na nogi i pobiegła dalej.

Wtedy w ogrodzie rozległ się jakiś hałas i odniosłam wrażenie, że jedna z rzeźb ożyła. Chichotała, pomrukiwała. Lecz wcale nie była to rzeźba, a jedynie para zbiegłych z przyjęcia kochanków. Zignorowali nas i my również nie zwróciłyśmy na nich uwagi.

Druga furtka była uchylona i pospieszyłyśmy w stronę polany z fontanną. Wysoko na niebie wisiał księżyc w pełni, oświetlając Ikara i jego syreny upiorną białą poświatą. Z dala od żywopłotów muzyka i okrzyki gości stały się głośniejsze. Wydawały się dziwnie bliskie.

Dzięki światłu księżyca szybko biegłyśmy wąską ścieżką w stronę jeziora. Dotarłyśmy do ogrodzenia, minęłyśmy znak zakazujący wstępu i w końcu dobiegłyśmy do miejsca, gdzie ścieżka spotykała się z jeziorem.

Zatrzymałyśmy się na zakręcie i ciężko dysząc, rozglądałyśmy się wokół. Jezioro lekko połyskiwało w świetle księżyca. Letni domek i skalisty brzeg stały skąpane w srebrzystej poświacie.

Emmeline gwałtownie wciągnęła powietrze.

Podążyłam za jej spojrzeniem.

Na kamienistym brzegu stały czarne buty Hannah. Te same, które pomogłam jej włożyć kilka godzin wcześniej.

Emmeline wydała z siebie zduszony okrzyk i potykając się, poszła w tamtym kierunku. W świetle księżyca wyglądała bardzo blado, a jej szczupłą sylwetkę pomniejszał męski płaszcz pożyczony od towarzysza zabawy.

Z letniego domku dobiegł jakiś hałas. Otworzyły się drzwi.

Obydwie spojrzałyśmy w tamtą stronę.

To była jakaś osoba. Hannah. Żywa.

Emmeline przełknęła ślinę.

— Hannah! — zawołała głosem ochrypłym od alkoholu i paniki, który odbił się echem nad jeziorem.

Hannah gwałtownie przystanęła. Zawahała się. Zerknęła w stronę letniego domku, po czym odwróciła się do Emmeline.

— Co ty tu robisz?! — zawołała głosem pełnym napięcia.

— Chyba ratuję ci życie! — krzyknęła Emmeline i wybuchnęła dzikim śmiechem. Oczywiście poczuła ulgę.

— Wracaj — powiedziała szybko Hannah. — Musisz wracać.

— I zostawić cię tutaj, żebyś się utopiła?

— Nie zamierzam się topić — oświadczyła Hannah. Znowu zerknęła w stronę letniego domku.

— W takim razie co tutaj robisz? Wietrzysz buty? — Emmeline podniosła je i ponownie opuściła. — Widziałam twój list.

— Wcale nie miałam tego na myśli. Ten list to tylko... żart. — Hannah przełknęła ślinę. — Gra.

— Gra?

— Miałaś go zobaczyć dopiero później. — Hannah mówiła poważnym tonem. — Zaplanowałam pewną zabawę. Na jutro. Dla rozrywki.

— Coś jak poszukiwanie skarbu?

— Tak jakby.

Oddech uwiązł mi w gardle. Liścik nie był na serio. Stanowił część jakiejś wymyślnej gry. A ten zaadresowany do mnie? Czy Hannah chciała, żebym jej jakoś pomogła? Czy to wyjaśniało jej nerwowe zachowanie? Nie przejmowała się przyjęciem, lecz tym, aby gra poszła zgodnie z planem?

— Właśnie to teraz robię — powiedziała Hannah. — Ukrywam wskazówki.

Emmeline stała i zaskoczona mrugała oczami. Jej ciało podskoczyło, kiedy czknęła.

— Gra — powtórzyła powoli.

— Tak.

Emmeline parsknęła ochrypłym śmiechem i upuściła buty na ziemię.

— Dlaczego nic nie powiedziałaś? Uwielbiam gry! Jakaś ty przebiegła, kochanie.

— Wracaj na przyjęcie — ponaglała ją Hannah. — I nikomu nie mów, że mnie tutaj widziałaś.

Emmeline zamknęła usta na niewidzialną kłódeczkę. Obróciła się na pięcie i potykając się o kamienie, ruszyła w stronę ścieżki. Kiedy zbliżyła się do mojej kryjówki, posłała mi wściekłe spojrzenie. Rozmazał jej się makijaż.

— Przepraszam, panienko — szepnęłam. — Myślałam, że to się dzieje na serio.

— Ciesz się, że wszystkiego nie popsułaś. — Usiadła na wielkiej skale i poprawiła płaszcz. — A póki co, mam spuchniętą kostkę i ominie mnie jeszcze większa część przyjęcia, bo muszę trochę odpocząć. Lepiej żebym zdążyła na pokaz sztucznych ogni.

— Poczekam z panienką. Pomogę panience wrócić.

— Mam nadzieję — powiedziała Emmeline.

Siedziałyśmy przez chwilę, słuchając pobrzmiewającej w oddali muzyki przeplatanej od czasu do czasu radosnymi okrzykami gości. Emmeline pocierała kostkę i co chwila zmieniała pozycję, przenosząc ciężar ciała na drugą stronę.

Na mokradłach zaczęła zbierać się wczesnoporanna mgła, która przesuwała się w stronę jeziora. Zbliżał się kolejny upalny dzień, lecz noc była chłodna. Dzięki mgle.

Emmeline zadrżała, odchyliła jedną połę płaszcza i pogmerała w dużej wewnętrznej kieszeni. W świetle księżyca dostrzegłam błysk czarnego lśniącego przedmiotu przypiętego do podszewki. Gwałtownie wciągnęłam powietrze. To był pistolet.

Emmeline wyczuła moje przerażenie i odwróciła się do mnie z szeroko otwartymi oczami.

— Tylko mi nie mów, że to pierwszy pistolet, jaki kiedykolwiek widziałaś. Jesteś kompletnie zielona, Grace. — Wyjęła pistolet, obróciła go w dłoniach i wyciągnęła w moją stronę. — Masz. Chcesz go potrzymać?

Pokręciłam głową, a ona się roześmiała. Żałowałam, że w ogóle znalazłam te listy. Po raz pierwszy żałowałam, że Hannah obdarzyła mnie szczególnymi względami.

— Pewnie masz rację — powiedziała Emmeline, czkając. — Pistolety i imprezy. Nie najlepsze połączenie.

Wsunęła pistolet z powrotem do kieszeni i znowu zaczęła czegoś szukać. W końcu znalazła srebrną piersiówkę. Odkręciła zakrętkę, odchyliła głowę i wzięła głęboki łyk.

— Kochany Harry — mamrotała, oblizując usta. — Przygotowany na każdą okazję. — Pociągnęła jeszcze jeden łyk i wsadziła piersiówkę z powrotem do kieszeni. — Chodźmy stąd. Zażyłam już środek przeciwbólowy.

Pomogłam jej wstać i pochyliłam głowę, pozwalając jej oprzeć się na moim ramieniu.

— Tak powinno być dobrze — rzekła. — Jeśli tylko będziesz...

Czekałam.

— Tak, panienko?

Wydała z siebie zduszony okrzyk, a ja podniosłam głowę i podążyłam za jej spojrzeniem, które skupiało się na jakimś punkcie nad jeziorem. Obok letniego domku stała Hannah, lecz nie była sama. Był z nią jakiś mężczyzna. Z jego ust zwisał papieros. Trzymał małą walizkę.

Emmeline rozpoznała go wcześniej niż ja.

— Robbie — powiedziała, zapominając o kostce. — Mój Boże. Przecież to Robbie.

❀

Emmeline niezdarnie ruszyła w stronę brzegu. Ja zostałam z tyłu, ukryta w cieniu.

— Robbie! — zawołała, machając ręką. — Robbie, jestem tutaj.

Hannah i Robbie zastygli w bezruchu. Spojrzeli po sobie.

— Co ty tu robisz? — zapytała podekscytowana Emmeline. — I dlaczego, na miłość boską, przyszedłeś boczną drogą?

Robbie zaciągnął się papierosem i obracał go w palcach, wypuszczając dym.

— Chodź, pójdziemy na przyjęcie — ciągnęła Emmeline. — Przyniosę ci drinka.

Robbie spojrzał na jakiś punkt po drugiej stronie jeziora. Podążyłam za jego spojrzeniem i zauważyłam metaliczny połysk. Zdałam sobie sprawę, że to motocykl pozostawiony w miejscu, gdzie jezioro spotyka się z łąkami.

— Wiem, o co chodzi — oznajmiła nagle Emmeline. — Pomagasz Hannah zorganizować grę.

Hannah zrobiła krok do przodu i stanęła w świetle księżyca.

— Emme...

— Chodźcie — pospieszenie powiedziała Emmeline. — Pójdziemy do domu i znajdziemy Robbiemu jakiś pokój. Będziesz mógł zostawić walizkę.

— Robbie nie idzie do domu — wyjaśniła Hannah.

— Ależ oczywiście, że idzie. Chyba nie zamierza siedzieć tu przez całą noc — powiedziała Emmeline, parskając dźwięcznym śmiechem. — Wiem, że mamy czerwiec, ale trochę tu zimno, moi drodzy.

Hannah i Robbie wymienili znaczące spojrzenia.

Emmeline również to zauważyła. W tamtej chwili, gdy księżyc oświetlał jej bladą twarz, zobaczyłam, jak jej podekscytowanie zmienia się w zakłopotanie, które następnie przechodzi w zrozumienie. Długie miesiące w Londynie, zbyt wczesne przyjazdy Robbiego pod numer siedemnasty, sposób, w jaki została wykorzystana.

— Nie ma żadnej gry, prawda? — zapytała cicho.

— Nie.

— A list?

— To pomyłka — powiedziała Hannah.

— Dlaczego go napisałaś? — zapytała Emmeline.

— Nie chciałam, żebyś się zastanawiała, gdzie jestem — odpowiedziała Hannah. Zerknęła na Robbiego. Lekko skinął głową. — Gdzie jesteśmy.

Emmeline milczała.

— Chodź — nieufnie rzucił Robbie, po czym podniósł walizkę i ruszył w stronę jeziora. — Robi się późno.

— Proszę, zrozum, Emme — tłumaczyła Hannah. — Niech będzie tak, jak powiedziałaś: każda z nas pozwala tej drugiej żyć własnym życiem. — Zawahała się. Robbie dawał jej znaki, żeby się pospieszyła. Zaczęła się wycofywać. — Nie mogę ci tego teraz wyjaśnić, nie ma czasu. Napiszę. Powiem, gdzie jesteśmy. Będziesz mogła nas odwiedzać. — Odwróciła się i rzucając ostatnie spojrzenie w stronę Emmeline, poszła za Robbiem wzdłuż osnutego mgłą brzegu jeziora.

Emmeline stała bez ruchu, trzymając dłonie w kieszeniach płaszcza. Zachwiała się i zadrżała, jak gdyby nagle poczuła przeraźliwe zimno.

I wtedy...

— Nie. — Głos Emmeline był tak cichy, że ledwie ją usłyszałam. — Nie! — Krzyknęła. — Stójcie.

Hannah się odwróciła, ale Robbie ciągnął ją za rękę. Po chwili powiedziała coś do niego i ruszyła w stronę Emmeline.

— Nie pozwolę wam odejść — oznajmiła Emmeline.

Hannah była już blisko. Mówiła cichym, pewnym głosem.

— Musisz.

Dłoń Emmeline poruszyła się w kieszeni. Przełknęła ślinę.

— Nie pozwolę.

Wyciągnęła dłoń z kieszeni. Dostrzegłam błysk metalu. Trzymała pistolet.

Hannah wydała z siebie zduszony okrzyk.

Robbie zaczął biec w stronę Hannah.

Krew pulsowała mi w czaszce.

— Nie pozwolę ci go zabrać — powiedziała Emmeline. Drżała jej dłoń.

Pierś Hannah unosiła się i opadała. W świetle księżyca wyglądała ona bardzo blado.

— Nie bądź głupia. Odłóż to.

— Nie jestem głupia.

— Odłóż to.

— Nie.

— Wcale nie chcesz go użyć.

— Chcę.

— Które z nas zamierzasz zastrzelić? — zapytała Hannah.

Robbie stał już przy Hannah i Emmeline patrzyła to na jedno, to na drugie. Drżały jej usta.

— Nie zastrzelisz nikogo — powiedziała Hannah. — Prawda?

Twarz Emmeline wykrzywiła się. Zaczęła płakać.

— Tak.

— W takim razie odłóż pistolet.

— Nie.

Wydałam z siebie zduszony okrzyk, kiedy Emmeline uniosła drżącą dłoń i przystawiła sobie pistolet do głowy.

— Emmeline! — krzyknęła Hannah.

Emmeline zanosiła się płaczem. Głośnym głębokim szlochem.

— Oddaj mi to — powiedziała Hannah. — Porozmawiamy. Rozwiążemy ten problem.

— Jak? — Emmeline dławiła się łzami. — Oddasz mi go? A może zatrzymasz, jak ich wszystkich? Tatę, Davida, Teddy'ego.

— To nie tak — zaprzeczyła Hannah.

— Teraz moja kolej — odparła Emmeline.

Nagle rozległ się potężny huk. Rozpoczął się pokaz sztucznych ogni. Wszyscy podskoczyli. Na ich oblicza padła czerwona poświata. Nad powierzchnią jeziora rozproszyły się miliony czerwonych iskierek.

Robbie zakrył twarz dłońmi.

Hannah skoczyła do przodu i wyrwała pistolet z bezwładnych dłoni Emmeline. Pobiegła z powrotem.

Emmeline ruszyła za nią. Łzy na jej twarzy zlewały się ze szminką.

— Oddaj mi go. Oddaj go albo zacznę krzyczeć. Nie wyjeżdżaj. Powiem wszystkim. Powiem wszystkim, że uciekłaś, a Teddy was znajdzie i...

Bum! Eksplodowały zielone fajerwerki.

— ...nie pozwoli ci odejść, dopilnuje, żebyś została i już nigdy więcej nie zobaczysz Robbiego, i...

Bum! Srebrne.

Hannah wspięła się na brzeg jeziora. Emmeline z płaczem biegła za nią. Wybuchały kolejne fajerwerki.

Muzyka z przyjęcia odbijała się echem od drzew, jeziora i ścian letniego domku.

Robbie kulił się i zakrywał uszy dłońmi. Miał szeroko otwarte oczy i bladą twarz.

Z początku go nie słyszałam, ale widziałam jego usta. Wskazywał Emmeline i krzyczał coś do Hannah.

Bum! Czerwone fajerwerki.

Robbie się skrzywił. Na jego twarzy malował się wyraz paniki. Nadal coś krzyczał.

Hannah zawahała się i spojrzała na niego niepewnie. Słyszała jego słowa. Coś w niej pękło.

Fajerwerki ucichły. Z nieba leciał płonący żar.

I wtedy ja również go usłyszałam.

— Zastrzel ją! — krzyczał. — Zastrzel ją!

Krew ścięła mi się w żyłach.

Emmeline zamarła bez ruchu, przełknęła ślinę.

— Hannah? — Mówiła głosem małej przerażonej dziewczynki. — Hannah?

— Zastrzel ją — powtórzył Robbie. — Ona wszystko zepsuje. — Biegł w stronę Hannah.

Hannah wpatrywała się w niego bez słowa. Niczego nie rozumiała.

— Zastrzel ją! — wrzasnął.

Trzęsły jej się dłonie.

— Nie mogę — powiedziała w końcu.

— W takim razie ja to zrobię. — Był coraz bliżej, biegł coraz szybciej. — Zrobię to.

I zrobiłby. Tego byłam pewna. Jego twarz wyrażała rozpacz i determinację.

Emmeline drgnęła. Zrozumiała. Zaczęła biec w stronę Hannah.

— Nie mogę — powtórzyła Hannah.

Robbie wyciągnął dłoń po pistolet. Hannah cofnęła rękę, odskoczyła do tyłu i wspięła się jeszcze wyżej.

— Zastrzel ją! — powiedział Robbie. — Albo ja to zrobię.

Hannah dotarła na sam szczyt skarpy. Robbie i Emmeline byli coraz bliżej. Nie mogła dalej uciekać. Spojrzała na nich.

I nagle czas stanął w miejscu.

Dwa wierzchołki trójkąta, opuszczone przez trzeci, coraz bardziej się od siebie oddalały. Łącząca ich elastyczna więź napięła się do granic wytrzymałości.

Wstrzymałam oddech, lecz ta napięta nić nie pękła.

Zbiegła się z powrotem.

Dwa wierzchołki roztrzaskały się o siebie w zderzeniu lojalności, więzów krwi i destrukcji.

Hannah wycelowała pistolet i pociągnęła za spust.

⚘

Co było potem? Bo przecież zawsze jest jakieś „potem". Ludzie o tym zapominają. Krew, mnóstwo krwi. Na ich sukienkach, na twarzach, we włosach.

Pistolet upadł na ziemię. Uderzył o kamienie i zastygł w bezruchu.

Hannah stała na brzegu i słaniała się na nogach.

U jej stóp leżało ciało Robbiego. W miejscu, gdzie jeszcze przed chwilą była jego głowa, widniało kłębowisko kości, mózgu i krwi.

Zastygłam w bezruchu. Słyszałam bicie własnego serca, było mi gorąco i jednocześnie zimno. Nagle zaczęłam wymiotować.

Emmeline stała nieruchomo i mocno zaciskała powieki. Nie płakała, już nie. Wydawała z siebie straszny dźwięk, którego nie zapomnę do końca życia. Dławiła się, wciągając powietrze, które stawało jej w gardle przy każdym oddechu.

Minęło kilka chwil — nie wiem ile — i gdzieś w oddali, za plecami, usłyszałam głosy. Śmiech.

— Już niedługo — mówił głos, przynoszony przez bryzę. — Niech pan tylko poczeka, lordzie Gifford. Schody nie są jeszcze wykończone. Przeklęci Francuzi i ich opóźnienia w transporcie. Ale pewnie zgodzi się pan, że reszta robi spore wrażenie.

Wytarłam usta i wybiegłam z mojej kryjówki na brzeg jeziora.

— Idzie Teddy — powiedziałam, nie bardzo wiedząc do kogo. Oczywiście byłam w szoku. Wszystkie byłyśmy w szoku. — Idzie Teddy.

— Spóźniłaś się — odparła Hannah, bijąc się po twarzy, szyi, włosach. — Spóźniłaś się.

— Idzie Teddy, proszę pani. — Zadrżałam.

Emmeline gwałtownie otworzyła oczy. Srebrnoniebieski błysk w świetle księżyca. Zadrżała, wyprostowała się i wskazała walizkę.

— Zanieś ją do domu — rozkazała ochrypłym głosem. — Idź naokoło.

Zawahałam się.

— Biegnij.

Pokiwałam głową, wzięłam walizkę i pobiegłam w stronę lasu. Nie potrafiłam racjonalnie myśleć. Kiedy zasłoniły mnie drzewa, odwróciłam się. Szczękałam zębami.

Teddy i lord Gifford dotarli na koniec ścieżki i wyszli na brzeg jeziora.

— Dobry Boże — powiedział Teddy, stając jak wryty. — Co, na miłość boską...?

— Kochany Teddy — oznajmiła Emmeline. — Dzięki Bogu. — Gwałtownie się odwróciła, spojrzała mu w twarz i dodała ściszonym głosem: — Pan Hunter się zastrzelił.

List Hannah

Dzisiaj umieram i rozpoczynam nowe życie.

Mówię tobie i tylko tobie. Od dawna towarzyszysz mi w tej przygodzie i pragnę ci powiedzieć, że w następnych dniach, kiedy będą przeczesywać jezioro w poszukiwaniu ciała, nigdy go nie znajdą. Jestem bezpieczna.

Najpierw jedziemy do Francji, a potem jeszcze nie wiem. Mam nadzieję, że zobaczę maskę Nefretete!

Dałam ci drugi list zaadresowany do Emmeline. To list pożegnalny samobójczyni, która nigdy nie popełniła samobójstwa. Musi znaleźć go jutro. Nie wcześniej. Opiekuj się nią, Grace. Nic jej nie będzie. Ma tylu przyjaciół.

Muszę cię prosić o ostatnią przysługę. To bardzo ważne. Bez względu na wszystko dopilnuj, żeby Emmeline nie zbliżała się dziś wieczorem do jeziora. Właśnie stamtąd wyruszamy. Nie mogę ryzykować, że się o wszystkim dowie. Nie zrozumie. Jeszcze nie teraz.

Skontaktuję się z nią później. Kiedy już będzie bezpiecznie.

A teraz ostatnia sprawa. Być może już zauważyłaś, że medalion, który ci dałam, nie jest pusty. W środku ukryłam kluczyk: sekretny kluczyk do skrytki w banku Drummonds of Charing Cross. Skrytka jest na twoje nazwisko, Grace. Wszystko, co w niej znajdziesz, należy do ciebie. Wiem, co myślisz na temat prezentów, ale proszę cię, weź to i nie oglądaj się za siebie. Czy będzie arogancją z mojej strony, jeśli powiem, że to twoja przepustka do nowego życia?

Do widzenia, Grace. Życzę ci długiego życia pełnego przygód i miłości. Życz mi tego samego...

Wiem, jak dobrze potrafisz strzec tajemnic.

Podziękowania

Chciałabym podziękować następującym osobom:

Przede wszystkim mojej najlepszej przyjaciółce Kim Wilkins, bez której wsparcia nigdy nie zaczęłabym pisać tej książki, a już na pewno bym nie skończyła.

Davinowi za jego wytrwałość, empatię i niesłabnącą wiarę.

Oliverowi za poszerzenie emocjonalnych granic mojego życia i wyleczenie mnie z twórczej blokady.

Mojej rodzinie: Warrenowi, Jenny, Julii, a zwłaszcza mojej matce Diane, której odwaga, wdzięk i piękno nieustannie mnie inspirują.

Herbertowi i Ricie Daviesom, moim serdecznym przyjaciołom, za to, że opowiadają mi najlepsze historie. Zawsze bądźcie tacy wspaniali!

Mojej fantastycznej agentce Selwie Anthony, której zaangażowanie, opieka i umiejętności nie mają sobie równych.

Selenie Hanet-Hutchins za wysiłki podejmowane w moim imieniu.

Laskom z forum za pisarskie wsparcie.

Wszystkim pracownikom Allen & Unwin, zwłaszcza Annette Barlow, Catherine Milne, Chriście Munns, Christen Cornell, Julii Lee i Angeli Namoi.

Dziękuję wszystkim z Pan Macmillan w Wielkiej Brytanii, zwłaszcza Marii Rejt za jej spostrzegawcze redaktorskie oko.

Julii Stiles za to, że skupia w sobie wszystkie cechy, jakie miałam nadzieję odnaleźć w redaktorce.

Dalerie i Lainie za pomoc przy Oliverze (czy widziałyście kiedyś równie kochanego małego chłopca?) i podarowanie mi cennego czasu.

Uroczym ludziom z Mary Ryan za wspaniałe książki i parzenie cudownej kawy.

Za informacje faktograficzne dziękuję Mirkowi Ruckelsowi, który odpowiadał na moje pytania dotyczące muzyki i opery, Drew Whitehead, która opowiedziała mi historię Miriam i Aarona, Elaine Rutherford za informacje natury medycznej oraz Diane Morton za obszerne i udzielone w samą porę rady dotyczące antyków i tradycji oraz za to, że była arbitrem z dobrym wyczuciem smaku.

Na koniec chciałabym wspomnieć o Beryl Popp i Dulcie Connelly. Moich dwóch babciach, które bardzo kocham i za którymi tęsknię. Mam nadzieję, że Grace ma w sobie odrobinę każdej z was.

Uwagi autorki

Chociaż postacie z *Domu w Riverton* są fikcyjne, epoka, w której żyją, fikcyjna nie jest. Społeczno-historyczne umiejscowienie tej powieści zawsze mnie fascynowało. Dziewiętnasty wiek właśnie ustąpił miejsca dwudziestemu i świat, jaki znamy obecnie, zaczął nabierać kształtów. Zmarła królowa Wiktoria, a wraz z nią odeszły dawne zasady: arystokratyczny system począł się kruszyć, ludzkość przeżyła wojnę toczoną na nieznaną wcześniej skalę, a kobiety wyzwoliły się nieco od istniejących do tamtej pory sztywnych oczekiwań związanych z ich społeczną rolą.

Kiedy pisarz próbuje wskrzesić miniony okres, którego nie miał okazji przeżyć, musi oczywiście przeprowadzić pewne badania. Nie sposób tu wymienić wszystkich źródeł, z jakich korzystałam. Chciałabym jednak wspomnieć o kilku, bez których ta książka z pewnością byłaby uboższa. *The Rare and the Beautiful* Cressidy Connolly, *1939: The Last Season* i *The Viceroy's Daughters* Anne de Courcy, *Vita* Victorii Glendinning, *The Mitford Girls* Mary S. Lovell, *Life in a Cold Climate* Laury Thompson i program telewizyjny Channel 4 zatytułowany *The Edwardian Country House* barwnie ilustrują wiejskie życie na początku dwudziestego wieku.

Bardzo pomocne okazały się również: *The Brontë Myth* Lucasty Miller, *Voices from the Trenches: Letters to Home* Noela Carthew, *The Theory of the Leisure Class* Thorsteina Veblena, *Paris 1919* Margaret Macmillan, *Forgotten Voices of the Great War* Maxa Arthura, *A History of London* Stephena Inwooda, *A Punch History of Manners and Modes* Alison Adburgham, *Yesterday's Britain* „Reader's Digest", *The Repression of War Experience* W.H. Riversa, *Flapper Jane* Bruce'a Blivena, *Moving Frontiers and the Fortunes of the Aristocratic Townhouse* F.M.L. Thompsona i internetowa strona Michaela Duffy'ego: www.firstworldwar.com.

Bogatych i przejrzystych relacji z pierwszej ręki na temat życia literackiego w latach dwudziestych dostarczyły również: *Sweet and Twenties* Beverley Nichols, *Child of the Twenties* Frances Donaldson, *Myself When Young* Daphne du Maurier, magazyn „Punch" i *Letters of Nancy Mitford and Evelyn Waugh* opublikowane przez Charlotte Mosley. Chciałabym również wspomnieć o opisie Esther Wesley *Life Below Stairs at Gayhurst House* umieszczonym na internetowej stronie Stoke Goldington Association. Po informacje dotyczące edwardiańskiej etykiety zwróciłam się — podobnie jak niezliczone młode damy przede mną — do *The Essential Handbook of Victorian Etiquette* prof. Thomasa E. Hilla i *Manners and Rules of Good Society or Solecisms to be Avoided* — książki opublikowanej przez „członka arystokracji" w tysiąc dziewięćset dwudziestym czwartym roku.

Jestem również wdzięczna za cenne informacje natury historycznej zawarte i zachowane w powieściach i sztukach napisanych w tamtym okresie. W szczególności chciałabym wyrazić uznanie dla następujących autorów: Nancy Mitford, Evelyn Waugh, Daphne du Maurier, F. Scotta Fitzgeralda, Michaela Arlena, Noëla Cowarda i H.V. Mortona. Chciałabym także wymienić kilku współczesnych twórców, których dzieła podsycały moją fascynację tamtym okresem społeczno-historycznym: Kazuo Ishiguro (*Okruchy dnia*), Roberta Altmana (*Gosford Park*) i oczywiście produkcję brytyjskiej telewizji *Upstairs Downstairs*.

Jako czytelniczka i badaczka od dawna interesowałam się takimi powieściami jak *Dom w Riverton*, które wykorzystują literackie tropy gotyku: nawiedzanie teraźniejszości przez duchy przeszłości, uporczywość rodzinnych sekretów, powrót wypartych wspomnień, centralną rolę dziedzictwa (materialnego, psychologicznego i fizycznego), nawiedzone domy (zwłaszcza w metaforycznym sensie), podejrzliwość wobec nowych technologii i zmieniających się metod działania, zniewolenie kobiet (zarówno fizyczne, jak i społeczne) i związaną z nim klaustrofobię, podobieństwa charakteru, zawodność pamięci i wyrywkową naturę historii, tajemnice i rzeczy niewidzialne, autobiograficzny styl narracji i przekazy pisemne. Poniżej wymieniam kilka przykładów, na wypadek gdyby któryś z czytelników podzielał takie zainteresowania i chciał przeczytać coś więcej: *The Chatham School Affair* Thomasa H. Cooka, *Possession* A.S. Byatta, *The Blind Assassin* Margaret Atwood, *Half Broken Things* Morag Joss i *A Dark-Adapted Eye* Barbary Vine.

Na koniec, pozwoliwszy sobie wymienić tak wiele źródeł i interesujących pozycji, pragnę oświadczyć, że wszelkie przeinaczenia i błędy faktograficzne wynikają z mojej winy.

Polecamy powieść Kate Morton

DOM NAD JEZIOREM

Rodzinna tragedia...

Czerwiec 1933 roku. Mieszkańcy posiadłości w Kornwalii zwanej Domem nad Jeziorem żyją przygotowaniami do obchodów przesilenia letniego. Wielkie przyjęcie kończy się jednak tragicznie, a zniknięcie jedenastomiesięcznego synka właścicieli nie jest jedyną stratą, jaką tej nocy ponoszą członkowie rodziny Edevane'ów.

Opuszczony dom...

Rok 2003. Sadie Sparrow, detektyw dochodzeniówki londyńskiej policji, po śledztwie, w którym nie potrafiła zachować profesjonalnego dystansu do sprawy, zostaje wysłana na przymusowy urlop. Wykorzystuje go na odwiedziny u dziadka w Kornwalii. W trakcie jednej z wędrówek po okolicy trafia na dom, który wygląda tak, jakby przed laty zatrzymał się w nim czas.

Nierozwiązana zagadka...

Tymczasem Alice Edevane, sędziwa autorka wziętych powieści detektywistycznych, wiedzie wygodne życie w swoim eleganckim londyńskim domu... Do czasu, aż Sadie Sparrow zacznie zadawać niewygodne pytania o przeszłość jej rodziny i przedzierać się przez gąszcz tajemnic, od których pisarka uciekała przez całe życie.